現代文学
難読作品名辞典

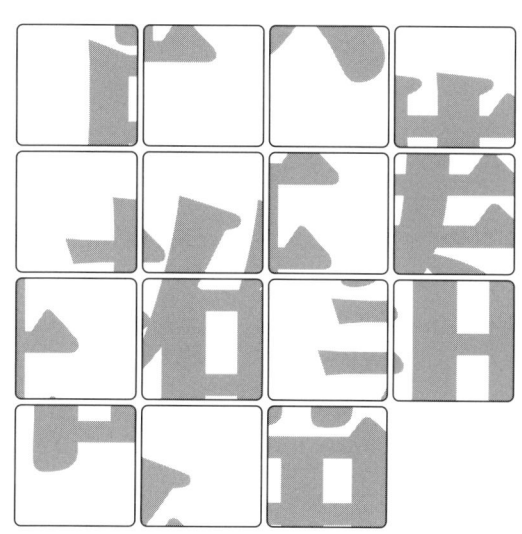

日外アソシエーツ

A Guide to Reading of Titles of Contemporary Japanese Literature

Compiled by

Nichigai Associates, Inc.

©2012 by Nichigai Associates, Inc.

Printed in Japan

本書はディジタルデータでご利用いただくことができます。詳細はお問い合わせください。

●編集担当● 尾崎 稔

刊行にあたって

　弊社では、明治から昭和までの文学作品の難読タイトルを集めた「近代文学難読作品名辞典」を1998年に刊行した。本書はその続編にあたり、平成以降の作品を収録している。

　現代文学の傾向に比例するように、今版の収録作品には「ミステリー」や「ライトノベル」が増加している。とりわけライトノベルの場合、宛字や外国語の宛読みが目立ち、通常では決して読めないものが激増している。また平成以降、いわゆる職業作家以外にも、小説・詩集・歌集・句集を公刊するケースが目立っている。本書では、出版者が個人名のものや、非売品、ISBNを持たない図書の作品は原則対象外としたが、それでもなお多くの"記念出版""自費出版"の類いが収録されることになった。

　本書編集にあたっては、難読作品名を以下の4つの観点から選んだ。①熟字訓など本来の漢字音とは異なる読み方をする日本語（日照雨＝そばえ）　②宛字・宛読み（宇宙＝そら、迷宮＝ラビリンス）　③読み方としては通常の範囲だが、複数の読みがあり得るもの（黄金＝おうごん・こがね）　④そもそも難しい漢字を使っているもの（鬣＝たてがみ）。

　その結果として本書には8,000もの作品を収集することになったが、実際にはまだまだ多くの難読作品が残っているだろう。とはいえ、本書が現代文学に関連する調査・研究・業務等のほんの一助にでもなってくれれば幸いである。

2012年5月

　　　　　　　　　　　　　　　　　　　　　日外アソシエーツ

目　次

凡　例 .... (6)
親字一覧 .... (8)

現代文学難読作品名辞典 1

親字音訓ガイド 289

凡　例

1．本書の内容

　　本書は、日本の現代文学作品のうち、読み誤りやすい題名や複数の読みが考えられる題名など、難読と思われる作品名をもつものを収録した辞典である。

2．収録の対象

　　1989年（平成元年）～2010年（平成22年）に刊行または発表された文学作品8,043点を収録した。小説形式の作品以外に、戯曲、詩集、歌集、句集、川柳集も収録対象とした。ただし単行図書については、原則として私家版や非売品を対象外とした。

3．表　記

1）作品名表記中の漢字は、漢字検索のため新字体に統一した。
2）作品名読みは、現代仮名遣いで示した。
3）作者名表記の漢字も原則新字体に統一したが、慣用的に姓名に旧字体を使用している作家については、一部旧字体で表記したものがある。

4．親字見出し

1）作品名表記（カッコ記号は除く）の先頭が漢字の場合、その一文字を親字とみなし、【　】で囲んで見出しを立てた。
2）作品名表記の先頭が漢字以外の場合は、親字なしとみなして見出しを省略し、冒頭に集めた。
3）親字も新字体に統一しており、適宜旧字体からの参照見出しを付した。

5．排　列

1）親字の排列
　（1）親字の総画数順に排列した。画数の変わりめに枠囲みで画数の大見出しを立てた。

(2) 総画数が同じ親字は、部首順に排列した。
　　(3) なお親字がないもの（作品名表記の先頭が漢字以外の場合）は先頭に集め、字順に並べたうえで「記号」「数字」「英字」「ひらがな」「カタカナ」の種類ごとに枠囲みで大見出しを立てた。
　2）作品の排列
　　(1) 親字見出しの下で、作品名の二文字目の総画数順・部首順に排列した。二文字目が漢字以外の場合は先頭に集めた。なお二文字目の総画数の変わりめを作品名表記の冒頭に小字で示した。
　　(2) 二文字目まで同じものは、同様に三文字目以下の総画数順・部首順に排列した。
　　(3) 同一の作品名は作者名の五十音順に排列した。

6．記載事項

作品ごとに次の事項を記載した。
　　作品名表記　作品名読み
　　作者名／ジャンル（小説以外を表示）／出版者または掲載雑誌／刊行年または発表年

7．親字音訓ガイド（巻末）

　1）親字の主な字音・字訓を一括して五十音順に排列し、本文掲載ページを示した。
　2）排列に際しては、濁音・半濁音は清音の後とした。読みが同一の場合は字音→字訓の順とした。
　3）原則として、字音はカタカナで、字訓はひらがなで表記した。

8．参考資料

編集にあたっては、以下を参考にした。
　　「文芸雑誌小説初出総覧」（日外アソシエーツ）
　　「短編小説12万作品名目録」（日外アソシエーツ）
　　JAPAN/MARC
　　データベース「BOOK」

親字一覧

1画							
一	10	己	27	友	33	仙	49	民	57
乙	12	巳	27	太	33	他	50	永	57

1画	
一	10
乙	12

2画	
七	12
乂	12
九	12
二	13
人	14
入	15
八	15
刀	15
力	15
匕	16
十	16
又	16

3画	
下	17
三	17
上	18
万	18
与	18
丸	18
久	18
乞	18
亡	19
刃	19
千	19
口	20
土	20
夕	20
大	21
女	22
子	24
孑	24
小	24
山	25
川	26

己	27
巳	27
巾	27
弓	27
彳	27
才	27
犭	27

4画	
丑	27
不	27
丐	28
中	28
丹	28
予	28
井	29
五	29
互	30
化	30
介	30
仇	30
今	30
仁	30
仏	30
从	30
仄	30
元	31
公	31
六	31
円	31
内	32
凶	32
刈	32
切	32
勾	32
匂	32
勿	32
午	33
厄	33
双	33
反	33

友	33
太	33
天	33
夫	37
孔	37
少	38
尺	38
巴	38
幻	38
引	39
心	39
戸	39
手	39
文	40
斗	40
方	40
日	40
月	42
木	43
欠	44
止	44
母	44
比	45
毛	45
水	45
火	47
父	48
片	48
牛	48
犬	48
王	49

5画	
丘	49
世	49
丙	49
主	49
丼	49
以	49
仕	49
仔	49

仙	49
他	50
代	50
兄	50
写	50
処	50
凹	50
出	50
凸	50
加	50
功	51
北	51
半	51
卯	52
去	52
可	52
古	52
史	52
四	52
囚	53
冬	53
外	54
夘	54
失	54
奴	54
孕	54
尻	54
巨	54
左	54
布	54
平	55
幼	55
広	55
打	55
旧	55
旦	55
本	56
末	56
未	56
此	56
正	56
母	56

民	57
永	57
汀	58
氾	58
氷	58
牙	59
犯	59
狄	59
玄	59
玉	59
甘	60
生	60
甲	61
田	61
由	62
白	62
目	65
矢	65
石	65
礼	66
禾	66
穴	66
立	66
艾	66
辻	66
辺	66

6画	
両	66
亥	66
交	67
伊	67
仮	67
会	67
企	67
仰	67
件	67
全	67
仲	68
伝	68
伐	68
伏	68

(8)

親字一覧

伪	68	戌	75	乱	82	妙	87	牡	93
兇	68	托	75	亜	82	妖	87	狂	93
光	68	早	75	何	82	完	88	狆	93
先	69	曳	75	伽	83	宍	88	男	93
共	69	曲	75	佐	83	寿	88	疔	94
再	69	有	75	作	83	対	88	社	94
凪	69	朽	75	似	83	尾	88	私	94
凩	69	朱	75	佃	83	岐	88	禿	94
刑	69	朴	76	伯	83	巫	88	糺	94
危	69	死	76	伴	84	弄	89	肝	94
卍	70	気	77	余	84	弟	89	肖	94
印	70	江	77	佛→仏(4画)		形	89	花	94
各	70	汐	77	佗	84	役	89	芥	97
吉	70	池	77	佇	84	彷	89	芸	97
吃	70	汝	77	児	84	応	90	芝	98
吸	70	灰	77	冷	84	快	90	芭	98
向	70	灯	78	初	84	忌	90	芙	98
合	71	百	78	別	84	志	90	芳	98
吊	71	竹	79	利	85	忍	90	見	98
吐	72	糸	79	劫	85	忘	90	角	98
同	72	羊	80	助	85	我	91	言	99
名	72	羽	80	匣	85	戒	91	谷	99
回	72	老	80	医	85	折	91	貝	99
団	72	耳	80	即	85	択	91	赤	100
在	72	肉	80	含	85	投	91	足	100
地	72	肌	80	君	85	抜	91	身	100
壮	73	肋	80	吾	85	抉	91	車	100
夙	73	自	80	告	86	抛	91	辛	100
多	73	至	80	呑	86	杏	91	辰	100
夷	73	舟	80	吠	86	杜	91	迎	100
好	73	艮	80	呂	86	来	92	返	100
如	73	色	80	吶	86	李	92	那	101
妃	73	芋	81	囲	86	沖	92	邑	101
妄	74	虫	81	困	86	求	92	里	101
安	74	血	81	図	86	決	92	防	101
字	74	行	81	囮	86	沙	92	麦	101
守	74	衣	81	均	87	沢	92		
巡	74	西	81	坂	87	沈	93		
年	74			坊	87	没	93		
式	75	**7画**		壱	87	汨	93		
弛	75			妓	87	災	93		
成	75	更	82	妊	87	灼	93		

(9)

親字一覧

8画								
乳	101	宜	107	昆	112	空	119	勇	127
事	101	実	107	明	112	罔	120	南	127
京	101	宗	107	旻	112	股	120	卑	127
侠→侠(9画)		宙	107	枝	113	臥	120	厚	127
佳	102	定	108	松	113	英	120	叛	127
供	102	宝	108	東	113	苟	120	哀	127
佩	102	居	108	板	114	茄	120	哄	127
佰	102	岳	108	枇	114	芽	120	哈	128
兎	102	岸	108	林	114	茅	120	城	128
其	102	岩	108	杏	114	苦	120	変	128
刻	102	岱	109	枅	114	若	121	奏	128
刺	102	岬	109	欧	114	苧	121	奎	128
制	103	岫	109	欣	114	苞	121	威	128
刹	103	帚	109	武	114	茉	121	姥	128
協	103	幸	109	歩	115	虎	121	姜	128
卒	103	庚	109	殴	115	表	122	孤	128
卓	103	延	109	毒	115	迦	122	客	128
参	103	弦	109	河	115	邪	122	封	129
取	103	弥	109	泣	115	邯	122	屋	129
呼	103	弩	109	沼	116	金	123	屍	129
呪	103	径	110	泥	116	長	123	昼	129
命	103	彼	110	波	116	門	123	屏	129
和	103	怪	110	法	116	阿	123	峡	129
咎	104	性	110	泡	116	陀	124	峙	129
咆	104	忠	110	沫	117	雨	124	卷	129
国	104	念	110	泪	117	青	124	幽	130
垂	104	忿	110	炎	117	非	126	後	130
坩	104	或	110	物	117			怨	130
夜	104	所	110	牧	117	9画		恨	130
奄	105	房	111	狗	117	乗	126	怒	130
奇	106	押	111	狐	117	帝	126	扁	130
奈	106	招	111	狙	118	侠	126	指	130
奉	106	担	111	狎	118	信	126	持	130
奔	106	抽	111	玩	118	俗	126	挑	131
姐	106	拍	111	玫	118	保	126	故	131
姑	106	抱	111	画	118	俎	126	施	131
妻	106	拈	111	盂	118	俥	126	映	131
姉	106	拉	111	直	118	冠	127	春	131
妬	106	放	111	盲	118	前	127	昭	132
学	106	於	112	知	118	剃	127	是	132
季	107	昴	112	祈	119	勅	127	星	132
		昏	112	祀	119	勃	127	冒	133
								昧	133

(10)

親字一覧

栄	133	相	139	風	148	座	157	浜	164
枯	133	眉	139	飛	150	庭	157	浮	164
柵	133	研	139	食	151	弱	157	流	164
柴	133	砂	139	首	151	徒	157	涙	165
染	133	神	139	香	151	悦	157	浪	165
栂	133	祖	141			恐	157	涕	165
柘	133	科	141	**10 画**		恭	157	涅	165
柏	134	秋	141			恵	157	烏	165
柊	134	秒	142	俺	152	恋	157	烈	165
柳	134	紀	142	倶	152	悍	159	烘	166
柚	134	紅	142	借	152	悋	159	特	166
枢	134	美	144	修	152	拳	159	狸	166
枸	134	耶	145	倍	152	拳	159	狼	166
柞	135	胡	145	做	152	振	159	茲	166
歪	135	胎	145	倫	152	捕	159	珠	166
毘	135	胆	145	倭	152	捩	159	琉	166
海	135	背	145	倖	152	料	159	留	166
活	136	苡	145	倩	152	旅	160	疾	166
洪	137	荊	145	冥	153	晦	160	症	167
浄	137	荒	145	冤	153	晒	160	病	167
浅	137	草	146	凍	153	時	160	疽	167
洞	137	荘	146	凌	153	晏	161	益	167
洋	137	茶	146	剣	153	書	161	真	167
洛	137	茴	146	剥	154	案	161	眠	168
洒	137	茉	146	匪	154	格	161	眩	168
泊	137	茫	146	啄	154	核	161	眞→真(10画)	
為	137	虹	146	唐	154	株	161	砥	168
炭	137	蚣	147	哭	154	栗	161	破	169
炬	137	貞	147	埋	154	桑	161	砲	169
狩	137	軌	147	埃	155	根	162	祟	169
独	137	軍	147	夏	155	桜	162	秦	169
珍	138	逆	147	姫	155	梅	162	秩	169
玲	138	退	147	娘	156	桃	162	秘	169
玻	138	追	147	宴	156	梅	162	秧	169
界	138	逃	148	家	156	桎	163	穿	170
疥	138	迷	148	宮	156	梳	163	竜	170
発	138	郁	148	宵	156	残	163	笑	170
皆	138	重	148	射	156	殊	163	紙	171
皇	138	陌	148	将	156	殺	163	純	171
盆	138	陋	148	展	156	酒	163	素	171
看	139	面	148	島	156	消	164	納	171
県	139	音	148	帰	156	泰	164	紐	171

(11)

親字一覧

紛	171	剮	176	斎	181	瓶	186	袱	191
紡	171	喝	176	旋	181	産	186	許	191
罠	171	啓	176	晨	181	異	186	谺	191
翅	172	唾	176	曹	181	畢	186	貧	191
耽	172	唯	176	曼	181	痕	186	転	191
胸	172	啜	177	望	182	皐	186	軟	192
脂	172	基	177	梧	182	盗	186	軛	192
舫	172	堆	177	梯	182	眼	186	逸	192
荻	172	堀	177	梨	182	眷	187	週	192
華	172	夢	177	梁	182	移	187	郭	192
莢	172	婆	177	梟	182	窓	187	都	192
茶	172	婦	177	梔	182	笹	187	郵	193
莨	172	婢	177	椰	182	第	187	酔	193
蚊	172	寄	177	梵	182	笙	187	野	193
蚕	173	宿	177	欲	182	紺	187	釣	194
被	173	密	177	殻	182	細	187	釦	194
記	173	尉	178	毬	182	紫	187	陰	194
軒	173	崖	178	淫	183	終	188	陳	194
逢	173	崩	178	涯	183	組	188	陶	194
逝	173	崑	178	渓	183	紬	188	陸	195
通	173	常	178	混	183	紵	188	雀	195
透	173	庵	178	済	183	羚	189	雪	195
連	173	康	178	渋	183	翌	189	頂	196
逑	173	強	178	淳	183	脱	189	魚	196
針	174	彩	178	深	183	脛	189	鳥	196
院	174	悪	179	清	184	舳	189	鹿	196
陥	174	惟	179	淡	184	葛	189	麻	197
降	174	患	180	添	184	菊	189	黄	197
馬	174	情	180	淀	184	菌	189	黒	199
骨	174	惜	180	淹	184	菜	189		
高	174	悼	180	淅	184	菖	189	**12 画**	
鬼	175	悠	180	焔→焰(12画)		菅	190		
		採	180	烽	184	著	190	偉	201
11 画		推	180	猪	184	萌	190	傘	201
		接	180	猫	184	萱	190	傍	201
商	176	探	180	猛	185	菠	190	傀	201
偽	176	掠	180	猟	185	萍	190	割	201
偶	176	掎	180	猊	185	虚	190	勤	201
停	176	掏	180	球	185	蛍	191	博	202
偃	176	救	180	現	185	蛇	191	厩	202
修	176	教	181	理	185	蚯	191	厨	202
偸	176	敗	181	琅	186	袈	191	喚	202

(12)

親字一覧

喜	202	晩	206	短	212	貴	215	媼	223
喫	202	最	207	硝	212	買	216	嫋	223
喰	202	勝	207	稀	212	貿	216	媽	223
喧	202	朝	207	童	212	越	216	嫐	223
善	202	椅	207	竦	212	超	216	寛	223
喪	202	棺	207	筑	212	軽	216	寝	223
喋	202	植	207	等	213	運	216	幕	223
喃	202	森	207	筒	213	過	216	微	223
喩	202	棟	207	粧	213	遅	217	愛	224
堅	202	棒	208	絵	213	道	217	意	225
堕	202	椡	208	結	213	遁	217	感	225
報	203	棘	208	絞	213	遍	217	愚	225
壺	203	棕	208	絶	213	遊	217	想	225
奥	203	棗	208	統	213	量	217	慄	225
媛	203	榜	208	絡	213	鈎	218	戦	225
媚	203	椪	208	絲→糸(6画)		鈍	218	損	226
寒	203	歯	208	絆	213	開	218	搖→揺(12画)	
富	203	毳	208	翔	213	間	218	数	226
就	203	温	208	腕	213	閑	218	新	226
属	203	湖	208	腋	213	階	218	暗	226
幇	203	港	209	葵	213	随	218	暖	227
幾	204	渡	209	葦	213	陽	218	楽	227
廃	204	湯	209	萱	214	雁	219	棄	227
弾	204	満	209	葬	214	雄	219	業	227
御	204	湾	209	萢	214	雲	219	極	227
復	204	游	209	董	214	韮	220	椿	228
悲	205	焔	209	葡	214	項	220	楷	228
愉	205	焼	210	葉	214	飲	220	楠	228
惑	205	焦	210	落	214	飯	220	楓	228
惻	205	然	210	葆	215			楼	228
握	205	焚	210	萬→万(3画)		**13 画**		楸	228
掌	205	無	210	蛙				楹	228
揖	205	焙	211	蛤	215	傾	220	椰	228
揚	205	猶	211	蛭	215	催	220	楡	228
揺	205	琴	211	蛟	215	傷	220	楪	228
散	206	琥	211	街	215	嗤	220	歳	229
斑	206	甦	212	裕	215	塩	221	殿	229
暁	206	畳	212	裂	215	塞	221	毀	229
景	206	痛	212	覚	215	塗	221	滑	229
晶	206	痣	212	覘	215	墓	221	漢	229
晴	206	痞	212	象	215	塒	221	源	229
智	206	皓	212	貂	215	夢	221	溝	229

(13)

親字一覧

滅	229	蚤	235	鳩	239	辟	243	酸	249
溶	229	蛻	235	鼎	240	碧	243	銀	249
滄	229	蜉	235	鼓	240	穀	243	銃	249
滂	229	蛹	235	鼠	240	種	244	銭	250
溟	229	蜃	235			稗	244	銅	250
煙	229	裸	235	**14 画**		端	244	銘	250
照	229	裏	235			管	244	閨	250
煤	229	裔	236	僕	240	算	244	閥	250
煌	229	褄	236	厭	240	箕	244	隠	250
猿	230	解	236	團→団(6画)		篇	244	雑	250
獅	230	触	236	境	240	箜	244	静	250
瑕	230	詩	236	塵	240	精	244	骰	251
痴	230	試	236	嫦	240	綾	245	髪	251
痾	230	誉	236	嫩	240	維	245	魁	251
睡	230	誅	236	孵	240	総	245	魂	251
矮	230	豊	237	寧	241	綴	245	鳳	252
碍	230	賄	237	寤	241	緋	245	鳴	252
碇	230	跡	237	慕	241	緑	245	墨	252
禍	230	路	237	慊	241	練	245		
禁	231	跫	237	截	241	翠	245	**15 画**	
福	231	跣	237	敲	241	翡	246		
稚	231	辞	237	暮	241	聞	246	儀	252
堅	231	遠	237	暦	241	聚	246	僻	252
節	231	遣	238	榛	241	腐	246	僵	252
筵	231	退	238	槍	241	蔦	247	儚	252
継	231	隔	238	樒	241	蔓	247	凛	252
絹	231	鉱	238	槐	241	蕁	247	劇	252
罪	231	鉄	238	榠	242	蝋→蠟(21画)		勲	252
義	231	鈴	238	歌	242	蜘	247	噓	252
群	232	鉈	238	歴	242	蜜	247	噂	252
聖	232	鉋	238	漁	242	蜷	247	嘴	252
腹	233	隕	238	漆	242	蜻	247	墜	253
艀	233	雅	238	滴	242	蜥	247	幡	253
蓋	233	雉	238	漂	242	蜩	247	幣	253
蒲	233	雹	238	漫	242	複	248	影	253
蒼	234	雷	239	滾	243	語	248	慰	253
蒜	234	零	239	漲	243	誓	248	慶	253
蓬	234	電	239	熊	243	誘	248	憧	253
蓮	234	飼	239	爾	243	貌	248	憂	253
蒿	235	飾	239	獄	243	赫	248	憚	253
虜	235	馴	239	瑠	243	踊	248	戯	253
蜊	235	鳩	239	疑	243	遙	248	撃	253

親字一覧

撫	253	蝦	257	壇	260	薄	264	默→黙(15画)	
撲	253	蝶	257	壁	260	薬	264	龍→竜(10画)	
摩	253	蝸	257	寰	260	薙	264		
撓	254	蝌	257	憶	260	薊	264	**17 画**	
敵	254	蝙	257	懐	260	蕭	264		
敷	254	蟒	257	憑	260	薔	264	優	267
暴	254	衝	257	操	260	薛	264	嬰	267
横	254	諸	257	撐	260	戯	264	嬬	267
樺	254	請	257	遷	260	螢→蛍(11画)		嬲	267
樗	254	誰	257	暾	260	墾	265	嶽→岳(8画)	
標	254	調	257	機	261	親	265	擬	267
槿	254	質	257	橘	261	諦	265	斂	267
樊	254	趣	258	樹	261	謎	265	曖	268
樒	254	輝	258	橄	261	謀	265	檜	268
樓→楼(13画)		輪	258	橙	261	蹂	265	檪	268
檀	254	遺	258	樸	261	還	265	氈	268
歓	254	遼	258	橅	261	避	265	澪	268
潜	254	銹	258	濁	261	鋸	265	燦	268
潮	255	銹	258	澱	261	錦	265	燭	268
潰	255	震	258	澤→沢(7画)		鋼	265	燠	268
熟	255	霊	258	澪	261	錆	265	犧	268
熱	255	霄	258	燕	262	錨	266	環	268
璃	255	霆	258	燃	262	錬	266	癌	268
瑾	255	鞋	259	燐	262	錠	266	癈	268
瘡	255	餓	259	熾	262	閼	266	瞳	268
瞑	255	駒	259	獣	262	隣	266	磯	268
磐	255	駟	259	獬	262	霍	266	糞	268
磊	255	駕	259	瓢	262	霓	266	繡→繍(19画)	
穂	255	髻	259	療	263	霖	266	繁	268
箪→箪(18画)		魅	259	磔	263	頭	266	縮	269
箱	256	魯	259	磧	263	頼	266	繊	269
縁	256	鴇	259	積	263	頭	266	繆	269
緊	256	鴉	259	篤	263	頬	266	縹	269
膚	256	麩→麩(19画)		篝	263	餘→余(7画)		縷	269
膠	256	黎	259	篩	263	駱	266	縲	269
舞	256	黙	259	縞	263	骸	266	縺	269
蕎	256			縛	263	髻	266	鎚	269
蔵	256	**16 画**		縫	263	鮒	266	翼	269
蕩	256			膩	263	鴛	266	聳	269
蕨	256	噤	260	膿	263	鴨	267	艤	269
蕁	257	嘯	260	舘	263	麺→麺(20画)		藍	269
蟬→蝉(18画)		壊	260	薫	264	黛	267	藁	269

(15)

親字一覧

螺	270	繙	273	繡	277	鰭	284
蟋	270	翹	273	羅	277	鰤	284
鱻	270	藤	274	臟	277	**20 画**		鶻	284
螻	270	藜	274	艶	277	巌	281	麝	284
謝	270	蟬	274	蘇	278	懸	281		
獲	270	蟲→虫(6画)		蘭	278	櫨	281	**22 画**	
購	270	襟	274	蘯	278	礫	281		
蹈	270	覆	274	蟾	278	競	281	籠	284
邂	270	観	274	蟷	278	譽	281	爐	285
邀	270	贅	274	檻	278	耀	281	襲	285
醜	271	鎧	274	覇	278	朧	281	躓	285
鍵	271	鎌	274	警	278	朦	281	躑	285
鍔	271	鎖	274	譚	278	蘖	281	轢	285
闇	271	鎮	274	贋	278	鐙	282	驕	285
霜	271	鎊	275	蹴	279	露	282	鰻	285
鞠	271	闔	275	蹼	279	響	282		
韓	272	雛	275	轍	279	飄	282	**23 画**	
餡	272	難	275	鏡	279	饗	282		
餞	272	鞦	275	鏖	279	鬪→闘(18画)		戀→恋(10画)	
餛	272	額	275	離	279	鰍	282	攪	285
馘	272	顔	275	霧	279	鰈	282	攫	285
駿	272	騎	275	靡	279	麺	282	蠱	285
鮫	272	騒	276	輔	279			躙	285
鮮	272	鬩	276	鞳	279	**21 画**		髑	285
		魍	276	韻	279			鷲	286
18 画		魎	276	願	280	囁	282	鷸	286
		鯉	276	饂	280	爛	282	鷯	286
擾	272	鯊	276	騙	280	櫻→桜(10画)		鼹	286
檻	272	鯉	276	鰡	280	欅	282		
檸	272	䲡	276	鯰	280	爛	282	**24 画**	
檳	272	鵙	276	鶏	280	瓔	283		
殯	272	鵇	276	鵲	280	纏	283	羈	286
濫	273			鶉	280	纐	283	靄	286
瀉	273	**19 画**		鴨	280	艦	283	釁	286
瀑	273			鵤	280	艪	283	魘	286
爐	273	曝	276	鵄	280	蠟	283	鱧	286
癜	273	檮	276	鵑	281	蠹	283	鷹	286
瞬	273	瀬	277	麗	281	轟	283	鸞	286
礬	273	瀘	277	麪	281	霹	283	鼺	286
穢	273	爆	277			飆	283		
簞	273	犢	277			饑	283	**25 画**	
繭	273	瀬	277			髏	283		
		簫	277			魔	283	釁	287
		繰	277			魘	284		

(16)

親字一覧

靉	287
顬	287
蠻	287
龕	287

26画

蠼	287

27画

驫	287
鑿	287
驥	287

28画

鸚	287

29画

鬱	287

(17)

記号

♀♂狂詩曲　おんなおとこらぷそでぃー
　新倉智子　MOE出版　1991刊
○走養殖事件　まるそうようしょくじけん
　鳴海章　「小説宝石」　2003年

数字

100KBを追いかけろ　ひゃっきろばいとをおいかけろ
　黒史郎　講談社　2008刊
101番目の百物語　はんどれっどわんのひゃくものがたり
　サイトウケンジ　メディアファクトリー　2010刊
1/2の陽炎　はーふさいずのかげろう
　荒井潤　徳間書店　1990刊
13日の金曜日　じゅうさんにちのぶらんでー
　伏見丘太郎　「小説宝石」　1989年
⑰恋愛戦争　せぶんてぃーんらぶうぉーず
　小林深雪　講談社　2003刊
18才の聖戦　じゅうはっさいのじはーど
　高橋ななを　講談社　1998刊
1960年恋文　せんきゅうひゃくろくじゅうねんらぶれたー
　井口泰子　双葉社　1995刊
2000年の信号　にせんねんのしぐなる
　幸田真音　「文藝ポスト」　2000年

25年目の夜想曲　にじゅうごねんめののくたーん
　岬なつこ　新風舎　2003刊
9人の仕事人　くにんのぷろふぇっしょなる
　本岡類　実業之日本社　1993刊

英字

AV戯姫草紙　えーぶいぎゃるそうし
　藤本義一　「オール讀物」　1989年
B/W完全犯罪研究会　ぶらっくおあほわいとかんぜんはんざいけんきゅうかい
　清涼院流水　太田出版　2009刊
©の悲劇　こぴーらいとのひげき
　平野肇　祥伝社　1998刊
D─昏い夜想曲　でぃーくらいのくたーん
　菊地秀行　朝日ソノラマ　1992刊
D─薔薇姫　でぃーばらき
　菊地秀行　朝日新聞社　2007刊
Eveの前夜祭　くりすますいぶのぜんやさい
　渡辺利弥　「小説宝石」　1999年
F式膜間　えふしきまくあい
　仁川高丸　「月刊すばる」　1995年
Level 6の怪物　れべる6のもんすたー
　白石かおる　角川書店　2001刊
Naniwa霊異記　なにわれいいき
　栗府二郎　メディアワークス　1998刊
Naniwa鎮魂記　なにわれくいえむ
　栗府二郎　メディアワークス　1999刊
OSK三銃士　おーさかさんじゅうし
　藤本義一　「問題小説」　1992年
T.R.Y.北京詐劇　とらいぺきんこんふぃでんしゃる
　井上尚登　角川書店　2006刊

1

ひらがな

Xの魔王　えくさのまおう
　　伊都工平　メディアファクトリー　2009刊

ひらがな

ああ我が択捉島よ　ああわがえとろふとうよ
　　宮園富士夫　《戯曲》新風舎　2003刊
あこがれの香港に100万ドルの鎮魂歌が聞こえる　あこがれのほんこんにひゃくまんどるのれくいえむがきこえる
　　ゆうきみすず　講談社　1991刊
あした蜉蝣の旅　あしたかげろうのたび
　　志水辰夫　毎日新聞社　1996刊
あすなろの詩　あすなろのうた
　　鯨統一郎　角川書店　2003刊
あたしと未来でパニックしてよ　あたしとふゅーちゃーでぱにっくしてよ
　　西崎めぐみ　学習研究社　1990刊
あなたの虚臭　あなたのにおい
　　中村嘉子　「問題小説」　1989年
あなた、素敵な女と出会えましたか　あなたすてきなひととであえましたか
　　田上公子　文芸社　2010刊
あやかしの道標　あやかしのみちしるべ
　　根本和周　文芸社　2005刊
あやかし温泉「白狼館」　あやかしおんせんはくろうかん
　　斎藤栄　「小説NON」　1996年
あやめの「彩」　あやめのしぐさ
　　瀧川泰彦　《戯曲》文芸社　2004刊
ある女海賊の愛と死　あるおんなぱいれーつのあいとし
　　舩越博　彩流社　2007刊

ある牙彫師の光芒　あるげちょうしのこうぼう
　　吉田新一　碧天舎　2006刊
ある恋愛のかたち　あるあいのかたち
　　中村禮子　文芸社ビジュアルアート　2009刊
ある耄人の話　あるもうじんのはなし
　　中谷孝雄　「群像」　1993年
ある愛の詩　あるあいのうた
　　新堂冬樹　角川書店　2006刊
いきなりミーハー南十字　いきなりみーはーさざんくろす
　　カトリーヌあやこ,落合ゆかり　集英社　1995刊
いのち晃く　いのちかがやく
　　船越昌　《詩集》文芸社　2010刊
いろは歌に暗号　いろはうたにかくしごと
　　鯨統一郎　祥伝社　2004刊
うつくしい木乃伊　うつくしいみいら
　　戸板康二　「小説宝石」　1989年
うつろひ蔓　うつろいかずら
　　志川節子　「オール讀物」　2007年
うぬぼれ刑事　うぬぼれでか
　　宮藤官九郎　《戯曲》角川書店　2010刊
う八　うはち
　　伊集院静　「オール讀物」　2002年
えこえこ痣らく　えこえこあざらく
　　久間十義　「新潮」　2007年
えびす聖子　えびすみこ
　　高橋克彦　「家の光」　1998年
「おかしな二人組」三部作　すぅーどかっぷるさんぶさく
　　大江健三郎　講談社　2006刊
おかしな観光客　おかしなつあーきゃく
　　菊地秀行　「小説NON」　1996年

ひらがな

おしまいの時間　おしまいのとき
　狗飼恭子　幻冬舎　1997刊
おしゅん 吾嬬杜夜雨　おしゅんあづまのもりやう
　坂岡真　「問題小説」　2008年
おとぎ逅子　おとぎぼうこ
　佐藤日出代　文芸社　2007刊
おとなのための幻想練習曲　おとなのためのげんそうえちゅーど
　鳥井架南子　「問題小説」　1997年
おまえに三行半!　おまえにみくだりはん
　須和雪里　角川書店　1996刊
おまんが紅　おまんがべに
　西村望　「小説宝石」　2001年
おりん 昭吉すかしの敵討　おりん しょうきちすかしのあだうち
　中村彰彦　「本の旅人」　2002年
おれたちの鎮魂歌　おれたちのれくいえむ
　安芸一穂　朝日ソノラマ　1990刊
おれと天使の世界創生　おれとてんしのゆぐどらしる
　冬樹忍　ホビージャパン　2010刊
おれも武士　おれもおとこ
　鳥羽亮　双葉社　2009刊
お万阿インフェルノ　おまあいんふぇるの
　早乙女貢　「小説宝石」　1994年
お火焚き　おほたき
　白川淑　《詩集》　土曜美術社出版販売　1994刊
お宝食積　おたからくいつみ
　和田はつ子　角川春樹事務所　2008刊
お侠　おきゃん
　岡部耕大　《戯曲》　実業之日本社　1991刊
お神酒徳利　おみきどっくり
　山本一力　「小説NON」　2005年

お姫さま、ゲットだぜ!　おひいさまげっとだぜ
　秋月麗夜　コスミックインターナショナル　1998刊
お竜　おりょう
　北原亞以子　「オール讀物」　1996年
お紺入札　おこんいれふだ
　西村望　「小説宝石」　1998年
お寝み、人形さん　おやすみにんぎょうさん
　菊地秀行　「IN POCKET」　1992年
お嬢様特急　おじょうさまえくすぷれす
　花田十輝　メディアワークス　1998刊
かぐや魔王式!　かぐやまおしき
　月見草平　メディアファクトリー　2008刊
かぼちゃ戦争　ぱんぷきんうぉーず
　渡辺利弥　「小説宝石」　1990年
がまの守り符　がまのまもりふだ
　東郷隆　「小説宝石」　2004年
がんばれ死霊術士　がんばれねくろまんさー
　神坂一　富士見書房　1995刊
きっと初恋の誕生日　きっとはつこいのばーすでい
　森本由紀子　講談社　1995刊
けーし風　けーしかじ
　小浜清志　「群像」　1999年
こっそりウインク殺人劇場　こっそりういんくさつじんしあたー
　夢乃愛子　講談社　1990刊
この人の閾　このひとのいき
　保坂和志　「新潮」　1995年
この女たち　このひとたち
　カルドマ木村哲子　近代文芸社　1996刊
この宇宙のどこかで　このせかいのどこかで
　岡島哉子　《詩集》　新風舎　2005刊
この鳩尾へ　このみぞおちへ
　水源純　《歌集》　市井社　1999刊

ひらがな

こはだの鮓　こはだのすし
　北原亞以子　「小説新潮」　1995年
こぼれおちる刻の汀　こぼれおちる
　ときのみぎわ
　西澤保彦　講談社　2010刊
こんな母子　こんなおやこ
　久間野千恵子　近代文芸社　1991刊
ささやかな接触　ささやかなふれ
　あい
　池永陽　「小説新潮」　2004年
さらば九竜の疾風　さらばかおるー
　んのかぜ
　桑原譲太郎　角川春樹事務所　1999刊
さらば合歓木坂　さらばねむのき
　ざか
　赤羽堯　勁文社　1989刊
されど神は許さず　されどあらーは
　ゆるさず
　胡桃沢耕史　「小説city」　1992年
されど罪人は竜と踊る　されどつ
　みびとはりゅうとおどる
　浅井ラボ　角川書店　2003刊
ざしき童子のはなし　ざしきぼっこ
　のはなし
　高橋源一郎　「月刊すばる」　2002年
しくじった計畧　しくじったけいり
　ゃく
　多岐川恭　「小説宝石」　1993年
すすきのの女　すすきののひと
　八柳鐵郎　北海道新聞社　2004刊
ずっとずっと向日葵　ずっとずっと
　ひまわり
　桂望実　「小説宝石」　2010年
せせらぎの現在　せせらぎのいま
　久保田香代　《詩集》　日本文学館
　2004刊
その女の名は魔女　そのひとのなは
　まじょ
　赤川次郎　「小説すばる」　2003年

その気もないのにお宝探し　その
　きもないのにとれじゃーはんと
　前田栄　角川書店　2001刊
その気もないのに海賊稼業　その
　きもないのにぱいれーつ
　前田栄　角川書店　2002刊
その気もないのに皇帝陛下　その
　きもないのにえんぺらー
　前田栄　角川書店　2002刊
その夜の終りに　そのよるのおわ
　りに
　三枝和子　「群像」　1989年
その術を僕は知らない　そのすべ
　をぼくはしらない
　篠田梗　コスミックインターナショ
　ナル　1997刊
そらの自奏琴　そらのおるごおる
　中島らも　「小説新潮」　2000年
それぞれの序奏　それぞれのぷれり
　ゅーど
　小宮一慶　実業之日本社　1996刊
たおやかな女　たおやかなひと
　中山司　近代文芸社　1995刊
たそがれ浪漫館　たそがれろまん
　かん
　牧南恭子　「小説フェミナ」　1994年
ただ、咎人を裁く剣のように　た
　だとがびとをさばくけんのように
　アズサヨシタカ　エンターブレイン
　2010刊
ためいきの紐育　ためいきのにゅー
　よーく
　篠原乃り子　三心堂出版社　1994刊
ついには焚刑　ついにはふんけい
　山上龍彦　「小説すばる」　1996年
ついの秋、薬研堀　ついのあきやけ
　んぼり
　久米川博　「小説すばる」　1989年
つかのまの間奏曲　つかのまのいん
　たーみっしょん
　東野司　早川書房　1990刊

4

ひらがな

つかの間の歌劇曲　つかのまのオペれった
　　榊一郎　富士見書房　2000刊
つばめ魚　つばめうお
　　杉本章子　「オール讀物」　2009年
とある魔術の禁書目録　とあるまじゅつのいんでっくす
　　鎌池和馬　メディアワークス　2004刊
どうして九両三分二朱　どうしてくれようさんぶにしゅ
　　佐藤雅美　「小説現代」　2006年
どうする卿、謎の青列車と消える　どうするきょうなぞのぶるーとれいんときえる
　　柄刀一　「小説NON」　2003年
どう考えても火夫　どうかんがえてもかふ
　　朝倉かすみ　「小説すばる」　2008年
どてらい刑事　どてらいでか
　　難波利三　徳間書店　1989刊
どやの嬶　どやのかか
　　宇江佐真理　「問題小説」　2001年
なりゆきまかせの異邦人　なりゆきまかせのすとれんじゃー
　　神坂一　角川書店　1993刊
「によふ」の縁　によふのえん
　　伊藤比呂美「小説TRIPPER」　2002年
ぬいぐるみ戦争　ぬいぐるみうぉーず
　　高橋源一郎　「波」　1996年
ねむってから勇者　ねむってからひーろー
　　飯野文彦　朝日ソノラマ　1989刊
はぐれ勇者の鬼畜美学　はぐれゆうしゃのえすてていか
　　上栖綴人　ホビージャパン　2010刊
ひき攣った家神　ひきつったいえがみ
　　樟位正　《詩集》　文芸社　1999刊

ひざの上の同居人　ひざのうえのぱーとなー
　　紺野たくみ　メディアワークス　1998刊
ひとと宙　ひととそら
　　笠原仙一　《詩集》　土曜美術社出版販売　2010刊
ひとり日和　ひとりびより
　　青山七恵　「文藝」　2006年
ぶたぶた日記　ぶたぶただいありー
　　矢崎存美　光文社　2004刊
ほのかな夜の幻想譚　ほのかなよるのふぁんたじあ
　　夢枕獏　コスミックインターナショナル　1995刊
ほの香な風の詩　ほのかなかぜのうた
　　詩季子　《詩集》　文芸社　2009刊
ぼくがアトピコになった理由　ぼくがあとぴこになったわけ
　　滝川直樹　日本図書刊行会　1994刊
ぼくがペットになった理由　ぼくがぺっとになったわけ
　　小林めぐみ　富士見書房　2005刊
ぼくらの卒業旅行　ぼくらのぐらんどつあー
　　宗田理　角川書店　1997刊
まじないや野老　まじないやところ
　　あせごのまん　「野性時代」　2007年
まどろみの月桃　まどろみのげっとう
　　五條瑛　「問題小説」　2009年
まどろみの木霊　まどろみのえこー
　　七穂美也子　集英社　2002刊
まほろばの守人　まほろばのもりゅうど
　　霜島ケイ　小学館　1998刊
まほろばの疾風　まほろばのかぜ
　　熊谷達也　集英社　2000刊
まほろば霊歌　まほろばたまうた
　　香村日南　小学館　2000刊

カタカナ

みづを搬ぶ　みずをはこぶ
　渡英子《歌集》本阿弥書店　2002刊
みのる、一日　みのるいちじつ
　小野正嗣　「新潮」　2009年
みやこ颪　みやこおろし
　山本一力　「小説NON」　2002年
もうひとつの理由　もうひとつのわけ
　勝目梓　双葉社　2001刊
やすらぎの瞬間　やすらぎのとき
　柴田よしき　「問題小説」　1997年
やっとかめ探偵団と鬼の栖　やっとかめたんていだんとおにのすみか
　清水義範　「月刊J-novel」　2002年
ゆきずり河岸　ゆきずりがし
　西村望　「小説NON」　1999年
ゆめこ縮緬　ゆめこちりめん
　皆川博子　「小説すばる」　1997年
ゆり籠　ゆりご
　石牟礼道子　「群像」　2001年
ゆれる向日葵　ゆれるひまわり
　如月のの　日本文芸社　2008刊
ようこそ怪物ラビリンス　ようこそもんすたーらびりんす
　浦川まさる　集英社　1995刊
よりよい死　よりよいまたい
　伊達一行　「月刊すばる」　1992年
よろづ春夏冬中　よろずあきないちゅう
　長野まゆみ　「別冊文藝春秋」　2003年
わが恨　わがはん
　雲嶋幸夫　《詩集》土曜美術社出版販売　2006刊

カタカナ

アイの果実　あいのみ
　汐音《詩集》文芸社　2005刊
アプカサンペの母　あぷかさんぺのはぽ
　林和太　「早稲田文学」　1991年
アマデウスの詩、謳え敗者の王　あまでうすのうたうたえはいじゃのおう
　細音啓　富士見書房　2007刊
アリアではじまる聖譚曲　ありあではじまるおらとりお
　西本紘奈　角川書店　2009刊
アリシーダの詩　ありしーだのうた
　アガーシィ　文芸社　2007刊
アンジェリーク守護聖ラプソディ　あんじぇりーくがーでぃあんらぷそでぃ
　須和雪里　光栄　1998刊
イキテール・詩集　いきてーるそんぐ
　沢すすむ《詩集》花神社　2001刊
イコール愛　いこーるらぶ
　斎藤綾子　「小説宝石」　1993年
イシュタルの呪歌　いしゅたるのまがうた
　六道慧　双葉社　1994刊
イジ女　いじめ
　春口裕子　双葉社　2008刊
イスベルの戦賦　いすべるのうた
　新城カズマ　エンターブレイン　2003刊
イマジン秘蹟　いまじんさくらめんと
　本田透　角川書店　2007刊
ウィーン挽歌　うぃーんくらーげんりーと
　諸橋宏明　日本図書刊行会　1997刊
ヴァンパイア騎士　ゔぁんぱいあないと
　樋野まつり,藤咲あゆな　白泉社　2008刊
エアライン・ストーリー不時着　えあらいんすとーりーだいぶあうと
　安部譲二　「小説フェミナ」　1992年

カタカナ

エイリアン刑事　えいりあんでか
　大原まり子　朝日ソノラマ　1991刊
エクサール騎士団　えくさーるらい
　　えのーつ
　若木未生　集英社　1991刊
エデンの欠片　えでんのかけら
　浅田ノナ　光文社　2007刊
エデンの都市　えでんのまち
　小林蒼　青磁ビブロス　1995刊
オサムの朝　おさむのあした
　森詠　集英社　1994刊
オタ繊 綿貫係長　おたせんわたぬき
　　かかりちょう
　梛月美智子　「小説宝石」　2010年
オヨネン婆の島　およねんばあの
　　しま
　熊谷達也　「小説新潮」　2004年
カインの刻印　かいんのしるし
　五魚茶乙　文芸社　2005刊
カスタネット小夜曲　かすたねっと
　　せれなーで
　神崎春子　角川書店　1997刊
カリブの微風　かりぶのそよかぜ
　沢ひでを　日本図書刊行会　1997刊
カルパチア綺想曲　かるぱちあらぷ
　　そでぃ
　田中芳樹　光文社　1994刊
カルメンお艶　かるめんおつう
　阿刀田高　「オール讀物」　2006年
カンダタ、審判の刻　かんだたざじ
　　ゃっじめんと
　ぽぺち　講談社　2009刊
ガメラvs不死鳥　がめらたいふぇに
　　っくす
　高橋二三　小学館　1995刊
ガンパレード・マーチ逆襲の刻　が
　　んぱれーどまーちぎゃくしゅうの
　　とき
　榊涼介　アスキー・メディアワーク
　　ス　2009刊

キスの欠片　きすのかけら
　和泉桂　講談社　2000刊
ギリシャ通りは夢夢と　ぎりしぁと
　　おりはぼうぼうと
　中薗英助　「群像」　1999年
クィンティーザの隻翼　くぃんてぃ
　　ーざのかたはね
　響野夏菜　集英社　1997刊
クリスマス交響曲　くりすますしん
　　ふぉにー
　広原美和子　近代文芸社　1994刊
クルスと風水井　くるすとふんし
　　ーがー
　大城立裕　「群像」　2001年
グラルナイト戦争　ぐらるないとう
　　ぉー
　藤原征矢　朝日ソノラマ　1991刊
コードネームは蠍の心臓　こーど
　　ねーむはこるすこるぴお
　仙道はるか　講談社　2004刊
コキュ伯爵夫人の艶事　こきゅはく
　　しゃくふじんのつやごと
　藤本ひとみ　「小説新潮」　1994年
ココ・シャネルの向日葵　ここしゃ
　　ねるのひまわり
　夏季真矢　中央公論新社　1999刊
ゴーストたちの屍体　ごーすとたち
　　のむくろ
　生島治郎　「小説宝石」　1998年
サイト門のひらき方　さいとげーと
　　のひらきかた
　柄刀一　「小説NON」　2006年
サイレント竜　さいれんとろん
　小貫和也　文芸社ビジュアルアート
　　2009刊
サクラダ一族　さくらだふぁみりあ
　村上政彦　「文學界」　1991年
サハリンの鮠　さはりんのいとう
　河井大輔　「小説TRIPPER」　2004年
ザ・用心棒　ざばんさー

7

カタカナ

菊地秀行　「小説宝石」　1989年
シンガポール蜜月旅行殺人事件　しんがぽーるはねむーんさつじんじけん
　山村美紗　「小説現代」　1989年
シンデレラ狂想曲　しんでれららぷそでぃー
　雑破業　辰巳出版　1996刊
シンデレラ症候群　しんでれらしんどろーむ
　栗本薫　新潮社　1992刊
ジュリエット狂騒曲　じゅりえっとらぷそでぃ
　児波いさき　集英社　1991刊
ジョージタウンの女　じょーじたうんのひと
　中田泰寿　文芸社　2005刊
ス＝ガンの刻　すがんのとき
　日下部匡俊　エニックス　2003刊
スキの領域　すきのてりとりー
　鹿住槇　角川書店　2001刊
スキまでの距離　すきまでのでぃすたんす
　鹿住槇　角川書店　2001刊
スナフキンの午睡　すなふきんのひるね
　麦生郁　幸福の科学出版　2009刊
スマン!刑事でごめんなさい。　すまんでかでごめんなさい
　北芝健　宝島社　2008刊
スミレ刑事の花咲く事件簿　すみれでかのはなさくじけんぼ
　石平ひかり　講談社　2010刊
セント・マシューズの冬物語　せんとましゅーずのうぃんたーている
　徳田央生　小学館　1998刊
セント・マシューズの同窓生　せんとましゅーずのおーるどぼーいず
　徳田央生　小学館　1999刊

セント・マシューズの春の雨　せんとましゅーずのすぷりんぐれいん
　徳田央生　小学館　1998刊
セント・マシューズの夏の夢　せんとましゅーずのさまーどりーむ
　徳田央生　小学館　1997刊
ゼロの球体　ぜろのすふぃあ
　江澤涼太　文芸社　2008刊
ゼロ視界下の遊戯者　ぜろしかいかのぷれいやー
　大塚真　東京図書出版会　1999刊
タジキスタン狂詩曲　たじきすたんらぷそでぃー
　白井愛　れんが書房新社　2001刊
チャネリング刑事　ちゃねりんぐこっぷ
　景山民夫　「小説現代」　1991年
ツボ師染谷病帖　つぼしせんこくやまいちょう
　山本一力　「小説TRIPPER」　2004年
ティー・パーティー宇宙へ飛ぶ　てぃーぱーてぃーそらへとぶ
　皆川ゆか　講談社　1991刊
テハギは旅人のまま　てはぎはなぐねのまま
　磯貝治良　「新日本文學」　1994年
テロルの遁走曲　てろるのふーが
　大泉康雄　ラインブックス　2002刊
トーのおれん　といちのおれん
　杉本章子　「オール讀物」　2009年
ドラゴンプリンセスの招待状　どらごんぷりんせすのらぶこーる
　園田英樹　富士見書房　1990刊
ドラゴン刑事!　どらごんでか
　東海林透輝　講談社　2005刊
ナイショの恋愛遊戯　ないしょのらぶげーむ
　水司亮　リーフ出版　1997刊
ナニワ金鉄道　なにわきんてつどう
　勝谷誠彦　「小説宝石」　2004年

カタカナ

ニューヨークの女に送る恋文　にゅーよーくのひとにおくるこいぶみ
　小松崎松平　新風舎　2006刊
ネオ首領　ねおどん
　大下英治　「小説NON」　1992年
ネット蟻地獄　ねっとすぱいらる
　溝口敦　光文社　2002刊
ハイスクール狂詩曲　はいすくーるらぷそでぃー
　雨城まさみ　小学館　1996刊
ハミルティアの花庭　はみるてぃあのがーでん
　香月沙耶　エンターブレイン　2009刊
ハムレット狂詩曲　はむれっとらぷそでぃー
　服部まゆみ　光文社　1997刊
バイバイ,烏骨鶏　ばいばいぶらっくばーど
　花房孝典　情報センター出版局　1990刊
バック・トゥ・ザ・殺人　ばっくとぅざまーだー
　森真沙子　「小説NON」　1989年
バッツィーの嫌嫌園　ばっつぃーのいやいやえん
　加藤幸子　「群像」　2008年
バブルの所為の性　ばぶるのせいのせい
　志賀貢　「小説宝石」　1996年
バンコクの狙撃者　ばんこくのすないぱー
　中津文彦　「野性時代」　1990年
バンコク熟年旅行殺人事件　ばんこくふるむーんさつじんじけん
　山村美紗　「小説現代」　1989年
パールピンクな妖精　ぱーるぴんくなふぇありー
　ひかわ玲子　集英社　1993刊
パラダイス野郎　ぱらだいすほーいず
　西田俊也　集英社　1990刊

パルチャ打鈴　ぱるちゃたりよん
　深沢夏衣　「群像」　1998年
パンドーラの匣　ぱんどーらのはこ
　今邑彩　「小説新潮」　2000年
ファルティマの夜想曲　ふぁるてぃまののくたーん
　葉山透　エンターブレイン　2007刊
ブラインド・戦士・竜　ぶらいんどふぁいたーりゅう
　牛次郎　「小説NON」　1991年
プラスチックの一片　ぷらすちっくのかけら
　川村かおり　「月刊カドカワ」　1993年
プラスチック高速桜　ぷらすちっくすぴーどちぇりー
　小川顕太　「小説現代」　1990年
プリンセスの一人軍隊　ぷりんせすのわんまんあーみー
　渡邊裕多郎　朝日ソノラマ　2004刊
プロメテウスの輪舞曲　ぷろめてうすのろんど
　安芸一穂　朝日ソノラマ　1990刊
ベビー・フェイスの無頼漢　べびーふぇいすのならずもの
　菊地秀行　「小説NON」　1998年
ベルリン舞曲　べるりんぽろねーず
　中村正軌　「オール讀物」　1991年
ホーム・スウィート殺人　ほーむすうぃーとほみさいど
　山口雅也　「小説TRIPPER」　2004年
ホタラ綺譚余滴　ほたらばなすよてき
　崎山多美　「群像」　2002年
ボクが病気になった理由　ぼくがびょうきになったわけ
　永井明　平凡社　1990刊
ポランスキーも小男だけど　ぽらんすきーもちびだけど
　中平まみ　「野性時代」　1995年

1 画（一）

マニュアル本の運命　まにゅあるほんのさだめ
　心香彩　文芸社　2009刊
ママチャリ刑事　ままちゃりでか
　小松江里子　光文社　1999刊
マリオネットの譚詩　まりおねっとのばらーど
　菊地秀行　朝日ソノラマ　1994刊
マリオネット園　まりおねっとらんど
　霧舎巧　講談社　2001刊
マリリン・モンロー計画　まりりんもんろーぷろじぇくと
　典厩五郎　祥伝社　1997刊
マルグリートの輪舞曲　まるぐりーとのろんど
　茅田砂胡　中央公論新社　2008刊
マルタの碑　まるたのいしぶみ
　秋月達郎　「小説NON」　2001年
ミカドの淑女　みかどのおんな
　林真理子　「新潮45」　1989年
ミステリー映画祭の女　みすてりーえいがさいのひと
　中津文彦　「小説宝石」　1998年
ミドリガメ症候群　みどりがめしんどろーむ
　新井千裕　扶桑社　1990刊
ミニスカ宇宙海賊　みにすかぱいれーつ
　笹本祐一　朝日新聞出版　2008刊
メイド刑事　めいどでか
　早見裕司　ソフトバンククリエイティブ　2006刊
メビウスの時の刻　めびうすのときのとき
　船戸与一　中央公論社　1993刊
メル春夫人　めるしゅんふじん
　家田荘子　「小説宝石」　2001年
モンローへの鎮魂曲　もんろーへのれくいえむ
　胡桃沢耕史　「小説現代」　1993年

ユリの英雄　ゆりのひーろー
　塩田丸男　「小説宝石」　1998年
ヨコハマ夢譚　よこはまゆめかたり
　笠原淳　白水社　1991刊
リーダーへ贈る詩　りーだーへおくるうた
　松崎俊道　《詩集》　近代消防社　2010刊
リタイア刑事沖島泰三　りたいあでかおきしまたいぞう
　広山義慶　実業之日本社　2006刊
レ点　かえりてん
　西村望　「問題小説」　2001年
ロックンロール鉄道　ろっくんろーるれいる
　古川日出男　「小説すばる」　2004年
ロマンスの破片たち　ろまんすのかけらたち
　東りん　ベストセラーズ　1998刊
ワイン畑の歌姫　わいんばたけのでぃーば
　石原信浩　文芸社　2004刊
ワガネ沢水祭りと黄金人　わがねざわみずまつりとあーます
　伊達一行　「月刊すばる」　1998年
ワシントンハイツの旋風　わしんとんはいつのかぜ
　山本一力　「小説現代」　2002年

1 画

【一】

一つ音　ひとつね
　岡本眸　《句集》　ふらんす堂　2005刊
2 一人詩　いとし
　原一人　《詩集》　新風舎　2006刊
一入　ひとしお
　朝倉かすみ　「小説現代」　2004年

10

1画（一）

4 一文字の詩　ひともじのうた
　山川道子　《詩集》　文芸社　2002刊
　一文字胴　いちもんじどう
　鳥羽亮　「小説NON」　1999年
　一月物語　いちげつものがたり
　平野啓一郎　「新潮」　1998年
　一片の花びら　ひとひらのはなびら
　茜千鶴子　文芸館　2006刊

5 一本榁　いっぽんしきみ
　坂東眞砂子　「小説王」　1994年
　一穴の女　ひとつあなのおんな
　田中康夫　「小説新潮」　1994年

6 一両札　いちりょうさつ
　木内昇　「オール讀物」　2010年

7 一坏の涙　ひとつきのなみだ
　金木幸治　日本図書刊行会　1994刊
　一条の光を見つめて　ひとすじのひかりをみつめて
　比留間美代子　《詩集》　新風舎　1999刊
　一角獣　あーばんゆにこーん
　横溝美晶　「小説NON」　1992年
　一角獣の繭　ゆにこーんのまゆ
　篠田真由美　講談社　2007刊
　一角獣幻想　ゆにこーんないとめあ
　中島望　講談社　2009刊
　一言　ひとこと
　曽野綾子　「小説新潮」　2000年
　一言主の神　ひとことぬしのかみ
　町田康　「新潮」　2004年

8 一刻者　いっこくもの
　海老沢泰久　「小説宝石」　2009年
　一夜の客　いちやのきゃく
　杉本苑子　読売新聞社　1998刊
　一夜の姫　ひとよるのひめ
　桐夜　ソフトバンククリエイティブ　2009刊
　一杯の歌　すたいんそんぐ
　内海隆一郎　文芸春秋　1992刊

　一炊の夢　いっすいのゆめ
　小池真理子　「小説新潮」　2006年

9 一郎の集金　いちろうのきりとり
　安部譲二　「問題小説」　1994年

10 一粍の根　いちみりめーとるのね
　福本須代子　《句集》　東京四季出版　1992刊
　一途　いちず
　吉田修一　「野性時代」　2009年

11 一眼女　ひとつめおんな
　椎名誠　「文學界」　2003年
　一雫　ひとしずく
　大野朱香　《句集》　ふらんす堂　2007刊

12 一場の夢　いちじょうのゆめ
　西木正明　「小説すばる」　2002年
　一期のクラス会　いちごのくらすかい
　森村誠一　「問題小説」　2005年
　一期物語―源空行状図絵　いちごものがたりげんくうぎょうじょうずえ
　秋月達郎　「小説NON」　1998年
　一椀の詩　ひとわんのし
　梶原サナヱ　《川柳集》　友月書房　2004刊
　一葦　いちい
　本橋康子　《句集》　花神社　2008刊
　一葉　いちよう
　出久根達郎　「オール讀物」　2007年
　一葉舟　ひとはぶね
　領家高子　日本放送出版協会　2004刊

13 一詩一作が心に届きますように　ひとつひとつがあなたにとどきますように
　柊リョウ　《詩集》　新風舎　2007刊

15 一億円の幸福　いちおくえんのしあわせ
　藤田宜永　「小説工房」　1996年

1画（乙）2画（七, 乂, 九）

18 一瞬のラブゲーム　ひとときのらぶげーむ
　　菊村到　「小説city」　1989年

【乙】

13 乙路　おとじ
　　乙川優三郎　「小説新潮」　2006年

2 画

【七】

　　七ヶ岳の怪誕　ななつがたけのかいたん
　　へろりん　日本文学館　2007刊
2 七十路の果て　なそじのはて
　　保坂リエ　《句集》　東京四季出版　2008刊
3 七子山心中　ななこやましんじゅう
　　山上龍彦　「小説王」　1995年
4 七化け　ななばけ
　　松本賢吾　双葉社　2008刊
5 七本桜　ななもとざくら
　　皆川博子　「小説宝石」　1992年
7 七谷屋形　ななたにやがた
　　皆川博子　「小説新潮」　1993年
8 七夜物語　ななよものがたり
　　土居良一　講談社　2002刊
10 七姫幻想　ななひめげんそう
　　森谷明子　双葉社　2006刊
　　七姫伝説恋の墓標　ななひめでんせつこいのぼひょう
　　山崎洋子　中央公論社　1994刊
　　七姫物語　ななひめものがたり
　　高野和　メディアワークス　2003刊
13 七歳美郁と虚構の王　ななとせみいくときょこうのおう
　　陸凡鳥　小学館　2008刊
21 七竈　ななかまど

　　伊藤昌子　《句集》　東京四季出版　2007刊
　　七竈　ななかまど
　　鈴木りう三　《句集》　東京四季出版　1989刊

【乂】

3 乂丫伝説　がいあでんせつ
　　半村良　主婦の友社　1999刊

【九】

　　九　ここの
　　岩田宏　草思社　1998刊
1 九一　くっぴん
　　鳴海丈　「小説宝石」　2004年
2 九十九81悪剣伝　つくもやそいちあくけんでん
　　タタツシンイチ　徳間書店　2008刊
　　九十九十九　つくもじゅうく
　　舞城王太郎　講談社　2003刊
　　九十九川　つづれがわ
　　新倉和子　《句集》　紅書房　2005刊
　　九十九折の華　ぬかるみのはな
　　田島ちう　《歌集》　文芸社　2006刊
　　九十九菓子店の夫婦　つくもかしてんのふうふ
　　甲田四郎　《詩集》　ワニ・プロダクション　1992刊
5 九辺騒動　くんべそうどう
　　吉田浩　日本図書刊行会　1999刊
8 九季子　くきこ
　　山本昌代　「海燕」　1995年
　　九官鳥刑事　きゅうかんちょうでか
　　阿智太郎　メディアワークス　2000刊
9 九重の雲　ここのえのくも
　　東郷隆　実業之日本社　2009刊
10 九竜に昇る日は　かおるんにのぼるひは
　　高野裕美子　集英社　2002刊
　　九竜の牙　くーろんのきば

2画（二）

　　　志津三郎　双葉社　1990刊
　　九竜の赤い牙　くーろんのあかい
　　　きば
　　　中堂利夫　勁文社　1989刊
　　九竜捜査線　くーろんそうさせん
　　　神無月ふみ　中央公論社　1996刊
12　九絵尽し　くえづくし
　　　柴田哲孝　「小説宝石」　2009年
14　九罰の悪魔召喚術　くばつのあくま
　　　しょうかんじゅつ
　　　折口良乃　アスキー・メディアワー
　　　クス　2009刊
16　九頭竜川　くずりゅうがわ
　　　大島昌宏　新人物往来社　1991刊
　　九頭竜河畔に生まれて　くずりゅう
　　　かはんにうまれて
　　　荒井博　文芸社　2002刊
　　九頭竜神社殺人事件　くずりゅうじ
　　　んしゃさつじんじけん
　　　中村うさぎ　講談社　2003刊

【二】

　　二〇五〇年冷凍人間の朝　にせん
　　　ごじゅうねんれいとうにんげんのあ
　　　した
　　　平山嵯　青娥書房　1999刊
2　二乃座　にのくら
　　　茂惠一郎　《句集》　角川書店　2005刊
　　二人乗りで行こう　たんでむでい
　　　こう
　　　我孫子武丸　「小説NON」　2004年
　　二人唱　あんさんぶる
　　　土橋磨由未　《歌集》　邑書林　2002刊
　　二人道成寺　ににんどうじょうじ
　　　近藤史恵　文藝春秋　2004刊
　　二十六夜待　にじゅうろくやまち
　　　小杉健治　「小説NON」　2000年
　　二十歳の変奏曲　はたちのへんそう
　　　きょく
　　　稲葉稔　光文社　2010刊

3　二、三子、其の人を錯ることなか
　　れ　にさんこそのひとをあやまる
　　ことなかれ
　　　佐藤雅美　「月刊J-novel」　2002年
4　二天の鵙　にてんのもず
　　　澤田ふじ子　「問題小説」　2000年
　　二日月　ふつかづき
　　　江沢英道　《詩集》　新風舎　2003刊
6　二色人の夜　にいるぴとのよる
　　　荒俣宏　角川書店　1993刊
9　二度童　にどわらべ
　　　領家高子　「野性時代」　2010年
　　二彦面影草紙　ふたひこおもかげそ
　　　うし
　　　高橋義夫　「小説中公」　1993年
　　二胡少女　にこしょうじょ
　　　小池昌代　「小説宝石」　2004年
　　二荒の早蕨　ふたらのさわらび
　　　田辺聖子　「月刊すばる」　1999年
　　二重の虹　ふたえのにじ
　　　嶋三四郎　《歌集》　短歌研究社
　　　1993刊
　　二重奏　でゅお
　　　赤川次郎　講談社　2001刊
　　二重奏　でゅえっと
　　　川上大輪,川上富湖　《川柳集》　葉文
　　　館出版　1999刊
　　二重奏を翼にかえて　でゅおをつば
　　　さにかえて
　　　桑原水菜　集英社　2010刊
　　二重標的　だぶるたーげっと
　　　今野敏　勁文社　1996刊
　　二風谷決闘録　にぶたにけっとう
　　　ろく
　　　佐々木譲　「小説すばる」　1991年
12　二階座席の女　にかいしーとのお
　　んな
　　　西村京太郎　「小説現代」　1991年
　　二階堂警視の私刑　にかいどうけい
　　　しのりんち

13

2画（人）

　　斎藤栄　光文社　1998刊
　二階堂警視の毒蜘蛛　にかいどうけいしのどくぐも
　　斎藤栄　「小説宝石」　1997年
　二階堂警視の暗黒星　にかいどうけいしのぶらっくほーる
　　斎藤栄　「小説宝石」　1999年
　二階堂警部最後の危機　にかいどうけいぶさいごのぴんち
　　斎藤栄　光文社　1993刊
17　二藍　ふたあい
　　上田禎子　《句集》　角川書店　2007刊

【人】

　人が死なない理由　ひとがしなないわけ
　　牛込覚心　国書刊行会　2007刊
　人こひ初めしはじめなり　ひとこいそめしはじめなり
　　飯野文彦　「小説NON」　2001年
　人の守る山 神坐す山　ひとのもるやまかみいますやま
　　根本幸夫　《歌集》　万来舎　2005刊
4　人文　じんもん
　　三井葉子　《詩集》　編集工房ノア　2010刊
　人日　じんじつ
　　池内安彦　《歌集》　短歌新聞社　2009刊
　人日　じんじつ
　　神原栄二　《句集》　北溟社　2002刊
　人日　じんじつ
　　浜明史　《句集》　本阿弥書店　2000刊
5　人外境の殺人　にんがいきょうのさつじん
　　早見江堂　講談社　2009刊
　人外魔境の秘密　ろすとわーるどのひみつ
　　横田順弥　新潮社　1991刊
　人生玩具箱　じんせいおもちゃばこ

　　一井一行　《詩集》　日本文学館　2007刊
6　人気女優は何故に惨殺される？　にんきあいどるはなぜにざんさつされる
　　若桜木虔　「小説宝石」　1993年
7　人囮　ひゅーまんべいと
　　三枝洋　「小説宝石」　2004年
　人妖　あやしのもの
　　小林恭二　「小説すばる」　1999年
　人形　ぎにょる
　　佐藤ラギ　新潮社　2003刊
　人形　どーる
　　水島裕子　「小説NON」　1997年
　人形　ひとがた
　　水原紫苑　「月刊すばる」　2004年
　人形が唄う鎮魂歌　にんぎょうがうたうれくいえむ
　　磯部立彦　近代文芸社　1995刊
　人形たちの輪舞　にんぎょうたちのろんど
　　遠田緩　集英社　1996刊
　人形の詩　にんぎょうのうた
　　武田保清　近代文芸社　1994刊
　人形草紙あやつり左近　からくりぞうしあやつりさこん
　　写楽麿　集英社　1996刊
　人形婚伝説の殺人　むかさりでんせつのさつじん
　　平竜生　祥伝社　1989刊
8　人参倶楽部　にんじんくらぶ
　　佐藤正午　「小説すばる」　1987～1989年
　人取橋の決戦　ひととりばしのけっせん
　　津本陽　「問題小説」　2009年
9　人皇王流転　じんこうおうるてん
　　田中芳樹　「小説すばる」　2006年
　人首川　ひとかべがわ
　　菅安恭子　日本文学館　2004刊

2画（入，八，刀，力）

10 人格症候群　ぺるそなしんどろーむ
　　内海康也　《詩集》　土曜美術社出版販売　2010刊

　　人狼　でぃんご
　　須藤明生　広済堂出版　1990刊

11 人魚と提琴　にんぎょとうぁいおりん
　　石神茉莉　講談社　2008刊

　　人魚の切片　にんぎょのかけら
　　野田麻生　角川書店　2000刊

12 人喰勇魚　ひとくいさな
　　平山夢明　「小説宝石」　2001年

　　人間　じんかん
　　上田貴美子　《句集》　角川書店　2004刊

　　人間　じんかん
　　西村逸朗　《句集》　友月書房　2004刊

　　人間万事情世中　にんげんばんじなさけのよのなか
　　犬飼六岐　「小説新潮」　2008年

　　人間減らし　ひとべらし
　　吉野川潤　文芸社　2001刊

　　人間麒麟　あんてぃおくす
　　東条恒樹　近代文芸社　1996刊

15 人霊　ひとだま
　　近藤七郎　《詩集》　日本図書刊行会　1998刊

16 人寰　じんかん
　　寺井谷子　《句集》　毎日新聞社　2001刊

　　人寰　じんかん
　　深谷雄大　《句集》　あいわプリント出版部　2010刊

　　人獣細工　にんじゅうざいく
　　小林泰三　角川書店　1997刊

23 人攫い　ひとさらい
　　阿部牧郎　「問題小説」　2006年

　　人攫い　ひとさらい
　　小川国夫　「群像」　1999年

【入】

4 入内遺聞　じゅだいいぶん
　　嶋津義忠　小学館　2002刊

10 入梅　にゅうばい
　　乃南アサ　「小説NON」　1997年

14 入聟　いりむこ
　　北原亞以子　「小説新潮」　2004年

【八】

　　八ツ面山　やつもてやま
　　加古宗也　《句集》　本阿弥書店　2000刊

3 八女津媛　やめつひめ
　　木下紀子　《句集》　ふらんす堂　2009刊

4 八方美人のpoemix　やかたよしとのぽえみっくす
　　八方美人　《詩集》　文芸社　2001刊

　　八月の幽霊　まなつのゆうれい
　　西尾久弥　《詩集》　新風舎　2003刊

6 八州廻御用日録　はっしゅうまわりごようにちろく
　　西村望　「小説NON」　1999年

12 八尋　やひろ
　　前田光史　《句集》　蒼岳舎　2005刊

16 八頭　やつがしら
　　出久根達郎　「小説新潮」　1995年

【刀】

6 刀伊の襲来　といのしゅうらい
　　小田利久　レーヴック　2007刊

10 刀閃の刻　とうせんのとき
　　津本陽　双葉社　2010刊

11 刀盗人　かたなぬすっと
　　岩井三四二　「小説すばる」　2005年

14 刀語　かたながたり
　　西尾維新　講談社　2007刊

【力】

2 力人　ちからびと

15

2画（匕, 十, 又）

　　　もりたなるお　新潮社　1996刊
5　力石　ちからいし
　　　泡坂妻夫　「小説新潮」　1996年

【匕】
9　匕首の月　あいくちのつき
　　　ねじめ正一　「オール讀物」　2001年

【十】
　　十　じゅう
　　　桃谷方子　「小説現代」　2004年
2　十七歳の湯夫人　じゅうななさいのまだむたん
　　　勝山海百合　メディアファクトリー　2009刊
　　十二月石　とるこいし
　　　下木屋法華　《詩集》　近代文芸社　1994刊
　　十八面の骰子　じゅうはちめんのさいころ
　　　森福都　光文社　2003刊
4　十六夜　いざよい
　　　小泉つる子　《句集》　ふらんす堂　2003刊
　　十六夜　いざよい
　　　桜木紫乃　「野性時代」　2010年
　　十六夜の行方　いざよいのゆくえ
　　　森美樹　講談社　1995刊
　　十六夜の薔薇　いざよいのばら
　　　斉藤けやき　《詩集》　文芸社　2003刊
　　十六夜小僧　いざよいこぞう
　　　高橋義夫　「小説新潮」　1993年
　　十六夜幻鬼咄　いざよいげんきたん
　　　早坂律子　集英社　1993刊
　　十六夜右女之介月影日記　いざよいうめのすけつきかげにっき
　　　赤垣風遊夫　北樹出版　2010刊
　　十六夜扇　いざよいおうぎ
　　　朱雀めぐみ　文芸社　2010刊

　　十六夜華泥棒　いざよいはなどろぼう
　　　山内美樹子　光文社　2006刊
　　十六夜異聞　いざよいいぶん
　　　榎木洋子　集英社　2001刊
　　十六夜橋　いざよいばし
　　　石牟礼道子　筑摩書房　1999刊
6　十字の神逢太刀　じゅうじのかまいたち
　　　小笠原京　小学館　2009刊
　　十字架　くるす
　　　高見澤功　健友館　2000刊
　　十色箋　じっしきせん
　　　大滝貞一　《歌集》　沖積舎　2002刊
7　十花の水　とはなのみず
　　　霜月千尋　コスミック出版　2004刊
8　十坪のるつぼ　とつほのるつぼ
　　　外狩雅巳　日本文学館　2010刊
9　十津川警部「生命」　とつがわけいぶいのち
　　　西村京太郎　有楽出版社　2005刊
　　十津川警部「故郷」　とつがわけいぶこきょう
　　　西村京太郎　祥伝社　2004刊
　　十津川警部「標的」　とつがわけいぶざたーげっと
　　　西村京太郎　角川書店　2002刊
11　十瓶山有情　とかめやまうじょう
　　　平田とみ　東京図書出版会　2004刊
14　十種　とくさ
　　　小野たけし　《句集》　牧羊社　1992刊

【又】
15　又敵始末　またがたきしまつ
　　　西村望　「問題小説」　2001年

16

3 画

【下】

4 下戸の超然　げこのちょうぜん
　　絲山秋子　「新潮」　2010年

10 下針　さげばり
　　山本兼一　「小説NON」　2000年

11 下春残影　かしょうざんえい
　　島本正靖　《歌集》　角川書店　2009刊

15 下蕨もえし煙の　したわらびもえし
　　　けむりの
　　八剣浩太郎　「小説宝石」　1990年

16 下頭橋物語　げとうばしものがたり
　　堀ノ内香月　新風舎　2005刊

　 下頭橋異聞　げとうばしいぶん
　　吉岡健二　ルネッサンスブックス　2007刊

【三】

2 三人の聖母　さんにんのまりあ
　　荒川伊福　健友館　2004刊

　 三十一、五六　みそひとごろく
　　佐藤善一　《歌集》　津軽書房　1998刊

　 三十一文字　みそひともじ
　　水湖　《歌集》　文芸社　2000刊

　 三十一文字の青春　みそひともじの
　　　せいしゅん
　　日下部公保　《歌集》　近代文芸社
　　1997刊

　 三十一文字の詐欺罪　みそひともじ
　　　のさぎざい
　　本間泰世　《歌集》　葉文館出版
　　1999刊

4 三日子　みっかご
　　瀬野きみ子　《句集》　近代文芸社
　　1990刊

　 三日血川　みつかちがわ
　　羽太雄平　「小説宝石」　1994年

　 三月の鯊　さんがつのはや
　　藤沢周平　「オール讀物」　1989年

　 三毛猫ホームズの大改装　みけね
　　　こほーむずのりにゅーある
　　赤川次郎　「小説宝石」　1998年

　 三毛猫ホームズの好敵手　みけね
　　　こほーむずのらいばる
　　赤川次郎　光文社　1996刊

　 三毛猫ホームズの茶話会　みけね
　　　こほーむずのさわかい
　　赤川次郎　「小説宝石」　2007年

　 三毛猫ホームズの無邪気　みけね
　　　こほーむずのいのせんと
　　赤川次郎　「小説宝石」　1998年

5 三四二の事件　みよじのじけん
　　日下圭介　「小説NON」　1993年

　 三冬三春　みふゆみはる
　　乙川優三郎　「小説新潮」　2009年

6 三色菫　さんしきすみれ
　　赤瀬川隼　「小説新潮」　1996年

　 三行半　みくだりはん
　　小倉清孝　文芸社　2008刊

　 三行半　みくだりはん
　　佐藤雅美　「IN POCKET」　1998年

　 三行半　みくだりはん
　　成見歳広　《詩集》　土曜美術社出版
　　販売　1997刊

7 三別抄暴滅　さんべつしょうぼう
　　　めつ
　　荒山徹　「小説NON」　2006年

9 三郎菱　さぶろびし
　　泡坂妻夫　「小説NON」　1997年

10 三剣物語　みつるぎものがたり
　　ひかわ玲子　角川書店　1990刊

　 三流木萌花は名担当！　みつるぎ
　　　えかはめいたんとう
　　田口一　メディアファクトリー　2009刊

　 三途銭狂言佃島　わたしちんさんも
　　　んしばいのたねつくだじま
　　出久根達郎　「オール讀物」　1995年

17

3 画（上, 万, 与, 丸, 久, 乞）

11 三毬打　さぎちょう
　　津本陽　「月刊J-novel」　2002年
14 三増峠　みませとうげ
　　長沢正教　郁朋社　1999刊
19 三艶　さんえん
　　山科泉　「小説現代」　2006年

【上】

4 上方からの闇鬼　かみがたからのあんき
　　鈴木輝一郎　「別冊小説宝石」　1998年
　 上方ラプソディー　ぜえろくらぷそでぃー
　　鈴木万平　「小説現代」　1998年
　 上毛野　かみつけの
　　吉田未灰　《句集》　北溟社　2009刊
5 上田縞崩格子　うえだじまくずれごうし
　　望田市郎　「問題小説」　1992年
9 上海小夜曲　しゃんはいせれなーで
　　藤原万璃子　二見書房　2001刊

【万】

4 万厄介請負候　よろずやっかいうけおいそうろう
　　犬飼六岐　「小説現代」　2006年
　 万木　まき
　　百木千木　《句集》　東京四季出版　1989刊
6 万年青　おもと
　　伊集院静　「小説新潮」　1996年
　 万朵の桜、降るごとく　ばんだのさくらふるごとく
　　粉川宏　「小説新潮」　2004年
8 万幸　まんこう
　　小池昌代　「小説宝石」　2009年
9 万祝　まいわい
　　杉本章子　「オール讀物」　2009年
12 万葉集よ永遠に　うたとわに
　　錦和熙　東銀座出版社　2009刊

　 万貴妃　ばんきひ
　　陳舜臣　「小説新潮」　2002年
13 万歳　まんざい
　　秋山巳之流　《句集》　朝日新聞社　2001刊
16 万蕾の天　ばんらいのてん
　　近田千尋　《句集》　六法出版社　1991刊
22 万籟　ばんらい
　　石垣青茄子　《句集》　東京四季出版　2007刊

【与】

4 与太話浮気横槍　よたばなしうわきのよこやり
　　犬飼六岐　「小説新潮」　2007年
13 与話情浮貸横車　よわなさけうきがしのよこぐるま
　　佐藤雅美　「小説現代」　2005年

【丸】

4 丸太の鷹　まるたのたか
　　火浦功　「野性時代」　1992年

【久】

13 久遠　くどう
　　安水稔和　《詩集》　編集工房ノア　2008刊

【乞】

5 乞巧奠幻想　きこうでんげんそう
　　橘優子　文芸社　2002刊
　 乞目　こいめ
　　畠中恵　「小説宝石」　2005年
9 乞食柱　ほいとばしら
　　岩井志麻子　「小説新潮」　2001年
　 乞食道　こつじきどう
　　高橋義夫　「小説新潮」　1995年
　 乞食隠れ　ほいとかくれ
　　岩井志麻子　「小説新潮」　2004年

3画（亡, 刃, 千）

【亡】

4 亡夫のネクタイ　つまのねくたい
　　大槻佐知子　《歌集》　短歌研究社
　　2009刊

9 亡春　ぼうしゅん
　　加門七海　「青春と読書」　1998年

15 亡霊は夜歩く　ごーすとはよるあるく
　　はやみねかおる　講談社　2007刊

【刃】

刃の王　やいばのおう
　　神野オキナ　朝日新聞出版　2009刊

刃をまとう少女　やいばをまとうしょうじょ
　　高遠砂夜　集英社　2000刊

刃を砕く復讐者　やいばをくだくふくしゅうしゃ
　　ろくごまるに　富士見書房　1999刊

8 刃・青春の残像　やいばせいしゅんのざんぞう
　　新名紫門　文芸社　2007刊

9 刃風のうなり　はふうのうなり
　　潮見夏之　学研パブリッシング　2010刊

13 刃傷　にんじょう
　　津本陽　「小説NON」　1989年

15 刃舞　やいばまい
　　鈴木英治　中央公論新社　2004刊

19 刃艶　はづや
　　赤江瀑　「小説宝石」　1997年

【千】

千々石ミゲル　ちぢわみげる
　　青山敦夫　朝文社　2007刊

千の炎明り　せんのほあかり
　　吉沼ときわ　《歌集》　不識書院
　　2003刊

3 千三忌　せんぞうき
　　簾内敬司　岩波書店　2005刊

千三堂へようこそ　せんみつどうへようこそ
　　池戸裕子　ビブロス　2000刊

千子よ　ちねよ
　　大澤燁子　《戯曲》　戯曲春秋社
　　2002刊

4 千切良十内殺し控　ちぎらじゅうないころしひかえ
　　峰隆一郎　「小説NON」　1999年

千手川　せんずがわ
　　古谷春子　《歌集》　短歌研究社
　　1993刊

千日紅　せんにちこう
　　東めぐみ　新風舎　2004刊

千日紅の恋人　せんにちこうのこいびと
　　帚木蓬生　新潮社　2005刊

千木　ちぎ
　　西宮舞　《句集》　富士見書房　2001刊

5 千石西風　せんごくにし
　　岩橋玲子　《句集》　文學の森　2010刊

6 千両の一失　せんりょのいっしつ
　　泡坂妻夫　「小説宝石」　2007年

千両鶯　せんりょううぐいす
　　海老沢泰久　「オール讀物」　2007年

千年の黙　せんねんのしじま
　　森谷明子　東京創元社　2003刊

千年恋する恋歌はお好き　せんねんこいするらぶそんぐはおすき
　　今村マユミ　《詩集》　日本図書刊行会　2009刊

千年旅人　せんねんたびと
　　辻仁成　集英社　1999刊

7 千住掃部宿　せんじゅかもんじゅく
　　峰隆一郎　「問題小説」　1994年

千住、謀る　せんじゅたばかる
　　田牧大和　「問題小説」　2010年

10 千姫と乳酪　せんひめとばたー
　　竹田真砂子　「小説すばる」　1993年

11 千鳥の道行　ちどりのみちゆき

3 画（口，土，夕）

菅浩江　「小説宝石」　2007年
千鳥絎　ちどりぐけ
松田琴女　《句集》　本阿弥書店　2003刊

【口】

口ごたへすまじと思ふ木瓜の花　くちごたえすまじとおもうぼけのはな
森内俊雄　「潮」　1994年

14 口説き上手の狩人　くどきじょうずのはんたー
辻井李咲　冬水社　1997刊

口説北斎　くぜつほくさい
藤本義一　「小説新潮」　1996年

【土】

6 土耳古石　とるこいし
浦野菜摘　《句集》　ビレッジプレス　1995刊

土耳古石は忘れない　とるこいしはわすれない
前田栄　新書館　1999刊

土耳古桔梗　とるこききょう
奥野キミ子　《歌集》　短歌研究社　2007刊

10 土恋　つちこい
津村節子　「ちくま」　2003年

土竜　もぐら
宇久崇博　《詩集》　新風舎　1999刊

土竜　もぐら
出久根達郎　「本」　1998年

土竜と風と　もぐらとかぜと
山本ミツエ　《歌集》　砂子屋書房　2001刊

12 土筆　つくし
藪本積穂　《句集》　牧羊社　1992刊

土筆女　つくしめ
村田喜代子　「新潮」　2000年

土筆野　つくしの
藤田洋子　《句集》　本阿弥書店　2003刊

13 土塊　つちくれ
藤埜まさ志　《句集》　本阿弥書店　2007刊

土鈴　どれい
清水桂泉子　《句集》　近代文芸社　1991刊

土鈴　どれい
田方建子　《句集》　文學の森　2004刊

土鈴　どれい
横田靜子　《句集》　朝日新聞社　2002刊

土鈴雛　どれいびな
田島蔦子　《句集》　文學の森　2010刊

【夕】

4 夕月夜　ゆうづくよ
築山桂　徳間書店　2009刊

夕木霊　ゆうこだま
小泉史昭　《歌集》　本阿弥書店　2006刊

6 夕光の小宴　ゆうかげのしょうえん
岡田潮子　《歌集》　美研インターナショナル　2004刊

7 夕辛夷　ゆうこぶし
佐藤信三　《句集》　角川書店　1997刊

8 夕炎　ゆうほむら
伊藤美津世　《歌集》　角川書店　1996刊

9 夕星　ゆうづつ
美研インターナショナル　《句集》　美研インターナショナル　2009刊

夕星　ゆうづつ
森山道子　《歌集》　ながらみ書房　2001刊

夕星　ゆうづつ
吉田茂　文芸社　2009刊

夕星草　ゆうほしそう
小野塔子　《句集》　東京四季出版　1989刊

夕星記　ゆうづつき
　松本ノリ子　《歌集》　短歌研究社　2000刊

夕海子　ゆみこ
　薄井ゆうじ　アートン　2002刊

10 夕時雨　ゆうしぐれ
　常盤新平　「小説NON」　1999年

11 夕彩の波　ゆうあやのなみ
　安住洋子　「小説新潮」　2008年

夕紫苑　ゆうしおん
　藤水名子　「小説すばる」　1994年

12 夕陽　せきよう
　岩柳はな　《歌集》　短歌研究社　1993刊

夕陽の梨　せきようのなし
　仁木英之　学習研究社　2008刊

13 夕照　せきしょう
　古賀ひろ江　《歌集》　六法出版社　1997刊

15 夕暴雨　ゆうばくう
　今野敏　角川春樹事務所　2010刊

【大】

大への挑戦　めじゃーへのちょうせん
　稲葉千門　「小説現代」　1998年

大わっぱ助平　おおわっぱすけいち
　火坂雅志　「小説NON」　1996年

3 大山　だいせん
　鈴木光司　「小説宝石」　2000年

5 大正三年の狙撃手　たいしょうさんねんのすないぱー
　三咲光郎　「オール讀物」　1998年

大目小目　おおめこめ
　逢坂剛　「オール讀物」　2005年

大石寺・大坊物語　たいせきじだいぼうものがたり
　渡辺雄範　エバラオフィス　2005刊

6 大休　だいきゅう
　戸部新十郎　「問題小説」　1990年

大名華族の裔　だいみょうかぞくのすえ
　南條範夫　「オール讀物」　1989年

大地母神　てらまーてる
　日野鏡子　アスペクト　1995刊

大地物語　ぐれいとぷれいすものがたり
　荻野目悠樹　エンターブレイン　2000刊

大字哀野　おおあざあいや
　室井光広　「群像」　1994年

大宇宙のサムライ　おおぞらのさむらい
　吉岡平　富士見書房　1990刊

大庄屋のお姫さま　おおしょうやのおひいさま
　車谷長吉　「文學界」　2006年

大灰色　びっぐぐれー
　大沢宣彦　河出書房新社　1992刊

8 大和・栗鼠の長屋　やまとりすのながや
　鯨統一郎　「小説NON」　2001年

大虎の拳　だーふーのけん
　今野敏　徳間書店　1996刊

大邱へ　てぐへ
　新井豊吉　《詩集》　土曜美術社出版販売　2000刊

9 大首　おおくび
　京極夏彦　「小説現代」　2003年

10 大家　たいか
　林葉直子　「小説宝石」　2000年

大浪花別嬪番付　だいなにわべっぴんばんづけ
　有明夏夫　小学館　2008刊

11 大捨　たいしゃ
　戸部新十郎　「問題小説」　1993年

大蛇と氷の薔薇　おろちとこおりのばら
　岡野麻里安　講談社　2007刊

大蛇の棲む家　おろちのすむいえ
　豊田慧　文芸社　2008刊

3 画（女）

大蛇の絵　おろちのえ
　小黒昌一　「早稲田文学」　1999年
大蛇の橋　おろちのはし
　澤田ふじ子　幻冬舎　2001刊
大蛇天翔く　おろちあまがく
　小川笹舟　《句集》　角川書店　1994刊
大蛇伝説殺人事件　おろちでんせつさつじんじけん
　今邑彩　光文社　1998刊
大黒島　だいこくじま
　三輪太郎　「群像」　2010年
12 大厦成る　たいかなる
　広瀬鎌二　彰国社　1999刊
大悲の完成　こころのびっぐばん
　田鶴浜周一　文藝書房　2001刊
大智の炎祐天　だいちのほむらゆうてん
　草野和夫　叢文社　1998刊
13 大楠公の太刀　だいなんこうのたち
　浅田次郎　「小説すばる」　2000年
14 大榧　おおかや
　飯田京畔　《句集》　天満書房　1995刊
16 大謀略・真珠湾前夜　だいぼうりゃくぱーるはーばーぜんや
　志村裕次　コスミックインターナショナル　1998刊

【女】

女　ふぁむ
　藤田宜永　新潮社　2003刊
女たちの内戦　おんなたちのせるふうぉーず
　桂望実　朝日新聞社　2007刊
女たちの祝祭　おんなたちのぱれーど
　家田荘子　光文社　2007刊
女たちの迷路　おんなたちのらびりんす
　笹沢左保　徳間書店　1998刊
女たちの恋歌　おんなたちのそなた
　家田荘子　光文社　2005刊
女たちの時間　おんなたちのとき
　大浦ふみ子　「民主文学」　1998年
女たちの輪舞曲　おんなたちのろんど
　家田荘子　光文社　2000刊
女の浮城　おんなのうきしろ
　早乙女貢　読売新聞社　1996刊
2 女人入眼　にょにんじゅげん
　葉室麟　「小説現代」　2009年
4 女化　おなばけ
　黒羽英二　《戯曲》　カモミール社　2009刊
女王蜂出撃!　くいんびーしゅつげき
　夏見正隆　徳間書店　1995刊
5 女犯　にょぼん
　諸田玲子　「小説現代」　2003年
6 女叫らせの薬　おがらせのくすり
　西村望　「小説宝石」　1996年
7 女利き屋蛸六　めききやたころく
　雑賀俊一郎　学習研究社　2006刊
女囮　おんなおとり
　北原双治　「小説NON」　1997年
女形　おんながた
　不知火京介　講談社　2005刊
女形殺し　おやまごろし
　小杉健治　祥伝社　2007刊
女忍かげろう組　おんなしのびかげろうぐみ
　葉村彰子　ナイタイ　1991刊
女忍往生剣　くのいちおうじょうけん
　えとう乱星　学習研究社　2003刊
女身　にょしん
　桂信子　《句集》　邑書林　1996刊
8 女性力　うなぐぢきゃら
　田上悦子　《詩集》　コールサック社　2008刊
女林　じゃんぐる
　広山義慶　「問題小説」　1999年

女泣川花ごよみ　おなきがわはなごよみ
　　　　牧南恭子　ワンツーマガジン社　2005刊
　　女芽　めめ
　　　　吠児　《詩集》　新風舎　2005刊
　　女門付　おんなかどづけ
　　　　北原双治　「小説NON」　1997年
9　女帝・竜凰院麟音の初恋　じょてい　りゅうおういんりんねのはつこい
　　　　風見周　一迅社　2008刊
　　女変化　おんなへんげ
　　　　鳥羽亮　「問題小説」　2007年
　　女神　じょしん
　　　　久世光彦　新潮社　2003刊
　　女神　みゅーず
　　　　山口路子　マガジンハウス　2007刊
　　女神たちの輪舞曲　めがみたちのろんど
　　　　風波達仁　文芸社　2010刊
　　女神のための円舞曲　みゅーずのためのわるつ
　　　　大石英司　中央公論新社　2007刊
　　女神の午睡　ゔぃーなすのまどろみ
　　　　永井するみ　「文藝ポスト」　2004年
　　女神天国　めがみぱらだいす
　　　　千葉克彦　メディアワークス　1996刊
　　女軍曹・ジェーン　さーじゃんじぇーん
　　　　山崎巌　「小説宝石」　1990年
　　女郎花は死の匂い　おみなえしはしのにおい
　　　　原田真介　廣済堂出版　2005刊
　　女首領　ちゃいにーずごっどまざー
　　　　生島治郎　実業之日本社　1998刊
10　女哭　めこく
　　　　北原双治　「小説NON」　1992年
　　女恋坂　めれんざか
　　　　三田薫子　菁柿堂　2002刊
　　女殺　めさつ
　　　　中里融司　角川春樹事務所　2010刊

　　女豹特務刑事　れでぃーこっぷ
　　　　龍一京　広済堂出版　1992刊
　　女豹賞金稼ぎ　めひょうばうんてぃはんたー
　　　　龍一京　創現社出版　1994刊
11　女探偵・心臓を抉る恋　うーまんあいしんぞうをえぐるこい
　　　　司凍季　双葉社　1994刊
　　女探偵・幽霊殺人事件　うーまんあいゆうれいさつじんじけん
　　　　司凍季　双葉社　1995刊
　　女掏摸　おんなすり
　　　　鳥羽亮　「問題小説」　2010年
　　女教師は二度抱かれた　じょきょうしはにどだかれた
　　　　松尾スズキ　《戯曲》　「文學界」　2008年
　　女衒の供養　ぜげんのくよう
　　　　澤田ふじ子　幻冬舎　2007刊
　　女衒屋の恋　ぜげんやのこい
　　　　堂本烈　「問題小説」　2008年
　　女衒殺し　ぜげんごろし
　　　　嵯峨野晶　コスミック出版　2004刊
　　女陰陽師　おんなおんみょうじ
　　　　加野厚志　祥伝社　2000刊
　　女陰陽師湖底の鬼　おんなおんみょうじこていのおに
　　　　加野厚志　祥伝社　2001刊
12　女検校の秘戯帖　おんなけんぎょうのひぎちょう
　　　　赤松光夫　「問題小説」　2005年
13　女賊　じょぞく
　　　　橋本治　《戯曲》　「小説すばる」　1996年
14　女誑し　おんなたらし
　　　　鳥羽亮　「問題小説」　2006年
15　女敵待ち　めがたきまち
　　　　佐藤雅美　「IN POCKET」　1994年
　　女敵討　めがたきうち
　　　　浅田次郎　「中央公論」　2005年

23

3 画（子, 孑, 小）

女敵討ち　めがたきうち
　　吉岡道夫　コスミック出版　2004刊
16　女獣激闘　めじゅうげきとう
　　竹島将　「小説city」　1990年
17　女優の子守歌　あくとれすららばい
　　中原洋一　「小説宝石」　2002年
18　女難の男・春申君　じょなんのおとこしゅんしんくん
　　伴野朗　「小説すばる」　1992年

【子】

子ヲ喰ラフ脱衣婆　こをくらふだつえば
　　物集高音　「小説NON」　2002年
5　子母沢　しもざわ
　　遠藤亭々子　《句集》　そうぶん社出版　1998刊
6　子守り魔王と姫騎士団長　こもりまおうとおーでんめいあ
　　夕鷺かのう　エンターブレイン　2010刊
8　子供の領分　がきのりょうぶん
　　吉原理恵子　角川書店　1996刊
9　子神たち　こがみたち
　　佐田靖治　光泉堂　1996刊
11　子盗り　ことり
　　海月ルイ　文藝春秋　2002刊
　　子盗ろ　ことろ
　　鳥羽亮　双葉社　2005刊
　　子麻呂が奔る　ねまろがはしる
　　黒岩重吾　文藝春秋　2002刊

【孑】

3　孑孑記　ぼうふらのき
　　藤本義一　「別冊小説宝石」　1989年

【小】

小さな食卓で書かれた手紙　ちいさなてーぶるでかかれたてがみ
　　辻邦生　「群像」　1992年
3　小弓姫　しょうきゅうき
　　文月更　エンターブレイン　2009刊

4　小日向源伍の終わらない夏　こびなたげんごのおわらないなつ
　　今井絵美子　「小説NON」　2003年
　　小火　ぼや
　　永嶋恵美　「小説すばる」　2005年
5　小丘東歌手抄　しょうきゅうとうかしゅしょう
　　田井安曇　《歌集》　短歌新聞社　2005刊
7　小坊ちゃん　こぼんちゃん
　　大田倭子　審美社　1996刊
　　小角伝説　おづぬでんせつ
　　六道慧　朝日ソノラマ　1990刊
8　小姐の事情　しゃおじぇのじじょう
　　内山安雄　「小説宝石」　2003年
9　小泉八雲殺人風土記　らふかでぃおはーんさつじんふどき
　　辻真先　光文社　1993刊
13　小暗い森　おぐらいもり
　　加賀乙彦　「新潮」　1988～1990年
　　小椿居　しょうちんきょ
　　星野麥丘人　《句集》　角川書店　2009刊
14　小歌劇　おぺれった
　　鹿野氷　《歌集》　角川書店　2002刊
　　小説「世紀の和解」　しょうせつせぎえふぁへ
　　高木大三　アートヴィレッジ　1997刊
　　小説巨大証券　しょうせつがりばーしょうけん
　　高杉良　講談社　1990刊
　　小説白宮艶史　しょうせつほわいとはうすのつやごと
　　莫名文哉　文芸社　2000刊
　　小説初恋限定。　しょうせつはつこいりみてっど
　　河下水希,平林佐和子　集英社　2009刊
　　小説探偵Gedo　のべるあいげど
　　桐生祐狩　早川書房　2004刊

24

3 画（山）

小説遊女たちの戦争　しょうせつじゅりたちのせんそう
　船越義彰　ニライ社　2001刊
小説闇的遊戯　しょうせつぶらっくげーむ
　あきみれい　ソニー・マガジンズ　2001刊
15 小輩売売　しょうはいまいまい
　矢代静一　「群像」　1989年
16 小樽・カムイの鎮魂歌　おたるかむいのれくいえむ
　鯨統一郎　中央公論新社　2010刊
21 小魔　ちいま
　久志歌代　《詩集》　短歌研究社　1996刊

【山】

山の屍　やまのかばね
　森村誠一　角川書店　1996刊
山の韻　やまのひびき
　田中とし子　《句集》　文學の森　2007刊
山ん中の獅見朋成雄　やまんなかのしみともなるお
　舞城王太郎　「群像」　2003年
4 山中無暦日　さんちゅうれきじつなし
　谷萩弘人　《詩集》　港の人　1999刊
山毛欅の森　ぶなのもり
　今本まり　《句集》　本阿弥書店　2008刊
山毛欅林と創造　ぶなばやしとそうぞう
　安井浩司　《句集》　沖積舎　2007刊
6 山羊の目は空を青く映すか　やぎのめはそらをあおくうつすか
　桐野夏生　「群像」　2010年
7 山姚　やまはは
　坂東眞砂子　新潮社　1996刊
8 山河微笑　さんがみしょう

横田義之　《歌集》　短歌研究社　2007刊
山祇　やまつみ
　伊東肇　《句集》　本阿弥書店　2007刊
山祇　やまつみ
　名村早智子　《句集》　角川書店　2009刊
9 山姥　やまんば
　瀬戸内寂聴　「新潮」　2009年
山姥　やまんば
　鶴見和子《歌集》藤原書店　2007刊
山姥の夜　やまんばのよる
　澤田ふじ子　徳間書店　2006刊
山姥考　やまんばこう
　今村秀子　《詩集》　書肆青樹社　2009刊
山峡　やまかい
　大久保和生　《句集》　本阿弥書店　2010刊
山峡かぎんちょ草紙　さんきょうかぎんちょぞうし
　椎窓猛　立風書房　1989刊
山峡の死角　さんきょうのしかく
　津村秀介　祥伝社　1997刊
山峡の町で　やまかいのまちで
　なかむらみのる　新日本出版社　1997刊
山峡の空　やまかいのそら
　大串龍一　文芸社　2008刊
山峡の城　さんきょうのしろ
　浅黄斑　二見書房　2006刊
山峡の愛　さんきょうのあい
　滝澤英緒　鳥影社　2001刊
山峡絶唱　やまかいぜっしょう
　長尾宇迦　講談社　1996刊
山査子　さんざし
　谷山美穂　《歌集》　鉱脈社　2001刊
山茶花　さざんか
　坂口青山　《句集》　近代文芸社　2004刊

25

3 画（川）

山茶花　さざんか
　本間秀子　《歌集》　短歌研究社
　2004刊
山茶花　さざんか
　祐乗坊美子　《句集》　本阿弥書店
　2001刊
山茶花　さざんか
　吉村昭　「新潮」　2006年
山茶花の家　さざんかのいえ
　本間秀子　《歌集》　砂子屋書房
　2010刊
山茶花の恋　さざんかのこい
　安野眞幸　《歌集》　日本エディタースクール出版事業部　2009刊
山茱萸　さんしゅゆ
　金谷光子　《歌集》　短歌研究社
　2001刊
10 山姫抄　さんきしょう
　加藤元　「小説現代」　2009年
山桜の盛りの内無双　はなのさかりのうちむそう
　ヒキタクニオ　「問題小説」　2010年
山脈　やまなみ
　飛永百合子　《句集》　ふらんす堂
　2003刊
山脈はるかに　やまなみはるかに
　下原敏彦　D文学研究会　2010刊
11 山梔子　くちなし
　安西篤子　「問題小説」　1992年
山梔子　くちなし
　関根代志緒　《句集》　近代文芸社
　2000刊
山梔子に寄す　くちなしによす
　金子晴子　《歌集》　短歌研究社
　2006刊
山陰の家　やまかげのいえ
　瀬川貴一郎　徳間書店　2010刊
山陰の橋　やまかげのはし
　梓澤要　「小説宝石」　2006年

山雀　やまがら
　連城三紀彦　「オール讀物」　1990年
山頂光　もるげんろーと
　奈良崎俊子　《歌集》　砂子屋書房
　2006刊
12 山傍　やまび
　加藤勝　《句集》　本阿弥書店　1997刊
山媛乎　やまひこ
　吉田猪五郎　《歌集》　近代文芸社
　1991刊
山葵君　わさびくん
　新宿一号　文芸社　2007刊
山葵景気　わさびけいき
　西條奈加　「小説宝石」　2010年
15 山影　やまかげ
　戸部新十郎　「問題小説」　2000年
山撓　やまたわ
　安英晶　《詩集》　思潮社　1999刊
19 山襞　やまひだ
　越広子　日本民主主義文学会　2008刊
山襞に人ありて　やまひだにひとありて
　森照子　文芸社　2003刊
21 山魔の如き嗤うもの　やんまのごときわらうもの
　三津田信三　原書房　2008刊
22 山巓　さんてん
　野田節子　《歌集》　六花書林　2008刊
山巓記　さんてんき
　荒賀憲雄　《詩集》　洛西書院　2002刊
山籟　さんらい
　須藤明生　そうぶん社出版　2006刊

【川】

川の辺　かわのほとり
　金子阿岐夫　《歌集》　短歌新聞社
　2007刊
川ばた同心御用扣　かわばたどうしんごようひかえ
　西村望　「小説宝石」　2001年

3 画（己, 巳, 巾, 弓, 亻, 扌, 犭）4 画（丑, 不）

3 川上岳　かおれだけ
　　加藤豊祐　《詩集》 檸檬社　1990刊
6 川曲の漁り　かわわのすなどり
　　岡隆夫 《詩集》 砂子屋書房　2010刊
11 川崎船　じゃっぺ
　　熊谷達也　「小説すばる」　2000年
　　川魚　かわうお
　　加堂秀三　「問題小説」　1991年
19 川獺　かわうそ
　　東郷隆　「小説現代」　2000年

【己】
11 己惚れの砦　うぬぼれのとりで
　　中路啓太　講談社　2009刊

【巳】
9 巳哉微吟　いさいびぎん
　　清水房雄《歌集》角川書店　2007刊

【巾】
15 巾箱小説集　きんそうしょうせつしゅう
　　沢嶋優　「太陽」　1995年
　　巾箱小説集　きんそうしょうせつしゅう
　　林望　平凡社　1998刊

【弓】
7 弓形の月　ゆみなりのつき
　　泡坂妻夫　双葉社　1994刊
8 弓弦葉　ゆづりは
　　安藤明女《句集》文學の森　2004刊
　　弓弦葉の季　ゆづるはのとき
　　馬渕礼子　《歌集》 短歌研究社
　　2001刊
9 弓削道鏡　ゆげのどうきょう
　　黒岩重吾　「別冊文藝春秋」　1988〜
　　1992年

【亻】
3 亻丁　てきちょく

三嶋隆英　《句集》 朝日新聞社
2001刊

【扌】
5 才市　さいち
　　水上勉　「群像」　1989年

【犭】
　　犭けもの
　　道尾秀介　「野性時代」　2008年

4 画

【丑】
8 丑刻の夜　うしのこくのよる
　　澤田ふじ子　「小説宝石」　2007年

【不】
4 不切方形一枚折り　ふせつほうけいいちまいおり
　　矢的竜　「小説NON」　2006年
6 不全世界の創造手　ふぜんせかいのあーきてくと
　　小川一水　朝日新聞出版　2008刊
　　不在証明は女たちのゲーム　ありばいはおんなたちのげーむ
　　和久峻三　角川書店　1990刊
　　不死鳥刑事　ふぇにっくすこっぷ
　　松岡弘一　広済堂出版　1992刊
7 不忍の恋　しのばずのこい
　　たけうちりうと　小学館　2002刊
　　不忍の竜次捕物帳　しのばずのりゅうじとりものちょう
　　西川秀司　廣済堂出版　2007刊
　　不忘の太刀　わすれじのたち
　　上田秀人　徳間書店　2005刊
　　不来方抄　こずかたしょう
　　城戸朱理　《詩集》 思潮社　1994刊

27

4 画（丐, 中, 丹, 予）

不見転の女　みずてんのおんな
亀井宏　「小説NON」　1990年
不言中納言　いわずのちゅうなごん
夢枕獏　「オール讀物」　2010年
8 不知火　しらぬい
小泉梓　《歌集》　日本図書刊行会　1996刊
不知火　しらぬい
小嶌清典　《戯曲》　門土社総合出版　1989刊
不知火　しらぬい
宗左近　《詩集》　日本詩歌句協会　2005刊
不知火の雪　しらぬいのゆき
井川香四郎　徳間書店　2007刊
不知火海　しらぬいかい
内田康夫　「IN POCKET」　1999年
不知火清十郎　しらぬいせいじゅうろう
早坂倫太郎　集英社　1997刊
不知火鏡　しらぬいかがみ
飯野笙子　ベストセラーズ　2008刊
10 不倫　れんたる
姫野カオルコ　「野性時代」　1996年
不倫車　ふりんしゃ
森村誠一　「問題小説」　2007年
11 不問ノ速太、疾る　とわずのはやたはしる
沢田黒蔵　学習研究社　2003刊
不悪　ぶあく
坂上弘　「新潮」　1993年
不経　ふきょう
古井由吉　「群像」　1997年
12 不落樽号の旅　ふらくたるごうのたび
岩男潔　ブイツーソリューション　2009刊
13 不意峨朗　ふいがろう
山本一力　「オール讀物」　2008年
14 不適切な拘わり　ふてきせつなかかわり

清水一行　「小説宝石」　1999年
15 不憫惚れ　ふびんぼれ
立松和平　「問題小説」　2002年

【丐】
5 丐仙人　こじきせんにん
小林恭二　「小説すばる」　2001年

【中】
4 中今　なかいま
山田みづえ　《句集》　角川書店　2005刊
8 中東から来た男　みどるいーすとからきたおとこ
鳴海章　「小説宝石」　2008年
10 中華街　ちゃいなたうん
阿木燿子　「小説すばる」　1990年
中華街殺人旅情　ちゃいなたうんさつじんりょじょう
斎藤栄　祥伝社　2002刊
12 中間松次郎の吃驚奉公　ちゅうげんまつじろうのびっくりほうこう
八剣浩太郎　「小説NON」　1991年

【丹】
丹の橋　にのはし
山口歌子　《歌集》　短歌研究社　1997刊
5 丹生都比売　におつひめ
梨木香歩　原生林　1995刊
8 丹青ノーツ　たんぜいのーつ
真青　新風舎　2006刊

【予】
予め決定されている明日　あらかじめけっていされているあした
小林泰三　「小説すばる」　2001年
6 予行演習　じょぶとれーにんぐ
垣根涼介　「問題小説」　2003年
23 予讐の時間　よしゅうのじかん
井上剛　「問題小説」　2009年

28

【井】

3 井上皇后悲歌　いがみこうごうひか
　　安永明子　新人物往来社　2003刊

5 井田滝益男の事件簿　いただきますおのじけんぼ
　　奈村信　新風舎　2005刊

10 井真成、長安に死す　せいしんせいちょうあんにしす
　　岩下壽之　鳥影社　2010刊

【五】

五ん兵衛船　ごんべえぶね
　　泡坂妻夫　「小説すばる」　2008年

2 五十五峠　いそごとうげ
　　津田政行　《詩集》　新風舎　2007刊

五十日は剣客の日　ごとうびはけんかくのひ
　　鈴木輝一郎　「小説宝石」　1995年

五十畑の牛　いかばたのうし
　　深津朝雄　《詩集》　書肆青樹社　2001刊

五十音の練習曲集　ごじゅうおんのえちゅーど
　　久野麗　《詩集》　土曜美術社出版販売　2008刊

五十猛　いそたけ
　　佐藤洋二郎　「文藝」　1996年

五十雀　ごじゅうから
　　にしたけし　講談社出版サービスセンター　2005刊

五十雀奇譚　ごじゅうからきたん
　　にしたけし　講談社出版サービスセンター　2006刊

五十雀斉唱　ごじゅうからせいしょう
　　にしたけし　講談社出版サービスセンター　2008刊

3 五女夏音　ごじょかのん
　　辻仁成　中央公論社　1999刊

4 五月雨　さつきあめ
　　片岡麻紗子　廣済堂あかつき出版事業部　2010刊

五月雨　さみだれ
　　桜庭一樹　「オール讀物」　2007年

五月雨るる　さみだるる
　　北原亞以子　「小説新潮」　2005年

五月祭にスズランを　めいでいにすずらんを
　　小山真弓　集英社　1991刊

五月闇　さつきやみ
　　宇江佐真理　「小説NON」　2005年

五月闇　さつきやみ
　　六道慧　幻冬舎　2009刊

6 五百野　いおの
　　川田拓矢　近代文芸社　1994刊

7 五乱れ　さみだれ
　　東海林良　双葉社　1994刊

五里霧　ごりむ
　　大西巨人　「群像」　1994年

10 五家狩り　ごけがり
　　佐伯泰英　光文社　2003刊

五浦　いづら
　　きくちつねこ　《句集》　角川書店　1994刊

五浦海岸殺人事件　いづらかいがんさつじんじけん
　　中町信　徳間書店　1995刊

五竜世界　うーろんわーるど
　　壁井ユカコ　ポプラ社　2010刊

12 五番街の田舎紳士　ごばんがいのかんとりーじぇんとるまん
　　常盤新平　「小説現代」　1989年

五軸の統　ごじくのとう
　　森博嗣　「小説現代」　2006年

14 五穀　いつくさのたなつもの
　　きさらぎ柑　《歌集》　文芸社　2003刊

19 五蘊皆空　ごうんかいくう
　　大村蓮　文芸社　2006刊

4 画（互, 化, 介, 仇, 今, 仁, 仏, 从, 仄）

【互】
互に　かたみに
　由季調　《歌集》　ながらみ書房　2006刊

【化】
4 化天　げてん
　龍道真一　廣済堂出版　2004刊
11 化野学園の犯罪　あだしのがくえんのはんざい
　姉小路祐　講談社　2002刊
　化鳥斬り　けちょうぎり
　東郷隆　「小説現代」　2007年
12 化粧坂　けわいざか
　林由美子　宝島社　2009刊
　化粧坂　けわいざか
　森真沙子　角川書店　2001刊
　化粧堀　けわいぼり
　吉田雄亮　祥伝社　2009刊
15 化蝶記　けちょうき
　皆川博子　「オール讀物」　1990年
　化蝶散華　けちょうさんげ
　玄侑宗久　「新潮」　2001年

【介】
3 介子推　かいしすい
　宮城谷昌光　講談社　1998刊

【仇】
　仇だ桜　あだざくら
　坂岡真　双葉社　2007刊
　仇の風　あたのかぜ
　井川香四郎　双葉社　2007刊
7 仇花　あだばな
　諸田玲子　「小説宝石」　2003年
8 仇枕浮世草紙　あだまくらうきよぞうし
　八剣浩太郎　飛天出版　1995刊

【今】
　今すぐ救世主!　いますぐめしあ
　吉野匠　学習研究社　2009刊
10 今帰仁で泣く　なきじんでなく
　水島英己　《詩集》　思潮社　2003刊
　今恥苦笑　こんちくしょう
　児玉俊史　《川柳集》　ぶんがく社　2008刊
14 今際　いまわ
　薬丸岳　「野性時代」　2009年

【仁】
7 仁志野町の泥棒　にしのまちのどろぼう
　辻村深月　「オール讀物」　2009年

【仏】
　仏のお円　ほとけのおえん
　北重人　「問題小説」　2009年
　仏の御手にいだかれて　ほとけのみてにいだかれて
　睦月影郎　「問題小説」　2007年
4 仏手柑　ぶしゅかん
　山本一力　「小説現代」　2005年
10 仏桑華　ぶっそうげ
　西田とし子　《句集》　本阿弥書店　2010刊
13 仏誅　ぶっちゅう
　森村誠一　「オール讀物」　1997年
19 仏蘭西シネマ　ふらんすしねま
　多島斗志之　双葉社　1998刊

【从】
14 从髪　しとしとがみ
　秋原秀　《歌集》　ゆりあ　1990刊

【仄】
13 仄暗い水の底から　ほのぐらいみずのそこから
　鈴木光司　「問題小説」　1995年

4 画（元, 公, 六, 円）

　　仄暗い部屋　ほのぐらいへや
　　　小池真理子　「オール讀物」　2001年

【元】
12　元禄百足盗　げんろくむかでとう
　　　朝松健　光文社　1995刊
　　元禄新半分　げんろくにゅーはーふ
　　　胡桃沢耕史　「問題小説」　1994年

【公】
10　公孫九娘　こうそんきゅうじょう
　　　陳舜臣　「小説中公」　1993年
11　公魚をさみしき顔となりて喰ふ
　　　わかさぎをさみしきかおとなりてくう
　　　森内俊雄　「潮」　1994年
13　公園探偵　ぱーくあい
　　　斎藤栄　「小説宝石」　2000年
15　公儀刺客七人衆　こうぎせっかくしちにんしゅう
　　　宮城賢秀　徳間書店　2007刊
　　公儀隠密刺客事件　こうぎおんみつしきゃくじけん
　　　池端洋介　大和書房　2009刊

【六】
2　六人の謡える乙子　ろくにんのうたえるおとこ
　　　北森鴻　「問題小説」　2000年
　　六十六男のY噺　むそむっつおとこのわいばなし
　　　トミー余志　文芸社　2007刊
4　六月黄　りゅうゆえほわん
　　　宍戸游子　講談社　2001刊
6　六合　りくごう
　　　深谷雄大　《句集》　角川書店　2010刊
　　六色金神殺人事件　りくしきこんじんさつじんじけん
　　　藤岡真　徳間書店　2000刊
7　六狂和睦　りっきょうわぼく
　　　高橋義夫　「小説中公」　1993年

　　六花の章　りっかのしょう
　　　山本かね子　《歌集》　ながらみ書房　2005刊
　　六花風舞　りっかかぜにまう
　　　宮乃崎桜子　講談社　1998刊
9　六星の調べ　むつぼしのしらべ
　　　多々良友彦　《歌集》　蝸牛新社　2002刊
　　六香　むこ
　　　品川鈴子　《句集》　角川書店　2004刊
10　六華　ろっか
　　　戸部新十郎　「問題小説」　1999年
　　六華　りっか
　　　渡辺澄　《句集》　東京四季出版　2007刊
　　六連星　むつらほし
　　　河上照女　《句集》　本阿弥書店　1997刊
　　六連星物語　むつらほしものがたり
　　　関口尚　「小説宝石」　2008年
12　六道の辻に鬼の哭く　りくどうのつじにおにのなく
　　　結城光流　角川書店　2006刊
　　六道捌きの竜　ろくどうさばきのりゅう
　　　浅野里沙子　光文社　2009刊
　　六道輪廻　ろくどうりんね
　　　大谷暢順　講談社　2009刊
13　六義　りくぎ
　　　河村すみ子　《句集》　ふらんす堂　2007刊
　　六蓄瘟神　ろくちくおんしん
　　　小林恭二　「小説すばる」　2001年
23　六蠱の軀　むこのからだ
　　　三津田信三　角川書店　2010刊

【円】
　　円　まどか
　　　佐々木清子　《句集》　東京四季出版　1992刊

4画（内, 凶, 刈, 切, 勾, 匂, 勿）

　　円かな月のこころ　まどかなつきの
　　　こころ
　　　　堀内利美　《詩集》　コールサック社
　　　　2010刊
12　円朝芝居噺 夫婦幽霊　えんちょう
　　　しばいばなしめおとゆうれい
　　　　辻原登　「群像」　2006年
17　円環少女　さーくりっとがーる
　　　　長谷敏司　角川書店　2005刊

【内】

9　内海さんの経験　うちうみさんのけ
　　　いけん
　　　　朝倉かすみ　「小説すばる」　2009年
13　内裏雛　だいりびな
　　　　三上かね子　《句集》　ふらんす堂
　　　　2008刊
18　内藤新宿殺め暦　ないとうしんじゅ
　　　くあやめごよみ
　　　　本庄慧一郎　廣済堂出版　1998刊

【凶】

11　凶鳥　ふっけばいん
　　　　佐藤大輔　角川書店　2003刊
　　凶鳥の如き忌むもの　まがとりのご
　　　ときいむもの
　　　　三津田信三　講談社　2006刊
　　凶鳥、博覧会ヲ騒ス　まがどりはく
　　　らんかいをさわがす
　　　　物集高音　「小説NON」　2002年
13　凶傷　とらうま
　　　　龍一京　青樹社　2001刊

【刈】

5　刈生　かりふ
　　　　脇村禎徳　《句集》　角川書店　1993刊

【切】

6　切羽　せっぱ
　　　　佐伯泰英　祥伝社　2010刊
　　切羽へ　きりはへ

　　　　井上荒野　「小説新潮」　2005年
10　切通坂の殺人　きりどおしざかのさ
　　　つじん
　　　　鳥羽亮　「問題小説」　2006年
13　切腹ハ末、凹陰ハ本ナリ　せっぷく
　　　はすえおんなはもとなり
　　　　八剣浩太郎　「小説宝石」　1993年

【勾】

4　勾引からくり　かどわしからくり
　　　　生田直親　「問題小説」　1990年
5　勾玉　まがたま
　　　　小畑晴子　《句集》　本阿弥書店
　　　　2000刊
　　勾玉　まがたま
　　　　笠原淳　「海燕」　1989年
　　勾玉　まがたま
　　　　津川志津《句集》梅里書房　2003刊
　　勾玉　まがたま
　　　　馬渕結三　《句集》　富士見書房
　　　　2004刊
　　勾玉　まがたま
　　　　丸山嵐人　《句集》　本阿弥書店
　　　　2001刊
　　勾玉の孔　まがたまのあな
　　　　芦田麻衣子《句集》花神社　2000刊

【匂】

8　匂夜姫　かぐやひめ
　　　　藤本義一　「問題小説」　1995年

【勿】

7　勿忘草　わすれなぐさ
　　　　大河原琴子　《句集》　東京四季出版
　　　　1995刊
　　勿忘草の咲く頃に　わすれなぐさの
　　　さくころに
　　　　沖原朋美　集英社　2004刊
10　勿笑草　わらうなぐさ
　　　　立川洋三　朝日出版社　2009刊

32

4 画（午, 厄, 双, 反, 友, 太, 天）

【午】

13 午睡のあとプラトーンと　ごすいのあとぷらとーんと
　　三枝和子　「新潮」　1997年

【厄】

6 厄刑事　やくでか
　　松本賢吾　「小説NON」　1997年

【双】

3 双子座の恋愛千夜一夜　じぇみにのれんあいせんやいちや
　　日向章一郎　集英社　1997刊
10 双恋　ふたこい
　　金春智子　メディアワークス　2005刊
　双鬼　ふたおに
　　鳥羽亮　祥伝社　2009刊
11 双魚宮　れぽあっそん
　　赤松ますみ　《川柳集》　文芸社　2003刊
12 双満月のアキア　だぶるむーんのあきあ
　　伊吹巡　小学館　1997刊
　双犀犬　そうさいけん
　　森福都　「小説宝石」　2003年
15 双蝶々愛恋怪談　ふたつちょうちょうあいれんかいだん
　　大下英治　「別冊小説宝石」　1997年
　双調平家物語　そうじょうへいけものがたり
　　橋本治　中央公論社　1998刊

【反】

9 反逆の孤狼　はんぎゃくのべおうるふ
　　遠藤明範　富士見書房　1989刊
　反逆者　とりずなー
　　弥生翔太　集英社　2008刊
　反逆者達の多重奏　はんぎゃくしゃたちのぽりふぉにー
　　榊一郎　富士見書房　2003刊
10 反哺の部屋　はんぽのへや
　　木場とし子　《詩集》　山脈文庫　1991刊
16 反機星オルガ　りーべるすたーおるが
　　秋津透　ベストセラーズ　1998刊

【友】

3 友子　ともこ
　　高橋揆一郎　「文藝」　1990年

【太】

　太り肉　ふとりじし
　　吉村萬壱　「群像」　2009年
4 太日川　ふといがわ
　　長澤寛一　《句集》　本阿弥書店　2005刊
6 太安万侶の暗号　やすまろこーど
　　園田豪　郁朋社　2010刊
10 太秦の女神　うずまさのめがみ
　　多田知司　文芸社　2002刊
12 太陽の欠片月の雫　たいようのかけらつきのしずく
　　大西隆博　文芸社　2008刊
　太陽の巫女　たいようのみこ
　　あさぎり夕　小学館　1998刊
　太陽の巫女　たいようのみこ
　　笙野頼子　「文學界」　1995年
　太陽の眠る刻　たいようのねむるとき
　　難波田節子　おうふう　2003刊
　太陽の誘惑　あぽろんのゆうわく
　　七穂美也子　集英社　2002刊
　太陽柱の丘　さんぴらーのおか
　　佐藤てん子　《歌集》　短歌研究社　2007刊

【天】

　天　あま

4 画（天）

　　吉田知子　「中央公論文芸特集」
　　　1995年
　天つ闇姫　あまつやみひめ
　　赤江瀑　「問題小説」　2008年
　天に近い場所　そらにちかいばしょ
　　武田弘子　《詩集》書肆青樹社
　　　2005刊
　天の川を渡っても　みるきーうぇい
　　　をわたっても
　　七穂美也子　集英社　2010刊
　天の刻　てんのとき
　　小池真理子　「オール讀物」　1999年
　天の梯子　てんのはしご
　　稲垣道子《歌集》角川書店　2010刊
　天の梁　てんのはり
　　坂本よし子《詩集》国文社　2008刊
　天の運命と七転八倒の壁　てんの
　　　さだめとしちてんばっとうのかべ
　　三輪和繁　日本文学館　2009刊
　天の階　てんのきざはし
　　赤坂邦子　《句集》東京四季出版
　　　1989刊
　天の陽炎　てんのかげろう
　　栗本薫　角川書店　2007刊
　天の戯　てんのそばえ
　　西澤義隆　《歌集》柊書房　2009刊
　天の羅摩船　あめのかがみぶね
　　熱田伊佐夫　近代文芸社　1995刊
　天の纜　てんのともづな
　　瀧山美彌子　《歌集》短歌研究社
　　　2008刊
　天を衝く　てんをつく
　　高橋克彦　「小説現代」　1995年
　天を覆う瞼　そらをおおうまぶた
　　真壁沙瑛子　文芸社　2003刊
2　天人菊　てんにんぎく
　　宮木あや子　「小説新潮」　2007年
3　天上の治癒者　てんじょうのひーら
　　　ー
　　七穂美也子　集英社　2003刊

　天上の青　へぶんりーぶるー
　　伊藤妙子　《歌集》本阿弥書店
　　　2002刊
　天女の湖　てんにょのうみ
　　伊藤由紀子　《句集》角川書店
　　　2009刊
4　天化の宿　てんげのやど
　　恒川光太郎　「小説新潮」　2008年
　天方釣り　てんぽつり
　　小田淳　つり人社　1997刊
　天日仰ぐ　てんじつあおぐ
　　後藤寒林　《歌集》六法出版社
　　　2003刊
　天牛　かみきりむし
　　小林恭二　「小説すばる」　1999年
5　天正青剣士　てんしょうろびんふ
　　　っど
　　宮本正孝　「小説すばる」　2008年
　天氷山時暁　てんこおるときはあか
　　　つき
　　矢彦沢典子　集英社　1992刊
　天生津賢次の青春　あもうづけんじ
　　　のせいしゅん
　　谷岡浩三　日本図書刊行会　1999刊
6　天地と　あめつちと
　　竹内絃子　《詩集》近代文芸社
　　　1993刊
　天地大神祭　あめつちだいしんさい
　　深田剛史　今日の話題社　2008刊
　天地紙筒之説　てんちしとうのせつ
　　胡桃沢耕史　文芸春秋　1992刊
　天瓜粉　てんかふん
　　山下幸子　《句集》朝日新聞社
　　　1999刊
　天耳　てんに
　　梶井重雄　《歌集》紅書房　2006刊
7　天体議会　ぷらねっとぶるー
　　長野まゆみ　「文藝」　1991年
8　天使ちゃんの受難の日々　えんぜる
　　　ちゃんのじゅなんのひび

4 画（天）

水無月さらら　ビブロス　1997刊
天使ちゃんはご機嫌ナナメ　えんぜるちゃんはごきげんななめ
　水無月さらら　ビブロス　1999刊
天使の卵　えんじぇるすえっぐ
　村山由佳　集英社　1994刊
天使の悪戯　てんしのいたずら
　高千穂遙　早川書房　1999刊
天使の微笑　てんしのほほえみ
　高千穂遙　早川書房　1997刊
天使の微笑・悪魔の囁き　てんしのほほえみあくまのささやき
　らんどう涼　リーフ出版　1999刊
天使の誘惑　てんしのあぷろーち
　江上冴子　ビブロス　1998刊
天使の樹　えんじぇるつりー
　吉元由美　福武書店　1995刊
天使はいつも忙しい　きゅーぴっどはいつもいそがしい
　わかつきひかる　学研パブリッシング　2009刊
天使は荒野に舞い降りて　てんしはむあにまいおりて
　久和まり　集英社　1999刊
天使突抜通の恋　てんしつきぬけどおりのこい
　吉村達也　「小説すばる」　2000年
天国の破片　てんごくのかけら
　太田忠司　勁文社　1998刊
天国までもうすぐ　てっぺんまでもうすぐ
　五百香ノエル　心交社　1998刊
天岩屋戸の研究　あめのいわやどのけんきゅう
　田中啓文　講談社　2005刊
天河譚　てんがたん
　網谷厚子　《詩集》　思潮社　2005刊
天泣　てんきゅう
　赤江瀑　「問題小説」　2010年
天狗喰　てんぐじき

　えとう乱星　「小説中公」　1995年
天空の剣　てんくうのぐらでぃうす
　喜多みどり　角川書店　2003刊
天空の剣　てんくうのけん
　城駿一郎　学習研究社　2003刊
天空の陣風　てんくうのはやて
　宮本昌孝　祥伝社　2010刊
天空の鉄騎兵　てんくうのあいあんとるーぱー
　武上純希　勁文社　1992刊
天空をわたる花　そらをわたるはな
　矢島綾　集英社　2009刊
天竺人魚艶怪談　てんじくにんぎょつやのかいだん
　大下英治　「小説宝石」　1998年
9　天南星　てんなんしょう
　小島信夫　「文學界」　1994年
天南星　てんなんしょう
　和巻耿介　「問題小説」　1996年
天南星の食卓から　てんなんしょうのしょくたくから
　清岳こう　《詩集》　土曜美術社出版販売　1998刊
天変　うつろい
　神代創　徳間書店　2001刊
天海神人　てんかいしんと
　天馬大成　郁朋社　1997刊
天皇の軍　てんのうのいくさ
　高橋直樹　「オール讀物」　2004年
天皇の密使　えんぺらーるのみっし
　丹羽昌一　文芸春秋　1995刊
天神の裔　てんじんのすえ
　火坂雅志　「問題小説」　1997年
天草に蜩は鳴かない　あまくさにひぐらしはなかない
　喜多見淳　日本図書刊行会　1997刊
天音物語　あまねものがたり
　天音鈴　新風舎　2006刊

35

4 画（天）

天音流繚乱　あまねりゅうりょうらん
　さくまゆうこ　集英社　2004刊
10　天冥の標　てんめいのしるべ
　小川一水　早川書房　2009刊
天唄歌い　あまうたうたい
　坂東眞砂子　朝日新聞社　2006刊
天姫　あまつひめ
　倉本由布　集英社　2000刊
天秤座の殺人試験・本格推理編　らいぶらのさつじんしけんほんかくすいりへん
　日向章一郎　集英社　1999刊
天蚕　てんさん
　阿部きみい　《歌集》　太陽書房　2005刊
天蚕　てんさん
　高橋洋一　《句集》　紅書房　2005刊
天蚕神女・オシラサマ　てんさんしんにょおしらさま
　赤木貢　文芸社　2004刊
天討　てんとう
　松原誠　新人物往来社　2002刊
天降川　あもりがわ
　くぼひろし　文藝書房　2005刊
天馬　てんば
　丹生秋彦　四谷ラウンド　1999刊
天馬のクロニクル　てんまのくろにくる
　金文学　ガリバープロダクツ　2005刊
天馬の歌 松下幸之助　てんばのうたまつしたこうのすけ
　神坂次郎　日本経済新聞社　1994刊
天馬、翔ける　てんまかける
　安部龍太郎　新潮社　2004刊
11　天毬　てまり
　森川恭衣　《句集》　東京四季出版　2000刊
天涯の蒼　てんがいのあお
　永瀬隼介　「月刊J-novel」　2003年

天眼　てんげん
　戸矢学　河出書房新社　2007刊
12　天翔ける日本武尊　あまかけるやまとたけるのみこと
　神渡良平　致知出版社　2007刊
天翔ける白鷗　てんかけるはくおう
　児玉修　思文閣出版　2010刊
天翔ける螺旋の乙女　あまがけるらせんのふぇありぃ
　星野亮　富士見書房　2000刊
天翔る雉子　あまがけるきぎす
　君島文彦　日本図書刊行会　1994刊
天蛙　てんあ
　西村尚　《歌集》　角川書店　1999刊
13　天楽　てんがく
　藤井淑子　《句集》　本阿弥書店　2007刊
天路　てんろ
　宗田理　講談社　2004刊
天鳩　てんきゅう
　秋山實　ふらんす堂　2008刊
天鼓　てんく
　鷲谷七菜子　《句集》　角川書店　1991刊
14　天爾遠波　てにおは
　三輪恒子　《句集》　本阿弥書店　1999刊
天駆ける皇子　てんかけるみこ
　藤ノ木陵　講談社　2010刊
天駆け地徂く　てんかけちゆく
　嶋津義忠　講談社　1994刊
15　天麩羅車掌　てんぷらしゃしょう
　砂田ガロン　「文學界」　1997年
16　天閣　ふたなり
　小林恭二　「小説すばる」　2001年
18　天鵞絨の小箱　びろーどのこばこ
　榎木洋子　集英社　1998刊
天鵞絨の思い出　びろーどのおもいで
　清水和子　《詩集》　新風舎　2005刊

天鵞絨の椿　びろーどのつばき
　青井史　《歌集》　ながらみ書房　2007刊
天鵞絨天使　ゔぇるゔぇっとえんじぇる
　葵ゆきの　ワニブックス　1997刊
天鵞絨物語　びろうどものがたり
　林真理子　光文社　1994刊
19 天蠍宮の誘惑　すこーぴおんのゆうわく
　仙道はるか　講談社　2002刊
天離る　あまざかる
　関口祥子　《句集》　本阿弥書店　2009刊
天離る夷の荒野に　あまさかるひなのあれのに
　福井孝典　作品社　2003刊
天離熾火　あまさかるおきび
　宮乃崎桜子　講談社　2001刊
21 天魔、翔る　てんまかける
　真保裕一　「小説現代」　2010年
22 天籟　てんらい
　玉井清弘　《歌集》　短歌研究社　2007刊
天籟　てんらい
　豊長みのる《句集》北溟社　2007刊
天籟の人　てんらいのひと
　岩下悠子　文芸社　2002刊
天籟の風　てんらいのかぜ
　相澤一好　《歌集》　短歌新聞社　1999刊

【夫】

夫の椅子　つまのいす
　酒井麗子　《句集》　本阿弥書店　1997刊
10 夫恋　ふれん
　永田ガラ　アスキー・メディアワークス　2010刊
夫恋い　つまこい
　佐々木エツ子　《歌集》　市井社　2010刊
夫恋い　つまこい
　沢木順　文芸社　2004刊
11 夫婦　めおと
　北原亞以子　「小説新潮」　2001年
夫婦ごよみ　めおとごよみ
　牧南恭子　学習研究社　2008刊
夫婦の誓　ふたりのやくそく
　星美竜　新風舎　2007刊
夫婦十景　めおとじっけい
　西きいろ　創栄出版　2005刊
夫婦刺客　めおとしかく
　白石一郎　光文社　1989刊
夫婦茶碗　めおとぢゃわん
　町田康　「新潮」　1997年
夫婦桜　めおとざくら
　鎌田樹　徳間書店　2009刊
夫婦笑み　めおとえみ
　鈴木英治　徳間書店　2010刊
夫婦道成寺　ふたりどうじょうじ
　南原幹雄　「小説新潮」　1995年
夫婦輪舞曲　ふうふろんど
　家田荘子　「小説宝石」　1998年
夫婦鴨　めおとがも
　三浦葵水　《句集》　東京四季出版　1994刊
夫婦鶴　めおとづる
　江草紅葉,江草芙美子　《句集》　本阿弥書店　2001刊

【孔】

5 孔甲飼竜　こうこうしりゅう
　真樹操　「小説工房」　1995年
11 孔雀青　ぴーこっくぶるー
　川村ハツエ　《歌集》　短歌研究社　1994刊

4画(少, 尺, 巴, 幻)

【少】

3 少女七竈と七人の可愛そうな大人
　　しょうじょななかまどとしちにんの
　　かわいそうなおとな
　　桜庭一樹　角川書店　2006刊

少女漫画家が猫を飼う理由　しょ
うじょまんがかがねこをかうわけ
　　天野頌子　祥伝社　2007刊

6 少名彦那之命物語　すくなひこなの
　　みこともものがたり
　　林登喜夫　近代文芸社　1995刊

少年たちの時間　しょうねんたちの
とき
　　修羅　M企画/祭り囃子編集部　1993刊

少年の日の幻想曲　しょうねんのひ
のふぁんたじあ
　　坂本武夫　MBC21　1992刊

少年巫女姫と竜の守り人　しょうね
んみこひめとりゅうのまもりびと
　　華藤えれな　一迅社　2009刊

少年花嫁　しょうねんぶらいど
　　岡野麻里安　講談社　2004刊

10 少時　しまし
　　森岡貞香　《歌集》　砂子屋書房
　　2010刊

【尺】

2 尺八狂詩曲第一番　しゃくはちらぷ
そでぃーだいいちばん
　　及川沙山　新風舎　2007刊

【巴】

5 巴旦杏の木　あまんどのき
　　司修　「小説現代」　1990年

7 巴芹　ぱせり
　　中原道夫　《句集》　ふらんす堂
　　2007刊

巴里　ぱり
　　尾崎昭美　《詩集》　近代文芸社
　　1990刊

巴里発　ぱりはつ
　　千田百里　《句集》　ふらんす堂
　　1999刊

巴里祭　ぱりさい
　　大島千鶴子　《句集》　邑書林　1997刊

巴里祭　ぱりさい
　　平万紀子　《句集》　本阿弥書店
　　2010刊

【幻】

幻　げん
　　神蔵器　《句集》　ウエップ　2003刊

幻の女性　まぼろしのひと
　　赤川次郎　「小説工房」　1996年

幻の神門王　まぼろしのみかどおう
　　渡辺由自　朝日ソノラマ　1995刊

幻の時間　まぼろしのとき
　　小野聡　文芸社　2006刊

4 幻月　むーんいりゅーじょん
　　深澤豊　日本文学館　2004刊

幻月影睡　げんげつのかげにねむる
　　宮乃崎桜子　講談社　2003刊

5 幻世の祈り　まほろよのいのり
　　天童荒太　新潮社　2004刊

10 幻剣蜻蛉　げんけんとんぼう
　　戸部新十郎　祥伝社　2000刊

11 幻術師狩り　まぼろしがり
　　藤川桂介　角川書店　1989刊

12 幻痛　ふぁんとむぺいん
　　牧村泉　新潮社　2004刊

幻覚の鯱　げんかくのしゃち
　　西村寿行　講談社　1995刊

13 幻夢　いるしおん
　　佐伯泰英　双葉社　2007刊

幻夢狩り　どりーむはんたー
　　豊田行二　天山出版　1989刊

幻想新世界「はじまりのものたち」
　　ふぁんたじーざわーるどはじまりの
　　ものたち
　　大貫達也　文芸社　2007刊

38

4 画（引, 心, 戸, 手）

　　幻蒼　ふぁんたすてぃっくぶるー
　　　三條星亜　エンターブレイン　2009刊
15　幻影姫　いりゅーじょんひめ
　　　さいきなおこ　集英社　1997刊

【引】

　　引き潮　えぶたいど
　　　森詠　「小説現代」　1992年
7　引佐細江　いなさほそえ
　　　中村信吾　《句集》　邑書林　2001刊

【心】

　　心の欠片　こころのかけら
　　　柏枝真郷　光風社出版　1999刊
　　心の音楽を探して　こころのめろでぃーをさがして
　　　星野奈穂子　文芸社　2007刊
　　心は天国の3歩前　はーとはてんごくのさんぽまえ
　　　小林博美　小学館　1995刊
4　心中糺ノ森　しんじゅうただすのもり
　　　早乙女貢　「野性時代」　1995年
9　心音　ここね
　　　春恋　《詩集》　新風舎　2007刊
　　心音　こころおと
　　　服部奈保美　《詩集》　新風舎　2005刊
　　心音　のいず
　　　柚木圭也　《歌集》　本阿弥書店　2008刊
10　心恋虫　こころこいむし
　　　雲乃平八郎　文芸社　2004刊
11　心眼　こころのめ
　　　皆木信昭　《詩集》　コールサック社　2010刊
12　心晴日和　こはるびより
　　　喜多川泰　幻冬舎　2010刊
19　心臓と蟷螂と荒雄と俺と　しんぞうとかまきりとあらおとおれと
　　　荒海鼠　文芸社　2008刊

【戸】

7　戸呂町繁　へろまちつなぎ
　　　高屋敷秀乃　碧天舎　2005刊

【手】

　　手ぬ花　てぃぬばな
　　　大石ともみ　《詩集》　思潮社　2000刊
2　手力男　たぢからお
　　　成井侃　《句集》　角川書店　2002刊
4　手火　たひ
　　　上村典子　《歌集》　ながらみ書房　2008刊
6　手向けの花　たむけのはな
　　　鈴木英治　双葉社　2007刊
　　手向け花　たむけばな
　　　深月咲楽　文芸社　2003刊
7　手折られた青い百合　たおられたあおいゆり
　　　駒崎優　角川書店　2003刊
9　手点しの灯　てとぼしのあかり
　　　西村望　「小説NON」　2000年
10　手弱女　たおやめ
　　　岡松和夫　「文學界」　1988〜1989年
　　手紙使　てがみつかい
　　　不知火京介　「小説宝石」　2010年
11　手毬　てまり
　　　瀬戸内寂聴　「新潮」　1990年
　　手毬　てまり
　　　野村品代　《句集》　ふらんす堂　2006刊
　　手毬童　てまりわらし
　　　鈴木輝一郎　「小説新潮」　2001年
　　手術の代償　おぺのだいしょう
　　　志賀貢　光文社　1998刊
12　手童のごと　たわらわのごと
　　　里中智沙　《詩集》　ミッドナイト・プレス　2008刊
14　手槍鬼　ざがんまん
　　　生島治郎　「小説現代」　1989年

39

4 画（文, 斗, 方, 日）

17 手鞠　てまり
　　大橋敦子　《句集》　ウエップ　2003刊

【文】

　文　ふみ
　　藍川京　「問題小説」　2002年

4 文月に不実の花咲く　ふづきにふじつのはなさく
　　仁川高丸　「小説すばる」　1997年

5 文民警察　ぶるーべれー
　　胡桃沢耕史「別冊文藝春秋」1993年

6 文色　あいろ
　　松本乃里子　《歌集》　短歌新聞社　2008刊

　文色　あいろ
　　山上龍彦　「小説すばる」　1994年

8 文学セラピー　りてらせらぴー
　　冬木舜　アルマット　2006刊

　"文学少女"と月花を孕く水妖　ぶんがくしょうじょとげっかをだくうんでぃーね
　　野村美月　エンターブレイン　2008刊

　"文学少女"と死にたがりの道化　ぶんがくしょうじょとしにたがりのぴえろ
　　野村美月　エンターブレイン　2006刊

　"文学少女"と神に臨む作家　ぶんがくしょうじょとかみにのぞむろまんしえ
　　野村美月　エンターブレイン　2008刊

　"文学少女"と恋する挿話集　ぶんがくしょうじょとこいするえぴそーど
　　野村美月　エンターブレイン　2009刊

　"文学少女"と飢え渇く幽霊　ぶんがくしょうじょとうえかわくごーすと
　　野村美月　エンターブレイン　2006刊

　"文学少女"と慟哭の巡礼者　ぶんがくしょうじょとどうこくのぱるみえーれ
　　野村美月　エンターブレイン　2007刊

　"文学少女"と繋がれた愚者　ぶんがくしょうじょとつながれたふーる
　　野村美月　エンターブレイン　2007刊

　"文学少女"と穢名の天使　ぶんがくしょうじょとけがれなのあんじゅ
　　野村美月　エンターブレイン　2007刊

10 文庫本今昔　ぶんこほんこんじゃく
　　門井慶喜　「オール讀物」　2008年

13 文筥　ふばこ
　　歌代壽美子　《句集》　ふらんす堂　2007刊

　文筥　ふばこ
　　國保八江　《句集》　ウエップ　2006刊

【斗】

10 斗姫　とうき
　　吉岡平　富士見書房　2003刊

11 斗宿星　ひきつぼし
　　塚本青史　角川春樹事務所　2004刊

12 斗満の河　とまむのかわ
　　乾浩　新人物往来社　2008刊

【方】

7 方言考　ほうげんこう
　　大西巨人　「群像」　1994年

【日】

　日　ひかり
　　伊藤歩　《詩集》　新風舎　2003刊

　日々の楽句　ひびのふれーず
　　齊藤貴美子　《歌集》　砂子屋書房　2004刊

　日々の澪　ひびのみお
　　甲斐知寿子　《詩集》　本多企画　2002刊

3 日下橋　くさかばし
　　大橋智恵子　《歌集》　青磁社　2009刊

4 日日の谷間　にちにちのたにま
　　梅田秋義　新風舎　2006刊

日日草　にちにちそう
　杉本章子　「オール讀物」　2008年
日月　にちげつ
　深見けん二　《句集》　ふらんす堂
　2005刊
日月の花　じつげつのはな
　六道慧　幻冬舎　2008刊
日月の河　じつげつのかわ
　宮原包治　《歌集》　新ジャーナル社
　1989刊
日月めぐる　にちげつめぐる
　諸田玲子　講談社　2008刊
日月抄　じつげつしょう
　大木康志　《句集》　本阿弥書店
　2006刊
日月剣士　じつげつけんし
　江崎俊平　春陽堂書店　1995刊
日月譚　にちげつたん
　園田恵子　《詩集》　思潮社　1998刊
5 日本の冬　はぽんのふゆ
　石田甚太郎　新読書社　1999刊
日本ノ霊異ナ話　にほんのふしぎな
　はなし
　伊藤比呂美　朝日新聞社　2004刊
日本一の女曲舞　にっぽんいちのお
　んなくせまい
　岩井三四二　「オール讀物」　2006年
日本武尊　やまとたけるのみこと
　田中繁男　日本図書刊行会　1997刊
日本旅行殺人事件　にほんとらべる
　さつじんじけん
　斎藤栄　天山出版　1989刊
日永　ひなが
　江川和彦　《句集》　ふらんす堂
　2010刊
6 日向　ひゅうが
　梶智紀　《句集》　花神社　1995刊
日向　ひむか
　志垣澄幸　《歌集》　角川書店　2008刊

日向のブライアン　ひなたのぶらい
　あん
　平坂修治　新風舎　2002刊
日向の王子　ひなたのおうじ
　柳原隆　やまなし文学賞実行委員会
　2009刊
日向の蜥蜴　ひなたのとかげ
　石川ばじる　文芸社　2009刊
日向水　ひなたみず
　大柿春野　《句集》　ふらんす堂
　2002刊
日向夏　ひゅうがなつ
　荒巻睦代　《歌集》　柊書房　2008刊
日向灘殺人海域　ひゅうがなださつ
　じんかいいき
　山口香　桃園書房　2001刊
7 日車　ひぐるま
　八木下巌　《句集》　朝日新聞社
　1998刊
日迎　ひむかえ
　伊藤なづな　《句集》　邑書林　2002刊
8 日和　ひより
　堤丁玄坊　《川柳集》　新葉館出版
　2009刊
日和　ひより
　永田和宏　《歌集》　砂子屋書房
　2009刊
日和の城　ひよりのしろ
　佐藤昭浩　北の杜編集工房　2007刊
9 日美子の公園探偵　ひみこのぱーく
　あい
　斎藤栄　光文社　2001刊
日美子の列車殺人　ひみこのとれい
　んさつじん
　斎藤栄　光文社　1991刊
日美子の帰還　ひみこのりたーん
　斎藤栄　光文社　1998刊
日美子の魔法教団　ひみこのまじっ
　くすくーる
　斎藤栄　徳間書店　1991刊

4 画（月）

10 日記に無い欲望　にっきにないきもち
　　中村嘉子　「問題小説」　1989年

11 日陰の蔓　ひかげのかずら
　　南原清六　「民主文学」　1990年

12 日無坂　ひなしざか
　　安住洋子　新潮社　2008刊

13 日照雨　そばえ
　　北重人　「小説新潮」　2008年

　　日照雨　そばえ
　　清水美代子　《句集》　ふらんす堂　2004刊

　　日照雨　そばえ
　　中田里美　《句集》　ふらんす堂　2003刊

　　日照雨　そばえ
　　山根清風　《句集》　北溟社　2000刊

15 日輪の神女　ひのかむめ
　　篠崎紘一　郁朋社　2000刊

17 日韓剣法正宗溯源　にっかんけんぽうせいそうぞげん
　　荒山徹　「小説新潮」　2002年

18 日曜日には鼠を殺せ　にちようびにはらっとをころせ
　　山田正紀　祥伝社　2001刊

【月】

　　月から星への伝言　つきからほしへのめっせーじ
　　七穂美也子　集英社　2000刊

　　月に濡れる獣　つきにぬれるあむーる
　　辻野亞矢　角川書店　2003刊

　　月の王子に恋コール　むーんぷりんすにこいこーる
　　高木美理子　学習研究社　1993刊

　　月の竪琴　るーなのたてごと
　　石本由梨佳　《詩集》　文芸社　2000刊

　　月の鎮魂歌　つきのれくいえむ
　　飛天　角川書店　1996刊

3 月下の彦士　げっかのげんし
　　宮城谷昌光　「オール讀物」　1991年

　　月下の楽園　げっかのえでん
　　仙道はるか　講談社　2007刊

　　月山の見える寮　がっさんのみえるりょう
　　桜井武尚　近代文芸社　1992刊

　　月山妖幻殺人行　がっさんようげんさつじんこう
　　生田直親　勁文社　1989刊

5 月白　つきしろ
　　高幣遊太　《句集》　ふらんす堂　2002刊

　　月白の空　つきしろのそら
　　前沢智子《歌集》角川書店　1996刊

6 月光の刺客　げっこうのしきゃく
　　森村誠一　実業之日本社　2010刊

　　月光の夜想曲　げっこうののくたーん
　　仙道はるか　講談社　1998刊

　　月光小夜曲　むーんらいとせれなーで
　　冬城蒼生　小学館　1999刊

　　月光小夜曲でつかまえて　むーんらいとせれなーででつかまえて
　　秋野ひとみ　講談社　2000刊

　　月光遊戯　げっこうげーむ
　　六道慧　中央公論社　1997刊

7 月冴　つきさえ
　　田辺聖子　「別冊文藝春秋」　1992年

　　月巫女のアフタースクール　つきみこのあふたーすくーる
　　咲田哲宏　角川書店　2004刊

　　月巫女のエンゲージナイト　つきみこのえんげーじないと
　　咲田哲宏　角川書店　2004刊

　　月花の守人　げっかのもりびと
　　山本瑤　集英社　2009刊

8 月夜見　つくよみ
　　増田みず子　「群像」　2000年

月夜見の島　つくよみのしま
　青来有一　「文學界」　2002年
月居峠　つきおれとうげ
　園部みつ江　《歌集》　ながらみ書房　2010刊
月明のクロースター　つきあかりのくろーすたー
　萩原麻里　一迅社　2008刊
月突法師　つくづくほうし
　夢枕獏　「オール讀物」　2006年
月門童話　むーんげいとすとーりーず
　夢叶青　文芸社　2002刊
9 月神の浅き夢　だいあなのあさきゆめ
　柴田よしき　角川書店　1998刊
月虹　むーんぼー
　松本賢吾　毎日新聞社　2002刊
10 月宮殿殺人事件　げっきゅうでんさつじんじけん
　有栖川有栖　「小説NON」　1997年
月帯蝕　がったいしょく
　桂木純一　文芸社　2001刊
月桃夜　げっとうや
　遠田潤子　新潮社　2009刊
11 月雪花蒔絵小袖　つきゆきはなまきえのこそで
　山口椿　「オール讀物」　1996年
14 月読　つくよみ
　太田忠司　文藝春秋　2005刊
月読見の乙女　つくよみのおとめ
　前田珠子　集英社　1992刊
月餅　げっぺい
　曽野綾子　「群像」　1996年
15 月魄　げっぱく
　鐘ヶ江律子　日本文学館　2005刊
月魄　つきしろ
　橋本豊子　《歌集》　溪水社　1999刊
月魄　つきしろ
　眞鍋呉夫　《句集》　邑書林　2009刊

月魄霊鏡　げっぱくのれいきょう
　宮乃崎桜子　講談社　2007刊
18 月曜日のうさぎたち　まんでぃらびっつ
　早瀬利之　「オール讀物」　1990年

【木】

2 木乃伊とり　みいらとり
　諸田玲子　「オール讀物」　2005年
木乃伊とウニコール　みいらとうにこーる
　芦辺拓　「小説宝石」　2002年
木乃伊仏　みいらぶつ
　和田はつ子　角川春樹事務所　2000刊
木乃伊男　みいらおとこ
　蘇部健一　講談社　2002刊
3 木下闇　このしたやみ
　古田美弥子　新風舎　2006刊
木子　もくし
　仁藤壺天　《句集》角川書店　2003刊
4 木公伝説曲　もくこうでんせつきょく
　入江元彦　《詩集》　思潮社　1994刊
木天蓼　またたび
　渡部義雄　《句集》　東京四季出版　2000刊
5 木母寺にて斬る　もくぼじにてきる
　峰隆一郎　「問題小説」　1990年
6 木守の辻　きまもりのつじ
　羽太雄平　「小説NON」　2001年
木瓜　ぼけ
　佐藤一城　《句集》　朝日新聞社　2000刊
木瓜の実　ぼけのみ
　猪本直代　《歌集》　至芸出版社　1994刊
木瓜の夢　もっこうのゆめ
　安西篤子　講談社　1998刊
7 木岐ノ町貝塚組　ききのまちかいづかぐみ

4 画（欠, 止, 母）

　　戸梶圭太　「小説宝石」　2003年
　　木花天女　このはなてんにょ
　　　倉本由布　角川書店　2002刊
　　木車　もくしゃ
　　　木車会句会　《句集》　梅里書房
　　　2004刊
9　木屋町のマリー　きやまちのまりー
　　　海月ルイ　「問題小説」　2006年
　　木洩陽の雪　こもれびのゆき
　　　北重人　「問題小説」　2005年
10　木根跡　もくこんせき
　　　大朝曉子　《歌集》　ながらみ書房
　　　2010刊
　　木馬の嘶き　もくばのいななき
　　　木戸陣策　《歌集》　短歌研究社
　　　1996刊
　　木馬の螺子　もくばのねじ
　　　坂本宮尾　《句集》　角川書店　2005刊
　　木馬道　きんまみち
　　　森永寿征　《歌集》　短歌新聞社
　　　1997刊
　　木骨記　もっこつき
　　　市原麻里子　新人物往来社　2007刊
11　木斛の花　もっこくのはな
　　　山崎和子　《歌集》　ながらみ書房
　　　2006刊
12　木喰　もくじき
　　　立松和平　「文藝ポスト」　2000年
　　木椅子　もくいす
　　　国保継男　《句集》　至芸出版社
　　　1995刊
　　木犀の日　もくせいのひ
　　　古井由吉　「文學界」　1993年
13　木槌の音　きづちのね
　　　千野隆司　「問題小説」　2001年
　　木靴の音　さぼのおと
　　　高橋正行　《句集》　高橋正行神父
　　　句集を刊行する会　2006刊
14　木練柿　こねりがき
　　　あさのあつこ　「小説宝石」　2008年

15　木槿の花　むくげのはな
　　　有田企水子　《歌集》　短歌研究社
　　　2001刊
　　木槿まで　むくげまで
　　　小嵐九八郎　「小説宝石」　1993年
　　木霊　こだま
　　　佐藤扶美子　《歌集》　短歌研究社
　　　2004刊
　　木霊　こだま
　　　田口ランディ　サンマーク出版　2003刊
　　木霊　こだま
　　　引間豐作　《句集》　梅里書房　2003刊
　　木霊は知っていた　こだまはしって
　　　いた
　　　城山人　信山社出版　1999刊
　　木霊風説　こだまふうせつ
　　　大久保智弘　講談社　1997刊
　　木霊集　こだましゅう
　　　田久保英夫　新潮社　1997刊
18　木曜日、彼女は妖怪と浮気する。
　　　もくようびよめはようかいとうわ
　　　きする
　　　オイカワショータロー　メディアファ
　　　クトリー　2009刊
19　木蘭の柮　沙棠の舟　もくらんのか
　　　いさとのふね
　　　菅野彰　新書館　1998刊

【欠】

4　欠片　かけら
　　入野早代子　《歌集》　ミューズ・コー
　　ポレーション　2010刊
12　欠落ち　かけおち
　　竹内大　小学館　2005刊

【止】

10　止島　とめじま
　　小川国夫　「群像」　2006年

【母】

4　母不敬　ぶふけい

柴田恭子　《詩集》　思潮社　2007刊

【比】

5 比丘尼坂　びくにざか
　澤田ふじ子　「問題小説」　1994年
10 比島争奪大作戦　ふぃりぴんそうだつだいさくせん
　橋本純　有楽出版社　2000刊
12 比登里　ひとり
　原田智恵子　《歌集》　短歌研究社　1997刊
17 比翼　ひよく
　泡坂妻夫　「小説宝石」　2000年

【毛】

9 毛怒の童男　けぬのおぐな
　本藤嘉春　新風舎　1996刊
10 毛倡妓　けじょうろう
　京極夏彦　「小説現代」　1999年

【水】

水の匣　みずのはこ
　倉本由布　「小説NON」　2001年
水の面　みずのも
　中垣昌之　《歌集》　美研インターナショナル　2005刊
水の面　みずのおもて
　山本昌代　「新潮」　1996年
水の香　みずのか
　須omp智恵　《句集》　邑書林　1995刊
水の舳先　みずのへさき
　玄侑宗久　「新潮」　2000年
水の戦士たち　うぉーたーのせんしたち
　林一宏　集英社　1991刊
水の輪舞　みずのろんど
　高円寺葵子　リーフ出版　1999刊
水は襤褸に　みずはらんるに
　生沼義朗　《歌集》　ながらみ書房　2002刊

4 水月　みづき
　出口汪　講談社　2006刊
5 水平線の灯　すいえいせんのひ
　遊部香　「小説NON」　2006年
水母の骨　くらげのほね
　大竹多可志　《句集》　東京四季出版　2009刊
水母譚　すいぼたん
　はらだかおる　《句集》　東京四季出版　1989刊
6 水光　みずひかり
　上月昭雄　《歌集》　短歌新聞社　1993刊
水光る湖　みずひかるうみ
　松井ひろ子　《歌集》　渓声出版　2010刊
水団御殿　すいとんごてん
　五條瑛　「小説宝石」　2010年
水百脚　みずひゃっきゃく
　椎名誠　「文學界」　2003年
7 水尾の果てホルムズ海峡　みおのはてほるむずかいきょう
　久井勲　作品社　2002刊
8 水底の光　みなそこのひかり
　小池真理子　「オール讀物」　2005年
水底の死美人　すいていのしびじん
　鳴海丈　「問題小説」　2009年
水底の柩　みなぞこのひつぎ
　森真沙子　「小説NON」　1992年
水底の寂かさ　みなそこのしずかさ
　清水茂　《詩集》　絋燈社　2008刊
水底の森　みなそこのもり
　柴田よしき　「小説すばる」　2000年
9 水神の王国　でとるのおうこく
　竹河聖　「野性時代」　1991年
水神の娘　でとるのむすめ
　竹河聖　「野性時代」　1992年
水神の破片　すいじんのかけら
　森村誠一　「オール讀物」　1996年

4 画（水）

水神の都　でとるのみやこ
　　竹河聖　「野性時代」　1992年
水草の川　みくさのかわ
　　千代國一　《歌集》　短歌新聞社
　　1999刊
水面の月　みなものつき
　　千野隆司　学研パブリッシング　2010刊
10 水冥き愁いの街　みずくらきうれい
　　　のまち
　　篠田真由美　「小説NON」　2005年
水恋　すいれん
　　喜多嶋隆　角川書店　2006刊
水恋譚　すいれんたん
　　陽羅義光　のべる出版企画　1997刊
水脈がくれ　みおがくれ
　　須藤御恵子《歌集》　南窓社　2004刊
11 水域　あくえりあす
　　森真沙子　角川書店　1999刊
水寂かなり　みずしずかなり
　　木村佐和子　《歌集》　東京四季出版
　　1991刊
水瓶座の殺人迷路　あくえりあすの
　　　さつじんらびりんす
　　日向章一郎　集英社　2000刊
水萍　うきくさ
　　阿部洋子　《歌集》　短歌研究社
　　2006刊
水蛇　みずち
　　毛利志生子　集英社　1998刊
12「水晶の印」殺人事件　すいしょうの
　　　いんさつじんじけん
　　木谷恭介　光風社出版　1994刊
水晶の夜のスパイ　くりすたるなは
　　　とのすぱい
　　阿部陽一　「小説現代」　1990年
水晶王子　ぷりんすくりす
　　荒井潤　ベストセラーズ　1991刊
水晶硝子の夜　くりすたるないと
　　冨沢カオル　新風舎　2006刊

水椀　みずまり
　　新井啓子　《詩集》　詩学社　1990刊
水葱の花　なぎのはな
　　江口井子　《句集》　本阿弥書店
　　1999刊
水陽炎　みずかげろう
　　鐘ケ江達夫　《歌集》　画文堂　1990刊
13 水源の日　みなもとのひ
　　名古きよえ　《詩集》　土曜美術社出
　　版販売　2009刊
水雷屯　すいらいちゅん
　　杉本章子　「オール讀物」　2000年
14 水漬田　みずきだ
　　岡本肇　《歌集》　九芸出版　1992刊
水漬野抄　みずくのしょう
　　巻良夫　《句集》　文學の森　2008刊
水際　みぎわ
　　森沢照子　《句集》　牧羊社　1993刊
水際　みぎわ
　　渡辺仁八　《歌集》　短歌研究社
　　2000刊
15 水縄譚　みなわたん
　　近藤洋太　《詩集》　思潮社　1993刊
水輪　みずわ
　　阿部王一《句集》梅里書房　2001刊
水輪　みずわ
　　倉田紘文《句集》角川書店　2006刊
水輪　みなわ
　　田村正義　《句集》　本阿弥書店
　　2001刊
水霊　みずち
　　田中啓文　角川書店　1998刊
水霊の旅　みずたまのたび
　　堀田和成　法輪出版　1991刊
17 水縹　みはなだ
　　田中政子　《句集》　花神社　1998刊
水縹　みはなだ
　　矢沢歌子　《歌集》　短歌研究社
　　1996刊

18 水曜日　みずようび
　　新井啓子　《詩集》　思潮社　1999刊
　　水蠆の夢　やごのゆめ
　　成瀬善高　《歌集》　近代文芸社
　　2003刊
19 水鏡　みつかかみ
　　戸部新十郎　「問題小説」　1992年
　　水鏡の月　みかがみのつき
　　小村作真　文芸社　2009刊
　　水離る　みずかる
　　前原正治　《詩集》　土曜美術社出版
　　販売　2008刊
　　水鶏の里　くいなのさと
　　倉橋由美子「IN POCKET」1989年
21 水魖の如き沈むもの　みずちのごと
　　きしずむもの
　　三津田信三　原書房　2009刊

【火】
　　火の神　ひぬかん
　　伊波邦枝　《歌集》　本阿弥書店
　　2008刊
　　火の神の熱い夏　あぐにのあつい
　　なつ
　　柄刀一　光文社　2004刊
　　火の湖列車連殺行　ひのうみれっし
　　ゃれんさつこう
　　阿井渉介　講談社　1989刊
　　火の輪舞　ひのろんど
　　斎藤栄　「問題小説」　1999年
　　火の鶏　ひのとり
　　霞流一　角川春樹事務所　2003刊
　　火を熾す　ひをおこす
　　石田衣良　「野性時代」　2009年
5 火牙陰鬼　かがいんき
　　斎藤栄　双葉社　1999刊
　　火目の巫女　ひめのみこ
　　杉井光　メディアワークス　2006刊
6 火色の柿　ほいろのかき
　　菅原恵子　《歌集》　短歌研究社
　　2000刊
7 火床　ほど
　　遠山宮子　《句集》　ふらんす堂
　　2009刊
　　火村英生に捧げる犯罪　ひむらひ
　　でおにささげるはんざい
　　有栖川有栖　「オール讀物」　2008年
　　火男　ひおとこ
　　角田はる　《句集》　紅書房　2007刊
　　火男　ひょっとこ
　　古井由吉　「群像」　1997年
　　火車　かしゃ
　　宮部みゆき　双葉社　1992刊
8 火垂　ほたる
　　河瀬直美　幻冬舎　2001刊
9 火神鳴　ひかみなり
　　樋口シイタケ　《詩集》　新風舎
　　2005刊
10 火恋　かれん
　　連城三紀彦　「オール讀物」　1997年
　　火竜面舞　ごーらんでぉむ
　　朱鷺田祐介　プランニングハウス
　　1998刊
12 火焔剣の突風　かえんけんのかぜ
　　牧秀彦　光文社　2010刊
13 火群のごとく　ほむらのごとく
　　あさのあつこ　「オール讀物」2009年
　　火群の森　ほむらのもり
　　榊原姿保美　太田出版　1992刊
　　火群の館　ほむらのやかた
　　春口裕子　新潮社　2002刊
　　火蛾の舞　かがのまい
　　浅黄斑　二見書房　2006刊
　　火裏の蓮華　かりのれんげ
　　堀井美鶴　《歌集》　短歌研究社
　　2005刊
14 火蜥蜴の生まれる日　さらまんだー
　　のうまれるひ
　　駒崎優　講談社　1999刊

4画（父, 片, 牛, 犬）

21 火魔　かま
　　森村誠一　「オール讀物」　1995年
22 火襷　ひだすき
　　田村七三栄　《句集》　本阿弥書店　2005刊
　　火襷　ひだすき
　　塚本美恵子　《句集》　ふらんす堂　2002刊

【父】

　　父を葬る　ちちをおくる
　　高山文彦　幻戯書房　2009刊
3 父子てんまつ記　おやこてんまつき
　　秦直邦,秦直樹　中経出版　1994刊
　　父子の剣　おやこのけん
　　早見俊　二見書房　2009刊
　　父子凧　おやこだこ
　　鳥羽亮　双葉社　2007刊
　　父子目付勝手成敗　おやこめつけかってせいばい
　　小林力　学習研究社　2008刊
　　父子雨情　おやこうじょう
　　稲葉稔　双葉社　2007刊
　　父子峠　おやことうげ
　　羽太雄平　「小説王」　1994年
　　父子時雨　おやこしぐれ
　　鎌田樹　廣済堂出版　2007刊
　　父子鷹　おやこだか
　　永瀬隼介　「オール讀物」　2007年
8 父、卒わる　ちちおわる
　　鶯井通真　講談社　1991刊
10 父娘　あい
　　中渡　新風舎　2006刊
　　父娘草　ちちこぐさ
　　松井今朝子　「小説新潮」　2004年
16 父親　とうちゃん
　　河合信幸　《詩集》　創栄出版　2002刊

【片】

4 片月　かたわれづき

　　矢内枇杜詩　《句集》　そうぶん社出版　2003刊
8 片乳　かたちち
　　小野正嗣　「新潮」　2004年
10 片時雨　かたしぐれ
　　今井絵美子　「問題小説」　2010年
12 片雲流れて　ちぎれぐもながれて
　　風間一輝　早川書房　1995刊
17 片翼チャンピオン　かたよくちゃんぴおん
　　平山讓　「小説現代」　2007年
24 片鱗篇　かけらへん
　　石田瑞穂　《詩集》　思潮社　2006刊

【牛】

8 牛狐―天草の嵐　もうこんあまくさのあらし
　　見延典子　「問題小説」　2008年
9 牛津の戯言　おっくすふぉーどのざれごと
　　瀧口流石　《句集》　The World Haiku Club　2010刊
11 牛斬り加卜　うしきりかぼく
　　神坂次郎　「小説NON」　1991年

【犬】

4 犬公方騒動　いぬくぼうそうどう
　　藤枝ちえ　「小説宝石」　1997年
5 犬目の兵助　いぬめのひょうすけ
　　北原亞以子　「オール讀物」　2007年
7 犬吠　いぬぼう
　　吉住侑子　「三田文學」　2008年
　　犬吠埼に　いぬぼうざきに
　　三枝和子　「群像」　2002年
11 犬盗人　いぬぬすびと
　　仲若直子　「文學界」　1990年
13 犬聖　いぬひじり
　　夢枕獏　「オール讀物」　2010年
14 犬鳴峠　いんなきとうげ
　　尾上龍太　《詩集》　新風舎　2004刊

【王】

9 王城の忍者　おうじょうのしのび
　　南原幹雄　新潮社　2005刊
　　王城の朝　おうじょうのあした
　　三宅連城　叢文社　2010刊
12 王朝懶夢譚　おうちょうらんむたん
　　田辺聖子　「別冊文藝春秋」　1992年

5 画

【丘】

　　丘の上の向日葵　おかのうえのひまわり
　　山田太一　朝日新聞社　1989刊

【世】

5 世外の剣　せがいのけん
　　澤田ふじ子　「問題小説」　1989年
　　世田谷駐在刑事　せたがやちゅうざいでか
　　濱嘉之　講談社　2010刊
9 世界衣裳盛衰史　よのなかはきぬぎぬのうつろい
　　清水義範　「野性時代」　1990年
　　世界飢餓の終え　せかいきがのついえ
　　田中一夫　ブイツーソリューション　2008刊
　　世紀末鯨鯢記　せいきまつげいげいき
　　久間十義　「文藝」　1990年
12 世善知鳥安方誕生　よにうとうひなどりのうまれ
　　半村良　「小説NON」　1993年
　　世善知鳥相馬恋歌　よにうとうそうまのこいうた
　　半村良　「小説NON」　1994年

【世】(虚仮街道記)

　　世間虚仮街道記　でたらめせけんかいどうき
　　祐川法幢　近代文芸社　1993刊

【丙】

4 丙午の女　ひのえうまのおんな
　　森省三　文溪堂　1993刊

【主】

　　主　つかさ
　　高橋陽子《句集》あさを社　2002刊
9 主計町あかり坂　かずえまちあかりざか
　　五木寛之　「オール讀物」　2008年

【丼】

　　丼　どんぶり
　　川上弘美　「新潮」　2004年

【以】

9 以為　おもえらく
　　寺井谷子　《句集》富士見書房　1993刊
13 以蒙攻倭　いもんこんうえ
　　荒山徹　「小説NON」　2001年

【仕】

6 仕合証文　しあわせしょうもん
　　安部譲二　「別冊小説宝石」　1991年
8 仕事師たちの哀歌　しごとしたちのえれじー
　　夢枕獏　集英社　1989刊
15 仕舞屋　しもうたや
　　森百合子　彩図社　2007刊

【仔】

6 仔羊たちの聖夜　こひつじたちのいゔ
　　西澤保彦　角川書店　1997刊

【仙】

10 仙姫午睡　せんきごすい

5 画（他, 代, 兄, 写, 処, 凹, 出, 凸, 加）

　　桂木祥　講談社　2002刊
　仙翁花　せんのうげ
　　佐治玄鳥　《句集》　朝日新聞社　1998刊
　仙翁花　せんのうか
　　松本幸四郎　《句集》　三月書房　2009刊

【他】
2　他人の不幸は　ひとのふこうは
　　古池高尾　新風舎　2003刊
　他人事　ひとごと
　　平山夢明　「小説すばる」　2004年
　他人家族物語　ふれんどしっぷふぁみりー
　　大塚千野　徳間書店　1990刊

【代】
11　代理母　さろげーとまざー
　　和久峻三　「オール讀物」　1998年

【兄】
　兄ちゃん　あんちゃん
　　沼尻利晶　「民主文学」　2004年
7　兄弟姉妹　はらから
　　阿刀田高　「オール讀物」　2003年
8　兄国　えくに
　　大辻隆弘　《歌集》　短歌新聞社　2007刊

【写】
5　写本室の迷宮　すくりぷとりうむのめいきゅう
　　後藤均　東京創元社　2005刊
13　写裸喰斎事件帖　しゃらくさいじけんちょう
　　畑山博　「オール讀物」　1995年

【処】
3　処女もどき　ばーじんもどき
　　中堂利夫　「問題小説」　1989年

6　処刑の復讐　しょけいのりべんじ
　　田中光二　光文社　1996刊
　処刑の舞踏会　しょけいのだんすぱーてぃ
　　胡桃沢耕史　「小説city」　1992年
　処刑は復讐の遊戯　ころしはふくしゅうのげーむ
　　広山義慶　勁文社　1989刊
　処刑人魔狼次　ころしにんまろうじ
　　鳴海丈　徳間書店　1998刊

【凹】
　凹みさがし。　へこみさがし
　　雛子森　《詩集》　文芸社　2002刊

【出】
5　出世請負株式会社　さくせすめーかー
　　志茂田景樹　角川書店　1990刊
7　出社拒否の理由　しゅっしゃきょひのわけ
　　江波戸哲夫　「小説NON」　1995年
9　出発　たびだち
　　江崎紫峰　《川柳集》　新葉館出版　2008刊
　出発　たびだち
　　鎮守賢治　文芸社　2000刊

【凸】
5　凸凹哀歌　でこぼこあいか
　　久保寺亨　《詩集》　潮流出版社　1994刊

【加】
3　加久藤越　かくとうごえ
　　田辺恭一　石風社　2001刊
　加子母川　かしもがわ
　　増田勝　「民主文学」　2003年
8　加油!愛玲　じゃようあいりん
　　南創一郎　文芸社　2009刊
9　加計呂麻・かけら　かけろまかけら

50

5 画（功, 北, 半）

  織田道代　《詩集》　踏青社　2006刊
 加計呂麻へ　かけろまへ
  藤民央　日本図書刊行会　1994刊
10 加速度円舞曲　かそくどわるつ
  麻耶雄高　「小説すばる」　2008年
12 加賀金沢殺意の刻　かがかなざわさ
  ついのとき
  大谷羊太郎　双葉社　1999刊

【功】

4 功夫娘々・疾風録　くんふーにゃん
  にゃんしっぷうろく
  春眠暁　ソニー・マガジンズ　1999刊

【北】

 北の蜉蝣　きたのかげろう
  洪三奎　文芸社　2002刊
 北の碑　きたのいしぶみ
  稲沢潤子　新日本出版社　1997刊
 北の館の罪人　きたのやかたのつみ
  びと
  米澤穂信　「小説新潮」　2008年
 北アルプス白の死線　きたあるぷす
  しろのでっどらいん
  加納一朗　青樹社　1990刊
4 北方の傀儡師　ほっぽうのくぐつし
  千葉暁　朝日ソノラマ　2006刊
7 北辰群盗録　ほくしんぐんとうろく
  佐々木譲　「小説すばる」　1996年
8 北国抄　ほっこくしょう
  藤縄慶昭　《句集》　近代文芸社
  1991刊
 北東西南推理館　にゅーす(NEWS)
  すいりかん
  佐野洋　「オール讀物」　1993年
 北門の狼　ほくもんのおおかみ
  逢坂剛　「小説現代」　2008年
9 北俠の群れ　おとこのむれ
  藤田五郎　青樹社　1989刊

 北洋掃討戦線　べーりんぐそうとう
  せんせん
  林譲治　飛天出版　1998刊
10 北冥の白虹　ほくめいのおーろら
  乾浩　新人物往来社　2003刊
12 北朝鮮 崩壊の瞬間　きたちょうせん
  ほうかいのとき
  豊田有恒　「小説NON」　1999年
 北朝鮮最後の謀略　きたちょうせん
  さいごのしなりお
  神浦元彰　二見書房　1994刊
13 北極星　ちぬかるかむい
  植村浩司　《歌集》　砂子屋書房
  2004刊

【半】

 半　なかば
  田中吾空　《句集》　文學の森　2009刊
7 半佐夢(国連)全権密使　はんさむく
  ーりえ
  胡桃沢耕史　「野性時代」　1992年
 半身月　はんみつき
  杜らりも　《詩集》　文芸社　2002刊
9 半音階　くろまてぃっく
  姥澤愛水　《句集》　富士見書房
  2001刊
10 半夏　はんげ
  諸田玲子　「オール讀物」　2004年
 半夏生　はんげしょう
  秋山佐和子　《歌集》　砂子屋書房
  2008刊
 半夏生　はんげしょう
  伊藤梢　《句集》　現代俳句協会青年
  部　1996刊
 半夏生　はんげしょう
  今野敏　角川春樹事務所　2004刊
 半夏生の灯　はんげしょうのひ
  竹河聖　角川春樹事務所　2009刊
 半夏雨　はんげあめ
  坂岡真　「問題小説」　2006年

5 画（卯, 去, 可, 古, 史, 四）

　　半竜公子伝 火華流　はんりゅうこう
　　　しでんかがる
　　　　松澱典子　富士見書房　1990刊
12　半跏坐　はんかざ
　　　　佐藤鬼房　《句集》　紅書房　1989刊

【卯】

4　卯月鳥のゆくえ　ほととぎすのゆ
　　くえ
　　　　田辺聖子　「小説中公」　1993年

【去】

6　去年の風花　こぞのかざばな
　　　　神作光一《歌集》角川書店　2010刊
　　去年の夢　こぞのゆめ
　　　　北原亞以子　「小説新潮」　1991年
　　去年今年　こぞことし
　　　　小松美保子　《句集》　東京四季出版
　　　　2006刊

【可】

7　可児才蔵　かにさいぞう
　　　　志木沢郁　学習研究社　2007刊
　　可否　かうひい
　　　　宇江佐真理　「小説NON」　1999年
8　可奈志耶那　かなしやな
　　　　筒井康隆　「オール讀物」　2002年
11　可惜夜　あたらよ
　　　　下村志津子　《句集》　角川書店
　　　　2010刊
13　可愛いあの娘は中国人　かわいい
　　あのこはちゃいにーず
　　　　紫竹竜二　碧天舎　2003刊
15　可憐な花嫁の罪な掠奪　きゅーてい
　　ぶらいどのつみなりゃくだつ
　　　　志茂田景樹　角川書店　1993刊

【古】

　　古の花　いにしえのはな
　　　　まりもれん　文芸社　2005刊
2　古人の聖都　いにしえびとのせいと

　　　　新田一実　大陸書房　1991刊
4　古手屋喜十　ふるてやきじゅう
　　　　宇江佐真理　「小説新潮」　2010年
12　古惑仔　ちんぴら
　　　　馳星周　「問題小説」　1997年

【史】

6　史伝 隠国　しでんこもりく
　　　　車谷長吉　「文學界」　2005年

【四】

　　四コマ笑劇「百五十円×2」　よんこ
　　まふぁるすひゃくごじゅうえんかけ
　　るに
　　　　荻野アンナ　「三田文學」　1991年
2　四十二炭坑　そうろくふたろいたん
　　こう
　　　　高橋幸一　文芸社　2000刊
　　四十雀の日　しじゅうからのひ
　　　　山際淳司　「問題小説」　1990年
　　四十雀日記　しじゅうからにっき
　　　　柏崎驍二　《歌集》　柊書房　2005刊
4　四方の波　よものなみ
　　　　栗谷川虹　作品社　2008刊
　　四方吉捕物控　よもきちとりものひ
　　かえ
　　　　多岐川恭　徳間書店　1992刊
　　四月馬鹿　えーぷりるふーる
　　　　出久根達郎　「小説現代」　2010年
6　四旬節の恋人　かれーむのこいびと
　　　　橘香いくの　集英社　1996刊
8　四季の女殺人事件　しきのひとさつ
　　じんじけん
　　　　斎藤栄　光文社　1992刊
　　四季の出口　ときのでぐち
　　　　ハタノコウ　文芸社　2009刊
　　四阿　あずまや
　　　　森田峠　《句集》　角川書店　2006刊
11　四陲　しすい
　　　　深谷雄大　《句集》　梅里書房　2009刊

5画（囚, 冬）

12 四畳半昭和裏張　よじょうはんしょうわのうらばり
　　野坂昭如　「小説新潮」　1995年
　　四葩　よひら
　　松村多美　《句集》　牧羊社　1993刊
　　四雁川流景　しかりがわりゅうけい
　　玄侑宗久　文藝春秋　2010刊
13 四睡　しすい
　　吉田汀史　《句集》　富士見書房　1997刊
　　四聖竜の魔女　どらごんのまじょ
　　水崎蒼　文芸社　2007刊
16 四壁林の黐　しせきのもち
　　新倉古代　《歌集》　本阿弥書店　2008刊

【囚】

　　囚われの一角獣　とらわれのゆにこーん
　　篠原美季　講談社　2002刊
　　囚われ勝吉　とらわれかつよし
　　天野純希　「小説すばる」　2009年

【冬】

　　冬　とう
　　小野不由美「IN POCKET」2001年
　　冬の人魚姫　ふゆのまーめいど
　　是方直子　小学館　1992刊
　　冬の没日　ふゆのいりひ
　　小山とき子　《歌集》　短歌研究社　2005刊
　　冬の柘榴　ふゆのざくろ
　　夢野遙　彩図社　2004刊
　　冬の音匣　ふゆのおるごおる
　　田辺聖子　「小説中公」　1993年
　　冬の浮彫　ふゆのれりーふ
　　岡崎るり子　《句集》　ふらんす堂　1997刊
　　冬の寒抜　ふゆのかんぬき
　　中村隆資　「小説現代」　1998年

　　冬の陽炎　ふゆのかげろう
　　中尾杏子　《句集》　本阿弥書店　1997刊
　　冬の陽炎　ふゆのかげろう
　　梁石日　幻冬舎　2008刊
　　冬の蜉蝣　ふゆのかげろう
　　佐伯泰英　角川春樹事務所　2008刊
　　冬の標　ふゆのしるべ
　　乙川優三郎　中央公論新社　2002刊
　　冬の鵙　ふゆのもず
　　石川辛夷　《句集》　東京四季出版　1992刊
4 冬日抄　とうじつしょう
　　中里正年　《歌集》　績文堂出版　2004刊
　　冬日讃　とうじつさん
　　渡辺香根夫　《句集》　十月社　1995刊
5 冬白　とうはく
　　萩原健次郎　《詩集》　彼方社　2002刊
6 冬至南瓜　とうじかぼちゃ
　　神田斐文　《句集》　文芸社　2009刊
7 冬花　とうか
　　二部野静子　《歌集》　柊書房　2000刊
8 冬芽の人　とうがのひと
　　大沢在昌　「小説新潮」　2010年
　　冬青　そよご
　　杉本章子　「オール讀物」　2009年
11 冬菜畑　ふゆなばた
　　加古みちよ　《句集》　本阿弥書店　2003刊
　　冬萌の朝　ふゆもえのあした
　　江宮隆之　柏艪舎　2006刊
　　冬部　ふゆべ
　　根田幸悦　《歌集》　一莖書房　1998刊
12 冬景色　ふゆざれ
　　藍川慶次郎　学習研究社　2006刊
13 冬蛾　とうが
　　柴田哲孝　「小説NON」　2006年
14 冬歌　とうか
　　郷原岬夫　《歌集》　邑書林　1992刊

5 画（外, 夘, 失, 奴, 孕, 尻, 巨, 左, 布）

16 冬薔薇　ふゆばら
　　岸てる子　《句集》　東京四季出版
　　1990刊

　　冬薔薇　ふゆそうび
　　三田完　「オール讀物」　2006年

　　冬隣　ふゆとなり
　　北原亞以子　「オール讀物」　2009年

19 冬麗　ふゆうらら
　　木村照子　《句集》　東京四季出版
　　1993刊

　　冬麗　ふゆうらら
　　安永蕗子　《歌集》　短歌新聞社
　　1994刊

22 冬躑躅　ふゆつつじ
　　森真沙子　「問題小説」　2007年

【外】

7 外谷さん無礼帳　とやさんぶれいちょう
　　菊地秀行　朝日ソノラマ　1989刊

8 外法師冥路の月　げほうしよみじのつき
　　毛利志生子　集英社　2002刊

　　外法師厲鬼の塚　げほうしれいきのつか
　　毛利志生子　集英社　2002刊

　　外法師鵺の夜　げほうしぬえのよる
　　毛利志生子　集英社　2002刊

　　外法陰陽師　げほうおんみょうじ
　　如月天音　学習研究社　2002刊

9 外面　げめん
　　杉本章子　「オール讀物」　2001年

【夘】

7 夘助と喬　うすけとたかし
　　佐藤愛子　「小説宝石」　2001年

【失】

　　失われた時代を求めて　うしなわれたときをもとめて
　　入谷敏男　元就出版社　2001刊

　　失われた雷霆鞭　うしなわれたさんだーほいっぷ
　　嬉野秋彦　角川書店　1996刊

【奴】

　　奴の小万と呼ばれた女　やっこのこまんとよばれたおんな
　　松井今朝子　講談社　2000刊

12 奴雁の四季　どがんのしき
　　永井薫　《詩集》　詩学社　2003刊

16 奴隷就職試験　りくるーとしけん
　　家田荘子　「小説宝石」　1995年

【孕】

14 孕餅　はらみもち
　　山田春生　《句集》　駒草書房　1998刊

【尻】

3 尻子玉　しりこだま
　　岡野翠穂　《句集》　新生出版　2005刊

【巨】

3 巨大投資銀行　ばるじぶらけっと
　　黒木亮　ダイヤモンド社　2005刊

19 巨鯨岬　くじらみさき
　　小川竜生　祥伝社　1999刊

【左】

4 左文字の馬　ひだりもじのうま
　　西村望　光文社　2005刊

10 左馬助殿軍語　さまのすけどのいくさがたり
　　磯田道史　「オール讀物」　2008年

【布】

9 布哇大戦記　はわいたいせんき
　　高貫布士　経済界　2000刊

　　布海苔　ふのり
　　子母澤類　「問題小説」　2002年

15 布鞋　ぷーしぇ
　　浅井巳代治　《歌集》　文芸社　1999刊

5 画（平, 幼, 広, 打, 旧, 旦, 本）

【平】
3 平山行蔵の鏢槍　ひらやまこうぞう
　　のひょうそう
　　新宮正春　「問題小説」　1994年
4 平手打ち　びんた
　　渡辺利弥　「小説宝石」　2000年
5 平古野　ひらこの
　　佐藤ひで　《歌集》　六法出版社
　　1996刊

　平打の簪　ひらうちのかんざし
　　加堂秀三　徳間書店　2001刊
6 平安千年殺曼陀羅　へいあんせんね
　　んころしまんだら
　　麗羅　双葉社　1989刊
8 平和三色　ぴんふさんしょく
　　李希和　新風舎　2003刊

　平林　たいらばやし
　　田中啓文　「小説すばる」　2004年
9 平城　なら
　　大塚光代　《句集》　編集工房ノア
　　2009刊

　平城山を越えた女　ならやまをこえ
　　たおんな
　　内田康夫　講談社　1990刊

　平城宮　ならのみや
　　山之口洋　「別冊文藝春秋」　2003年
10 平家の朱瓶　へいけのあかがめ
　　青井石夫　文芸社　2009刊

　平家幻生　へいけげんしょう
　　いのぐち泰子　風媒社　2000刊
17 平鍬を肩にした少年　じょうれんを
　　かたにしたしょうねん
　　小松弘愛　《詩集》　花神社　1998刊

【幼】
　幼き礼　おさなきいや
　　田中美智代　《句集》　ふらんす堂
　　2008刊
12 幼媛　ちいさひめ
　　武上純希　角川書店　1991刊

【広】
7 広芥屋異助　ひろげやいすけ
　　高橋克彦　「小説すばる」　1999年

【打】
7 打役　うちやく
　　諸田玲子　「小説現代」　2004年
8 打臥の巫女　うちふしのみこ
　　夢枕獏　「オール讀物」　1997年
12 打棒日和　だぼうびより
　　相川英輔　「文學界」　2005年
20 打鐘　じゃん
　　松本賢吾　徳間書店　2001刊

【旧】
5 旧正月寿のルンバ　きゅうしょうが
　　つことほぎのるんば
　　もりたなるお　「小説宝石」　1994年
8 旧制度　あんしゃんれじーむ
　　高島裕　《歌集》　ながらみ書房
　　1999刊

【旦】
14 旦暮　あけくれ
　　加地紫陽　《句集》　本阿弥書店
　　2001刊

　旦暮　あけくれ
　　先崎蒼人　《句集》　東京四季出版
　　1989刊

【本】
6 本気で欲しけりゃモノにしろ！　ま
　　じでほしけりゃものにしろ
　　深沢梨絵　講談社　1993刊
8 本明川　ほんみょうがわ
　　草野源一郎　《歌集》　短歌研究社
　　2001刊
9 本音街　ほんねがい
　　町田康　「群像」　2004年
12 本朝金瓶梅　ほんちょうきんぺい
　　ばい

5 画（末, 未, 此, 正, 母）

　　　林真理子　「オール讀物」　2002年
　　本朝聊斎志異　ほんちょうりょうさいしい
　　　小林恭二　「小説すばる」　2000年

【末】

7　末那の眸　まなのひとみ
　　　久宗睦子　《詩集》　土曜美術社出版販売　1992刊
9　末枯れの花守り　すがれのはなもり
　　　菅浩江　角川書店　1997刊
11　末黒の薄　すぐろのすすき
　　　諸田玲子　「小説新潮」　2006年
　　末黒野　すぐろの
　　　佐久吉忠夫　「文學界」　2005年

【未】

5　未生　みう
　　　佐々木淑子　《詩集》　港の人　2008刊
　　未生　みしょう
　　　寺島博子　《歌集》　角川書店　2005刊
　　未生未死　みしょうみし
　　　宗左近　《句集》　思潮社　1996刊
7　未来が原発神に勝てたわけ　みきがあとむのかみにかてたわけ
　　　荒井潤　築地書館　1989刊
　　未来のおもいで　あしたのおもいで
　　　梶尾真治　光文社　2004刊
　　未来のかたち　ゆめのかたち
　　　白銀みるく　角川書店　1999刊
　　未来へのシンクロニシティ　あしたへのしんくろにしてい
　　　大塚美智　文芸社　2004刊
　　未来への道標　みらいへのみちしるべ
　　　鳥居謙一　日本図書刊行会　1998刊
　　未来惑星　ふゅーちゃーぷらねっと
　　　石川和樹　文芸社　2001刊
10　未哭微笑　みこくみしょう

　　　磯貝碧蹄館　《句集》　文學の森　2007刊
　　未通花魁怨みの仇討　おぼこおいらんうらみのあだうち
　　　胡桃沢耕史　「問題小説」　1993年
　　未通娘救い　おぼこすくい
　　　北山悦史　「問題小説」　2009年
11　未婚の母志願　しんぐるまざーしがん
　　　水上洋子　角川書店　1993刊
14　未練の虹―対子のゴロちゃん　みれんのにじといつのごろちゃん
　　　岩川隆　「問題小説」　1993年
15　未熟女の聖域　みじゅくじょのさんくちゅあり
　　　長谷川純子　「小説宝石」　2007年

【此】

7　此君の戦姫　しくんのせんき
　　　紗々亜璃須　講談社　2000刊
　　此花咲夜　このはなさくや
　　　武上純希　角川書店　1991刊
8　此岸過ぎ迄　しがんすぎまで
　　　石倉潤一　文芸社　2001刊

【正】

4　正午　まひる
　　　三木英治　《詩集》　編集工房ノア　2004刊
13　正義の女神の迷宮　せいぎのめがみのらびりんす
　　　七穂美也子　集英社　1998刊
　　正義の味方は眠らない　ひーろーはねむらない
　　　仙道はるか　講談社　2007刊

【母】

　　母ちゃん　おんま
　　　江宮隆之　河出書房新社　2007刊
　　母の日向　ははのひなた

56

奥山清子　《歌集》　ながらみ書房　2009刊
母の北上　ははのほくじょう
　森絵都　「オール讀物」　2009年
母の碑　ははのいしぶみ
　図子英雄　「新潮」　1991年
母の膝骨　ははのひざぼね
　下林昭司　《詩集》　ひまわり書房　1994刊
母やん　があやん
　川奈凜子　丸善プラネット　2009刊
3 母子板　はごいた
　小林金星　文芸社　2010刊
母子幽霊　ははこゆうれい
　和田はつ子　廣済堂あかつき　2010刊
母子像　ぼしぞう
　近藤啓太郎　講談社　1996刊
母子燕　おやこつばめ
　今井絵美子　角川春樹事務所　2007刊
6 母在すとき　ははおわすとき
　大竹令　《詩集》　詩画工房　2004刊
母守唄　ははもりうた
　橋本康　《詩集》　日本図書刊行会　1994刊
母成峠　ぼなりとうげ
　林洋海　文芸社　2007刊
母衣　ほろ
　大森慶子　《句集》　文學の森　2005刊
9 母屋　もや
　向田貴子　《句集》　邑書林　1992刊
母音梯形　とぅらぺーず
　小川真理子　《歌集》　河出書房新社　2002刊
10 母娘　ははこ
　藍川京　幻冬舎　2001刊
母娘くらべ　おやこくらべ
　館淳一　「小説NON」　1991年
母娘の押し葉　おやこのおしば
　中村昭治　文芸社　2005刊

母娘塚　ははこづか
　小杉健治　「別冊小説宝石」　1991年
母娘練習曲　おやこえちゅーど
　中井じゅん　角川春樹事務所　2001刊
母娘鏡　あわせかがみ
　デビル雅美　「小説工房」　1996年
母恋風聞　ほこいふうぶん
　小角隆男　《歌集》　洛西書院　2009刊
11 母郷　ふるさと
　下川冨士子　《句集》　角川書店　2008刊
13 母棄　ははすて
　倉部きよたか　ポプラ社　2007刊

【民】
4 民王　たみおう
　池井戸潤　ポプラ社　2010刊

【永】
3 永久の人　とわのひと
　白火うとい　新風舎　2002刊
永久の恋水　とわのなみだ
　鈴木隆夫　《歌集》　文芸社　2004刊
永久の戴冠　とこしえのたいかん
　真堂樹　集英社　2005刊
「永久笑み」の少女　とわえみのしょうじょ
　北森鴻　「オール讀物」　2001年
13 永遠に　とわに
　斉藤和己　文芸社　2002刊
永遠にあの子とスキップを　とわにあのことすきっぷを
　古流斗廉　文芸社　2009刊
永遠につく前に　ねむりにつくまえに
　榊花月　白泉社　1998刊
永遠に愛されたガーディアン・プリンセス　とわにあいされたがーでぃあんぷりんせす
　花衣沙久羅　集英社　2009刊

5 画（汀, 氾, 氷）

永遠に想いを　とわにおもいを
奥村政子　日本文学館　2005刊

永遠に続く祈り　とわにつづくいのり
北岡信夫　文芸社　2000刊

永遠のコドモ会　えいえんのこどもえ
高澤靜香　《詩集》　ふらんす堂　2010刊

永遠の一夜　とわのいちや
斉藤由貴　「月刊カドカワ」　1991年

永遠の伝言　とわのでんごん
小川玲　《歌集》　短歌研究社　2008刊

永遠の花園　とわのはなぞの
閑月じゃく　集英社　2007刊

永遠の刻　えいえんのとき
鷹守謙也　講談社　1995刊

永遠の咎　えいえんのとが
永瀬隼介　「小説宝石」　2002年

永遠の風　とわのかぜ
辻正司　《詩集》　PHPパブリッシング　2008刊

永遠の風　とわのかぜ
辻堂司　《詩集》　講談社　2006刊

永遠の島　とわのしま
花村萬月　「小説フェミナ」　1993年

永遠の都へ　とこしえのみやこへ
竹河聖　集英社　1992刊

永遠の愛ならかなわない　とわのあいならかなわない
峰桐皇　講談社　2009刊

永遠の誓い　とわのちかい
樹川さとみ　大陸書房　1992刊

永遠の護り　とこしえのまもり
神月摩由璃　角川書店　1994刊

永遠への扉　とわへのとびら
松本祐子　集英社　1996刊

永遠へ続く宇宙　とわへつづくそら
かまたえいこう　新風舎　2005刊

永遠も半ばを過ぎて　とわもなかばをすぎて
中島らも　文芸春秋　1994刊

永遠より地上に　とわよりここに
小林弘利　朝日ソノラマ　1997刊

永遠を旅する者　とわをたびするもの
重松清　講談社　2007刊

永遠縹渺　えいえんひょうびょう
黒川博行　「オール讀物」　1998年

【汀】

汀　みぎわ
井上弘美　《句集》　角川SSコミュニケーションズ　2008刊

汀　みぎわ
今井信子　《歌集》　本阿弥書店　2004刊

汀にて　みぎわにて
花村萬月　「文學界」　2000年

汀の和音　みぎわのわおん
宇野幸男　《歌集》　青磁社　2008刊

【氾】

8 氾青　はんじょう
長沢美津　《歌集》　短歌新聞社　2001刊

【氷】

氷の人形　あいすどーる
森村誠一　幻冬舎　2006刊

3 氷下魚立つ　こまいたつ
塚本タツ　《句集》　角川書店　2007刊

4 氷片の湖　ひぎれのうみ
後藤徹男　《歌集》　甲陽書房　1994刊

8 氷雨心中　ひさめしんじゅう
乃南アサ　「小説王」　1994年

9 氷海の幻日　ひょうかいのげんじつ
西木正明　「小説現代」　1993年

氷面鏡　ひもかがみ

5 画（牙, 犯, 犭, 玄, 玉）

望月光代　《句集》　本阿弥書店　2006刊
11 氷魚舟　こまいぶね
　　坂本山秀朗　《句集》　文學の森　2006刊
13 氷夢　ひょうむ
　　田久保英夫　「群像」　1983～1989年
15 氷舞　こおりまい
　　大沢在昌　光文社　1997刊
18 氷瀑　ひょうばく
　　浅野美恵子　《歌集》　近代文芸社　2001刊
19 氷鏡の恋　ひょうきょうのこい
　　藤水名子　「小説すばる」　2001年
　　氷麒麟　ひょうきりん
　　森福都　「小説NON」　1998年

【牙】
　　牙の扇　げのおうぎ
　　赤江瀑　「問題小説」　2005年

【犯】
2 犯人に願いを　ほしにねがいを
　　森巣博　徳間書店　2006刊
　　犯人の後ろ姿　ほしのうしろすがた
　　笹沢左保　「問題小説」　1999年
　　犯人も木から落ちる　ほしもきからおちる
　　赤羽建美　集英社　1989刊
6 犯行　やま
　　勝目梓　光文社　2001刊

【犭】
8 犭物見隊顛末　またぎものみたいてんまつ
　　葉治英哉　「文藝春秋」　1994年

【玄】
　　玄い海　くろいうみ
　　水野好朗　東洋出版　2006刊

12 玄琴打鈴　ひょんぐむたりょん
　　金蓮花　集英社　2002刊

【玉】
　　玉の台　たまのうてな
　　領家高子　「小説宝石」　2009年
3 玉女交悦大楽水　ぎょくにょこうえつたいらくすい
　　水沢龍樹　「問題小説」　1994年
　　玉工乙女　ぎょくこうおとめ
　　勝山海百合　早川書房　2010刊
8 玉兎　ぎょくと
　　本郷純子　叢文社　2010刊
10 玉師　ぎょくし
　　小峯隆生　PHP研究所　2009刊
12 玉壺春　ぎょくこしゅん
　　水沢龍樹　「問題小説」　1995年
　　玉筋魚の肝　いかなごのきも
　　西村望　「問題小説」　1997年
13 玉蜀黍畑の矢じり　とうもろこしばたけのやじり
　　庄野潤三　「文學界」　1989年
15 玉撞き屋の千代さん　たまつきやのちよさん
　　南川泰三　ホーム社　2001刊
17 玉櫛笥　たまくしげ
　　高橋克彦　「オール讀物」　2010年
　　玉輿殺人事件　たまのこしさつじんじけん
　　中嶋孝司　蝸牛社　1991刊
20 玉響　たまゆら
　　足立昭子　《歌集》　本阿弥書店　2002刊
　　玉響　たまゆら
　　川崎博子　《句集》　近代文芸社　2004刊
　　玉響　たまゆら
　　時海結以　富士見書房　2005刊
　　玉響　たまゆら
　　中嶋秀子　《句集》　角川書店　2004刊

59

5 画（甘, 生）

玉響に散りて　たまゆらにちりて
　霜島ケイ　小学館　2003刊
玉響の光　たまゆらのひかり
　有澤結　幻冬舎ルネッサンス　2009刊
玉響荘のユーウツ　たまゆらそうの
　ゆーうつ
　福田栄一　徳間書店　2005刊

【甘】

甘い誘い　あまいいざない
　西村健　「小説すばる」　2008年
4 甘水岩　あまみいわ
　多田容子　PHP研究所　2003刊
8 甘苦上海　がんくうしゃんはい
　高樹のぶ子　日本経済新聞出版社
　2009刊
9 甘南備往還　かんなびおうかん
　村島昭男　日本図書刊行会　1998刊
甘美花　かんびか
　佐々木優子　新風舎　2007刊
14 甘蔗の花　きびのはな
　野原培子　《句集》　角川書店　2003刊
甘蔗畑の土　うぎばてのつち
　茂山忠茂　「民主文学」　1989年
18 甘藷　いも
　高橋よつ女　《句集》　富士見書房
　1989刊

【生】

生　き
　曽禰太郎　《歌集》　柊書房　2001刊
生　れあ
　山口洋子　「オール讀物」　1998年
生々流転一万里　せいせいるてんい
　ちまんり
　夏木成志郎　文芸社　2000刊
生き残りの輪舞　さばいばるろんど
　勝目梓　「問題小説」　1994年
生まれついた運命　うまれついたさ
　だめ

天野涼文　「小説現代」　2002年
3 生口の妻　せいこうのつま
　坪直　近代文芸社　1995刊
生口物語　せいこうものがたり
　輔野芳　政策科学研究所　1999刊
5 生生流転　しょうじょうるてん
　阿佐タマ子　《歌集》　葉文館出版
　1998刊
6 生死　しょうじ
　永田耕衣　《句集》　ふらんす堂
　1991刊
生死と無明　しょうじとむみょう
　清水昭三　鳥影社　2009刊
生死を分ける転車台　せいしをわけ
　るてんしゃだい
　西村京太郎　祥伝社　2010刊
生死不明　せいしふめい
　新津きよみ　実業之日本社　2000刊
生死刻々　せいしこくこく
　石原愼太郎　文藝春秋　2009刊
生死長夜　しょうじじょうや
　瀬戸内寂聴　「文學界」　1989年
7 生体機兵ジーザス　ばいおめたるじ
　ーざす
　流星香　白泉社　1992刊
8 生命　いのち
　杉山明宏　《詩集》　近代文芸社
　2005刊
生命　いのち
　沼内恵美子　文芸社　2006刊
生命ありて　いのちありて
　栗原秀子　《歌集》　短歌研究社
　1993刊
生命ある限り　いのちあるかぎり
　松永修　《歌集》　勁草出版サービ
　スセンター　1991刊
生命いっぱい　いのちいっぱい
　鈴木信夫　《詩集》　神奈川新聞社
　2007刊

生命そこまでか　いのちそこまでか
　　せき・ゆきお　近代文藝社　2009刊
生命のかぎりに　いのちのかぎりに
　　松本富生　下野新聞社　2003刊
生命のつぶやき　いのちのつぶやき
　　外川玲子　《句集》　美研インターナ
　　ショナル　2005刊
生命のサイレン　いのちのさいれん
　　山崎光夫　学習研究社　1993刊
生命のバトン　いのちのばとん
　　赤川次郎　「オール讀物」　1997年
生命の両儀性　いのちのりょうぎ
　　せい
　　池田勝徳　青山社　1991刊
生命の声　いのちのこえ
　　室井正彰　《詩集》　近代文芸社
　　2002刊
生命の値だん　いのちのねだん
　　野川記枝　オリジン出版センター
　　1995刊
生命の流れ　いのちのながれ
　　百里千里　《詩集》　文芸社　2002刊
生命の記憶　いのちのきおく
　　モレノ・路子　河出書房新社　2004刊
生命の雫　いのちのしずく
　　河原守　《歌集》　九芸出版　1997刊
生命の詩　いのちのうた
　　飯田青蛙　《句集》　近代文芸社
　　1992刊
生命の詩　いのちのうた
　　蓮池順子　《詩集》　日本文学館
　　2009刊
生命の話をしよう　いのちのはなし
　　をしよう
　　清水哲　《詩集》　葉文館出版　2000刊
生命への溯行　いのちへのそこう
　　森英津子　審美社　2003刊
生命徴候あり　ばいたるさいんあり
　　久間十義　朝日新聞出版　2010刊

生命播種　せいめいはしゅ
　　入田一慧　《詩集》　土曜美術社出版
　　販売　2009刊
生林さんが☆大変です　なまりん
　　さんがたいへんです
　　ももぶに　日本文学館　2008刊
生者の書　しょうじゃのしょ
　　山形ヨーコ　文芸社　2004刊
13 生絹　すずし
　　左々法子　《句集》　東京四季出版
　　1991刊
　生絹　すずし
　　田中美智子　《句集》　角川書店
　　2009刊
15 生魄　せいはく
　　田久保英夫　「新潮」　2000年

【甲】
4 甲比丹　かぴたん
　　森瑤子　「月刊すばる」　1994年
　甲比丹ヅーフ　かぴたんずーふ
　　熊沢安定　日本図書刊行会　1994刊
　甲比丹物語　かぴたんものがたり
　　伊藤三男　講談社　1996刊
8 甲府の朝靄　こうふのあさもや
　　佐藤雅美　「IN POCKET」　2003年

【田】
6 田仲　でんちゅう
　　塚本青史　「問題小説」　2002年
12 田雲雀　たひばり
　　吉原秋男　光陽出版社　2006刊
15 田蔵田半右衛門　たくらだはんえ
　　もん
　　乙川優三郎　「小説すばる」　2000年
17 田螺の唄　たにしのうた
　　梁瀬重雄　《詩集》　土曜美術社出版
　　販売　2004刊
18 田鱧子・成子　でんきせいし
　　塚本青史　角川春樹事務所　2000刊

5 画（由, 白）

【由】

4 由仁葉は或る日　ゆにははあるひ
　　美唄清斗　東京創元社　1994刊

5 由布　ゆふ
　　工藤忠士　《歌集》　砂子屋書房
　　2005刊

　由布　ゆふ
　　荷宮喜久子　《句集》　東京四季出版
　　1995刊

6 由宇唯　ゆうい
　　新井麻由美　新風舎　2007刊

13 由熙　ゆひ
　　李良枝　講談社　1989刊

【白】

　白いブランコの鎮魂曲　しろいぶらんこのれくいえむ
　　村瀬継弥　富士見書房　2002刊

　白い徒花　しろいあだばな
　　生島治郎　「小説NON」　1991年

　白い徴　しろいしるし
　　西加奈子　「小説新潮」　2010年

　白き竹群　しろきたけむら
　　大竹正三　《歌集》　九芸出版　1990刊

　白き風車　しろきふうしゃ
　　森川和代　《歌集》　北溟社　2010刊

　白き流聖の追撃者　しろきるせいのついげきしゃ
　　大迫純一　富士見書房　2002刊

　白の協奏曲　しろのこんちぇると
　　山田正紀　双葉社　2007刊

　白の雪舞姫　しろのすのーらんと
　　折原みと　講談社　1998刊

2 白人萌乃と世界の危機　しらひとものとせかいのきき
　　七月隆文　メディアワークス　2005刊

3 白子干　しらすぼし
　　阿部白峯　《句集》　本阿弥書店
　　2004刊

　白小　はくしょう
　　森澄雄　《句集》　花神社　1995刊

　白山幻想録　しらやまげんそうろく
　　上村武住　ブイツーソリューション
　　2009刊

4 白仏　はくぶつ
　　辻仁成　「文學界」　1997年

　白日の夜想曲　はくじつののくたーん
　　磯部立彦　近代文芸社　1995刊

　白木屋犯科帳　しろきやはんかちょう
　　藤井博吉　「問題小説」　2003年

　白木蓮　はくれん
　　向井千代子　《詩集》　花神社　2006刊

　白木槿　しろむくげ
　　大塚啓之　《句集》　近代文芸社
　　1991刊

　白毛女　はくもうじょ
　　赤松光夫　「小説宝石」　1990年

5 白加賀　しらかが
　　笠原正子　《歌集》　柊書房　1999刊

　白玉抄　はくぎょくしょう
　　朝長美加　《句集》　ふらんす堂
　　2008刊

　白石異聞　はくせきいぶん
　　小林恭二　「小説すばる」　2002年

6 白光　びゃっこう
　　成田千空　《句集》　角川書店　1997刊

　白光　びゃっこう
　　西山秋一　新風舎　1999刊

　白光　びゃっこう
　　連城三紀彦　朝日新聞社　2002刊

　白死面と赤い魔女　ぺーるふぇいすとあかいまじょ
　　朝松健　双葉社　1994刊

　白色の喪　しらいろのも
　　衣川麻耶　《歌集》　日本文学館
　　2004刊

白衣　びゃくえ
　貞吉直子　《句集》　牧羊社　1992刊
白衣の元繰術士と黒銀の枢機都市
　はくいのげんそうじゅつしとくろがねのはーもにか
　藤谷ある　ホビージャパン　2010刊
白衣死出立　はくえしにいでたち
　一里塚博　文芸社　2005刊
7 白沢　はくたく
　化野燐　講談社　2005刊
白赤だすき小〇の旗風　しろあかだすきこまるのはたかぜ
　後藤竜二　新日本出版社　2008刊
8 白兎が歌った蜃気楼　はくとがうたったしんきろう
　高里椎奈　講談社　2001刊
白夜　びゃくや
　近岡礼　《詩集》　思潮社　2000刊
白夜に猟奇の花束を─?　びゃくやにりょうきのはなたばを
　水城正太郎　富士見書房　2002刊
白夜のサヌカイト　びゃくやのさぬかいと
　赤羽堯　勁文社　1991刊
白夜行　びゃくやこう
　東野圭吾　集英社　1999刊
白夜街道　びゃくやかいどう
　今野敏　文藝春秋　2006刊
白狐　びゃっこ
　鳥羽亮　「小説NON」　2003年
白茅　ちがや
　小林恭二　「小説すばる」　2002年
白雨　はくう
　北原亞以子　「小説新潮」　2006年
白雨　ゆうだち
　東郷隆　「小説すばる」　1995年
9 白南風　しろはえ
　中村契子　《句集》　花神社　2010刊
白南風が来た　しらはえがきた
　戸田直希　《戯曲》　文芸社　2005刊

白昼虫　はくちゅうむ
　黒田研二　講談社　2004刊
白砂　はくしゃ
　鏑木蓮　双葉社　2010刊
白虹、日を貫けり　はっこうひをつらぬけり
　三好徹　「問題小説」　2002年
10 白梅　はくばい
　浜里美二郎　新風舎　2005刊
白梅の花の咲く頃　しらうめのはなのさくころ
　香椎羊雪　近代文芸社　1991刊
白疾風　しろはやち
　北重人　文藝春秋　2007刊
白粉彫り　おしろいぼり
　諸田玲子　「小説NON」　1998年
白閃の剣　びゃくせんのけん
　鈴木英治　角川春樹事務所　2005刊
白閃光　はくせんこう
　近藤啓太郎　「新潮45」　1990年
白骨温泉殺人事件　しらほねおんせんさつじんじけん
　吉村達也　勁文社　1994刊
11 白堊明りの小さな"環"　はくああかりのちいさなわ
　山口三智　《詩集》　竹林館　1997刊
白毫　びゃくごう
　北村恭孝　《句集》　本阿弥書店　2000刊
白猪　しろじし
　中田禎子　《句集》　角川書店　2008刊
白猫　はくびょう
　親松年子　《歌集》　不識書院　2002刊
白盗　はくとう
　高橋義夫　「小説NON」　1998年
白紵歌　はくちょか
　飯島耕一　ミッドナイト・プレス　2005刊
白蛇　しろへび
　峰隆一郎　集英社　1996刊

5 画（白）

白蛇の洗礼　はくじゃのせんれい
　高田崇史　朝日新聞出版　2008刊
白蛇の迷宮　しろへびのめいきゅう
　小林めぐみ　富士見書房　1996刊
白蛇島　はくじゃとう
　三浦しをん　角川書店　2001刊
白蛇斬殺剣　はくじゃざんさつけん
　峰隆一郎　広済堂出版　1991刊
白袴　しらばかま
　岸野千鶴子　《句集》　本阿弥書店　1997刊

12 白湯　さゆ
　古井由吉　「新潮」　2001年
白童子の誘惑　はくどうじのゆうわく
　平岩弓枝　「小説新潮」　2003年
白粥　しらがゆ
　山本レイ　《句集》　ふらんす堂　2003刊
白絣　しろがすり
　山家なか子　《句集》　本阿弥書店　1998刊
白道　びゃくどう
　瀬戸内寂聴　「群像」　1990年
白道　びゃくどう
　中井竹行　《歌集》　九芸出版　1990刊
白道　びゃくどう
　早川惠隆　《詩集》　新風舎　1998刊
白雁　はくがん
　谷井美惠子　《歌集》　短歌新聞社　2002刊

13 白夢　びゃくむ
　石川敏夫　《詩集》　新風舎　2004刊
白夢　すのーみすと
　瀬尾つかさ　富士見書房　2009刊
白暗淵　しろわだ
　古井由吉　「群像」　2006年
白楼夢　びゃくろうむ
　多島斗志之　講談社　1995刊

白群　びゃくぐん
　室井慧　《歌集》　ながらみ書房　2003刊
白蓮れんれん　びゃくれんれんれん
　林真理子　中央公論社　1994刊

14 白銀のカル　しろがねのかる
　竹内なおゆき　エンターブレイン　2008刊
白銀の城姫　はくぎんのべるくふりーと
　志瑞祐　メディアファクトリー　2009刊
白銀の葉　しろがねのは
　森田孟　《歌集》　六法出版社　1992刊
白銀の戦神　しろがねのいくさがみ
　日下部匡俊　朝日ソノラマ　1998刊
白銀の魔獣　しろがねのまじゅう
　神坂一　富士見書房　1992刊

15 白熱銀河　まぐねしあす
　長野まゆみ　「文藝」　1995年
白輪　びゃくりん
　龍道真一　廣済堂出版　1999刊

16 白霓集　はくげいしゅう
　高木善胤　《歌集》　短歌新聞社　1996刊

17 白翳　はくえい
　桜井一尾　《句集》　本阿弥書店　2000刊

18 白鯉　びゃくり
　堀之内重一　新風舎　2004刊

19 白蘭　びゃくらん
　梧桐学　《歌集》　短歌研究社　1999刊

20 白罌粟　しろけし
　近藤啓太郎　「小説宝石」　1998年

21 白魔のささやき　びゃくまのささやき
　嬉野秋彦　エンターブレイン　2001刊
白魔の呼び声　びゃくまのよびごえ
　高瀬美恵　講談社　1995刊
白魔の湖　はくまのうみ
　響堂新　角川春樹事務所　2005刊

5 画（目, 矢, 石）

白魔の微笑み　びゃくまのほほえみ
　　嬉野秋彦　アスキー　1998刊
白魔王　びゃくまおう
　　高橋克彦　「小説すばる」　1999年
白魔術都市の王子　せいるーんのおうじ
　　神坂一　富士見書房　1991刊

【目】

10 目眩　めまい
　　谷崎泉　二見書房　2000刊
目眩を愛して夢を見よ　めまいをあいしてゆめをみよ
　　小川勝己　新潮社　2001刊
11 目細　めほそ
　　小林碧郎　《句集》　安楽城出版　2007刊
16 目醒めの詩　めざめのうた
　　嬉野秋彦　アスキー　1999刊
23 目鑑橋　めがねばし
　　森光宏　東京図書出版会　2004刊

【矢】

矢の根石　やのねいし
　　宇江佐真理　「月刊J-novel」　2004年
矢を止める五羽の梔鳥　やをとめるごわのくちなしどり
　　舞城王太郎　「新潮」　2004年
12 矢絣が飛んだ　やがすりがとんだ
　　小倉尚継　新風舎　2004刊
矢絣幻想　やがすりげんそう
　　長井陽　《詩集》　土曜美術社　1989刊

【石】

石の花冠　いしのかかん
　　村山りおん　作品社　2007刊
石の狩人　ちっぷのかりゅうど
　　香納諒一　祥伝社　1993刊
3 石女の海　うまずめのうみ
　　吉松美津子　《詩集》　書肆青樹社　2001刊
5 石田三成　そくちょんさむすん
　　荒山徹　講談社　2010刊
8 石斧　せきふ
　　森真沙子　「小説NON」　1996年
石油争覇　おいるすとーむ
　　大石英司　中央公論新社　2001刊
9 石飛　いしとび
　　光岡明　「文學界」　2000年
12 石廊崎の殺人者　いろうざきのさつじんしゃ
　　折原一　「別冊小説宝石」　1991年
石階　せっかい
　　橋本美代子　《句集》　邑書林　2006刊
13 石楠花　しゃくなげ
　　鈴木まさこ　《歌集》　短歌草原社　2006刊
石楠花のはな　しゃくなげのはな
　　久保田和子　《句集》　文學の森　2008刊
14 石榴が二つ　ざくろがふたつ
　　玉城徹　《歌集》　短歌新聞社　2007刊
石榴と銃　ざくろとじゅう
　　窪島誠一郎　「月刊すばる」　2002年
石榴の季節　ざくろのきせつ
　　飴村行　「野性時代」　2010年
石榴ノ蠅　ざくろのはえ
　　佐伯泰英　双葉社　2008刊
石榴缶　せきりゅうかん
　　森福都　「小説すばる」　1999年
15 石徹白　いとしろ
　　村上冬燕　《句集》　角川書店　1997刊
石蕗　つわぶき
　　安西篤子　「問題小説」　1993年
石蕗　つわぶき
　　内山しげり　文芸社　2003刊
石蕗　つわぶき
　　石蕗短歌会　《歌集》　そうぶん社出版　2000刊
石蕗　つわぶき

5 画（礼, 禾, 穴, 立, 艾, 辻, 辺）**6 画**（両, 亥）

　　村口才一　《歌集》　杉並けやき出版
　　　2001刊
　石蕗の光　つわぶきのひかり
　　大原富枝　「群像」　1998年
　石蕗の花　つわのはな
　　秋山ミチ子　《句集》　近代文芸社
　　　1999刊
　石蕗の花　つわぶきのはな
　　石塚未知　《句集》　牧羊社　1991刊
　石蕗の花　つわぶきのはな
　　近藤すゑ　《歌集》　六法出版社
　　　1990刊
　石蕗の花　つわぶきのはな
　　林徹　《句集》　文學の森　2010刊
　石蕗の花　つわぶきのはな
　　平川弥太郎　新人物往来社　2006刊
　石蕗の花　つわぶきのはな
　　蛭田千代,蛭田千鶴子　《句集》　文化
　　書房博文社　1992刊
　石蕗の花咲く　つわのはなさく
　　田端明　《歌集》　法藏館　2002刊
　石蕗明り　つわあかり
　　劔崎富枝　《句集》　日本文学館
　　　2007刊
　石蕗南地区の放火　つわぶきみなみ
　　　ちくのほうか
　　辻村深月　「オール讀物」　2010年
　石霊　せきれい
　　萩原克則　《歌集》　砂子屋書房
　　　2007刊
　石霊と氷姫　せきれいとこおりひめ
　　西魚リツコ　幻冬舎コミックス　2010刊
16　石橋　しゃくきょう
　　田久保英夫　「海燕」　1991年
24　石鹼　しゃぼん
　　火坂雅志　「問題小説」　1997年

【礼】
8　礼拝　れいはい
　　古田嘉彦　《詩集》　詩学社　2000刊

【禾】
　禾　のぎ
　　斎藤夏風　《句集》　角川書店　2005刊

【穴】
　穴の愉しみ　あなのたのしみ
　　佐藤智加　「文藝」　2006年
13　穴鼠　あなねずみ
　　鳥羽亮　「問題小説」　2008年

【立】
　立て真田十勇士　たてさなだぶれー
　　　ぶす
　　宗田理　角川書店　1992刊

【艾】
3　艾山　もぐさやま
　　松本雨生　《句集》　富士見書房
　　　1989刊

【辻】
3　辻子　ずし
　　田中貞雄　《句集》　富士見書房
　　　2000刊

【辺】
4　辺戸山路　へどやまじ
　　中村阪子　《句集》　文學の森　2004刊

6 画

【両】
9　両建　りょうだて
　　相模一兵　碧天舎　2003刊

【亥】
　亥ノ子の誘拐　いのこのかどわかし
　　中津文彦　光文社　2009刊

6 画（交, 伊, 仮, 会, 企, 仰, 件, 全）

4 亥之堀橋　いのほりばし
　　橋本紡　「別冊文藝春秋」　2008年

【交】
11 交趾!　こうち
　　佐伯泰英　徳間書店　2004刊
16 交錯都市　くろすしてい
　　黒史郎　一迅社　2009刊

【伊】
3 伊子と資盛　ただことすけもり
　　服部満千子　アーツアンドクラフツ
　　2007刊
7 伊佐と雪　いさとせつ
　　友谷蒼　ソフトバンククリエイティ
　　ブ　2006刊
8 伊夜日子　いやひこ
　　本宮哲郎　《句集》角川書店　2006刊
　伊夜彦　いやひこ
　　菅家瑞正　《句集》牧羊社　1990刊
10 伊奘冉　いざなみ
　　西谷史　エニックス　2001刊
12 伊賀の鬼灯　いがのほおずき
　　眞海恭子　東洋出版　2010刊
　伊賀路に吼える鬼婆　いがじにほえ
　　るまじかるくいーん
　　宮本昌孝　角川書店　1989刊
　伊達脛巾　だてはばき
　　東郷隆　「小説新潮」　1995年
13 伊勢路殺人事件　いせろーとさつじ
　　んじけん
　　西村京太郎　「問題小説」　2008年

【仮】
6 仮宅　かりたく
　　宇江佐真理　「小説新潮」　2010年
　仮宅　かりたく
　　佐伯泰英　光文社　2008刊
7 仮初の太刀　かりそめのたち
　　東郷隆　「問題小説」　2002年

　仮初の夜　かりそめのよる
　　広山義慶　「小説NON」　1999年
9 仮面　ぺるそな
　　山藍紫姫子　芳文社　1996刊
　仮面　ぺるそな
　　山田正紀　幻冬舎　2005刊
　仮面の海　とぺんのうみ
　　伊達一行　「月刊すばる」　1992年
　仮面舞踏会でつかまえて　ますか
　　れーどでつかまえて
　　秋野ひとみ　講談社　1999刊

【会】
8 会長の切り札　かいちょうのじょ
　　ーかー
　　鷹見一幸　角川書店　2008刊

【企】
　企みの森　たくらみのもり
　　矢野隆　「小説すばる」　2009年
13 企業再構築　りすとらくちゃりんぐ
　　江波戸哲夫　「問題小説」　1989年
　企業買収　えむあんどえー
　　加藤仁　「問題小説」　1989年

【仰】
4 仰天、強力の相撲人　ぎょうてんご
　　うりきのすまいびと
　　夢枕獏　「小説新潮」　1995年

【件】
16 件獣　くだんじゅう
　　化野燐　講談社　2006刊

【全】
　全てを呪う詩　すべてをのろううた
　　片理誠　徳間書店　2008刊
8 全宗　ぜんそう
　　火坂雅志　小学館　1999刊

67

6画（仲, 伝, 伐, 伏, 偽, 兜, 光）

【仲】
- 7 仲町のひいらぎ　なかまちのひいらぎ
  山本一力　「小説新潮」　2009年

【伝】
- 7 伝言―I'm here　めっせーじあいむひあ
  北美波　勁文社　1989刊
- 9 伝染さないで　うつさないで
  明野照葉　「小説宝石」　2004年
- 10 伝家匈大観園　ふじゃでんたいかんえん
  胡桃沢耕史「別冊文藝春秋」1994年
- 14 伝説　れじぇんど
  花衣沙久羅　集英社　1998刊

【伐】
- 7 伐折羅　ばさら
  醍醐志万子　《歌集》　短歌新聞社　1998刊

【伏】
- 3 伏刃記　ふくじんき
  早乙女貢　「小説新潮」　1995年
- 10 伏竜　ふくりゅう
  阿井文瓶　河出書房新社　2010刊
  伏竜　ふくりょう
  松山遼人　文藝春秋企画出版部　2010刊
- 22 伏籠　ふしこ
  平尾知子　《句集》　本阿弥書店　2009刊

【偽】
- 6 偽偽満洲　うえいうえいまんじょう
  岩井志麻子　「小説すばる」　2003年

【兜】
- 4 兜月面　きょうげつめん
  菊地秀行　「小説NON」　2006年

【光】
- 光と風が紡ぐ瞬間　ひかりとかぜがつむぐとき
  葉山祥鼎　愛育社　2007刊
- 光と闇の幻視者　ひかりとやみのどるいど
  小山真弓　集英社　1993刊
- 光と闇の遁走曲　ひかりとやみのふーが
  高瀬美恵　講談社　1992刊
- 光の王子と炎の騎士　ひかりのぷりんすとほのおのないと
  本宮ことは　一迅社　2008刊
- 光の道標　ひかりのみちしるべ
  西山東吾　新風舎　2007刊
- 光の数珠　ひかりのじゅず
  織部浩道　《詩集》　文芸社　1999刊
- 光る大雪　ひかるだいせつ
  小檜山博　講談社　2002刊
- 3 光子音源　こうしおんげん
  平野孝一　まつやま書房　1994刊
- 6 光帆船狂詩曲　らいとせいるらぷそでぃー
  安芸一穂　朝日ソノラマ　1994刊
  光虫　ひかりむし
  浅黄斑　角川春樹事務所　2000刊
- 7 光秀の匕首　みつひでのひしゅ
  新宮正春　「小説NON」　1996年
- 8 光明鍼の掟　こうみょうばりのおきて
  赤松光夫　「問題小説」　2005年
- 9 光風の快男児　かぜのかいだんじ
  千葉暁　朝日ソノラマ　1990刊
- 11 光堂　ひかりどう
  赤江瀑　「問題小説」　1990年
  光章、白銀に埋まる　みつあきはくぎんにうまる
  柄刀一　「小説NON」　2002年
- 15 光影の水際　こうえいのみぎわ

68

6 画（先, 共, 再, 凪, 凩, 刑, 危）

笛吹明生　学研パブリッシング　2010刊
18 光織る女　ひかりおるひと
　　すみくらまりこ　《詩集》　竹林館
　　2010刊

【先】

4 先手刺客　さきてせっかく
　　宮城賢秀　大和書房　2007刊

【共】

14 共鳴　しんぱしー
　　青野透子　文芸社　2001刊
20 共護遊会　きょうごゆうかい
　　佐野洋　「問題小説」　2005年

【再】

5 再生　りぼーん
　　甲斐・H・ゴップラン　文芸社　2010刊
7 再見!愛玲　さいちぇんあいりん
　　南創一郎　文芸社　2008刊

【凪】

凪の日　なぎのひ
　　杉本章子　「オール讀物」　2006年

【凩】

凩の犬　こがらしのいぬ
　　西村寿行　角川書店　1991刊
凩の声よりも遠く　こがらしのこえ
　　よりもとおく
　　中川友吉　淡交社　1990刊

【刑】

8 刑事がゆく　でかがゆく
　　森詠　実業之日本社　1995刊
刑事くずれ　でかくずれ
　　菊村到　広済堂出版　1990刊
刑事たちの未練　でかたちのみれん
　　福田洋　勁文社　1991刊
刑事たちの肖像　でかたちのしょう
　　ぞう
　　福田洋　勁文社　1994刊
刑事たちの旅路　でかたちのたびじ
　　福田洋　勁文社　1992刊
刑事たちの掟　でかたちのおきて
　　福田洋　勁文社　1990刊
刑事たちの絆　でかたちのきずな
　　福田洋　勁文社　1993刊
刑事たちの聖戦　けいじたちのじは
　　ーど
　　久間十義　角川書店　2010刊
刑事たちの勲章　でかたちのくんし
　　ょう
　　福田洋　勁文社　1989刊
刑事の花嫁　でかのはなよめ
　　三好徹　「小説宝石」　1989年
刑事長　でかちょう
　　姉小路祐　講談社　1992刊
刑事長殉職　でかちょうじゅんしょく
　　姉小路祐　講談社　1998刊
刑事長越権捜査　でかちょうえっけ
　　んそうさ
　　姉小路祐　講談社　1997刊
刑事部屋　でかべや
　　佐竹一彦　角川書店　1995刊
刑事暗殺。　でかあんさつ
　　秋口ぎぐる　富士見書房　2002刊
刑事魂　でかだましい
　　鳥羽亮　講談社　1998刊
刑事魂　でかだましい
　　南英男　祥伝社　2008刊
12 刑訴法第三一七条　ろんよりしょ
　　うこ
　　胡桃沢耕史　「オール讀物」　1991年

【危】

危ない夏の夜につかまえて　あぶ
　　ないさまーないとにつかまえて
　　秋野ひとみ　講談社　1999刊
危められた日日　あやめられたひび
　　近村博　日本図書刊行会　1994刊

69

6画（卍, 印, 各, 吉, 吃, 吸, 向）

11 危険な協奏曲　きけんなこんちぇると
　　阿部牧郎　講談社　1993刊
　危険地帯の女　はざーどのおんな
　　広山義慶　勁文社　1995刊
16 危機一髪特命刑事　ききいっぱつしーくれっとけいじ
　　城戸礼　春陽堂書店　1990刊
　危機抹消人　くらいしすえりみねーたー
　　南英男　徳間書店　2002刊

【卍】

　卍が辻の狐　まんじがつじのきつね
　　浅黄斑　「小説NON」　2002年
　卍の女　まんじのひと
　　斎藤栄　徳間書店　1998刊
4 卍巴　まんじともえ
　　えとう乱星　「小説宝石」　2000年

【印】

6 印地打　いんじうち
　　石月正広　「問題小説」　1994年

【各】

11 各務原　かかみがはら
　　小島信夫　「群像」　2000年
　各務原氏の逆説　かがみはらしのぎゃくせつ
　　氷川透　徳間書店　2004刊

【吉】

6 吉次　きちじ
　　北原亞以子　「小説新潮」　2001年
10 吉原手引草　よしわらてびきぐさ
　　松井今朝子　「オール讀物」　2007年
　吉原首代売女御免帳　よしわらくびしろばいためんちょう
　　平山夢明　「小説現代」　2009年
　吉祥の天女の裳裾の染みの縁　きっしょうのてんにょのもすそのしみのえん
　　伊藤比呂美「小説TRIPPER」2002年
11 吉野隠国殺人事件　よしのこもりくさつじんじけん
　　草野唯雄　徳間書店　1991刊

【吃】

9 吃逆　きつぎゃく
　　森福都　講談社　1999刊

【吸】

6 吸血鬼の綺想曲　きゅうけつきのかぷりちお
　　川村蘭世　集英社　1997刊

【向】

　向こう岸の市場　むこうぎしのあごら
　　松井彰彦　勁草書房　2007刊
4 向日葵　ひまわり
　　飯谷宏代　《歌集》　短歌研究社　2003刊
　向日葵　ひまわり
　　平井慶徳　近代文芸社　2004刊
　向日葵　ひまわり
　　松田健　《歌集》　杉並けやき出版　2000刊
　向日葵が咲いていた　ひまわりがさいていた
　　小林勇　自然社　1996刊
　向日葵が咲くまで　ひまわりがさくまで
　　夢咲葵　《詩集》　新風舎　2004刊
　向日葵とrose-noir　ひまわりとろぜのわーる
　　鏡征爾　講談社　2009刊
　向日葵と太陽　ひまわりとたいよう
　　ユウ　アスキー・メディアワークス　2010刊

6 画（合, 吊）

向日葵に降る雪　ひまわりにふるゆき
　　高野南和　文芸社　2006刊
向日葵のように　ひまわりのように
　　大滝信也　《句集》　ひまわり社　1996刊
向日葵の丘　ひまわりのおか
　　大貫嘉久　日本図書刊行会　1994刊
向日葵の咲いた日　ひまわりのさいたひ
　　奈月ゆう　講談社　1998刊
向日葵の咲かない夏　ひまわりのさかないなつ
　　道尾秀介　新潮社　2005刊
向日葵の柩　ひまわりのひつぎ
　　柳美里　《戯曲》　而立書房　1993刊
向日葵は死のメッセージ　ひまわりはしのめっせーじ
　　山村美紗　「小説宝石」　1991年
向日葵は見ていた　ひまわりはみていた
　　西本秋　双葉社　2010刊
向日葵通り　ひまわりどおり
　　田中美佐雄　《歌集》　皓星社　2002刊
13 向椿山　むこうつばきやま
　　乙川優三郎　「小説すばる」　2003年

【合】

6 合百の藤次　ごうびゃくのとうじ
　　北重人　「問題小説」　2008年
12 合掌の蟬　てのひらのせみ
　　池崎政孝　《歌集》　文芸社　2006刊
13 合意情死　ごういしんじゅう
　　岩井志麻子　角川書店　2005刊
15 合歓　ねむ
　　野田翠　《句集》　花神社　2009刊
合歓　ねむ
　　森口きみ子　《詩集》　近代文芸社　1991刊
合歓　ねむ

山中清子　《句集》　文學の森　2007刊
合歓　ねむ
　　若林好　《句集》　東京四季出版　2004刊
合歓の木　ねむのき
　　今川凍光　《句集》　角川書店　1999刊
合歓の木　ねむのき
　　大下真利子　《句集》　東京四季出版　1991刊
合歓の丘　ねむのおか
　　安田雪松　《句集》　文學の森　2004刊
合歓の花　ねむのはな
　　阿部純子　《歌集》　短歌研究社　2001刊
合歓の花　ねむのはな
　　佐藤ユキ子　《句集》　本阿弥書店　1999刊
合歓の花　ねむのはな
　　安田哲夫　《句集》　学書房出版　1994刊
合歓の花　ねむのはな
　　山本敏子　《句集》　近代文芸社　1992刊
合歓の国　ねむのくに
　　河野多希女　《句集》　牧羊社　1991刊
合歓の風　ねむのかぜ
　　奥村秀子　《歌集》　ながらみ書房　2008刊
合歓の歌　ねむのうた
　　福岡五行歌合歓の会　《歌集》　市井社　2009刊
合歓木　ねむのき
　　前田安信　《歌集》　新風舎　2004刊
合歓母郷　ねむぼきょう
　　平田繭子　《句集》　牧羊社　1989刊

【吊】

7 吊忍　つりしのぶ
　　大葉二良　《句集》　北溟社　2008刊

6 画（吐, 同, 名, 回, 団, 在, 地）

【吐】

5 吐田君に言わせるとこの世界は　はんだくんにいわせるとこのせかいは
　　渡辺浩弐　講談社　2009刊

【同】

　同じ棲　おなじすみか
　　浅田次郎　「小説宝石」　2006年
6 同行二人鈴を鳴らして　どうぎょうににんすずをならして
　　伏見丘太郎　「小説宝石」　1998年

【名】

　名こそ武士　なこそもののふ
　　佐多玲　桂書房　2006刊
2 名人遊危所　めいじんきしよにあそぶ
　　中場利一　「小説現代」　1998年
4 名犬フーバーと美らの拳　めいけんふーばーとちゅらのけん
　　笠原靖　光文社　2008刊
7 名医探偵・柏木院長の推理　めいらくどくたーかしわぎいんちょうのすいり
　　斎藤栄　光文社　1996刊
　名君の碑　めいくんのいしぶみ
　　中村彰彦　文藝春秋　1998刊
9 名胡桃の小径　なぐるみのこみち
　　林さふ　《歌集》　六月書房　1989刊
　名香山　なかやま
　　井澤秀峰　《句集》　本阿弥書店　2006刊
11 名探偵症候群　めいたんていしんどろーむ
　　船越百恵　光文社　2005刊
12 名無木　ななしぎ
　　村咲美地　新風舎　2005刊

【回】

7 回来　かいらい
　　若竹七海　「小説中公」　1993年
12 回廊の陰翳　かいろうのかげ
　　広川純　文藝春秋　2010刊
16 回避　ざへっじ
　　幸田真音　講談社　1995刊

【団】

10 団扇の血痕　うちわのけっこん
　　鳥羽亮　「問題小説」　2007年
23 団欒　だんらん
　　乃南アサ　「野性時代」　1990年
　団欒　まどい
　　深村圭子　《句集》　紅書房　2002刊

【在】

5 在処の樹　ありかのき
　　原田千尋　角川書店　1993刊

【地】

　地と天の三面記事　ちとてんのふぇでぃうぇーる
　　辻邦生　「海燕」　1989年
3 地下鉄に乗って　めとろにのって
　　浅田次郎　徳間書店　1994刊
4 地火明夷　ちかめいい
　　普聞隆　文芸社　2003刊
8 地底獣国の殺人　ろすとわーるどのさつじん
　　芦辺拓　講談社　1997刊
9 地神ちゃんクイズ　じがみちゃんくいず
　　笙野頼子　「文藝」　2010年
10 地息　じいき
　　島田一耕史　《句集》　本阿弥書店　2001刊
　地息　じいき
　　山本美　《句集》　東京四季出版　2000刊

6画（壮, 夙, 多, 夷, 好, 如, 妃）

11 地球　ほーむ
　　花衣沙久羅　集英社　1997刊
　地球の切り札　ちきゅうのじょーかー
　　鷹見一幸　角川書店　2010刊
　地球の朝　てらのあさ
　　砂田暁子　《歌集》　角川書店　2009刊
　地球革命　ぐろーばるれほりゅーしょん
　　村田稔　彩図社　2006刊
　地球謝肉祭　ぐろーばるかーにうぁる
　　村田稔　彩図社　2003刊
14 地獄　いんふぇるの
　　瀬尾こると　「小説現代」　1997年
　地獄の回転木馬　じごくのめりーごーらうんど
　　加野厚　双葉社　1992刊
　地獄は一定すみかぞかし　じごくはいちじょうすみかぞかし
　　石和鷹　「新潮」　1996年
　地獄船三人男・藻屑の妄念　じごくぶねさんにんおとこもくずのもうねん
　　高橋直樹　「小説NON」　2001年
16 地縛　じばく
　　草上仁　「小説NON」　2002年
17 地燭　ちしょく
　　熊谷愛子《句集》　角川書店　2008刊
19 地鏡　じかがみ
　　作田教子　《詩集》　書肆侃侃房　2010刊

【壮】
　壮　おとこ
　　大櫛克之　文芸社　2008刊

【夙】
3 夙川事件　しゅくがわじけん
　　小林信彦　「文學界」　2009年

【多】
5 多生の縁　たしょうのえん
　　大道珠貴　「文學界」　2003年
6 多次元交差点でお茶づけを。　くろすぽいんとでおちゃづけを
　　本保智　角川書店　2008刊
　多次元交差点と月の姫さま。　くろすぽいんととつきのひめさま
　　本保智　角川書店　2008刊
9 多胡入野　たごいりの
　　小林草人　《句集》　梅里書房　2010刊
　多重人格殺人　さいこきらー
　　和田はつ子　角川書店　1996刊
19 多羅葉　たらよう
　　炭竈英子　《歌集》　六法出版社　1993刊

【夷】
9 夷酋列像　いしゅうれつぞう
　　宇江佐真理　「オール讀物」　2001年

【好】
6 好色強請人　こうしょくゆすりにん
　　広山義慶　広済堂出版　1995刊
　好色探偵　らぶでぃてくてぃぶ
　　山口香　徳間書店　2001刊
15 好敵手　らいばる
　　菊地秀行　「小説宝石」　1990年

【如】
4 如月　きさらぎ
　　柳家喬太郎「別冊文藝春秋」2007年

【妃】
　妃の正体　ふぇいのしょうたい
　　佐伯泰英　祥伝社　1995刊
3 妃女曼陀羅　ひめまんだら
　　六道慧　徳間書店　2003刊

73

6画（妄, 安, 宇, 守, 巡, 年）

【妄】

13 妄想少女　もうそうがーる
　　東亮太　角川書店　2009刊

【安】

　安　やす
　　青木架索　近代文芸社　1995刊

5 安永小普請の恋　あんえいこぶしんのこい
　　好村兼一　「小説宝石」　2008年

9 安津弥　あづみ
　　天乃みかえる　文芸社　2008刊

16 安積野　あさかの
　　柴田雅子　《句集》　本阿弥書店　2007刊

【宇】

8 宇宙と地球の愛　そらとだいちのあい
　　鏡響子　《詩集》　文芸社　2001刊

　宇宙の月虹　そらのげっこう
　　さいきなおこ　集英社　2001刊

　宇宙の彼方に…　そらのかなたに
　　吉岡幸子　文芸社　2004刊

　宇宙の星　そらのほし
　　K　《詩集》　文芸社　2001刊

　宇宙の破片　そらのかけら
　　紫苑礼魅　文芸社　2001刊

　宇宙の愛地球の夢　そらのあいほしのゆめ
　　星乃ミミナ　《詩集》　踏青社　2001刊

　宇宙の詩　そらのうた
　　世霧諷愛　《詩集》　新風舎　2005刊

　宇宙を見る瞳　そらをみるひとみ
　　結城惺　角川書店　1992刊

　宇宙大の「雨の木」　うちゅうだいのれいんつりー
　　大江健三郎　「Literary Switch」　1991年

　宇宙色の風　そらいろのかぜ
　　咲楽　《詩集》　新風舎　2004刊

　宇宙最強!銀河塗装艦ミスズ号航海記　えあーたすくふぉーすみすずごうしっぷすろぐ
　　小林正樹　彩図社　2001刊

　宇宙港ブルース　すぺーすぽーとぶるーす
　　安芸一穂　朝日ソノラマ　1989刊

17 宇闇　たかやみ
　　生田尚也　文芸社　2007刊

【守】

　守　しゅ
　　宇江佐真理　「問題小説」　2005年

10 守宮薄緑　やもりうすみどり
　　花村萬月　「小説新潮」　1997年

11 守梨村の殺人　かみなしむらのさつじん
　　津留崎勉　トライ　2010刊

20 守護天使の棲む森　がーでぃあんのすむもり
　　不破飛鳥　青磁ビブロス　1994刊

　守護者はぶっちぎり。　がーでぃあんはぶっちぎり
　　森岡浩之　角川書店　2002刊

【巡】

9 巡洋艦サラマンダー　くるーざーさらまんだー
　　谷甲州　早川書房　1989刊

14 巡歴者　げいざーしゃふと
　　花田一三六　中央公論新社　2008刊

【年】

3 年上の女　としうえのひと
　　藍川京　幻冬舎　2004刊

　年上の女　としうえのおんな
　　連城三紀彦　中央公論社　1997刊

11 年魚市潟　あゆちがた
　　杉山寿子　《句集》　牧羊社　1989刊

6 画（式, 弛, 成, 戌, 托, 早, 曳, 曲, 有, 朽, 朱）

【式】
3 式子伝説　しょくしでんせつ
　　本田綾子　《歌集》　本阿弥書店
　　2002刊
　　式子有情　しょくしうじょう
　　中奥英子　創風社出版　2004刊

【弛】
15 弛緩そして緊張　りりーすあんどこんすとらくしょん
　　阿部久美　《歌集》　砂子屋書房
　　2000刊

【成】
14 成層圏の撃墜王　せいそうけんのえーす
　　川又千秋　「小説中公」　1993年

【戌】
6 戌亥の追風　いぬいのおいて
　　山本一力　「小説すばる」　2006年

【托】
7 托卵　たくらん
　　島村洋子　「小説NON」　2001年
　　托卵　たくらん
　　平山夢明　「小説宝石」　1999年

【早】
1 早乙女が裳裾ぬらして　さおとめがもすそぬらして
　　睦月影郎　「問題小説」　2008年
10 早烏　さがらす
　　早瀬詠一郎　講談社　2008刊

【曳】
10 曳馬野　ひくまの
　　杉山杏子　《歌集》　短歌研究社
　　1994刊

【曲】
5 曲矢さんのエア彼氏　まがりやさんのえあかれし
　　中村九郎　小学館　2009刊
10 曲家の里の宿題　まがりやのさとのしゅくだい
　　すずきいつお　《詩集》　花神社
　　2005刊

【有】
8 有明の鬼宿　ありあけのきしゅく
　　金蓮花　集英社　1998刊
10 有時　うじ
　　倉橋羊村　《句集》　本阿弥書店
　　2001刊
　　有院家の人々　あるういんけのひとびと
　　大和禎人　栄光出版社　1994刊
11 有情剣 金道　うじょうけんきんみち
　　火坂雅志　「小説NON」　1997年
13 有楽椿　うらくつばき
　　森真沙子　「問題小説」　2005年
17 有翼日輪　ゆうよくにちりん
　　皆川博子　「オール讀物」　2009年

【朽】
4 朽木越え　くつきごえ
　　岩井三四二　「小説宝石」　2007年

【朱】
　　朱　しゅ
　　森真沙子　角川春樹事務所　2000刊
　　朱き凍り実　あかきこごりみ
　　元田貴以子　《歌集》　近代文芸社
　　1998刊
　　朱の女　しゅのひと
　　岬浩一　文芸社　2010刊
　　朱の封印　あけのふういん
　　霜島ケイ　小学館　1994刊
　　朱の顎　しゅのあぎと

6 画（朴, 死）

菊地秀行　徳間書店　1990刊
4 朱元璋皇帝の貌　しゅげんしょうこうていのかお
　　小前亮　講談社　2010刊
8 朱房の鷹　しゅぶさのたか
　　泡坂妻夫　「オール讀物」　1995年
9 朱砂色の歳月　すさいろのさいげつ
　　中川佐和子　《歌集》　砂子屋書房　2003刊
10 朱唇　しゅしん
　　井上祐美子　「小説工房」　1995年
　朱紋様　あけもよう
　　皆川博子　朝日新聞社　1998刊
11 朱蛇地獄変　しゅじゃじごくへん
　　澤田ふじ子　「小説宝石」　2007年
　朱雀門　すざくもん
　　坪井澄郎　《句集》　東京四季出版　2006刊
　朱鳥の皇子　あかみとりのおうじ
　　暮津許利　言海書房　2003刊
　朱鳥の陵　あかみとりのみささぎ
　　坂東眞砂子　「小説すばる」　2010年
13 朱塗りの羅宇　しゅぬりのらう
　　山本一力　「問題小説」　2005年
16 朱鞘安兵衛　しゅざややすべえ
　　津本陽　「小説宝石」　1990年
23 朱欒　ざぼん
　　脇本星浪　《句集》　本阿弥書店　2005刊
24 朱鱗の家　うろこのいえ
　　皆川博子　「野性時代」　1990年
　朱鷺　とき
　　林照江　《句集》　文學の森　2009刊
　朱鷺の夢　ときのゆめ
　　柴田よしき　「オール讀物」　2007刊
　朱鷺の殿様　ときのとのさま
　　堤高数　文芸社　2002刊
　朱鷺色の兆　ときいろのしるし
　　朱川湊人　「小説新潮」　2005年
　朱鷺色の風　ときいろのかぜ
　　筺桃啓　《詩集》　文芸社　2005刊
　朱鷺雄の城　ときおのしろ
　　山崎正和　《戯曲》　「中央公論」　1996年

【朴】

　朴の花　ほおのはな
　　三尾恵子　甲陽書房　1992刊

【死】

　死の口紅　しのるーじゅ
　　岡江多紀　祥伝社　1997刊
　死の飛行　ですふらいと
　　福本和也　「小説NON」　1990年
　死への近道列車　しへのあくせすれっしゃ
　　西村京太郎　「小説現代」　1991年
　死を呼ぶ遊戯　しをよぶげーむ
　　新田一実　講談社　1996刊
　死を呼ぶ碧天使　しをよぶえめらるどえんじぇる
　　竹内眠　青心社　1992刊
　死を幸う　しをねがう
　　小林恭二　「小説すばる」　2000年
1 死一倍　しにいちばい
　　杉本章子　「オール讀物」　2002年
2 死人の訴え　しびとのうったえ
　　鳥羽亮　「問題小説」　2005年
　死人機士団　しびときしだん
　　菊地秀行　「小説NON」　1994年
　死人薬　しにんぐすり
　　高橋克彦　「小説すばる」　2005年
4 死化粧　えんぜるめいく
　　小林光恵　宝島社　2005刊
7 死体の食卓　ばころのしょくたく
　　岩川隆　悠思社　1991刊
　死図眼のイタカ　しずめのいたか
　　杉井光　一迅社　2008刊
　死返玉　まかるがえしのたま

6画（気, 江, 汐, 池, 汝, 灰）

　　毛利志生子　集英社　1998刊
8　死弦琴妖変　しげんきんようへん
　　加門七海　富士見書房　2000刊
　死者と生者の市　ししゃとせいしゃのいち
　　李恢成　「文學界」　1996年
　死者は黄泉が得る　ししゃはよみがえる
　　西澤保彦　講談社　1997刊
9　死後結婚　さーふきょろん
　　岩井志麻子　「問題小説」　2004年
　死活花　どらいふらわー
　　山口純　文芸社　2005刊
　死相鳥とキッチンガーデン　しそちょうときっちんがーでん
　　岩井志麻子　光文社　2010刊
　死神の逆位置　しにがみのりばーす
　　七穂美也子　集英社　1999刊
　死神の貌　しにがみのかお
　　飯干晃一　角川書店　1991刊
　死風　しにかぜ
　　武中義人　《詩集》　近代文芸社　1991刊
11　死斬人鬼怒玄三郎　しきりにんきぬげんざぶろう
　　本庄慧一郎　ベストセラーズ　2005刊
12　死期盲　しきもう
　　キキダダママキキ　《詩集》　思潮社　2006刊
13　死夢　しにゆめ
　　小笠原慧　角川書店　2009刊
　死路　すーる
　　荻史朗　光文社　2000刊
15　「死霊」断章　しれいだんしょう
　　埴谷雄高　「群像」　1996年
16　死骸、天ヨリ墜ツ　むくろあまよりおつ
　　物集高音　「小説NON」　2001年
19　死離別香　しるべこう
　　朱川湊人　「小説宝石」　2004年

【気】
9　気海が誉　きみがよ
　　王司匡洋　《詩集》　明窓出版　1992刊

【江】
　江のざわめく刻　こうのざわめくとき
　　朝香祥　集英社　1997刊
4　江戸の末枯れ花　えどのすがれはな
　　西村望　「問題小説」　1994年
　江戸の淬ぎ　えどのにらぎ
　　山本兼一　「小説現代」　2010年
　江戸の黄鶏雌鳥　えどのかしわめんどり
　　西村望　「小説宝石」　1995年
　江戸山狼　えどやまいぬ
　　白石一郎　「小説新潮」　1992年
　江戸鬼灯　えどほおずき
　　高橋義夫　「小説中公」　1993年
11　江釣子　えづりこ
　　藤永久子　《詩集》　彼方社　1999刊

【汐】
　汐のうた　うみのうた
　　牧原朱里　集英社　2001刊

【池】
5　池田村川留噺　いけだむらかわどめばなし
　　澤田瞳子　「問題小説」　2009年

【汝】
　汝が心告れ　ながこころのれ
　　押川昌一　《戯曲》　門土社総合出版　1995刊
　汝の眼差し　なれのまなざし
　　佐竹素子　《歌集》　本阿弥書店　2010刊

【灰】
5　灰左様なら　はいさようなら

77

6 画（灯, 百）

　　　村松友視　「小説現代」　1988〜1989年
6　灰色の美神　はいいろのうぃーなす
　　　高山聖史　宝島社　2009刊
8　灰夜　はいや
　　　大沢在昌　「小説宝石」　2000年
9　灰神楽　はいかぐら
　　　峰隆一郎　「問題小説」　2000年

【灯】

　灯　ともしび
　　　松坂洋　日本図書刊行会　1998刊
　灯　ともしび
　　　森村誠一　「小説すばる」　1992年
　灯ともし頃　ひともしころ
　　　橋本治　「小説すばる」　2006年
8　灯明かり　ほあかり
　　　川手五重　《歌集》　短歌研究社　1993刊
9　灯点るかぎり　ひともるかぎり
　　　外山田鶴子　《詩集》　日本図書刊行会　1998刊
22　灯籠祭　とうろうのまつり
　　　川田弥一郎　「小説NON」　1999年

【百】

　百の燭　ひゃくのしょく
　　　本庄千代子　《句集》　紅書房　2002刊
3　百万ドルの幻聴　ひゃくまんどるのめろでぃ
　　　斎藤純　新潮社　2000刊
　百千鳥　ももちどり
　　　阿部喜久子　《句集》　ふらんす堂　2004刊
　百千鳥　ももちどり
　　　田中美代子　《句集》　花神社　2006刊
　百千鳥　ももちどり
　　　中野雅夫　《句集》　文芸社　2000刊
　百千鳥　ももちどり
　　　並木桂子　《句集》　白凰社　2006刊

　百千鳥　ももちどり
　　　武藤紀子　《句集》　花神社　2010刊
　百大夫　はくだいふ
　　　情野千里　《川柳集》　砂子屋書房　2010刊
　百小竹　ももしの
　　　湯浅康右　《句集》　文學の森　2005刊
4　百日紅　ひゃくじつこう
　　　伊藤トキノ　《句集》　角川書店　2009刊
　百日紅　ひゃくじつこう
　　　尾崎恵美子　《句集》　文學の森　2005刊
　百日紅　さるすべり
　　　小破倉綾之介　新風舎　2001刊
　百日紅　さるすべり
　　　金田太市　新風書房　1998刊
　百日紅　さるすべり
　　　亀山米子　《句集》　角川書店　2009刊
　百日紅　さるすべり
　　　清田二美子　《句集》　東京四季出版　2004刊
　百日紅　さるすべり
　　　佐々木登美子　《詩集》　土曜美術社出版販売　1997刊
　百日紅　さるすべり
　　　夏河新八　新風舎　2005刊
　百日紅　さるすべり
　　　帚木蓬生　「小説新潮」　2002年
　百日紅　ひゃくじつこう
　　　真鍋郁子　《句集》　個人書店(製作)　2006刊
　百日紅　さるすべり
　　　宮本恭子　《句集》　東京四季出版　2007刊
　百日紅　さるすべり
　　　横山勝二郎　《句集》　勝二郎句集刊行会　2000刊
　百日紅の女　さるすべりのおんな
　　　新井洋　文芸社　2002刊

6 画（竹, 糸）

　　百日紅の花咲く丘　ひゃくじつこうのはなさくおか
　　　須藤久幸　《詩集》　近代文芸社　1995刊
　　百日紅の咲かない夏　さるすべりのさかないなつ
　　　三浦哲郎　新潮社　1996刊
5　百代　はくたい
　　　中川昭　《歌集》　河出書房新社　2004刊
6　百会　ひゃくえ
　　　今村たかし　《句集》　ウエップ　2009刊
　　百合鷗　ゆりかもめ
　　　藤本恵子　朝日新聞社　1996刊
　　百年の蠱毒　ひゃくねんのこどく
　　　秋月しずか　ランダム・プレス　1999刊
　　百舌　もず
　　　宇江佐真理　「問題小説」　2002年
　　百舌日和　もずびより
　　　岩城ゑつ子　《歌集》　短歌研究社　2003刊
　　百舌勘定　もずかんじょう
　　　薗靖之助　《詩集》　近代文芸社　1992刊
　　百舌鳥魔先生のアトリエ　もずませんせいのあとりえ
　　　小林泰三　「問題小説」　2008年
　　百舌贄の剣　もずにえのけん
　　　富樫倫太郎　徳間書店　2009刊
　　百色十息　ももいろといき
　　　内堀陽子　《歌集》　文芸社　2001刊
7　百村の雲雀　ももむらのひばり
　　　小貫文敬　《詩集》　下野新聞社　2010刊
　　百足小僧　むかでこぞう
　　　夢枕獏　「オール讀物」　2009年
8　百夜月　ももよづき
　　　星陽子　《歌集》　短歌研究社　2001刊

9　百草は風のこころに　ももくさはかぜのこころに
　　　友清恵子　近代文芸社　1990刊
11　百済night　くだらない
　　　山崎博史　新風舎　1996刊
　　百済花苑　くだらかえん
　　　宇田伸夫　近代文芸社　1996刊
　　百鳥　ももとり
　　　大串章　《句集》　富士見書房　1991刊
　　百鳥　ももとり
　　　須藤若江　《歌集》　短歌新聞社　2000刊
12　百間の喘息　ひゃくけんのぜんそく
　　　吉行淳之介　「小説新潮」　1989年
17　百礎　ひゃくとう
　　　水島稔　《句集》　友月書房　2002刊

【竹】

　　竹の切り節　たけのきりよ
　　　安田二郎　「問題小説」　1996年

【糸】

6　糸瓜の風　へちまのかぜ
　　　菱科光順　《句集》　本阿弥書店　2005刊
11　糸・釦・場　すとりんぐぼたんふぃーるど
　　　米澤まどか　文芸社　2006刊
12　糸遊　いとゆう
　　　古井由吉　「群像」　2007年
14　糸綢之路綺想曲　しるくろーどきそうきょく
　　　北川有理　《詩集》　思潮社　1997刊
　　糸蜻蛉　いととんぼ
　　　伊集紀美子　《句集》　近代文芸社　1994刊
　　糸蜻蛉　いととんぼ
　　　伊藤紫都子　《句集》　文學の森　2007刊
　　糸蜻蛉　いととんぼ

79

6 画（羊, 羽, 老, 耳, 肉, 肌, 肋, 自, 至, 舟, 艮, 色）

　　古屋恵美子　《句集》　角川書店
　　2007刊

【羊】
12　羊歯　しだ
　　今野信雄《戯曲》第一書林　1990刊

【羽】
3　羽山先生が怒る　はやませんせいが
　　いかる
　　磯貝治良　「新日本文學」　1992年
15　羽撃け雀　はばたけすずめ
　　田中良一　文芸社　2002刊

【老】
　　老いぼれ刑事　おいぼれでか
　　生島治郎　実業之日本社　2001刊
4　老木に花の　おいきにはなの
　　中村真一郎　集英社　1998刊
5　老母草　おもと
　　大西巨人　「群像」　1992年
7　老花　おいばな
　　牧秀彦　ベストセラーズ　2010刊
9　老神　おいがみ
　　加堂秀三　「小説新潮」　1992年
10　老剣客　ろうけんきゃく
　　鳥羽亮　徳間書店　2009刊
15　老舗　しにせ
　　寺谷修司　「小説新潮」　2001年
　　老舗のねうち　しにせのねうち
　　逢坂剛　「小説新潮」　2006年
21　老鶯　ろうおう
　　吉川潮　「小説新潮」　2001年

【耳】
6　耳当　じとう
　　新井竜才《句集》角川書店　2000刊
　　耳成山　みみなしやま
　　横田利平　《歌集》　近代文芸社
　　1990刊

10　耳納山交歓　じのうさんこうかん
　　村田喜代子　「群像」　1990年
　　耳納連山　みのうれんざん
　　河津武俊　九州文学社　1996刊

【肉】
13　肉触　にくしょく
　　佐藤智加　「文藝」　2000年

【肌】
11　肌理　きめ
　　神崎京介　「オール讀物」　2004年
　　肌盗人　はだぬすびと
　　小村小芥子　「問題小説」　2005年

【肋】
10　肋骨の唄　あばらのうた
　　山村祐《句集》近代文芸社　1998刊

【自】
5　自由落下のクリスマスキャロル
　　ふりーふぉーるのくりすますきゃ
　　ろる
　　庄司卓　富士見書房　1993刊
14　自鳴琴からくり人形　じめいきんか
　　らくりにんぎょう
　　佐江衆一　「小説新潮」　1997年

【至】
10　至高聖所　あばとーん
　　松村栄子　「海燕」　1991年

【舟】
14　舟徳閻魔帳　ふなとくえんまちょう
　　山本一力　「小説現代」　2007年

【艮】
　　艮　うしとら
　　吉田知子　「新潮」　1993年

【色】
4　色丹島　しこたんとう

6 画（芋, 虫, 血, 行, 衣, 西）

　　　北条紫陽　法蔵館(製作・発売)　1990刊
　色心　しきしん
　　　秋津国宏　「小説新潮」　1999年
5　色世間怪一幕　いろのせけんあやし
　　　のひとまく
　　　澤田ふじ子　「問題小説」　2005年
7　色即菩提　こいこそいのち
　　　吉村正一郎　「問題小説」　1994年
12　色絵祥瑞　いろえしょんずい
　　　黒川博行　「オール讀物」　1998年
19　色鏡因果茶屋　いろかがみいんがの
　　　ちゃや
　　　澤田ふじ子　「問題小説」　2004年

【芋】
14　芋銭子春夏秋冬　うせんししゅんか
　　　しゅうとう
　　　鈴木光夫　《句集》　暁印書館　1990刊

【虫】
　虫しぐれ　むししぐれ
　　　今井絵美子　「問題小説」　2009年
13　虫愛づる老婆　むしめづるろうば
　　　草上仁　「小説NON」　1999年

【血】
　血い花　あかいはな
　　　室井佑月　「小説現代」　1998年
　血い涙　あかいなみだ
　　　あぐりみつ　文芸社　2010刊
　血に輝く銀牙　ちにかがやくはんた
　　　ー
　　　山本恵三　天山出版　1990刊
　血の冠　ちのかんむり
　　　香納諒一　「小説NON」　2006年
　血の盃　ふぁみりーのさかずき
　　　大下英治　祥伝社　2001刊
　血の挽歌　ちのばらーど
　　　南里征典　天山出版　1989刊
　血の税ぎ　ちのみつぎ

　　　松井今朝子　「小説新潮」　2006年
　血の鎮魂歌　ちのれくいえむ
　　　山村美紗　「小説新潮」　1992年
　血の轍　ちのわだち
　　　福田洋　光風社出版　1993刊
　血の贖い　ちのあがない
　　　犬飼六岐　「小説現代」　2009年
　血ん穴　ちんあな
　　　古賀忠昭　《詩集》　弦書房　2006刊
6　血色夢　ちいろゆめ
　　　北森鴻　「別冊文藝春秋」　2005年
9　血風・先斗町　けっぷうぽんとちょう
　　　峰隆一郎　「問題小説」　1989年
10　血疾り　ちばしり
　　　鳥羽亮　幻冬舎　2001刊
　血脈桜　けちみゃくざくら
　　　宇江佐真理　「月刊J-novel」　2004年
12　血統　ぺでぃぐりー
　　　門井慶喜　文藝春秋　2010刊

【行】
6　行合橋　ゆきあいばし
　　　今井絵美子　角川春樹事務所　2007刊

【衣】
3　衣小夜がたり　きぬさよがたり
　　　鳥越碧　日本放送出版協会　2002刊
6　衣地獄　きぬじごく
　　　水原紫苑　「月刊すばる」　2003年
10　衣紋坂の時雨　えもんざかのしぐれ
　　　浅黄斑　角川春樹事務所　2007刊

【西】
4　西方之魂　うえすとさいどそうる
　　　花村萬月　講談社　2010刊
6　西伊豆昇天海岸　にしいずしょうて
　　　んびーち
　　　辻真先　祥伝社　1989刊
　西安の柘榴　せいあんのざくろ
　　　茅野裕城子　「月刊すばる」　2001年

7 画（更, 乱, 亜, 何）

西瓜と魂　すいかとたましい
　松浦寿輝　「文學界」　2003年
西瓜の想い出　すいかのおもいで
　土田善章　文芸社　2000刊
西瓜を食べた後で　すいかをたべたあとで
　寺島博之　《詩集》　花神社　2006刊
西瓜エレジー　すいかえれじー
　北野敏子　本の泉社　2010刊
西瓜小僧　すいかこぞう
　高橋克彦　「オール讀物」　2007年
西瓜玉　すいかだま
　柏原日出子　《句集》　本阿弥書店　2000刊
8 西表背徳の断崖　いりおもてはいとくのだんがい
　梓林太郎　有楽出版社　1999刊
9 西南の首飾り　せいなんのろざりお
　宮本昌孝　「小説NON」　2000年
西施　せいし
　陳舜臣　「小説新潮」　1991年
西風の皇子　にしかぜのでいでいうす
　喜多みどり　角川書店　2003刊
西風の息　ぜふぃろすのいき
　古屋早智子　《歌集》　ながらみ書房　2009刊

7 画

【更】
6 更衣　ころもがえ
　杉山愛子　《句集》　東京四季出版　1999刊
更衣ノ鷹　きさらぎのたか
　佐伯泰英　双葉社　2010刊

【乱】
乱の徒花　らんのあだばな
　梟森南溟　「野性時代」　2007年
乱の裔　らんのすえ
　羽太雄平　実業之日本社　1995刊
5 乱世玉響　らんせいたまゆら
　皆川博子　読売新聞社　1991刊
7 乱床夢杯　らんしょうゆめさかずき
　松尾政彦　文芸社　2009刊
8 乱波の首　らっぱのくび
　宮城賢秀　光文社　2001刊
10 乱破go go go!　らっぱごーごーごー
　八街歩　富士見書房　2004刊
乱華八犬伝　らんげはっけんでん
　鳴海丈　徳間書店　2004刊

【亜】
7 亜玖夢博士の経済入門　あくむはかせのけいざいにゅうもん
　橘玲　「別冊文藝春秋」　2007年
亜良川　あらかわ
　多田容子　「小説NON」　2000年
8 亜欧州大戦記　ゆーらしあたいせんき
　青木基行　学習研究社　1997刊
9 亜是流城館の殺人　あぜるじょうかんのさつじん
　舞阪洸　富士見書房　2000刊
亜洲魔鬼行　あじあんごーすとろーど
　林巧　角川書店　2000刊
12 亜葡驢団の掟　あぽろだんのおきて
　清水義範　「月刊すばる」　1996年

【何】
何の所為　なんのせい
　大場佳子　《句集》　ふらんす堂　2003刊
何や彼や　なんやかや

7 画（伽, 佐, 作, 似, 佃, 伯）

  石田貞子　《句集》　東京四季出版　1989刊
 何れが欺く者　いずれがあざむくもの
  笹沢左保　「小説新潮」　1996年
4 何日君再来　ほーりーつぃんつぁいらい
  牧野文夫　文芸社　2009刊
5 何処か是れ他郷　いずれのところかこれれたきょう
  荒山徹　「オール讀物」　2003年
9 何首烏　かしゅう
  梶よう子　「小説すばる」　2010年

【伽】
9 伽耶の斎王　かやのさいおう
  六道慧　朝日ソノラマ　1995刊
13 伽椰琴打鈴　かやぐむたりょん
  金蓮花　集英社　2002刊
19 伽羅の橋　きゃらのはし
  叶紙器　光文社　2010刊
 伽羅の燻り　きゃらのくゆり
  赤江瀑　「問題小説」　1992年
 伽羅千尋　きゃらちひろ
  千野隆司　角川春樹事務所　2004刊
 伽羅奢　がらしゃ
  葉室麟　「小説現代」　2009年

【佐】
10 佐原の血煙り後家　さわらのちけむりごけ
  八剣浩太郎　「小説NON」　1993年
19 佐羅利満氏のつぶやき人生　さらりまんしのつぶやきじんせい
  田妖之介　近代文芸社　1995刊
 佐羅利満氏のひとりごと　さらりまんしのひとりごと
  田妖之介　《句集》　近代文芸社　1996刊
 佐羅利満氏の幻想　さらりまんしのげんそう
  田妖之介　《詩集》　近代文芸社　1995刊

【作】
7 作兵衛の管槍　さくべえのくだやり
  新宮正春　「小説新潮」　1996年
11 作務衣　さむえ
  西田孤影　《句集》　朝日新聞社　2001刊
13 作業療法の詩　さぎょうりょうほうのうた
  山根寛　《詩集》　青海社　2007刊

【似】
 似たもの刑事　にたものでか
  生島治郎　「小説NON」　1993年
 似ッ非イ教室　えっせいきょうしつ
  清水義範　講談社　1994刊
10 似島めぐり　にのしまめぐり
  田口ランディ　「野性時代」　2006年

【佃】
10 佃島の菖蒲　つくだじまのしょうぶ
  山本一力　「小説新潮」　2008年

【伯】
8 伯林　べるりん
  杏平太　《詩集》　檸檬社　1992刊
 伯林の聖痕　べるりんのせいこん
  阿曾恵海　徳間書店　2004刊
 伯林 一八八八年　べるりんせんはっぴゃくはちじゅうはちねん
  海渡英祐　講談社　1997刊
 伯林水晶の謎　べるりんすいしょうのなぞ
  太田忠司　祥伝社　1994刊
 伯林星列　べるりんこんすてらていおーん
  野阿梓　徳間書店　2008刊

83

7 画（伴, 余, 佗, 佇, 児, 冷, 初, 別）

　　伯林蠟人形館　べるりんろうにんぎょうかん
　　　皆川博子　文藝春秋　2006刊

【伴】
4　伴天連の呪い　ばてれんののろい
　　　逢坂剛　「オール讀物」　2008年

【余】
8　余命の私刑　よめいのりんち
　　　森村誠一　「問題小説」　1997年
9　余音　よいん
　　　野中柊　「小説すばる」　2005年
11　余部からのラブレター　あまるべからのらぶれたー
　　　秋優馬　文芸社　2010刊

【佛】　→仏（4画）

【佗】
　　佗の密室　わびのみっしつ
　　　山口雅也　「小説王」　1994年

【佇】
　　佇むひと　たたずむひと
　　　筒井康隆　角川書店　2006刊

【児】
　　児の館　ちごのやかた
　　　吉田雅人　《詩集》　日本文学館　2004刊

【冷】
　　冷たい環　こーるどりんぐ
　　　館淳一　「問題小説」　2007年

【初】
4　初手斧　はつちょうな
　　　大庭紫逢　《句集》　富士見書房　1994刊
　　初日　はつひ
　　　中村一峰　《句集》　本阿弥書店　2002刊
5　初冬　はつふゆ
　　　鹿野佳子　《句集》　角川書店　2008刊
8　初東風　はつこち
　　　磯直道　《句集》　朝日新聞社　2002刊
　　初東雲　はつしののめ
　　　後藤比奈夫　《句集》　ふらんす堂　2009刊
9　初春の祈り　はるのいのり
　　　森チヨ子　《歌集》　角川書店　2006刊
　　初春の客　はるのきゃく
　　　平岩弓枝　文藝春秋　2004刊
　　初音　はつね
　　　田畑牛歩　《句集》　ふらんす堂　2004刊
　　初音　はつね
　　　藤田閑子　《句集》　近代文芸社　1991刊
10　初夏の灯　はつなつのひ
　　　常盤新平　「小説NON」　1999年
　　初夏は劇的な遁走曲　しょかはげきてきなふーが
　　　牧口杏　講談社　1997刊
　　初夏集　はつなつしゅう
　　　田口満代子　《句集》　富士見書房　2005刊
　　初恋に恋した女　はつこいにこいしたひと
　　　南條範夫　講談社　1993刊
15　初潮　はつしお
　　　赤松光夫　「小説宝石」　1990年

【別】
　　別れの口吻は海より深く　わかれのくちづけはうみよりふかく
　　　本橋聖樹　ブイツーソリューション　2008刊
6　別名は"蝶"　べつめいはばたふらい
　　　清水一行　集英社　1997刊

7 画（利, 劫, 助, 匣, 医, 即, 含, 君, 吾）

10 別家召し放ち状　べっけめしはなちじょう
　　杉本章子　「オール讀物」　2005年
19 別離のとき　わかれのとき
　　来夢苧　文芸社　2009刊
　　別離の理由　わかれのりゆう
　　丸茂ジュン　「問題小説」　2001年

【利】
6 利休の貌　りきゅうのかお
　　武田正受庵　中央公論事業出版　2002刊
　　利休唐子釜　りきゅうからこがま
　　火坂雅志　「問題小説」　1990年
　　利休遺偈　りきゅうゆいげ
　　井ノ部康之　小学館　2005刊
10 利益相反　こんふりくと
　　牛島信　朝日新聞出版　2010刊

【劫】
6 劫尽童女　こうじんどうじょ
　　恩田陸　光文社　2002刊
7 劫初の桜　ごうしょのさくら
　　川上信定　「小説宝石」　1992年

【助】
　　助け舟―千切良十内殺し控　たすけぶねちぎらじゅうないころしひかえ
　　峰隆一郎　「小説NON」　1999年
11 助教授ルリ子の生態的地位　じょきょうじゅるりこのせいたいてきにっち
　　谷村志穂　「小説すばる」　1996年

【匣】
　　匣　はこ
　　倉阪鬼一郎　「小説すばる」　2000年
　　匣の中　はこのなか
　　大浦ふみ子　「民主文学」　2004年

【医】
10 医師の手　くすしのて
　　石垣そやを　《句集》　近代文芸社　1999刊

【即】
4 即今　そっこん
　　大下一真　《歌集》　角川書店　2008刊
7 即身仏の殺人　みいらのさつじん
　　高橋克彦　実業之日本社　1990刊
10 即席舞子、一丁上がり　いんすたんとまいこいっちょうあがり
　　伏見丘太郎　「小説宝石」　1996年

【含】
11 含羞草　おじぎそう
　　日比野安平　《句集》　近代文芸社　1999刊

【君】
　　君に続く線路　きみにつづくみち
　　峰月皓　アスキー・メディアワークス　2010刊
　　君のいないこの宇宙　きみのいないこのそら
　　相坂きいろ　角川書店　2001刊
　　君は優しい心理学　きみはやさしいさいころじー
　　堀田あけみ　集英社　1989刊
　　君も雛罌粟我も雛罌粟　きみもこくりこわれもこくりこ
　　渡辺淳一　「文藝春秋」　1991年
3 君子蘭　くんしらん
　　江上冴子　青磁ビブロス　1994刊

【吾】
3 吾子の肖像　あこのしょうぞう
　　今邑彩　「小説中公」　1995年
6 吾亦紅　われもこう
　　今井つる女　《句集》　ふらんす堂　1998刊

7 画（告, 呑, 吠, 呂, 吶, 囲, 困, 図, 囮）

吾亦紅　われもこう
　久保文子　《句集》　本阿弥書店　2008刊
吾亦紅　われもこう
　阪野光子　《詩集》　文芸社　2007刊
吾亦紅　われもこう
　杉本照世《歌集》渓声出版　2010刊
吾亦紅　われもこう
　田辺武子　《句集》　本阿弥書店　2003刊
吾亦紅　われもこう
　西田栄子　《句集》　牧羊社　1991刊
吾亦紅　われもこう
　西堀貞子　《句集》　花神社　2001刊
吾亦紅　われもこう
　前田佐喜子　《歌集》　砂子屋書房　2007刊
吾亦紅　われもこう
　山崎悦子　《句集》　本阿弥書店　2001刊
吾亦紅さみし　われもこうさみし
　宇江佐真理　「小説すばる」　2008年
吾亦紅の叢のかげに　われもこうのくさむらのかげに
　櫻井順子　《詩集》　土曜美術社出版販売　2008刊
8 吾妹子哀し　わぎもこかなし
　青山光二　「新潮」　2002年
12 吾登夢　あとむ
　畑谷玲子　新風舎　2006刊
17 吾嬬はや　あづまはや
　竹貫示虹《句集》文學の森　2009刊

【告】
5 告白の都井岬　こくはくのといみさき
　大谷羊太郎「別冊小説宝石」1990年

【呑】
2 呑人壺　どんじんこ
　中野智樹　「小説現代」　1992年

6 呑舟酒場　どんしゅうさかば
　中原洋一　「小説宝石」　1996年
15 呑・舞　どんまい
　大山敏夫　《歌集》　短歌新聞社　2008刊

【吠】
吠えよ獅子　ほえよしーさー
　儀間海邦　新幹社　1997刊

【呂】
7 呂宋から来た侍　るそんからきたさむらい
　新宮正春　「問題小説」　2000年
　呂宋へ　るそんへ
　関根和美　《歌集》　短歌新聞社　2010刊

【吶】
12 吶喊まで　とっかんまで
　財部鳥子　「群像」　1995年

【囲】
3 囲女仇艶桜怪談　かこいおんなだのつやざくらかいだん
　大下英治　「別冊小説宝石」　1997年

【困】
困ったもんだの囚われ人　こまったもんだのぷりずなー
　神坂一　角川書店　1993刊

【図】
9 図南　となん
　熊谷静石　《句集》　花神社　2002刊

【囮】
6 囮刑事囚人謀殺　おとりでかしゅうじんぼうさつ
　南英男　祥伝社　2006刊
　囮刑事失踪人　おとりでかしっそうにん

7 画（均, 坂, 坊, 壱, 妓, 妊, 妙, 妖）

　　南英男　祥伝社　2006刊
　囮刑事狙撃者　おとりでかそげきしゃ
　　南英男　祥伝社　2005刊
　囮刑事賞金稼ぎ　おとりでかしょうきんかせぎ
　　南英男　祥伝社　2004刊
　囮刑事警官殺し　おとりでかけいかんごろし
　　南英男　祥伝社　2005刊

【均】
　均しの神様　ならしのかみさま
　　喜尚晃子　共和印刷　2009刊

【坂】
　坂ヲ跳ネ往ク髑髏　さかをはねゆくされこうべ
　　物集高音　「小説NON」　2001年
8　坂東三国志―東国人記　ばんどうさんごくしあずまのくにびとき
　　森詠　「小説宝石」　2004年

【坊】
　坊さんがゆく　ぼんさんがゆく
　　竹山洋　日本放送出版協会　1999刊

【壱】
7　壱里島の魑魅たち　いちりじまのすだまたち
　　梶尾真治　「小説NON」　2006年

【妓】
5　妓生・エキスプレス　きーせんえきすぷれす
　　山崎巌　「小説宝石」　1989年

【妊】
　妊りの水　みごもりのみず
　　内田春菊　「月刊すばる」　2000年

【妙】
　妙に清らの　たえにきよらの
　　皆川博子　「オール讀物」　2002年

【妖】
　妖かしの庚辰　あやかしのかのえたつ
　　倉橋紀　文芸社　2005刊
　妖し房　あやしぶさ
　　門田泰明　「問題小説」　2006年
　妖し陽炎の剣　あやかしかげろうのけん
　　鳥羽亮　祥伝社　1999刊
　妖たちの時代劇　あやかしたちのじだいげき
　　笹間良彦　遊子館　2008刊
　妖の華　あやかしのはな
　　誉田哲也　文藝春秋　2010刊
2　妖人白山伯　ようじんもんぶらんはく
　　鹿島茂　「小説現代」　2001年
6　妖虫戦線　でりぐぃるすうぉーず
　　山田正紀　中央公論社　1995刊
7　妖花一夜契　あやしばなひとよのちぎり
　　森真沙子　徳間書店　2007刊
8　妖怪探偵犬姫　ようかいたんていいぬき
　　前田朋子　彩図社　2000刊
　妖炎の旗　かげろうのはた
　　北方謙三　「小説新潮」　1991年
9　妖春記　ようしゅんき
　　増田みず子　「群像」　1993年
10　妖姫　あやかしひめ
　　千葉真由美　文芸社　2007刊
　妖恋　ようれん
　　門田泰明　「小説NON」　1992年
11　妖婚宮　ようこんきゅう
　　菊地秀行　「小説NON」　2006年

87

7 画（完, 宍, 寿, 対, 尾, 岐, 巫）

妖鳥　はるぴゅいあ
　山田正紀　幻冬舎　1999刊
13 妖夢街の影男　ぶりがどーんのかげおとこ
　朝松健　双葉社　1994刊
妖猿　ようえん
　桃谷方子　「小説現代」　2003年
妖聖永遠に　ようせいとわに
　竹河聖　有楽出版社　1991刊
14 妖精の詩　ようせいのうた
　中山千夏　飛鳥新社　2006刊
妖精の鎖　れいらいん
　東郷隆　「小説すばる」　2007年
妖精狩り　あいどるはんたー
　豊田行二　天山出版　1989刊
妖精姫と魔法使い　ぷりんせすとまほうつかい
　はすなみ透也　角川書店　2003刊
15 妖霊の都市　ようれいのまち
　竹河聖　双葉社　1993刊
21 妖魔監視人　ぞんびうぉっちゃー
　風見潤　講談社　1995刊

【完】
6 完全演技者　とーたるぱふぉーまー
　山之口洋　角川書店　2005刊
10 完殺者真魅　じぇのさいだーまみ
　鳴海丈, 鶴田洋久, 小畑健　集英社　1993刊
15 完黙　かんもく
　ヒキタクニオ　「小説宝石」　2006年

【宍】
12 宍道湖哀愁歌　しんじこあいしゅうか
　六鹿寿美　文芸社　2008刊
宍道湖鮫　しんじこさめ
　京極夏彦　「小説すばる」　1997年

【寿】
寿みの心詩　すみのこころのうた
　菊地壽美枝　《詩集》　本の泉社　2010刊
6 寿老人星　かのーぷす
　久保田幸枝　《歌集》　短歌研究社　2001刊

【対】
対の絆　ついのきずな
　吉原理恵子　角川書店　1998刊
対の鉋　ついのかんな
　佐江衆一　「小説新潮」　1994年
13 対話　だいあろーぐ
　篠田真由美　「問題小説」　2009年
16 対獣絶対防衛線めがみ&それいゆ　がーでぃあんえんじぇるめがみあんどそれいゆ
　小林正樹　彩図社　2001刊

【尾】
尾ける子　つけるこ
　海老沢泰久　「オール讀物」　2006年

【岐】
岐れ道　わかれみち
　島野達也　《歌集》　本阿弥書店　2009刊
9 岐神　ちまたがみ
　小野目喜恵　《句集》　本阿弥書店　2004刊

【巫】
3 巫女さまカーニバル　みこさまかーにばる
　飯野文彦　朝日ソノラマ　1992刊
巫女さん　みこさん
　古井由吉　「新潮」　2001年
巫女の王斉明　みこのおうさいめい
　小石房子　作品社　2002刊
巫女の海　みこのうみ
　大路和子　「小説新潮」　2003年

巫女の館の密室　みこのやかたのみっしつ
　愛川晶　原書房　2001刊
巫女王斉明　みこのおうさいめい
　小石房子　作品社　1997刊
巫女姫様とあじさいの誘惑　みこひめさまとあじさいのゆうわく
　めぐみ和季　角川書店　2010刊
巫女姫様とさくらの契約　みこひめさまとさくらのけいやく
　めぐみ和季　角川書店　2008刊
巫女姫様とすいれんの恋風　みこひめさまとすいれんのこいかぜ
　めぐみ和季　角川書店　2010刊
巫女姫様とすみれの求愛　みこひめさまとすみれのきゅうあい
　めぐみ和季　角川書店　2009刊
巫女姫様ととこしえの花宴　みこひめさまととこしえのかえん
　めぐみ和季　角川書店　2010刊
巫女姫様とぼたんの迷宮　みこひめさまとぼたんのめいきゅう
　めぐみ和季　角川書店　2009刊
巫女姫様とゆりの遊戯　みこひめさまとゆりのゆうぎ
　めぐみ和季　角川書店　2008刊
巫女姫様と白ばらの密約　みこめさまとしろばらのみつやく
　めぐみ和季　角川書店　2009刊
巫子　みこ
　皆川博子　学習研究社　1994刊
9 巫祝の系譜　ふしゅくのけいふ
　宮乃崎桜子　講談社　2007刊
23 巫蠱記　ふこき
　秋梨惟喬　「小説すばる」　2008年

【弄】
4 弄月記　ろうげつき
　赤江瀑　「小説NON」　1997年

【弟】
4 弟切草　おとぎりそう
　長坂秀佳　角川書店　1999刊

【形】
5 形代　かたしろ
　藤沢周　「文學界」　2006年
12 形象なきものを　かたちなきものを
　新哲実　《詩集》　土曜美術社出版販売　2000刊

【役】
3 役小角　えんのおづぬ
　黒須紀一郎　作品社　1996刊
役小角　えんのおづぬ
　谷恒生　徳間書店　2001刊
役小角仙道剣　えんのおづぬせんどうけん
　黒岩重吾　「小説新潮」　2000年
役小角異聞　えんのおづぬいぶん
　若井万福　三一書房　2003刊
役小角、憑依す　えんのおづぬひょういす
　藤川桂介　ネスコ　1997刊

【彷】
12 彷徨　ほうこう
　上田周二　《詩集》　沖積舎　2009刊
彷徨　ほうこう
　円崎恵子　《詩集》　文芸社出版企画　1997刊
彷徨　ほうこう
　澳南和彦　《詩集》　近代文芸社　1995刊
彷徨　さまよい
　神代創　徳間書店　2001刊
彷徨　ほうこう
　鈴木優　《詩集》　檸檬社　1990刊
彷徨　さすらい
　武田周一　近代文芸社　1997刊

7 画（応, 快, 忌, 志, 忍, 忘）

彷徨　ほうこう
　豊田一郎　のべる出版企画　2000刊
彷徨　ほうこう
　水井千恵子　《歌集》　ながらみ書房
　2005刊
彷徨える帝　さまよえるみかど
　安部龍太郎　新潮社　1994刊
彷徨える美袋　さまよえるみなぎ
　麻耶雄嵩　「小説すばる」　1997年
彷徨える黄金　さまよえるおうごん
　半村良　祥伝社　1998刊
彷徨する供物　ほうこうするくもつ
　久保寺亨　《詩集》　土曜美術社出版
　販売　1995刊
彷徨の三操兵　ほうこうのさんそうへい
　千葉暁　朝日ソノラマ　1993刊
彷徨径　さまよいみち
　藪田楽川　《川柳集》　葉文館出版
　1996刊

【応】

3 応久礼を捜せ　おうきゅうれいをさがせ
　阿刀田高　「本の旅人」　2001年

【快】

13 快楽　けらく
　大山雅由　《句集》　角川書店　2007刊
快楽主義者の憂鬱　えぴきゅりあんのゆううつ
　水鏡夏綺　《詩集》　新風舎　1996刊
快楽殿　けらくでん
　森真沙子　徳間書店　2001刊

【忌】

忌しものの挽歌　いみしもののばんか
　霜島ケイ　小学館　2001刊
4 忌火起草　いまびきそう
　北島行徳,牧野修,加藤一　講談社　2007刊

9 忌品　いみしな
　太田忠司　徳間書店　2006刊
忌神　いみがみ
　青木和　徳間書店　2001刊
16 忌館　いかん
　三津田信三　講談社　2008刊

【志】

志の拠点　びじょんのきょてん
　森村誠一　「小説宝石」　2009年
3 志士たちの朝　ししたちのあした
　八尋舜右　中央公論新社　2000刊
4 志太　しだ
　関森勝夫　《句集》　富士見書房
　2006刊
12 志斐がたり　しいがたり
　大下宣子　《歌集》　柊書房　2006刊

【忍】

忍びの女　しのびのもの
　宮城賢秀　徳間書店　2004刊
5 忍冬　すいかずら
　井川香四郎　講談社　2008刊
忍冬　はねーさっくる
　杉森多佳子《歌集》風媒社　2007刊
7 忍吹枝　しのぶえ
　田沼喜美子　《歌集》　九芸出版
　1996刊
11 忍寄恋曲者　しのびよるこいはくせもの
　犬飼六岐　「小説新潮」　2009年

【忘】

忘れ得ぬ女　わすれえぬひと
　安達瑶　「問題小説」　2004年
2 忘八の子　ぼうはちのこ
　澤田ふじ子　「問題小説」　2008年
7 忘形　ほうぎょう
　山崎聰　《句集》　花神社　2003刊

7 画（我, 戒, 折, 択, 投, 抜, 抉, 抛, 杏, 杜）

【我】
　我が家　わがえ
　　柴垣文子　「民主文学」　1999年
　我が家の女神　わがやのヴぃーなす
　　安達瑶　「小説NON」　1997年
　我が運命導け魔剣　わがさだめみちびけまけん
　　秋田禎信　富士見書房　1999刊
　我が愛しの天使　わがいとしのえんじぇる
　　古神陸　勁文社　1991刊
5　我他彼此の辻　がたひしのつじ
　　近藤かほる　《歌集》　洛西書院　2006刊
9　我是　うおしる
　　リービ英雄　「群像」　2008年
10　我站在傍辺　うぉちゃんつぁいぱんぴえん
　　吉野香代　文芸社　1998刊
13　我愛你　うぉーあいにー
　　大槻はぢめ　茜新社　1999刊
　我楽多な言葉たち　がらくたなことばたち
　　殿村巴　《詩集》　新風舎　2006刊
　我楽苦多　がらくた
　　長田吉生　《詩集》　新風舎　1998刊
　我、聖櫃を見たり　われあーくをみたり
　　東郷隆　「小説現代」　2001年
18　我穢那彷徨える虚空の王　がえなさまよえるこくうのおう
　　森山擢　角川書店　1993刊

【戒】
9　戒指　がいちー
　　吉田里砂　文芸社　2000刊

【折】
　折々のギャ句゛辞典　おりおりのぎゃぐじてん
　　夏井いつき　《句集》　創風社出版　2010刊

【択】
10　択捉海峡　えとろふかいきょう
　　畑山博　「文學界」　1990年

【投】
　投げ銛千吉廻船帖　なげもりせんきちかいせんちょう
　　白石一郎　「オール讀物」　1992年

【抜】
　抜まいり　ぬけまいり
　　由布木皓人　「問題小説」　1994年
16　抜錨　ばつびょう
　　大隅徳保　《句集》　角川書店　2003刊
　抜頭の剣　ばとうのけん
　　新宮正春　「小説NON」　1997年

【抉】
　抉られの若嫁　くじられのわかよめ
　　北山悦史　「小説NON」　1997年

【抛】
8　抛物線　ほうぶつせん
　　酒井忠博　近代文芸社　1993刊

【杏】
3　杏子のころ　あんずのころ
　　小澤利夫　青春出版社　1999刊

【杜】
　杜　もり
　　安黒義郎　《句集》　東京四季出版　1989刊
8　杜若艶姿　とじゃくあですがた
　　佐伯泰英　幻冬舎　2009刊
18　杜鵑の峯　ほととぎすのみね
　　佐伯一麦　「新潮」　1999年
　杜鵑花　とけんか

91

7 画（来, 李, 沖, 求, 決, 沙, 沢, 沈）

  森福都　「小説NON」　1997年

【来】
13　来夢の地　らいむのち
  植木英彦　教育出版センター　1996刊

【李】
 李に烈しい雨が降る　すももにはげしいあめがふる
  小林一夫　朝日ソノラマ　1991刊
3　李下の冠　りかのかんむり
  鈴木輝一郎　「小説宝石」　2000年
12　李朝暗行御史霊遊記　りちょうあめんおさりょうゆうき
  中内かなみ　角川書店　2002刊

【沖】
15　沖縄や戦場になやい　うちなーやいくさばになやい
  名嘉憲夫　《詩集》　新星出版　2008刊
 沖縄殺人事件　りぞーとびーちさつじんじけん
  斎藤栄　光文社　1990刊
 沖縄耽溺者　うちなーじゃんきー
  南輝子　《歌集》　ながらみ書房　2010刊

【求】
12　求塚　もとめづか
  田久保英夫　「文學界」　1989年
 求道　ぐどう
  鈴木輝一郎　「小説新潮」　1998年
 求道の梅医　ぐどうのばいい
  浅田耕三　叢文社　2005刊

【決】
12　決着　けり
  内山安雄　「小説宝石」　1997年
 決着　おとしまえ
  南英男　桃園書房　2002刊

【沙】
 沙の波　いさごのなみ
  安住洋子　「小説新潮」　2005年
 沙の園に唄って　すなのそのにうたって
  手島史詞　富士見書房　2007刊
8　沙果、林檎そして　さぐぁりんごそして
  李正子　《歌集》　影書房　2010刊
 沙門空海唐の国にて鬼と宴す　しゃもんくうかいとうのくににておにとうたげす
  夢枕獏　「問題小説」　1993年
10　沙高楼綺譚　さこうろうきたん
  浅田次郎　徳間書店　2002刊
12　沙棗花　さそうか
  近藤綾子　《歌集》　六法出版社　2000刊
19　沙羅は和子の名を呼ぶ　さらはわこのなをよぶ
  加納朋子　「小説すばる」　1999年
22　沙鷗　さおう
  山西雅子　《句集》　ふらんす堂　2009刊

【沢】
9　沢彦　たくげん
  火坂雅志　「文藝ポスト」　2003年
18　沢瀉　おもだか
  澤瀉邦安　《句集》　邑書林　1998刊

【沈】
2　沈丁花　じんちょうげ
  庄司圭太　集英社　1998刊
 沈丁花　じんちょうげ
  谷川洋子　新風舎　2005刊
 沈丁花の少女　じんちょうげのしょうじょ
  紗々亜璃須　講談社　2000刊
 沈丁花の唄　じんちょうげのうた

7画（沒, 汨, 災, 灼, 牡, 狂, 狆, 男）

　　　小池まりこ　新風舎　2005刊
10 沈屑　ちんせつ
　　　黒川博行　「小説現代」　2009年
15 沈黙の塔　だふま
　　　大場晴日　新風舎　1996刊
　　沈黙の隠者　さいれんとはーみっと
　　　田村純一, レッド・エンタテインメント　富士見書房　2001刊
　　沈黙の橋　さいれんとぶりっじ
　　　東直己　幻冬舎　1994刊
20 沈鐘　ちんしょう
　　　皆川博子　「小説新潮」　1995年

【沒】
8 没法子北京　めいふぁーずぺきん
　　　東野大八　蝸牛社　1994刊

【汨】
19 汨羅変　べきらへん
　　　塚本邦雄　《歌集》　短歌研究社　1997刊

【災】
4 災厄娘inアーカム　あいりーんいんあーかむ
　　　新熊昇, 都築由浩　青心社　2010刊
11 災転　さいころ
　　　霞流一　角川書店　2010刊
18 災難は依頼主が連れてくる　とらぶるはいらいぬしがつれてくる
　　　新田一実　小学館　1998刊

【灼】
15 灼熱　じぇらしー
　　　斎藤澪　勁文社　1993刊

【牡】
4 牡丹　ほうたん
　　　戸部新十郎　「問題小説」　1992年
　　牡丹守　ほたんもり
　　　野上恵　《句集》　北溟社　2005刊
　　牡丹―葛巾紫　ほたんかつきんし
　　　井上祐美子　「小説中公」　1995年
　　牡丹楯　ほたんほだ
　　　池田笑子　《句集》　朝日新聞社　2001刊
　　牡牛の渓　おうしのたに
　　　西村寿行　光文社　1998刊
6 牡羊座の恋愛教習所　ありえすのれんあいきょうしゅうじょ
　　　日向章一郎　集英社　1996刊

【狂】
4 狂犬刑事　きょうけんでか
　　　南英男　徳間書店　2002刊
　　狂犬刑事蛮行　きょうけんでかばんこう
　　　南英男　徳間書店　2003刊
13 狂夢郷　あだゆめのさと
　　　荒木英行　新風舎　2007刊

【狆】
　　狆とのつきあい　ちんとのつきあい
　　　伊藤桂一　「オール讀物」　1990年

【男】
　　男は多門伝八郎　おとこはおかどでんぱちろう
　　　中村彰彦　「小説NON」　1993年
3 男大迹王　をおどおう
　　　石田道仁　文芸社　2001刊
　　男女さんくずし　おめさんくずし
　　　東郷隆　「小説現代」　2010年
8 男泣かせ限限　おとこなかせぎりぎり
　　　神崎京介　光文社　2002刊
9 男郎花　おとこえし
　　　赤羽正行　《句集》　本阿弥書店　2008刊
17 男爵最後の事件　ばろんさいごのじけん
　　　太田忠司　祥伝社　2009刊

93

7 画（疔, 社, 私, 禿, 糺, 肝, 肖, 花）

【疔】
　疔　はれもの
　　物集高音　「小説宝石」　2003年

【社】
4 社内恋愛遊戯　しゃないれんあいげーむ
　　つきひろともる　オークラ出版　1997刊

【私】
　私が会社を辞めた理由　わたしがかいしゃをやめたわけ
　　高田佳人　風濤社　1997刊
　私が私を殺す理由　わたしがわたしをころすわけ
　　吉村達也　徳間書店　1991刊
　私と遊んでください　おもちゃとあそんでください
　　家田荘子　「別冊小説宝石」　1997年
　私の利溺書　わたくしのりできしょ
　　清水義範　「問題小説」　1989年
6 私刑　りんち
　　南英男　広済堂出版　1996刊
　私刑執行人　りんちしっこうにん
　　南英男　光風社出版　1995刊

【禿】
3 禿山の一夜　とくさんのいちや
　　茅野裕城子　「月刊すばる」　2003年
16 禿頭の影武者　とくとうのかげむしゃ
　　本所次郎　「小説宝石」　1994年

【糺】
　糺の森　ただすのもり
　　有馬敲　澪標　2000刊

【肝】
11 肝盗村鬼譚　きもとりむらきたん
　　朝松健　角川書店　1996刊

【肖】
14 肖像画　ぽーとれいと
　　依井貴裕　東京創元社　1995刊

【花】
　花に佇てば　はなにたてば
　　轡田幸子　《句集》　梅里書房　2006刊
　花の紅天狗　はなのくれないてんぐ
　　中島かずき　《戯曲》　論創社　2003刊
　花の香　はなのか
　　菅原雨耳　《歌集》　花神社　1996刊
　花の嵐　はなのらん
　　辻堂魁　学習研究社　2008刊
　花の棲処に　はなのすみかに
　　鳩かなこ　講談社　2009刊
　花の窟　はなのいわや
　　宮本徳蔵　「月刊すばる」　2002年
　花の撓　はなのとう
　　菊井稔子　《句集》　東京四季出版　2003刊
　花の舞踏曲　はなのわるつ
　　三田薫子　文芸社　2003刊
　花の艶　はなのえん
　　河西ちまき　《歌集》　美研インターナショナル　2004刊
　花は一色にあらず　はなはひといろにあらず
　　山田義雄　西日本新聞社　2008刊
　花ひらきゆく季　はなひらきゆくとき
　　石本隆一　《歌集》　短歌研究社　2010刊
　花も実もある丈夫に　はなもみもあるますらおに
　　石田行仁　文芸社　2001刊
　花を抱く日々　はなをいだくひび
　　高橋篤子　「民主文学」　1990年
　花を選る　はなをえる
　　吉川一枝　《歌集》　短歌研究社　2008刊

花ノ堤ノ迷途ニテ　さくらのつつみ
のめいずにて
　　物集高音　「小説NON」　2000年
3 花下遊楽　かかゆうらく
　　佐江衆一　「新潮」　1990年
花万朶　はなばんだ
　　杉山みはる　《歌集》　ながらみ書房　2007刊
4 花木槿　はなむくげ
　　大島白鳳　《句集》　近代文芸社　1991刊
花木槿　はなむくげ
　　宮本秀峰　《句集》　文學の森　2006刊
花水木　はなみずき
　　小嶋和子　《歌集》　短歌研究社　2000刊
花火草　はなびぐさ
　　中島冨美　《句集》　北溟社　2002刊
花片　はなびら
　　ひろたまかず　新風舎　1996刊
5 花占の女　はなうらのひと
　　夢枕獏　「オール讀物」　2005年
花石榴　はなざくろ
　　五十嵐哲也　《句集》　東京四季出版　1994刊
6 花合せ 浜次お役者双六　はなあわせはまじおやくしゃすごろく
　　田牧大和　「小説現代」　2007年
花合歓　はなねむ
　　倉本里子　《句集》　砂子屋書房　2010刊
花守　はなもり
　　伊集院静　「小説現代」　2001年
花守　はなもり
　　加門七海　「鳩よ!」　2001年
花守　はなもり
　　渡辺文雄　《句集》　角川書店　2010刊
花守の竜の叙情詩　はなもりのりゅうのりりか
　　淡路帆希　富士見書房　2009刊

花守り　はなもり
　　草野ひとみ　《詩集》　新風舎　1999刊
花色♡結婚式ドリーム　はないろう
えでぃんぐどりーむ
　　服部あゆみ,布施由美子　集英社　1992刊
花芒　はなすすき
　　仙北谷晃一　《句集》　東京四季出版　1989刊
花芒　はなすすき
　　藤田静水　《句集》　近代文芸社　1999刊
花行　けぎょう
　　高橋睦郎　《句集》　ふらんす堂　2000刊
花行脚　はなあんぎゃ
　　加藤春子　《句集》　文學の森　2007刊
花衣桁　はないこう
　　金子里美　《句集》　ふらんす堂　1995刊
7 花乱舞　はならっぷ
　　役重隆子　《歌集》　柊書房　2002刊
花妖譚　かようたん
　　司馬遼太郎　文藝春秋　2009刊
花束　ぶーけ
　　深見陶湖　新風舎　2003刊
花貝母　はなばいも
　　木村公子　《句集》　本阿弥書店　2009刊
花車　はなぐるま
　　雲嶋幸夫　《詩集》　土曜美術社出版販売　1995刊
花車づくり　きゃしゃづくり
　　松蓉　「三田文學」　2009年
花辛夷　はなこぶし
　　荒田千恵子　《句集》　東京四季出版　2003刊
花辛夷　はなこぶし
　　鈴木石花　《句集》　ふらんす堂　2009刊

7 画（花）

花辛夷　はなこぶし
　鈴木りう三　《句集》　近代文芸社
　1998刊

花辛夷　はなこぶし
　三宅希世女　《句集》　東京四季出版
　1990刊

花辛夷　はなこぶし
　八木美代子　《句集》　ふらんす堂
　2007刊

8 花実のネットワーク　かじつのねっとわーく
　平田敬　講談社　2001刊

花林糖　かりんとう
　小道直美　新風舎　2004刊

9 花冠の騎士　がーらんど
　榛乃綾子　一迅社　2010刊

花咲く丘の小さな貴婦人　はなさくおかのりとるれぃ
　谷瑞恵　集英社　2007刊

花咲群　はなさきむら
　江島桂子　《詩集》　思潮社　2000刊

花客　かかく
　浅田次郎　「小説現代」　2006年

花染手巾　はなずみていさじ
　玉城洋子　《歌集》　ながらみ書房
　2002刊

花柊　はなひいらぎ
　北原亞以子　「小説現代」　2007年

花柚　はなゆ
　植田房子　《句集》　花神社　2005刊

花柚　はなゆ
　永井正子　《歌集》　短歌新聞社
　2005刊

花洛尽をあの人に　みやこづくしをあのひとに
　岩井三四二　「小説宝石」　2008年

花狩女　はなかりめ
　小澤克己　《句集》　毎日新聞社
　2000刊

花音　かのん
　秋山百合子　《句集》　文學の森
　2004刊

10 花姫純情　かきじゅんじょう
　真堂樹　集英社　2002刊

花晒し　はなざらし
　北重人　「オール讀物」　2009年

花残月　はなのこりづき
　藤水名子　廣済堂出版　2003刊

花涅槃　はなねはん
　白沢良子　《句集》　富士見書房
　1990刊

花竜神話　かりゅうしんわ
　真堂樹　集英社　2005刊

11 花旋風　はなつむじ
　岩井タカ　《句集》　紅書房　1992刊

花梯梧　はなでいご
　安田喜美子　《句集》　美研インターナショナル　2010刊

花淫れ　はなみだれ
　池永陽　角川書店　2007刊

花菖蒲　いーりす
　大掛史子　《詩集》　本多企画　2003刊

花鳥　はなどり
　太田寛郎　《句集》　角川書店　2006刊

12 花嵐悲愴剣　からんひそうけん
　本庄慧一郎　学習研究社　2004刊

花渦　はなうず
　高樹のぶ子　「群像」　1996年

花窓玻璃　はなまどはり
　深水黎一郎　講談社　2009刊

花童　はなわらべ
　西條奈加　「小説宝石」　2008年

花翔け　はながけ
　山田盟子　新風舎　2005刊

花街恋夜　かがいれんや
　真堂樹　集英社　1999刊

花詞　はなことば
　鍵和田秞子　《句集》　ふらんす堂
　1996刊

花詞　はなことば
　　山本玲子　《句集》　ウエップ　2008刊
花遊行　はなゆぎょう
　　大野かね子　《歌集》　短歌研究社　2000刊
花釉　はなゆう
　　中尾實信　鳥影社　1998刊
花開富貴　かかいふうき
　　加藤文　文藝春秋　2002刊
花陽炎　はなかげろう
　　宮澤さくら　《句集》　朝日新聞社　1997刊
花韮　はなにら
　　助川信彦　《歌集》　柊書房　1998刊
13 花塗　はなぬり
　　新橋知子　《句集》　本阿弥書店　2000刊
花嫁新仏　はなよめにいほとけ
　　喜安幸夫　徳間書店　2007刊
花楸　はなひさぎ
　　井浪立葉　《句集》　邑書林　1993刊
花棟　はなおうち
　　荘保照子　《歌集》　砂子屋書房　2003刊
14 花綵　はなづな
　　大島百合子　《歌集》　六法出版社　1995刊
花綵　はなづな
　　正井萬喜江　《歌集》　青風舎　2008刊
花腐し　はなくたし
　　松浦寿輝　「群像」　2000年
花魁殺　おいらんさつ
　　吉田雄亮　祥伝社　2005刊
15 花影　かえい
　　菊地秀行　「小説NON」　1998年
花樗　はなおうち
　　大口公恵　《句集》　本阿弥書店　2001刊
花樗　はなおうち
　　三城佳代子　《句集》　花神社　2004刊

花標　はなしるべ
　　田所節子　《句集》　牧羊社　1991刊
16 花橘の乱　かきつのらん
　　石川能弘　日本放送出版協会　2002刊
花篝　はなかがり
　　池戸裕子　オークラ出版　1999刊
花篝　はなかがり
　　古藤幸雄　文芸社　2000刊
花薔薇　はないばら
　　聖貴慧　日本文学館　2005刊
18 花織　はなうい
　　中村阪子　《句集》　角川書店　2003刊
花鎮めの巫女　はなしずめのみこ
　　山本瑤　集英社　2004刊
19 花蘇枋　はなずおう
　　平栗瑞枝　《句集》　ウエップ　2010刊
花薬　かずい
　　役重隆子　《歌集》　柊書房　2000刊
花麹　はなこうじ
　　八木佳明　《句集》　本阿弥書店　2003刊
20 花響　はなゆら
　　稲葉真弓　平凡社　2002刊
21 花麝香　はなじゃこう
　　山本修巳　《句集》　角川SSコミュニケーションズ　2010刊

【芥】
3 芥子の花　けしのはな
　　西條奈加　新潮社　2006刊
芥子の庭　けしのにわ
　　泉響子　文園社　1993刊

【芸】
8 芸者染栄　げいしゃそめえい
　　有藤礼子　文芸社　2008刊
12 芸道夢幻綺譚　げいどうむげんあやしのものがたり
　　小松左京　広済堂出版　1995刊

7 画（芝, 芭, 芙, 芳, 見, 角, 言）

【芝】

8 芝居の時刻　しばいのとき
山崎洋子　「小説すばる」　1998年

【芭】

15 芭蕉さんの悪戯　ばしょうさんのいたずら
八女川瀬　彷徨舎　2006刊

芭蕉経帷子　ばしょうきょうかたびら
別所真紀子　新人物往来社　2002刊

【芙】

13 芙路魅　ふじみ
積木鏡介　講談社　2002刊

【芳】

芳しき共犯者　かぐわしききょうはんしゃ
森村誠一　「問題小説」　2010年

芳しき群青　かぐわしきぐんじょう
斎藤純　「小説宝石」　2000年

7 芳町の若衆　よしちょうのわかしゅ
峰隆一郎　「小説NON」　1999年

9 芳香日記　はるむにっき
高樹のぶ子　「新潮」　2010年

12 芳葩　ほうは
林柚維　《詩集》　書肆青樹社　2002刊

【見】

見えない貌　みえないかお
夏樹静子　「小説宝石」　2004年

見つめる東風　みつめるえうろす
七穂美也子　集英社　2003刊

8 見物気分の旅行人　けんぶつきぶんのとらべらー
神坂一　角川書店　1994刊

見知らぬ女　みしらぬひと
佐々木尚文　近代文芸社　1993刊

11 見習い女神と仮面の騎士　みならいめがみとかめんのないと
菊地悠美　エンターブレイン　2009刊

【角】

角　つの
ヒキタクニオ　「小説宝石」　2003年

角の一生　かくのいっしょう
島崎誠　日本文学館　2005刊

4 角王　つぬのおおきみ
三田誠広　学習研究社　2002刊

16 角館殺人旅情　かくのだてさつじんりょじょう
斎藤栄　「小説NON」　1997年

【言】

11 言問　こととい
領家高子　講談社　2003刊

12 言壺　ことつぼ
神林長平　中央公論社　1994刊

言葉　おと
天羽時空　《歌集》　新風舎　2005刊

15 言霊　ことだま
葵　《詩集》　日本文学館　2007刊

言霊　ことだま
佐藤正子　《歌集》　上毛新聞社(発売)　2004刊

言霊　ことだま
田中志希乃　《句集》　邑書林　1995刊

言霊　ことだま
谷甲州　「小説すばる」　2000年

言霊　ことだま
中原文夫　角川春樹事務所　2000刊

言霊　ことだま
若松景子　《詩集》　文芸社　2006刊

言霊のラビリンス　ことだまのらびりんす
一二三壯治　今日の話題社　2006刊

言霊の幸ふ島の物語　ことだまのさきわうしまのものがたり

7画（谷,貝,赤）

　　有田久哉　文芸社ビジュアルアート
　2009刊
言霊の影法師　ことだまのかげぼ
　うし
　　流星香　講談社　1994刊
言霊の調べ　ことだまのしらべ
　　竹中宏　新風舎　2005刊
言霊使い　すぺるますたー
　　流星香　小学館　1998刊
言霊将軍実朝　ことだましょうぐん
　さねとも
　　井沢元彦　「別冊小説宝石」　1990年
言霊料理　ことだまりょうり
　　冨上芳秀　《詩集》　詩遊社　2008刊

【谷】

3　「谷川岳」殺意の垂壁　たにがわだけ
　　さついのうぉーる
　　生田直親　天山出版　1990刊
4　谷戸　やと
　　星野高士　《句集》　角川書店　1997刊
谷戸風韻　やとふういん
　　小園葉舟　《句集》　角川書店　1999刊
谷日和　やつびより
　　まついひろこ　《句集》　ふらんす堂
　2008刊
8　谷空木　たにうつぎ
　　平野肇　「小説NON」　2001年
16　谷蟆の夜　たにぐくのよる
　　鈴木仲秋　《歌集》　東京文芸館
　2007刊
谷蟆は歌ふ　たにぐくはうたう
　　中島宝城　《歌集》　明窓出版　1995刊

【貝】

5　貝母　ばいも
　　上村典子　《歌集》　ながらみ書房
　2005刊
貝母　ばいも
　　山田千代　《句集》　本阿弥書店
　2000刊

貝母の花　ばいものはな
　　喜多杜子　《句集》　本阿弥書店
　2010刊
貝母の花を　ばいものはなを
　　鈴木茂弥　《歌集》　短歌新聞社
　2007刊
貝母忌　ばいもき
　　林正志　《歌集》　柊書房　2008刊

【赤】

赤々煉恋　せきせきれんれん
　　朱川湊人　東京創元社　2006刊
赤い月のひ・み・つ　るなろっさの
　ひみつ
　　矢島さら　富士見書房　1989刊
赤い死神を撃て　あかいまふぃあを
　うて
　　阿木慎太郎　祥伝社　2004刊
赤い海の歌姫　あかいうみのせいれ
　ーん
　　新田一実　小学館　1995刊
赤い風車　あかいかざぐるま
　　鳥羽亮　角川春樹事務所　2009刊
赤い旅券　あかいぱすぽーと
　　井上淳　新潮社　1989刊
赤い脳漿　あかいのうしょう
　　西村賢太　「野性時代」　2010年
赤い斑　あかいぶち
　　沢村澪　「小説宝石」　2002年
赤い輪舞曲　あかいろんど
　　さいきなおこ　集英社　1998刊
赤い蟷螂　あかいかまきり
　　赤星香一郎　講談社　2010刊
赤かぶ検事魔界の天使　あかかぶ
　けんじまかいのえんじぇる
　　和久峻三　実業之日本社　1999刊
赤ちゃんは救世主　はれるやべいび
　ー
　　団竜彦　集英社　1991刊

99

7 画（足, 身, 車, 辛, 辰, 迎, 返）

赤と朱のラプソディ　れっどしゅーずらぷそでぃ
　古城十忍　《戯曲》　而立書房　1991刊
赤の円環　あかのとーらす
　涼原みなと　中央公論新社　2009刊
6 赤色赤光　しゃくしきしゃっこう
　釋了昭　文芸社　2002刊
9 赤星山　あかぼし
　藤城良子　《句集》　ふらんす堂　2008刊
赤神　しゃくし
　つるみや日和　文芸社　2007刊
11 赤・黒　るーじゅのわーる
　石田衣良　徳間書店　2001刊
13 赤裸　せきら
　神崎京介　「小説新潮」　2002年
14 赤銅の峰　あかがねのみね
　井川香四郎　徳間書店　2009刊
15 赤縄　せきじょう
　宇江佐真理　「小説すばる」　2001年
21 赤鶴　しゃくづる
　古賀仁　新風舎　2007刊

【足】
4 足引き寺閻魔帳　あしびきでらえんまちょう
　澤田ふじ子　「問題小説」　1993年
7 足抜　あしぬき
　佐伯泰英　勁文社　2002刊
11 足許の首　あしもとのくび
　澤田ふじ子　「問題小説」　1996年

【身】
2 身八つ口　みやつぐち
　衿野未矢　「小説新潮」　2009年
4 身中の虫　しんちゅうのむし
　三浦朱門　「群像」　2000年
5 身世打鈴　しんせたりょん
　姜琪東　《句集》　石風社　1997刊

8 身命を惜しまず　しんめいをおしまず
　津本陽　徳間書店　2010刊
身空x　みそらえっくす
　支倉隆子　《詩集》　思潮社　2002刊

【車】
13 車楽　だんじり
　高道章　《句集》　邑書林　1997刊

【辛】
6 辛夷　こぶし
　酒井京子　《歌集》　短歌研究社　2004刊
辛夷の丘　こぶしのおか
　東口誠　《歌集》　鉱脈社　2009刊
辛夷の花　こぶしのはな
　佐藤安宥,三沢学人　《詩集》　宝文館出版　1994刊
辛夷の散華　こぶしのさんげ
　金崎紫峰　《句集》　梅里書房　2001刊
辛夷咲く園　こぶしさくその
　宮坂杏子　《歌集》　洪水企画　2010刊
辛夷開花　こぶしかいか
　植松三十里　文藝春秋　2010刊
9 辛紅の眠り　からくれないのねむり
　赤江瀑　「別冊小説宝石」　1994年

【辰】
7 辰沙　しんしゃ
　深澤達也　《句集》　知玄舎　2005刊
9 辰砂　しんしゃ
　渡辺礼子　《歌集》　短歌研究社　2003刊

【迎】
5 迎去絵馬　むかさりえま
　石和鷹　「文藝」　1992年

【返】
返りの風　かやりのかぜ

7 画（那, 邑, 里, 防, 麦）**8 画**（乳, 事, 京）

真田香月 「小説工房」 1996年

【那】

5 那由他　なゆた
中川正男　《句集》　本阿弥書店　2009刊

那由多　なゆた
道上隆三　《歌集》　短歌研究社　2001刊

7 那岐の雪　なぎのゆき
武岡伸枝　《歌集》　短歌研究社　2003刊

9 那珂川青春譜　なかがわせいしゅんふ
森詠　「本の窓」　1996年

【邑】

邑　むら
邑の会　《歌集》　啓文社　1997刊

【里】

10 里茲大のモンゴル　りーずだいのもんごる
神沢有三　《歌集》　近代文芸社　1991刊

11 里雪解　さとゆきげ
西田浩洋　《句集》　文學の森　2005刊

【防】

2 防人の家　さきもりのいえ
河越美智子　文芸社　2002刊

防人の島に　さきもりのしまに
平山三智子　《歌集》　近代文芸社　1999刊

防人の歌　さきもりのうた
千早耿一郎　木耳社　1997刊

【麦】

5 麦生　むぎふ
橋本栄治　《句集》　ふらんす堂　1996刊

6 麦気　ばくき

白井眞貫　《句集》　ウエップ　2006刊

10 麦酒アンタッチャブル　びーるあんたっちゃぶる
山之口洋　「小説NON」　2006年

麦酒店のアイドル　びーるばーのあいどる
鈴木清剛　「新潮」　2001年

11 麦笛西行　むぎぶえさいぎょう
菅浩江　「小説現代」　2003年

12 麦稈抄　ばっかんしょう
山口伸　《句集》　文學の森　2006刊

8 画

【乳】

乳と卵　ちちとらん
川上未映子　文藝春秋　2008刊

7 乳余りっ子　ちあまりっこ
西村望　「小説宝石」　2004年

8 乳垂川　ちたるがわ
十時千恵子　《句集》　本阿弥書店　2010刊

乳房の赤痣　ちぶさのあかあざ
胡桃沢耕史　「問題小説」　1993年

11 乳豚ロック　にゅーとんろっく
森田一哉　小学館　2009刊

【事】

6 事件現場　じけんげんじょう
笹沢左保　「小説宝石」　1994年

9 事故係生稲昇太の多感　じこがかりいくいなしょうたのたかん
首藤瓜於　「小説現代」　2000年

【京】

11 京都天使突抜通の恋　きょうとてんしつきぬけどおりのこい
吉村達也　集英社　2001刊

8 画（佳, 供, 佩, 佰, 兎, 其, 刻, 刺）

京都半木の道桜雲の殺意　きょうとなからぎのみちおううんのさつい
　　高梨耕一郎　講談社　2006刊
京都先斗町殺人事件　きょうとぽんとちょうさつじんじけん
　　和久峻三　光文社　1994刊
京都「細雪」殺人事件　きょうとささめゆきさつじんじけん
　　木谷恭介　徳間書店　1997刊

【俠】　→俠（9画）

【佳】
9　佳音　かのん
　　鹿井いつ子　《歌集》　ながらみ書房　2004刊

【供】
15　供養博奕　くようばくち
　　羽太雄平　「小説NON」　2000年
17　供犠の饗宴　きょうぎのきょうえん
　　溝口敦　「小説王」　1994年

【佩】
9　佩香　はいこう
　　赤松惠子　《句集》　角川書店　2005刊

【佰】
　　佰　はく
　　石井いさお　《句集》　本阿弥書店　2008刊

【兎】
7　兎角　とかく
　　戸部新十郎　「小説宝石」　1989年
　　兎角　とかく
　　中村えつこ　《詩集》　思潮社　1992刊

【其】
　　其はなよ竹の姫のごとく　そはなよたけのひめのごとく
　　結城光流　角川書店　2005刊

【刻】
　　刻　とき
　　浜文子　《詩集》　つくばね舎　1992刊
　　刻のきおく　ときのきおく
　　中瀬善秀　《詩集》　鶴書院　2004刊
　　刻の王国　ときのきんぐだむ
　　あすか　エンターブレイン　2006刊
　　刻の花々　ときのはなばな
　　槇弥生子　《歌集》　ながらみ書房　2006刊
　　刻の棲人　ときのすみびと
　　牧原朱里　集英社　2001刊
　　刻の静寂　ときのしじま
　　冴木忍　富士見書房　2000刊
　　刻の影　ときのかげ
　　大矢章朔　《句集》　東京四季出版　2000刊
　　刻の影　ときのかげ
　　徳光彩子　日本随筆家協会　2002刊
　　刻ゆるやかに　ときゆるやかに
　　山中律雄　《歌集》　角川書店　2000刊
　　刻をかける希望　ときをかけるほし
　　辻壮一　「野性時代」　1992年
　　刻をつなげて　ときをつなげて
　　市川つた　《詩集》　土曜美術社出版販売　1999刊
　　刻を気ままに　ときをきままに
　　大河内つゆ子　《歌集》　本阿弥書店　2008刊
　　刻を駆ける　ときをかける
　　北原立木　西田書店　2007刊
3　刻丫卵　こくあらん
　　東海洋士　講談社　2001刊
16　刻謎宮　ときめいきゅう
　　高橋克彦　徳間書店　1989刊

【刺】
　　刺　とげ
　　篠田節子「小説TRIPPER」　1996年

8 画（制, 刹, 協, 卒, 卓, 参, 取, 呼, 呪, 命, 和）

　刺　とげ
　　松野おおい　文芸社　2009刊
8 刺青　いれずみ
　　藤沢周　「文藝」　1996年
　刺青白書　たとぅーはくしょ
　　樋口有介　講談社　2000刊
　刺青物語　いれずみものがたり
　　高橋加津美　新風舎　1996刊
　刺青絵師　ほりものえし
　　三井一郎　日本図書刊行会　1998刊
9 刺客の爪　しきゃくのつめ
　　浅黄斑　二見書房　2008刊
　刺客の海　しきゃくのうみ
　　楠木誠一郎　二見書房　2009刊
　刺客狩り　せっかくがり
　　宮城賢秀　双葉社　2003刊
10 刺胳　しらく
　　門田泰明　徳間書店　1992刊

【制】
5 制圧攻撃機出撃す　ぶるどっぐしゅ
　　つげきす
　　大石英司　祥伝社　1990刊

【刹】
7 刹那にして久遠たる刻　せつなに
　　してくおんたるとき
　　木村民生　文芸社ビジュアルアート
　　2009刊
　刹那の静寂に横たわれ　せつなの
　　しじまによこたわれ
　　結城光流　角川書店　2008刊

【協】
9 協奏曲　こんちぇると
　　玉井周子　《歌集》　柊書房　2002刊

【卒】
11 卒都婆小町が死んだ　そとばこまち
　　がしんだ
　　山村美紗　「小説現代」　1992年

【卓】
4 卓文君　たくぶんくん
　　陳舜臣　「小説新潮」　1993年

【参】
10 参差　かたたがえ
　　戸部新十郎　「問題小説」　1996年

【取】
　取り替え子　ちぇんじりんぐ
　　大江健三郎　講談社　2000刊

【呼】
2 呼人　よひと
　　野沢尚　講談社　1999刊

【呪】
7 呪医　ういっちどくたー
　　西村寿行　徳間書店　1990刊
10 呪殺星の夜　じゅさっせいのよる
　　小沢章友　「小説すばる」　1993年
16 呪縛　とりこ
　　吉原理恵子　角川書店　1996刊

【命】
　命どぅ還らず　ぬちどぅかえらず
　　藤本明男　清流出版　2002刊

【和】
4 和氏の壁　かしのへき
　　えとう乱星　「小説NON」　1993年
5 和布刈　めかり
　　五所美子　《歌集》　砂子屋書房
　　2008刊
7 和佐大八郎の妻　わさだいはちろう
　　のつま
　　大路和子　「小説新潮」　1995年
13 和楽路旅　わらじたび
　　國本桂伸　《句集》　文學の森　2007刊
18 和顔　わげん

103

8 画（咎, 咆, 国, 垂, 坩, 夜）

　　山口葭子　《句集》　東京四季出版　1994刊
19 和蘭陀ふうろ　おらんだふうろ
　　大森葉子　《句集》　牧羊社　1990刊

【咎】
11 咎斬りの太刀　とがぎりのたち
　　幡大介　竹書房　2009刊

【咆】
10 咆哮の時　ほうこうのとき
　　佐野博子　《詩集》　文芸社　2003刊

【国】
5 国主淵　くにしぶち
　　栢木智代　《歌集》　短歌研究社　1997刊
　国立　くにたち
　　小島信夫　「群像」　2001年
14 国境　はて
　　朝比奈敦　「文學界」　2007年
　国銅　こくどう
　　帚木蓬生　新潮社　2003刊

【垂】
　垂れの音　しずれのおと
　　乙川優三郎　「小説すばる」　2000年
7 垂里冴子のお見合いと推理　すいりさえこのおみあいとすいり
　　山口雅也　「小説すばる」　1995年

【坩】
12 坩堝　るつぼ
　　皆川博子　「問題小説」　1991年
　坩堝の中で　るつぼのなかで
　　滝友梨香　《歌集》　ながらみ書房　2001刊
　坩堝の恋　るつぼのこい
　　広山義慶　「問題小説」　2004年

【夜】
　夜に吼える銀牙　よるにほえるはんたー
　　山本恵三　天山出版　1989刊
　夜のだれかの玩具箱　よるのだれかのおもちゃばこ
　　あさのあつこ　文藝春秋　2009刊
　夜の百舌　よるのもず
　　赤松光夫　「問題小説」　1998年
　夜の言の葉　よるのことのは
　　近藤久也　《詩集》　思潮社　2010刊
　夜の客人　よるのまろうど
　　田中裕明　《句集》　ふらんす堂　2005刊
　夜の迷宮　よるのらびりんす
　　勝目梓　光文社　1991刊
　夜の香雪蘭　よるのふりーじあ
　　田辺聖子　「小説中公」　1993年
　夜の谺　よるのこだま
　　宗左近　《詩集》　思潮社　1997刊
　夜の罌粟　よるのけし
　　加堂秀三　「小説宝石」　1991年
　夜は去りゆく刻の聖域　よるはさりゆくときのせいいき
　　冴木忍　角川書店　2006刊
　夜を往くは影の旋律　よるをゆくはかげのおと
　　冴木忍　角川書店　2005刊
　夜を籠めて　よをこめて
　　赤江瀑　「問題小説」　2003年
1 夜一片　よるのひとひら
　　たかはしまさこ　《詩集》　新風舎　2004刊
3 夜叉姫　やしゃき
　　菊地秀行　「小説NON」　1989年
4 夜中に柴葉漬　よなかにしばづけ
　　山本幸久　「小説宝石」　2004年
　夜少年　やしょうねん
　　七海花音　小学館　1999刊

5 夜半の春　よわのはる
　　今井絵美子　廣済堂出版　2008刊
　夜半の綺羅星　よわのきらぼし
　　安住洋子　小学館　2005刊
　夜半の霜　よわのしも
　　宇江佐真理　「小説すばる」　2006年
　夜半の雛　よわのひな
　　和田はつ子　双葉社　2008刊
　夜市　よいち
　　赤江瀑　「問題小説」　1989年
　夜市　よいち
　　恒川光太郎　「野性時代」　2005年
6 夜光杯の女　やこうはいのひと
　　夢枕獏　「オール讀物」　2010年
　夜光盃　やこうはい
　　領家高子　講談社　1995刊
　夜行皿　やこうざら
　　菊地秀行　「小説宝石」　2002年
　夜行列車の女　さんらいずえくすぷ
　　れすのおんな
　　西村京太郎　「問題小説」　1998年
　夜行快速えちご殺人事件　むーん
　　らいとえちごさつじんじけん
　　西村京太郎　「小説NON」　2006年
7 夜来香　いえらいしゃん
　　青木隼人　叢文社　2001刊
　夜来香　いえらいしゃん
　　久能千明　光風社出版　2000刊
　夜来香幻想曲　いえらいしゃんげん
　　そうきょく
　　ひずき優　集英社　2009刊
　夜来香海峡　いえらいしゃんかいき
　　ょう
　　船戸与一　講談社　2009刊
8 夜怪公子ドクターメフィスト　や
　　かいこうしどくたーめふぃすと
　　菊地秀行　「小説NON」　2004年
　夜明け色の詠使い　よあけいろのう
　　たつかい
　　細音啓　富士見書房　2009刊

　夜明と雨　おれんじとあめ
　　辻村マモル　新風舎　2005刊
　夜狗　やく
　　小沢章友　「小説すばる」　1999年
9 夜神楽　やかぐら
　　加藤春子　《句集》　東京四季出版
　　1999刊
11 夜猫応覚月光寒　あんすぽーくんど
　　れさーじゅ
　　古野まほろ　「小説現代」　2009年
　夜雪　やせつ
　　石黒清介　《歌集》　短歌新聞社
　　1998刊
　夜鳥の罠　よちょうのわな
　　立原とうや　集英社　1994刊
12 夜啼姫神　よるになくひめがみ
　　宮乃崎桜子　講談社　2006刊
　夜程　やてい
　　中沢けい　「Switch」　1990年
　夜遊の袖　やゆうのそで
　　吉野光　作品社　2006刊
13 夜想曲　かめりあのくたーん
　　城島明彦　集英社　1990刊
　夜想曲　のくたーん
　　立原純　《詩集》　文芸社　2003刊
　夜想曲　のくたーん
　　西村重夢　《詩集》　文芸社　2009刊
　夜想曲　のくたーん
　　依井貴裕　角川書店　1999刊
　夜詩　よるうた
　　水沢隆　《詩集》　新風舎　2005刊
15 夜鴉　よがらす
　　鳥羽亮　「問題小説」　2010年

【奄】

9 奄美女の伝承歌　あまみおなぐので
　　んしょうか
　　吉田良子　三一書房　2003刊

8画（奇, 奈, 奉, 奔, 姐, 姑, 妻, 姉, 妬, 学）

【奇】

7 奇妙な侍たち　けったいなさむらい
　　たち
　　神坂次郎　中央公論新社　2008刊

11 奇貨居くべし　きかおくべし
　　宮城谷昌光　「中央公論」　1996年

13 奇跡泥棒と乙女の祈り　きせきど
　　ろぼうとびゅせるのいのり
　　真朱那奈　エンターブレイン　2010刊

18 奇蹟の査証　きせきのびざ
　　谷内豊　フリープレス　1997刊

【奈】

7 奈良・斑鳩の里殺意の径　ならいか
　　るがのさとさついのこみち
　　大谷羊太郎　双葉社　1999刊

11 奈麻余美　なまよみ
　　なまよみの歌人懇話会　《歌集》　な
　　がらみ書房　2008刊

【奉】

11 奉掛色床入　かけたてまつるいろの
　　とこいり
　　山口椿　「問題小説」　1996年

【奔】

奔り火　はしりび
　　火村卓造　《句集》　牧羊社　1992刊

奔る男の劇場　はしるおとこのげき
　　じょう
　　藤田五郎　青樹社　1990刊

奔れ晋作!　はしれしんさく
　　榛葉英治　日本経済新聞社　1990刊

【姐】

姐　あね
　　家田荘子　祥伝社　1989刊

12 姐御刑事　あねごでか
　　南英男　徳間書店　2010刊

【姑】

16 姑獲鳥の夏　うぶめのなつ
　　京極夏彦　講談社　1994刊

【妻】

6 妻有のミルトンたち　つまりのみる
　　とんたち
　　関口和夫　新潟日報事業社(発売)
　　2003刊

10 妻恋坂　つまこいざか
　　北原亞以子　「オール讀物」　1995年

15 妻敵　めがたき
　　西村望　「別冊小説宝石」　1998年

妻敵にあらず　めがたきにあらず
　　澤田ふじ子　「問題小説」　2008年

妻敵討ち　めがたきうち
　　乾荘次郎　講談社　2005刊

妻敵討ち異聞　めがたきうちいぶん
　　好村兼一　「小説宝石」　2008年

妻敵討ち綺談　めがたきうちきだん
　　西村望　「問題小説」　1988〜1989年

【姉】

姉さま人形　あねさまにんぎょう
　　和田はつ子　廣済堂出版　2008刊

8 姉妹　あねいもうと
　　角田玲　「野性時代」　1994年

13 姉飼　あねかい
　　遠藤徹　角川書店　2003刊

【妬】

妬ましい　ねたましい
　　桑井朋子　「文學界」　2007年

7 妬忌津　ときしん
　　森福都　「小説宝石」　2002年

【学】

13 学園とセカイと楽園　がくえんとせ
　　かいとがくえん
　　七月隆文　メディアファクトリー　2010刊

8 画（季, 宜, 実, 宗, 宙）

学園テニスkids　はいすくーるてにすきっず
　寺島優　エニックス(発売)　1989刊
学園忍法帖　はいすくーるにんぽうちょう
　藤原征矢　朝日ソノラマ　1993刊
学園狂騒曲!　はいすくーるすくらんぶる
　こたにみや　角川書店　1996刊
学園♂恋愛工作員　がくえんれんあいえーじぇんと
　西村優紀　角川書店　1999刊
学園街の「幽霊」殺人事件　がくえんがいのごーすとさつじんじけん
　司凍季　講談社　1998刊

【季】

季・うつりゆくままに　ときうつりゆくままに
　見城美津子　《詩集》　文芸社　2008刊
季のはざま　ときのはざま
　伊藤滋己　《歌集》　短歌新聞社　2005刊
季の中で…　ときのなかで
　森千尋　《歌集》　太陽出版　1997刊
季の風　ときのかぜ
　賀根ふさこ　《詩集》　新風舎　2004刊
季の摂理　ときのせつり
　岡部修平　《歌集》　ながらみ書房　2009刊
季の誘ひ　ときのいざない
　高井敏子　《歌集》　京都カルチャー出版　2002刊
季の調べに　ときのしらべに
　建入登美　《詩集》　花神社　2010刊
季は移りて　ときはうつりて
　遠藤律子　《歌集》　近代文芸社　1999刊
13 季節にしぐれば　ときにしぐれば
　一ノ宮那智　文芸社　2004刊

【宜】

13 宜詩句　よろしく
　キハラノリカツ　《詩集》　新風舎　2007刊

【実】

5 実生　みしょう
　今西秀樹　《歌集》　青磁社　2005刊
実生　みしょう
　今村三千代　《句集》　天満書房　1995刊
実生の芽　みしょうのめ
　澤井繁男　「三田文學」　1992年
実生の旅　みしょうのたび
　竹田摠一郎　《句集》　ふらんす堂　2001刊
10 実射　がんしょっと
　垣根涼介　「問題小説」　2002年
13 実戦　あくちゅあるふぁいと
　垣根涼介　「問題小説」　2003年
16 実録広島極道刑事　じつろくひろしまごくどうでか
　大下英治　徳間書店　2009刊

【宗】

12 宗善記　そうぜんき
　江口功一郎　創芸出版　2004刊

【宙】

宙　そら
　太田忠司　講談社　2004刊
宙　そら
　松下みわ　《歌集》　美研インターナショナル　2006刊
宙　ちゅう
　宮坂静生　《句集》　角川書店　2005刊
宙　そら
　柳川幸次　文芸社　2008刊
宙にむかひて　ちゅうにむかいて

107

8画（定, 宝, 居, 岳, 岸, 岩）

　　石井恒子　《歌集》　美研インターナ
　　ショナル　2010刊
宙の家　そらのいえ
　　大島真寿美　集英社　1992刊
宙の雫　そらのしずく
　　小笠原徳　《歌集》　砂子屋書房
　　2004刊
宙の湯へいらっしゃ～い！　そらの
　ゆへいらっしゃーい
　　あらいりゅうじ　メディアワークス
　　2001刊
宙の道しるべ　そらのみちしるべ
　　市川沙織　《詩集》　文芸社　2007刊
宙の詩を君と謳おう　そらのうたを
　きみとうたおう
　　柴田よしき　光文社　2007刊
宙の鬱人　ちゅうのうつびと
　　高見沢隆　《詩集》　思潮社　2003刊
宙ヨリ飛礫、雨リ来ル　ちゅうより
　つぶてふりきたる
　　物集高音　「小説NON」　1999年
6　宙宇　ちゅうう
　　宗左近　《詩集》　思潮社　2001刊
10　宙家族　そらかぞく
　　中岡淳一　《詩集》　書肆青樹社
　　2006刊

【定】
6　定吉七番の復活　さだきちせぶんの
　ふっかつ
　　東郷隆　「小説現代」　2010年
　定年外事刑事　ていねんがいじでか
　　柊治郎　徳間書店　2008刊
10　定座　じょうざ
　　雷淑子　《句集》　文學の森　2007刊

【宝】
5　宝石物語　じゅえりーものがたり
　　森瑤子　角川書店　1997刊

7　宝良宝良神社へ行こう　ほらほら
　じんじゃへいこう
　　梶尾真治　「小説宝石」　2008年
9　宝相華　ほうそうげ
　　木田岸子　《句集》　本阿弥書店
　　1996刊
　宝相華文　ほうそうけもん
　　林昭博　《歌集》　近代文芸社　1999刊
12　宝達　ほうだつ
　　棚山波朗　《句集》　角川書店　2008刊
21　宝鐸草　ほうちゃくそう
　　筧和子　《歌集》　揺籃社　2008刊
　宝鐸草　ほうちゃくそう
　　酒井秀郎　《句集》　花神社　2006刊

【居】
8　居空　いあき
　　松本賢吾　「小説NON」　2001年

【岳】
8　岳抱　やまだき
　　後田多八生　Naka企画　2002刊

【岸】
15　岸駒の虎　がんくのとら
　　久世光彦　「オール讀物」　2000年

【岩】
7　岩妖霊啜泣怪談　いわのようれいす
　すりなきかいだん
　　大下英治　「小説宝石」　1999年
9　岩柳　がんりゅう
　　戸部新十郎　「問題小説」　1991年
　岩洞御女　うどんごぜ
　　土井敦子　近代文芸社　1999刊
11　岩魚の渓谷　いわなのけいこく
　　小田淳　叢文社　1992刊
　岩魚酒　いわなざけ
　　長村雄作　《句集》　角川書店　2002刊

108

8画（岱, 岬, 岫, 帚, 幸, 庚, 延, 弦, 弥, 弩）

【岱】
16 岱赭　たいしゃ
　　藤田佳子　《句集》　東京四季出版　2005刊

【岬】
9 岬廻れば　みさきまわれば
　　吉田哲朗　文芸社　2008刊
14 岬端　こうたん
　　宮川桂子　《歌集》　本阿弥書店　2008刊

【岫】
12 岫雲　しゅううん
　　東條素香　《句集》　毎日新聞社　2000刊

【帚】
4 帚木　ははきぎ
　　岩切貞子　《句集》　文學の森　2006刊
　帚木　ははきぎ
　　北原亞以子　「小説新潮」　2004年

【幸】
　幸せ星みーっけ！　らっきーすたーみーっけ
　　神崎あおい　学習研究社　1994刊
7 幸来るおじさん　さいくるおじさん
　　松本一公　燦葉出版社　2010刊
12 幸運を告げる者　ざふぉーちゅんてらー
　　七穂美也子　集英社　1997刊
13 幸福になった木　しあわせになったき
　　田中なお　新風舎　2007刊
　幸福の国　しあわせのくに
　　田中みどり　文芸社　2005刊
　幸福の軛　こうふくのくびき
　　清水義範　幻冬舎　2003刊
　幸福の黄色いハンカチ　しあわせのきいろいはんかち
　　高橋源一郎　「波」　1996年
　幸福を売る男　しあわせをうるおとこ
　　藤田宜永　角川書店　2005刊
　幸福を呼ぶ花の虹　しあわせをよぶはなのにじ
　　のはら海　ぱるす出版　1994刊
　幸福日和　しあわせびより
　　盛田隆二　角川書店　2007刊
　幸福竜　こうふくろん
　　杉口たまみ　新風舎　2004刊
　幸福眼少女　えんじぇるあいず
　　麻田奈利　リーフ　2006刊

【庚】
4 庚午の渦　こうごのうず
　　乾荘次郎　徳島新聞社　2009刊

【延】
8 延宝院談綺　えんぽういんだんき
　　林望　「小説宝石」　2008年

【弦】
9 弦音　つるね
　　高野虹子　《句集》　文學の森　2010刊

【弥】
　弥々　やや
　　矢代静一　《戯曲》　「月刊すばる」　1992年
11 弥勒の月　みろくのつき
　　あさのあつこ　「小説宝石」　2005年
　弥勒の海　みるくのうみ
　　松島修三　文芸社　2010刊
　弥勒世　みるくゆー
　　馳星周　小学館　2008刊

【弩】
　弩　ど
　　下川博　小学館　2009刊

8画（径, 彼, 怪, 性, 忠, 念, 忿, 或, 所）

【径】
径に由らず　こみちによらず
　六道慧　光文社　2008刊

【彼】
彼が詐欺を終えるまで　かれがすうぃんどるをおえるまで
　柄刀一　「小説NON」　2001年
彼が優しい理由　かれがやさしいわけ
　水野麻里　講談社　1992刊
彼の時刻を止めて　かれのときをとめて
　原田千尋　角川書店　1992刊
彼の蜘蛛　かのくも
　若林貢　オークラ出版　2000刊
3 彼女が髪を切った理由　かのじょがかみをきったわけ
　雑破業　辰巳出版　1996刊
彼女はつっこまれるのが好き！　あいどるはつっこまれるのがすき
　サイトーマサト　アスキー・メディアワークス　2010刊
彼女は戦争妖精　かのじょはうぉーらいく
　嬉野秋彦　エンターブレイン　2008刊
4 彼方　にらいかない
　永嶋恵美　双葉社　2003刊
彼方の春　おとのはる
　越路みのり　鳥影社　1997刊
彼方への日々　あなたへのひび
　唯川恵　集英社　1994刊

【怪】
怪しい別荘でつかまえて　あやしいさまーはうすでつかまえて
　秋野ひとみ　講談社　1998刊
怪しい新婚家庭でつかまえて　あやしいすいーとほーむでつかまえて
　秋野ひとみ　講談社　1997刊
8 怪物にキスをして　もんすたーにきすをして
　浦川まさる　集英社　1995刊
11 怪異高麗大亀獣　かいいこうらいだいきじゅう
　荒山徹　「小説NON」　2006年
怪盗猿小僧　かいとうましらこぞう
　鳥羽亮　「問題小説」　2007年
12 怪訝山　けげんやま
　小池昌代　「群像」　2008年

【性】
10 性倒錯　ぱらふぃりあ
　山口椿　徳間書店　1996刊
18 性懲り　しょうこり
　神崎京介　「小説NON」　2003年

【忠】
7 忠助の銭　ちゅうすけのぜに
　澤田瞳子　「問題小説」　2009年

【念】
7 念我状　ねんがじょう
　板並道雄　《詩集》　編集工房ノア　2010刊

【忿】
9 忿怒の反乱　ふんどのはんらん
　清水一行　「小説宝石」　1992年
10 忿翁　ふんのう
　古井由吉　「新潮」　2002年

【或】
或る異生物使いのこと　あるでぃすぱれいとはんどらーのこと
　榊一郎　富士見書房　2008刊

【所】
15 所縁と絆　ゆかりときずな

8 画（房, 押, 招, 担, 抽, 拍, 抱, 拈, 拉, 放）

　　　山田美千枝　講談社出版サービスセ
　　ンター　2006刊
17 所轄署刑事　かつでか
　　　黒崎視音　「問題小説」　2009年

【房】
6 房州から来たいい男　ほうしゅうか
　　らきたいいおとこ
　　　風野真知雄　「小説NON」　2000年

【押】
2 押入れの中の髑髏　おしいれのなか
　　のしゃれこうべ
　　　勝目梓　双葉社　1989刊

【招】
11 招婦　おじゃれ
　　　峰隆一郎　「問題小説」　1999年

【担】
9 担保　ひとじち
　　　佐藤雅美　「小説現代」　1995年
13 担猿の月　のきざるのつき
　　　火坂雅志　「小説宝石」　1998年

【抽】
4 抽斗にピストル　ひきだしにぴす
　　とる
　　　麻田春太　《詩集》　書肆侃侃房
　　2007刊
　　抽斗のかたすみに　ひきだしのかた
　　すみに
　　　駒井れん　「小説宝石」　2004年
　　抽斗の中のイロニー　ひきだしのな
　　かのいろにー
　　　井原秀治　《詩集》　思潮社　2002刊

【拍】
9 拍音の隻手　はくいんのせきしゅ
　　　三好徹　「小説宝石」　1996年

【抱】
7 抱貝　だかしがい
　　　椎名誠　「小説新潮」　1994年

【拈】
10 拈華　ねんげ
　　　渡辺乃梨子　《句集》　紅書房　1990刊
　　拈華微笑　ねんげみしょう
　　　末弘喜久　「月刊すばる」　2001年
　　拈華微笑　ねんげみしょう
　　　領家高子　「野性時代」　2010年

【拉】
12 拉麺　らーぱん
　　　荻史朗　双葉社　2000刊

【放】
　　放たれて遊く群れよ　はなたれてゆ
　　くむれよ
　　　山本道子　「群像」　1997年
　　放っておけない一匹狼？　ほうって
　　おけないろーんうるふ
　　　賀東招二　富士見書房　1998刊
3 放下　ほうげ
　　　小笠原和男　《句集》　富士見書房
　　2000刊
　　放下　ほうげ
　　　桜井茂子　《歌集》　短歌研究社
　　1996刊
　　放下　ほうげ
　　　丸山哲郎　《句集》　花神社　1998刊
4 放火　あか
　　　高村薫　「小説現代」　1993年
　　放火　あかいぬ
　　　久間十義　角川書店　2009刊
10 放浪人たち　さすらいびとたち
　　　伊藤三保子　近代文芸社　1993刊
　　放浪獣　ながれじゅう
　　　菊地秀行　KSS出版　2000刊

111

8 画（於, 昂, 昏, 昆, 明, 旻）

15 放課後の音符　ほうかごのきいのーと
　　山田詠美　新潮社　1989刊
　放課後の魔術師　ほうかごのめいがす
　　土屋つかさ　角川書店　2008刊
　放課後宇宙戦争　おふたいむすぺーすばとる
　　秋津透　アスキー　1998刊

【於】
2 於八於五　おばおい
　　赤松孝子,太田新之介　《句集》　里文出版　2009刊
20 於露牡丹　おつゆぼたん
　　領家高子　「野性時代」　2010年

【昂】
　昂の七姫　みすまるのななひめ
　　武上純希　小学館　1995刊

【昏】
　昏い頭　くらいあたま
　　阿刀田高　「小説新潮」　1992年
　昏き処刑台　くらきしょけいだい
　　勝目梓　講談社　1999刊
　昏き夜の果て　くらきよるのはて
　　前田珠子　集英社　1998刊
　昏き神々の宴　くらきかみがみのうたげ
　　霜島ケイ　小学館　2000刊
　昏き闇の孤狼　くらきやみのころう
　　中堂利夫　勁文社　1991刊
　昏き闇の野獣　くらきやみのやじゅう
　　北原双治　広済堂出版　1990刊

【昆】
11 昆崙関の子守歌　こんろんかんのこもりうた
　　春日嘉一　社会評論社　2003刊

【明】
　明の流れ星　あけのながれほし
　　宇江佐真理　「小説NON」　2000年
4 明日に再見　あしたにつぁいちぇん
　　森詠　光風社出版　1990刊
　明日葉—Files　あすはふぁいるず
　　本田透　幻冬舎コミックス　2010刊
5 明生と水玉　あきおとすいぎよく
　　吉田修一　「新潮」　2003年
　明石の女殺人事件　あかしのひとさつじんじけん
　　斎藤栄　中央公論社　1991刊
8 明治の耶蘇祭典　めいじのくりすます
　　松井今朝子　「小説新潮」　2003年
9 明屋敷番始末　あけやしきばんしまつ
　　長谷川卓　角川春樹事務所　2009刊
　明星快演　すたーのでばんだ
　　真樹操　角川書店　1998刊
10 明烏　あけがらす
　　宇江佐真理　「オール讀物」　2007年
　明烏　あけがらす
　　小松左京　集英社　2009刊
　明烏　あけがらす
　　六道慧　徳間書店　2006刊
12 明媚な闇　めいびなやみ
　　尾崎まゆみ　《歌集》　短歌研究社　2009刊
　明朝快走　あしたもげんきで
　　真樹操　角川書店　1999刊
14 明暦炎竜陣　めいれきえんりゅうじん
　　喜多川格　「小説新潮」　1991年
19 明鏡井　めいきょうせい
　　森福都　「小説宝石」　2003年

【旻】
4 旻天何人吟　びんてんかじんぎん
　　清水房雄　《歌集》　不識書院　1997刊

112

8 画（枝, 松, 東）

【枝】

7 枝折戸を開けて　しおりどをあけて
　平田雅子　西田書店　2010刊

8 枝垂京之介参る　しだれきょうのすけまいる
　黒田如泉　文芸社ビジュアルアート　2009刊

【松】

3 松下童子　しょうかどうじ
　宇佐美魚目　《句集》　本阿弥書店　2010刊

松山主水 秘剣"面影"　まつやまもんどひけんおもかげ
　戸部新十郎　「小説NON」　1998年

9 松屋の銀煙管　まつやのぎんぎせる
　海老沢泰久　「オール讀物」　2008年

18 松蟬　まつぜみ
　加堂秀三　「問題小説」　1990年

22 松籟　しょうらい
　五十嵐静枝　《歌集》　短歌研究社　2003刊

松籟　しょうらい
　志田憲弘　玄文社　2008刊

松籟　しょうらい
　清水克哉,清水まき　《歌集》　短歌研究社　2001刊

松籟　しょうらい
　藤井昭子　《句集》　あわ書房　2008刊

松籟　しょうらい
　山崎三都子　《歌集》　至芸出版社　1990刊

松籟の譜　しょうらいのふ
　川岡五六　《歌集》　佐賀新聞社　2006刊

松籟霊歌　しょうらいれいか
　岡久千鶴子　《歌集》　短歌研究社　1996刊

【東】

東の海神西の滄海　ひがしのわだつみにしのそうかい
　小野不由美　講談社　1994刊

4 東方儚月抄　とうほうほうげつしょう
　Zun　一迅社　2010刊

東日流の晩歌　つがるのばんか
　中津文彦　「小説フェミナ」　1994年

東日流妖異変　つがるよういへん
　篠田真由美　「小説NON」　2001年

6 東西東西　とざいとうざい
　北原亞以子　「小説新潮」　1992年

8 東京S黄尾探偵団　とうきょうえすきびたんていだん
　響野夏菜　集英社　1999刊

東京一角獣　あーばんゆにこーん
　横溝美晶　「小説NON」　1990年

東京九竜城　とうきょうくーろんじょう
　花田一三六　角川書店　1999刊

東京「失楽園」の謎　とうきょうえんじぇるのなぞ
　太田忠司　祥伝社　1997刊

東京妖かし　とうきょうあやかし
　岳真也　河出書房新社　1990刊

東京青森夜行高速バス殺人事件　とうきょうあおもりらふぉーれごうさつじんじけん
　大谷羊太郎　光文社　1991刊

東京負け犬狂詩曲　とうきょうまけいぬらぶそでぃ
　山崎マキコ　JTBパブリッシング　2006刊

東京殺人暮色　うぉーたーふろんとさつじんぼしょく
　宮部みゆき　光文社　1990刊

東京鬼祓師　とうきょうものはらし
　矢吹ましろ　一迅社　2010刊

東京都大学の人びと　ひがしきょうとだいがくのひとびと

113

8 画（板, 枇, 林, 杏, 杼, 欧, 欣, 武）

  谷俊彦　「小説新潮」　1994年
  東京戯れ戯れ話　とうきょうざされればなし
   泉麻人　「小説TRIPPER」　1996年
  東林間のブタ小屋　ひがしりんかんのぶたごや
   古山高麗雄　「文學界」　2000年
9 東南風吹く街　いさなふくまち
   井坂美智子　本の森　2007刊
  東風を呼ぶ姫　こちをよぶひめ
   榎木洋子　集英社　1993刊
  東風を運ぶ飛魚　こちをはこぶひりゅう
   菊地悠美　エンターブレイン　2008刊
  東風吹かば　こちふかば
   鈴木厳夫　文芸社　2008刊
  東風吹かば　こちふかば
   堤悠輔　文芸社　2000刊
  東風吹かば　こちふかば
   宮木あや子「別冊文藝春秋」2008年
12 東雲リボンステークス　しののめりぼんすてーくす
   佐々木禎子　スコラ　1997刊

【板】
5 板付け舟で都会を行く　いたつけぶねでまちをゆく
   盛岡茂美　海風社　2009刊

【枇】
8 枇杷の臍　びわのほぞ
   平本微笑子　《句集》　近代文芸社　1990刊
  枇杷葉湯　びわようとう
   高橋義夫　「小説中公」　1993年

【林】
9 林泉のほとり　しまのほとり
   由井麗依子《歌集》文芸社　2008刊
15 林蔵の貌　りんぞうのかお
   北方謙三　集英社　1994刊

【杏】
  杳き海鳴り　とおきうみなり
   上原美保　《歌集》　東京四季出版　1990刊
  杳き湖　とおきみずうみ
   千代治子　《歌集》　短歌研究社　2009刊

【杼】
  杼の音　ひのおと
   齊藤郁代　《歌集》　柊書房　2010刊
  杼の音　ひのね
   穂坂道夫　《詩集》　近代文芸社　1992刊

【欧】
7 欧亜純白　ゆーらしあほわいと
   大沢在昌　集英社　2009刊

【欣】
7 欣求浄土　ごんぐじょうど
   斧田千晴　中日出版社　2010刊
  欣求楽市　ごんぐらくいち
   堺屋太一　毎日新聞社　1998刊

【武】
3 武士　もののふ
   黒田如泉　文芸社ビジュアルアート　2009刊
  武士　もののふ
   松田十刻　光人社　2004刊
  武士に二言　ぶしにごん
   三好徹　「小説宝石」　1997年
  武士に候　もののふにそうろう
   鳥羽亮　幻冬舎　2006刊
  武士の道　もののふのみち
   安土弁　叢文社　2008刊
  武士の道　もののふのみち
   笠岡治次　廣済堂出版　2007刊
  武士の詩　もののふのうた

8 画（歩, 殴, 毒, 河, 泣）

　　二階堂玲太　栄光出版社　2001刊
　武士の鬣　ぶしのたてがみ
　　数野和夫　叢文社　2002刊
　武士猿　ぶさーざーるー
　　今野敏　集英社　2009刊
5　武打星　ぶだせい
　　今野敏　毎日新聞社　2002刊
6　武曲　むこく
　　藤沢周　「文學界」　2009年
9　武侠女猫　ぶきょうにょびょう
　　藤水名子　実業之日本社　1996刊
10　武庫泊　むこのとまり
　　江川虹村　《句集》　角川書店　2006刊
15　武蔵を仆した男　むさしをたおしたおとこ
　　新宮正春　「小説city」　1989年

【歩】
　歩　ほ
　　来嶋靖生　《歌集》　短歌新聞社　2007刊
　歩々金蓮　ほほきんれん
　　井上祐美子　「小説NON」　1998年
　歩き巫女忍び旅　あるきみこしのびたび
　　藤川桂介　学習研究社　1996刊
1　歩一歩　ほいっぽ
　　白鳥とく　《歌集》　不識書院　2003刊
4　歩月　ほげつ
　　藤井圀彦　《句集》　本阿弥書店　2007刊
　歩月物語　つきにほすものがたり
　　清田風理　文芸社　2010刊
9　歩神　ありきがみ
　　山埜井喜美枝　《歌集》　砂子屋書房　1999刊
10　歩笑夢　ぽえむ
　　美濃屋竜　《詩集》　文芸社　2010刊

【殴】
　殴られ刑事　なぐられでか
　　生島治郎　「小説NON」　1992年
　殴られ様　なぐられさま
　　遠藤徹　「小説宝石」　2007年

【毒】
6　毒吐姫と星の石　どくはきひめとほしのいし
　　紅玉いづき　アスキー・メディアワークス　2010刊
9　毒茸と髑髏と　どくきのことしゃれこうべと
　　伊良子正　《詩集》　思潮社　1994刊
16　毒薬　ぷわぞん
　　藤本ひとみ　「小説すばる」　2005年

【河】
　河の童　かわのこ
　　伊吹隆志　ベストセラーズ　2009刊
8　河岸の靄　かしのもや
　　伊藤桂一　「小説宝石」　1990年
9　河津七滝に消えた女　かわづななだるにきえたおんな
　　西村京太郎　「小説宝石」　1993年
10　河畔に標なく　かはんにしるべなく
　　船戸与一　「小説すばる」　2004年
　河馬の夢　かばのゆめ
　　清水義範　祥伝社　1990刊
11　河豚提灯　ふぐちょうちん
　　吉年虹二　《句集》　天満書房　1999刊
12　河間女　かかんおんな
　　辻原登　「文學界」　2001年

【泣】
8　泣空ヒツギの死者蘇生学　なきがらひつぎのししゃそせいがく
　　相生生音　アスキー・メディアワークス　2008刊

8 画（沼, 泥, 波, 法, 泡）

【沼】
4 沼毛虫　ぬまけむし
　　沼田まほかる　「小説宝石」　2006年

【泥】
泥ぞつもりて　こいぞつもりて
　　宮木あや子「別冊文藝春秋」2007年
9 泥洹の炎　ないおんのほのお
　　忍山諦　東京図書出版会　2008刊
11 泥眼　でいがん
　　乃南アサ　「小説王」　1994年
12 泥棒簪　どろぼうかんざし
　　西條奈加　「小説新潮」　2007年
17 泥濘の道　でいねいのみち
　　永松習次郎　成瀬書房　1990刊

【波】
波　うぇーぶ
　　小坂ケイ　《詩集》　日本文学館
　　2006刊
4 波太渡し　なぶとわたし
　　遠藤真砂明　《句集》　文學の森
　　2005刊
波心　はしん
　　川口城司　《歌集》　ながらみ書房
　　2000刊
5 波石　はえ
　　戸高禧《歌集》砂子屋書房　2000刊
6 波多町　なみだまち
　　内海隆一郎　「小説すばる」　1991年
7 波折　なおり
　　林和《歌集》ながらみ書房　2002刊
10 波座　なぐら
　　清水正人　《歌集》　ながらみ書房
　　2009刊
波根　はね
　　佐藤洋二郎　「文藝」　1996年
波浪剣の潮風　はろうけんのかぜ
　　牧秀彦　光文社　2009刊

12 波斯の末裔　ぺるしゃのすえ
　　西澤裕子　講談社　1999刊
19 波羅蜜　はらみつ
　　藤沢周　毎日新聞社　2010刊

【法】
7 法体の女帝　ほったいのじょてい
　　小石房子　作品社　2005刊
9 法度　はっと
　　中村福二　《歌集》　青磁社　2003刊
11 法眼高森正因　ほうげんたかもりまさよし
　　永田敏雄　シングルカット　2005刊
17 法螺ハウス　ほらはうす
　　松本智子　「群像」　2009年

【泡】
8 泡沫　うたかた
　　大野杏子　《詩集》　東京文芸館
　　1998刊
泡沫の舟　うたかたのふね
　　萩野順子　《句集》　美研インターナショナル　2008刊
泡沫の底に響け、僕の声　うたかたのそこにひびけぼくのこえ
　　羽谷ユウスケ　小学館　2008刊
泡沫の秋　うたかたのあき
　　岩橋邦枝　「新潮」　1995年
泡沫の夢　うたかたのゆめ
　　松坂洋　日本図書刊行会　1998刊
泡沫人　うたかたびと
　　向日葵　新風舎　2004刊
11 泡雫　あわしずく
　　木村威夫　「三田文學」　2007年
13 泡塊の花　ほうかいのはな
　　金田義直　《歌集》　角川書店　2006刊
16 泡噺とことん笑都　あわばなしとことんしょうと
　　かんべむさし　岩波書店　1998刊

116

8画（沫, 泪, 炎, 物, 牧, 狗, 狐）

【沫】
3 沫子　あわこ
　　佐向真歩　講談社　2002刊

【泪】
3 泪川　なみだがわ
　　志水辰夫　「小説すばる」　2001年
6 泪色した葦弯　なみだいろしたい
　　わん
　　神崎春子　勁文社　1993刊

【炎】
　炎　ほむら
　　藍川京　太田出版　1999刊
　炎　えん
　　見川鯛山　「小説すばる」　1991年
　炎える　もえる
　　広山義慶　「問題小説」　2005年
　炎と氷　ひとこおり
　　新堂冬樹　祥伝社　2003刊
　炎の蜃気楼　ほのおのみらーじゅ
　　桑原水菜　集英社　1990刊
　炎の藻群　ひのもぐん
　　佐野豊子　《歌集》　短歌研究社
　　1993刊
　炎を孕む　ひをはらむ
　　蔵本瑞恵《歌集》　角川書店　2006刊
5 炎立つ　ほむらたつ
　　高橋克彦　日本放送出版協会　1992刊
6 炎名寺の夜　えんみょうじのよる
　　椎名誠　「文藝ポスト」　1998年
7 炎花　はいびすかす
　　瀬木慎之介　文芸社　2010刊
9 炎風の聖者　かぜのせいじゃ
　　柴田明美　集英社　1996刊
14 炎精　かげろう
　　山崎洋子　毎日新聞社　2002刊

【物】
9 物皆物申し候　ものみなものもうし
　　そうろう
　　古山高麗雄　「文學界」　2002年
10 物真似鳥　ものまねどり
　　永嶋恵美　「問題小説」　2005年
14 物魂　ものだま
　　桐生祐狩　角川春樹事務所　2004刊

【牧】
12 牧場の風車　まきばのふうしゃ
　　大金義徳　《詩集》　近代文芸社
　　1996刊
　牧場・風がゆくところ　ぼくじょう
　　かぜがゆくところ
　　加藤多一　《詩集》　北海道新聞社
　　2000刊
　牧開　まきびらき
　　森田峠　《句集》　角川書店　1999刊

【狗】
　狗　いぬ
　　小川勝己　早川書房　2004刊
4 狗公方　いぬくぼう
　　田中啓文　「小説現代」　2009年
　狗王　いぬおう
　　吉岡平　朝日ソノラマ　2006刊
5 狗牙絶ちの剣　くがだちのつるぎ
　　舞阪洸　富士見書房　2008刊
9 狗神　いぬがみ
　　坂東眞砂子　角川書店　1993刊
12 狗塚らいてうによる「おばあちゃん
　　の歴史」　いぬづからいちょうによ
　　るおばあちゃんのれきし
　　古川日出男　「月刊すばる」　2006年

【狐】
10 狐狸ない紳士　こりないしんし
　　鈴木輝一郎　光文社　1992刊
　狐狸の恋　こりのこい

8 画（狙, 狎, 玩, 玫, 画, 盂, 直, 盲, 知）

　　諸田玲子　「小説新潮」　2005年
　狐狸夢　こりむ
　　北森鴻　「小説宝石」　2003年
12 狐啾記　こしゅうき
　　嬉野秋彦　集英社　1996刊
13 狐寝入夢虜　きつねねいりゆめのとりこ
　　十文字実香　「群像」　2004年

【狙】
　狙われた力　ねらわれたぱわー
　　カトリーヌあやこ,落合ゆかり　集英社　1997刊
　狙われた女神　ねらわれたぐぃーなす
　　北野安騎夫　「問題小説」　1998年

【狎】
　狎れあいの果て　なれあいのはて
　　江上剛　「小説新潮」　2009年

【玩】
7 玩弄　がんろう
　　藤田健二　「問題小説」　1993年
8 玩具　がんぐ
　　青木恵美子　《句集》　角川書店　2007刊
　玩具の女　がんぐのおんな
　　高山道雄　近代文芸社　1996刊
　玩具の言い分　おもちゃのいいぶん
　　朝倉かすみ　祥伝社　2009刊
　玩具の神様　おもちゃのかみさま
　　倉本聰　《戯曲》　理論社　2000刊
　玩具修理者　がんぐしゅうりしゃ
　　小林泰三　「野性時代」　1995年
　玩具帳　がんぐちょう
　　三宅やよい　《句集》　蝸牛新社　2000刊
　玩具箱　おもちゃばこ
　　津田ひびき　《句集》　ふらんす堂　2005刊

【玫】
14 玫瑰の花の如く　はまなすのはなのごとく
　　小野馨園　文芸社　2003刊
　玫瑰健康道場　はまなすけんこうどうじょう
　　春日武彦　「野性時代」　2006年

【画】
15 画霊　がりょう
　　朝松健　「小説宝石」　2001年

【盂】
19 盂蘭盆会　うらぼんえ
　　大濱普美子　「三田文學」　2010年

【直】
　直びの神　なおびのかみ
　　松井今朝子　「小説新潮」　2007年
6 直会　なおらい
　　加藤みき　《句集》　富士見書房　1998刊
12 直道　ひたちみち
　　田中拓也　《歌集》　本阿弥書店　2004刊
14 直綴　じきとつ
　　鈴木得能　《歌集》　短歌研究社　2006刊

【盲】
10 盲鬼　めくらおに
　　三谷喜久男　新風舎　1997刊

【知】
7 知床わが愛　しれとこわがあい
　　西村京太郎　「小説NON」　2006年
9 知音　ちいん
　　本庄登志彦　《句集》　本阿弥書店　2005刊

【祈】

祈りと讃美の詩　いのりとさんびのうた
　　笹森建美　《詩集》　キリスト新聞社出版事業課　2010刊

5　祈占からの賊　きせんからのぞく
　　澤田ふじ子　「小説宝石」　2008年

【祀】

祀りのあと　まつりのあと
　　笠原淳　「新潮」　1992年

【空】

空　くう
　　池田重之　近代文芸社　1996刊

空　から
　　柏枝真郷　講談社　2000刊

空　そら・くう
　　高橋たか子　「群像」　2009年

空に吸はるる　くうにすわるる
　　小潟水脈　《歌集》　青磁社　2003刊

空の欠片　そらのかけら
　　九条菜月　中央公論新社　2006刊

空の右手　からのみぎて
　　小島利大　文芸社　2007刊

空の境界　からのきょうかい
　　奈須きのこ　講談社　2004刊

空ろの箱と零のマリア　うつろのはことぜろのまりあ
　　御影瑛路　アスキー・メディアワークス　2009刊

空ろ蟬　うつろぜみ
　　藤井邦夫　ベストセラーズ　2005刊

空を駆ける遺伝子　くうをかけるいでんし
　　赤井伝志　東京経済　2000刊

3　空山　くうざん
　　帚木蓬生　講談社　2000刊

4　空中釣法　くうちゅうちょうほう
　　平野肇　「小説NON」　2001年

空木　うつぎ
　　杉本章子　「オール讀物」　2009年

6　空気平原　えあぷれいん
　　植田章子　《詩集》　彼方社　1994刊

空舟　うつほぶね
　　竹中雪乃　《句集》　牧羊社　1989刊

空舟　うつろぶね
　　長谷川卓　角川春樹事務所　2006刊

空色の水晶王　そらいろのせれすていあ
　　折原みと　講談社　2002刊

7　空花　くうげ
　　渡瀬克史　作品社　1999刊

空花乱墜　くうげらんつい
　　立原幹　メディア総合研究所　2002刊

空谷の跫音　くうこくのあしおと
　　杉坂光子　日本図書刊行会　1997刊

8　空夜　くうや
　　赤江瀑　「問題小説」　2007年

空夜　くうや
　　帚木蓬生　講談社　1995刊

9　空洞　がらんどう
　　渡辺利弥　「小説宝石」　1999年

空音　そらね
　　月夜の珈琲館　講談社　2002刊

空飛円盤夢始末　とんでころんでゆめのあとさき
　　夢枕獏　「小説すばる」　2005年

11　空野が原　くうやがはら
　　鈴木さおり　日本文学館　2006刊

12　空鈍　くうどん
　　戸部新十郎　「別冊小説宝石」　1989年

13　空愛　そあ
　　鳥生美香　《詩集》　文芸社ビジュアルアート　2008刊

18　空蟬　せみ
　　中村蒼　文芸社ビジュアルアート　2008刊

空蟬　うつせみ

8 画（罔, 股, 臥, 英, 苛, 茄, 芽, 茅, 苦）

横山千鶴子　《歌集》　そうぶん社出版　2006刊
空蟬の街角　せみのまちかど
　美浦恒　新風舎　2004刊

【罔】
12 罔象の子　みずはのこ
　迫口あき　《句集》　北溟社　2002刊
　罔象女　みずはめ
　毛利志生子　集英社　2001刊

【股】
6 股肉　こにく
　森福都　「月刊J-novel」　2004年

【臥】
4 臥牛城の虜　がぎゅうじょうのとりこ
　中村彰彦　「別冊文藝春秋」　1992年
10 臥竜が丘　がりゅうがおか
　岡部義男　《句集》　文學の森　2005刊
　臥竜の天　がりょうのてん
　火坂雅志　「小説NON」　2005年
　臥竜の松　がりょうのまつ
　山本一雄　《句集》　角川書店　2009刊
　臥竜梅　がりゅうばい
　市村桜川　《句集》　紅書房　2010刊

【英】
　英のなまえ　はなのなまえ
　七地寧　ハイランド　1998刊
8 英国の薔薇　いんぐりっしゅろーず
　下田裕子　《歌集》　短歌新聞社　2009刊
9 英彦山　ひこさん
　吉田つくし　《句集》　そうぶん社出版　2002刊
10 英桃　ゆすらうめ
　多田睦子　《句集》　角川書店　1993刊
12 英雄の消えた宇宙　えいゆうのきえたそら

　伊東麻紀　朝日ソノラマ　1995刊

【苛】
　苛めの時間　いじめのとき
　井上淳　河出書房新社　2009刊

【茄】
3 茄子と瓜　なすびとうり
　逢坂剛　「小説現代」　2001年

【芽】
7 芽麦　めむぎ
　西園寺明治　《句集》　創言社　2007刊
10 芽倶里　めぐり
　四方悠喜　《歌集》　青磁社　2005刊

【茅】
7 茅花流し　つばなながし
　岡野等　《句集》　近代文芸社　1991刊
　茅花流し　つばなながし
　中山明代　《句集》　牧羊社　1992刊
10 茅原の瓜　かやはらのうり
　栗谷川虹　作品社　2004刊
12 茅渟の海　ちぬのうみ
　熊岡悠子　《歌集》　本阿弥書店　2005刊
　茅渟の海　ちぬのうみ
　澤田薫　《句集》　角川書店　2005刊
　茅渟海の光　ちぬのうみのひかり
　森本智江　《歌集》　ながらみ書房　2004刊
　茅渟道　ちたいどう
　田中和子　《句集》　近代文芸社　1993刊

【苦】
5 苦艾酒　あぶさん
　西海隆子　《歌集》　角川書店　2006刊

8 画（若, 苧, 苞, 茉, 虎）

【若】
　若い出向社員の一矢　わかいしゅっこうしゃいんのいっし
　　浅川純　「小説NON」　1995年
　若い刑事への鎮魂歌　わかいけいじへのれくいえむ
　　西村京太郎　「小説宝石」　1998年
3　若女　じゃくじょ
　　三好京三　「問題小説」　1994年
　若女将体験ツアー　わかおかみたいけんつあー
　　板坂康弘　「問題小説」　1991年
4　若木の青嵐　わかぎのあらし
　　牧秀彦　光文社　2010刊
6　若冲灯籠　じゃくちゅうとうろう
　　澤田ふじ子　「小説新潮」　1992年
7　若君御謀反　わかぎみごむほん
　　中村彰彦　「本の旅人」　2001年
10　若桜峠　わかさとうげ
　　村上博巳　《歌集》　近代文芸社　1999刊

【苧】
14　苧種子野　むさしの
　　安俊暉　《詩集》　思潮社　2002刊

【苞】
　苞　ほう
　　藤沢周　「小説宝石」　2004年
19　苞櫟　ほうれき
　　堀山庄次　《歌集》　本阿弥書店　2004刊

【茉】
10　茉莉亜の月　まりあのつき
　　平野美子　《句集》　本阿弥書店　2003刊
　茉莉花　まつりか
　　上原千代　《句集》　文學の森　2004刊
　茉莉花　もありーほあ
　　遠藤誉　読売新聞社　1998刊
　茉莉花　まつりか
　　川合千鶴子　《歌集》　短歌研究社　2004刊
　茉莉花　まつりか
　　牧田栄子　《詩集》　澪標　1999刊
　茉莉花のために　まつりかのために
　　多田零　《歌集》　砂子屋書房　2002刊
　茉莉花の匂い　まつりかのにおい
　　花村萬月　「オール讀物」　2005年
　茉莉花の日々　まつりかのひび
　　加藤幸子　理論社　1999刊
　茉莉花の蔓　じゃすみんのつる
　　上島妙子　《歌集》　砂子屋書房　2000刊

【虎】
　虎07潜を救出せよ　たいがーぜろせぶんをきゅうしゅつせよ
　　大石英司　中央公論新社　2006刊
12　虎落の日　もがりのひ
　　朱川湊人　「小説すばる」　2005年
　虎落笛　もがりぶえ
　　今井絵美子　廣済堂出版　2008刊
　虎落笛　もがりぶえ
　　佐浦國雄　《句集》　東京四季出版　2007刊
　虎落笛　もがりぶえ
　　手島南天　《句集》　近代文芸社　1991刊
　虎落笛　もがりぶえ
　　中邨佐和子　《歌集》　短歌研究社　2001刊
　虎落笛　もがりぶえ
　　能島龍三　「民主文学」　1998年
　虎落笛　もがりぶえ
　　原孜志　《句集》　東京四季出版　1996刊
　虎落笛　もがりぶえ
　　福元啓刀　楠書房　2010刊

8 画（表, 迦, 邪, 邯, 金）

虎落笛　もがりぶえ
　古川喜代子　《句集》　近代文芸社
　1992刊

虎落笛　もがりぶえ
　牧野清美　《歌集》　近代文芸社
　1998刊

虎落笛鳴りやまず　もがりぶえなり
　やまず
　赤城毅　光文社　2007刊

【表】

表　ひょう
　福山照子　《詩集》　フクヤマエンター
　プライズムⅠ　2001刊

10 表紙　おもてがみ
　吉増剛造　《詩集》　思潮社　2008刊

【迦】

11 迦陵頻伽よ　かりょうびんがよ
　赤江瀑　「海燕」　1994年

迦陵頻伽奈良に誓う　かりょうびん
　がならにちかう
　鏡清澄　ブイツーソリューション　2009刊

13 迦楼羅　かるら
　藤沢周　「オール讀物」　2006年

迦楼羅の嘴　かるらのくちばし
　中西由起子　《歌集》　ながらみ書房
　2010刊

【邪】

邪しき者　あしきもの
　羽山信樹　角川書店　1993刊

邪しまな午後　よこしまなごご
　阿部牧郎　徳間書店　2000刊

邪な囁き　よこしまなささやき
　大石圭　角川書店　2007刊

9 邪神の裔　じゃしんのまつえい
　横溝美晶　廣済堂出版　1998刊

10 邪恋寺　じゃれんでら
　森村誠一　「オール讀物」　1994年

11 邪悪の枷　じゃあくのかせ
　田中雅美　「小説NON」　1997年

邪眼鳥　じゃがんちょう
　筒井康隆　「新潮」　1997年

【邯】

15 邯鄲盛衰　かんたんせいすい
　伴野朗　徳間書店　2002刊

【金】

金のにおい　かねのにおい
　山本兼一　「オール讀物」　2009年

金の王と銀の許婚　きんのおうとぎ
　んのふぃあんせ
　剛しいら　エンターブレイン　2009刊

金の砂漠王　きんのばーでぃあ
　折原みと　講談社　1990刊

6 金尽剣法　かねづくけんぽう
　鳥羽亮　双葉社　2007刊

金糸雀が啼く夜　かなりあがなく
　よる
　高里椎奈　講談社　2000刊

金糸雀は、もう鳴かない　かなりあ
　はもうなかない
　太田忠司　「小説工房」　1996年

金色の殺人　こんじきのさつじん
　斎藤栄　広済堂出版　1995刊

金色の野辺に唄う　こんじきののべ
　にうたう
　あさのあつこ　小学館　2008刊

金色夜叉殺人事件　こんじきやしゃ
　さつじんじけん
　島田一男　光文社　1994刊

10 金唐革　きんからかわ
　東郷隆　「小説新潮」　2004年

金翅鳥の翼　がるーだのつばさ
　伊達一行　「月刊すばる」　1992年

金翅鳥飛翔　こんじちょうひしょう
　小沢淳　講談社　1995刊

11 金猫の女　きんねこのおんな

8 画（長, 門, 阿）

　　　文月芯　「小説NON」　2006年
　　　金雀児　えにしだ
　　　安西篤子　「小説宝石」　1993年
　　　金雀枝荘の殺人　えにしだそうのさ
　　　　つじん
　　　今邑彩　講談社　1993刊
12　金棒　きんぼう
　　　笹倉明　「別冊小説宝石」　1999年
　　　金棒引き　かなぼうひき
　　　宇江佐真理　「小説NON」　2006年
14　金髪の正体　ぶろんどのしょうたい
　　　広山義慶　角川書店　1993刊
15　金蔵破り　かねぐらやぶり
　　　乾荘次郎　ベストセラーズ　2007刊
19　金鯱の牙　きんこのきば
　　　牧秀彦　双葉社　2008刊
　　　金鯱の夢　きんこのゆめ
　　　清水義範　集英社　1989刊
22　金襴の空　きんらんのそら
　　　村田喜代子　「新潮」　2008年

【長】

　　　長い道程　ながいみちのり
　　　堀和久　講談社　1993刊
5　長平漂流記　ながひらひょうりゅ
　　　うき
　　　斎藤立　彩図社　2002刊
6　長安牡丹花異聞　ちょうあんぼたん
　　　かいぶん
　　　森福都　「文藝春秋」　1996年
　　　長安淫舞楼　ちょうあんいんぶのや
　　　かた
　　　山口椿　祥伝社　2000刊
8　長夜　ながよ
　　　奈賀美和子　《歌集》　短歌研究社
　　　2000刊
　　　長夜　ながよ
　　　乃南アサ　「小説新潮」　1997年
10　長脇差枯野抄　ながどすかれのし
　　　ょう

　　　山田風太郎　廣済堂出版　1997刊
11　長崎駅殺人事件　ながさきえきさ
　　　つじんじけん
　　　西村京太郎　光文社　1991刊
　　　長野・諏訪 竜神の渡る湖　ながの
　　　すわりゅうじんのわたるみず
　　　柄刀一　「小説NON」　2005年
12　長等山麓　ながらさんろく
　　　清水弘子　《歌集》　短歌研究社
　　　2010刊
16　長嘯　ちょうしょう
　　　能村登四郎　《句集》　角川書店
　　　1992刊

【門】

8　門波　となみ
　　　濱田漁子　《句集》　本阿弥書店
　　　2001刊

【阿】

3　阿久留王　あくるおう
　　　露崎清美　文芸社　2003刊
4　阿夫利山　あふりやま
　　　蜂飼耳　「三田文學」　2010年
　　　阿夫利嶺　あふりね
　　　笹本落葉子　《句集》　安楽城出版
　　　2002刊
　　　阿夫利嶺の里　あふりねのさと
　　　飯田好江　《歌集》　角川書店　2004刊
　　　阿弖流為　あてるい
　　　及川洵　文芸社　2009刊
　　　阿弖流為の反乱　あてるいのはん
　　　らん
　　　林太郎　光陽出版社　1991刊
　　　阿片王　おぴうむきんぐ
　　　三枝洋　「小説宝石」　2002年
7　阿利那礼　ありなれ
　　　後藤初子　《歌集》　東銀座出版社
　　　2004刊
　　　阿吽　あうん

8 画（陀, 雨, 青）

　　梅木由紀美　《句集》　本阿弥書店　2003刊

　阿吽抄　あうんしょう
　　三枝茂雄　《句集》　山梨日日新聞社　2006刊

10 阿哥の剣法　あごのけんぽう
　　永井義男　祥伝社　2000刊

　阿紗幕　あしゃーむ
　　金沢澄子　近代文芸社　1996刊

12 阿賀野川の炎　あがのがわのほむろ
　　本庄重夫　彩図社　2002刊

17 阿檀　あだん
　　川上弘美　「月刊すばる」　2006年

　阿闍世王物語　あじゃせおうものがたり
　　ひろさちや　新潮社　2000刊

　阿闍羅山　あじゃらやま
　　秋元守信　《歌集》　九芸出版　1992刊

19 阿蘭陀俳諧　おらんだはいかい
　　岡田哲　《句集》　沖積舎　2009刊

　阿蘭陀宿長崎屋　おらんだやどながさきや
　　北原亞以子　「オール讀物」　2007年

　阿蘭陀麻薬商人　おらんだまやくしょうにん
　　宮城賢秀　光文社　2004刊

【陀】

6 陀吉尼の紡ぐ糸　だきにのつむぐいと
　　藤木稟　徳間書店　1998刊

19 陀羅尼仙　だらにせん
　　夢枕獏　「小説中公」　1994年

【雨】

　雨あがりの七対子　あめあがりのちーといつ
　　黒川博行　「小説すばる」　1993年

　雨たたす村落　あめたたすむら

　小黒世茂　《歌集》　ながらみ書房　2008刊

　雨の大炊殿橋　あめのおおいどのばし
　　宮本昌孝　「小説新潮」　1997年

　雨の葛籠　あめのつづら
　　久我田鶴子　《歌集》　砂子屋書房　2002刊

　雨の温州蜜柑姫　あめのおみかんひめ
　　橋本治　講談社　1990刊

　雨の鎮魂歌　あめのれくいえむ
　　沢村鐵　幻冬舎　2000刊

4 雨水奇譚　うすいきたん
　　加堂秀三　「問題小説」　1990年

6 雨色・螺旋　あめいろらせん
　　広瀬もりの　アルファポリス　2009刊

　雨衣奇談　あまごろもきだん
　　椛野道流　講談社　2001刊

7 雨更紗　あめさらさ
　　長野まゆみ　河出書房新社　1994刊

10 雨唄　あまうた
　　ERINA　竹書房　2010刊

　雨降ノ山　あふりのやま
　　佐伯泰英　双葉社　2003刊

　雨降花　あめふりばな
　　生田紗代　「小説宝石」　2008年

12 雨晴し　あまはらし
　　笛吹明生　徳間書店　2009刊

16 雨燕　あまつばめ
　　長谷川卓　角川春樹事務所　2008刊

19 雨鶏　あめどり
　　芦原すなお　「野性時代」　1994年

23 雨鱒の川　あめますのかわ
　　川上健一　「小説すばる」　1989年

【青】

　青い空 黒い死　ぶるーすかいずぶらっくです
　　都築直子　講談社　1991刊

124

8 画（青）

青い翅の夜　あおいはねのよる
　花村萬月　「文學界」　2003年
青い崖っぷち　ぶるーこーなー
　斎藤綾子　「小説宝石」　1991年
青く輝いた時代　あおくかがやいたとき
　西安勇夫　東京図書出版会　2006刊
青に恋して　あずーりにこいして
　あまね翠　小学館　2008刊
青の月光王　あおのむーんしゃいあ
　折原みと　講談社　1994刊
青の玉響　あおのたまゆら
　桜沢薫　小学館　1998刊
青の食単　あおのれしぴ
　松崎英司　《歌集》　角川書店　2009刊
3 青山狼谷　あおやまおおかみだに
　東郷隆　「問題小説」　2005年
4 青井馬穴事件簿　あおいばけつじけんぼ
　伊藤栄佐エ門　新風舎　2004刊
青日向　あおひむか
　伊藤一彦　《歌集》　本多企画　1996刊
青水沫　あおみなわ
　谷川健一　《歌集》　三一書房　1994刊
5 青北風　あおぎた
　高樹のぶ子　「オール讀物」　1993年
青氷柱　あおつらら
　宗左近　《句集》　思潮社　1995刊
6 青灯窓　せいとうそう
　風原槇　北の杜編集工房　2006刊
青色青光　しょうしきしょうこう
　釋了昭　文芸社　2004刊
青色青光、黄色黄光　しょうしきしょうこうおうしきおうこう
　安芸紀彦　日本文学館　2005刊
青行灯　あおあんどう
　京極夏彦　「オール讀物」　2009年
7 青豆婆　せいとうば
　芦原すなお　「小説宝石」　1995年

9 青春の彷徨　せいしゅんのさまよい
　多加納真弓　梧桐書院　2006刊
青春の彷徨　せいしゅんのほうこう
　松本清張　光文社　2002刊
青春の破片　せいしゅんのかけら
　森村誠一　「問題小説」　2008年
青春牡丹灯籠　せいしゅんぼたんどうろう
　唐十郎　「小説すばる」　1993年
青柚子　あおゆず
　小高節子　《歌集》　短歌研究社　2003刊
青柚子　あおゆず
　河村淑子　《句集》　ふらんす堂　2008刊
青海　あおみ
　村松行一　《詩集》　竹林館　2009刊
青海波　せいがいは
　津村節子　「文學界」　2002年
10 青島黄昏慕情　ちんたおたそがれほじょう
　畑中暁来雄　《詩集》　文芸社　2004刊
青島慕情　ちんたおあこがれ
　山口洋子　「小説宝石」　1996年
青蚨の怪　かげろうのかい
　西村望　「問題小説」　1998年
11 青鳥　ちんにゃお
　ヒキタクニオ　光文社　2003刊
青鹿　あおしし
　水木なまこ　《句集》　沖積舎　2003刊
青黄の飛翔　ちんほあんのひしょう
　辻原登　「群像」　1999年
12 青嵐の馬　せいらんのうま
　宮本昌孝　「別冊文藝春秋」　1997年
青惑星　ぶるーぷらねっと
　松沢桃　《詩集》　砂子屋書房　2008刊
青椒肉糸の悲劇　ちんじゃおろーすーのひげき
　長谷讓　風媒社出版　2001刊

125

青痣　しみ
　　姫野カオルコ　「野性時代」　2004年
青葉木菟　あおばずく
　　内藤あさ子　《句集》　天満書房
　　1995刊
青鈍色の川　あおにびいろのかわ
　　森泉笙子　深夜叢書社　2009刊
青雲の梯　せいうんのかけはし
　　高任和夫　講談社　2009刊
13 青愛鷹　あおあしたか
　　文挾夫佐恵　《句集》　角川書店
　　2006刊
14 青銅　ぶろんず
　　司修　「新潮」　1998年
20 青饅　あおぬた
　　坂田蒼子　《句集》　牧羊社　1993刊

【非】
7 非花　はなにあらず
　　井上祐美子　中央公論社　1998刊
11 非情刑事　ひじょうでか
　　龍一京　飛天出版　1998刊
12 非道、行ずべからず　ひどうぎょう
　　ずべからず
　　松井今朝子　「鳩よ!」　1999年

9 画

【乗】
12 乗越　のっこし
　　松沢昭　《句集》　角川書店　1994刊

【帝】
4 帝王星　ていおうほし
　　新堂冬樹　「小説NON」　2006年
8 帝国の双美姫　ていこくのそうびき
　　ひかわ玲子　幻冬舎コミックス　2008刊

10 帝姫と道鏡　ひめみかどとどうきょう
　　北川あつ子　海越出版社　1997刊

【俠】
9 俠客国定忠次一代記　おとこだてく
　　にさだちゅうじいちだいき
　　井野酔雲　あさを社　1998刊
　俠風むすめ　きゃんふうむすめ
　　河治和香　小学館　2007刊
12 俠道　おとこみち
　　正延哲士　青樹社　1999刊

【信】
4 信天翁　あほうどり
　　柴田孤岩　《句集》　文學の森　2007刊
8 信長の跫　のぶながのあしおと
　　神吉修身　かんき出版　2010刊
　信長を撃いた男　のぶながをはじい
　　たおとこ
　　南原幹雄　「月刊J-novel」　2002年

【俗】
5 俗世の輩　ぞくせのやから
　　澤田ふじ子　「問題小説」　2006年

【保】
12 保辜限　ほこのきげん
　　川田弥一郎　「小説NON」　1999年

【俎】
8 俎板橋土蔵相伝事件　まないたばし
　　どぞうそうでんじけん
　　北川哲史　大和書房　2007刊
16 俎橋　まないたばし
　　小川栞　文芸社　2009刊

【俥】
11 俥宿　くるまやど
　　出久根達郎　「潮」　1999年

9画（冠, 前, 剃, 勃, 勇, 南, 卑, 厚, 叛, 哀, 哄）

【冠】
9 冠海雀こと孫太郎　かんむりうみすずめことまごたろう
　　中野雅夫　文芸社　2000刊

【前】
前む木　まえむき
　　杉山隆代　《詩集》　新風舎　2005刊
9 前巷説百物語　さきのこうせつひゃくものがたり
　　京極夏彦　角川書店　2007刊
15「前穂高」殺意の岩峰　まえほたかさついのくらっぐ
　　生田直親　天山出版　1990刊

【剃】
2 剃刀　れざー
　　加堂秀三　「小説新潮」　1999年
剃刀舞踏会　かみそりぶとうかい
　　鳴海章　「問題小説」　2005年

【勃】
10 勃起薬奇譚　ばいあぐらきたん
　　団鬼六　「小説新潮」　1998年

【勇】
勇の首　いさみのくび
　　東郷隆　「小説新潮」　2003年

【南】
2 南十字星ホテルにて　さざんくろすほてるにて
　　喜多嶋隆　天山出版　1989刊
6 南瓜　かぼちゃ
　　相田ともみ　ブイツーソリューション　2003刊
7 南沙諸島作戦発令　すぷらとりーおぺれーしょんはつれい
　　大石英司　徳間書店　1993刊
9 南風　なんぷう
　　大島たけし　《句集》　東京四季出版　1997刊
南風のゆりかご　はえのゆりかご
　　松原航　文芸社　2006刊
南風の街　はえのまち
　　新宅いとの　《歌集》　近代文芸社　1990刊
12 南割　みなみのわり
　　小泉晴露,小泉当子　《句集》　揺籃社　2001刊
19 南鯨　なんげい
　　久保尚之　「問題小説」　1993年

【卑】
8 卑弥呼の聖火燃ゆる胸　ひみこのさんくちゅあり
　　篠崎紘一　新人物往来社　2004刊

【厚】
6 厚朴　ほお
　　岡部六弥太　《句集》　角川書店　1997刊
8 厚岸のおかず　あっけしのおかず
　　向井秀徳　イースト・プレス　2010刊

【叛】
10 叛徒　ぱぁんとう
　　荻史朗　光文社　1997刊

【哀】
哀しみの亡命機　かなしみのふぁるくらむ
　　夏見正露　徳間書店　2003刊
哀れ悪魔の子よ　あわれさたんのこよ
　　胡桃沢耕史　「小説city」　1992年
8 哀刻　とき
　　Anzu　《詩集》　近代文芸社　1993刊

【哄】
哄う合戦屋　わらうかっせんや

9画（哈, 城, 変, 奏, 奎, 威, 姥, 姜, 孤, 客, 封）

　　北沢秋　双葉社　2009刊

【哈】
14 哈爾浜の虹　はるびんのにじ
　　三浦克子　《歌集》　短歌新聞社　2004刊

【城】
　　城　きゃっする
　　さいきなおこ　集英社　2001刊
　　城を喰う紙魚　しろをくうしみ
　　宮本昌孝　「小説NON」　2006年
5 城主　しゃとれーぬ
　　篠田節子　「小説すばる」　1995年

【変】
　　変　へん
　　車谷長吉　「別冊文藝春秋」　1998年
4 変化　へんげ
　　佐伯泰英　講談社　2005刊
　　変化草子　へんげぞうし
　　伊吹巡　大陸書房　1991刊
7 変身　でぃーふぇあぁんどぅるんぐ
　　朋秋一　鳥影社　2003刊
8 変若水　おちみず
　　毛利志生子　集英社　1999刊
16 変壊質疑　へんねぜつげ
　　源稚路　《詩集》　文芸社　2002刊

【奏】
　　奏　かなで
　　歌人舎　《歌集》　画文堂　1992刊
9 奏迷宮　そうめいきゅう
　　司修　「文藝」　1990年

【奎】
9 奎星　とかきぼし
　　日野原典子　《歌集》　短歌研究社　1999刊

【威】
　　威し銃　おどしづつ
　　畑中次郎　《句集》　角川書店　2007刊
4 威化島の回軍　いはとうのかいぐん
　　鄭斗元　近代文芸社　1994刊

【姥】
7 姥芙蓉　うばふよう
　　田辺聖子　「小説新潮」　1992年
　　姥車　うばぐるま
　　桑井朋子　「月刊すばる」　2009年
13 姥寝酒　ろうばざけ
　　田辺聖子　「小説新潮」　1991年

【姜】
　　姜の亡命　かんのぼうめい
　　三田村博史　風媒社　2004刊

【孤】
9 孤哀の少女　こあいのしょうじょ
　　飛沢磨利子　講談社　1996刊
10 孤島の女王　だーくえんじぇる
　　岩川隆　「問題小説」　1994年
13 孤愁の女殺人事件　こしゅうのひとさつじんじけん
　　斎藤栄　天山出版　1992刊

【客】
2 客人　まろうど
　　水原紫苑　《歌集》　河出書房新社　1997刊
　　客人の王　まろうどのおう
　　ひかわ玲子　集英社　1997刊
6 客地黄落　かくちこうらく
　　柏木義雄　《詩集》　思潮社　2005刊
13 客夢　かくむ
　　大石汎　門土社　1996刊

【封】
6 封印の女王　ふういんのじょうおう

遠沢志希　角川書店　2009刊

【屋】
3 屋上探偵　おくたん
　　大崎知仁　集英社　2006刊
5 屋台「徳兵衛」　やたいのりべえ
　　熊谷達也　「オール讀物」　2008年
10 屋島嶺　やしまね
　　小川幸子《句集》文學の森　2008刊
　屋根猩猩　やねしょうじょう
　　恒川光太郎　「小説新潮」　2007年
　屋烏　おくう
　　乙川優三郎　「小説現代」　1997年
15 屋敷を孤立させる理由　やしきを
　　こりつさせるわけ
　　東野圭吾　「IN POCKET」　1993年

【屍】
　屍の王　かばねのおう
　　牧野修　ぶんか社　1998刊
　屍の声　かばねのこえ
　　坂東眞砂子　集英社　1996刊
　屍の宿　かばねのやど
　　福沢徹三　「小説新潮」　2002年
9 屍風　しかばねかぜ
　　富樫倫太郎　「小説宝石」　2001年
11 屍船　かばねぶね
　　倉阪鬼一郎　徳間書店　2000刊
21 屍蠟　しろう
　　山田正紀　「小説すばる」　1996年

【昼】
5 昼田とハッコウ　ひるたとはっこう
　　山崎ナオコーラ　「群像」　2010年
9 昼咲月見草　ひるざきつきみそう
　　野中柊　河出書房新社　2010刊
15 昼餉茶屋　ひるげちゃや
　　柴田長次《句集》文芸遊人社
　　1998刊

【屏】
9 屏風闚　びょうぶのぞき
　　京極夏彦　「オール讀物」　2009年

【峡】
　峡　はざま
　　長嶋武彦《詩集》近代文芸社
　　1991刊
　峡　はざま
　　森英津子　審美社　1995刊

【峙】
　峙つ言葉　そばだつことば
　　藤岡きぬよ《歌集》かまくら春秋
　　社　2010刊

【巻】
14 巻髪　しにょん
　　吉田美奈子《歌集》柊書房　2003刊

【幽】
　幽　かすか
　　松浦寿輝　「群像」　1999年
　幽かな橋　かすかなはし
　　赤倉智武　日本図書刊行会　1999刊
5 幽囚の城　とらわれのしろ
　　鷹守諌也　角川書店　2002刊
10 幽恋舟　ゆうれんぶね
　　諸田玲子　新潮社　2000刊
13 幽愁鬼　ゆうしゅうき
　　菊地秀行　「小説NON」　2006年
15 幽霊刑事　ゆうれいでか
　　有栖川有栖「IN POCKET」1997年
　幽霊屋敷の魔火　ゆうれいやしきの
　　まぶいるふぁいあ
　　樋口明雄　朝日ソノラマ　1997刊
　幽霊指揮者　ゆうれいこんだくたー
　　赤川次郎　「オール讀物」　1999年
　幽霊散歩道　ゆうれいぷろむなーど
　　赤川次郎　「オール讀物」　1992年

9画（後, 怨, 恨, 怒, 扁, 指, 持）

幽霊聖夜　ゆうれいくりすます
　　赤川次郎　「オール讀物」　1997年

【後】

後の月　のちのつき
　　斉藤節　《句集》　花神社　1997刊
5 後生　ごしょー
　　三輪太郎　日本経済新聞出版社　2008刊
後生からの声　ぐしょうからのこえ
　　大城立裕　文芸春秋　1992刊
後生畏るべし　こうせいおそるべし
　　江上剛　「小説宝石」　2010年
後生畏るべし　こうせいおそるべし
　　もりたなるお　講談社　1989刊
後生橋　ぐそうばし
　　小浜清志　「文學界」　1994年
9 後巷説百物語　のちのこうせつひゃくものがたり
　　京極夏彦　角川書店　2003刊
12 後朝　きぬぎぬ
　　加堂秀三　「小説新潮」　1989年
後朝　きぬぎぬ
　　鳥越碧　講談社　1993刊
後朝の通夜　きぬぎぬのつや
　　森村誠一　「問題小説」　2006年
13 後催眠　ごさいみん
　　松岡圭祐　小学館　2000刊
14 後腐れない女　あとくされないおんな
　　森奈津子　「問題小説」　2005年
19 後瀬の花　のちせのはな
　　乙川優三郎　「小説新潮」　2000年

【怨】

怨がえし　おんがえし
　　葵多恵子　文芸社　2004刊
怨の呪縛　えんのじゅばく
　　新田一実　講談社　1997刊
8 怨呪白妙　おんじゅのしろたえ
　　宮乃崎桜子　講談社　2005刊

怨念の女神　おんねんのでゔぁたー
　　菅俊雄　東洋出版　1996刊
15 怨霊なんか怖くない　ごーすとなんかこわくない
　　武上純希　角川書店　1994刊

【恨】

恨　はん
　　韓億洙　《詩集》　土曜美術社出版販売　2002刊
恨の法廷　はんのほうてい
　　井沢元彦　日本経済新聞社　1991刊
恨の旋律　はんのせんりつ
　　北村英明　ケイ・エム・ピー　1997刊
13 恨解　はんぷり
　　長井朝美　文芸社　2008刊

【怒】

6 怒帆　どはん
　　高橋和島　海越出版社　1994刊

【扁】

6 扁舟　へんしゅう
　　金箱戈止夫　《句集》　角川書店　2000刊
12 扁壺　へんこ
　　佐藤忍　《句集》　東京四季出版　2003刊
19 扁鵲　へんじゃく
　　上村義徳　文芸社　2007刊

【指】

11 指宿・桜島殺人ライン　いぶすきさくらじまさつじんらいん
　　深谷忠記　徳間書店　1989刊
14 指銃　ゆびづつ
　　清水伶　《句集》　本阿弥書店　2009刊

【持】

10 持衰　じさい
　　篠崎紘一　郁朋社　2002刊

9 画（挑, 故, 施, 映, 春）

【挑】

13 挑戦者　ちゃれんじゃー
　　大藪春彦　徳間書店　2006刊

　　挑戦!逆ハンぐれん隊　ちゃれんじ
　　ぎゃくはんぐれんたい
　　五木寛之　講談社　1991刊

　　挑戦艇　ちゃれんじゃー
　　二宮隆雄　「小説現代」　1991年

【故】

11 故郷　ふるさと
　　大崎善生　「小説現代」　2005年

　　故郷　こきょう
　　水上勉　集英社　1997刊

　　故郷　こきょう
　　柚子冬彦　勁草出版サービスセンター　1989刊

　　故郷が見ゆ　ふるさとがみゆ
　　前島俊郎　《歌集》　短歌研究社　2007刊

　　故郷に降る雨の声　こきょうにふるあめのこえ
　　駒崎優　中央公論新社　2008刊

　　故郷のわが家　こきょうのわがや
　　村田喜代子　新潮社　2010刊

　　故郷の女　くにのおんな
　　直井仲好　「小説現代」　2006年

　　故郷の名　ふるさとのな
　　宗左近　「新潮」　2003年

　　故郷の灯　ふるさとのともしび
　　山田栄光　文芸社　2000刊

　　故郷の息吹　ふるさとのいぶき
　　小黒昌一　「早稲田文学」　2001年

　　故郷の景色　ふるさとのけしき
　　大和國男　文芸社　2009刊

　　故郷への挽歌　こきょうへのばんか
　　小杉健治　勁文社　1997刊

　　故郷へ▽のつく舵をとれ!　こきょうへまのつくかじをとれ
　　喬林知　角川書店　2008刊

　　故郷忘じたく候　こきょうほうじたくそうろう
　　荒山徹　「オール讀物」　2002年

　　故郷憧憬　ふるさとしょうけい
　　藤原政彌　新風舎　2007刊

【施】

12 施無畏　せむい
　　柳宣宏　《歌集》　砂子屋書房　2009刊

【映】

8 映画探偵　しねくてぃぶ
　　山田正紀　「小説すばる」　1989年

【春】

　　春の刻　はるのとき
　　鈴木節子　《句集》　角川書店　2006刊

　　春の庵　はるのいお
　　小澤克己　《句集》　北溟社　2003刊

　　春の痣　はるのあざ
　　前川麻子　「問題小説」　2004年

　　春の階段　はるのきだはし
　　森山澄子　《歌集》　砂子屋書房　2010刊

　　春の雁　はるのかり
　　国吉ヤス　《句集》　東京四季出版　1992刊

　　春の雁　はるのかり
　　和田恵美子　《句集》　東京四季出版　2001刊

　　春の鰍　はるのかじか
　　佐藤栄一　《句集》　花神社　1997刊

　　春は出会いの練習曲　はるはであいのえちゅーど
　　牧口杏　講談社　1997刊

　　春を掬う　はるをすくう
　　藤本恵子　「文學界」　1992年

　　春を嫌いになった理由　はるをきらいになったわけ
　　誉田哲也　幻冬舎　2005刊

4 春日　しゅんじつ

9 画（昭, 是, 星）

　　　勝目梓　「オール讀物」　2006年
6　春色恋苦留異　しゅんしょっこいくるい
　　　諸田玲子　「小説現代」　2009年
7　春告鳥　はるつげどり
　　　杉本章子　「オール讀物」　2009年
　春来峠　はるきとうげ
　　　吉村康　まろうど社　1994刊
9　春昼　しゅんちゅう
　　　川上弘美　「月刊すばる」　2006年
　春茱萸　はるぐみ
　　　利根川発　《歌集》　短歌新聞社　2005刊
　春風　しゅんぷう
　　　中川雅雪　《句集》　角川書店　2008刊
10　春夏冬喫茶館にようこそ　あきないかふぇにようこそ
　　　前田栄　角川書店　2004刊
　春宵相乗舟佃島　みじかよにふたりはむすびつくだじま
　　　出久根達郎　「オール讀物」　1996年
　春朗合わせ鏡　しゅんろうあわせかがみ
　　　高橋克彦　「オール讀物」　2003年
　春疾風　はるはやて
　　　谷口ひろみ　《歌集》　本阿弥書店　1997刊
　春疾風　はるはやち
　　　花山多佳子　《歌集》　砂子屋書房　2002刊
　春疾風　はるはやて
　　　藤原緋沙子　講談社　2006刊
　春蚕　はるご
　　　芝崎芙美子　《句集》　東京四季出版　1995刊
11　春著　はるぎ
　　　柴尾こなみ　《句集》　近代文芸社　1992刊
　春著　はるぎ

　　　徳岡美祢子　《句集》　文學の森　2007刊
12　春嵐　すとーむ
　　　小川竜生　「問題小説」　1996年
13　春楡のうた　はるにれのうた
　　　藤本孝子　《歌集》　砂子屋書房　2007刊
　春楡の風　はるにれのかぜ
　　　沢本彰子　《歌集》　短歌研究社　2004刊
　春節の女　ちおんじいのおんな
　　　深田祐介　「オール讀物」　1990年
16　春隣る　はるとなる
　　　あめ・みちを　《句集》　新風舎　2007刊
　春霙　はるみぞれ
　　　柿沼茂　《句集》　花神社　2010刊
17　春霞坂東放駒　はるがすみあずまのはなれごま
　　　半村良　「小説NON」　1996年
19　春鶫　はるつぐみ
　　　中井延子　《歌集》　短歌新聞社　2010刊
22　春襲　はるかさね
　　　吉川禮子　《句集》　文學の森　2004刊

【昭】
8　昭和維新の朝　しょうわいしんのあした
　　　工藤美代子　日本経済新聞出版社　2008刊
9　昭南島物語　しんがぽーるものがたり
　　　戸川幸夫　読売新聞社　1990刊

【是】
6　是色　ぜしき
　　　北川一雄　日本図書刊行会　1998刊

【星】
　星が峠から　ほしがたおから

9画（冒, 昧, 栄, 枯, 柵, 柴, 染, 栂, 柘）

　　岩田アサコ　日本文学館　2005刊
　星の牢獄　ぷらねっとだんじょん
　　藤原征矢　朝日ソノラマ　1995刊
3 星下り　ほしくだり
　　鳴海丈　「小説宝石」　2002年
　星子♡宙太恋の時刻表　せいこちゅ
　　うたこいのたいむてーぶる
　　山浦弘靖　集英社　1991刊
　星子♡宙太恋紀行　せいこちゅうた
　　らぶとらべる
　　山浦弘靖　集英社　1991刊
6 星虫年代記　ほしむしくろにくるず
　　岩本隆雄　朝日新聞出版　2009刊
8 星刻の竜騎士　せいこくのどらぐな
　　ー
　　瑞智士記　メディアファクトリー　2010刊
　星夜航行　せいやこうこう
　　飯嶋和一　「小説新潮」　2009年
9 星狩りの虚城　ほしがりのこじょう
　　藤原眞莉　集英社　1999刊
　星神の歌人　せいたのうたびと
　　竹河聖　「野性時代」　1990年
10 星竜火鳳　ほしのりゅうひのとり
　　武上純希　角川書店　1994刊
17 星闌干　ほしらんかん
　　大塚銀悦　「新潮」　2001年

【冒】
11 冒険家族　ぼうけんふぁみりー
　　宗田理　アスキー　1997刊

【昧】
11 昧爽　まいそう
　　山田みづえ　《句集》　紅書房　1999刊

【栄】
17 栄螺のある陸　さざえのあるおか
　　楠見朋彦　「文學界」　2005年

【枯】
10 枯骨の恋　ここつのこい
　　岡部えつ　メディアファクトリー　2009刊
11 枯野の詩　からののうた
　　清水宏晃　郁朋社　2005刊

【柵】
　柵　しがらみ
　　山田節子　《歌集》　短歌研究社　1994刊

【柴】
9 柴胡ヶ原　さいこがはら
　　渋谷サト子　《句集》　東京四季出版　1998刊

【染】
4 染木綿　しめゆう
　　森早和世　《句集》　文學の森　2010刊

【栂】
10 栂桜　つがざくら
　　湯田典子　《句集》　東京四季出版　1990刊

【柘】
12 柘植の迷宮　つげのめいきゅう
　　釣巻礼公　出版芸術社　1999刊
14 柘榴　ざくろ
　　佐藤裕村　《句集》　そうぶん社出版　2002刊
　柘榴の祀月魂の罪　ざくろのまつり
　　つきのつみ
　　東すみえ　青心社　1996刊
　柘榴の帯留　ざくろのおびどめ
　　山本一力　「オール讀物」　2005年
　柘榴の記憶　ざくろのきおく
　　神内八重　《詩集》　幻冬舎ルネッサンス　2009刊
　柘榴の影　ざくろのかげ
　　前田珠子　集英社　1991刊

133

9 画（柏, 柊, 柳, 柚, 柩, 枸）

柘榴石　ざくろいし
　樟位正　《詩集》　文藝書房　2008刊
柘榴忌　ざくろき
　藤重静子　《歌集》　柊書房　2006刊
柘榴熱　ざくろねつ
　宇佐美游　「月刊J-novel」　2005年
柘榴館　ざくろやかた
　山崎洋子　「小説すばる」　1996年

【柏】
4　柏木院長八景島の推理　かしわぎいんちょうしーぱらのすいり
　斎藤栄　「問題小説」　1993年

【柊】
柊のかざぐるま　ひいらぎのかざぐるま
　新谷義男　《歌集》　九芸出版　1989刊
柊の花　ひいらぎのはな
　小宮山千代　《歌集》　短歌研究社　2005刊

【柳】
柳　ぽどぅなむ
　花房孝典　情報センター出版局　1994刊
3　柳刃の罠　やなぎばのわな
　和久峻三　「小説NON」　1998年
5　柳生殺人刀　やぎゅうせつにんとう
　火坂雅志　「小説NON」　1998年
柳生薔薇剣　やぎゅうそうびけん
　荒山徹　「小説TRIPPER」　2004年
12　柳絮　りゅうじょ
　井上祐美子　徳間書店　1997刊
柳絮　りゅうじょ
　桐谷正　海越出版社　1994刊
柳絮　りゅうじょ
　清水正恵　《歌集》　短歌研究社　1994刊
柳絮　りゅうじょ
　鈴木亨　《詩集》　花神社　2004刊

柳絮　りゅうじょ
　難波政子　《句集》　文學の森　2006刊
柳絮　りゅうじょ
　水城雄　「小説工房」　1996年
柳絮　りゅうじょ
　三田完　「オール讀物」　2009年
柳絮漂泊行記　りゅうじょひょうはくこうき
　上條久枝　《句集》　求龍堂　2008刊
柳絮舞う　りゅうじょまう
　比留川しげる　《歌集》　六法出版社　1994刊
柳絮舞う川のほとり　りゅうじょまうかわのほとり
　塩田禎子　《詩集》　土曜美術社出版販売　2009刊
13　柳寛順物語　ゆぐぁんすんものがたり
　柳大河　新幹社　2006刊

【柚】
3　柚子　ゆず
　大井雅人　《句集》　角川書店　1998刊
柚子　ゆず
　佐野萬里子　《句集》　文學の森　2008刊
柚子の花咲く　ゆずのはなさく
　葉室麟　朝日新聞出版　2010刊
4　柚木野山荘の惨劇　ゆきのさんそうのさんげき
　柴田よしき　角川書店　1998刊
10　柚釜　ゆずがま
　中川佳津子　《句集》　牧羊社　1993刊

【柩】
柩の中の絵　ひつぎのなかのえ
　高野裕美子　「小説すばる」　2001年

【枸】
16　枸橘の花　からたちのはな
　鐘ケ江達夫　《歌集》　画文堂　1998刊

9 画（柞, 歪, 毘, 海）

【柞】
　柞の森　ははそのもり
　　熊谷龍子　《歌集》　ながらみ書房
　　2001刊
12　柞葉乃　ははそばの
　　加藤洋子《歌集》不識書院　2006刊

【歪】
　歪みの中の榁　ゆがみのなかのは
　　しら
　　縁龍穂　《詩集》　新風舎　2002刊
　歪んだ真珠　ゆがんだしんじゅ
　　中村慎吾　《詩集》　土曜美術社出版
　　販売　1994刊
　歪んだ眼・市長誘拐事件　ひずんだ
　　めしちょうゆうかいじけん
　　穂高英介　鳥影社　1999刊

【毘】
9　毘怒羅の矢　ひどらのや
　　兼子光雄　日本文学館　2007刊

【海】
　海の勾玉日輪の剣　うみのまがたま
　　にちりんのけん
　　香村日南　小学館　2000刊
　海の木霊　うみのこだま
　　田口恭雄　《詩集》　近代文芸社
　　1992刊
　海の伽倻琴　うみのかやごと
　　神坂次郎　「問題小説」　1991年
　海の迷宮　うみのらびりんす
　　岡野麻里安　講談社　1998刊
　海の紺青、空の碧天　うみのこんじ
　　ょうそらのへきてん
　　田牧大和　「小説現代」　2009年
　海の微睡み　うみのまどろみ
　　又吉栄喜　光文社　2000刊
　海の鬣　うみのたてがみ

　阿木弘　勁草出版サービスセンター
　　1993刊
　海は渦いていた　うみはかわいて
　　いた
　　白川道　新潮社　1996刊
2　海人　あま
　　伊達虔　潮出版社　1996刊
　海人　うみんちゅ
　　戸井十月　「オール讀物」　1989年
3　海上神火　かいじょうしんぴ
　　北重人　「問題小説」　2007年
　海女の笛　あまのふえ
　　大西桑風　《句集》　馬酔木発行所
　　2001刊
4　海中要塞封殺作戦　しーふぉーと
　　すふうさつさくせん
　　大石英司　徳間書店　1996刊
　海月　くらげ
　　さとうますみ　《詩集》　書肆青樹社
　　2001刊
　海月　かいげつ
　　福島晶子　《句集》　ふらんす堂
　　2002刊
　海月の影　くらげのかげ
　　澤田耕耶　文芸社　2007刊
　海月奇談　かいげつきだん
　　椹野道流　講談社　2003刊
5　海市　かいし
　　軒上泊　「小説city」　1992年
　海石榴の道　つばきのみち
　　あさのあつこ　「小説宝石」　2008年
　海辺と白蓮と舌の縁　うみべとびゃ
　　くれんとしたのえん
　　伊藤比呂美「小説TRIPPER」2001年
　海辺にて　かいへんにて
　　北埜里一　文芸社　2001刊
　海辺来信　かいへんらいしん
　　楊天曦　「三田文學」　2006年
　海辺橋の女郎花　うみべばしのおみ
　　なえし

135

9画（活）

　　　　山本一力　「小説新潮」　2007年
6　海色♡人魚姫ララバイ　うみいろま
　　　　ーめいどららばい
　　　　服部あゆみ,布施由美子　集英社　1991刊
8　海松　みる
　　　　稲葉真弓　「新潮」　2007年
　　海苔粗朶　のりそだ
　　　　冨本のりお　《句集》　文學の森
　　　　2008刊
9　海峡を越える女豹　かいきょうをこ
　　　　えるだーま
　　　　内山安雄　天山出版　1989刊
　　海神　わだつみ
　　　　安部龍太郎　集英社　1999刊
　　海神　わだつみ
　　　　鷹藤緋美子　青磁ビブロス　1995刊
　　海神の彼方へ　わだつみのかなたへ
　　　　藤堂夏央　集英社　2005刊
　　海神の魚鱗宮　わだつみのいろこの
　　　　みや
　　　　東山周珠子　近代文芸社　1990刊
　　海神の晩餐　ねぷちゅーんのばん
　　　　さん
　　　　若竹七海　講談社　1997刊
　　海神の艦隊　わだつみのかんたい
　　　　霧島那智　青樹社　1996刊
　　海神よ眠れ　わだつみよねむれ
　　　　伊藤仁　筑波書房　1996刊
　　海紅豆の秋　かいこうずのあき
　　　　おおくぼ系　九州文学社　2010刊
　　海虹妃　かいこうひ
　　　　宮本徳蔵　「新潮」　2000年
　　海風の記憶　かぜのきおく
　　　　今井泉　「小説NON」　1992年
10　海島の蹄　かいとうのひづめ
　　　　荒山徹　「小説NON」　2004年
　　海恋　みれん
　　　　高木春香　《詩集》　日本文学館
　　　　2008刊

　　海馬　とど
　　　　吉村昭　新潮社　1989刊
11　海豚座に捧ぐ百一発の砲声　いる
　　　　かざにささぐひゃくいっぱつのほう
　　　　せい
　　　　真木健一　河出書房新社　1997刊
12　海陽出撃!　はいやんしゅつげき
　　　　高貫布士　アスキー　1998刊
13　海鼠　なまこ
　　　　小谷ゆきを　《句集》　角川書店
　　　　2008刊
　　海鼠の日　なまこのひ
　　　　角川春樹《句集》文學の森　2004刊
　　海鼠の夢　なまこのゆめ
　　　　藤岡筑邨　《句集》　ふらんす堂
　　　　1996刊
　　海鼠舟　なまこぶね
　　　　吉田キヨ子　《句集》　本阿弥書店
　　　　2007刊
14　海境　うなさか
　　　　角田純《歌集》砂子屋書房　2005刊
　　海境　うなさか
　　　　小林鱒一《句集》角川書店　2002刊
15　海霊　うみだま
　　　　愛　新風舎　2005刊
16　海薔薇　うみばら
　　　　小手鞠るい　「小説現代」　2009年
　　海鞘食うて　ほやくうて
　　　　山田真砂年　《句集》　角川書店
　　　　2008刊
19　海霧　かいむ
　　　　加賀乙彦　「潮」　1987〜1989年
　　海霧の奥　じりのおく
　　　　岡本敬子《句集》文學の森　2010刊

【活】

5　活目王　いくめのおおきみ
　　　　三田誠広　学習研究社　2002刊

9画（洪，浄，浅，洞，洋，洛，酒，泊，為，炭，炬，狩，独）

【洪】
20 洪鐘　おおしょう
　　栗原節子　《句集》　本阿弥書店
　　1998刊

【浄】
3 浄土の帝　じょうどのみかど
　　安部龍太郎　角川書店　2005刊
4 浄化　かたるしす
　　綾乃なつき　集英社　1996刊
6 浄衣の仇討　じょうえのあだうち
　　澤田ふじ子　「小説宝石」　2005年
15 浄蔵恋始末　じょうぞうこいのあれこれ
　　夢枕獏　「オール讀物」　2007年

【浅】
7 "浅"見の明　しょーとさいてっど
　　小林正樹　彩図社　1999刊
8 浅茅が宿　あさじがやど
　　橋本治　「小説すばる」　2003年
9 浅春の途　さしゅんのみち
　　鳥巣郁美　《詩集》　コールサック社
　　2010刊
10 浅酌　せんしゃく
　　堀井安子　《句集》　東京四季出版
　　2008刊

【洞】
洞　うつろ
　　大塚数理　近代文芸社(発売)　1993刊

【洋】
8 洋妾お梶　ようしょうおかじ
　　東郷隆　「問題小説」　2005年

【洛】
9 洛神の賦　らくしんのふ
　　三好徹　「小説宝石」　2002年

【酒】
10 洒涙雨　さいるいう
　　佐野琇子　《歌集》　短歌研究社
　　2009刊

【泊】
4 泊夫藍のように　さふらんのように
　　常盤新平　「小説現代」　1990年

【為】
13 為楽　いらく
　　堀古蝶　《句集》　角川書店　1996刊

【炭】
14 炭酸人形　そーだどーる
　　ヒキタクニオ　「小説現代」　2007年

【炬】
17 炬燵　こたつ
　　井川芳染　新風舎　2007刊

【狩】
22 狩籠師　かりごめし
　　篠崎砂美　リーフ　2006刊

【独】
独り善がり　ひとりよがり
　　丸山しげる　《川柳集》　新葉館出版
　　2009刊
独り群せず　ひとりぐんせず
　　北方謙三　文藝春秋　2007刊
1 独乙平原　どいつへいげん
　　前田靖一　叢文社　2004刊
5 独白　ひとりごと
　　北山幸子　《詩集》　土曜美術社
　　1991刊
独白　ものろーぐ
　　山花京子　《歌集》　美研インターナショナル　2005刊
13 独楽　こま
　　山崎文男　甲陽書房　1991刊

9 画（珍, 玲, 玻, 界, 疥, 発, 皆, 皇, 盆）

独楽鼠　こまねずみ
　永嶋恵美　「問題小説」　2006年
15 独標　どくひょう
　緒方登摩　《詩集》　ナカニシヤ出版　2001刊
独標　どくひょう
　古平隆　《句集》　深夜叢書社　1996刊
独標　どっぴょう
　早川遡行　《川柳集》　新葉館出版　2008刊

【珍】
6 珍妃の井戸　ちんぴのいど
　浅田次郎　「小説現代」　1996年

【玲】
20 玲瓏之記　もゆらのき
　山中智恵子　《歌集》　砂子屋書房　2004刊

【玻】
15 玻璃の天　はりのてん
　北村薫　「オール讀物」　2006年
玻璃の天秤　びいどろのてんびん
　岡篠名桜　集英社　2009刊
玻璃の雨降る　はりのあめふる
　唯川恵　「小説すばる」　1995年
玻璃の青空　はりのあおぞら
　平賀冨美子　《歌集》　不識書院　2007刊
玻璃の惑星　がらすのわくせい
　櫻井牧　富士見書房　1998刊
玻璃の夢船　びいどろのゆめふね
　岡篠名桜　集英社　2010刊
玻璃の舞姫　びいどろのまいひめ
　岡篠名桜　集英社　2010刊
玻璃ノ薔薇　がらすのばら
　五代ゆう　角川書店　2003刊
玻璃色の風　はりいろのかぜ
　Love　《詩集》　日本文学館　2008刊

玻璃真人新記「真言の…」　はりまびとしんきまことの
　新美宇受女　Office 369番地Hibicore出版　2008刊
玻璃蝶蜥　はりとかげ
　奥津ゆかり　《詩集》　白地社　2005刊

【界】
11 界梯樹のひみつ　かいていじゅのひみつ
　水月郁見　徳間書店　2006刊

【疥】
疥　ひぜん
　物集高音　「小説宝石」　2001年

【発】
15 発熱少女　にんふぇっと
　若菜さはる　青樹社　1995刊

【皆】
4 皆月　みなづき
　花村萬月　「小説現代」　1996年
5 皆白　みなしろ
　熊谷達也　「小説すばる」　2001年

【皇】
皇の系譜　すめらぎのけいふ
　秋津京子　小学館　1997刊
6 皇后羊献容　こうごうようけんよう
　陳舜臣　「小説新潮」　1993年
8 皇国の堕天使　こうこくのるしふぁー
　志真元　ベストセラーズ　2010刊
15 皇劉矢大迷惑　すめらぎりゅうやだいめいわく
　出海まこと　青心社　1993刊

【盆】
9 盆施行　ぼんせぎょう
　三島和子　《句集》　東京四季出版　1998刊

9 画（看, 県, 相, 眉, 研, 砂, 神）

　　盆点前　ぼんてまえ
　　　草間時彦　《句集》　永田書房　1998刊
17　盆嬶　ぼんかか
　　　坂東眞砂子　「小説新潮」　1999年

【看】

6　看守眼　かんしゅがん
　　　横山秀夫　「小説新潮」　2001年
8　看取り　みとり
　　　中嶋泚子　《歌集》　文化書房博文社　1992刊

【県】

19　県警刑事　けんけいでか
　　　森詠　小学館　2002刊

【相】

7　相対死　あいたいじに
　　　犬飼六岐　「問題小説」　2000年
　　相対死からくり　あいたいじにからくり
　　　生田直親　「問題小説」　1989年
9　相思草　あいおもいぐさ
　　　塩路リズム　《歌集》　文芸社ビジュアルアート　2008刊
12　相勤者　あいきんしゃ
　　　黒崎視音　「問題小説」　2010年
　　相棒　ばでぃ
　　　真保裕一　「小説現代」　1995年
　　相棒　ついん
　　　冨士本由紀　「小説すばる」　1995年
14　相聞　つまごい
　　　柳井道弘　《詩集》　近代文芸社　1990刊

【眉】

3　眉山は哭く　びざんはなく
　　　中村彰彦　「オール讀物」　1993年

【研】

10　研師犬七御用留帳　とぎしいぬしちごようとめちょう
　　　生田直親　「問題小説」　1987～1992年

【砂】

9　砂城　さじょう
　　　水木楊　ダイヤモンド社　2000刊
　　砂海の風　じぇるあーのかぜ
　　　河原よしえ　勁文社　1991刊
13　砂漠の詩 岑参　さばくのうたじんさん
　　　長谷川潤二　「小説すばる」　1990年
　　砂漠の銀星胡蝶　さばくのぱぴよん
　　　嬉野秋彦　アスキー　1998刊
　　砂漠の駅　さばくのすてーしょん
　　　森村誠一　実業之日本社　2000刊
　　砂漠神の光輝　れくめてのこうき
　　　竹河聖　角川書店　1997刊
　　砂漠神の苦難　れくめてのくなん
　　　竹河聖　角川書店　1996刊
　　砂漠神の都市　れくめてのとし
　　　竹河聖　角川書店　1993刊
　　砂漠神の嘆き　れくめてのなげき
　　　竹河聖　角川書店　1994刊
　　砂漠神の翳り　れくめてのかげり
　　　竹河聖　角川書店　1995刊
15　砂嘴の聚楽・きらく　さしのじゅらくきらく
　　　椎名誠　「別冊文藝春秋」　2001年

【神】

　　神々の山嶺　かみがみのいただき
　　　夢枕獏　「小説すばる」　1994年
　　神と奴隷の誕生構文　かみとどれいのしんたっくす
　　　宇野朴人　アスキー・メディアワークス　2010刊

9 画（神）

神のふたつの貌　かみのふたつのかお
　貫井徳郎　文藝春秋　2001刊

神の子の密室　いえすきりすとのみっしつ
　小森健太朗　講談社　1997刊

神の守り人　かみのもりびと
　上橋菜穂子　新潮社　2009刊

神の接吻　でーゔぁのくちづけ
　葛城稜　朝日ソノラマ　1990刊

2 神人　かみんちゅ
　城原真理　文芸社　2000刊

3 神女　かみんちゅ
　森礼子　講談社　1989刊

神子たちの戦場　みこたちのせんじょう
　安芸一穂　朝日ソノラマ　1990刊

神子秋沙　みこあいさ
　上村佳与　《句集》　角川書店　1999刊

神山の猪　しんざんのしし
　堀田零花　新風舎　2004刊

4 神友たち　かみともたち
　ツユキタツヒコ　文芸社　2010刊

神木　しぼく
　大井田啓子　《歌集》　短歌研究社　2008刊

5 神、世界を言祝ぎ給う　かみせかいをことほぎたまう
　花村萬月　「小説すばる」　2002年

神仙三囲初午扇　しんせんみめぐりはつうまおうぎ
　辻邦生　「文學界」　1992年

神代のこと　かみよのこと
　藤枝ちえ　「小説宝石」　1990年

神出来　かんでら
　金堀則夫　《詩集》　砂子屋書房　2009刊

神去なあなあ日常　かむさりなあなあにちじょう
　三浦しをん　徳間書店　2009刊

神奴　しんど
　森村誠一　「小説新潮」　1995年

6 神名火　かんなび
　佐藤洋二郎　河出書房新社　1997刊

7 神巫うさぎと俺様王子の悩ましき学園生活　かんなぎうさぎとおれさまおうじのなやましきがくえんせいかつ
　藤原眞莉　集英社　2008刊

神巫うさぎと眠れる果実の王子様　かんなぎうさぎとねむれるかじつのおうじさま
　藤原眞莉　集英社　2009刊

神巫うさぎと嵐を招く王子様　かんなぎうさぎとあらしをまねくおうじさま
　藤原眞莉　集英社　2009刊

8 神侍党　しんじとう
　鳴海丈　「問題小説」　1999年

神取の野望　かんどりのやぼう
　南原順　ビクターブックス　1997刊

神居小夜梨の童心　かむいこよりのどうしん
　章矢秘　文芸社　2008刊

神泣島　かみなきじま
　門田泰明　光文社　1997刊

神苦楽島　かぐらじま
　内田康夫　文藝春秋　2010刊

9 神威天想　かむいおそらにおもう
　宮乃崎桜子　講談社　2008刊

神威岬　かむいみさき
　佐藤洋二郎　「月刊すばる」　1997年

神威抱く者　かむいだくもの
　前田珠子　小学館　2001刊

神祖の祝福ありて泉流れるほとり　みおやのしゅくふくありていずみながれるほとり
　藤亜紗子　日本図書刊行会　1997刊

神風の吹くとき　かみかぜのふくとき

田中光二　光文社　1997刊
神風の波濤　かみかぜのはとう
　佐々木裕一　経済界　2006刊
神風の艦隊　しんぷうのかんたい
　田中光二　勁文社　1994刊
10 神庭の滝　かんばのたき
　楠見朋彦　《歌集》　ながらみ書房
　2010刊
神破の姫御子　かみやぶりのひめみこ
　香月沙耶　エンターブレイン　2007刊
神秘の女王の戦慄　みすてぃっくくぃーんのせんりつ
　永井泰宇　「野性時代」　1990年
11 神婚　かみよび
　原口真智子　立風書房　1992刊
神鳥　いびす
　篠田節子　集英社　1993刊
13 神牌演義　しぇんぱいえんぎ
　吉岡平　エンターブレイン　2001刊
神話への石碑　しんわへのぴらみっど
　河原よしえ　角川書店　1993刊
14 神様の手巾　かみさまのはんけち
　久世光彦　「中央公論」　1999年
神漏と神呂美　かむろとかむろみ
　大石隆一　《戯曲》　鷹書房　1989刊
神種　しぇんしーど
　渡辺仙州　ソフトバンククリエイティブ　2006刊
17 神輿綱　みこしづな
　鈴木すぐる　《句集》　蝸牛社　1997刊
20 神露淵村夜叉伝　じろぶちむらやしゃでん
　石山浩一郎　《戯曲》　青雲書房
　1999刊

【祖】

7 祖谷・淡路殺意の旅　いやあわじさついのたび
　西村京太郎　「小説新潮」　1993年

【科】

8 科学哲学者柏木達彦の冬学期　かがくてつがくしゃかしわぎたつひこのうぃんたーたーむ
　冨田恭彦　ナカニシヤ出版　1997刊
科学哲学者柏木達彦の春麗ら　かがくてつがくしゃかしわぎたつひこのはるうらら
　冨田恭彦　ナカニシヤ出版　2000刊
11 科野秋天　しなのしゅうてん
　小宮山久子　《歌集》　角川書店
　2001刊

【秋】

秋の甲斐路の何処で死ぬ　あきのかいじのどこでしぬ
　斎藤栄　「小説宝石」　1991年
秋の雲雀　あきのひばり
　平野裕子　《詩集》　花神社　2005刊
2 秋刀魚　さんま
　椎野満代　《詩集》　思潮社　2006刊
6 秋色の風　しゅうしょくのかぜ
　坂岡真　学習研究社　2007刊
8 秋晨　しゅうしょく
　長坂佐治夫　《歌集》　九芸出版
　1991刊
9 秋草風　あきくさかぜ
　乙川優三郎　「小説新潮」　2009年
10 秋桜　こすもす
　あべ和香　《川柳集》　葉文館出版
　1997刊
秋桜　こすもす
　神戸照子　《詩集》　水茎舎　2002刊
秋桜　こすもす
　阪野優　《句集》　光出版　1995刊
秋桜　こすもす
　すずきじゅんいち　汐文社　1996刊
秋桜　あきざくら

9画（秒, 紀, 紅）

　　　田牧大和　「小説新潮」　2010年
　　秋桜のみち　こすもすのみち
　　　山中文子　《歌集》　本阿弥書店　2008刊
　　秋桜の花群れ　こすもすのはなむれ
　　　小池恭子　《歌集》　美研インターナショナル　2006刊
　　秋桜めいて立つ闇に　こすもすめいてたつやみに
　　　中薗英助　「群像」　2000年
　　秋桜スキャンダル　こすもすすきゃんだる
　　　樹山まみ　講談社　1990刊
　　秋疾風の悲槍　あきはやてのひそう
　　　翔田寛　小学館　2009刊
11　秋情　あきごころ
　　　安西篤　《句集》　角川書店　2007刊
　　秋野　あきの
　　　乙川優三郎　「小説新潮」　2008年
13　秋意　しゅうい
　　　今井絵美子　「問題小説」　2010年
　　秋詩　おーたむぽえむ
　　　口紀代恵　《歌集》　梧葉出版　2005刊
14　秋蜩　ひぐらし
　　　葉室麟　「小説NON」　2006年
15　秋瑾　火焔の女　しゅうきんかえんのひと
　　　山崎厚子　河出書房新社　2007刊

【秒】

14　秒読み！　ゼネコンが日本を潰す　かうんとだうんぜねこんがにほんをつぶす
　　　大下英治　「小説NON」　1999年

【紀】

6　紀寺の奴　きでらのやっこ
　　　山名美和子　「三田文學」　1999年

【紅】

　　紅　くれない

　　　田牧大和 —— 藍川京　「問題小説」　2006年
　　紅　くれない
　　　片山憲太郎　集英社　2005刊
　　紅　くれない
　　　成田良美　角川書店　2000刊
　　紅　べに
　　　布宮みつこ　《歌集》　短歌研究社　2002刊
　　紅　べに
　　　山村静　文芸社　2004刊
　　紅い鞋　あかいくつ
　　　皆川博子　「オール讀物」　2006年
　　紅い魔書は心のままに　あかいほらーはこころのままに
　　　十々樹りえ　朝日ソノラマ　1990刊
　　紅き宇宙の夜明け　あかきそらのよあけ
　　　日下弘文　富士見書房　2000刊
　　紅そえて　べにそえて
　　　早瀬詠一郎　双葉社　2010刊
　　紅のサザンクロス　くれないのさざんくろす
　　　藤川桂介　新人物往来社　1992刊
　　紅の女　べにのおんな
　　　阿刀田高　「小説すばる」　2004年
　　紅の水巫女、疾る　くれないのみずみこはしる
　　　三田誠　富士見書房　2003刊
　　紅の伝説　くれないのでんせつ
　　　団竜彦　集英社　1989刊
　　紅の匣子槍　くれないのもーぜる
　　　樋口明雄　双葉社　2010刊
　　紅の豆　こいのまめ
　　　野口清　《句集》　朝日新聞社　2000刊
　　紅の封印　くれないのふういん
　　　高遠砂夜　集英社　2003刊
　　紅の星　くれないのほし
　　　磯原天　日本文学館　2007刊
　　紅の恐怖　べにのきょうふ
　　　阿刀田高　「オール讀物」　2008年

142

9 画（紅）

紅の袖　くれないのそで
　諸田玲子　新潮社　2004刊

紅の悲劇　べにのひげき
　太田忠司　祥伝社　2002刊

紅の雁　くれないのかり
　千野隆司　学習研究社　2008刊

紅の戦場　くれないのせんじょう
　登山園繪　彩図社　2003刊

紅の露　くれないのつゆ
　井川香四郎　講談社　2009刊

紅はくれなゐ　べにはくれない
　鷹羽知　アスキー・メディアワークス　2009刊

紅ほおずき　べにほおずき
　野口燐　文芸社　2004刊

2 紅刀三姉妹　くとうさんしまい
　琴羽マクラ　スクウェア・エニックス　2008刊

4 紅天蛾　べにすずめ
　太田忠司　講談社　1997刊

紅日和　べにびより
　根本佳代子　《句集》　新日本文芸協会　2009刊

紅月の夢　あかつきのゆめ
　新田一実　講談社　1995刊

5 紅牙のルビーウルフ　こうがのるびーうるふ
　淡路帆希　富士見書房　2005刊

紅白餅　めおともち
　山本一力　「小説NON」　2002年

6 紅伝説　くれないでんせつ
　渡邊裕多郎　朝日ソノラマ　2000刊

8 紅枝垂　べにしだれ
　三澤嘉子　《句集》　梅里書房　2004刊

紅枝垂　べにしだれ
　矢島岸辺男　《句集》　北溟社　2002刊

紅油傘　あかいあぶらがさ
　川田弥一郎　「小説NON」　1998年

9 紅型　びんがた
　大城立裕　「群像」　1993年

紅型　びんがた
　谷中弘子　《句集》　角川書店　2008刊

紅映　べにさし
　上田善朗　《歌集》　青磁社　2007刊

10 紅娘　てんとむし
　小林貴子　《句集》　本阿弥書店　2008刊

紅恋　ぐれん
　門田泰明　光文社　1994刊

紅秘宝団　くれないひほうだん
　菊地秀行　「小説NON」　2000年

11 紅殻格子　べんがらごうし
　杉村正子　《句集》　東京四季出版　2006刊

紅眼児の復讐　こうがんじのふくしゅう
　平岩弓枝　「小説新潮」　2003年

紅豚　こうとん
　森福都　徳間書店　2000刊

紅貫入　べにかんにゅう
　舩山東子　《句集》　本阿弥書店　2003刊

12 紅無威おとめ組　くれないおとめぐみ
　米村圭伍　幻冬舎　2005刊

紅無威おとめ組　南総里見白珠伝　くれないおとめぐみなんそうさとみはくじゅでん
　米村圭伍　幻冬舎　2009刊

紅無威おとめ組　壇ノ浦の決戦　くれないおとめぐみだんのうらのけっせん
　米村圭伍　幻冬舎　2010刊

紅琥珀　こうこはく
　前田珠子　集英社　2010刊

紅葉　もみじ
　朝倉富士子,河野惠祐,木立徹,三枝弓子,中堀爲男,結城冬彦　《歌集》　美研インターナショナル　2005刊

143

9 画（美）

紅葉する夏の出来事　こうようするなつのできごと
　拓未司　宝島社　2010刊

紅葉の時　こうようのとき
　堤未央　日本図書刊行会　1993刊

紅葉狩　もみじがり
　山本忍　《句集》　角川書店　1998刊

紅葉筏　もみじいかだ
　笹尾茂葉　《句集》　ふらんす堂　2004刊

紅葉筏　もみじいかだ
　玉川悠　《句集》　本阿弥書店　2004刊

13　紅楓子の恋　こうふうしのこい
　宮本昌孝　「小説TRIPPER」　1998年

紅猿子　べにましこ
　水木なまこ　《句集》　本阿弥書店　2008刊

紅蓮の狼　ぐれんのおおかみ
　宮本昌孝　「別冊文藝春秋」　1998年

紅蓮怨魔剣　ぐれんえんまけん
　本庄慧一郎　学習研究社　2005刊

紅蓮退治　ぐれんたいじ
　山本一力　「小説NON」　2003年

16　紅薄　べにすすき
　瀬尾冬樹　《句集》　文學の森　2009刊

紅薔薇　べにばら
　たちばなりゅう子　《詩集》　国書刊行会　2009刊

17　「紅藍の女」殺人事件　くれないのひとさつじんじけん
　内田康夫　徳間書店　1991刊

19　紅蘭　こうらん
　木内昇　「小説すばる」　2009年

紅鏡　くれないかがみ
　鈴木絵理　碧天舎　2005刊

【美】

美しき一日の終わり　うつくしきいちじつのおわり
　有吉玉青　「小説現代」　2010年

美しき五月に　うるわしきごがつに
　皆川博子　「小説すばる」　2004年

美しき刻は流れて　うつくしきときはながれて
　由井千映子　文芸社　2003刊

美しき邪なる公子　うつくしきよこしまなるこうし
　麻木未穂　徳間書店　2007刊

美しき落人　うつくしきおちうど
　松峰靖明　文芸社　2002刊

美し国おこし　うましくにおこし
　伊藤宣之　《歌集》　伊勢新聞社　2009刊

美よ永遠に　びよとわに
　青山光二　「新潮」　1998年

2　美人受付嬢、滾る　びじんうけつけじょうたぎる
　南里征典　「小説宝石」　1997年

3　美土里　みどり
　関口恭代　《句集》　ウエップ　2007刊

4　美少年は地球を救う　ばななぼーいはちきゅうをすくう
　荒井潤　徳間書店　1989刊

5　美丘　みおか
　石田衣良　角川書店　2006刊

7　美男葛　びなんかずら
　槇弥生子　《歌集》　短歌新聞社　1996刊

8　美夜古野物語　みやこのものがたり
　岡田清隆　鳥影社　1997刊

美弥良久　みみらく
　田崎弘章　「文學界」　1997年

9　美神　みゅーず
　小池真理子　講談社　1997刊

美・香燻らせ　びこうくゆらせ
　aman.3　《歌集》　日本文学館　2006刊

10　美華物語　みーはーものがたり
　林真理子　角川書店　1990刊

12　美童　みやらび
　三枝ゆめ　《詩集》　文芸社　2008刊

9 画（耶, 胡, 胎, 胆, 背, 茨, 荊, 荒）

美葉と冬雪　よしはとふゆき
　　岡田清隆　アートダイジェスト　1994刊
14 美貌の帳　びぼうのとばり
　　篠田真由美　講談社　1998刊
19 美麗　みれい
　　帝塚善博　《詩集》　日本文学館
　　2010刊
　美麗と夢のパラダイス　めいりー
　　とゆめのぱらだいす
　　平野純　「文藝」　1990年

【耶】
　耶々　やや
　　大石悦子　《句集》　富士見書房
　　2004刊

【胡】
7　胡乱　うろん
　　西山勇　文芸社　2009刊
10　胡桃　くるみ
　　河村信子　《詩集》　花神社　1991刊
　胡桃のギター　くるみのぎたー
　　武川みづえ　童心社　1989刊
　胡桃の殻に包まれたダイヤモンド
　　くるみのからにつつまれただいや
　　もんど
　　森音紫緒　《詩集》　日本文学館
　　2004刊
　胡桃へ…　くるみへ
　　佐藤美呉　《詩集》　文芸社　2004刊
　胡桃を割る人　くるみをわるひと
　　財部鳥子《詩集》　書肆山田　2008刊
　胡桃ポインタ　くるみぽいんた
　　鈴木志郎康　《詩集》　書肆山田
　　2001刊
　胡鬼板心中　こぎいたしんじゅう
　　小川勝己　「小説新潮」　2003年
11　胡笳　こか
　　羽田岳水　《句集》　安楽城出版
　　2000刊

12　胡媚児　こびじ
　　孫栄健　ベネッセコーポレーション
　　1995刊
15　胡蝶の夢　もざいくのゆめ
　　智亜喜　《詩集》　日本文学館　2006刊

【胎】
6　胎衣地獄　えなじごく
　　勝目梓　「文藝ポスト」　2000年

【胆】
20　胆礬　たんばん
　　花村萬月　「小説宝石」　2010年

【背】
3　背山　せやま
　　柴田悦子　《句集》　美研インターナ
　　ショナル　2009刊
4　背中の髑髏　せなかのどくろ
　　澤田ふじ子　廣済堂出版　1999刊
9　背信の交点　しざーずくろっしんぐ
　　法月綸太郎「IN POCKET」1996年

【茨】
9　茨城の国　うばらのくに
　　小橋柳絮　《句集》　角川書店　2005刊

【荊】
12　荊軻と高漸離　けいかとこうぜんり
　　桐谷正　アールズ出版　2001刊

【荒】
7　荒巫女戦記ヒムカ　あらみこせんき
　　ひむか
　　臥竜恭介　徳間書店　2002刊
9　荒南風　あらはえ
　　阿井渉介　講談社　1997刊
　荒南風の海　あらはえのうみ
　　鈴木英治　双葉社　2009刊
　荒神　あらじん
　　中島かずき《戯曲》　論創社　2005刊

145

9 画（草, 荘, 茶, 茴, 茱, 茫, 虹）

　　荒神―「竜の柩」Part4　あらぶるかみ
　　　　高橋克彦　「小説NON」　1990年
　11　荒野のはてに　あらののはてに
　　　　小池昌代　「小説宝石」　2006年
　　荒野渺茫　こうやびょうぼう
　　　　内橋克人　「世界」　2004年
　12　荒御魂　あらみたま
　　　　木内昇　「小説すばる」　2010年
　15　荒舞　あらまい
　　　　花家圭太郎　集英社　1999刊
　　荒蝦夷　あらえみし
　　　　熊谷達也　平凡社　2004刊
　23　荒鷲の狙撃手　いーぐるすないぱー
　　　　鳴海章　講談社　1993刊

【草】
　4　草木讃　そうほくさん
　　　　兜木總一　《句集》　日本伝統俳句協会　2003刊
　7　草花たち　きみたち
　　　　花守美佳　《詩集》　鳥影社　1999刊
　8　草屈　くさかまり
　　　　藤沢周　「新潮」　2009年
　10　草原　くさはら
　　　　古井由吉　「群像」　1997年
　　草原の風の詩　そうげんのかぜのうた
　　　　佐和みずえ　西村書店東京出版編集部　2010刊
　11　草梁の丘　ちょりゃんのおか
　　　　新井田良子　新幹社　1999刊
　12　草遊木戯　そうゆうもくげ
　　　　久保田幸枝　《歌集》　不識書院　2010刊
　13　草暖簾　くさのれん
　　　　難波利三　実業之日本社　1996刊
　15　草影　そうえい
　　　　桂信子　《句集》　ふらんす堂　2003刊
　18　草叢　くさむら
　　　　津島佑子　学芸書林　1989刊

【荘】
　17　荘厳　しょうごん
　　　　岡松和夫　「群像」　1993年

【茶】
　11　茶郷　ちゃきょう
　　　　胡代戢　西田書店　1994刊
　12　茶湯寺で見た夢　ちゃとうでらでみたゆめ
　　　　石和鷹　「月刊すばる」　1994年

【茴】
　9　茴香　ういきょう
　　　　太田千津子　《詩集》　花神社　1991刊

【茱】
　12　茱萸の木の教え　ぐみのきのおしえ
　　　　大江健三郎　「群像」　1992年

【茫】
　　茫たりき　ぼうたりき
　　　　音洒正隆　《歌集》　鉱脈社　2008刊

【虹】
　　虹　ぬーじ
　　　　平みさを　東京図書出版会　2004刊
　　虹と雷の鱗　にじといかずちのうろこ
　　　　岡野麻里安　講談社　2006刊
　　虹の麗人　いりす
　　　　山藍紫姫子　白夜書房　1992刊
　6　虹色♡伝説珠メモリー　にじいろくりすたるめもりー
　　　　服部あゆみ,布施由美子　集英社　1993刊
　　虹色の外伝　にじいろのすとーりあ
　　　　折原みと　講談社　1999刊
　10　虹竜　ほんろん
　　　　田中博　海鳥社　2001刊
　16　虹橋の果て　こうきょうのはて
　　　　増田好宏　群青社　2002刊

虹霓　こうげい
　　鮎川とも　碧天舎　2004刊

【虵】
虵　くちなわ
　　瀬戸内寂聴　「月刊すばる」　2003年

【貞】
8　貞国部長の辞表　さだくにぶちょうのじひょう
　　斎藤純　「小説NON」　1995年

【軌】
12　軌道傭兵　おーびっとこまんど
　　谷甲州　中央公論社　1990刊

【軍】
19　軍鶏　しゃも
　　橋本以蔵　長崎出版　2008刊
軍鶏　しゃも
　　目取真俊　「文學界」　1998年
軍鶏　しゃも
　　矢内枇杜詩　《句集》　そうぶん社出版　2000刊

【逆】
逆ねじ魚類図鑑　さかねじぎょるいずかん
　　魚家明子　《詩集》　思潮社　2000刊
4　逆井水　さからいみず
　　朱川湊人　「月刊J-novel」　2004年
逆月　さかづき
　　坂岡真　「問題小説」　2007年
5　逆玉王　ぎゃくたまおう
　　久遠静音　ワニマガジン社　1997刊
逆立舞　かんばらまい
　　鳥海昭子　《歌集》　藍書房　1997刊
6　逆羽　ぎゃくう
　　辻章　福武書店　1989刊
9　逆巻き時計　さかまきどけい
　　斉藤明典　《詩集》　近代文芸社　2003刊
逆祝い　さかいわい
　　泡坂妻夫　「問題小説」　2007年
10　逆浪　げきろう
　　もりたなるお　新潮社　1993刊
逆馬　さかうま
　　入谷稔　《歌集》　角川書店　2010刊
11　逆転　りべんじ
　　牛島信　産経新聞ニュースサービス　2004刊
逆転の仕掛け　ぎゃくてんのこんげーむ
　　山本大　祥伝社　1990刊
逆転の絵札　ぎゃくてんのかーど
　　広山義慶　廣済堂出版　2003刊
逆転家族　ぎゃくてんふぁみりー
　　宗田理　アスキー　1998刊
14　逆鉾の金兵衛　しゃっちょこのきんべえ
　　泡坂妻夫　「小説宝石」　2008年
逆髪　さかがみ
　　澤田ふじ子　「小説宝石」　2007年
逆髪　さかがみ
　　富岡多恵子　「群像」　1988〜1989年
逆髪　さかがみ
　　前川斎子　《歌集》　砂子屋書房　2007刊
逆髪の女　さかがみのひと
　　夢枕獏　「オール讀物」　2009年

【退】
18　退職刑事vs.長期囚　たいしょくでかたいちょうきしゅう
　　中村光至　双葉社　1994刊

【追】
6　追而書　おってがき
　　丸山ただし　《句集》　文學の森　2004刊

9 画(逃, 迷, 郁, 重, 陌, 陋, 面, 音, 風)

16 追憶の欠片　ついおくのかけら
　　浅井ラボ　角川書店　2005刊
　　追憶の欠片　ついおくのかけら
　　足塚鰯　集英社　2006刊
21 追儺　ついな
　　岡野麻里安　講談社　1996刊
　　追儺幻抄　ついなげんしょう
　　霜島ケイ　小学館　1999刊

【逃】
　　逃れ者　のがれもの
　　藤井邦夫　祥伝社　2008刊
3 逃亡者市九郎　おわれものいちくろう
　　伊達虔　学習研究社　2003刊
5 逃世鬼　とうせき
　　秦夕美　《句集》　邑書林　1994刊

【迷】
9 迷神　まどわしがみ
　　夢枕獏　「オール讀物」　1997年
10 迷宮からめざめれば　らびりんすからめざめれば
　　一藤木杏子　集英社　1993刊
　　迷宮浪漫　りどるろまんす
　　西澤保彦　「小説すばる」　1998年
11 迷異家　まよいが
　　化野燐　講談社　2009刊
12 迷徨星　めいおうせい
　　田中安夫　《歌集》　友月書房　2004刊

【郁】
3 郁子　むべ
　　佐川昭吉　《句集》　朝日新聞社　2000刊
　　郁子熟るるころ　むべうるるころ
　　平田利栄　《歌集》　本阿弥書店　2009刊

【重】
　　重すぎた無窮花　おもすぎたむくげ
　　渡辺登志子　文芸社　2006刊
10 重華　ちょうか
　　日原伝　《句集》　花神社　1993刊
15 重蔵陥し　じゅうぞうおとし
　　えとう乱星　「小説中公」　1994年
16 重瞳子　ちょうどうし
　　えとう乱星　「小説中公」　1994年

【陌】
14 陌塵　はくじん
　　入江浩々子　《句集》　文學の森　2005刊

【陋】
9 陋巷に在り　ろうこうにあり
　　酒見賢一　「小説新潮」　1990年
　　陋巷の狗　ろうこうのいぬ
　　森村南　「小説すばる」　1996年

【面】
　　面あかり　つらあかり
　　村松友視　「小説新潮」　1994年
9 面・変幻　おもてへんげん
　　畑裕子　朝日新聞社　1994刊
11 面晤　めんご
　　柳井梗恒子　《句集》　邑書林　2006刊
15 面影と連れて　うむかじとぅちりてぃ
　　目取真俊　「小説TRIPPER」　1999年

【音】
15 音霊　おとだま
　　仲つとむ　《歌集》　梧葉出版　2008刊

【風】
　　風と杜神　かぜともりがみ
　　久能千明　桜桃書房　1994刊
　　風に抗う少年　かぜにあらがうしょうねん
　　本橋信宏　「小説宝石」　2003年

9 画（風）

風のなかの桜香　かぜのなかのさくらこ
　内田康夫　徳間書店　2010刊
風の円柱　かぜのえんたしす
　下山田禮子　《句集》　邑書林　2009刊
風の白姦　かぜのはくひょう
　御伽乃小風　文芸社　2008刊
風の白猿神　かぜのはぬまーん
　滝川羊　富士見書房　1995刊
風の交響楽　かぜのしんふぉにー
　光原百合　女子パウロ会　1996刊
風の芍薬　かぜのぴおにあ
　紫野京子　《詩集》　月草舎　2010刊
風の条　かぜのすじみち
　花村萬月　「文學界」　2009年
風の果　かぜのはたて
　川崎勝信　《歌集》　短歌研究社　2009刊
風の星宿　かぜのほし
　深澤豊　新風舎　2006刊
風の音譜　かぜのすこあ
　中島かほり　天山出版　1991刊
風の陰陽師　かぜのおんみょうじ
　三田村信行　ポプラ社　2010刊
風の筐　かぜのかたみ
　田辺紀子　《歌集》　短歌研究社　2002刊
風の階　かぜのかい
　井口和榮　《歌集》　角川書店　2007刊
風の階　かぜのきざはし
　小林英三郎　《句集》　東京四季出版　1994刊
風の墓碑銘　かぜのえぴたふ
　乃南アサ　新潮社　2006刊
風の聖痕　かぜのすていぐま
　山門敬弘　富士見書房　2002刊
風の像　かぜのかたち
　渡辺和子　《歌集》　ながらみ書房　2009刊

風の鍵　かぜのきー
　鳥井架南子　講談社　2008刊
4 風木　ふうぼく
　中島やよひ　《歌集》　短歌新聞社　1998刊
風水　ふうすい
　戸部新十郎　「問題小説」　1999年
5 風生るる　かぜあるる
　山口敬介　《歌集》　溪声出版　2005刊
6 風早幻四郎聞香剣　かざはやげんしろうもんこうけん
　逆井辰一郎　学習研究社　2009刊
風色♡水晶珠トラブル　かぜいろくりすたるとらぶる
　服部あゆみ,布施由美子　集英社　1990刊
風色の自由王　かぜいろのりゔぁーす
　折原みと　講談社　2002刊
7 風吹峠　かざほことうげ
　高橋義夫　文芸春秋　1991刊
風来鬼　ふうらいき
　菊地秀行　「文藝ポスト」　2000年
風車　ふうしゃ
　宗前鉄男　《歌集》　南日本新聞開発センター　2004刊
風車の回る異人館　ふうしゃのまわるいじんかん
　金子勤　講談社出版サービスセンター(製作)　1994刊
風車の見える丘　ふうしゃのみえるおか
　旭爪あかね　新日本出版社　2005刊
風車の悪六　かざぐるまのあくろく
　平城尚里　新生出版　2002刊
風車祭　かじまやー
　池上永一　文藝春秋　1997刊
8 風招　ふうしょう
　小林千史　《句集》　富士見書房　2006刊

149

9 画（飛）

9 風信子の家　ひあしんすのいえ
　　篠田真由美　東京創元社　2007刊
　風音　かざおと
　　塚本一惠《句集》文學の森　2008刊
10 風師　かざし
　　大捕八重子　《句集》本阿弥書店　2001刊
　風恣まま　かぜほしいまま
　　川口さかゑ　《歌集》短歌研究社　1996刊
　風流な心の響　しなやかなこころのひびき
　　河合信幸　《詩集》愛生社　2002刊
　風流狩り　ふりゅうがり
　　藤川桂介　角川書店　1989刊
　風流時圭男　ふうりゅうとけいおとこ
　　竹内清人　幻冬舎メディアコンサルティング　2007刊
11 風笛　ふうてき
　　金子滋　《詩集》中日出版社　1992刊
　風袋　かざぶくろ
　　山口素基《句集》文學の森　2010刊
　風転　ふうてん
　　花村萬月　「小説すばる」　1994年
12 風媒花　ふうばいか
　　道尾秀介　「小説すばる」　2009年
　風琴シャシン　ふうきんしゃしん
　　早瀬乱　「小説現代」　2006年
　風越　かざこし
　　小宮山久子　《歌集》本阿弥書店　2007刊
　風越　かざこし
　　横田欣子　《句集》花神社　1997刊
　風道　ふうどう
　　増田みず子　「ちくま」　1991年
　風道　かざみち
　　渡辺雅子　《歌集》短歌研究社　2001刊

13 風牌　ふうぱい
　　伊集院静　「小説現代」　2006年
　風路　かざみち
　　澤畑きよ子　《句集》美研インターナショナル　2007刊
14 風歌　かざうた
　　久保山満末　《句集》ふらんす堂　2003刊
　風精の棲む場所　ぜふぃるすのすむばしょ
　　柴田よしき　原書房　2001刊
　風聞　うわさ
　　笹沢左保　「問題小説」　1990年
　風聞草　かぜききぐさ
　　荻山数　《歌集》柊書房　2010刊
　風語　かぜのことば
　　桜井千恵子《歌集》柊書房　2008刊
15 風戯え　かぜそばえ
　　蒼　講談社　2007刊
　風飜翻　かぜへんぽん
　　齋藤史　《歌集》不識書院　2000刊
　風、輝る　かぜひかる
　　山田正紀　「野性時代」　2003年
16 風礫　ふうたく
　　くだら・やすし　新読書社　2003刊
　風餮露宿　ふうさんろしゅく
　　大塚銀悦　「文學界」　2000年
17 風櫛　ふうしつ
　　三木蒼生　《句集》東京四季出版　1999刊
20 風露草　ふうろそう
　　安西篤子　「小説新潮」　1998年
21 風魔　ふうま
　　宮本昌孝　「小説NON」　2002年

【飛】

4 飛火野　とびひの
　　上田倫子　《歌集》ながらみ書房　2010刊

9 画（食, 首, 香）

　　飛火野　とぶひの
　　　楠戸まさる　《句集》　本阿弥書店
　　　2000刊

　　飛火野　とぶひの
　　　城孝子　《句集》　本阿弥書店　2008刊

5　飛奴　とびやっこ
　　　泡坂妻夫　「問題小説」　1997年

　　飛奴記　ひどき
　　　水上勉　「小説新潮」　1994年

6　飛行空母を墜とせ　あなはいむをおとせ
　　　大石英司　祥伝社　1997刊

7　飛花落葉　ひからくよう
　　　乙川優三郎　「小説TRIPPER」　2005年

8　飛沫の円舞　ひまつのわるつ
　　　ふゆの仁子　徳間書店　1999刊

　　飛沫の鼓動　ひまつのりずむ
　　　ふゆの仁子　徳間書店　1998刊

　　飛沫の輪舞　ひまつのろんど
　　　ふゆの仁子　徳間書店　1998刊

12　飛翔　はばたき
　　　青木淳悟　「月刊すばる」　2009年

14　飛魂　ひこん
　　　多和田葉子　「群像」　1998年

15　飛蝗記　ばったき
　　　石原武　《詩集》　花神社　2004刊

16　飛燕　とびつばめ
　　　和久田正明　双葉社　2007刊

　　飛燕十手　つばくろじって
　　　風野真知雄　双葉社　2009刊

22　飛驒国「屈み岩」秘譚　ひだのくにかがみいわひたん
　　　南條範夫　講談社　1996刊

【食】

5　食用花　えでぃぶるふらわー
　　　森泉笙子　深夜叢社　2000刊

8　食国　おすくに
　　　猪股洋子　《句集》　東京四季出版
　　　1995刊

9　食前絶後!!　くうぜんぜつご
　　　ろくごまるに　富士見書房　1994刊

【首】

11　首挽村の殺人　くびきむらのさつじん
　　　大村友貴美　角川書店　2007刊

14　首領　どん
　　　大下英治　大和書房　2006刊

　　首領　どん
　　　龍一京　青樹社　1998刊

　　首領狩り　どんがり
　　　大下英治　桃園書房　1995刊

【香】

　　香しい夏の午後　かぐわしいなつのごご
　　　常盤新平　「小説NON」　1991年

8　香具若衆　こうぐわかしゅう
　　　高橋克彦　「オール讀物」　2010年

　　香典師　でんし
　　　藤本義一　「問題小説」　1989年

9　香春岳　かわらだけ
　　　永野朝子　「民主文学」　1992年

　　香春岳絶唱　かわらだけぜっしょう
　　　久永孝明　《歌集》　文芸社　2004刊

10　香脂鼬　あぶらいたち
　　　椎名誠　「文學界」　2003年

11　香菜里屋を知っていますか　かなりやをしっていますか
　　　北森鴻　講談社　2007刊

12　香港　ふれぐらんとはーばー
　　　峰桐皇　風林館　1998刊

　　香港黒社会　ほんこんやくざ
　　　飯干晃一　「小説宝石」　1992年

15　香箱を作る　こうばこをつくる
　　　宇江佐真理　「小説新潮」　2008年

10 画（俺, 倶, 借, 修, 倍, 倣, 倫, 倭, 倅, 倩）

10 画

【俺】
　俺があいつを好きな理由　おれが
　　あいつをすきなわけ
　　　江上冴子　桜桃書房　1995刊
　俺がホストになった理由　おれがほ
　　すとになったわけ
　　　あさぎり夕　集英社　2006刊

【倶】
 3 倶尸羅　くしら
　　　山本兼一　「小説NON」　2001年

【借】
14 借銭船　しゃくせんぶね
　　　西村望　「小説宝石」　2003年

【修】
19 修羅の刻　しゅらのとき
　　　川原正敏　講談社　1995刊
　修羅の降る刻　しゅらのふるとき
　　　霜島ケイ　小学館　1995刊
　修羅の跫　しゅらのあしおと
　　　富樫倫太郎　学習研究社　1998刊
　修羅の緑石　しゅらのいし
　　　峰隆一郎　徳間書店　2000刊
　修羅の縁　しゅらのえにし
　　　宝珠なつめ　学習研究社　2004刊

【倍】
 4 倍尺浮浪　ばいじゃくはぐれ
　　　鳥居哲男　開山堂出版　2010刊

【倣】
 5 倣古抄　ほうこしょう
　　　高橋睦郎　《詩集》 邑心文庫　2001刊
18 倣雛心中　ならいびなしんじゅう
　　　北森鴻　「オール讀物」　2004年

【倫】
12 「倫敦の霧笛」殺人事件　ろんどん
　　のむてきさつじんじけん
　　　吉村達也　角川書店　2000刊
　倫敦少年街　ろんどんぼーいずた
　　うん
　　　七海花音　小学館　1998刊
　倫敦行　ろんどんこう
　　　廣瀬美枝　《歌集》 角川書店　2008刊
　倫敦奇談　ろんどんきだん
　　　椹野道流　講談社　1998刊
　倫敦時計の謎　ろんどんどけいの
　　なぞ
　　　太田忠司　祥伝社　1992刊
　倫敦塔まで　ろんどんとうまで
　　　染宮千鶴子　《歌集》 六花書林
　　2007刊
　倫敦橋の殺人　ろんどんばしのさつ
　　じん
　　　阿曾恵海　徳間書店　2003刊

【倭】
　倭　やまと
　　　花衣沙久羅　集英社　1996刊
　倭の風　やまとのかぜ
　　　嘉藤徹　PHP研究所　1996刊
 9 倭建　やまとたける
　　　三田誠広　学習研究社　2002刊

【倅】
13 倅解体　せがれかいたい
　　　平山夢明　「小説すばる」　2005年

【倩】
 4 倩兮女　けらけらおんな
　　　京極夏彦　「小説現代」　1998年

10 画（冥，冤，凍，凌，剣）

【冥】
　冥い天使のための音楽　くらいてんしのためのおんがく
　　倉阪鬼一郎　原書房　2005刊
　冥き妖霧の砦　くらきようむのとりで
　　流星香　講談社　1995刊
　冥き迷いの森　くらきまよいのもり
　　中森ねむる　講談社　2000刊
　冥の水底　めいのみなそこ
　　朱川湊人　「小説現代」　2007年
4　冥王の花嫁　はーでーすのはなよめ
　　奥田哲也　講談社　1998刊
5　冥加な銭　みょうがなぜに
　　澤田ふじ子　「小説宝石」　2010年
8　冥府神の産声　あぬびすのうぶごえ
　　北森鴻　光文社　1997刊
10　冥途中　めいとちゅう
　　黒武洋　「小説新潮」　2001年
13　冥夢　めいむ
　　山海清二　《詩集》　宝文館出版　1990刊

【冤】
10　冤鬼　えんき
　　犬飼六岐　「問題小説」　2008年

【凍】
　凍れるなみだ　こおれるなみだ
　　宮木あや子「別冊文藝春秋」2008年
8　凍雨　とうう
　　大倉崇裕　「問題小説」　2010年
12　凍渡　しみわたり
　　中村たかし　《句集》　北溟社　2002刊
15　凍蝶に指ふるるまでちかづきぬ　いてちょうにゆびふるるまでちかづきぬ
　　森内俊雄　「潮」　1993年

【凌】
15　凌霄花　のうぜんかずら
　　小野寺昭一　《歌集》　風心社　1996刊
　凌霄葛　のうぜんかずら
　　宮木あや子　「小説宝石」　2007年

【剣】
　剣と水の舞い　つるぎとみずのまい
　　岡野麻里安　講談社　2005刊
　剣と玉と鏡　つるぎとたまとかがみ
　　岡野麻里安　講談社　2007刊
　剣と法典　けんとほうてん
　　古川薫　文芸春秋　1994刊
　剣と砂丘　けんとさきゅう
　　三倉信一郎　文芸社　2010刊
　剣と家と歌と　けんといえとうたと
　　立川英郎　新風舎　2005刊
　剣と薔薇の夏　けんとばらのなつ
　　戸松淳矩　東京創元社　2004刊
　剣の女王と烙印の仔　つるぎのじょおうとらくいんのこ
　　杉井光　メディアファクトリー　2009刊
　剣の花嫁　つるぎのはなよめ
　　夏目翠　中央公論新社　2009刊
　剣の国の魔法戦士　つるぎのくにのまほうせんし
　　水野良　富士見書房　1993刊
　剣の門　つるぎのもん
　　桐生祐狩　角川書店　2003刊
　剣の道殺人事件　けんのみちさつじんじけん
　　鳥羽亮　講談社　1990刊
　剣の誓い　けんのちかい
　　栗本薫　早川書房　1991刊
　剣は湖都に燃ゆ　けんはことにもゆ
　　黒岩重吾　文芸春秋　1990刊
　剣をとりて炎をよべ　つるぎをとりてほのおをよべ
　　中井紀夫　早川書房　1992刊

10 画（剥, 匪, 啄, 唐, 哭, 埋）

剣を継ぐ姫　けんをつぐひめ
　高遠砂夜　集英社　2006刊
7 剣花舞う　けんかまう
　鳥羽亮　角川書店　2008刊
9 剣客と知られざる明治維新　けんかくとしられざるめいじいしん
　高橋左駄　トーホウ出版会　2009刊
剣客瓦版つれづれ日誌　けんきゃくかわらばんつれづれにっし
　池永陽　講談社　2010刊
剣客同心　けんかくどうしん
　鳥羽亮　角川春樹事務所　2006刊
剣客春秋　けんかくしゅんじゅう
　鳥羽亮　幻冬舎　2002刊
剣客相談人　けんかくそうだんにん
　森詠　二見書房　2010刊
剣相見助左衛門剣難の見立て　けんそうみすけざえもんけんなんのみたて
　佐藤雅美　「別冊文藝春秋」　2006年
10 剣狼　けんろう
　鳥羽亮　「小説新潮」　2000年
剣鬼流浪　けんきさすらう
　鳥羽亮　幻冬舎　2008刊
剣鬼・針ヶ谷夕雲　けんきはりがやせきうん
　峰隆一郎　コスミックインターナショナル　1994刊
剣鬼喇嘛仏　けんきらまぶつ
　山田風太郎　講談社　1994刊
12 剣酢漿草の乱舞　けんかたばみのらんぶ
　森本繁　山陽新聞社　1995刊

【剥】
剥き身　むきみ
　四元康祐　「新潮」　2006年

【匪】
10 匪躬の節　ひきゅうのせつ

　別宮善郎　東洋出版　1998刊

【啄】
4 啄木鳥探偵処　きつつきたんていどころ
　伊井圭　東京創元社　1999刊

【唐】
唐くずれ艶道中　からくずれいろどうちゅう
　雑賀俊一郎　学習研究社　2004刊
9 唐変木　とうへんぼく
　諸田玲子　「オール讀物」　2006年
10 唐桟幸次郎疾風旅　とうざんこうじろうしっぷうたび
　北城小路　永田社　2000刊
13 唐椿　とうつばき
　桑原晴子　《句集》　邑書林　1999刊

【哭】
哭く戦艦　なくふね
　柴野貴李　「小説新潮」　2010年

【埋】
埋みの棘　うずみのとげ
　佐伯泰英　角川春樹事務所　2006刊
埋み火　うずみび
　稲垣尚友　えれほん　2003刊
埋み火　うずみび
　日明恩　講談社　2005刊
埋み火　うずみび
　藤井邦夫　ベストセラーズ　2005刊
埋め置きし熾火なれど　うずめおきしおきびなれど
　西村望　「小説NON」　1991年
4 埋火　うずみび
　秋本喜久子　新人物往来社　2007刊
埋火　うずみび
　飯島勝彦　郷土出版社　2006刊
埋火　うつみび
　戸部新十郎　「問題小説」　1995年

【埃】

3 埃及経由　えじぷとけいゆ
　市野記余子　《句集》　牧羊社　1989刊

【夏】

　夏が逝く瞬間　なつがいくとき
　　原田伊織　河出書房新社　2005刊
　夏の尖り　なつのとがり
　　村山由佳　「オール讀物」　2010年
　夏の谺　なつのこだま
　　吉目木晴彦　「海燕」　1992年
　夏の滴　なつのしずく
　　桐生祐狩　角川書店　2001刊
　夏の褥　なつのしとね
　　子母澤類　「問題小説」　2002年
　夏の臀　なつのしり
　　赤江瀑　「問題小説」　2010年
　夏の鏃　なつのやじり
　　朝吹英和　《句集》　ふらんす堂　2010刊
　夏は陽炎　なつはかげろう
　　藤井邦夫　幻冬舎　2008刊
4 夏日燦燦　なつびさんさん
　　富島健夫　「小説宝石」　1997年
5 夏母　なつぼ
　　大野道夫　《歌集》　短歌研究社　2010刊
6 夏光　なつひかり
　　乾ルカ　「オール讀物」　2006年
　夏至南風　かーちーべー
　　川上弘美　「月刊すばる」　2006年
　夏至南風　かーちぃべい
　　長野まゆみ　河出書房新社　1993刊
　夏色の万華鏡　なついろのかれいどすこーぷ
　　藤けいこ　講談社　1989刊
9 夏海　なつみ
　　野沢蛍　新風舎　1994刊

　夏海紗音と不思議な世界　なつみしゃのんとふしぎなせかい
　　直江ヒロト　富士見書房　2010刊
　夏草雨　なつくさあめ
　　乙川優三郎　「小説新潮」　2009年
10 夏姫物語　かきものがたり
　　駒田信二　徳間書店　1991刊
　夏姫春秋　かきしゅんじゅう
　　宮城谷昌光　海越出版社　1991刊
12 夏嵐　からん
　　朝香祥　集英社　1996刊
　夏暁　なつあけ
　　広坂早苗　《歌集》　砂子屋書房　2002刊
　夏越　なごし
　　市川正子　《歌集》　ながらみ書房　2009刊
　夏越　なごし
　　山西雅子　《句集》　花神社　1997刊
　夏越しの夜　なごしのよる
　　千野隆司　角川春樹事務所　2010刊
　夏越のわかれ　なごしのわかれ
　　牧南恭子　学習研究社　2008刊
13 夏雷　からい
　　大倉崇裕　「小説NON」　2006年
14 夏緑蔭　なつりょくいん
　　長野まゆみ　「小説すばる」　1996年
16 夏薊　なつあざみ
　　加堂秀三　「小説新潮」　1997年
20 夏鰒画工手枕　なつのふぐえしのたまくら
　　林望　「小説宝石」　2005年

【姫】

3 姫女苑　ひめじょおん
　　高橋タミ子　《句集》　本阿弥書店　2010刊
　姫女苑　ひめじょおん
　　廣瀬公子　《句集》　東京四季出版　2002刊

10 画（娘, 宴, 家, 宮, 宵, 射, 将, 展, 島, 帰）

7 姫巫女　ひめみこ
　　武上純希　角川書店　1990刊
　姫貝合わせ　ひめがいあわせ
　　花井愛子　「問題小説」　1996年
10 姫将軍と黄金の王子　ひめしょうぐんときんのおうじ
　　倉世春　集英社　2004刊
13 姫路城殺人刀　ひめじじょうさつにんとう
　　火坂雅志　「小説フェミナ」　1994年

【娘】

4 娘木偶　むすめでく
　　名越奈緒　《句集》　東京四季出版　2006刊
5 娘広目屋　むすめひろめや
　　高橋克彦　「小説すばる」　2002年

【宴】

　宴の代償　ばぶるのだいしょう
　　江波戸哲夫　「問題小説」　1991年
　宴の後始末　うたげのあとしまつ
　　玄月　「小説現代」　2009年

【家】

　家においでよ　うちにおいでよ
　　奥田英朗　「小説すばる」　2006年
6 家守　やもり
　　歌野晶午　光文社　2003刊
　家守娘　やもりむすめ
　　篠田節子　「小説新潮」　2008年
　家守綺譚　いえもりきたん
　　梨木香歩　新潮社　2004刊
10 家庭教師ヒットマンreborn!　かてきょーひっとまんりぼーん
　　天野明,子安秀明　集英社　2007刊
11 家族更級日記　かぞくさらしなにっき
　　湊正和　鶴書院　1995刊
14 家鳴り　やなり
　　篠田節子　「小説新潮」　1998年

15 家霊　かりょう
　　篠慧子　鳥影社　1999刊

【宮】

8 宮事記　くじき
　　清水義範　「小説すばる」　1997年

【宵】

8 宵夜町奇譚　よいやちょうきたん
　　あさのあつこ　「野性時代」　2007年
10 宵宮の変　よみやのへん
　　赤江瀑　「問題小説」　1995年

【射】

3 射干玉の　ぬばたまの
　　赤江瀑　「問題小説」　2001年

【将】

9 将軍と木乃伊　しょうぐんとみいら
　　永井義男　祥伝社　1999刊

【展】

10 展翅　てんし
　　神戸周子　《句集》　ふらんす堂　2010刊
　展翅　てんし
　　東野司　学習研究社　2002刊
　展翅蝶　てんしちょう
　　東野司　エニックス　2002刊
12 展掌　てんしょう
　　横沢放川　《句集》　ふらんす堂　1994刊

【島】

5 島母記　とうほき
　　桐野夏生　「新潮」　2006年

【帰】

　帰ってきたアルバイト探偵　かえってきたあるばいとあい
　　大沢在昌　講談社　2004刊

156

10 画（座, 庭, 弱, 徒, 悦, 恐, 恭, 恵, 恋）

帰ってきた処刑人　かえってきたすいーぱー
　田中光二　光文社　1994刊
帰らざる故国　かえらざるくに
　牧南恭子　双葉社　1998刊
帰りて、後　かえりてのち
　菊地秀行　「小説NON」　2006年
帰る雁　かりがね
　西村望　「小説宝石」　2002年
12 帰雲城　かえりぐもじょう
　森省三　青樹社　1997刊
13 帰農燿歌　きのうかがい
　中田雅敏　《句集》　蝸牛社　1998刊
16 帰還　だもい
　久保尚之　「問題小説」　1994年

【座】
15 座敷童　ざしきわらし
　柴田哲孝　「問題小説」　2009年
17 座礁―巨大銀行が震えた日　ざしょうめがばんくがふるえたひ
　江上剛　「小説TRIPPER」　2004年

【庭】
8 庭苑　ていえん
　山口三智　《詩集》　近文社　1991刊
10 庭師　ぶらっくがーでなー
　高瀬美恵　祥伝社　2002刊

【弱】
8 弱法師　よろぼし
　中山可穂　「別冊文藝春秋」　2003年

【徒】
徒しが原　あだしがはら
　赤江瀑　「問題小説」　1991年
5 徒目付失踪　かちめつけしっそう
　鈴木英治　角川春樹事務所　2010刊
7 徒花の残り香　あだばなののこりが
　星田戯生　文芸社　2003刊
徒花の証し　あだばなのあかし
　藤森里美　《詩集》　ゆすりか社　1999刊
10 徒恋初空音佃島　たにんのはじまりねつからうそをつくだじま
　出久根達郎「別冊文藝春秋」1993年
12 徒然なるままに…。　つれづれなるままに
　菱沢桜　《詩集》　新風舎　2004刊

【悦】
13 悦楽の三角関係　えつらくのとらいあんぐる
　夏樹永遠　「小説NON」　1996年

【恐】
8 恐怖症召喚　ふぉびあしょうかん
　平山夢明　「小説すばる」　2007年
恐怖記録器　ふらいとれこーだー
　北野勇作　角川書店　2007刊
恐怖館でつかまえて　ほらーはうすでつかまえて
　秋野ひとみ　講談社　1996刊

【恭】
10 恭恭しき春　うやうやしきはる
　赤江瀑　「問題小説」　1994年

【恵】
恵まれた男・平原君　めぐまれたおとこへいげんくん
　伴野朗　「小説すばる」　1992年
9 恵津＆寿美指爪弾法　けいしんあんどじゅみらつまびきほう
　橘澪　ワニブックス出版サービス　2010刊

【恋】
恋する幇間　こいするたいこ
　吉川潮　「小説新潮」　1997年
恋の指定席!?　こいのりざーぶしーと

10 画（恋）

　　岡野麻里安　講談社　2010刊
　　恋の歌劇と薔薇のドレス　こいの
　　　おぺらとばらのどれす
　　　本宮ことは　一迅社　2010刊
　　恋の闇絡繰り　こいのやみからくり
　　　稲葉稔　学習研究社　2004刊
　　恋の魔法陣　こいのぺんたぐらむ
　　　武上純希　小学館　1995刊
　　恋は暖淡人肌緑茶　こいはだんたん
　　　ひとはだりょくちゃ
　　　木船遊　東銀座出版社　2002刊
 2　恋人は俳優　はにーはすたー
　　　魔鬼砂夜花　二見書房　2002刊
 3　恋刃　れんば
　　　五條瑛　双葉社　2005刊
　　恋山　れんざん
　　　細井令子　日経出版販売日経事業出
　　　版センター　2005刊
　　恋川恋草恋衣　こいかわこいぐさこ
　　　いごろも
　　　赤江瀑　「小説宝石」　1996年
 4　恋比目魚　こいひらめ
　　　梅本育子　「問題小説」　1998年
 5　恋句流麗　れんくりゅうれい
　　　河野多希女　《句集》　文學の森
　　　2004刊
 6　恋刑　れんけい
　　　森村誠一　「別冊小説宝石」　1989年
 9　恋香　れんか
　　　横森理香　ベストセラーズ　2007刊
10　恋唄　とーちそんぐ
　　　尾島隆　「早稲田文学」　1990年
　　恋書　れんしょ
　　　中野学　文芸社　1998刊
　　恋浴衣　こいゆかた
　　　桂猫丸　「早稲田文学」　1991年
　　恋華草紙　れんかぞうし
　　　館山緑　マイクロマガジン社　2005刊
　　恋鬼　れんき
　　　門田泰明　「小説NON」　1995年

　　恋鬼が斬る　れんきがきる
　　　峰隆一郎　広済堂出版　1996刊
11　恋問川　こいといがわ
　　　菅原みえ子　《詩集》　韻　2005刊
　　恋探偵・南可十九香　こいたんてい
　　　なんかとくか
　　　馬里邑れい　学習研究社　1989刊
12　恋着　れんちゃく
　　　子母澤類　「小説NON」　2001年
　　恋飯　れんぱん
　　　鉄屋圭風　《句集》　東京四季出版
　　　2001刊
13　恋夢　こいむ
　　　藍青　新風舎　2005刊
　　恋寝刃地獄聞書　こいのねたばじご
　　　くのききがき
　　　山口椿　トレヴィル　1991刊
　　恋愛小説集　ろまんてぃっくふらぐ
　　　めんつ
　　　谷本潤　文芸社　1998刊
　　恋愛父娘　れんあいおやこ
　　　神津カンナ　角川書店　1991刊
　　恋愛交差点　れんあいすくらんぶる
　　　水上洋子　日本文芸社　1995刊
　　恋愛国からの手紙　かりあからのて
　　　がみ
　　　水上洋子　角川書店　1992刊
　　恋愛物語　らぶぴーしぃず
　　　柴門ふみ　角川書店　1993刊
　　恋想綴り　れんそうつづり
　　　高瀬葵　《詩集》　文芸社　2001刊
　　恋戦恋勝　れんせんれんしょう
　　　梓澤要　「小説宝石」　2003年
　　恋煩い　こいわずらい
　　　北山猛邦　「小説現代」　2007年
14　恋慕情公園　れんぼじょうこうえん
　　　中野やっひ　文芸社　2004刊
　　恋慕寒鯉抱胎佃島　こいすちょうかん
　　　のまごいにだきつくだじま
　　　出久根達郎　「オール讀物」　1995年

10 画（悍, 悋, 挙, 拳, 振, 捕, 捩, 料）

恋歌　れんか
「恋歌」編集部　《詩集》　新風舎　2003刊
15 恋敵　らいばる
長部日出雄　「小説フェミナ」　1992年
恋敵　らいばる
小杉健治　「小説宝石」　2001年
恋敵に伝えて　らいばるにつたえて
鹿住槇　桜桃書房　1998刊
恋敵は32人!?　らいばるはさんじゅうににん
由比まき　プランタン出版　1999刊
恋敵はお嬢様☆　らいばるはおじょうさま
時田唯　アスキー・メディアワークス　2010刊
恋緘　こいのふうじめ
赤江瀑　「問題小説」　2008年
恋霊　こいれい
松田恵里子　講談社　2005刊
恋霊館事件　こりょうかんじけん
谺健二　光文社　2001刊
16 恋縫　こいぬい
諸田玲子　「小説新潮」　1998年

【悍】
10 悍娘と小爺　じゃじゃうまとおやじ
藤水名子　「小説王」　1994年

【悋】
6 悋気講の夜　りんきこうのよる
富樫倫太郎　「小説宝石」　2008年

【挙】
5 挙母　ころも
羽根嘉津　《句集》　本阿弥書店　2002刊

【拳】
拳　からて
高森真士　祥伝社　1989刊

14 拳銃と刑務所　ちゃかとむしょ
大下英治　桃園書房　1997刊
拳銃と命　ちゃかとたま
志茂田景樹　徳間書店　1990刊
拳銃と報復　ちゃかとかえし
志茂田景樹　徳間書店　1991刊
拳銃のことはお任せを　ちゃかのことはおまかせを
胡桃沢耕史　「小説宝石」　1990年

【振】
10 振振毬杖　ぶりぶりぎっちょう
高田伸美　《句集》　ふらんす堂　2010刊

【捕】
11 捕鳥部万の死　ととりべのよろずのし
黒岩重吾　「オール讀物」　1990年
13 捕違い　とりちがい
藤井邦夫　双葉社　2009刊

【捩】
捩じれた闇　ねじれたやみ
田中俊彦　《詩集》　土曜美術社出版販売　1995刊
捩れながら果てしない　ねじれながらはてしない
熊谷ユリヤ　《詩集》　土曜美術社出版販売　1998刊
捩れ屋敷の利鈍　ねじれやしきのりどん
森博嗣　講談社　2002刊
3 捩子　ねじ
さかもと未明　「小説現代」　2003年

【料】
10 料峭　りょうしょう
棚山波朗　《句集》　梅里書房　2003刊
11 料理人　るくいじにえーる
松永尚三　「三田文學」　1990年

159

10 画（旅, 晦, 晒, 時）

料理長におまかせ　しぇふにおまかせ
　酒井一之　イースト・プレス　1994刊

【旅】

旅の朝に　たびのあしたに
　大内曜子　「オール讀物」　1999年

【晦】

晦まし道中　くらましどうちゅう
　三好徹　「小説宝石」　1997年

【晒】

晒し井　さらしい
　森内俊雄　講談社　1997刊
11 晒菜升麻　さらしなしょうま
　辻弥生　《歌集》　短歌研究社　2003刊

【時】

時に抱かれて　ときにだかれて
　新田一実　桜桃書房　1996刊
時の鎮魂歌　ときのれくいえむ
　夢羽　文芸社　2001刊
時よ!永遠に　ときよとわに
　土屋秀夫　新風舎　2007刊
時をつくる女　ときをつくるひと
　松井今朝子　「オール讀物」　2008年
4 時今也長屋旗揚　ときはいまながやのはたあげ
　犬飼六岐　「小説新潮」　2010年
5 時平変貌　ときひらへんぼう
　藤枝ちえ　「小説宝石」　1992年
時生　ときお
　東野圭吾　講談社　2005刊
8 時効　かうんとだうん
　松本賢吾　祥伝社　1997刊
時空のはざま　ときのはざま
　月詠あすか　《詩集》　晃洋書房　2007刊
時空の巫女　ときのみこ
　今野敏　角川春樹事務所　1998刊

時空を超えて　ときをこえて
　亜沙木るか　講談社　1995刊
時雨のあと　しぐれのあと
　藤沢周平　新潮社　2002刊
時雨の岡　しぐれのおか
　乙川優三郎　講談社　2006刊
時雨の宿　しぐれのやど
　伊原徹　近代文芸社　1995刊
時雨鬼　しぐれおに
　宮部みゆき　「オール讀物」　2000年
11 時鳥　ほととぎす
　岩崎すゑ子　《句集》　東京四季出版　2007刊
時鳥　ほととぎす
　南條美知　《句集》　美研インターナショナル　2005刊
時鳥のお紺　ほととぎすのおこん
　羽太雄平　「小説NON」　1993年
12 時間　ときのはざま
　野仲美弥子　《詩集》　書肆青樹社　2006刊
時間という名の支配者と　ときとゆうなのしはいしゃと
　青木和尊　健友館　2002刊
時間の河を越えて　ときのかわをこえて
　小宮山慎太郎　日本文学館　2004刊
時間の重さ　ときのおもさ
　大野理維子　《詩集》　鳥影社　1989刊
時間の旅人　ときのたびびと
　鵜澤博　《句集》　沖積舎　2001刊
時間の旅人　ときのたびびと
　春山貞彦　《歌集》　新風舎　2006刊
時間の疼き　ときのうずき
　世良典彦　《詩集》　近代文芸社　1997刊
時間の器　ときのうつわ
　岡本卓土　《詩集》　郁朋社　2010刊
時間は流れ続ける　ときはながれつづける

10 画（晏, 書, 案, 格, 核, 株, 栗, 桑）

　　　平川らいあん　ブイツーソリューション　2003刊
　　時間を越えて会いたい　ときをこえてあいたい
　　　如月克　日本文学館　2006刊
　　時間喰い　たいむいーたー
　　　薄井ゆうじ　「野性時代」　1995年
16　時機すぎた総括　ときすぎたそうかつ
　　　太田憲孝　高島書房出版部　1998刊
20　時鐘館の殺人　とけいかんのさつじん
　　　今邑彩　中央公論社　1993刊

【晏】
3　晏子　あんし
　　　宮城谷昌光　「小説新潮」　1992年

【書】
8　書物法廷　るとりびゅなる
　　　赤城毅　講談社　2010刊
　　書物狩人　るしゃすーる
　　　赤城毅　「小説現代」　2006年
　　書物迷宮　るらびらんと
　　　赤城毅　「小説現代」　2008年

【案】
3　案山子　かかし
　　　アリノ真麿　近代文芸社　1992刊
　　案山子　かかし
　　　香納諒一　「小説すばる」　2000年
　　案山子　かかし
　　　坂岡真　「問題小説」　2007年
　　案山子と共に　かかしとともに
　　　長藤幸治　《歌集》　短歌研究社　2006刊
　　案山子のうた　かかしのうた
　　　桜田案山子　《詩集》　日本図書刊行会　1993刊
　　案山子杭　かかしくい

　　　宮本善一　《詩集》　能登印刷出版部　1998刊
4　案内人　すとーかー
　　　大江健三郎　「Switch」　1990年

【格】
18　格闘地獄島　ふぁいてぃんぐぱーく
　　　松岡弘一　双葉社　1995刊

【核】
8　核炉暴走　りあくたーすたんぴーど
　　　豊田有恒　「小説NON」　1990年
　　核物質護衛艦隊出撃す　ぷるとにうむごえいかんたいしゅつげきす
　　　大石英司　中央公論社　1990刊

【株】
10　株連蔓引　しゅれんまんいん
　　　安田二郎　「問題小説」　1990年

【栗】
13　栗鼠たちの森　りすたちのもり
　　　三都島敦　東洋出版　1996刊
16　栗樹　かすたねあ
　　　長野まゆみ　「小説すばる」　1996年

【桑】
11　桑梓　そうし
　　　森ちづる　《句集》　牧羊社　1989刊
　　桑梓抄　そうししゅう
　　　前田雅子　《歌集》　ながらみ書房　2004刊
12　桑港にて　さんふらんしすこにて
　　　植松三十里　新人物往来社　2004刊
　　桑港の娼婦　さんふらんしすこのしょうふ
　　　安部譲二　「小説現代」　1989年
　　桑港少年休暇　しすこぼーいずばけーしょん
　　　七海花音　小学館　2000刊

161

10 画（根, 桜, 栴, 桃, 梅）

【根】
12 「根無し草」の伝説　たんぶるうぃーどのでんせつ
　　菊地秀行　出版芸術社　2009刊
13 根暗野火魂　ねくらのびこん
　　淀川乱歩　新風舎　2004刊

【桜】
　桜の迷宮　さくらのらびりんす
　　橘はな江　講談社　1996刊
　桜の懸け橋　はなのかけはし
　　橋本汀子　《歌集》　美研インターナショナル　2005刊
　桜を手折るもの　さくらをたおるもの
　　岡野麻里安　講談社　2001刊
2 桜人　おうじん
　　桃まき子　日本文学館　2007刊
7 桜花を見た　さくらをみた
　　宇江佐真理　「別冊文藝春秋」　1998年
　桜花紅　いんほあほん
　　松田早苗　《歌集》　砂子屋書房　2000刊
8 桜東風　さくらごち
　　久留主梵翠　《句集》　そうぶん社出版　1998刊
9 桜紅葉　さくらもみじ
　　松本澄江　《句集》　角川書店　2005刊
10 桜、時雨れる　さくらしぐれる
　　あさのあつこ　「小説現代」　2006年
14 桜榾　さくらほた
　　吉年虹二　《句集》　東京四季出版　1993刊
　桜蓼　さくらたで
　　小倉つね子　《句集》　本阿弥書店　2005刊
15 桜輝う　さくらかがよう
　　沖中智恵子　文芸社ビジュアルアート　2010刊

22 桜襲　さくらがさね
　　西嶋法子　《歌集》　角川書店　2009刊

【栴】
17 栴檀樹華敷　せんだんじゅけふ
　　原田禹雄　《歌集》　榕樹書林　2001刊

【桃】
4 桃夭　とうよう
　　荒木紀子　《歌集》　短歌研究社　2007刊
　桃夭　とうよう
　　太田絢子　《歌集》　砂子屋書房　2010刊
　桃夭集　とうようしゅう
　　椎名恒治　《歌集》　東京四季出版　1991刊
6 桃・色・騎・士　ももいろないと
　　弓原望　集英社　1998刊
14 桃蜜　ももみ
　　稲葉真弓　「文藝ポスト」　2000年

【梅】
7 梅花香　ばいかこう
　　柿原由美子　《句集》　文學の森　2005刊
　梅花藻の花　ばいかものはな
　　大島史洋　《歌集》　短歌新聞社　2005刊
8 梅雨の雷　つゆのらい
　　今井絵美子　双葉社　2010刊
　梅雨の磯　つゆのいそ
　　松田親雄　文芸社　2002刊
　梅雨ノ蝶　ばいうのちょう
　　佐伯泰英　双葉社　2006刊
　梅雨寒ごたつ　つゆざむごたつ
　　山本一力　「小説TRIPPER」　2004年
　梅雨滂沱　つゆほうだ
　　梅崎利通　《詩集》　朱鳥社　2010刊
11 梅黄葉　うめもみじ

10 画（桎, 梳, 残, 殊, 殺, 酒）

疋田紀代　《歌集》　京都カルチャー出版　2007刊

【桎】
11 桎梏の夜　しっこくのよる
　　鈴木芳樹　《詩集》　新風舎　2005刊
　桎梏の季　しっこくのとき
　　鈴木利一　《歌集》　東京四季出版　1993刊

【梳】
　梳き鋏　すきばさみ
　　山本幸久　「小説すばる」　2007年

【残】
　残の花　のこんのはな
　　山崎果林　《歌集》　近代文芸社　2000刊
　残んの月　のこんのつき
　　蜂谷涼　「小説現代」　2000年
　残ンの色香　のこんのいろか
　　岡本文弥　《句集》　三月書房　1997刊
8 残波岬　ざんぱみさき
　　山口洋子　「小説宝石」　1997年
9 残紅　のこんのべに
　　大野洋太郎　新人物往来社　2009刊
11 残情　のこりび
　　マダム・ブルーローズ　文芸社　2005刊

【殊】
　殊の秋　ことのあき
　　越路みのり　鳥影社　1997刊

【殺】
　殺される理由　ころされるわけ
　　雨宮町子　徳間書店　2000刊
　殺しは淑女におまかせ　ころしはれでぃにおまかせ
　　胡桃沢耕史　講談社　1993刊
　殺しを囁く銀牙　ころしをささやくはんたー
　　山本恵三　天山出版　1991刊
　殺し屋刑事　ころしやでか
　　南英男　徳間書店　2003刊
　殺める　あやめる
　　龍一京　廣済堂出版　1998刊
　殺られる前に演れ　やられるまえにやれ
　　桑原譲太郎　角川春樹事務所　1999刊
2 殺人の二重罠　さつじんのだぶるとらっぷ
　　大谷羊太郎　立風書房　1989刊
　殺人の花客　さつじんのかかく
　　森村誠一　講談社　1993刊
　殺人刀　せつにんとう
　　津本陽　「小説新潮」　2006年
　殺人山行不帰ノ嶮　さつじんさんこうかえらずのけん
　　梓林太郎　光文社　1999刊
　殺人特命刑事　ころしのえーじぇんと
　　城戸礼　青樹社　1991刊
　殺人遁走曲　さつじんふーが
　　菊地秀行　双葉社　2001刊
　殺人撃滅捜査官　さつじんぷろふぇっしょなる
　　島田一男　光文社　1993刊
4 殺手　さーそ
　　荻史朗　双葉社　1996刊
5 殺尼魔の旅は死せり　さつにまのたびはしせり
　　岩井志麻子　「小説現代」　2008年
　殺生石　せっしょうせき
　　桂美人　「小説新潮」　2007年
13 殺意は青列車が乗せて　さついはぶるーとれいんがのせて
　　柄刀一　祥伝社　2004刊

【酒】
7 酒甫手　さかほて
　　山本一力　「小説現代」　2005年

163

10 画（消, 泰, 浜, 浮, 流）

11 酒寄せ　しゅよせ
　　木村順人　《詩集》　東京図書出版会
　　2002刊
13 酒媼　さけおうな
　　半村良　「小説新潮」　1989年

【消】

　消えずの行灯　きえずのあんどん
　　誉田龍一　双葉社　2007刊
　消えたアイドル 悪漢刑事外伝　き
　　えたあいどるわるでかがいでん
　　安達瑤　「小説NON」　2006年
　消えた十手擬　きえたじってもどき
　　西村望　「小説宝石」　1995年
　消えた文机　きえたふづくえ
　　常盤新平　「小説NON」　1998年
　消えた茶入　きえたちゃいれ
　　中津文彦　「小説宝石」　1997年
　消える総生島　きえるそうせいじま
　　はやみねかおる　講談社　2007刊
　消え去った女　きえさったひと
　　遊子川昭　文芸社　2008刊

【泰】

　泰らけき世に　やすらけきよに
　　町方和夫　《歌集》　東京四季出版
　　2001刊

【浜】

 4 浜木綿　はまゆう
　　岡田雅美　《句集》　角川書店　2003刊
　浜木綿　はまゆう
　　福川悠子　《句集》　牧羊社　1990刊
　浜木綿の咲く浜辺　はまゆうのさく
　　はまべ
　　菅野眞砂　《詩集》　花神社　2004刊
　浜木綿の唄　はまゆうのうた
　　安藤治子　《歌集》　葉文館出版
　　1998刊
10 浜降れ　はまおれ

　　伊藤ミネ子　《句集》　本阿弥書店
　　2004刊

【浮】

 5 浮世奇絵草紙　うきよあやしえそ
　　うし
　　水野武流　講談社　2002刊
　浮布　うきぬの
　　佐藤洋二郎　「文藝」　1996年
　浮氷　うきごおり
　　吉本みよ子　《句集》　紅書房　2001刊
 6 浮気町・車輌進入禁止　ふけちょう
　　しゃりょうしんにゅうきんし
　　清岳こう　《詩集》　詩学社　1996刊
 8 浮泛漂蕩　ふはんひょうとう
　　中村稔　《詩集》　思潮社　1991刊
15 浮熟　ふじゅく
　　米倉巖　《詩集》　鳥影社　2003刊
19 浮蟻珠　ふぎしゅ
　　森福都　「小説NON」　2000年

【流】

　流れ逝く時刻　ながれゆくとき
　　有本佳央　文芸社　2005刊
　流れ灌頂　ながれかんじょう
　　宇江佐真理　「小説すばる」　2000年
 2 流人　るにん
　　菊地秀行　「IN POCKET」　1991年
 6 流行心中　はやりしんじゅう
　　森村誠一　「オール讀物」　1997年
　流行歌　はやりうた
　　吉川潮　新潮社　2004刊
 8 流氓に死に水を　りゅうまんにしに
　　みずを
　　阿木慎太郎　祥伝社　2003刊
 9 流星人　よばいど
　　藤本義一　「小説新潮」　1996年
　流砂の星月夜　るしゃのほしづくよ
　　藤原眞莉　集英社　1999刊
　流香譚　るこうたん

10 画（涙, 浪, 涕, 涅, 烏, 烈）

  黒部亨　日本経済新聞社　1992刊
10　流記　るき
  田野倉康一《詩集》思潮社　2002刊
11　流斬少年・スオウ　るざんしょうねんすおう
  新城カズマ　富士見書房　1998刊
12　流雲　ながれぐも
  鈴木慧　幻冬舎ルネッサンス　2008刊
13　流跡　りゅうせき
  朝吹真理子　「新潮」　2009年
18　流謫の波頭　るたくのはとう
  太田保世　牧野出版　2005刊
 流謫の思想　るたくのしそう
  高橋喜久晴　《詩集》　書肆青樹社　2003刊

【涙】
 涙　てんあるなみだ
  中村和枝　《歌集》ながらみ書房　2001刊
 涙そうそう　なだそうそう
  吉田紀子,吉田雄生　幻冬舎　2006刊
 涙の雫　まーきすだいや
  山崎巌　「別冊小説宝石」　1994年
12　涙散恋　せぴあ
  武富友子　《詩集》　新風舎　2007刊
15　涙影　るいけい
  海音地洋平　新風舎　2006刊

【浪】
10　浪華の翔風　なにわのかぜ
  築山桂　鳥影社・ロゴス企画部　1998刊
 浪華疾風伝あかね　なにわしっぷうでんあかね
  築山桂　ポプラ社　2010刊
 浪速のエルビス　なにわのえるびす
  堀川輝　文芸社　1998刊
 浪速忠臣蔵　なにわちゅうしんぐら
  吉村正一郎　勁文社　1998刊
 浪速怒り寿司　なにわいかりずし

  長谷川憲司　関西書院　1990刊
 浪速夢見小路　なにわゆめみこうじ
  牧川史郎　飛鳥出版室　1993刊

【涕】
8　涕泣の密室　ていきゅうのみっしつ
  横溝美晶　有楽出版社　1999刊

【涅】
14　涅槃西風　ねはんにし
  瀬戸悠《句集》ふらんす堂　2008刊
 涅槃西風　ねはんにし
  山本かね子　《歌集》　角川書店　2000刊

【烏】
3　烏丸ものがたり　からすまるものがたり
  村松友視　「文藝」　1992年
 烏丸紅子恋愛事件　からすまべにこれんあいじけん
  桜庭一樹　「小説新潮」　2006年
6　烏有此譚　うゆうしたん
  円城塔　「群像」　2008年
 烏瓜　からすうり
  皆月亨介　「小説NON」　2006年
10　烏珠抄　ぬばたましょう
  七条沙耶　二見書房　1993刊
14　烏滸の聖か　おこのひじりか
  古井由吉　「世界」　1995年
24　烏鷺　うろ
  佐伯泰英　祥伝社　2007刊
 烏鷺のうろうろ　うろのうろうろ
  杉本幸子《歌集》角川書店　2004刊
 烏鷺寺異聞　うろでらいぶん
  篠田達明　徳間書店　1998刊

【烈】
4　烈火の笑劇　れっかのふぁるす
  かんべむさし　「世界」　1996年

10 画（烘, 特, 狸, 狼, 玆, 珠, 琉, 留, 疾）

9 烈風の騎士姫　かぜのきしひめ
　　ヤマグチノボル　メディアファクトリー　2009刊
　烈風疾る　れっぷうはしる
　　南原幹雄　「問題小説」　1993年

【烘】
4 烘火　こうか
　　清水一行　徳間書店　1998刊

【特】
7 特攻の拓　ぶっこみのたく
　　佐木飛朗斗　講談社　1995刊
　特攻刑事　こんばっとけいじ
　　南英男　祥伝社　2000刊
8 特命交渉人　くらいしすねごしえーたー
　　植田草介　祥伝社　1994刊
10 特捜女豹刑事白鷺　とくそうめひょうでかしらさぎ
　　龍一京　廣済堂出版　1998刊
　特捜刑事　とくそうでか
　　中村光至　双葉社　1992刊

【狸】
5 狸穴あいあい坂　まみあなあいあいざか
　　諸田玲子　「小説すばる」　2006年
　狸穴の簪　まみあなのかんざし
　　松井今朝子　「小説新潮」　2006年
14 狸稲架　たぬきはざ
　　遠山輝雄　《句集》　紅書房　2001刊

【狼】
　狼　たいしょう
　　神坂次郎　徳間書店　1990刊
　狼と勾玉　おおかみとまがたま
　　本宮ことに　集英社　2010刊
　狼は瞑らない　おおかみはねむらない
　　樋口明雄　角川春樹事務所　2000刊

4 狼火　のろし
　　川本憲司　《句集》　牧羊社　1991刊
6 狼叫　らんちゃお
　　樋口明雄　講談社　1998刊
7 狼花　おおかみばな
　　大沢在昌　「小説宝石」　2005年
9 狼面司祭　びーすとぷりーすと
　　秋津透　エンターブレイン　2002刊

【玆】
　玆き炎の仮面　くろきほのおのかめん
　　朝松健　朝日ソノラマ　1990刊
6 玆江戸梅雨達引　ここがえどつゆのたてひき
　　山口椿　「問題小説」　1996年

【珠】
10 珠恋歌　たまこいか
　　龍那由美　東京図書出版会　2007刊

【琉】
11 琉球御岳伝説　りゅうきゅううたきでんせつ
　　きぐちさとこ　ソニー・マガジンズ　2008刊
15 琉璃想　りうりいしあん
　　浅田次郎　「別冊文藝春秋」　1997年

【留】
14 留魂の翼　りゅうこんのつばさ
　　古川薫　中央公論社　1995刊

【疾】
7 疾走る影　はしるかげ
　　新田一実　講談社　1999刊
　疾走れ、撃て！　はしれうて
　　神野オキナ　メディアファクトリー　2008刊
9 疾風　はやて
　　樋口明雄　「小説現代」　2007年

10 画（症, 病, 疽, 益, 真）

  疾風と凪と　はやてとなぎと
   村上睦郎　新人物往来社　1994刊
  疾風の密使　はやてのみっし
   稲葉稔　双葉社　2010刊
  疾風の闇　はやてのやみ
   勝目梓　廣済堂出版　1998刊
  疾風果つる戦場　かぜはつるせんじょう
   麻生俊平　富士見書房　1999刊
  疾風独楽　はやてごま
   柏田道夫　徳間書店　2000刊

【症】
10 症候群　しんどろーむ
   井上たかし　「小説現代」　1995年

【病】
11 病猫の日　やみねこのひ
   朱川湊人　「小説すばる」　2006年
12 病葉流れて　わくらばながれて
   白川道　小学館　1998刊

【疽】
  疽　そ
   東郷隆　「別冊文藝春秋」　1996年

【益】
9 益荒神　ますらがみ
   小林恭二　「小説すばる」　2000年

【真】
4 真中　まんなか
   高千夏子　《句集》　角川書店　2001刊
  真水　さみず
   松野苑子　《句集》　角川書店　2009刊
5 真世の王　しんせいのおう
   妹尾ゆふ子　エニックス　2002刊
  真冬の海に舞う品川の食売女　まふゆのうみにまうしながわのめしうりおんな
   佐藤雅美　「小説現代」　2010年

  真犯人　ほんぼし
   笹沢左保　徳間書店　1996刊
  真犯人　ほんぼし
   南英男　祥伝社　2008刊
6 真光透とふ　まこととう
   須藤美智子　《詩集》　今日の話題社　2003刊
  真名仮名の記　まなかなのき
   森内俊雄　「群像」　2000年
8 真夜中の行進曲　まよなかのまーち
   奥田英朗　「小説すばる」　2002年
  真夜中の『前哨』　まよなかのせんとりー
   福井晴敏　「別冊文藝春秋」　2002年
  真夜中の首領を追え　まよなかのどんをおえ
   志茂田景樹　講談社　1989刊
  真実のかすんだ季節　とぅるーすのかすんだきせつ
   所健一　新風舎　1995刊
  真実の言葉　ほんとうのことば
   ゆらひかる　ビブロス　2000刊
  真実の記憶　しんじつのめもりー
   大倉崇裕　「小説すばる」　2003年
  真実を告げる声をきけ　まことをつげるこえをきけ
   結城光流　角川書店　2006刊
  真幸くあらば　まさきくあらば
   小嵐九八郎　「小説現代」　1997年
9 真南風　まふえ
   天野翔　文芸社　2000刊
  真神原　まかみのはら
   安田幸子　《句集》　牧羊社　1992刊
  真神・転生幻話　まかみてんせいげんわ
   一藤木杏子　集英社　1992刊
  真神・鵺鵼　まかみ・しゃこ
   三橋敏雄　《句集》　邑書林　1996刊
  真紅　まくれない
   折井真琴　《句集》　花神社　1992刊

10 画（眠, 眩, 砥）

　真逆の剣　まさかのけん
　　麻城ゆう　新書館　1995刊
10　真剣で私に恋しなさい!!　まじでわ
　　たしにこいしなさい
　　野山風一郎　一迅社　2010刊
　真庭語　まにわがたり
　　西尾維新　講談社　2008刊
　真旅　またび
　　成瀬有　《歌集》　角川書店　2008刊
　真珠道　まだまみち
　　大城立裕　《戯曲》　琉球新報社
　　2001刊
11　真悠子　まゆこ
　　小林恭二　「小説すばる」　2002年
　真清水　ましみず
　　難波慶子　《句集》　邑書林　1998刊
　真清水　ましみず
　　村上悦美《句集》文學の森　2005刊
　真理　まり
　　阿川佐和子　「小説新潮」　2006年
　真菰の馬　まこものうま
　　木全功子《詩集》幻視者社　1994刊
12　真景　いめーじ
　　田野倉康一《詩集》思潮社　2009刊
　真皓き残響　ましろきざんきょう
　　桑原水菜　集英社　1999刊
　真間の手児奈　ままのてこな
　　葉山修平　《戯曲》　龍書房　2010刊
21　真鶴　まなづる
　　川上弘美　「文學界」　2005年
　真鶴道路殺人事件　まなづるどうろ
　　さつじんじけん
　　空色零　文芸社　2005刊

【眠】

　眠さんが眠らないわけ　ねむりさ
　　んがねむらないわけ
　　久世光彦　「オール讀物」　2001年
　眠らぬ森の妖精奇譚　ねむらぬもり
　　のふぇありている

　　藤原眞莉　集英社　1999刊
　眠り男の伝説　つぇざーれのでん
　　せつ
　　菊地秀行　「問題小説」　1993年
　眠り姫症候群　ねむりひめしんどろ
　　ーむ
　　ふゆの仁子　光風社出版　2002刊
　眠れぬ森の醜女　ねむれぬもりのし
　　こめ
　　三好京三　「問題小説」　1996年
　眠れる死　ねむれるたなとす
　　竹河聖　光文社　1998刊
　眠レヌ夜ノ伽譚　ねむれぬよるのと
　　ぎばなし
　　がんばるトマト　東京図書出版会
　　2008刊
5　眠立体　ねむりったい
　　K.マーホ《詩集》フーコー　2002刊

【眩】

9　眩草　くらら
　　林朋子　《句集》　北溟社　2002刊
13　眩暈　めまい
　　東直己　角川春樹事務所　2009刊
　眩暈　めまい
　　五百香ノエル　オークラ出版　1998刊
　眩暈　めまい
　　島田荘司　講談社　1992刊
　眩暈　めまい
　　末廣圭　勁文社　2002刊
　眩暈　めまい
　　馳星周　「別冊文藝春秋」　1999年
　眩暈を愛して夢を見よ　めまいを
　　あいしてゆめをみよ
　　小川勝己　角川書店　2010刊

【眞】　→真（10画）

【砥】

8　砥取山　ととりやま

10画（破, 砲, 祟, 秦, 秩, 秘, 秧）

　　　新谷ひろし　《句集》　毎日新聞社
　　　2002刊
11 砥部　　とべ
　　　二神節子　《句集》　朝日新聞社
　　　2000刊

【破】

5 破矛　　はほう
　　　上田秀人　徳間書店　2010刊
9 破垣　　やれがき
　　　飯田章　「月刊すばる」　1999年
　破風のある家　はふのあるいえ
　　　三木卓　「群像」　1995年
16 破壊者の迷宮　あばどんのめいきゅう
　　　七穂美也子　集英社　2004刊
　破壊神の復讐　しうぁのふくしゅう
　　　牧原朱里　ソニー・マガジンズ　1998刊

【砲】

21 砲艦鳥亀号　ほうかんくさがめごう
　　　椎名誠　「月刊すばる」　2003年

【祟】

9 祟神の郷　たたりがみのさと
　　　木下祥　中央公論新社　2010刊

【秦】

17 秦檜　　しんかい
　　　南条竹則　「小説新潮」　2001年

【秩】

4 秩父の女　ちちぶのひと
　　　斎藤立　彩図社　2001刊

【秘】

6 秘伝元禄無命の陣　ひでんげんろくむみょうのじん
　　　柳蒼二郎　徳間書店　2009刊
　秘色　　ひそく
　　　後藤ルミ子《詩集》新風舎　2003刊
　秘色　　ひそく
　　　奈賀美和子　《歌集》　短歌研究社
　　　1996刊
　秘色　　ひそく
　　　渡辺乃梨子　《句集》　ふらんす堂
　　　2007刊
　秘色の湖　ひそくのうみ
　　　園田節子　《歌集》　短歌研究社
　　　1993刊
　秘色の碗　ひそくのわん
　　　吉村晴夫　碧天舎　2005刊
7 秘伽羅　ひきゃら
　　　木村えつ《句集》紅書房　2008刊
　秘花　　ひか
　　　瀬戸内寂聴　「新潮」　2006年
8 秘命捜査人　ひめいはんたーこっぷ
　　　広山義慶　光文社　1992刊
9 秘神録水神の巫女　ひしんろくすいじんのみこ
　　　西谷史　学習研究社　2002刊
10 秘剣八寸ノ矩　ひけんはっすんのかね
　　　戸部新十郎　「小説宝石」　1993年
　秘剣双六　ひけんすごろく
　　　戸部新十郎　「問題小説」　1997年
　秘剣示現流　ひけんじげんりゅう
　　　麻倉一矢　「小説NON」　1998年
　秘剣虎一足　ひけんとらいっそく
　　　鳥羽亮　「小説NON」　1999年
　秘剣浮鳥　ひけんうきどり
　　　戸部新十郎　「小説新潮」　1995年
11 秘密の花園　しーくれっとがーでん
　　　あさぎり夕　集英社　1998刊
14 秘歌　　しーくれっとぽえむ
　　　森村誠一　「小説NON」　1999年
25 秘鑰　　ひやく
　　　晋樹隆彦《歌集》はる書房　2004刊

【秧】

19 秧鶏の唄　くいなのうた

169

10 画（穿, 竜, 笑）

　　友清恵子　《詩集》　りん書房　1997刊

【穿】

　　穿かせちゃうぞ　はかせちゃうぞ
　　　櫻木充　「問題小説」　2007年
7　穿肚皮　ちゅあんどぅぴい
　　　東直己　「小説新潮」　2000年

【竜】

　　竜と宙　りゅうとそら
　　　立原透耶　幻冬舎コミックス　2008刊
　　竜と勇者と可愛げのない私　りゅうとあいつとかわいげのないわたし
　　　志村一矢　アスキー・メディアワークス　2010刊
　　竜の仮面　りゅうのぺるそな
　　　佐々木敏　徳間書店　2002刊
　　竜の盃　どらごんのさかずき
　　　大下英治　祥伝社　1996刊
　　竜の眠る都　なーがのねむるみやこ
　　　伊藤武　大栄出版　1998刊
　　竜の落し子　たつのおとしご
　　　大橋敦子　《句集》　角川書店　2007刊
　　〈竜の道〉殺人事件　どらごんれーるさつじんじけん
　　　金久保茂樹　祥伝社　1999刊
　　竜の鎮魂歌　りゅうのれくいえむ
　　　星野ケイ　講談社　1997刊
　　竜は彷徨う　りゅうはさまよう
　　　真堂樹　集英社　1999刊
　　竜は飢える　りゅうはかつえる
　　　真堂樹　集英社　1998刊
　　竜は微睡む　りゅうはまどろむ
　　　真堂樹　集英社　1995刊
　　竜は濡れ濡つ　りゅうはぬれそぼつ
　　　真堂樹　集英社　1999刊
5　竜四郎　ろんすうらう
　　　藤水名子　「小説すばる」　1994年

7　竜谷の涯の旅人たち　りゅうこくのはてのでゅーんらなー
　　　星野亮　富士見書房　2010刊
9　竜神の女　りゅうじんのひと
　　　内田康夫　有楽出版社　2003刊
　　竜神の巫女　りゅうじんのみこ
　　　榊原みや子　鳥影社　1998刊
　　竜胆　りんどう
　　　福田勢以　《歌集》　近代文芸社　1993刊
　　竜胆杯を傾けて　りんどうはいをかたむけて
　　　森真沙子　「問題小説」　2004年
　　竜胆紅一の疑惑　りんどうこういちのぎわく
　　　有栖川有栖　「小説NON」　1996年
10　竜秘御天歌　りゅうひぎょてんか
　　　村田喜代子　文藝春秋　1998刊
　　竜馬嫌悪　りょうまぎらい
　　　勢九二五　文芸社　2010刊
11　竜族　どらっけんはいと
　　　花田一三六　中央公論新社　2007刊
12　竜棲宝珠　りゅうのすむたま
　　　宮乃崎桜子　講談社　2004刊
18　竜騎兵は近づけり　どらごねーるはちかづけり
　　　皆川博子　「オール讀物」　2002年
20　竜鐘譚　りゅうしょうたん
　　　伊勢田史郎　《詩集》　詩画工房　2005刊

【笑】

　　笑い鍔　わらいつば
　　　東郷隆　「オール讀物」　1997年
　　笑う花魁　わらうおいらん
　　　石月正広　講談社　2006刊
　　笑う髑髏　わらうしゃれこうべ
　　　山本兼一　「オール讀物」　2010年
　　笑わぬ木瓜　わらわぬぼけ

10 画（紙, 純, 素, 納, 紐, 紛, 紡, 罠）

　　吉原和子　《歌集》　短歌研究社
　　　2002刊
　8 笑歩　しょうほ
　　　藤岡真　「小説新潮」　1992年
11 笑酔亭梅寿謎解噺　しょうすいてい
　　　ばいじゅなぞときばなし
　　　田中啓文　「小説すばる」　2003年

【紙】
　　紙の碑に泪を　かみのいしぶみにな
　　　みだを
　　　倉阪鬼一郎　講談社　2008刊
11 紙捻の兎　こよりのうさぎ
　　　藤井素介　「小説現代」　1998年
　　紙魚的一生　しみてきいっしょう
　　　山田詠美　「オール讀物」　2006年
　　紙魚家崩壊　しみけほうかい
　　　北村薫　講談社　2006刊
14 紙漉　かみすき
　　　諸田玲子　「小説現代」　2007年
　　紙漉女　かみすきめ
　　　朝枝文石　《句集》　近代文芸社
　　　1990刊

【純】
　7 純花　すみか
　　　石田衣良　「小説現代」　2007年
10 純恋　じゅんこい
　　　新堂冬樹　徳間書店　2010刊

【素】
　7 素見　ひやかし
　　　中島要　「小説宝石」　2008年
　8 素戔嗚尊とヤマタノオロチ　すさ
　　　のおのみこととやまたのおろち
　　　神尾正武　ブイツーソリューション
　　　2007刊
　9 素秋　そしゅう
　　　小松充子　《歌集》　近代文芸社
　　　1991刊

　　素秋の水　そしゅうのみず
　　　竹貫示虹　《句集》　文學の森　2009刊
16 素謡　すうたい
　　　田中亘代　《句集》　ふらんす堂
　　　2007刊
　　素謡　すうたい
　　　宮木忠夫　《句集》　角川書店　2007刊

【納】
　5 納札焼杙火佃島　おさめふだはがれ
　　　てまたもつくだじま
　　　出久根達郎　「オール讀物」　1995年
　7 納沙布・死の霧笛　のさっぷしのむ
　　　てき
　　　吉岡道夫　双葉社　1992刊
　　納沙布岬殺人事件　のさっぷみさき
　　　さつじんじけん
　　　梓林太郎　祥伝社　2000刊

【紐】
　8 紐育のドライ・マティーニ　にゅー
　　　よーくのどらいまてぃーに
　　　オキ・シロー　シンコー・ミュージッ
　　　ク　1989刊
　　紐育マサオ　にゅーよーくまさお
　　　うつみ宮土理　「別冊文藝春秋」
　　　1995年
　　紐育物語　にゅーよーくものがたり
　　　村松友視　「小説新潮」　1992年

【紛】
　　紛い菩薩　まがいぼさつ
　　　夢枕獏　「オール讀物」　2008年

【紡】
　　紡ぎ唄　おんふぁる
　　　長野まゆみ　「新潮」　2006年

【罠】
　　罠に窄ちた美人記者　わなにおちた
　　　びじんきしゃ
　　　若桜木虔　「小説フェミナ」　1993年

171

10 画（翅, 耽, 胸, 脂, 舫, 荻, 華, 莢, 茶, 莨, 蚊）

11 罠釣師　とらっぱーず
　　三浦明博　「別冊文藝春秋」　2004年

【翅】

9 翅音　はねおと
　　長田典子　《詩集》　砂子屋書房
　　2008刊

　翅音　はおと
　　奈良葉　《句集》　北溟社　1999刊

【耽】

13 耽溺れる女　おぼれるおんな
　　塩田丸男　祥伝社　1995刊

【胸】

8 胸乳の匂い　むなぢのにおい
　　加堂秀三　「小説宝石」　1990年

18 胸騒ぎの理由　むなさわぎのわけ
　　安住磨奈　シンコー・ミュージック
　　1993刊

【脂】

16 脂薬　あぶらぐすり
　　加堂秀三　「小説宝石」　2000年

【舫】

　舫う　もやう
　　和田実恵子《詩集》文芸社　2004刊

　舫ひ綱　もやいづな
　　佐藤愛　《句集》　北溟社　2003刊

10 舫鬼九郎　もやいおにくろう
　　高橋克彦　実業之日本社　1992刊

【荻】

10 荻浦嬢瑠璃は敗北しない　おぎう
　　らじょうるりははいぼくしない
　　元長柾木　角川書店　2008刊

【華】

3 華女ふたり　おんなふたり
　　小野瑛一郎　新風舎　2004刊

　華山　げざん
　　久富寿一　《句集》　牧羊社　1993刊

4 華幻の刻　かげんのとき
　　水無月叶　文芸社　2004刊

6 華吉屋縁起　かきつやえんぎ
　　井上順一　「小説NON」　2006年

8 華夜叉　はなのやしゃ
　　海道龍一朗　「問題小説」　2008年

9 華栄の丘　かえいのおか
　　宮城谷昌光　「オール讀物」　1998年

　華紅　はなくれない
　　甲斐久子　《歌集》　美研インターナ
　　ショナル　2009刊

　華胥の幽夢　かしょのゆめ
　　小野不由美　講談社　2001刊

19 華麗なる堕天使　かれいなるるしふ
　　ぁー
　　遠藤明範　富士見書房　1990刊

【莢】

8 莢実　さやみ
　　竹田千寿　《歌集》　青磁社　2006刊

【茶】

6 茶吉尼天　だきにてん
　　泡坂妻夫　「小説宝石」　2009年

9 茶枳尼宿　だきにやど
　　赤松光夫　「小説NON」　1999年

【莨】

9 莨屋文蔵御用帳　たばこやぶんぞう
　　ごようちょう
　　西村望　「小説宝石」　1999年

　莨屋文蔵裏稼ぎ御用帳　たばこや
　　ぶんぞううらかせぎごようちょう
　　西村望　「小説宝石」　1996年

【蚊】

5 蚊母樹　いすのき
　　中谷五秋　《句集》　富士見書房
　　1995刊

10 画（蚕, 被, 記, 軒, 逢, 逝, 通, 透, 連, 迸）

8 蚊取湖殺人事件　かとりこさつじんじけん
　泡坂妻夫　光文社　2005刊

12 蚊喰鳥　かくいどり
　川名敏春　「三田文學」　1999年

【蚕】

7 蚕豆のうた　そらまめのうた
　綿引まさ　《歌集》　六法出版社　2000刊

　蚕豆集　さんとうしゅう
　西原大輔　《詩集》　七月堂　2006刊

【被】

5 被占領国日本　おきゅぱいどじゃぱん
　梓澄男　日本文学館　2010刊

8 被取締役新入社員　とりしまられやくしんにゅうしゃいん
　安藤祐介　講談社　2008刊

【記】

8 記念樹　めもりあるとぅりー
　依井貴裕　東京創元社　1990刊

16 記憶の迷宮　きおくのらびりんす
　石川和男　文芸社　2008刊

【軒】

5 軒尼詩道を駆け抜けて　とらむろーどをかけぬけて
　桶本乃梨子　深夜叢書社　2003刊

【逢】

7 逢初橋　あいぞめばし
　吉田雄亮　祥伝社　2010刊

21 逢魔　おうま
　十掛ありい　桜桃書房　2001刊

　逢魔が時　おうまがとき
　吉田弘秋　風媒社　1992刊

　逢魔が時物語　おうまがときものがたり
　結城伸夫　小学館　2004刊

　逢魔が源内　おうまがげんない
　菊地秀行　角川書店　2004刊

　逢魔の刻　おうまのとき
　庄司圭太　集英社　2002刊

　逢魔の都市　おうまのとし
　葉越晶　学習研究社　2003刊

　逢魔刻　おうまがとき
　長谷川卓　学研パブリッシング　2010刊

　逢魔時の家　おうまがときのいえ
　安保知美　碧天舎　2004刊

　逢魔時の賊　おうまがときのぞく
　鳥羽亮　角川春樹事務所　2007刊

【逝】

6 逝年　せいねん
　石田衣良　「小説すばる」　2006年

【通】

　通りすがりの子守歌　とおりすがりのべるすーず
　榊一郎　富士見書房　2001刊

9 通草葛　あけびかずら
　今井杏太郎　《句集》　角川書店　1992刊

【透】

3 透子　とうこ
　岡野麻里安　講談社　1995刊

【連】

6 連合艦隊零号作戦　れんごうかんたいおぺれーしょんぜろ
　橋本純　飛天出版　1994刊

18 連翹　れんぎょう
　二宮陸雄　愛育社　2002刊

　連翹の帯　れんぎょうのおび
　伊藤桂一　《詩集》　潮流社　1997刊

【迸】

　迸る　ほとばしる
　和泉ひろみ　「小説新潮」　1996年

173

10 画（針, 院, 陥, 降, 馬, 骨, 高）

【針】
7 針谷の小説　はりやのしょうせつ
　　針谷卓史　「三田文學」　2006年
14 針槐の木陰で　はりえんじゅのこかげで
　　阿部和雄　近代文芸社　1997刊
21 針魔童子　かりまどうし
　　夢枕獏　「オール讀物」　2002年

【院】
8 院長の手術　いんちょうのおぺ
　　斎藤栄　「小説宝石」　1996年

【陥】
9 陥穽　あな
　　岡江多紀　「小説新潮」　1994年
　陥穽　あな
　　鳴海丈　「小説宝石」　2002年

【降】
15 降霊会の夜につかまえて　おかるとないとにつかまえて
　　秋野ひとみ　講談社　2001刊
16 降頭師　ちゃんとうすう
　　伊達一行　「月刊すばる」　1991年

【馬】
3 馬下　まおろし
　　いのうえかつこ　《句集》　ふらんす堂　2004刊
　馬山の日本人　まさんのにほんじん
　　姜明漢　「小説宝石」　1989年
4 馬六の犬　ばろくのいぬ
　　西村望　「小説宝石」　2004年
7 馬男　まおとこ
　　桃谷方子　「小説現代」　2002年
　馬車とおしん　まーちょとおしん
　　柳楽武鑑　近代文芸社　1995刊
9 馬怒虎　ばいかるたいがー
　　桜井和生　エニックス出版局　1990刊

11 馬酔木　あせび
　　川俣雅子　《歌集》　美研インターナショナル　2004刊
　馬酔木亭　あしびてい
　　奥澤杣生　《句集》　そうぶん社出版　2005刊
12 馬喰者の話　ばくろうのはなし
　　鈴木素直　《詩集》　本多企画　1999刊

【骨】
4 骨王　ぼーんきんぐ
　　野村佳　角川書店　2006刊
11 骨笛　こつぶえ
　　皆川博子　「小説すばる」　1993年
12 骨喰み　ほねばみ
　　鳥羽亮　幻冬舎　2000刊
　骨喰島　ほねばみじま
　　藤原京　集英社　1996刊
　骨喰藤四郎　ほねばみとうしろう
　　火坂雅志　「小説NON」　1995年
13 骨牌の城　かるたのしろ
　　笹沢左保　「小説宝石」　1988〜1989年
　〈骨牌使い〉の鏡　ふぉーちゅんてらーのかがみ
　　五代ゆう　富士見書房　2000刊

【高】
4 高円　たかまど
　　太田壽子　《句集》　ふらんす堂　2008刊
　高天原なリアル　たかまがはらなりある
　　霜越かほる　集英社　1999刊
　高天原伝説　たかまがはらでんせつ
　　権田原重蔵　文芸社　2006刊
　高天原戦争　たかまがはらせんそう
　　宗田理　KSS出版　1998刊
6 高西風　たかにし
　　下仲里美　《句集》　本阿弥書店　1999刊

10 画（鬼）

7 高志　こし
　安川喜七　《句集》　梅里書房　2002刊

9 高津原　たかつばる
　大久保富士子　《歌集》　短歌研究社　2004刊

　高級車の似合う女　はいぐれーどのにあうおんな
　中津文彦　「小説city」　1990年

10 高速輸送艦「神竜改」上陸！　はいてくほばーくらふとしんりゅうかいじょうりく
　馬場祥弘　徳間書店　1995刊

　高速輸送艦「神竜」突撃！　はいてくほばーくらふとしんりゅうとつげき
　馬場祥弘　徳間書店　1995刊

17 高嶺星　たかねほし
　武田孝子　《句集》　富士見書房　2006刊

19 高麗野　こまの
　長谷川久　鳥影社　1997刊

25 高籬　たかまがき
　野口光江　《句集》　邑書林　1998刊

【鬼】

鬼　ごーすと
　生島治郎　光文社　1999刊

鬼　おに
　坂岡真　「問題小説」　2007年

鬼あざみの短歌　おにあざみのうた
　庄子義孝　近代文芸社　1997刊

鬼が餅つく　おにがあもつく
　田辺聖子　「小説宝石」　1993年

鬼の灯　おにのひ
　田牧大和　「小説新潮」　2010年

鬼の栖　おにのすみか
　松永まみ　新風舎　2006刊

鬼の棲拠　おにのすみか
　吉田弘秋　風媒社出版　2000刊

鬼の跫音　おにのあしおと
　道尾秀介　角川書店　2009刊

鬼は徒花　おにはあだばな
　稲葉稔　徳間書店　2007刊

3 鬼子　おにご
　新堂冬樹　幻冬舎　2001刊

6 鬼刑事　おにでか
　龍一京　祥伝社　1999刊

鬼灯　ほおずき
　勝目梓　「問題小説」　1990年

鬼灯　ほおずき
　後藤敦子　《詩集》　文芸社ビジュアルアート　2007刊

鬼灯　ほおずき
　鳴海章　集英社　2005刊

鬼灯　ほおずき
　山内愛　《句集》　牧羊社　1990刊

鬼灯の花　ほおずきのはな
　真下登美子《句集》　紅書房　1996刊

鬼灯・りんご・さくら　ほおずきりんごさくら
　山本沖子　《詩集》　書肆青樹社　2008刊

鬼灯火の実は赤いよ　ほおずきのみはあかいよ
　竹内智恵子　未来社　1991刊

鬼灯貝のうた　ほおずきがいのうた
　池井保　《詩集》　かど創房　1996刊

鬼灯高校退魔部ことしろや！　ほおずきこうこうたいまぶことしろや
　矢吹ましろ　光栄　2008刊

7 鬼花葬　おにかそう
　東田真由子　文芸社　2000刊

9 鬼封会　きふうえ
　北森鴻　「小説新潮」　1998年

鬼神伝　おにがみでん
　高田崇史　講談社　2010刊

鬼背参り　おにのせまいり
　夢枕獏　「小説すばる」　2005年

鬼面村の殺人　おにつらむらのさつじん
　折原一　光文社　1993刊

175

11 画（商, 偽, 偶, 停, 偓, 修, 偸, 剒, 喝, 啓, 唾, 唯）

鬼首村の殺人　おにこべむらのさつじん
　篠田秀幸　角川春樹事務所　2003刊
鬼首殺人事件　おにこうべさつじんじけん
　内田康夫　光文社　1993刊
鬼首誘拐殺人行　おにこうべゆうかいさつじんこう
　生田直親　実業之日本社　1989刊
12 鬼無里　きなさ
　北森鴻　「小説新潮」　2005年
鬼無里　きなさ
　寺島清文　《歌集》　風心社　2001刊
13 鬼殿ごもり　おにどのごもり
　水沢龍樹　「小説city」　1991年
16 鬼薊　おにあざみ
　加堂秀三　「問題小説」　1989年

11 画

【商】
2 商人　あきんど
　ねじめ正一　「小説すばる」　2004年

【偽】
偽りの学舎　いつわりのまなびや
　青木知己　小学館　2007刊
8 偽果　ぎか
　藤本ひとみ　「オール讀物」　2007年
11 偽偽満州　うぇいうぇいまんじょう
　岩井志麻子　集英社　2004刊

【偶】
2 偶人館の殺人　からくりやかたのさつじん
　高橋克彦　祥伝社　1993刊

【停】
4 停止!　ちょうじ
　佐伯泰英　徳間書店　2001刊

【偓】
10 偓息図　おそくず
　東郷隆　「小説現代」　2006年

【修】
11 修紫楼御始末　げんしろうおんしまつ
　吉村正一郎　「問題小説」　1993年

【偸】
3 偸戸怪　ちゅうしかい
　田中芳樹　「小説現代」　2008年
6 偸安の人　とうあんのひと
　森繁久弥　「小説新潮」　1991年

【剒】
10 剒竜台ヶ物語　かりゅうだいがものがたり
　中北翠　東京図書出版会　2003刊

【喝】
9 喝食女　かつしきめ
　工藤博子　《歌集》　砂子屋書房　2009刊

【啓】
12 啓順凶状旅　けいじゅんきょうじょうたび
　佐藤雅美　「IN POCKET」　2003年

【唾】
12 唾壺　だこ
　森福都　「小説宝石」　2002年

【唯】
10 唯真仁　ゆまに
　天乃みかえる　文芸社　2007刊

11 画（啜, 基, 堆, 堀, 夢, 婆, 婦, 婢, 寄, 宿, 密）

【啜】
　啜り泣き　すすりなき
　　子母澤類　「問題小説」　2000年

【基】
3　基子の小桜と流れ星　みねこのこざ
　　くらとながれほし
　　久保政則　新風舎　2005刊
7　基坂　もといざか
　　杉野一博　《句集》　沖積舎　2000刊

【堆】
6　堆朱　ついしゅ
　　岩崎冴子　《歌集》　砂子屋書房
　　2002刊
　堆朱の文箱　ついしゅのふばこ
　　鈴木むつ子　《句集》　本阿弥書店
　　2010刊

【堀】
11　堀部安兵衛の許婚　ほりべやすべえ
　　のいいなずけ
　　中村彰彦　「小説宝石」　2003年

【夢】
　夢のひとかけ　ゆめのひとかけ
　　つだけんじ　東林出版社　1993刊

【婆】
7　婆伽梵　ばかぼん
　　筑紫磐井　《句集》　弘栄堂書店
　　1992刊
8　婆狐　ばっこ
　　桃谷方子　「小説現代」　2002年
10　婆娑羅　ばさら
　　白石めだか　《句集》　文學の森
　　2010刊

【婦】
2　婦人科医の推理　ぎねのすいり
　　斎藤栄　双葉社　1994刊

4　婦夫星　めおとほし
　　今井絵美子　「問題小説」　2010年

【婢】
3　婢女　はしため
　　氏家幹人　「太陽」　1992年

【寄】
5　寄生木　やどりぎ
　　長坂秀佳　角川書店　2000刊
10　寄残花恋　のこりはなよするこい
　　佐伯泰英　幻冬舎　2005刊

【宿】
8　宿命は緋の空に燃ゆ！　しゅくめい
　　はあけのそらにもゆ
　　小柴叶　エンターブレイン　2010刊
　宿命桜　すくせざくら
　　飯田静江　知道出版　2004刊
12　宿無駄目吉時雨傘　やどなしだめき
　　ちしぐれのからかさ
　　犬飼六岐　「小説新潮」　2009年
15　宿縁　えにし
　　藍川京　「小説NON」　2005年

【密】
　密かの藪　みそかのやぶ
　　澤田ふじ子　「小説新潮」　2001年
7　密告者　いぬ
　　富樫倫太郎　「問題小説」　2004年
　密告者のリスト　いんふぉーまーの
　　りすと
　　中村光至　光文社　1995刊
8　密事　みそかごと
　　岳真也　「小説新潮」　2000年
　密林医者　じゃんぐるいしゃ
　　横田順弥　《落噺》　「小説NON」
　　1991年
9　密室20秒の謎　えれべーたーにじゅ
　　うびょうのなぞ
　　日下圭介　祥伝社　1989刊

177

11 画（尉, 崖, 崩, 崑, 常, 庵, 康, 強, 彩）

密室の如き籠るもの　ひめむろのごときこもるもの
　　三津田信三　講談社　2009刊
密室の鎮魂歌　みっしつのれくいえむ
　　岸田るり子　東京創元社　2004刊

【尉】
21　尉鶲　じょうびたき
　　前田倫子　《句集》　邑書林　1995刊

【崖】
崖の石蘭　がけのせきらん
　　伊藤桂一　「小説新潮」　1991年
崖を見る　はけをみる
　　坂上弘　「新潮」　2000年

【崩】
崩れ鬼灯　くずれほおずき
　　平山夢明　「小説現代」　2010年
14　崩漏　ほうろう
　　花村萬月　「小説新潮」　1998年

【崑】
5　崑央の女王　くんやんのじょおう
　　朝松健　角川書店　1993刊
11　崑崙の王　くろんのおう
　　夢枕獏　徳間書店　1991刊
崑崙の東　こんろんのひがし
　　武上純希　アスキー　1996刊
崑崙神獣伝　こんろんしんじゅうでん
　　水沢龍樹　広済堂出版　1994刊

【常】
常しへの道　とこしえのみち
　　坂口弘　《歌集》　角川書店　2007刊
4　常不軽　じょうふきょう
　　門暁　文芸社　2010刊
6　常行　じょうぎょう
　　三村純也　《句集》　角川書店　2002刊
8　常歩　なみあし
　　高橋青塢　《句集》　本阿弥書店　2002刊
9　常春の娘　とこはるのむすめ
　　遠川裕子　《詩集》　東京図書出版会　2006刊
10　常夏の豚　とこなつのぶた
　　矢作俊彦　「文學界」　2007年

【庵】
庵にて　いおりにて
　　澤田瞳子　「問題小説」　2009年

【康】
3　康子よ、永遠に眠る日まで　やすこよとわにねむるひまで
　　深田誠二　MBC21　1991刊
13　康継あおい慕情　やすつぐあおいぼじょう
　　山本兼一　「小説現代」　2007年

【強】
5　強右衛門の恋　すねえもんのこい
　　竹田真砂子　「小説宝石」　1992年
11　強清水　こわしみず
　　阿刀田高　「小説中公」　1993年
14　強奪!エプロン刑事。　ごうだつえぷろんでか
　　秋口ぎぐる　富士見書房　2001刊
15　強請　ゆすり
　　広山義慶　飛天出版　1994刊
　　強請屋の財布　ゆすりやのさいふ
　　宮部みゆき　「小説宝石」　1990年
19　強羅が淵　ごうらがふち
　　垣内基文　健友館　2002刊

【彩】
彩々やか。　ささやか
　　彩近　《詩集》　文芸社　2010刊
彩と越　さいとこし

海野明男　《句集》　新潟日報事業社
(製作)　2005刊
彩み返さむ　だみかえさん
水上令夫　《歌集》　短歌研究社
2003刊
6 彩色車の花　かれっとのはな
流星香　講談社　2001刊
7 彩花文　さいかもん
井上秀子　《歌集》　短歌研究社
1997刊
12 彩雲の峰　あやぐものみね
高樹のぶ子　福武書店　1992刊

【悪】

悪しき闇の斧の伝説　あしきだーく
あっくすのでんせつ
嵩峰竜二　朝日ソノラマ　1989刊
悪の面目　わるのめんぼく
森村誠一　「オール讀物」　1996年
悪の論理　わるのろんり
福山瑛二　まほろば書房　2002刊
悪ママ改造計画　わるままかいぞう
けいかく
宗田理　光文社　1998刊
3 悪万　おまん
花村萬月　「小説現代」　2006年
悪女狂騒曲　あくじょらぷそでぃー
丸茂ジュン　コスミック出版　2003刊
6 悪刑事　わるでこ
森巣博　「問題小説」　2003年
悪同心、吠える　わるどうしんほ
える
安達瑶　学習研究社　2009刊
悪名伝　あくみょうでん
広山義慶　祥伝社　1992刊
悪名西遊記　あくみょうさいゆうき
尾鮭あさみ　角川書店　1994刊
悪名買い　あくみょうかい
中路啓太　「小説現代」　2010年

11 画（悪, 惟）

8 悪果　あっか
黒川博行　「野性時代」　2003年
悪武蔵　わるむさし
小嵐九八郎　講談社　2009刊
9 悪屋形　あくやかた
高橋義夫　「小説NON」　1998年
悪狩り　くずがり
阿木慎太郎　祥伝社　1996刊
悪食　あくじき
勝目梓　「オール讀物」　2001年
悪食　あくじき
加堂秀三　「小説宝石」　1997年
10 悪党の裔　あくとうのすえ
北方謙三　中央公論社　1992刊
13 悪夢の迷宮　あくむのらびりんす
秋野ひとみ　講談社　1994刊
悪漢刑事　わるでか
安達瑶　祥伝社　2008刊
悪漢刑事、再び　わるでかふたたび
安達瑶　祥伝社　2008刊
15 悪戯　いたずら
中神英子　朱鳥社　2001刊
21 悪魔のような花婿　あくまのような
あなた
松田志乃ぶ　集英社　2010刊
悪魔のファインダー　でびるのふぁ
いんだー
和久峻三　祥伝社　2000刊
悪魔の子　でいあぶろたん
秋月煌　「小説新潮」　1998年
悪魔の旅団　でびるずぶりげーど
渡辺裕之　祥伝社　2008刊
悪魔の罠　さたんのわな
飯干晃一　光文社　1994刊
悪魔の揺籃歌　あくまのようらんか
渡辺由自　角川書店　1991刊

【惟】

9 惟神伝　かんながらでん
石飛卓美　大陸書房　1991刊

179

11 画（患, 情, 惜, 悼, 悠, 採, 推, 接, 探, 掠, 掎, 掏, 救）

【患】
13 患献相殺式情始末　かんこんそうさいしきじょうしまつ
　　青山真治　「月刊すばる」　2010年

【情】
　情　こころ
　　平塩清種　《詩集》　ガリバープロダクツ　2002刊
15 情熱の月暦　じょうねつのむーんふぇいず
　　檜原まり子　講談社　2009刊
　情熱の緋　じょうねつのあか
　　秋月麗夜　イー・コネクション　2002刊

【惜】
7 惜別姫　せきべつき
　　藤水名子　「小説新潮」　1995年
8 惜夜記　あたらよき
　　川上弘美　「文學界」　1996年

【悼】
　悼む人　いたむひと
　　天童荒太　「オール讀物」　2006年

【悠】
　悠　はろか
　　近藤一鴻　《句集》　角川書店　1992刊
　悠　はるか
　　佐久間裕子　《歌集》　短歌研究社　1997刊
　悠　はるか
　　正木ゆう子　《句集》　富士見書房　1994刊

【採】
12 採集家　これくたー
　　山藍紫姫子　芳文社　1997刊
13 採蓮曲　さいれんぎょく
　　蜂飼耳　「野性時代」　2006年

【推】
11 推理の達人　みすてりーのたつじん
　　新保博久　ベストセラーズ　1991刊
　推理劇場マジカル探偵の挑戦　みすてりーげきじょうまじかるたんていのちょうせん
　　新保博久　ベストセラーズ　1992刊

【接】
10 接骨木　にわとこ
　　富樫八千枝　《句集》　白凰社　2001刊

【探】
11 探偵サイトへようこそ　でぃてくてぃぶさいとへようこそ
　　徳田央生　小学館　2003刊
　探偵家族　たんていふぁみりー
　　宗田理　アスキー　1997刊

【掠】
5 掠世の女　りゃくせのひと
　　佐藤隆　鳥影社　2003刊

【掎】
11 掎鹿の里　はしかのさと
　　桂鴻志　《句集》　本阿弥書店　2009刊

【掏】
13 掏摸　すり
　　中村文則　「文藝」　2009年
　掏摸男の危険な恋　すりおとこのきけんなこい
　　和久峻三　角川書店　1991刊

【救】
5 救世聖徳太子御口伝　くせしょうとくたいしおんくでん
　　立松和平　大法輪閣　2006刊
11 救済の彼岸　きゅうさいのきし
　　朝倉祐弥　「月刊すばる」　2006年

11 画（教, 敗, 斎, 旋, 晨, 曹, 曼）

【教】
6 教会の死体置場　きょうかいのもるぐ
　　赤川次郎　「オール讀物」　2004年
16 教頭八九三　きょうとうやくざ
　　能美濃真蔵　文芸社　2009刊

【敗】
10 敗荷　やれはす
　　大辻勢也　《句集》　近代文芸社　1993刊

【斎】
10 斎姫異聞　いつきひめいぶん
　　宮乃崎桜子　講談社　1998刊
　斎姫繚乱　いつきひめりょうらん
　　宮乃崎桜子　講談社　2003刊
　斎庭　ゆにわ
　　前川斎子　《歌集》　柊書房　2000刊
　斎庭穂垂　いつきにわにほのたれる
　　宮乃崎桜子　講談社　2002刊

【旋】
9 旋風　つむじ
　　熊谷愛子　《句集》　花神社　1997刊
　旋風　かぜ
　　諸田玲子　「野性時代」　2004年
　旋風の生まれる処　かぜのうまれるところ
　　朝香祥　集英社　1998刊
　旋風の荒鷲　かぜのあらわし
　　橋本純　青樹社　1999刊
　旋風の剣　かぜのけん
　　城駿一郎　学習研究社　2002刊
　旋風は江を駆ける　かぜはこうをかける
　　朝香祥　集英社　1997刊
　旋風喜平次捕物捌　つむじきへいじとりものさばき
　　小林力　学習研究社　2007刊

【晨】
　晨の声　あしたのこえ
　　清原令子　《歌集》　短歌新聞社　1996刊
　晨の湖　あしたのうみ
　　中田秀雄　《歌集》　近代文芸社　1992刊

【曹】
8 曹沫刺客列伝異聞　そうばつしかくれつでんいぶん
　　塚本青史　「小説新潮」　2000年

【曼】
8 曼陀羅図絵　まんだらずえ
　　稲葉峯子　《歌集》　短歌研究社　2001刊
　曼陀羅華　まんだらげ
　　森澄雄　《句集》　朝日新聞社　2000刊
10 曼珠沙華　まんじゅしゃげ
　　浅井たけの　《詩集》　土曜美術社出版販売　2003刊
　曼珠沙華　まんじゅしゃげ
　　井川早苗　《歌集》　本阿弥書店　2004刊
　曼珠沙華　まんじゅうしゃか
　　池永英二　《詩集》　近代文芸社　2002刊
　曼珠沙華　まんじゅしゃげ
　　江口良子　《句集》　本阿弥書店　2000刊
　曼珠沙華　まんじゅしゃげ
　　岸本マチ子　《句集》　毎日新聞社　2001刊
　曼珠沙華　まんじゅしゃげ
　　生華薫　《詩集》　ふらんす堂　2009刊
　曼珠沙華の想い　まんじゅしゃげのおもい
　　坪井由　《戯曲》　文芸社ビジュアルアート　2009刊

181

11 画（望, 梧, 梯, 梨, 梁, 梟, 梔, 梛, 梵, 欲, 殻, 毬）

【望】
　望の夜　もちのよ
　　松田和枝　《句集》　本阿弥書店　1997刊
　望の潮　もちのしお
　　舘容子《句集》ふらんす堂　2006刊
4　望月弥栄　もちづきのいやさか
　　宮乃崎桜子　講談社　2008刊
8　望岳　ぼうがく
　　加藤楸邨　《句集》　花神社　1996刊
11　望郷の詩　ぼうきょうのうた
　　伊藤觀司《詩集》新風書房　2009刊
15　望潮　しおまねき
　　藤田柊車　《句集》　ふらんす堂　2007刊
　望潮　ぼうちょう
　　村田喜代子　「文學界」　1997年

【梧】
10　梧桐の詩　あおぎりのうた
　　市川しのぶ　弦の会　2002刊

【梯】
　梯の立つ都市　きざはしのたつまち
　　日野啓三　集英社　2001刊
3　梯子に乗った男爵　はしごにのったばろん
　　西村望　「小説宝石」　1992年
　梯子の上の夕焼　はしごのうえのゆうやけ
　　室岡仙太郎　《歌集》　短歌研究社　2004刊
8　梯姑の花　でいごのはな
　　八木芳江　《歌集》　砂子屋書房　2000刊

【梨】
13　梨園柵模様　りえんしがらみもよう
　　海渡英祐　「問題小説」　1993年

【梁】
13　梁楷　りょうかい
　　浜田知章　《詩集》　風濤社　2000刊

【梟】
　梟の巨なる黄昏　ふくろうのおおいなるたそがれ
　　笠井潔　広済堂出版　1993刊

【梔】
3　梔子の花　くちなしのはな
　　大野清子　《歌集》　本阿弥書店　2004刊

【梛】
　梛の花　なぎのはな
　　鈴木久仁江《句集》邑書林　2004刊

【梵】
6　梵行　ぼんぎょう
　　玄侑宗久　「文學界」　2003年
10　梵唄　ぼんばい
　　柳島千津子　《句集》　文學の森　2010刊

【欲】
11　欲望の女　よくぼうのひと
　　群ようこ　「小説現代」　2001年
　欲望の珠　よくぼうのたま
　　鷹沢フブキ　「小説NON」　2004年

【殻】
5　殻仔　からこ
　　平山夢明　「小説宝石」　2010年

【毬】
　毬　まり
　　角和　《句集》　本阿弥書店　2001刊
10　毬唄　まりうた
　　田中正代　《歌集》　短歌研究社　2002刊

11 画（淫, 涯, 渓, 混, 済, 渋, 淳, 深）

【淫】
　淫の小夜曲　いんのせれなあど
　　藍川京　「別冊小説宝石」　1997年
6　淫虫　いんちゅう
　　犬飼六岐　「問題小説」　2006年
19　淫麗　いんれい
　　高橋三千綱　「小説宝石」　2000年

【涯】
　涯なき呪詛の闇　はてなきすそのやみ
　　新田一実　講談社　1996刊
　涯の鵞　はてのわし
　　西村寿行　徳間書店　1990刊

【渓】
　渓の谺　たにのこだま
　　久和数美　つり人社　1992刊

【混】
7　混沌の城　かおすのしろ
　　夢枕獏　光文社　1991刊
　混沌の脳　かおすののう
　　響堂新　角川書店　2001刊
　混沌の街　かおすしてぃー
　　鳴海丈　「小説宝石」　2003年

【済】
6　済州島の女　ちぇじゅどのおんな
　　広山義慶　「小説NON」　1997年

【渋】
7　渋谷内浅川　しぶやないあさかわ
　　笙野頼子　「新潮」　1996年

【淳】
8　淳和院正子　じゅんないんまさこ
　　三枝和子　講談社　1999刊
16　淳樹物語　よしきものがたり
　　喜多見淳　文芸社　1999刊

【深】
　深い河　でぃーぷりばー
　　遠藤周作　講談社　1993刊
　深い眸　ふかいめ
　　西村寿行　「小説宝石」　1994年
3　深山さんちのベルテイン　みやまさんちのべるていん
　　逢空万太　ソフトバンククリエイティブ　2010刊
　深山に棲む声　みやまにすむこえ
　　森谷明子　双葉社　2009刊
　深山蓮花　みやまれんげ
　　河野多希女　《句集》　文學の森　2010刊
　深川小夜しぐれ　ふかがわさよしぐれ
　　松乃藍　ワンツーマガジン社　2006刊
　深川化かし鉤　ふかがわばかしかぎ
　　西村望　「小説NON」　1998年
　深川澪通り木戸番小屋　ふかがわみおどおりきどばんごや
　　北原亞以子　「小説現代」　1996年
　深川艶女たらし　ふかがわつやめたらし
　　雑賀俊一郎　学習研究社　2003刊
　深川、蠢く　ふかがわうごめく
　　田牧大和　「問題小説」　2010年
7　深庇　ふかびさし
　　挾土美紗　《句集》　東京四季出版　2008刊
8　深夜曲馬団　みっどないとさーかす
　　大沢在昌　徳間書店　1990刊
　深泥丘奇談　みどろがおかきだん
　　綾辻行人　メディアファクトリー　2008刊
　深青都市　しんせいとし
　　紗々亜璃須　講談社　2003刊
9　深海実験室7　でぷすらぶせぶん
　　麻生竜　碧天舎　2003刊
　深重の橋　じんじゅうのはし

183

11 画（清, 淡, 添, 淀, 淹, 淅, 烽, 猪, 猫）

　　　澤田ふじ子　中央公論新社　2010刊
11 深雪の剣　しんせつのけん
　　　牧秀彦　光文社　2006刊
　深雪晴　みゆきばれ
　　　高橋久子《句集》文學の森　2008刊
　深雪晴　みゆきばれ
　　　田中美幸　《句集》本阿弥書店
　　　2005刊
14 深緑の森　ゔぇるふぉんせのもり
　　　中里純子　《歌集》日本文学館
　　　2009刊

【清】
　清　すが
　　　清水美千《句集》文學の森　2004刊
　清しさに咲く　すがしさにさく
　　　大久保伸子　《歌集》美研インターナショナル　2007刊
13 清搔　すががき
　　　佐伯泰英　光文社　2004刊
14 清算　ちょんさん
　　　森詠　毎日新聞社　2001刊

【淡】
8 淡河の灯　おうごのひ
　　　光斎善美　《句集》ビレッジプレス　1997刊
　淡青紫の季節　はーからんだのとき
　　　竹尾純　たちばな出版　2002刊
9 淡星をふり仰いだ時　あわほしをふりあおいだとき
　　　郷原茂樹　勁草書房　1991刊
　淡紅の女の殺人　うすくれないのひとのさつじん
　　　斎藤栄　講談社　1991刊
11 淡雪記　たんせつき
　　　馳星周　「小説すばる」2008年

【添】
4 添水のある店　そうずのあるみせ
　　　加堂秀三　「小説宝石」1994年

【淀】
9 淀屋闕所　よどやけっしょ
　　　小林恭二　「小説すばる」2001年

【淹】
13 淹歳　えんさい
　　　原子朗　《詩集》花神社　2002刊

【淅】
11 淅淅　せきせき
　　　藤木倶子《句集》角川書店　2009刊

【焔】　→焔（12画）

【烽】
17 烽燧　ほうすい
　　　岩切雅人　《句集》鉱脈社　2005刊

【猪】
3 猪丸残花剣　ししまるざんかけん
　　　佐江衆一　「問題小説」1990年

【猫】
　猫ダンジョン荒神　ねこだんじょんこうじん
　　　笙野頼子　「月刊すばる」2010年
　猫トイレット荒神　ねこといれっとこうじん
　　　笙野頼子　「文藝」2010年
2 猫人夜警隊　ねこびとやけいたい
　　　真堂樹　集英社　2010刊
8 猫径　ねこみち
　　　海野冨久子　《歌集》ふらんす堂　2001刊
10 猫鬼　びょうき
　　　毛利志生子　集英社　2000刊
11 猫猫雑技団　にゃんにゃんざつぎだん
　　　篠崎砂美　メディアワークス　2003刊
　猫眼の男　みょうがんのおとこ
　　　林望　「小説宝石」2008年

11 画（猛, 猟, 猊, 球, 現, 理）

12 猫越山　ねっこやま
　　足立康　「三田文學」　2010年

【猛】

　猛れ、吹き荒ぶ沖つ風　たけれふき
　　すさぶおきつかぜ
　　本宮ことは　講談社　2007刊

8 猛者たちの残像　ひーろーたちのざ
　　んぞう
　　新宮正春　広済堂出版　1991刊

【猟】

2 猟人の王国　りょうじんのおうこく
　　勝目梓　「小説NON」　2001年

【猊】

9 猊美渓哀歌　げいびけいあいか
　　岡本冨士也　彩図社　1998刊

【球】

6 球光　くーげるぶりつつ
　　柾悟郎　「小説宝石」　2004年

12 球場49-Nの殺意　びっぐえっぐよん
　　じゅうきゅうえぬのさつい
　　新宮正春　ベストセラーズ　1989刊

【現】

　現　うつつ
　　小希里　《詩集》　日本文学館　2009刊

　現くずし　うつつくずし
　　うつつあや　郁朋社　2008刊

　現し世　うつしよ
　　杉山青風　《句集》　東京四季出版
　　1999刊

　現し身無常　うつしみむじょう
　　神田好能　《詩集》　竹林館　2003刊

　現の木　うつつのき
　　中村祐貴　文芸社　2002刊

　現は夢、久遠の瞬き　うつつはゆめ
　　くおんのまたたき
　　朝香祥　集英社　1996刊

2 現人　うつせみ
　　吉津隆勝　《詩集》　近代文芸社
　　1993刊

　現人奇談　うつせみきだん
　　樅野道流　講談社　2009刊

3 現川伝説　うつつがわでんせつ
　　増永驍　長崎文献社　1993刊

6 現存　いま
　　廣瀬蓉子　《詩集》　文芸社　2005刊

7 現身　うつしみ
　　石川宏　《詩集》　書肆山田　2003刊

　現身　うつせみ
　　つだけんじ　東林出版社　1993刊

　現身　うつそみ
　　戸塚義幸　《句集》　花神社　2008刊

　現身の聖少女　うつしみのせいしょ
　　うじょ
　　飛天　白泉社　1994刊

　現身世の人なれば　うつしみよのひ
　　となれば
　　高村薫　「小説NON」　1993年

　現身飛行　うつしみひぎょう
　　黒岩百合子《歌集》　北冬舎　2010刊

8 現金の嵐　げんなまのあらし
　　豊川竜三　文芸社　2002刊

　現金を抱いた女　げんなまをだいた
　　おんな
　　横溝美晶　廣済堂出版　1996刊

　現金狩り最終出口　げんなまがりさ
　　いしゅうでぐち
　　勝目梓　徳間書店　1995刊

12 現場痕　げんじょうこん
　　北上秋彦　実業之日本社　2003刊

　現象　ふぇのみなん
　　竹河聖　光文社　1998刊

【理】

　理の守護神さま。　ことわりのしゅ
　　ごしんさま

11 画（琅, 瓶, 産, 異, 畢, 痕, 皋, 盗, 眼）

　　　十日一八　ソフトバンククリエイティブ　2009刊
5　理由　わけ
　　　渡辺真理子　「問題小説」　1991年
　　理由あって冬に出る　わけあってふゆにでる
　　　似鳥鶏　東京創元社　2007刊
　　理由ある反抗　わけあるはんこう
　　　千田夏光　汐文社　1989刊
　　理由(意味不明)　りゆ(いみふめい)
　　　京極夏彦　「小説すばる」　1999年
10　理姫　ゆりひめ
　　　結城恭介　徳間書店　1989刊

【琅】
7　琅玕　ろうかん
　　　塩谷いさむ　《歌集》　青磁社　2008刊
8　琅邪の虎　ろうやのとら
　　　丸山天寿　講談社　2010刊
　　琅邪の鬼　ろうやのおに
　　　丸山天寿　講談社　2010刊

【瓶】
12　瓶博士　かめはかせ
　　　夢枕獏　「オール讀物」　2008年

【産】
3　産土神　うぶすながみ
　　　合田秀渓　《句集》　本阿弥書店　1997刊
　　産女　うぶめ
　　　平野肇　「小説宝石」　2003年

【異】
4　異月　いつき
　　　森内景生　勁文社　1993刊
5　異本の骸　いほんのむくろ
　　　澤田ふじ子　「小説宝石」　2006年
7　異形の帝　いぎょうのみかど
　　　黒須紀一郎　作品社　2002刊

8　異国の友　いこくのだち
　　　山崎巌　「別冊小説宝石」　1992年
9　異星人ハンバーガーデート　えいりあんはんばーがーでーと
　　　なぶらひみ　講談社　1990刊
　　異界の森の夢追い人　いかいのもりのぷろめてうす
　　　星野亮　富士見書房　2002刊
　　異風いて候　かぶいてそうろう
　　　神坂次郎　「小説中公」　1993年
　　異風者　いひゅうもん
　　　小嵐九八郎　「海燕」　1994年
　　異風者　いひゅもん
　　　佐伯泰英　角川春樹事務所　2000刊
11　異常快楽殺人者　さいこぱす
　　　和田はつ子　光文社　1995刊
14　異説将門記　いせつしょうもんき
　　　藤枝ちえ　「小説宝石」　1991年

【畢】
5　畢生の果て　ひっせいのはて
　　　外山田鶴子　《詩集》　日本図書刊行会　2002刊

【痕】
　　痕　きず
　　　桐生悠三　「別冊小説宝石」　1991年

【皋】
　　皋の民　みぎわのたみ
　　　金重明　講談社　2000刊

【盗】
　　盗み耳　ぬすみみ
　　　国分寺公彦　角川書店　2001刊

【眼】
　　眼にて聴く　まなこにてきく
　　　大坪公子　《歌集》　砂子屋書房　2010刊
11　眼球蒐集家　あいぼーるこれくたー

11画（眷, 移, 窓, 笹, 第, 笙, 紺, 細, 紫）

　　船越百恵　光文社　2004刊
13 眼裏の視野　まなうらのしや
　　小島文子《歌集》不識書院　1998刊
14 眼窩の蜜　がんかのみつ
　　唯川恵　「小説すばる」　1995年

【眷】
11 眷族　けんぞく
　　玄月　「群像」　2007年
21 眷顧　けんこ
　　澤炬遙志　近代文芸社　2007刊

【移】
5 移民の譜　いみんのうた
　　麻野涼　徳間書店　2008刊
12 移植　とらんすぷらんてーしょん
　　弓透子　「季刊文科」　2000年

【窓】
　　窓の灯　まどのあかり
　　青山七恵　「文藝」　2005年
　　窓の灯　まどのひ
　　ツノダトモヒト　新風舎　2006刊
14 窓際の死神　まどぎわのあんくー
　　柴田よしき　双葉社　2004刊

【笹】
10 笹座　ささくら
　　戸部新十郎　「問題小説」　2001年

【第】
2 第九の日　だいくのひ
　　瀬名秀明　「小説宝石」　2006年
　　第八の天使　あーくえんじぇる
　　ヴァシィ章絵　「小説現代」　2006年
10 第狸奴の殖　だいりどのしょく
　　仁木英之　「小説新潮」　2010年

【笙】
　　笙と琴　しょうとこと
　　諸田玲子　「小説すばる」　2001年

　　笙の律　しょうのしらべ
　　青樹生子　近代文芸社　1991刊

【紺】
3 紺子と工場長　こんことこうじょうちょう
　　愛原無敵　日本文学館　2009刊
13 紺鼠のセーター　こんねずのせーたー
　　三崎潮　「小説TRIPPER」　2003年
14 紺碧の海賊王　こんぺきのふぁるかす
　　折原みと　講談社　1999刊

【細】
　　細やかな奇跡　ささやかなきせき
　　幸田清康　碧天舎　2005刊
3 細小群竹　いささむらたけ
　　乙川優三郎　「小説新潮」　2009年
10 細流　せせらぎ
　　鶯啼園渓水《歌集》　新風舎　2006刊
11 細雪　ささめゆき
　　吉崎晴女　《句集》　ふらんす堂　2000刊
　　細雪剣舞　ささめゆきけんぶ
　　瀬川貴次　集英社　2002刊
16 細濁り　ささにごり
　　田中順三《詩集》　本多企画　1995刊

【紫】
　　紫々　しし
　　田辺聖子　「別冊文藝春秋」　1993年
　　「紫の女」殺人事件　むらさきのひとさつじんじけん
　　内田康夫　徳間書店　1991刊
　　紫の花穂　むらさきのかすい
　　宮城鶴子　《歌集》　短歌研究社　2010刊
　　紫の明星姫　むらさきのあーりあん
　　折原みと　講談社　1996刊

11 画（終, 組, 紬, 絎）

2 紫乃轡　むらさきのむくち
　　太武勞響,琴笛ゑ采　シロー　2003刊
7 紫吻の糸　ししつのいと
　　中村吾郎　《詩集》詩画工房　2006刊
　紫花玉響　むらさきたまゆら
　　瀬川貴次　集英社　1996刊
9 紫草　むらさき
　　吉田佳織　日本文学館　2010刊
12 紫焰樹の島　しえんじゅのしま
　　恒川光太郎　「野性時代」　2009年
　紫雲英　げんげ
　　安西篤子　「小説新潮」　1999刊
　紫雲英田　げんげだ
　　小長井和子　《句集》角川書店 2010刊
　紫雲英咲く径　れんげさくみち
　　高原康子　《歌集》近代文芸社 1995刊
17 紫瞳の堕神　しどうのらせつ
　　葛城稜　朝日ソノラマ　1991刊

【終】

　終のワインを　ついのわいんを
　　滝下恵子　《歌集》ながらみ書房 2010刊
　終の地　ついのち
　　田中加津代　《句集》梅里書房 2003刊
　終の住処　ついのすみか
　　磯崎憲一郎　「新潮」　2009年
　終の希み　ついののぞみ
　　佐野洋　「問題小説」　2009年
　終の栖　ついのすみか
　　伊達響《詩集》近代文芸社　1995刊
　終の栖　ついのすみか
　　天正のぶ子《句集》牧羊社　1990刊
　終の栖・仮の宿　ついのすみかかりのやど
　　岸田理生《戯曲》而立書房　2002刊

　終の棲家　ついのすみか
　　仙川環　角川春樹事務所　2007刊
　終の棲家は海に臨んで　ついのすみかはうみにのぞんで
　　小森収　れごりべーれ　2003刊
　終の響い　ついのおとない
　　三崎亜記　「小説すばる」　2006年
　終りなき十点鐘　おわりなきてんごんぐ
　　勝目梓　「野性時代」　1991年
　終わりなきドルイドの誓約　おわりなきどるいどのげっしゅ
　　篠原美季　講談社　2002刊
　終わりなき十点鐘　おわりなきてんごんぐ
　　勝目梓　角川書店　1991刊
　終わりなき夏永遠なる音律　おわりなきなつとわなるしらべ
　　砂浦俊一　集英社　2009刊
4 終日の……　ひねもすの
　　飯田章　「群像」　2000年

【組】

8 組長刑事　くみちょうでか
　　南英男　徳間書店　2010刊
20 組鐘　かりよん
　　白井友梨　《歌集》青磁社　2006刊

【紬】

　紬　つむぎ
　　赤間悦子《句集》梅里書房　2002刊
　紬　つむぎ
　　椎名智恵子　《句集》ふらんす堂 1999刊
　紬　つむぎ
　　二宮礼　東京図書出版会　2005刊

【絎】

8 絎茂る幼い墓　からむししげるおさないはか
　　金石範　「群像」　1998年

11 画（羚, 翌, 脱, 脛, 舳, 葛, 菊, 菌, 菜, 菖）

【羚】

6 羚羊　かもしか
　三木卓　「文藝」　1991年

【翌】

　翌　あくるひ
　友岡子郷　《句集》　ふらんす堂
　1996刊

17 翌檜　あすなろ
　井戸元女　《句集》　牧羊社　1990刊
　翌檜　あすなろ
　高橋雄亮　《歌集》　近代文芸社
　1992刊
　翌檜　あすなろ
　南園杏子　《句集》　近代文芸社
　1991刊

【脱】

9 脱柵エレジー　だっさくえれじー
　有川浩　「野性時代」　2006年
14 脱獄刑事　だつごくでか
　平竜生　広済堂出版　1991刊

【脛】

5 脛可次郎の東京貸間屋太平記　すねかじろうのとうきょうかしまやたいへいき
　早幾十世　日本図書刊行会　1994刊

【舳】

　舳のない笹舟　みよしのないささぶね
　米津彬介　文芸社　2006刊

【葛】

11 葛野盛衰記　かどのせいすいき
　森谷明子　講談社　2009刊
18 葛織物語　きびらおりものがたり
　高木俊雄　東洋書院　1989刊
19 葛籠の系譜　かつろくのけいふ
　北上健介　近代文芸社　1990刊

【菊】

5 菊田　きくでん
　反町和子　《句集》　東京四季出版
　2000刊
7 菊花の約　きっかのちぎり
　岩井志麻子　「小説宝石」　2008年
11 菊理姫　くくりひめ
　藤木稟　「小説すばる」　2000年
22 菊襲　きくがさね
　岡昌子　《句集》　文學の森　2004刊
25 菊籬　きくまがき
　北沢郁子　《歌集》　短歌研究社
　1999刊

【菌】

3 菌山　きのこやま
　相野暲子　《句集》　文學の森　2004刊
10 菌株はよみがえる　ぺにしりんはよみがえる
　山崎光夫　新潮社　1994刊

【菜】

　"菜々子さん"の戯曲　ななこさんのしなりお
　高木敦史　角川書店　2010刊
　菜の花の戦ぐ岸辺　なのはなのそよぐきしべ
　宇江佐真理　「オール讀物」　1998年
10 菜屑　なくず
　河村喜代子　《句集》　邑書林　2004刊
　菜庭　なにわ
　三井葉子　《詩集》　花神社　1994刊

【菖】

13 菖蒲　あやめ
　安西篤子　「小説NON」　1992年
　菖蒲の咲くとき　あやめのさくとき
　佐江衆一　「問題小説」　1989年
　菖蒲の湯　しょうぶのゆ
　山本一力　「小説NON」　2006年

189

11 画（菅, 著, 萌, 菫, 菠, 萍, 虚）

菖蒲刀　しょうぶがたな
　　諸田玲子　「小説新潮」　2006年

【菅】

4　菅刈の庄　すげかりのしょう
　　梅本育子　「小説新潮」　1993年
11　菅笠停止　すげがさちょうじ
　　米村圭伍　「オール讀物」　2001年

【著】

10　著莪　しゃが
　　安西篤子　「問題小説」　1993年
　著莪浄土　しゃがじょうど
　　安藤幸子　《句集》　東京四季出版　1992刊

【萌】

9　萌神　もえじん
　　十文字青　一迅社　2010刊
　萌神分魂譜　もえがみぶんこんふ
　　笙野頼子　「月刊すばる」　2007年
11　萌黄の鳥　もえぎのとり
　　佐々木則子　《歌集》　角川書店　2003刊

【菫】

9　菫草　すみれぐさ
　　阿部禮子　《句集》　書心社　2003刊

【菠】

11　菠蘿蜜の味　ぽろみのあじ
　　茅野裕城子　「月刊すばる」　1997年

【萍】

　萍　うきくさ
　　園田夢蒼花　《句集》　角川書店　2003刊
8　萍泛歌篇　へいはんかへん
　　石田比呂志　《歌集》　角川書店　2006刊

【虚】

　虚けの舞　うつけのまい
　　伊東潤　彩流社　2006刊
　虚の王　うつろのおう
　　馳星周　光文社　2000刊
6　虚仮の一念　こけのいちねん
　　日和聡子　《詩集》　思潮社　2006刊
　虚仮の島　こけのしま
　　森和朗　近代文芸社　1996刊
　虚舟の如く　きょしゅうのごとく
　　三好徹　「小説宝石」　2008年
8　虚空に繁る木の歌　そらにしげるきのうた
　　前田利夫　《詩集》　土曜美術社出版販売　2008刊
　虚空の冠　こくうのかん
　　楡周平　「小説新潮」　2009年
9　虚咲くこと　うつろさくこと
　　藤沢周　「文藝」　2005年
　虚音集　そらみみしゅう
　　高橋睦郎　《歌集》　不識書院　2006刊
10　虚剣　こけん
　　須賀しのぶ　集英社　2005刊
11　虚船　うつろぶね
　　松浦秀昭　朝日ソノラマ　1998刊
　虚陰十郎必殺剣　うつろいんじゅうろうひっさつけん
　　峰隆一郎　廣済堂出版　1998刊
13　虚誉の人　きよのひと
　　三好徹　「小説宝石」　2002年
14　虚像の砦　めでぃあのとりで
　　真山仁　角川書店　2005刊
　虚構通話　ふぃくしょんこーる
　　若竹七海　「小説すばる」　1993年
　虚模様　そらもよう
　　明日香野和　《詩集》　新風舎　1997刊
　虚模様　そらもよう
　　久保田守一　《歌集》　北羊館　2010刊

190

11 画（蛍, 蛇, 蚯, 袈, 袱, 許, 谺, 貧, 転）

【蛍】
3 蛍女　ほたるめ
　　藤崎慎吾　朝日ソノラマ　2001刊
4 蛍火ノ宿　ほたるびのしゅく
　　佐伯泰英　双葉社　2006刊

【蛇】
　蛇　じゃー
　　柴田よしき　徳間書店　2003刊
　蛇と水と梔子の花　へびとみずと
　　ちなしのはな
　　足塚鰯　集英社　2005刊
　蛇の王　なーがらーじ
　　東郷隆　「小説すばる」　2002年
　蛇の辻子　くちなわのずし
　　澤田ふじ子　「問題小説」　2007年
　蛇の指輪　すねーくりんぐ
　　太田蘭三　祥伝社　2004刊
6 蛇両断　くちなわりょうだん
　　平山夢明　「小説宝石」　2008年
7 蛇含草　じゃがんそう
　　田中啓文　「小説すばる」　2005年
10 蛇除け蛇堕ろしの薬の縁　へびよ
　　けへびおろしのくすりのえん
　　伊藤比呂美「小説TRIPPER」2001年
12 蛇衆　じゃしゅう
　　矢野隆　「小説すばる」　2008年
15 蛇蝎　だかつ
　　南英男　祥伝社　2001刊
　蛇霊憑き　じゃれいつき
　　朱川湊人　「月刊J-novel」　2005年
19 蛇蠍の如く復讐せよ！　だかつのご
　　とくふくしゅうせよ
　　広山義慶　勁文社　1989刊
　蛇蠍の捨蔵十手修羅　だかつのすて
　　ぞうじってしゅら
　　永井義男　ベストセラーズ　2007刊
　蛇蠍の捨蔵赦免花　だかつのすてぞ
　　うしゃめんばな
　　永井義男　ベストセラーズ　2007刊

【蚯】
10 蚯蚓のたは言　みみずのたわごと
　　村上秋嶺　《句集》　美研インターナ
　　ショナル　2006刊
　蚯蚓の花　みみずのはな
　　水上地底　《歌集》　近代文芸社
　　1991刊

【袈】
13 袈裟の首　けさのくび
　　松本徹　福武書店　1991刊

【袱】
10 袱紗　ふくさ
　　岡崎初子　《句集》　東京四季出版
　　1994刊

【許】
11 許許太久の罪　ここだくのつみ
　　木崎文治　《詩集》　東京教育情報セ
　　ンター　1998刊

【谺】
　谺　こだま
　　加賀谷ユミコ　《歌集》　短歌研究社
　　2004刊
　谺　えこー
　　沓掛澪　文芸社　2006刊
　谺を聞く　こだまをきく
　　田中洋　郁朋社　2000刊

【貧】
16 貧寠の沼　ひんるのぬま
　　西村賢太　「野性時代」　2007年

【転】
　転　ころ
　　里見梢　《句集》　角川書店　1996刊
5 転写る　うつる
　　東野圭吾　「オール讀物」　1997年

11 画（軟, 軛, 逸, 週, 郭, 都）

転生　てんせい
　篠田節子　講談社　2007刊
転生　てんしょう
　仙川環　小学館　2006刊
転生　てんせい
　田口ランディ　サンマーク出版　2001刊
転生　てんせい
　貫井徳郎　幻冬舎　1999刊
転生X　てんしょうえっくす
　西谷史　角川書店　1992刊
転生Y　てんしょうわい
　西谷史　角川書店　1993刊
転生の絆　てんせいのきずな
　西谷史　徳間書店　1993刊
転生の舞　てんせいのまい
　大谷淳三　東京図書出版会　2004刊
転生回遊女　てんせいかいゆうじょ
　小池昌代　小学館　2009刊
転生学園幻蒼録　てんしょうがくえんげんそうろく
　天羽沙夜,安曽了　メディアワークス　2004刊
転生学園月光録　てんしょうがくえんげっこうろく
　安曽了　メディアワークス　2007刊
転生裁き　てんしょうさばき
　吉田雄亮　光文社　2008刊
11 転舵　じゃいぶ
　二宮隆雄　「小説すばる」　2001年
13 転寝　うたたね
　樫内久義　《詩集》　新風舎　1998刊
18 転職刑事　とらばーゆけいじ
　山村正夫　桃園書房　1990刊
19 転轍機　てんてつき
　桜井鈴茂　「群像」　2008年

【軟】
7 軟体食堂　なんたいしょくどう
　末永直海　「小説宝石」　2003年

12 軟着陸　そふとらんでぃんぐ
　篠弘　《歌集》　砂子屋書房　2003刊

【軛】
軛　くびき
　笠井駒三郎　ぶんがく社　2007刊

【逸】
逸れ者の六　はぐれもんのろく
　田牧大和　「小説現代」　2010年
7 逸見筋記　へみすじき
　清水米房　信毎書籍出版センター　2010刊

【週】
5 週末の鬱金香　しゅうまつのちゅーりっぷ
　田辺聖子　「小説中公」　1994年

【郭】
4 郭公の巣　かっこうのす
　荻原浩　「小説すばる」　2006年

【都】
都に東風は吹きすさび　みやこにこちはふきすさび
　睦月影郎　「問題小説」　2006年
5 都市に降る雪　まちにふるゆき
　波多野鷹　早川書房　1991刊
都市の遺言　としのいごん
　森村誠一　「小説NON」　1990年
都市わらし　まちわらし
　たくきよしみつ　「小説フェミナ」　1993年
都生留くんの事情　とおるくんのじじょう
　葵ゆきの　ムービック　2001刊
都立水商!　とりつ(お)みずしょう
　室積光　小学館　2001刊
6 都会に吹く南風　まちにふくはえ
　盛岡茂美　海風社　1995刊

11 画（郵, 酔, 野）

都会の手　まちのて
　森村誠一　「小説現代」　1995年
都会の海の海月　とかいのうみのくらげ
　海月　《詩集》　新風舎　2002刊
都会の詩　まちのぽえむ
　野梨原花南　集英社　2000刊
都合のいい男　つごうのいいひと
　久岡一美　「小説現代」　2005年
7 都忘　みやこわすれ
　叶さくら　「小説宝石」　2001年

【郵】

9 郵便碼頭の怪　ゆうびんまーとうのかい
　伴野朗　「小説すばる」　1994年

【酔】

酔いどれ砲手　よいどれてっぽう
　熊谷達也　「オール讀物」　2007年
酔いもせず　えいもせず
　宇江佐真理　「別冊文藝春秋」　2000年
4 酔月夜　よいづくよ
　藤水名子　「小説すばる」　1994年

【野】

野の荊棘　ののいばら
　石田甚太郎　スペース伽耶　2007刊
3 野土花ものがたり　のどかものがたり
　澤田直見　《詩集》　集英社　2005刊
野干　やかん
　筑紫磐井　《句集》　東京四季出版　1989刊
4 野分け草子　のわけそうし
　片山奈保子　集英社　2006刊
野分ノ灘　のわきのなだ
　佐伯泰英　双葉社　2007刊
野分一過　のわきいっか
　佐伯泰英　幻冬舎　2010刊

野犬　のいぬ
　日下圭介　「小説新潮」　1991年
5 野生の風　わいるどうぃんど
　村山由佳　「小説すばる」　1994年
6 野老沢の肝っ玉おっ母あ　ところざわのきもったまおっかあ
　平岩弓枝　「オール讀物」　2002年
7 野良猫殺人事件　のらさつじんじけん
　西村京太郎　「オール讀物」　1997年
9 野点　のだて
　石栗草女　《句集》　文學の森　2008刊
野点うた　のだてうた
　澁谷光三　《歌集》　近代文芸社　2006刊
野茨の道を…　のばらのみちを
　三和泉　新風舎　2007刊
野面の風　のづらのかぜ
　八木澤京子　本の森　2002刊
野面の修練　のづらのしゅうれん
　川上信定　「小説宝石」　1994年
野面の夢　のづらのゆめ
　川上信定　「小説宝石」　1994年
野面吹く風　のづらふくかぜ
　杉本利男　吟遊社　1997刊
野面積　のづらづみ
　黛執　《句集》　本阿弥書店　2003刊
野風童記　のふうどうき
　金秀紀　文芸社　2009刊
10 野宮　ののみや
　田久保英夫　「新潮」　1991年
野宮　ののみや
　望月敦子　叢文社　1991刊
野晒　のざらし
　小島信夫　「群像」　1994年
11 野望の二人　やぼうのらばーず
　志茂田景樹　広済堂出版　1990刊
野望の饗宴　やぼうのうたげ
　豊田行二　実業之日本社　1991刊

193

11 画（釣, 釦, 陰, 陳, 陶）

野紺菊　のこんぎく
　宇江佐真理　「小説宝石」　2008年
野紺菊　のこんぎく
　関根喜美　《句集》　朝日新聞社　2000刊
13 野槌の墓　のづちのはか
　宮部みゆき　「オール讀物」　2010年
野猿峠　やえんとうげ
　赤松繁　《歌集》　揺籃社　2002刊
野蒜　のひる
　佐伯一麦　「一冊の本」　1996年

【釣】

8 釣狐　つりぎつね
　井上さな江　《歌集》　六法出版社　1993刊

【釦】

釦と鈎の話　ぼたんとかぎのはなし
　桜庭一樹　「小説現代」　2008年

【陰】

陰と陽の炎　いんとようのほむら
　睦月影郎　「問題小説」　2005年
10 陰鬼　いんき
　鳥羽亮　「小説NON」　2001年
12 陰陽　おんみょう
　今野敏　中央公論新社　2009刊
陰陽のかごめ歌　いんようのかごめうた
　六道慧　富士見書房　2001刊
陰陽ノ京　おんみょうのみやこ
　渡瀬草一郎　メディアワークス　2001刊
陰陽奉行　おんみょうぶぎょう
　浅井恵子　文芸社　2004刊
陰陽屋へようこそ　おんみょうやへようこそ
　天野頌子　ポプラ社　2007刊
陰陽師は式神を使わない　おんみょうじはしきがみをつかわない
　藤原京　集英社　2006刊

陰陽師もどき　おんようじもどき
　大石隆一　鷹書房弓プレス　2002刊
陰陽師九郎判官　おんみょうじくろうほうがん
　田中啓文　集英社　2003刊
陰陽師安倍晴明　おんみょうじあべのせいめい
　谷恒生　祥伝社　2000刊
陰陽師夜話　おんみょうじやわ
　黒塚信一郎　青春出版社　2001刊
陰陽師若き日の安倍晴明　おんみょうじわかきひのあべのせいめい
　森田泉　リーブル出版(発売)　2010刊
陰陽師狼蘭　おんみょうじろうらん
　小沢章友　学習研究社　2001刊
陰陽師鬼一法眼　おんみょうじおにいちほうげん
　藤木稟　光文社　2000刊
陰陽祓い　おんみょうばらい
　今野敏　学習研究社　2001刊
陰陽道・転生安倍晴明　おんみょうどうてんしょうあべのせいめい
　谷恒生　徳間書店　2000刊
陰陽寮　おんみょうりょう
　富樫倫太郎　徳間書店　1999刊
陰陽魔界伝　おんみょうまかいでん
　藤巻一保　徳間書店　2001刊
13 陰溜　かげだまり
　鳴海丈　「小説宝石」　2006年
15 陰摩羅鬼の瑕　おんもらきのきず
　京極夏彦　講談社　2003刊

【陳】

8 陳者　のぶれば
　平瀬元　《句集》　東京四季出版　2009刊

【陶】

陶の火鉢　すえのひばち
　植野綾子　《歌集》　青磁社　2006刊

【陸】

陸に上がった鯨　おかにあがったくじら
　童門冬二　「問題小説」　1994年

12 陸奥之尉控　むつのじょうひかえ
　藤井寛元　《歌集》　砂子屋書房　2009刊

陸奥仏ヶ浦殺人事件　むつほとけがうらさつじんじけん
　木谷恭介　桃園書房　2007刊

陸奥黄金街道　むつおうごんかいどう
　三好京三　学陽書房　1999刊

17 陸繋砂州　とんぼろ
　番場早苗　《詩集》　響文社　2010刊

19 陸蟹たちの行進　おかがにたちのこうしん
　又吉栄喜　「新潮」　2000年

【雀】

6 雀色どきの蛇　すずめいろどきのじゃ
　赤江瀑　「問題小説」　2001年

7 雀声　じゃくせい
　石井那由太　《句集》　ふらんす堂　2010刊

8 雀放生　すずめほうじょう
　宇江佐真理　「小説新潮」　2004年

10 雀庭集　じゃくていしゅう
　古閑美奈子　《歌集》　葉文館出版　1998刊

【雪】

雪ぐ　そそぐ
　千早茜　「小説すばる」　2009年

雪の夜話　ゆきのよばなし
　浅倉卓弥　中央公論新社　2005刊

雪の朝　ゆきのあした
　竹田真砂子　「問題小説」　1994年

3 雪女臈　ゆきじょろう
　竹田真砂子　「小説すばる」　1996年

雪山冥府図　せつざんめいふず
　澤田ふじ子　「小説宝石」　2008年

雪山童子　せっせんどうじ
　谷口正子　《詩集》　鉱燈社　2007刊

5 雪占　ゆきうら
　藤原増寿美　《歌集》　角川書店　2005刊

雪田　せつでん
　若井新一　《句集》　本阿弥書店　1996刊

雪白の月　せっぱくのつき
　碧野圭　実業之日本社　2008刊

雪白の古城　せつはくのこじょう
　流星香　講談社　2002刊

6 雪交々に　ゆきこもごもに
　斎藤俊　《歌集》　ながらみ書房　2000刊

雪安居　ゆきあんご
　大内須磨子　《歌集》　短歌研究社　1997刊

雪舟　そり
　小澤克己　《句集》　本阿弥書店　2005刊

雪色　せっしょく
　脇田繁　《句集》　本阿弥書店　2005刊

7 雪折樒　ゆきおれまき
　星野繁子　《句集》　東京四季出版　1993刊

雪花石の窓　あらばすたのまど
　村山千恵子　《歌集》　砂子屋書房　2001刊

雪花草子　きらぞうし
　長野まゆみ　河出書房新社　1994刊

雪花菜　きらず
　鷹山たか子　郁朋社　1989刊

雪花菜の女　きらずのおんな
　逆井辰一郎　祥伝社　2010刊

8 雪沓　ゆきぐつ

195

11 画（頂, 魚, 鳥, 鹿）

相模ひろし　《句集》　文學の森　2004刊
雪泥　せつでい
　庭野富吉　《詩集》　詩学社　2003刊
9 雪後の日　せつごのひ
　山口あつ子　《句集》　本阿弥書店　1997刊
雪後の灯　せつごのひ
　太田潮　《句集》　本阿弥書店　2010刊
雪待人　ゆきまちびと
　北森鴻　「IN POCKET」　2004年
10 雪冤　せつえん
　大門剛明　角川書店　2009刊
雪埋み　ゆきうずみ
　池戸裕子　オークラ出版　2000刊
雪姫　ゆき
　寮美千子　兼六館出版　2010刊
雪座　ゆきくら
　茂惠一郎　《句集》　本阿弥書店　2003刊
雪消水　ゆきげみず
　芦川淳一　双葉社　2010刊
11 雪蛍　ゆきほたる
　大沢在昌　「小説現代」　1993年
雪鹿子　ゆきかのこ
　長野まゆみ　「小説すばる」　1994年
12 雪間　ゆきま
　見延典子　「問題小説」　1991年
13 雪暗　ゆきぐれ
　杉本章子　「オール讀物」　2004年
雪煙　せつえん
　森村誠一　「小説宝石」　1996年
雪蓮花　ゆきれんか
　天宮響一郎　学習研究社　2004刊
19 雪蟷螂　ゆきかまきり
　紅玉いづき　アスキー・メディアワークス　2009刊

【頂】
頂きのかなたに　えうぇれすとのかなたに
　麦田文　文芸社　1999刊
13 頂稜　すかいらいん
　谷甲州　「小説すばる」　1994年

【魚】
9 魚神　いおがみ
　千早茜　「小説すばる」　2008年
11 魚族の夜空　いろくずのよぞら
　宇江佐真理　「小説新潮」　1999年

【鳥】
鳥かごの詩　とりかごのうた
　北重人　小学館　2009刊
9 鳥威　とりおどし
　高見道代　《句集》　東京四季出版　1993刊
鳥屋に鳴る鐘　とやになるかね
　佐藤吉男　新潟日報事業社(発売)　2005刊
12 鳥翔　ちょうしょう
　熊谷佳久子　《句集》　ふらんす堂　2007刊
14 鳥総立　とぶさだて
　前登志夫　《歌集》　砂子屋書房　2003刊
22 鳥籠姫と王樹の実　とりこひめとおうじゅのみ
　桂環　集英社　2007刊

【鹿】
鹿の女　かのじょ
　桃谷方子　「小説現代」　2003年
3 鹿山　ろくざん
　大賀龍雲　《句集》　安楽城出版　2010刊
9 鹿威しの夢　ししおどしのゆめ
　鈴木英治　双葉社　2006刊

11 画（鹿, 麻, 黄）

鹿屋ファイルの秘密　かのやふぁいるのひみつ
　デイヴェン・ナイア　原書房　2006刊

鹿背山　かせやま
　平瀬義治　《詩集》　ビレッジプレス　2008刊

14 鹿鳴の声　はぎのこえ
　藤原緋沙子　廣済堂出版　2006刊

【麻】

16 麻薬カルテル対特殊部隊　こかいんかるてるたいとくしゅぶたい
　木村譲二　光文社　1990刊

麻薬取締官　どらっぐはんたー
　田中光二　光文社　1994刊

麻薬戦争　じゃんくうぉー
　柘植久慶　有楽出版社　2008刊

【黄】

3 黄土の夢　おうどのゆめ
　笠原淳　福武書店　1991刊

黄土の夢　おうどのゆめ
　中嶌正英　講談社　1995刊

4 黄心樹　おがたま
　奥美智子　《句集》　牧羊社　1989刊

6 黄色いフランス人　いえろうふれんち
　大沢在昌　「小説city」　1989年

黄色い手巾　きいろいしゅきん
　駒田信二　「小説宝石」　1989年

黄色の潜水艦　いえろーさぶまりん
　渡辺利弥　「小説宝石」　1994年

黄色軍艦　ちいるぐんかん
　長堂英吉　「新潮」　1998年

黄色館の秘密　おうしょくかんのひみつ
　折原一　光文社　1998刊

8 黄昏の岸 暁の天　たそがれのきしあかつきのそら
　小野不由美　講談社　2001刊

黄昏の松花江　たそがれのすんがりー
　山本直哉　日本図書刊行会　1999刊

黄昏の家・故郷の花　たそがれのいえくにのはな
　比嘉辰夫　西田書店　1992刊

黄昏の殺人特急　とわいらいとさつじんとっきゅう
　辻真先　勁文社　1993刊

黄昏の異邦人　たそがれのえとらんぜ
　唐沢杏子　東京図書出版会　2009刊

黄昏の横浜　とわいらいとのよこはま
　伊藤秀哉　築地書館　2004刊

黄昏の獲物　とわいらいとげーむ
　愛川晶　光文社　1996刊

黄昏人の王国　たそがれびとのおうこく
　菊地秀行　東京書籍　2000刊

黄昏色の記憶　たそがれいろのめもりー
　滝ひさみ　東京図書出版会　2004刊

黄昏草の咲く頃　ゆうがおのさくころ
　磯部詠子　新風舎　2005刊

黄昏記　こうこんき
　山口和夫　《句集》　邑書林　2002刊

黄昏郷　おうごんきょう
　野阿梓　早川書房　1994刊

黄金のおにぎり　こがねのおにぎり
　高橋朗　ナナ・コーポレート・コミュニケーション　2005刊

黄金のしらべ蜜の音　きんのしらべみつのおと
　紫宮葵　講談社　2001刊

黄金のアイオーニア　きんのあいおーにあ
　藍田真央　角川書店　2003刊

黄金のカラス　きんのからす
　小神子眞澄　ウインかもがわ　2007刊

197

11 画（黄）

黄金の太刀　おうごんのたち
　山本兼一　「小説現代」　2009年
黄金の地球　おうごんのてら
　佐々野直樹　《歌集》　権歌書房　2009刊
黄金の花咲く　くがねのはなさく
　宮乃崎桜子　講談社　2009刊
黄金の国の殺人者　じぱんぐのさつじんしゃ
　姉小路祐　中央公論社　1993刊
黄金の芽　こがねのめ
　出雲眞奈夫　叢文社　2001刊
黄金の虎　ごーるでんたいがー
　早坂類　《歌集》　まとりっくす　2009刊
黄金の姫は永遠を誓う　きんのひめはえいえんをちかう
　椎名鳴葉　集英社　2010刊
黄金の姫は桃園に夢をみる　きんのひめはとうえんにゆめをみる
　椎名鳴葉　集英社　2009刊
黄金の姫は竜宮に惑う　きんのひめはりゅうぐうにまどう
　椎名鳴葉　集英社　2010刊
黄金の時刻の滴り　おうごんのときのしたたり
　辻邦生　「群像」　1991年
黄金の最終章　おうごんのえぴろーぐ
　折原みと　講談社　2006刊
黄金の瞳燃えるとき　きんのひとみもえるとき
　弓原望　集英社　1997刊
黄金を奏でる朝に　きんをかなでるあさに
　沖原朋美　集英社　2005刊
黄金小町　こがねこまち
　吉田雄亮　双葉社　2006刊
黄金少年　ごーるでんぼーい
　和合亮一　《詩集》　思潮社　2009刊

黄金色の永遠　こがねいろのえいえん
　石井真弓　《詩集》　近代文芸社　1993刊
黄金色の実り　こがねいろのみのり
　後藤伸　近代文芸社　1996刊
黄金色の祈り　きんいろのいのり
　西澤保彦　文藝春秋　1999刊
黄金色の黎明　きんいろのれいめい
　瀬川貴次　集英社　1996刊
黄金町クラッシュ　こがねちょうくらっしゅ
　松本賢吾　実業之日本社　2003刊
黄金座の物語　こがねざのものがたり
　太田和彦　小学館　2001刊
黄金豹の鎮魂歌　おうごんひょうのれくいえむ
　山本恵三　大陸書房　1990刊
黄金週間に引越しを　ごーるでんうぃーくにひっこしを
　柏枝真郷　角川書店　1998刊
黄金郷に手を出すな　えるどらーどにてをだすな
　新城十馬　富士見書房　1997刊
黄金郷を制圧せよ　れいんふぉれすとをせいあつせよ
　大石英司　祥伝社　1995刊
黄金堤　こがねづつみ
　島村久枝　《句集》　本阿弥書店　1998刊
黄金蜘蛛　こがねぐも
　楽舞美天蛇　文芸社　2001刊
黄金髑髏仏　おうごんどくろぶつ
　赤松光夫　「小説city」　1989年
黄金鷲の残照　ろまのふのざんしょう
　田中文雄　朝日ソノラマ　1992刊
9 黄泉からの誘い　よみからのいざない

新田一実　講談社　1998刊
　黄泉がえり　よみがえり
　　梶尾真治　新潮社　2000刊
　黄泉に誘う風を追え　よみにいざな
　　うかぜをおえ
　　結城光流　角川書店　2003刊
　黄泉の森　よみじのもり
　　江場秀志　審美社　1996刊
　黄泉の蝶　よみのちょう
　　前原正治　《詩集》　土曜美術社出版
　　販売　1999刊
　黄泉びと知らず　よみびとしらず
　　梶尾真治　新潮社　2003刊
　黄泉へのモノローグ　よみへのもの
　　ろーぐ
　　坂井信夫　《詩集》　土曜美術社出版
　　販売　2004刊
　黄泉への風穴　よみへのふうけつ
　　桑原水菜　集英社　1994刊
　黄泉入りどき　よみいりどき
　　桑井朋子　「文學界」　2009年
　黄泉入り前　よみいりまえ
　　桑井朋子　「月刊すばる」　2008年
　黄泉戸喫　よもつへぐい
　　中井英夫　東京創元社　1994刊
　黄泉坂タクシー　よみざかたくしー
　　仁木英之　「野性時代」　2010年
　黄泉近き神を継ぐ里　よみちかきか
　　みをつぐさと
　　水城正太郎　富士見書房　2001刊
　黄泉返りの果て　よみがえりのはて
　　矢野隆　「小説すばる」　2009年
　黄泉国の皇子　よもつくにのみこ
　　長尾誠夫　祥伝社　1995刊
　黄泉河の王　すてゅくすのおう
　　竹河聖　立風書房　1994刊
　黄泉知らず　よみしらず
　　和久田正明　学習研究社　2008刊
　黄泉津比良坂、血祭りの館　よもつ
　　ひらさかちまつりのやかた

　　藤木稟　徳間書店　1998刊
　黄泉津比良坂、暗夜行路　よもつひ
　　らさかあんやのみちゆき
　　藤木稟　徳間書店　1999刊
　黄泉童子　よみのどうじ
　　武上純希　角川書店　1993刊
　黄泉蛙　よみがえる
　　渡辺隆夫　《川柳集》　蒼天社　2006刊
　黄泉路の犬　よみじのいぬ
　　近藤史恵　徳間書店　2005刊
11　黄鳥　きどり
　　谷村志穂　「小説新潮」　2001年
13　黄楊の花　つげのはな
　　前田秋峰　《句集》　近代文芸社
　　1990刊
　黄楊垣　つげがき
　　山口たま子　《句集》　池部出版・デ
　　ザインオフィス　2001刊
　黄蜀葵、自然薯、冬大根　おくらじ
　　ねんじょふゆだいこん
　　青山真治　「小説現代」　2007年
15　黄槿　はまぼう
　　刀根幹太　《句集》　文學の森　2006刊
　黄槿の浜　はまぼうのはま
　　中川志め代　《歌集》　短歌研究社
　　2007刊
24　黄鷹　わかたか
　　諸田玲子　「小説現代」　2003年

【黒】
　黒い牙　ぶらっくふぁんぐ
　　三枝洋　「問題小説」　2004年
　黒い果実　ぶらっくふるーつ
　　竹内義朗　講談社　1989刊
　黒い炎　くろいほむら
　　太田経子　「小説宝石」　1990年
　黒い風の虎落笛　くろいかぜのもが
　　りぶえ
　　岩井志麻子　「小説すばる」　2001年
　黒い童謡　くろいうた

11　（黒）

　　　長坂秀佳　角川書店　2003刊
　　黒い骸　くろいむくろ
　　　中路啓太　「小説現代」　2009年
　　黒の中の繻子の黒　くろのなかのしゅすのくろ
　　　十文字実香　「群像」　2007年
　　黒の暗闇王　くろのれぐりおん
　　　折原みと　講談社　1997刊
　　黒の蜃気楼　ぶらっくみらーじゅ
　　　T・K　ブイツーソリューション　2007刊
　　黒の褥　くろのしとね
　　　勝目梓　徳間書店　1997刊
　　黒の騎士と赤の淑女　くろのないととあかのれでぃ
　　　剛しいら　エンターブレイン　2007刊
3　黒子と痣　ほくろとあざ
　　　川上山也　博栄出版　1990刊
4　黒方の鬼　くろほうのおに
　　　渡瀬草一郎　アスキー・メディアワークス　2009刊
　　黒水村　くろーずむら
　　　黒史郎　一迅社　2008刊
　　黒水熱　ぶらっくうぉーたーふぃーばー
　　　ヴァシィ章絵　講談社　2007刊
5　黒白　こくびゃく
　　　平田泰章　文芸社　2000刊
　　黒白の十字架　こくびゃくのじゅうじか
　　　吉村達也　勁文社　1994刊
　　黒白の絆　こくびゃくのきずな
　　　霜島ケイ　小学館　2002刊
　　黒白の視線　こくびゃくのしせん
　　　氷室洋一　KDJ出版　2000刊
　　黒白の境界線　こくびゃくのきょうかいせん
　　　南英男　徳間書店　2009刊
6　黒羽と鵐目　くろはともずめ
　　　花郎藤子　白泉社　1996刊

　　黒耳天女　こくにてんにょ
　　　毛利志生子　集英社　1999刊
　　黒衣の妖巫王　こくいのようふおう
　　　朝松健　朝日ソノラマ　1990刊
　　黒衣の刺客　こくいのしかく
　　　鳥羽亮　双葉社　2006刊
　　黒衣の武器商人　あいてむでぃーらー
　　　井上雅彦　富士見書房　1992刊
　　黒衣の虹　くろごのにじ
　　　春日真木子　《歌集》　短歌新聞社　1999刊
　　黒衣の旅人　こくいのたびびと
　　　河村悟　《詩集》　書肆あむばるわりあ　2006刊
7　黒冷水　こくれいすい
　　　羽田圭介　「文藝」　2003年
8　黒狗率イル旅ノ群レ　くろいぬひきいるたびのむれ
　　　幼ゐこみ　文芸社　2008刊
　　黒苗　こくびょう
　　　鳥羽亮　「小説NON」　1992年
　　黒苺館　ぶらっくべりーやかた
　　　水木ゆうか　講談社　2004刊
　　黒虎　ぶらっくたいがー
　　　広山義慶　祥伝社　1996刊
9　黒洞(ブラックホール)　へいどん（ぶらっくほーる）
　　　幸田真音　「中央公論」　2005年
10　黒殺　へいさ
　　　荻史朗　光文社　1997刊
　　黒真珠を追え　ぶらっくぱーるをおえ
　　　宗田理　角川書店　1991刊
　　黒祠の島　こくしのしま
　　　小野不由美　祥伝社　2001刊
11　黒鹿毛情話　くろかげじょうわ
　　　藤田健二　「小説NON」　1996年
13　黒幕　びっくぼす
　　　南英男　徳間書店　1997刊

200

黒獅子　ぶらっくらいおん
　広山義慶　祥伝社　1997刊
黒鉄の浮遊城が墜ちる時　くろがねのしろがおちるとき
　鴉紋洋　朝日ソノラマ　1990刊
14 黒蜘蛛島　ぶらっくすぱいだーあいらんど
　田中芳樹　光文社　2003刊
15 黒影の館　かげのやかた
　篠田真由美　講談社　2009刊
17 黒鍬者又七の死　くろくわものまたしちのし
　新宮正春　「別冊小説宝石」　1989年
20 黒耀姫君　おぶしでぃあんぷりんせす
　萩原麻里　エンターブレイン　2007刊

12 画

【偉】
8 偉物伝　えらぶつでん
　童門冬二　講談社　2001刊

【傘】
12 傘道探偵の謎　さんどうたんていのなぞ
　斎藤栄　廣済堂出版　2004刊

【傍】
8 傍若無人な一族　だじゃくないちぞく
　和田しん　文芸社　2001刊
14 傍聞き　かたえぎき
　長岡弘樹　「オール讀物」　2008年

【傀】
17 傀儡　かいらい
　アメノアヲキ　文芸社　2006刊

傀儡　くぐつ
　坂東眞砂子　集英社　2008刊
傀儡がたり　くぐつがたり
　西澤保彦　「小説新潮」　2009年
傀儡の糸　くぐつのいと
　亜木冬彦　角川書店　1993刊
傀儡の巫女　くぐつのみこ
　榎田尤利　講談社　2006刊
傀儡子　くぐつし
　毛利志生子　集英社　2006刊
傀儡后　くぐつこう
　牧野修　早川書房　2002刊
傀儡自鳴　くぐつじめい
　鷹野祐希　講談社　2000刊
傀儡刺客状　くぐつしかくじょう
　志津三郎　廣済堂出版　2002刊
傀儡奇談　くぐつきだん
　椹野道流　講談社　2005刊
傀儡迷走　くぐつめいそう
　鷹野祐希　講談社　2000刊
傀儡師　くぐつし
　毛利志生子　集英社　1998刊
傀儡喪失　くぐつそうしつ
　鷹野祐希　講談社　1999刊
傀儡覚醒　くぐつかくせい
　鷹野祐希　講談社　1999刊
傀儡解放　くぐつかいほう
　鷹野祐希　講談社　2001刊

【割】
3 割下水　わりげすい
　三浦武　《歌集》　九藝出版　1998刊
11 割烹着の天女　かっぽうぎのてんにょ
　長谷川純子　「小説新潮」　2006年

【勤】
6 勤行川　ごぎょうがわ
　落合雄三　雁塔舎　2006刊

12 画（博, 厩, 厨, 喚, 喜, 喫, 喰, 喧, 善, 喪, 喋, 喃, 喩, 堅, 堕）

9 勤哉め　きんやめ
　　立松和平　「問題小説」　2002年

【博】

5 博打宿　ばくちやど
　　岩井三四二　「小説すばる」　2005年
6 博多秘愛の女　はかたひあいのひと
　　南里征典　光文社　1998刊
7 博労沢の殺人　ばくろうさわのさつじん
　　佐々木譲　「オール讀物」　2008年

【厩】

16 厩橋　うまやはし
　　小池昌代　「野性時代」　2010年

【厨】

4 厨王様　ちゆわんにむ
　　中内かなみ　「月刊J-novel」　2004年
10 厨師流浪　ちゅうしるろう
　　加藤文　日本経済新聞社　2000刊

【喚】

喚ばれて飛び出てみたけれど　よばれてとびでてみたけれど
　　丸本天外　角川書店　2005刊

【喜】

15 喜・輝楽凛　ききらりん
　　みどり　《詩集》文芸社　2005刊

【喫】

15 喫緊の課題じゃ　きっきんのかだいじゃ
　　森巣博　「問題小説」　2006年

【喰】

13 喰違坂　くいちがいざか
　　木内昇　「オール讀物」　2010年

【喧】

14 喧嘩　でいり
　　峰隆一郎　「小説NON」　1989年

【善】

8 善知鳥　うとう
　　原和子　《句集》富士見書房　1996刊
　善知鳥伝説闇小町　うとうでんせつやみこまち
　　山内美樹子　光文社　2007刊
10 善鬼　ぜんき
　　戸部新十郎　「問題小説」　1991年

【喪】

8 喪服の淑女、滾る　もふくのしゅくじょたぎる
　　南里征典　「小説NON」　1997年
9 喪神　そうしん
　　澤田ふじ子　「小説宝石」　2008年

【喋】

喋々喃々　ちょうちょうなんなん
　　小川糸　ポプラ社　2009刊

【喃】

喃う石よ　のういしよ
　　菊池嘉継　鉱脈社　2003刊

【喩】

喩の痛み　ゆのいたみ
　　藤沢周　「文學界」　2008年

【堅】

9 堅香子　かたかご
　　野崎ゆり香　《句集》東京四季出版　1999刊
　堅香子　かたかご
　　若松徳男　《句集》本阿弥書店　2002刊

【堕】

4 堕天使の恋　るしふぁーのこい
　　水上洋子　祥伝社　1991刊

12 画(報, 壺, 奥, 媛, 媚, 寒, 富, 就, 属, 幇)

堕天神の黄昏　るしふぁーずのたそがれ
　　渡邊裕多郎　小学館　1997刊

【報】
12 報道キャスターの掟　にゅーすきゃすたーのおきて
　　江波戸哲夫　祥伝社　2001刊
13 報酬　むくい
　　中堂利夫　「問題小説」　1992年

【壺】
4 壺中の希望　こちゅうののぞみ
　　三崎亜記　「小説すばる」　2006年
8 壺空　こくう
　　平谷美樹　光文社　2004刊
15 壺霊　これい
　　内田康夫　角川書店　2008刊

【奥】
5 奥四万にて　おくしまにて
　　関滋子　《歌集》　開成出版　1995刊
9 奥津城の剣　おくつきのけん
　　菊地秀行　「小説NON」　1999年
17 奥嶺　おくね
　　内山和江　《句集》　ふらんす堂　2000刊

【媛】
媛のうた　ひめのうた
　　小林悠媛　《詩集》　碧天舎　2003刊

【媚】
14 媚獄王　びごくおう
　　菊地秀行　「小説NON」　2001年

【寒】
寒の辻　かんのつじ
　　長谷川卓　角川春樹事務所　2009刊
2 寒九の滴　かんくのしずく
　　青山真治　「月刊すばる」　2008年

3 寒川の女　さんがわのひと
　　矢野弘　郁朋社　2002刊
5 寒立馬　かんだちめ
　　掛札節　新風舎　2005刊
寒立馬　かんだちめ
　　社家チヨ子　《歌集》　近代文芸社　2001刊
7 寒牡丹　かんぼたん
　　藍川京　「問題小説」　2007年
9 寒紅の色　かんべにのいろ
　　立松和平　北國新聞社　2008刊
11 寒窓　かんそう
　　軒上泊　徳間書店　1995刊
寒雀　かんすずめ
　　今井絵美子　廣済堂出版　2007刊
15 寒鴉　かんがらす
　　森村南　「小説すばる」　1998年
16 寒蕾　かんつぼみ
　　井坂久美子　日本図書刊行会　1993刊
寒鮒　かんぶな
　　加堂秀三　「小説NON」　1993年

【富】
富の突留札　とみのつきどめふだ
　　坂岡真　双葉社　2005刊
5 富田一放　とだいっぽう
　　戸部新十郎　「小説NON」　1999年

【就】
4 就中　なかんずく
　　朝倉かすみ　「小説宝石」　2010年

【属】
19 属鏤の剣　しょくるのけん
　　狩野あざみ　「小説NON」　1998年

【幇】
12 幇間記　ほうかんき
　　長尾宇迦　「別冊文藝春秋」　1989年

12 画（幾, 廃, 弾, 御, 復）

【幾】

8 幾波行き　いくなみゆき
　　小川国夫　「群像」　2002年

【廃】

2 廃人擬　はいじんもどき
　　南雲克己　MBC21　1995刊

【弾】

　弾　たま
　　宮寺清一　「民主文学」　2005年
3 弾丸少年　きゃのんぼーい
　　小林弘利　徳間書店　1992刊
5 弾正の夢　だんじょうのゆめ
　　村松友視　「小説現代」　1993年
　弾正の鷹　だんじょうのたか
　　山本兼一　「小説NON」　1999年

【御】

4 御仏のお墨附　みほとけのおすみつき
　　北原亞以子　「小説新潮」　1991年
5 御用俠　ごようきょう
　　山田風太郎　小学館　2000刊
6 御同輩・桜雨　ごどうはいさくらあめ
　　成瀬絢　文芸社　2009刊
　御羽車　おはぐるま
　　久世光彦　「文學界」　2006年
　御衣の針　おんぞのはり
　　澤田ふじ子　「問題小説」　2006年
7 御形摘む　ごぎょうつむ
　　築城京　《句集》　安楽城出版　2008刊
9 御神渡り　おみわたり
　　武井京　《詩集》　ゆすりか社　1994刊
　御神楽少女探偵団　みかぐらしょうじょたんていだん
　　大林憲司　アスキー　1998刊
　御食つ国　みけつくに
　　尾崎亥之生　《句集》　本阿弥書店　1999刊
10 御射山　みさやま
　　久保方子　《句集》　東京四季出版　2004刊
　御師弥五郎道中記　おんしやごろうどうちゅうき
　　西條奈加　「小説NON」　2006年
　御庭番家筋之者　おにわばんいえすじのもの
　　中路啓太　「小説現代」　2006年
　御陣乗太鼓　ごじんじょだいこ
　　野島高次　中日出版社　2003刊
12 御厨木工作業所　みくりやもっこうさぎょうしょ
　　筒井康隆　「文學界」　2002年
13 御暇　おいとま
　　佐伯泰英　講談社　2008刊
　御試人山田朝右衛門　おためしびとやまだあさえもん
　　水沢龍樹　ベストセラーズ　2008刊
　御跡慕いて　みあとしたいて
　　島尾ミホ　「新潮」　2006年
17 御厳の調べに舞い踊れ　みいつのしらべにまいおどれ
　　結城光流　角川書店　2010刊

【復】

23 復讐の海線　ふくしゅうのしーらいん
　　阿部智　角川書店　1990刊
　復讐の遊戯　ふくしゅうのげーむ
　　広山義慶　勁文社　1992刊
　復讐の戦闘機　ふくしゅうのふらんかー
　　夏見正隆　徳間書店　2009刊
　復讐の跫　ふくしゅうのあしおと
　　森村誠一　勁文社　1991刊
　復讐党始末　あたんとうしまつ
　　神坂次郎　角川書店　1995刊
　復讐家族　ふくしゅうふぁみりー
　　宗田理　アスキー　1997刊

12 画（悲, 愉, 惑, 惻, 握, 掌, 揖, 揚, 揺）

【悲】
　悲しみは黄昏とともに　かなしみはたそがれとともに
　　冴木忍　富士見書房　1994刊
4　悲引　ひいん
　　福永法弘　《句集》　邑書林　1994刊
5　悲母　ひも
　　森谷安子　《詩集》　日本エディタースクール出版部　1998刊
　悲母像　ひぼぞう
　　橋本喜典　《歌集》　短歌新聞社　2008刊
14　悲歌　えれじー
　　赤川次郎　角川書店　1995刊
　悲歌　えれじー
　　中山可穂　角川書店　2009刊

【愉】
7　愉快な奇術師　ぷりざんとまじしゃん
　　田村純一,レッドカンパニー　富士見書房　2000刊

【惑】
9　惑星　らうそんぐ
　　花衣沙久羅　集英社　1999刊

【惻】
14　惻隠の灯　そくいんのひ
　　井川香四郎　講談社　2010刊

【握】
　握りしめた欠片　にぎりしめたかけら
　　沢木冬吾　角川書店　2009刊

【掌】
　掌のなかの顔　てのなかのかお
　　神坂次郎　新人物往来社　1991刊
　掌の力を弄ぶ　てのひらのちからをもてあそぶ
　　森川知恵子　《詩集》　新風舎　2000刊
　掌の上の小さい国　てのうえのちいさいくに
　　木津川昭夫　《詩集》　思潮社　2002刊
　掌の中の小さな月　てのなかのちいさなつき
　　小林容子　東洋出版　1998刊
　掌の中の小鳥　てのなかのことり
　　加納朋子　東京創元社　1995刊

【揖】
8　揖夜の坂　ゆうやのさか
　　野村詩賀子　《歌集》　短歌研究社　1995刊

【揚】
12　揚雲雀　あげひばり
　　稲森柏郎　《句集》　東京四季出版　1990刊
　揚雲雀　あげひばり
　　阪野優　《句集》　ミューズ・コーポレーション喜怒哀楽書房　2009刊
　揚雲雀　あげひばり
　　田中三樹彦　《句集》　本阿弥書店　1997刊
　揚雲雀　あげひばり
　　八木健　《句集》　本阿弥書店　2004刊
20　揚麺膨の勝ちにて候　どーなっつのかちにてそうろう
　　光瀬龍　「問題小説」　1989年

【揺】
　揺れ動く　ゔぁしれーしょん
　　大江健三郎　「新潮」　1994年
20　揺籃　ようらん
　　田部谷紫　《句集》　富士見書房　2000刊
　揺籃期　ようらんき
　　松尾真由美　《詩集》　思潮社　2002刊

205

12 画（散, 斑, 暁, 景, 晶, 晴, 智, 晩）

【散】
3 散亡　さんぼう
　　えとう乱星　「小説中公」　1995年
10 散桜　さんおう
　　西山裕貴　郁朋社　2002刊

【斑】
11 斑雪　はだれゆき
　　青木陽子　「民主文学」　1997年
　斑鳩のふるさとよ楽の羽　いかるがのふるさとよがくのはね
　　山口三智　《詩集》　近代文芸社　1993刊
13 斑鳩の里殺人事件　いかるがのさとさつじんじけん
　　斎藤栄　祥伝社　1995刊
　斑鳩王の慟哭　いかるがおうのどうこく
　　黒岩重吾　中央公論社　1995刊
　斑鳩王朝伝　いかるがおうちょうでん
　　藤川桂介　祥伝社　1994刊
　斑鳩炎上異聞　いかるがえんじょういぶん
　　浄御原栄　郁朋社　2003刊
　斑鳩宮始末記　いかるがのみやしまつき
　　黒岩重吾　文藝春秋　2000刊

【暁】
　暁けの蛍　あけのほたる
　　朝松健　講談社　2006刊
　暁の川　あけのかわ
　　石塚滴水　《句集》　ふらんす堂　2004刊
　暁の波　あかときのなみ
　　安住洋子　「小説新潮」　2007年
　暁の鎮魂歌　あかつきのれくいえむ
　　子竜螢　学習研究社　2007刊
8 暁英　きょうえい

　　北森鴻　「問題小説」　2006年
10 暁降ちの歌の章　あかときくたちのうたのしょう
　　水杜明珠　集英社　1995刊
17 暁闇　ぎょうあん
　　橋本治　「小説すばる」　2008年
　暁闇　あかつきやみ
　　由井麗依子　日本図書刊行会　1999刊
　暁闇新皇　あかときやみのしんのう
　　宮乃崎桜子　講談社　1999刊

【景】
13 景福宮の空　きょんぼっくんのそら
　　山岸哲夫　《詩集》　新風舎　2005刊

【晶】
19 晶鏤めて　しょうちりばめて
　　鈴木千代乃　《歌集》　本阿弥書店　2006刊

【晴】
　晴の訪れ。　はるのおとずれ
　　いしい千恵　《詩集》　新風舎　2006刊
　晴の翡翠玉　はるのひすいだま
　　河合庸夫　新風舎　1999刊
8 晴明ふしぎ草子　はれあきらふしぎぞうし
　　足立和葉　小学館　2002刊
22 晴轡甘藷記　せいらんかんしょき
　　中川完治　「問題小説」　1997年

【智】
4 智天使の不思議　けるびむのふしぎ
　　二階堂黎人　光文社　2009刊
6 智光が語る頼光の縁　ちこうがたるらいこうのえん
　　伊藤比呂美　「小説TRIPPER」　2001年

【晩】
5 晩白柚　ばんぺいゆ
　　福島次郎　「季刊文科」　2001年

12 画（最, 勝, 朝, 椅, 棺, 植, 森, 棟）

9 晩香玉　わんしゃんゆい
　　宇治谷孟　文芸社　2000刊
10 晩蒼集　ばんかんしゅう
　　緒方敬　《句集》本阿弥書店　2002刊
11 晩鳥の森から　ばんどりのもりから
　　田代卓　《詩集》土曜美術社出版販売　2007刊
14 晩稲田　おくてだ
　　朝妻力　《句集》白風社　2001刊
17 晩霜　おそじも
　　日下部正治　《句集》近代文芸社　1992刊

【最】

9 最後の宝貝　さいごのぱおぺい
　　ろくごまるに　富士見書房　2006刊
　最後の御所忍者　さいごのごしょしのび
　　二本木由夫　文芸社　2007刊
　最後の滴　さいごのしずく
　　石田衣良　「小説現代」　2008年

【勝】

3 勝子仇討行　かつこあだうちこう
　　宮本昌孝　「オール讀物」　1997年
4 勝之進何処へ　かつのしんいずこへ
　　中崎力信　近代文芸社　1998刊

【朝】

　朝に夕に　あしたにゆうべに
　　江良亜来子　《詩集》鳥影社　2005刊
　朝の連翹　あさのれんぎょう
　　常盤新平　「小説宝石」　1998年
　朝の朧町　あさのおぼろまち
　　恒川光太郎　「小説新潮」　2008年
　朝、はるかに　あしたはるかに
　　飯島光孝　門土社総合出版　1993刊
3 朝夕人静斎　ちょうじゃくにんせいさい
　　勢九二五　文芸社　2003刊

12 朝焼けの輪舞　あさやけのろんど
　　西澤裕子　講談社　1995刊
14 朝蜩　あさひぐらし
　　斎藤栄草　《句集》東京四季出版　1989刊
16 朝憲紊乱事件　ちょうけんぶんらんじけん
　　三好徹　「問題小説」　2004年
17 朝鮮通信使いま肇まる　ちょうせんつうしんしいまはじまる
　　荒山徹　「オール讀物」　2007年

【椅】

　椅の風　いいぎりのかぜ
　　筑前ヒロ子　《歌集》六法出版社　1992刊
　椅の庭　いいぎりのにわ
　　筑前ヒロ子　《歌集》ながらみ書房　2000刊

【棺】

10 棺姫のチャイカ　ひつぎのちゃいか
　　榊一郎　富士見書房　2010刊

【植】

9 植星鉢　ぷらねたぷらんた
　　林木林　《詩集》土曜美術社出版販売　2007刊

【森】

7 森坊丸　もりぼうまる
　　井口朝生　「小説宝石」　1993年

【棟】

4 棟木　むなぎ
　　五十嵐藤重　《句集》文學の森　2006刊
8 棟居刑事の花の狩人　むねすえけいじのらぶはんたー
　　森村誠一　「小説中公」　1995年
　棟居刑事の殺人の隙間　むねすえけいじのさつじんのすりっと

207

12 画（棒, 椈, 棘, 棕, 棗, 椨, 榎, 歯, 毳, 温, 湖）

　　森村誠一　双葉社　2007刊

【棒】
4　棒手振が行く　ぼてふりがゆく
　　笹沢左保　「小説NON」　2002年
15　棒樫のほに　ぼうかしのほに
　　稲積由里　《歌集》　短歌研究社　2002刊

【椈】
　　椈は唄う　ぶなはうたう
　　紫野貴李　鳥影社　2004刊

【棘】
　　棘　とげ
　　石垣蔦紅　《歌集》　近代文芸社　1990刊
　　棘　とげ
　　宇佐美敦子《詩集》詩学社　1994刊
　　棘　とげ
　　本多寿　《詩集》　本多企画　1996刊

【棕】
19　棕櫚の花　しゅろのはな
　　笠原ひろむ　《句集》　梅里書房　2005刊
　　棕櫚の花房　しゅろのはなぶさ
　　深草美由紀《歌集》柊書房　1997刊
　　棕櫚の旗　しゅろのはた
　　黒田のぞみ　《歌集》　短歌研究社　1996刊
　　棕櫚の箒　しゅろのほうき
　　安藤つねお《句集》紅書房　2000刊

【棗】
7　棗坊主　なつめぼうず
　　夢枕獏　「オール讀物」　2002年

【椨】
　　椨　たぶのき

　　早野和子　《句集》　富士見書房　1990刊
　　椨の木　たぶのき
　　佐怒賀正美　《句集》　角川書店　2003刊

【榎】
10　榎原　しではら
　　茨木和生《句集》文學の森　2007刊

【歯】
　　歯がらみ物語　しがらみものがたり
　　青島攻　文芸社　2003刊
8　歯固　はがため
　　四谷たか子　《句集》　角川書店　2004刊

【毳】
5　毳玉男　けだまおとこ
　　古澤美佳　パロル舎　2007刊

【温】
　　温いロープ　ぬるいろーぷ
　　片岡直子　「文學界」　2000年
　　温もりのイイワケ　ぬくもりのいいわけ
　　妃川螢　雄飛　2001刊
9　温泉の尼小舟　いでゆのあまおぶね
　　八剣浩太郎　「小説宝石」　1992年

【湖】
　　湖の夕映　うみのゆうばえ
　　宮本登久　《歌集》　本阿弥書店　2009刊
　　湖の別れ　うみのわかれ
　　勝山俊介　「民主文学」　1998年
　　湖の館　うみのやかた
　　竹内絵視　《詩集》　美研インターナショナル　2005刊
6　湖伝説　うみでんせつ
　　藤原千秋　《句集》　沖積舎　1995刊

12画（港, 渡, 湯, 満, 湾, 游, 焰）

　湖列車連殺行　うみれっしゃれんさつこう
　　阿井渉介　講談社　1993刊
8　湖国抄　うみぐにしょう
　　藤森里美　《詩集》　ゆすりか社　2000刊
　湖底祀　みなそこのまつり
　　北森鴻　「小説新潮」　2004年
11　湖蛍　うみほたる
　　山田厚子　《歌集》　短歌研究社　2008刊

【港】
7　港町の人々　まちのひとびと
　　波野四郎　近代文芸社　1993刊

【渡】
　渡し守の声　かろーんのこえ
　　竹河聖　光文社　1997刊
7　渡良瀬　わたらせ
　　古津ミネ子　《句集》　ふらんす堂　2000刊
9　渡海　とけ
　　たまきまき　《句集》　本阿弥書店　2001刊
　渡海鳴鳥　とかいめいちょう
　　菅木志雄　講談社　2000刊

【湯】
3　湯女の公事指南　ゆなのくじしなん
　　岩井三四二　「小説すばる」　2006年
8　湯抱　ゆがかい
　　佐藤洋二郎　「月刊すばる」　1996年
11　湯船の姉弟　ゆぶねのきょうだい
　　川上英幸　講談社　2010刊
13　湯微島訪問記　ゆびじまほうもんき
　　伊井直行　「三田文學」　1988～1990年
　湯滝をあびる女　ゆたきをあびるおんな
　　加堂秀三　「別冊小説宝石」　1990年

20　湯灌師　ゆかんし
　　木下順一　河出書房新社　1997刊
24　湯靄の中　ゆもやのなか
　　伊藤桂一　「小説新潮」　1991年

【満】
3　満久引き　まくひき
　　領家高子　「小説宝石」　2009年
4　満天星　どうだん
　　内田園生　《句集》　東京四季出版　1994刊
　満天星　どうだん
　　手嶋あさ　《歌集》　短歌研究社　2004刊
　満天星降　まんてんにほしのふる
　　宮乃崎桜子　講談社　1999刊
　満水子　まみこ
　　高樹のぶ子　講談社　2001刊
5　満目　まんもく
　　野村佳津　《句集》　文學の森　2005刊
　満目　まんもく
　　山崎秋穂　《句集》　牧羊社　1991刊

【湾】
8　湾岸都市の三百歳探偵団　うぉーたーふろんとのさんびゃくさいたんていだん
　　田中雅美　光文社　1989刊

【游】
16　游鮎　ゆうでん
　　坪和久仁子　《句集》　花神社　1990刊

【焰】
　焰　ほむら
　　森本ふじお　文芸社　2000刊
　焰のように　ほむらのように
　　安達瑤　「小説NON」　2006年
　焰の遊糸　ほむらのゆうし
　　金蓮花　集英社　1997刊

12 画（焼, 焦, 然, 焚, 無）

　8 焔炎奇談　えんえんきだん
　　椹野道流　講談社　2009刊

【焼】
　3 焼刃のにおい　やいばのにおい
　　津本陽　「小説宝石」　2005年
　11 焼野の灰兵衛　やけののはいべえ
　　泡坂妻夫　「小説宝石」　2006年

【焦】
　11 焦痕　しょうこん
　　藤沢周　「月刊すばる」　2001年
　16 焦螟　しょうめい
　　辻田克巳　《句集》　ふらんす堂　2002刊

【然】
　　然　ぜん
　　酒井流石　《句集》　舷燈社　2002刊

【焚】
　4 焚火の終わり　たきびのおわり
　　宮本輝　集英社　1997刊

【無】
　　無みする獣　なみするけもの
　　岩崎昇一　《詩集》　日本図書刊行会　1997刊
　1 無一可　むいっか
　　和田重正　《詩集》　くだかけ社　2000刊
　2 無人地帯　のーまんずらんど
　　永瀬隼介　徳間書店　2008刊
　3 無口な放浪者　むくちなすとれんじゃー
　　あさぎり夕　集英社　2002刊
　　無口な婚約者　むくちなふぃあんせ
　　あさぎり夕　集英社　2003刊
　　無口な夢追い人　むくちなどりーまー
　　あさぎり夕　集英社　2002刊

　4 無月　むげつ
　　豊東蘇人　《句集》　東京四季出版　1994刊
　　無月となのはな　むげつとなのはな
　　斎藤恵子　《詩集》　思潮社　2008刊
　　無月の駅　むげつのえき
　　古田種子　《句集》　東京四季出版　1993刊
　5 無可有　むかう
　　高橋幸子　《歌集》　不識書院　2001刊
　　無外　むがい
　　戸部新十郎　「問題小説」　1990年
　　無辺　むへん
　　山本兼一　「小説NON」　2002年
　6 無名庵日記　むみょうあんにっき
　　中谷孝雄　朝日書林　1991刊
　　無名異抄　むみょういしょう
　　貴山八郎　文芸社ビジュアルアート　2008刊
　7 無何有　むかう
　　相澤東洋子　《歌集》　国際歌仙「花月の会」　2010刊
　　無何有　むかう
　　小林信子　《歌集》　ながらみ書房　2010刊
　　無何有　むかう
　　吉田未灰　《句集》　本阿弥書店　2000刊
　　無花果　いちじく
　　日向蓬　「小説すばる」　2005年
　　無花果の実る家　いちじくのみるいえ
　　子母澤類　「問題小説」　2006年
　　無花果の蜜　いちじくのみつ
　　吉原杏　白石書店　2002刊
　　無花果日誌　いちじくにっし
　　若合春侑　「本の旅人」　2001年
　　無言殺剣獣散る刻　むごんさっけんけものちるとき
　　鈴木英治　中央公論新社　2007刊

8 無呪　むしゅ
　　夢枕獏　「オール讀物」　2006年
　無法　あうとろー
　　南英男　徳間書店　1997刊
　無法刑事　あうとろーでか
　　龍一京　光文社　1999刊
　無法者　あうとろー
　　佐藤雅美　講談社　1996刊
10 無座嵐太夫　むざあらしだゆう
　　高橋義夫　「小説NON」　1997刊
11 無患子　むくろじ
　　永山嘉之　《歌集》　近代文芸社　1992刊
　無患子　むくろじ
　　村井松潭　《句集》　東京四季出版　2001刊
　無患子の落ちる頃　むくろじのおちるころ
　　弘兼きぬゑ　樹心社　2001刊
　無理は承知で私立探偵　むりはしょうちではーどぼいるど
　　麻生俊平　角川書店　2000刊
　無理愛　るーとあい
　　中山千夏　飛鳥新社　2002刊
　無聊の猿　ぶりょうのさる
　　佐藤哲也　「小説すばる」　1995年
　無著　むじゃく
　　中嶋鬼谷　《句集》　邑書林　2002刊
　無逅の旅　むきゅうのたび
　　宋在星　《歌集》　東方出版　2008刊
　無鹿　むしか
　　遠藤周作　「別冊文藝春秋」　1991年
13 無傷　むしょう
　　火坂雅志　「小説NON」　1991年
14 無漏なる雫　むろなるしずく
　　鈴木興相　文芸社　2007刊
15 無憂樹　むうじゅ
　　蓮見安希　《歌集》　ながらみ書房　2008刊

無窮花　むぐんふぁ
　　福富哲　駒草出版　2008刊
無窮花と桜　むくげとさくら
　　谷内豊　白帝社　1994刊
無窮花を知らなかった頃　むぐんふぁをしらなかったころ
　　辻美沙子　世界日報社　1995刊
無窮花抄　むくげしょう
　　桜井哲夫　《詩集》　土曜美術社出版販売　1994刊
無蔵よ　んぞよ
　　沖野裕美　《詩集》　沖積舎　2000刊
16 無頼無頼ッ！　ぶらぶらっ
　　矢野隆　集英社　2010刊
17 無償　ほらんてぃあ
　　家田荘子　「小説宝石」　2002年

【焙】
8 焙炉　ほいろ
　　平峯蜉城　《句集》　文學の森　2006刊

【猶】
4 猶予の月　いざよいのつき
　　神林長平　早川書房　1992刊
　猶太にならいて　じゅだにならいて
　　宇月原清明　「小説新潮」　2008年

【琴】
3 琴女癸酉日記　ことじょきゆうにっき
　　宇江佐真理　「小説現代」　2000年
4 琴爪の迷走　つめのめいそう
　　梅田志郎　新風舎　1996刊
14 琴歌奇談　ことうたきだん
　　椹野道流　講談社　2003刊

【琥】
9 琥珀の妖魔女　こはくのあるでぃーん
　　折原みと　講談社　2001刊

12 画（甦, 畳, 痛, 痣, 痞, 皓, 短, 硝, 稀, 童, 竦, 筑）

　　琥珀の城の殺人　べるんしゅたいん
　　　ぶるくのさつじん
　　　　篠田真由美　東京創元社　1992刊
　　琥珀の道殺人事件　あんばーろーど
　　　さつじんじけん
　　　　内田康夫　角川書店　1989刊
　　琥珀色の迷宮　こはくいろのらびり
　　　んす
　　　　仙道はるか　講談社　1998刊
　　琥珀色の謝肉祭　こはくいろのかー
　　　にばる
　　　　井上淳　勁文社　1989刊
　　琥珀枕　こはくちん
　　　　福森都　「小説宝石」　2002年

【甦】
　　甦る時間　よみがえるとき
　　　　青山光二　「文學界」　1991年

【畳】
　10　畳紙　たとうがみ
　　　　畠中恵　「小説新潮」　2005年

【痛】
　8　痛妻　いたづま
　　　　安達元一　幻冬舎　2009刊

【痣】
　　痣　ほくろ
　　　　物集高音　「小説宝石」　2002年
　6　痣色の水晶　あざいろのすいしょう
　　　　岩井志麻子　「小説すばる」　2004年

【痞】
　　痞　つかえ
　　　　物集高音　「小説宝石」　2002年

【皓】
　　皓い道途　しろいみち
　　　　朝香祥　角川書店　2003刊
　4　皓月に白き虎の啼く　こうげつにし
　　　ろきとらのなく

　　　　嬉野秋彦　集英社　1994刊

【短】
　8　短夜　みじかよ
　　　　高橋治　「月刊Asahi」　1990年
　13　短愛　みじかあい
　　　　西山裕貴　郁朋社　1999刊

【硝】
　3　硝子緬のアリス　ぐらすうーるのあ
　　　りす
　　　　小川顕太　「小説現代」　1991年
　13　硝煙が眼に染みる　けむりがめにし
　　　みる
　　　　吉津実　広済堂出版　1990刊

【稀】
　2　稀人　まれびと
　　　　小中千昭　角川書店　2004刊
　17　稀覯人の不思議　これくたーのふ
　　　しぎ
　　　　二階堂黎人　光文社　2005刊

【童】
　3　童子谷戸　どうじやと
　　　　川野愛子　《歌集》　砂子屋書房
　　　　2002刊
　10　童翁　わらべおきな
　　　　坂東眞砂子　「オール讀物」　2008年
　　童鬼の剣　わらべおにのけん
　　　　高橋直樹　祥伝社　2003刊
　11　童眼　まなぐ
　　　　三上信夫　《詩集》　リヴァープレス
　　　　社　1998刊

【竦】
　　竦む女　すくむおんな
　　　　菅浩江　「小説工房」　1995年

【筑】
　8　筑波嶺　つくばね

212

12 画（等, 筒, 粧, 絵, 結, 絞, 絶, 統, 絡, 絣, 翔, 腕, 腋, 葵, 葦）

福島百合子　《句集》　ふらんす堂
　　2008刊
9　筑後女　ちっこおんな
　　町野玉江　文芸社　2007刊

【等】
等々力渓谷　とどろきけいこく
　　土橋良枝　《歌集》　ながらみ書房
　　2010刊

【筒】
9　筒城野　つつきの
　　桂樟蹊子《句集》角川書店　1989刊

【粧】
2　粧刀　ちゃんどう
　　杉洋子　白水社　1991刊

【絵】
3　絵子　えこ
　　三田完　文藝春秋　2001刊

【結】
11　結球　けっきゅう
　　内田春菊　「小説新潮」　1995年
12　結葉　むすびば
　　藤原緋沙子　「小説現代」　2006年
15　結縁　けちえん
　　野本登　晴耕雨読　1999刊

【絞】
10　絞殺る　しめる
　　東野圭吾　「オール讀物」　1999年

【絶】
絶の島事件　たえのしまじけん
　　荒俣宏　角川書店　2001刊
6　絶叫　すくりーむ
　　松岡弘一　光文社　1998刊
7　絶対運命　ぜったいふぉーちゅん
　　さいきなおこ　集英社　1998刊

【統】
9　統春　すばる
　　ボビー上杉　朱鳥社　2007刊

【絡】
13　絡新婦の理　じょろうぐものことわり
　　京極夏彦　講談社　1996刊

【絲】→糸（6画）

【絣】
絣の里　かすりのさと
　　山本初枝《句集》文學の森　2009刊

【翔】
翔べ!!夷皇島学園華道部　とべいおうじまがくえんかどうぶ
　　すずきあきら　メディアファクトリー　2003刊
翔んでる淑女捜査官　とんでるめすでか
　　胡桃沢耕史　「小説city」　1992年

【腕】
11　腕貫探偵　うでぬきたんてい
　　西澤保彦　「月刊J-novel」　2002年

【腋】
9　腋臭風呂　わきがぶろ
　　西村賢太　「野性時代」　2006年
14　腋窩妄想　えきかもうそう
　　藤沢周　「小説新潮」　1999年

【葵】
7　葵花向日　きかこうじつ
　　山本文緒　「小説すばる」　1999年

【葦】
4　葦切は渡ったが　よしきりはわたりったが
　　西村望　「問題小説」　1989年

213

12 画（萱, 葬, 菟, 董, 葡, 葉, 落）

11 葦雀の夏　よしきりのなつ
　　北澤繁樹　東京図書出版会　2009刊

【萱】
4 萱刈　かやかり
　　辻井喬　新潮社　2007刊
9 萱草　わすれぐさ
　　松村久夫　《歌集》　柊書房　2009刊

【葬】
6 葬列の朝　そうれつのあした
　　斎藤純　講談社　1995刊
20 葬蘰　とむらいかずら
　　皆川博子　「野性時代」　1991年

【菟】
12 菟道　うじ
　　井上幸《句集》ふらんす堂　2008刊

【董】
6 董妃　とうひ
　　陳舜臣　「小説新潮」　2004年

【葡】
11 葡萄の奇跡　みらーくるどれざん
　　藤原万璃子　小学館　1999刊
　 葡萄の真実　ゔぇりてどれざん
　　藤原万璃子　小学館　1998刊
　 葡萄月　ぶどうづき
　　長野まゆみ　「新潮」　2006年
　 葡萄樹の嘆き　でぃおにゅそすのなげき
　　七穂美也子　集英社　2002刊

【葉】
6 葉守神　はもりがみ
　　巣山正子　《句集》　紅書房　1998刊
9 葉風泰夢　はーふたいむ
　　工藤泰子　《句集》文學の森　2007刊
10 葉姫流転　ようひめるてん
　　筆内幸子　広済堂出版　1993刊

14 葉漏れ日の下　はもれびのした
　　新田由美子　《歌集》本阿弥書店　2010刊

【落】
　 落ちぬ靡かぬ名代の娘　おちぬなびかぬなだいのむすめ
　　睦月影郎　「問題小説」　2010年
3 落下する花 月読　らっかするはなつくよみ
　　太田忠司　「別冊文藝春秋」　2006年
　 落下る　おちる
　　東野圭吾　「オール讀物」　2006年
4 落日の遁走曲　らくじつのふーが
　　藤水名子　集英社　1998刊
7 落花生を食べる女　らっかせいをたべるおんな
　　小池真理子　「小説現代」　2010年
8 落枝の怒り　らくしのいかり
　　荻原浩　「小説すばる」　2006年
10 落屑　らくせつ
　　藤井幸子　《歌集》角川書店　2004刊
　 落梅　おちうめ
　　西條奈加　「小説宝石」　2010年
　 落涙滂沱　らくらいぼうだ
　　森巣博　「問題小説」　2004年
11 落雀の賦　らくじゃくのふ
　　伊藤桂一　「小説宝石」　1991年
12 落葉　らくよう
　　辻井喬　「文學界」　2007年
　 落葉の杖　らくようのつえ
　　広岡曜子　《詩集》詩学社　2002刊
　 落葉小僧　おちばこぞう
　　南木佳士　文芸春秋　1990刊
　 落葉同盟　おちばどうめい
　　赤川次郎　角川書店　2005刊
　 落葉神の小さな庭で　おちばかみのちいさなにわで
　　日野啓三　集英社　2002刊
　 落葉/風が哭く　おちばかぜがなく

12 画（葆, 蛙, 蛤, 蛭, 蛟, 街, 裕, 裂, 覚, 覗, 象, 貂, 貴）

日野啓三　「月刊すばる」　2000年
落葉焚　おちばたき
　　石田衣良　「小説現代」　2008年
17 落霜紅　うめもどき
　　長谷川晴子　《句集》　本阿弥書店
　　1998刊

【葆】
6 葆光　ほうこう
　　加藤直克　《句集》　文學の森　2009刊

【萬】　→万（3画）

【蛙】
2 蛙人　あじん
　　平岩弓枝　「小説新潮」　1999年
6 蛙合戦　かわずがっせん
　　富樫倫太郎　「月刊J-novel」　2003年

【蛤】
15 蛞蝓の江戸行き　なめくじのえど
　　　　ゆき
　　西村望　「小説宝石」　1993年
17 蛤鍋の客　はまぐりなべのきゃく
　　西條奈加　「小説新潮」　2010年

【蛭】
3 蛭子　ひるこ
　　佐賀純一　東洋医学舎　2005刊
蛭子　ひるこ
　　南徹　高城書房　2008刊

【蛟】
11 蛟堂報復録　みずちどうほうふく
　　　　ろく
　　鈴木麻純　アルファポリス　2009刊

【街】
街の灯　まちのひ
　　北村薫　「別冊文藝春秋」　2002年
5 街占師　がいせんし
　　姉小路祐　祥伝社　2000刊

【裕】
3 裕子の純愛　ゆうこのじゅんあい
　　水上洋子　「小説NON」　1996年

【裂】
8 裂命の星　れつみょうのほし
　　桑原水菜　集英社　1997刊
裂帛の美姫　れっぱくのびき
　　岡本好古　「小説すばる」　1989年
17 裂縛　れっか
　　花村萬月　「小説新潮」　1998年

【覚】
覚　さとる
　　夢枕獏　「オール讀物」　2002年
16 覚醒　いざない
　　神代創　徳間書店　2000刊

【覗】
覗き小平次　のぞきこへいじ
　　京極夏彦　中央公論新社　2002刊

【象】
象られた力　かたどられたちから
　　飛浩隆　早川書房　2004刊

【貂】
18 貂蝉　ちょうせん
　　加野厚志　徳間書店　2009刊

【貴】
貴き血の破片　とうときちのかけら
　　河原よしえ　勁文社　1992刊
貴なる空　あてなるそら
　　棚橋好江　《歌集》　本阿弥書店
　　2007刊
2 貴人花葬　あてびとをはなにほう
　　　　むる
　　宮乃崎桜子　講談社　2002刊

215

12 画（買, 貿, 越, 超, 軽, 運, 過）

4 貴方に言えない日曜日　あなたにいえないにちようび
　　新井輝　富士見書房　2002刊
　貴方に捧げる「ありがとう」　あなたにささげるありがとう
　　野梨原花南　集英社　2009刊
5 貴石　きせき
　　藤堂志津子　「小説すばる」　1999年
11 貴婦人の館　みすとれすのやかた
　　飛天　角川書店　1996刊
　貴婦人、神戸に死す　ほわいとでぃこうべにしす
　　山浦弘靖　勁文社　1990刊
13 貴椿　あてつばき
　　神蔵器　《句集》　朝日新聞社　2001刊

【買】
5 買収者　あくわいあらー
　　牛島信　幻冬舎　2000刊

【貿】
8 貿易風　とれーどういんど
　　藤田千鶴　《歌集》　砂子屋書房　2007刊

【越】
5 越冬鶫(続編)　やぶおち
　　鈴木抱風子　《句集》　近代文芸社　1998刊
8 越法罪　おっぽうざい
　　鈴木興相　文芸社　2009刊
9 越後屋呉服物廻し通帳　えちごやごふくものまわしかよいちょう
　　佐藤雅美　「IN POCKET」　1998年

【超】
　超スーパー・ゴールデンDXスペシャル　うるとらすーぱーごーるでんでらっくすすぺしゃる
　　浅暮三文　「小説すばる」　2003年
8 超法規刑事　ちょうほうきでか

　　広山義慶　有楽出版社　2009刊
13 超戦艦「大和」出撃す　はいてくせんかんやまとしゅつげきす
　　馬場祥弘　祥伝社　1994刊
　超戦艦「大和」圧勝す　はいてくせんかんやまとあっしょうす
　　馬場祥弘　祥伝社　1995刊
14 超銀河的美少女幽霊　みるきーごーすと
　　南田操　富士見書房　1993刊
21 超魔祇殺徨　ちょうまようさつこう
　　早坂律子　集英社　1991刊

【軽】
13 軽鳧の子　かるのこ
　　上岡正子　《句集》　東京四季出版　1994刊
　軽鳧親子　かるおやこ
　　浅見秀渓　《句集》　ふらんす堂　2002刊

【運】
7 運否天賦　うんぷてんぷ
　　府川昭男　叢文社　2008刊
8 運命　さだめ
　　好士崎清人　一番出版　1995刊
　運命に生きて　さだめにいきて
　　金澤喜佐枝　文芸社　2006刊
　運命の女神　ぱるか
　　野原勝彦　新風舎　2006刊
　運命の階　さだめのきざはし
　　牧原朱里　集英社　2000刊
　運命の輪が廻るとき　さだめのわがまわるとき
　　朝香祥　角川書店　2004刊

【過】
　過　あやまち
　　水月佐和　河出書房新社　2002刊
　過ぎし者の標　すぎしもののしるべ
　　小池真理子　「小説現代」　2006年

12画（遅, 道, 遁, 遍, 遊, 量）

5 過去からの谺　かこからのこだま
　小杉健治　「小説宝石」 1990年
　過去のない武士　かこのないものの
　ふ
　菊地秀行　「小説宝石」 2002年
16 過激派壊滅作戦　てろりすとかいめ
　つさくせん
　龍一京　天山出版　1989刊
　過激派殲滅の日　てろりすとせんめ
　つのひ
　龍一京　天山出版　1990刊

【遅】
4 遅日　ちじつ
　飯島は那　《句集》 ウエップ　2006刊
14 遅暮の花　ちほのはな
　谷内育和　文芸社　2006刊

【道】
6 道行偽綾取　みちゆきにせのあや
　とり
　星川清司　「別冊文藝春秋」 1990年
8 道彼是　みちあれこれ
　成重卓見　歴研　2001刊
　道知辺　みちしるべ
　北野一子　《詩集》 砂子屋書房
　2009刊
9 道祖士家の猿嫁　さいどけのさる
　よめ
　坂東眞砂子　「小説現代」 1997年
10 道修町　どしょうまち
　田中螢柳　《川柳集》 葉文館出版
　1999刊
12 道程　みちのり
　美研インターナショナル 《歌集》 美
　研インターナショナル　2008刊
15 道標ない旅　しるべないたび
　横田順彌　「小説city」 1991年
　道標なき戦野の咆吼　しるべなきせ
　んやのほうこう
　麻生俊平　富士見書房　1998刊

【遁】
　遁げる男　にげるおとこ
　佐藤秀郎　「別冊小説宝石」 1992年
　遁げろ家康　にげろいえやす
　池宮彰一郎　朝日新聞社　1999刊
5 遁世記　とんせいき
　小林恭二　「新潮」 2007年

【遍】
8 遍歩する二人　へんぽするふたり
　高原英理　「群像」 2010年
13 遍照　へんじょう
　阿波野青畝　《句集》 ふらんす堂
　1990刊
　遍路殺がし　へんろころがし
　太田蘭三　講談社　1999刊
19 遍羅　べら
　加堂秀三　「小説現代」 2001年

【遊】
3 遊女のあと　ゆめのあと
　諸田玲子　新潮社　2008刊
11 遊郭のはなし　さとのはなし
　長島槙子　メディアファクトリー　2008刊
　遊部　あそべ
　梓澤要　講談社　2000刊
13 遊園地円舞曲　ゆうえんちわるつ
　重松清　「小説宝石」 2002年
15 遊戯の家　ゆげのいえ
　金原まさ子　《句集》 金雀枝舎
　2010刊
　遊戯の終わり　げーむのおわり
　太田忠司　実業之日本社　2000刊
　遊撃刑事　しょーとでか
　中村光至　光文社　1992刊

【量】
6 量刑　りょうけい
　夏樹静子　「小説宝石」 1999年

217

12 画（鈎, 鈍, 開, 間, 閑, 階, 随, 陽）

【鈎】

9 鈎屋敷の夢魔　かぎやしきのらみあ
　　井上雅彦　朝日ソノラマ　1991刊

【鈍】

鈍いろのあし跡　にびいろのあしあと
　　若山紀子　《詩集》　書肆青樹社　2000刊

鈍の月映え　にびのつきばえ
　　三崎亜記　「小説すばる」　2006年

3 鈍川家の四兄弟　にびかわけのよんきょうだい
　　小嵐九八郎　集英社　1990刊

6 鈍色の女　にびいろのおんな
　　鞍智美知子　「小説NON」　2006年

鈍色の卵たち　にびいろのたまごたち
　　熊谷達也　「小説新潮」　2005年

鈍色の海　にびいろのうみ
　　坂本公子　《詩集》　土曜美術社出版販売　2003刊

鈍色の風　にびいろのかぜ
　　日向仁　ベストセラーズ　2000刊

鈍色の野　にびいろのの
　　中野たみ子　《歌集》　ながらみ書房　2001刊

鈍色の歳時記　にびいろのさいじき
　　阿刀田高　「オール讀物」　1997年

鈍色の離宮　にびいろのりきゅう
　　真堂樹　集英社　2004刊

【開】

開けるな　あけるな
　　若竹七海　「小説NON」　2000年

開け、細き一条の血路　ひらけほそきひとすじのけつろ
　　本宮ことは　講談社　2010刊

14 開演!仙娘とネコのプレリュード　かいえんしゃんにゃんとねこのぷれりゅーど
　　秋穂有輝　富士見書房　2003刊

【間】

間の楔　あいのくさび
　　吉原理恵子　光風社出版　1991刊

2 間人皇后　はしひとこうごう
　　港井清七朗　「間人皇后」刊行委員会　1991刊

9 間祝着　まいわいぎ
　　柴田美雪　《句集》　ふらんす堂　2006刊

【閑】

閑ののち　かんののち
　　多田容子　「小説現代」　2001年

13 閑雅な午餐　かんがなごさん
　　東直己　「月刊J-novel」　2002年

【階】

階　きざはし
　　長田美智子　《句集》　ふらんす堂　2003刊

【随】

9 随神　かんながら
　　阿部敏郎　ナチュラルスピリット・パブリッシング80　2010刊

15 随監　ずいかん
　　安東能明　「小説新潮」　2009年

【陽】

陽のまばたき　ひのまばたき
　　桑原敦子　《歌集》　短歌研究社　1991刊

陽の子雨の子　ひのこあめのこ
　　豊島ミホ　「IN POCKET」　2005年

陽の手　ひのて
　　岩崎迪子　《詩集》　思潮社　1999刊

12 画（雁, 雄, 雲）

陽を食む　ひをはむ
　　中島妙子　《詩集》　詩学社　1997刊
6　陽光と風にさそわれて　ひかりとかぜにさそわれて
　　西山貞子　《詩集》　遊人工房　2003刊
　陽光の刻印　ひかりのこくいん
　　はままさのり　徳間書店　1991刊
8　陽炎　かげろう
　　栗田教行　角川書店　1991刊
　陽炎　かげろう
　　今野敏　角川春樹事務所　2000刊
　陽炎　かげろい
　　末廣圭　廣済堂出版　2002刊
　陽炎　ようえん
　　松島艶子　《句集》　邑書林　1994刊
　陽炎のお艶　かげろうのおつや
　　団鬼六　太田出版　1998刊
　陽炎の巫女たち　かげろうのみこたち
　　宮原昭夫　読売新聞社　1992刊
　陽炎の城市　ざしてぃおぶひーと
　　松岡なつき　ビブロス　2000刊
　陽炎の奏鳴曲　かげろうのそなた
　　藤水名子　集英社　1997刊
　陽炎の飛鳥　かぎろいのあすか
　　上垣外憲一　アートヴィレッジ　2010刊
　陽炎ふ現・鑑みる井中青蛙　かぎろううつつかがみるいなかあおかわず
　　大島崇　《歌集》　近代文芸社　2005刊
　陽炎ゆらめく夏の王国　ようえんゆらめくなつのおうこく
　　水城正太郎　富士見書房　2002刊
　陽炎羽交　かげろうにはねをかわす
　　宮乃崎桜子　講談社　2000刊
9　陽春の祝宴　ようしゅんのれせぷしょん
　　胡桃沢耕史　「小説NON」　1993年
10　陽晒しの道　ひざらしのみち

　　鈴木勝次　《詩集》　近代文芸社　1989刊

【雁】
　雁が渡る　かりがわたる
　　宇江佐真理　「オール讀物」　2010年
　雁だより　かりだより
　　井川香四郎　双葉社　2009刊
　雁のゆくえ　かりのゆくえ
　　湖南堂竜　日本図書刊行会　1994刊
　雁の宿　かりのやど
　　藤原緋沙子　廣済堂出版　2002刊
　雁の橋　かりのはし
　　澤田ふじ子　幻冬舎　2003刊
5　雁皮の花　がんぴのはな
　　みむら毅　文芸社　2007刊
10　雁書　がんしょ
　　伴野朗　「小説すばる」　1997年
12　雁渡し　かりわたし
　　藤原緋沙子　双葉社　2005刊
　雁渡り　かりわたり
　　今井絵美子　廣済堂出版　2006刊

【雄】
7　雄呂血　おろち
　　富樫倫太郎　光文社　2000刊
　雄呂血　おろち
　　宮城賢秀　廣済堂出版　2003刊

【雲】
5　雲母　きらら
　　長嶋武彦　《詩集》　檸檬社　1989刊
　雲母坂　きららざか
　　竹村紀年子　《歌集》　短歌研究社　1996刊
　雲母坂　きららざか
　　松田正隆　《戯曲》　深夜叢書社　2002刊
　雲母橋　きらずばし
　　皆川博子　「小説新潮」　1996年

219

12 画（韮, 項, 飲, 飯）13 画（傾, 催, 傷, 嗤）

10 雲峴宮の日向に　うんひょんぐんの
　　　ひなたに
　　山岸哲夫　《詩集》　土曜美術社出版
　　販売　2009刊
11 雲虚喰い狂騒　うんこくいきょう
　　　そう
　　清宮浩一　新風舎　2005刊
　　雲雀　ひばり
　　佐藤亜紀　「別冊文藝春秋」　2003年
　　雲雀　うんじゃく
　　鈴木輝一郎「小説フェミナ」1994年
　　雲雀の血　ひばりのち
　　高野ムツオ　《句集》　ふらんす堂
　　1996刊
　　雲雀野　ひばりの
　　飯田猛雄　《句集》　編集工房ノア
　　2009刊
　　雲雀野　ひばりの
　　倉本朋香　《句集》　本阿弥書店
　　2001刊
　　雲雀野　ひばりの
　　外山多津　《句集》　牧羊社　1991刊
　　雲雀野　ひばりの
　　中島國幸　《句集》　朝日新聞社
　　1997刊
　　雲雀野　ひばりの
　　山田春生《句集》駒草書房　2005刊
　　雲雀野遠く　ひばりのとおく
　　佐野英子　《句集》　本阿弥書店
　　1999刊
22 雲蘿公主　うんらこうしゅ
　　陳舜臣　「小説中公」　1993年

【韮】
　　韮の花　にらのはな
　　佐藤嗣二　《句集》　読売ライフ
　　2009刊

【項】
　　項の貌　うなじのかお
　　渡辺淳一　朝日新聞出版　2010刊

【飲】
9 飲食男女　おんじきなんにょ
　　久世光彦　文藝春秋　2003刊

【飯】
11 飯袋子　はんたいす
　　越沢洋《歌集》六法出版社　1990刊
14 飯綱颪　いづなおろし
　　仁木英之　学習研究社　2006刊

13 画

【傾】
　　傾きガール　かぶきがーる
　　天野純希　「小説すばる」　2008年
8 傾物語　かぶきものがたり
　　西尾維新　講談社　2010刊
9 傾城番附　けいせいばんづけ
　　吉田雄亮　双葉社　2007刊

【催】
7 催花雨　さいかう
　　竹永ため子《歌集》青磁社　2006刊
　　催花雨　さいかう
　　六道慧　双葉社　2007刊

【傷】
11 傷痕　きず
　　岡江多紀　「小説宝石」　1992年
　　傷痕　しょうこん
　　北方謙三　集英社　1989刊
　　傷痕　きずあと
　　火崎勇　桜桃書房　1998刊
　　傷痕　きずあと
　　矢口敦子　講談社　2009刊

【嗤】
　　嗤う手　わらうて

13 画（塩, 塞, 塗, 墓, 塒, 夢）

　　　唯川恵　「小説すばる」　1996年

【塩】
 4 塩水の谷　えんすいのたに
　　　沖本公成　彩雲出版　2007刊
13 塩飽　しわく
　　　平岡敏夫　《詩集》　鳥影社　2003刊

【塞】
12 塞道の神　さいどのかみ
　　　北重人　「問題小説」　2008年

【塗】
10 塗師　ぬし
　　　子母澤類　「小説宝石」　2000年
　　塗師の趺坐　ぬしのふざ
　　　大久保隆規　《句集》　能登印刷・出版部　1992刊

【墓】
 6 墓地　せめたりぃ
　　　保前信英　「中央公論文芸特集」　1995年
14 墓碑銘に接吻を　ぼひめいにくちづけを
　　　松本賢吾　学習研究社　1996刊

【塒】
 8 塒定めぬはぐれ鳥　ねぐらさだめぬはぐれどり
　　　たづほなみ　日本図書刊行会　1997刊

【夢】
　　夢からさめた朝　ゆめからさめたあした
　　　鈴弥和記　彩図社　2002刊
　　夢か現か　ゆめかうつつか
　　　秋月達郎　「小説NON」　1997年
　　夢に彷徨う　ゆめにさまよう
　　　新田一実　講談社　2003刊
　　夢の中の黄金　ゆめのなかのこがね

　　　柴田よしき　「オール讀物」　2009年
　　夢の欠片が降る楽園　ゆめのかけらがふるらくえん
　　　仙道はるか　講談社　2001刊
　　夢の火影　ゆめのほかげ
　　　田中雅美　「小説宝石」　1996年
　　夢の守り人　ゆめのもりびと
　　　上橋菜穂子　新潮社　2008刊
　　夢の痂　ゆめのかさぶた
　　　井上ひさし　《戯曲》「月刊すばる」　2006年
　　夢の陽炎館　ゆめのかげろうかん
　　　横田順弥　双葉社　1991刊
　　夢の樹が接げたなら　ゆめのきがつげたなら
　　　森岡浩之　早川書房　1999刊
 2 夢十粒　ゆめとつぶ
　　　林マサ子　《川柳集》　新葉館出版　2003刊
 3 夢小袖　ゆめこそで
　　　星川清司　「オール讀物」　1991年
 4 夢中人　もんじょんやん
　　　月川綾乃　新風舎　2006刊
　　夢幻　ゆめうつつ
　　　小池真理子　「小説現代」　1997年
 6 夢色の追想伝　ゆめいろのめもりある
　　　折原みと　講談社　2001刊
　　夢色の迷宮　ゆめいろのらびりんす
　　　神崎あおい　講談社　1989刊
　　夢虫　ゆめむし
　　　増田みず子　講談社　1991刊
 7 夢巫女・美緒　どりーむおぺれーたーみお
　　　水城雄　アスペクト　1994刊
　　夢応の現絵　むおうのうつしえ
　　　鈴木輝一郎　「小説新潮」　1994年
　　夢見の噺　ゆめみのはなし
　　　清水雅世　「月刊J-novel」　2004年

13 画（夢）

夢見る瞳に大冒険　ゆめみるひとみにあどべんちゃー
　七穂美也子　集英社　2010刊
9　夢香志　むかし
　秦夕美　《句集》　邑書林　1996刊
10　夢拳士アイドルを救え!!　どりーむんぐひーろーあいどるをすくえ
　今野敏　天山出版　1990刊
　夢紡ぐ女　ゆめつむぐひと
　すみくらまりこ　《詩集》　竹林館　2009刊
11　夢淵　ゆめのわだ
　山口素基　《句集》　文學の森　2005刊
　夢現　ゆめうつつ
　桐明祐子　《詩集》　文芸社ビジュアルアート　2008刊
　夢現　ゆめうつつ
　鳥羽亮　「小説NON」　1996年
　夢現　むげん
　新津黎子　《句集》　近代文芸社　2002刊
　夢現奇怪話　ゆめうつつきっかいばなし
　大黒勇　りん書房　1994刊
　夢笛　むてき
　田辺聖子　「小説すばる」　1992年
　夢視師と氷炎の檻　ゆめみしとひょうえんのおり
　藤原眞莉　集英社　2008刊
　夢視師と紅い星　ゆめみしとあかいほし
　藤原眞莉　集英社　2008刊
　夢魚　ゆめうお
　高樹のぶ子「小説TRIPPER」1995年
12　夢喰い熊のレストラン　ばくのれすとらん
　川崎慎也　近代文芸社　1993刊
13　夢夢　ほうほう
　和氣康之　《詩集》　土曜美術社出版販売　2001刊

夢想る　ゆめみる
　東野圭吾　「オール讀物」　1998年
夢煙突　ゆめちむにー
　田辺聖子　「小説すばる」　1993年
夢違え清少納言　ゆめたがえせいしょうなごん
　藤川桂介　双葉社　1995刊
夢違え詣で　ゆめたがえもうで
　赤江瀑　「小説新潮」　1991年
夢違観音　ゆめたがえかんのん
　喜多みき子　《句集》　本阿弥書店　1997刊
14　夢網　むもう
　大下さなえ《詩集》　思潮社　2000刊
夢遙か・荒び草　ゆめはるかさびそう
　江原久敏　協同出版　2004刊
夢魂灯黄泉懸橋　ゆめあかりよみのかけはし
　矢彦沢典子　集英社　1992刊
15　夢霊　ゆめだま
　桑原美波　講談社　2008刊
16　夢操師雅華眩耶　ゆめあやつりしみやびかぐや
　雨宮みづき　講談社　1996刊
18　夢騒　むざい
　秦夕美　《句集》　邑書林　1992刊
19　夢鏡　ゆめのすがたみ
　倉本由布　集英社　1991刊
21　夢魔　いんきゅぶす
　佐藤亜有子　「小説新潮」　2001年
夢魔　ないとめあ
　森村誠一　祥伝社　2000刊
夢魔たちのお茶会　むまたちのてぃーぱーてぃー
　七穂美也子　集英社　2010刊
24　夢魘祓い　むえんばらい
　牧野修　角川書店　2009刊

13 画（媼, 嫋, 媽, 嬲, 寛, 寝, 幕, 微）

【媼】
媼の人形　おうなのひとがた
　澤田ふじ子　「小説宝石」　2006年
媼の鬘　おうなのかずら
　澤田ふじ子　「小説宝石」　2010年

【嫋】
嫋々の剣　じょうじょうのけん
　澤田ふじ子　徳間書店　1990刊

【媽】
13 媽媽　まーまー
　福井晴敏　「小説現代」　2000年

【嬲】
17 嬲嬲　なぶりあい
　星野智幸　「文藝」　1999年

【寛】
9 寛政の妖者術　かんせいのばけものじゅつ
　北原双治　「小説NON」　1994年

【寝】
5 寝台特急富士で消えた女　ぶるーとれいんふじできえたおんな
　草川隆　青樹社　1989刊
7 寝返り狢　ねがえりむじな
　西村望　「小説NON」　1995年
9 寝室の殺意　べっどるーむのさつい
　菊村到　勁文社　1993刊
12 寝椅子のある部屋　かうちのあるへや
　野元摂　「小説city」　1989年

【幕】
5 幕末父子伝　ばくまつおやこでん
　本間寛治　エフエー出版　1989刊
幕末写真師下岡蓮杖　ばくまつぷろかめらまんしもおかれんじょう
　大島昌宏　学陽書房　1999刊

12 幕間　まくあい
　長野まゆみ　「小説すばる」　1995年
幕間に死す　まくあいにしす
　赤川次郎　「小説新潮」　1991年

【微】
9 微咲　みしょう
　川村正子　《句集》　花神社　1999刊
微香性　ほのか
　峯尾文世　《句集》　富士見書房　2002刊
10 微笑　びしょう
　鳴戸奈菜　《句集》　毎日新聞社　2001刊
微笑　ほほえみ
　柳澤晴美　《詩集》　新風舎　2003刊
微笑　ほほえみ
　渡辺佐恵子《句集》　新風舎　2007刊
微笑の空　びしょうのそら
　伊藤一彦《歌集》　角川書店　2007刊
微笑仏　びしょうぶつ
　捧賢一　《歌集》　商業界　2006刊
微笑仏　みしょうほとけ
　松山久恵　《歌集》　近代文芸社　2001刊
11 微細回路少女師団　まいくろさーきっとがーるず
　山下卓　メディアワークス　2001刊
12 微温湯　ぬるまゆ
　渡辺愛子　《詩集》　新風舎　2006刊
13 微睡はキミの隣で　まどろみはきみのとなりで
　よねたゆみこ　《詩集》　碧天舎　2004刊
微睡みのセフィロト　まどろみのせふぃろと
　冲方丁　徳間書店　2002刊
微睡み姫　まどろみひめ
　平山夢明　「小説現代」　2008年
微睡む女　まどろむおんな

223

13 画（愛）

　　山本道子　「新潮」 1993年
微睡む花　まどろむはな
　　畝美津子　《歌集》 ながらみ書房　2005刊

【愛】

愛　ひかり
　　鈴山美奈留　《詩集》 新風舎　2002刊
愛　かな
　　高畑耕治　《詩集》 土曜美術社出版販売　1993刊
愛し　かなし
　　永岡知子　《詩集》 文芸社　2001刊
愛しさの姿　いとしさのかたち
　　二宮英郷　未知谷　2010刊
愛しみは霧となりて　かなしみはきりとなりて
　　岡本美惠子　《歌集》 ながらみ書房　2006刊
愛し子　いとしご
　　永井するみ　「小説宝石」 2008年
愛するＳへの鎮魂歌　あいするえすへのれくいえむ
　　柴田よしき　「小説すばる」 2000年
愛する貴女へ　あいするひとへ
　　浅井勇気　《詩集》 日本文学館　2009刊
愛の未熟児所為　らぶしっくべいびーず
　　斎藤綾子　「問題小説」 1990年
愛の花　ひかりのはな
　　鈴山美奈留　《詩集》 文芸社　2009刊
愛の神饌　あいのまな
　　高市順一郎　《詩集》 書肆青樹社　1994刊
愛の容　あいのかたち
　　石川恭三　メディカ出版　2009刊
愛の理容師　あいのこあふーる
　　笹井匡　日本図書刊行会　2002刊
愛の嵐　ぽるのぽりてぃか
　　山田正紀　「小説現代」 2003年
愛の渾沌　あいのかおす
　　木村里佳　《詩集》 日本文学館　2005刊
愛は神聖文字に導かれて　あいはひえろぐりふにみちびかれて
　　花衣沙久羅　集英社　2009刊
2 愛人　えいん
　　小川竜生　祥伝社　2002刊
愛人不倫白書　らまんふりんはくしょ
　　山口香　青樹社　1992刊
愛人刑事　あいじんでか
　　つかこうへい　角川書店　1991刊
4 愛日　あいじつ
　　高岡すみ子　《句集》 角川書店　2006刊
6 愛色♡聖天使ファクト　あいいろえんじぇるふぁくと
　　服部あゆみ,布施由美子　集英社　1993刊
愛色の女性伝　あいいろのれでぃえんど
　　折原みと　講談社　2004刊
7 愛坊主　かなぼうず
　　伊丹啓子　《句集》 蝸牛社　1999刊
9 愛染歌　あいぜんか
　　横井志保　《歌集》 アテネ書房　1997刊
10 愛姫受難　まなひめじゅなん
　　鳥羽亮　角川書店　2010刊
愛逢い月　めであいづき
　　篠田節子　集英社　1994刊
12 愛甥　まなおい
　　新津きよみ　「問題小説」 2008年
愛装ふ女　あいまとうひと
　　すみくらまりこ　《詩集》 竹林館　2010刊
13 愛煌めく　あいきらめく
　　杉山拓郎　愛生社　2000刊

13 画（意, 感, 愚, 想, 慄, 戦）

14 愛憎の外灘　あいぞうのわいたん
　　伴野朗　「小説すばる」 1995年

【意】

9 意柔軟　こころじゅうなん
　　市原友子　《歌集》 短歌研究社 1992刊

【感】

9 感染爆発恐怖のワクチン　ぱんでみっくきょうふのわくちん
　　霧村悠康　二見書房　2010刊
12 感覚と無意味　せんすとなんせんす
　　大原まり子　「小説工房」 1995年
13 感傷旅行でつかまえて　せんちめんたるじゃーにーでつかまえて
　　秋野ひとみ　講談社　1999刊
　感傷旅行は＝＠76B5の誘惑　せんちめんたるじゃーにーはくらぶのゆうわく
　　山浦弘靖　集英社　1991刊

【愚】

8 愚者　ざふーる
　　田村純一,レッド・エンタテインメント　富士見書房　2001刊
　愚者と愚者　ぐしゃとぐしゃ
　　打海文三　角川書店　2006刊
　愚者に捧げる無言歌　ぐしゃにささげるろまんす
　　仙道はるか　講談社　1999刊
　愚者のエンドロール　ぐしゃのえんどろーる
　　米澤穂信　角川書店　2002刊
　愚者の掟　ぐしゃのおきて
　　勝目梓　辰巳出版　2000刊
　〈愚者〉は風とともに　ぐしゃはかぜとともに
　　皆川ゆか　講談社　1993刊

【想】

　想い　ねがい
　　風心　《歌集》 文芸社ビジュアルアート　2007刊
　想ことば　あいことば
　　服関真瑠　《詩集》 新風舎　2005刊
4 想夫恋　そうふれん
　　北村薫　「オール讀物」 2006年
10 想致の刻　そうとうのとき
　　森山櫂　新書館　1996刊

【慄】

　慄きの復讐　おののきのふくしゅう
　　志茂田景樹　桃園書房　1990刊

【戦】

1 戦乙女　いくさおとめ
　　小林めぐみ　角川書店　1997刊
6 戦争始まり候とき　いくさはじまりそうろうとき
　　清水昭三　彩流社　2007刊
8 戦国忍び秘伝 夜光木　せんごくしのびひでんやこうぼく
　　火坂雅志　「小説NON」 1998年
　戦国歩き巫女　せんごくあるきみこ
　　宗方翔　信濃毎日新聞社　2002刊
　戦国魔火矢　せんごくまふぃあ
　　羽山信樹　講談社　1989刊
10 戦姫　いくさひめ
　　夏緑　ホビージャパン　2006刊
　戦鬼　いくさおに
　　川口士　富士見書房　2006刊
12 戦場特派員　うぉーこれすぽんでんと
　　森詠　「小説city」 1991年
16 戦嬢の交響曲　せんじょうのしんふぉにあ
　　築地俊彦　エンターブレイン　2007刊

225

13 画（損, 数, 新, 暗）

21 戦艦イワン雷帝を撃沈せよ！　せんかんいうぁんぐろーずぬいをげきちんせよ
　　青木基行　アスキー　1999刊

【損】
10 損料屋喜八郎始末控え　そんりょうやきはちろうしまつひかえ
　　山本一力　「オール讀物」　1999年

【搖】　→揺（12画）

【数】
6 数多のおそれをぬぐい去れ　あまたのおそれをぬぐいされ
　　結城光流　角川書店　2008刊

【新】
4 新天地　のいえうぇると
　　花田一三六　中央公論新社　2009刊
5 新・世界ストーリー「ミカエル」　ねおわーるどすとーりーみかえる
　　常緒真王　新風舎　2005刊
　新本格謎夜会　みすてりーないと
　　綾辻行人,有栖川有栖　講談社　2003刊
　新玉年猫戯佃島　あらたまのとしまのねこがじゃれつくだじま
　　出久根達郎　「オール讀物」　1996年
8 新妻DE狂騒曲　にいづまでらぷそでぃ
　　矢神慎二　徳間書店　2002刊
　新松子　しんちぢり
　　小田ひろ　《句集》　日本伝統俳句協会　1999刊
　新松子　しんちぢり
　　藤井青咲　《句集》　東京四季出版　1990刊
　新枕　にいまくら
　　梅本育子　「問題小説」　1993年
10 新特急「つばめ」殺人事件　にゅーとっきゅうつばめさつじんじけん
　　西村京太郎　「小説宝石」　1992年

11 新宿の愛しげな春　しんじゅくのかなしげなはる
　　郷原茂樹　八重岳書房　1989刊
　新宿極道者　しんじゅくあうとろー
　　田中文雄　広済堂出版　1993刊
　新鹿　あたしか
　　河津聖恵　《詩集》　思潮社　2009刊
12 新道の女　しんみちのおんな
　　泡坂妻夫　「問題小説」　1991年
13 新・寝台特急殺人事件　しんぶるーとれいんさつじんじけん
　　西村京太郎　「小説宝石」　2002年
15 新編山子繭　しんぺんやまっこまゆ
　　野上ナオ　《詩集》　文芸社　2010刊

【暗】
5 暗号名はトロイの木馬　こーどねーむはとろいのもくば
　　谷克二　徳間書店　1989刊
　暗示と催眠の迷宮　あんじとさいみんのらびりんす
　　越後屋　宝島社　2010刊
9 暗峠　くらがりとうげ
　　今井敏夫　近代文芸社　1995刊
　暗狩　くらがり
　　本谷有希子　「群像」　2003年
11 暗黒に煌めく銀牙　あんこくにきらめくはんたー
　　山本恵三　天山出版　1989刊
　暗黒の月曜日　ぶらっくまんでー
　　清水一行　青樹社　1990刊
　暗黒の城　だーくきゃっする
　　有村とおる　角川春樹事務所　2004刊
　暗黒は我を蔽う　くらきはわれをおおう
　　朝松健　ソフトバンククリエイティブ　2007刊
　暗黒旅人　あんこくりょじん
　　大沢在昌　中央公論社　1989刊
12 暗渠の宿　あんきょのやど

13 画（暖, 楽, 棄, 業, 極）

　　　西村賢太　「新潮」　2006年
17 暗闇の封印　さたんのふういん
　　　吉原理恵子　角川書店　1995刊
　　暗闇の狩人　くらやみのこれくたー
　　　新田一実　講談社　1993刊

【暖】

4 暖日紅　だんびくれない
　　　藤田典久　《詩集》　朱鳥社　2003刊
　　暖日紅　だんびくれない
　　　雪村転歩　《詩集》　日本文学館　2009刊
11 暖鳥　ぬくめどり
　　　藤原緋沙子　講談社　2006刊

【楽】

　　楽　らく
　　　谷佳紀　《句集》　近代文芸社　2000刊
3 楽土　ぱらだいす
　　　勝目梓　祥伝社　1997刊
5 楽生日記　らくしょうにっき
　　　上野楽生　《川柳集》　新葉館出版　2003刊
10 楽浪　さざなみ
　　　榎本美和子　《歌集》　角川書店　2003刊
　　楽浪　さざなみ
　　　中村与謝男　《句集》　富士見書房　2005刊
　　楽浪の沖に　さざなみのおきに
　　　米津彬介　文芸社　2009刊
13 楽園　らくうぃえん
　　　岩井志麻子　角川書店　2003刊
　　楽園へようこそ　ぱらだいすへようこそ
　　　鹿住槇　小学館　1999刊
　　楽園ヴァイオリン　がくえんゔぁいおりん
　　　友桐夏　集英社　2007刊

　　楽園ハリケーン　ぱらだいすはりけーん
　　　鹿住槇　小学館　1999刊
　　楽園バケーション　ぱらだいすばけーしょん
　　　鹿住槇　小学館　1999刊

【棄】

9 棄神火　きじんか
　　　北森鴻　「小説新潮」　2004年

【業】

　　業　ごう
　　　生田勉　日本図書刊行会　1997刊
　　業さらし　ごさらし
　　　小嵐九八郎　「小説新潮」　1996年
5 業句の海　ごうくのうみ
　　　長尾宇迦　読売新聞社　1997刊
　　業平の窓　なりひらのまど
　　　塚本青史　河出書房新社　1999刊
9 業政駈ける　なりまさかける
　　　火坂雅志　角川学芸出版　2010刊

【極】

6 極光のうた　おーろらのうた
　　　矢ヶ崎昭子　《句集》　文學の森　2010刊
　　極光の艦隊　おーろらのかんたい
　　　志茂田景樹　有楽出版社　1993刊
8 極夜　きょくや
　　　川上健一　「小説宝石」　2009年
12 極道な月　やくざなつき
　　　天藤湘子　文芸社　2004刊
　　極道の紋章　やくざのだいもん
　　　高田拓土彦　柏鱒舎　2006刊
　　極道狩り　やくざがり
　　　阿木慎太郎　祥伝社　1989刊
　　極道狩り・麻薬戦争　やくざがりしゃぶせんそう
　　　阿木慎太郎　祥伝社　1991刊

13 画（椿, 楢, 楠, 楓, 楼, 楸, 椹, 椰, 楡, 楪）

極道狩り・縄張戦争　やくざがりしませんそう
　阿木慎太郎　祥伝社　1990刊
13 極楽女街道　ごくらくぐるめかいどう
　金久保茂樹　徳間書店　1997刊
極楽蜻蛉一家の贈り物　ごくらくせいれいいっかのおくりもの
　加藤幸子　講談社　1990刊

【椿】
椿の花は永遠に誓う　つばきのはなはとわにちかう
　佐々木禎子　エンターブレイン　2010刊

【楢】
11 楢黄葉　ならもみじ
　香月弘子　《歌集》　砂子屋書房　2010刊
楢黄葉　ならもみじ
　橋本きみゑ　《句集》　本阿弥書店　1997刊

【楠】
楠の実が熟すまで　くすのみがじゅくすまで
　諸田玲子　角川書店　2009刊
16 楠樹譚　なんじゅたん
　堀内統義　《詩集》　創風社出版　1993刊

【楓】
楓の闇を抜けて　めいぷるのやみをぬけて
　植田草介　「問題小説」　1994年
12 楓葉の客　ふうようのきゃく
　あさのあつこ　「小説宝石」　2007年
楓葉抄　ふうようしょう
　大平修身　《歌集》　本阿弥書店　2006刊

【楼】
楼の怪　たかどののかい
　藤水名子　「小説すばる」　1994年
8 楼岸夢一定　ろうのきしゆめいちじょう
　佐藤雅美　実業之日本社　1998刊
13 楼煩の幻馬　ろうふぁんのげんば
　秋月達郎　徳間書店　1994刊

【楸】
7 楸谷抄　ひさぎやしょう
　市橋千加子　《歌集》　ながらみ書房　2000刊

【椹】
椹の実　さわらのみ
　盬田勤　《句集》　東京四季出版　1991刊

【椰】
3 椰子空　やしぞら
　野中ともそ　「小説すばる」　2004年

【楡】
楡の木　にれのき
　平田富貴　《句集》　牧羊社　1990刊
楡の枝　にれのえだ
　近藤潤一　《句集》　角川書店　1995刊
楡の森　にれのもり
　深谷楡の会　《歌集》　六法出版社　1992刊

【楪】
楪　ゆずりは
　うさみとしお　《句集》　ふらんす堂　2001刊
楪　ゆずりは
　六本和子　《句集》　ふらんす堂　2009刊

13 画（歳, 殿, 毀, 滑, 漢, 源, 溝, 滅, 溶, 滄, 滂, 溟, 煙, 照, 煤, 煌）

【歳】
10 歳時記　しーずん
　　矢後芳明　新風舎　1999刊
　　歳時記　だいありい
　　依井貴裕　東京創元社　1991刊

【殿】
　　殿　しんがり
　　森福都　「オール讀物」　1996年

【毀】
　　毀れる風景　こぼれるふうけい
　　畔地里美　金沢文学会　2006刊

【滑】
19 滑䱻の夜　ぬめりだましのよる
　　椎名誠　「新潮」　1997年

【漢】
　　漢の背中　おとこのせなか
　　鳴海丈　「小説宝石」　1998年

【源】
5 源平糸引蜘蛛　げんぺいいとびきの
　　くも
　　犬飼六岐　「小説新潮」　2010年
7 源助悪漢十手　げんすけわるじって
　　岡田秀文　光文社　2009刊

【溝】
13 溝鼠　どぶねずみ
　　新堂冬樹　徳間書店　2002刊
　　溝鼠　どぶねずみ
　　馳星周　「問題小説」　1997年

【滅】
　　滅びの星の皇子　ほろびのほしの
　　みこ
　　赤城毅　中央公論新社　2001刊
　　滅びの音　ほろびのこえ
　　富久豊　新風舎　2007刊
　　滅びの道標　ほろびのどうひょう
　　麻城ゆう　新書館　2002刊

【溶】
17 溶闇　ふぇいどあうと
　　阿井渉介　「問題小説」　1999年

【滄】
9 滄海の海人　そうかいのあま
　　伊達虔　「潮」　1996年
13 滄溟のかなた　そうめいのかなた
　　古川薫　「小説中公」　1993年

【滂】
8 滂沱　ほうだ
　　知念栄喜　《詩集》　まろうど社
　　1990刊

【溟】
16 溟濛　めいもう
　　吉岡美朗　《歌集》　至芸出版社
　　1996刊

【煙】
7 煙多　えんち
　　石川侃　日本文学館　2006刊

【照】
12 照葉の森　てりはのもり
　　醍醐志万子　《歌集》　短歌新聞社
　　2009刊

【煤】
　　煤　すす
　　多島斗志之　「野性時代」　1993年

【煌】
　　煌の輪舞曲　きらのろんど
　　冴木忍　富士見書房　1997刊
　　煌めく女　きらめくひと
　　永迫弘毅　鉱脈社　1999刊
8 煌夜祭　こうやさい

229

13 画（猿, 獅, 瑕, 痴, 痾, 睡, 矮, 碍, 碇, 禍）

多崎礼　中央公論新社　2006刊

【猿】

猿の剣　ましらのけん
　高橋義夫　「問題小説」　1994年
猿ヶ辻の鬼　さるがつじのおに
　山本兼一　「オール讀物」　2007年
3 猿女　さるめ
　小黒世茂　《歌集》　本阿弥書店
　2004刊
6 猿曳遁兵衛　さるひきとんべえ
　逢坂剛　「小説現代」　2003年
7 猿投の剣　さなげのけん
　澤田ふじ子　「問題小説」　2004年
8 猿取棘　さるとりばら
　岩崎聰之介《歌集》　舷燈社　2001刊
猿若欅　さるわかけやき
　谷恒生　「別冊小説宝石」　1989年
9 猿屋形　ましらやかた
　高橋義夫　「オール讀物」　2001年
猿神　はぬまん
　谷甲州　「小説すばる」　1998年

【獅】

3 獅子の双貌　ししのかお
　山平重樹　祥伝社　2000刊
獅子よ花野に瞑れ　ししよはなのに
　ねむれ
　南里征典　「小説city」　1989年
獅子王会長と喧噪と日常　ぐれん
　かいちょうとけんそうとにちじょう
　みかづき紅月　スクウェア・エニック
　ス　2009刊
獅子座の恋愛ミステリー・ツアー
　れおのれんあいみすてりーつあー
　日向章一郎　集英社　1998刊

【瑕】

18 瑕璃　かてき
　都筑まぐな　恵文社　2003刊

【痴】

痴ぼけ
　物集高音　「小説宝石」　2004年

【痾】

痾あ
　麻耶雄嵩　講談社　1995刊

【睡】

9 睡香　すいしゃん
　やすだよしこ　《詩集》　新風舎
　2006刊
10 睡姫の翳　すいきのかげ
　高瀬美恵　講談社　2000刊
睡眠食堂　すいみんれすとらん
　佐藤とみこ　《詩集》　有朋書院
　2004刊

【矮】

19 矮鶏の遠出　ちゃぼのとおで
　平野静牛　《句集》　東京四季出版
　1993刊

【碍】

3 碍子　がいし
　田中哲也　《句集》　ふらんす堂
　2002刊

【碇】

碇の男　いかりのおとこ
　西村寿行　「小説宝石」　2001年
8 碇泊なき海図　とまりなきかいず
　今井泉　文芸春秋　1991刊
9 碇星　いかりぼし
　吉村昭　「群像」　1999年

【禍】

禍つ神の哄笑　まがつかみのこうし
　ょう
　古神陸　勁文社　1994刊

13 画（禍, 禁, 福, 稚, 竪, 節, 筵, 継, 絹, 罪, 義）

　　禍つ鎖を解き放て　まがつくさりを
　　　ときはなて
　　　　結城光流　角川書店　2002刊
　9　禍津姫　まがつひめ
　　　　堀秀明　文芸社ビジュアルアート
　　　　2007刊
10　禍家　まがや
　　　　三津田信三　光文社　2007刊
　　禍記　まがつふみ
　　　　田中啓文　徳間書店　2001刊
13　禍福の暖簾　かふくののれん
　　　　澤田ふじ子　「小説宝石」　2010年

【禁】
　8　禁呪　ごんじゅ
　　　　西村寿行　勁文社　1999刊
10　禁悦の癒戯　きんえつのゆぎ
　　　　北山悦史　「小説NON」　2000年
11　禁断の金糸雀　きんだんのかなりあ
　　　　松殿典子　白夜書房　1992刊
　　禁欲的な僕の事情　すといっくなぼ
　　　くのじじょう
　　　　篠稲穂　徳間書店　2000刊

【福】
　3　福女　ふくめ
　　　　雷門小吉　早稲田出版　2003刊
　7　福寿草の殺意　あどにすのさつい
　　　　山村美紗　「小説宝石」　1992年
　8　福沸　ふくわかし
　　　　水木夏子　《句集》文學の森　2006刊

【稚】
　4　稚木を移す　わかぎをうつす
　　　　小山とき子　《歌集》　短歌研究社
　　　　1999刊
　7　稚児車　ちんぐるま
　　　　太田垣瑞一郎　《句集》　本阿弥書店
　　　　2003刊

【竪】
12　竪琴の騎士　たてごとのきし
　　　　榎木洋子　集英社　1993刊

【節】
　4　節分かれ　せつわかれ
　　　　山本一力　「オール讀物」　2001年

【筵】
10　筵破　むしろやぶり
　　　　小松重男　「小説宝石」　1995年

【継】
　　継っ子四郎　ままっこしろう
　　　　多摩住子　文芸社　2009刊
　5　継母の血　ははのち
　　　　藤崎亜希　日本文学館　2005刊

【絹】
　　絹の吐息　しるくのといき
　　　　東さやか　古川書房　1997刊

【罪】
　　罪なき黄金の林檎　つみなききんの
　　　りんご
　　　　小沢淳　講談社　2002刊
　2　罪人なる我等のために　つみびと
　　　なるわれらのために
　　　　常盤新平　文芸春秋　1989刊
　　罪人の刃　つみびとのやいば
　　　　鈴木英治　角川春樹事務所　2010刊
　　罪人の水晶　つみびとのくりすたる
　　　　飛天　角川書店　1997刊
　　罪人の愛　とがびとのあい
　　　　渋沢和樹　幻冬舎　2004刊

【義】
　7　義弟　おとうと
　　　　永井するみ　双葉社　2008刊
14　義槍鬼九郎　ぎやりおにくろう
　　　　朝霧圭梧　叢文社　2006刊

13 画（群, 聖）

【群】

7 群体　くらすたー
　　藤原智美　講談社　1994刊

　群肝　むらぎも
　　金子蛙次郎　《句集》　本阿弥書店　2009刊

　群赤の街　ぐんしゃくのまち
　　大橋愛由等　《句集》　冨岡出版　2000刊

10 群狼狂宴　ぐんろうかーにばる
　　桑原譲太郎　祥伝社　1991刊

12 群雲に舞う鷹　むらくもにまうたか
　　秋山香乃　日本放送出版協会　2009刊

　群雲を斬る　むらくもをきる
　　松本賢吾　双葉社　2005刊

　群雲、関ヶ原へ　むらくもせきがはらへ
　　岳宏一郎　新潮社　1994刊

　群雲、賤ヶ岳へ　むらくもしずがたけへ
　　岳宏一郎　光文社　2008刊

15 群舞　ぐんまい
　　宮本治久　新風舎　2004刊

【聖】

　聖　せい
　　小川清彦　新風舎　2003刊

　聖し殺しの夜　きよしころしのよる
　　赤羽建美　集英社　1989刊

　聖なる丘　ほーりーひる
　　園部晃三　「小説現代」　1990年

　聖エルザクルセイダーズⅣ乱入!　せんとえるざくるせいだーずしらんにゅう
　　松枝蔵人　角川書店　1989刊

　聖ジェームス病院　せんとじぇーむすびょういん
　　久間十義　光文社　2005刊

　聖ベリアーズ騎士団!　せんとべりあーずきしだん
　　霜島ケイ　集英社　1996刊

　聖マリア・らぷそでぃ　さんたまりあらぷそでぃ
　　久間十義　河出書房新社　1989刊

3 聖三角形　せんととらいあんぐる
　　榊原姿保美　天山出版　1990刊

4 聖天の藤兵衛　しょうでんのとうべえ
　　海老沢泰久　「オール讀物」　2007年

　聖文献意訳　ひじりぶんけんいやく
　　伊達一行　「月刊すばる」　1992年

　聖牛　ひじりうし
　　村井佐枝子　《歌集》　短歌研究社　2009刊

　聖王都動乱　ばとるおぶせいるーん
　　神坂一　富士見書房　1991刊

5 聖母　まどんな
　　在原昇　文芸社　2010刊

　聖母　ほすとまざー
　　仙川環　徳間書店　2008刊

　聖母たちの殺意　まどんなたちのさつい
　　赤川次郎　「小説すばる」　1994年

　聖母の陥穽　せいぼのかんせい
　　三好徹　「問題小説」　1989年

　聖母の深き淵　まどんなのふかきふち
　　柴田よしき　角川書店　1996刊

　聖石伝説　れじぇんどおぶすてぃーりー
　　西谷史　小学館　1998刊

6 聖地に流れる円舞曲　せいちにながれるぽるか
　　榊一郎　富士見書房　2004刊

　聖耳　せいじ
　　古井由吉　「群像」　2000年

8 聖刻1092東方　わーすせんきゅうじゅうにとうほう
　　千葉暁　朝日新聞社　2007刊

　聖刻1092神樹　わーすせんきゅうじゅうにしんじゅ

13 画（腹, 艀, 蓋, 蒲）

　　千葉暁　朝日新聞出版　2010刊
　聖刻1092僧正　わーすせんきゅうじ
　　ゅうにそうじょう
　　千葉暁　朝日新聞社　2009刊
　聖刻1092聖都　わーすせんきゅうじ
　　ゅうにせいと
　　千葉暁　朝日ソノラマ　2006刊
　聖夜のクレスト　いぶのくれすと
　　尾鮭あさみ　角川書店　1997刊
　聖夜は黒いドレス　のえるはくろい
　　どれす
　　新庄節美　東京創元社　2004刊
　聖岩　ほーりーろっく
　　日野啓三　中央公論社　1995刊
10 聖家族教会　さぐらだふぁみりあ
　　せとたづ　影書房　2008刊
　聖豹紀　じゃがーせんちゅりー
　　高橋克彦　「IN POCKET」　1992年
11 聖域　さんくちゅあり
　　垣根涼介　「別冊文藝春秋」　2008年
　聖痕　せいこん
　　伊吹和彦　文芸社　1999刊
　聖痕　すてぃぐま
　　木崎文治　ダブリュネット　1999刊
　聖痕　せいこん
　　島村匠　角川春樹事務所　2000刊
　聖痕なき者　しるしなきもの
　　前田珠子　小学館　1999刊
　聖痕の天使誕生　せいこんのてんし
　　たんじょう
　　井上ほのか　講談社　1997刊
　聖痕の孤島　せいこんのことう
　　吉益直人　碧天舎　2004刊
13 聖戦士の谷　むじゃひでぃんのたに
　　熊谷達也　「小説すばる」　2007年
15 聖誕節的童話　くりすますすとーり
　　い
　　馳星周　「問題小説」　1999年

16 聖獣王の花嫁　くろすてぃあのはな
　　よめ
　　高遠砂夜　集英社　2006刊
　聖隷　せいれい
　　新堂冬樹　「小説宝石」　2003年
　聖餐　せいさん
　　石原慎太郎　「新潮」　1993年
　聖餐式　えうかりすちゃ
　　山本智史　《詩集》　新風舎　1999刊
　聖餐城　せいさんじょう
　　皆川博子　「小説宝石」　2004年
18 聖観音　しょうかんのん
　　伊達一行　「月刊すばる」　1989年

【腹】

4 腹中花　ふくちゅうか
　　桑井朋子　「文學界」　2006年

【艀】

　艀　はしけ
　　城島清　講談社出版サービスセンタ
　　ー　1995刊
　艀　はしけ
　　皆川博子　「オール讀物」　2005年

【蓋】

10 蓋島伝　がいとうでん
　　荒山徹　「小説新潮」　2010年

【蒲】

4 蒲公英　たんぽぽ
　　ながさく清江　《句集》　本阿弥書店
　　2001刊
　蒲公英　たんぽぽ
　　はっち　《詩集》　日本文学館　2007刊
　蒲公英　たんぽぽ
　　樋口直哉　「文學界」　2006年
　蒲公英の花のように　たんぽぽのは
　　なのように
　　石関武日湖　《歌集》　近野診療所
　　2009刊

13 画（蒼, 蒜, 蓬, 蓮）

蒲公英草紙　たんぽぽそうし
　恩田陸　「青春と読書」　2000年
10 蒲桜爛漫　かばざくらんまん
　堀和久　秋田書店　1999刊

【蒼】

蒼い天馬　あおいてんま
　赤木駿介　集英社　1990刊
蒼い向日葵　あおいひまわり
　にしいみきこ　新風舎　2004刊
蒼い瞳の刀使い　あおいひとみのそーどだんさー
　星野亮　富士見書房　1999刊
蒼き海狼　あおきかいろう
　火坂雅志　「文藝ポスト」　1999年
蒼く築かれた刻を詠む　あおくきずかれたときをよむ
　カム・ラ・シゲナ　文芸社　2008刊
蒼の妖魔姫　あおのようまき
　竹河聖　朝日ソノラマ　1991刊
蒼の旅程　あおのみちのり
　白沢栄治　文芸社　2002刊
4 蒼天の情人　そうてんのぱらもる
　柴田明美　集英社　1996刊
蒼月　あおいつき
　長井武人　文芸社　2006刊
蒼火　あおび
　北重人　文藝春秋　2005刊
6 蒼色の樹海　そうしょくのじゅかい
　大塚正《歌集》近代文芸社　1996刊
8 蒼夜に抱かれた天使　よるにだかれたてんし
　鷲尾滋瑠　茜新社　1994刊
蒼炎の輪舞　そうえんのろんど
　榎木洋子　角川書店　2006刊
蒼空の盾　そうくうのいーじす
　内田弘樹　学習研究社　2006刊
蒼空船　そらふね
　森須蘭《句集》ふらんす堂　2010刊

蒼穹の宙の何処かで　そうきゅうのそらのどこかで
　楓祥子　碧天舎　2005刊
蒼穹の射手　いーぐるどらいばー
　鳴海章　角川書店　1994刊
9 蒼海の盾　そうかいのいーじす
　稲葉稔　学習研究社　2003刊
蒼風のなかで　かぜのなかで
　生田一郎　新風舎　2006刊
10 蒼馬　そうま
　安光隆子　《歌集》　砂子屋書房　2003刊
12 蒼揚羽　あおあげは
　宇和井聖　《句集》　本阿弥書店　1999刊
13 蒼煌　そうこう
　黒川博行　「オール讀物」　2003年
19 蒼霧　そうむ
　高瀬哲夫　《句集》　富士見書房　1994刊

【蒜】

8 蒜夜淵　ひるやふち
　平山夢明　「小説宝石」　2000年

【蓬】

蓬ヶ原　よもぎがはら
　東郷隆　「小説現代」　2009年
11 蓬萊がたくり橋　ほうらいがたくりばし
　領家高子　「小説宝石」　2008年

【蓮】

蓮の秋田駒　れんのあきたごま
　石和鷹　「海燕」　1990年
蓮の華の咲く時期　はすのはなのさくとき
　那須敏一　文芸社　2010刊
7 蓮花の散る　はすはなのちる
　松乃藍　二見書房　2009刊
10 蓮華　れんげ

13 画（蒿, 虜, 蜈, 蜃, 蛻, 蜉, 蛹, 蟋, 裸, 裏）

加堂秀三　「小説宝石」　1997年
蓮華往生　れんげおうじょう
宇江佐真理　「オール讀物」　2001年

【蒿】
11　蒿雀の歌　あおじのうた
辻彌生　《歌集》　ながらみ書房　2006刊

【虜】
虜　とりこ
藤田宜永　「小説新潮」　1999年
虜われの遊戯者たち　とらわれのげーむぷれいやーたち
大場惑　早川書房　1992刊

【蜈】
10　蜈蚣の新次郎　むかでのしんじろう
中津文彦　「オール讀物」　1991年

【蜃】
6　蜃気楼　みらーじゅ
下重暁子　近代文芸社　1997刊

【蛻】
蛻　もぬけ
犬飼六岐　講談社　2010刊
蛻　もぬけ
永島唯男　《句集》　そうぶん社出版　2001刊
蛻のから　もぬけのから
長野まゆみ「別冊文藝春秋」2005年

【蜉】
15　蜉蝣　かげろう
若合春侑　「鳩よ!」　2000年
蜉蝣の宴　かげろうのうたげ
瀬川貴一郎　徳間書店　2009刊
蜉蝣の庭　かげろうのにわ
五百香ノエル　ビブロス　1997刊
蜉蝣伝　かげろうでん

倉橋治　碧天舎　2005刊
蜉蝣渓谷　かげろうけいこく
平野肇　小学館　2000刊

【蛹】
蛹　さなぎ
田中慎弥　「新潮」　2007年
蛹のままで　さなぎのままで
諸田玲子　「小説新潮」　2008年
蛹の夜　さなぎのよる
北野勇作　「小説すばる」　2003年

【蟋】
16　蟋橋　こおろぎばし
木内昇　「小説現代」　2010年

【裸】
4　裸木　らぼく
花籠悌子　《詩集》　土曜美術社出版販売　2006刊
7　裸体の截毛師　らたいのさいもうし
板坂康弘　「小説NON」　1993年
裸足の皇女　はだしのひめみこ
永井路子　文芸春秋　1989刊
裸足の聖母　はだしのまどんな
七穂美也子　集英社　2005刊
9　裸美　らび
山根智暁　近代文芸社　1995刊
18　裸闘女　らとめ
閏間英男　新風舎　2003刊

【裏】
4　裏切りの遁走曲　うらぎりのふーが
鈴木輝一郎　「小説NON」　1998年
6　裏刑事飛驒秘水殺人行　うらでかひだひすいさつじんこう
広山義慶　双葉社　1990刊
裏刑事捜査帳　うらでかそうさちょう
広山義慶　勁文社　1990刊

13 画（裔, 棲, 解, 触, 詩, 試, 誉, 諜）

 8 裏店とんぼ　うらだなとんぼ
  稲葉稔　光文社　2005刊
  裏金　ぶらっくまねー
  南英男　勁文社　1998刊
 12 裏筋刑事　うらすじでか
  生島治郎　「小説NON」　1996年
 14 裏隠密徂く　うらおんみつゆく
  大栗丹後　春陽堂書店　1999刊
  裏隠密活つ　うらおんみつかつ
  大栗丹後　春陽堂書店　1998刊
  裏隠密射す　うらおんみつさす
  大栗丹後　春陽堂書店　1998刊
  裏隠密逐う　うらおんみつおう
  大栗丹後　春陽堂書店　1993刊
  裏隠密牽く　うらおんみつひく
  大栗丹後　春陽堂書店　1999刊
  裏隠密貫く　うらおんみつぬく
  大栗丹後　春陽堂書店　1999刊
  裏隠密漂く　うらおんみつうく
  大栗丹後　春陽堂書店　1998刊
  裏隠密繋ぐ　うらおんみつぐ
  大栗丹後　春陽堂書店　2000刊

【裔】
  裔の子　すえのこ
  多田尋子　福武書店　1989刊

【棲】
 9 棲紅　つまべに
  藍川京　「問題小説」　2008年

【解】
 7 解体新書　たーへるさいこびあ
  いとうせいこう　「Wombat」　1992年
 10 解夏　げげ
  さだまさし　幻冬舎　2002刊
  解夏に向かって　げげにむかって
  大井健　文芸社　2008刊
 14 解語の花　かいごのはな
  えとう乱星　「小説city」　1992年

【触】
 7 触身仏　しょくしんぶつ
  北森鴻　「小説新潮」　2002年

【詩】
  詩　ことば
  みつひらかおる　《詩集》　新風舎
  2005刊
  詩うハーブ　うたうはーぶ
  ふなひさこ　《詩集》　日本文学館
  2008刊
  詩に神　しにがみ
  小沢章友　「問題小説」　2008年
  詩イ殺ス。　うたいころす
  八田硝子　《詩集》　ブイツーソリューション　2009刊
 6 詩羽のいる街　しいはのいるまち
  山本弘　「野性時代」　2008年
 9 詩神の光詩　うたがみのいるみねーしょん
  神江京　青心社　1990刊

【試】
 7 試走　しぇいくだうん
  垣根涼介　「問題小説」　2002年
 18 試験に出る竜退治　しけんにでるどらごんたいじ
  日昌晶　PHP研究所　2010刊

【誉】
 5 誉生の証明　よせいのしょうめい
  森村誠一　「小説宝石」　2002年
  誉田　ほんだ
  染谷秀雄　《句集》　東京四季出版
  1993刊

【諜】
  諜　しのびごと
  桂芳久　北冬舎　2001刊

13 画（豊, 賄, 跡, 路, 跫, 跣, 辞, 遠）

【豊】
 4 豊太閤の蟹　ほうたいこうのかに
　　浅黄斑　「小説NON」　2003年
 8 豊国神宝　とよくにしんぽう
　　中路啓太　「小説新潮」　2009年
 9 豊海と育海の物語　とよみといくみ
　　のものがたり
　　中沢けい　集英社　2006刊

【賄】
 13 賄賂千両　まいないせんりょう
　　早見俊　祥伝社　2010刊
　　賄賂斬り　わいろぎり
　　楠木誠一郎　静山社　2010刊

【跡】
 4 跡弔ひて　あととむらいて
　　藤沢周　「文學界」　2007年
 13 跡継騒動森林レンジャー　あとつぎ
　　そうどうしんりんれんじゃー
　　神坂一　富士見書房　2001刊

【路】
　　路　みち
　　森村誠一　「小説宝石」　1995年
　　路　るー
　　吉田修一　「文學界」　2009年
 3 路上の箴言　ろじょうのしんげん
　　義家弘介　「小説宝石」　2008年
 12 路無恋　ろぶれん
　　河西良昌　新風舎　2005刊
 13 路爺退治　ろじいたいじ
　　薄井ゆうじ　「小説すばる」　1998年

【跫】
　　跫　あしおと
　　岡本卿子　《句集》　東京四季出版
　　1999刊
 9 跫音　あしおと
　　山田風太郎　角川書店　1995刊
　　跫音　あしおと
　　吉見精一　《詩集》　花神社　1991刊

【跣】
 7 跣足　はだし
　　藤本美和子　《句集》　ふらんす堂
　　1999刊

【辞】
　　辞める理由　やめるわけ
　　高任和夫　「小説NON」　1997年

【遠】
　　遠い灯　とおいあかり
　　赤松光夫　双葉社　1994刊
　　遠い灯　とおいひ
　　有池承吾　近代文芸社　1994刊
　　遠い砲音　とおいつつおと
　　浅田次郎　「中央公論」　2002年
　　遠い陽炎　とおいかげろう
　　井川香四郎　双葉社　2006刊
　　遠き橋懸り　とおきはしがかり
　　蜂谷涼　「別冊文藝春秋」　2009年
 8 遠青嶺　とおあおね
　　森中香代子　《句集》　文學の森
　　2005刊
 9 遠海事件　とおみじけん
　　詠坂雄二　光文社　2008刊
　　遠狭　とさ
　　松林朝蒼　《句集》　花神社　2002刊
 12 遠賀野　おんがの
　　安部静可　《歌集》　柊書房　2001刊
 15 遠慶宿縁　おんきょうしゅくえん
　　小路紫峽　《句集》　朝日新聞社
　　2000刊
 19 遠蘇魯志耶　おそろしや
　　筒井康隆　「小説新潮」　2003年
 21 遠灘鮫腹海岸　とおのなだざめはら
　　かいがん
　　椎名誠　「月刊すばる」　1990年

13 画（遣, 遐, 隔, 鉱, 鉄, 鈴, 鉈, 鉋, 隕, 雅, 雉, 電）

【遣】
19 遣繰身上　やりくりしんじょう
　　氏家幹人　「太陽」　1992年

【遐】
　遐い宴楽　とおいうたげ
　　入沢康夫　《詩集》　書肆山田　2002刊
6 遐年　かねん
　　竹山広　《歌集》　柊書房　2004刊

【隔】
5 隔世の微笑　かくせいのびしょう
　　明石かい　新風舎　2005刊
12 隔絶の光跡　かくぜつのしるべ
　　三崎亜記　「小説すばる」　2006年

【鉱】
3 鉱山はかげろうの如く　やまはかげろうのごとく
　　高橋勤　岩手日報社　1991刊

【鉄】
7 鉄床の呟き　かなとこのつぶやき
　　岡たすく　《詩集》　燎原社　2002刊
10 鉄砲玉哀歌　てっぽうだまえれじー
　　西村健　「小説すばる」　2007年
12 鉄道員　ぽっぽや
　　浅田次郎　「小説すばる」　1995年
　鉄釉　てつゆう
　　鈴木ゆきゑ《句集》牧羊社　1991刊
15 鉄輪　かんなわ
　　藤原新也　新潮社　2000刊
　鉄輪　かなわ
　　夢枕獏　「オール讀物」　1996年
　鉄輪の女　かなわのおんな
　　澤田ふじ子　「小説宝石」　2003年
　鉄輪の舞　かなわのまい
　　式貴士　出版芸術社　1993刊
　鉄輪温泉殺人事件　かんなわおんせんさつじんじけん
　　吉村達也　講談社　1997刊

【鈴】
6 鈴刑　りんけい
　　森村誠一　「オール讀物」　1997年

【鉈】
11 鉈細工　なたざいく
　　西村望　「問題小説」　1997年

【鉋】
6 鉋肉　かんな
　　森村誠一　「オール讀物」　1992年

【隕】
　隕ちてふたたび　おちてふたたび
　　河村秀　文芸社　2009刊

【雅】
13 雅楽谷　うたや
　　松本泰二　《句集》　東京四季出版　1993刊
14 雅歌　がか
　　井上祐美子　集英社　2001刊

【雉】
3 雉子鳴く明日香の丘　きぎすなくあすかのおか
　　飛鳥次朗　那珂書房(製作・発売)　2002刊

【電】
　電　いかずち
　　三田誠広　「小説新潮」　2000年
3 電子要塞を殱滅せよ　さいばーようさいをせんめつせよ
　　大石英司　祥伝社　1996刊
6 電光剣の疾風　でんこうけんのかぜ
　　牧秀彦　光文社　2008刊
11 電脳ストーカー　さいばーすとーかー
　　北野安騎夫　廣済堂出版　1997刊

238

13 画（雷, 零, 雹, 飼, 飾, 馴, 鳩, 鳰）

電脳ルシファー　さいばーるしふぁー
　　北野安騎夫　広済堂出版　1996刊
電脳細菌殺人事件　こんぴゅーたういるすさつじんじけん
　　井谷昌喜　徳間書店　1992刊
電脳塔の恋人たち　さいばーたわーのこいびとたち
　　西谷史　「野性時代」　1991年
電脳銀行の死角　いんてりじぇんとばんくのしかく
　　広瀬仁紀　大陸書房　1991刊
13　電蜂　でんぱち
　　石踏一榮　富士見書房　2006刊
15　電影少女　びでおがーる
　　桂正和, 富田祐弘　集英社　1993刊
電影馬賊団　でんえいばんでぃっつ
　　樋口明雄　徳間書店　1995刊

【雷】
2　雷人　らいど
　　克樹悠　文芸社　2009刊
3　雷山からの下山　かみなりやまからのげざん
　　伊井直行　「新潮」　1990年
9　雷神の詩　いかずちのうた
　　藤枝ちえ　「小説宝石」　1990年
雷神鳥　さんだーばーど
　　立松和平　「文學界」　1992年
10　雷桜　らいおう
　　宇江佐真理　角川書店　2000刊

【零】
零からの旅　ぜろからのたび
　　宮田ミヨ子　《歌集》　本多企画　2002刊
6　零地帯　ぜろちたい
　　手塚酔月　《句集》　文學の森　2008刊
11　零崎人識の人間関係　ぜろざきひとしきのにんげんかんけい
　　西尾維新　「小説現代」　2009年

零崎曲識の人間人間　ぜろざきまがしきのにんげんにんげん
　　西尾維新　「小説現代」　2007年

【雹】
雹の降る丹沢　ひょうのふるたんざわ
　　窪田精　「民主文学」　1993年

【飼】
飼われた蜻蛉　かわれたとんぼ
　　佐野洋　「小説宝石」　2001年
8　飼育　すたんどばいみー
　　山田正紀　「小説すばる」　2006年

【飾】
飾りじゃないのよ真珠は　かざりじゃないのよぱーるは
　　山村美紗　「小説現代」　1991年
16　飾磨　しかま
　　車谷長吉　「文學界」　2003年
飾磨屋の客　しかまやのきゃく
　　東郷隆　「別冊文藝春秋」　1994年

【馴】
11　馴鹿時代今か来向かふ　となかいじだいいまかきむかう
　　岡井隆　《歌集》　砂子屋書房　2004刊

【鳩】
鳩の血　ぴじょんぶらっど
　　谷村志穂　「小説すばる」　2004年
鳩の栖　はとのすみか
　　長野まゆみ　「小説すばる」　1995年
7　鳩寿　はとじゅ
　　佐々木信子　《歌集》　京都カルチャー出版（製作）　2003刊

【鳰】
鳰の海　におのうみ
　　田島和生　《句集》　角川書店　2007刊
鳰の景色　におのけしき

13画（鼎, 鼓, 鼠）14画（僕, 厭, 境, 塵, 嫦, 嫩, 孵）

松田秀一　《句集》　本阿弥書店　2003刊

10 鳰姫　におひめ
　　小林恭二　「小説すばる」　1999年

【鼎】

鼎と槐多　かなえとかいた
　　窪島誠一郎　信濃毎日新聞社　1999刊

【鼓】

9 鼓星　つづみほし
　　佐々木瑠璃子　《歌集》　角川書店　2010刊

【鼠】

6 鼠、江戸を疾る　ねずみえどをはしる
　　赤川次郎　角川書店　2004刊

15 鼠舞　ねずまい
　　田中文雄　講談社　2008刊

14画

【僕】

僕の欠片君のほしい何か　ぼくのかけらきみのほしいなにか
　　いけだゆうこ　《詩集》　新風舎　2006刊

僕の彼女は小妖精　ぼくのかのじょはえるふ
　　瑞茂豊基　メディアックス　1996刊

僕の背中と、あなたの吐息と　ぼくのせなかとあなたのいきと
　　沢木まひろ　メディアファクトリー　2010刊

僕はうさぎ少年　ぼくはばにーほーい
　　水無月さらら　リーフ出版　1997刊

僕みたいな道化　あふーるさっちあずあい
　　まきのえり　「早稲田文学」　1990年

僕らのセプテンバー輪舞　ぼくらのせぷてんばーろんど
　　七海花音　小学館　1999刊

僕らは玩具の銃を手に　ぼくらはおもちゃのじゅうをてに
　　榊原和希　集英社　1998刊

12 僕達の鎮魂曲　ぼくたちのれくいえむ
　　あさぎり夕　小学館　1997刊

【厭】

15 厭魅の如き憑くもの　まじもののごときつくもの
　　三津田信三　原書房　2006刊

【團】　→団（6画）

【境】

9 境界　しゅぅぇれ
　　中根誠　《歌集》　ながらみ書房　2010刊

【塵】

9 塵泉の王　ごみのおう
　　田中啓文　「小説NON」　1999年

14 塵箒　ちりぼうき
　　乃南アサ　「オール讀物」　1997年

【嫦】

10 嫦娥の宝釵　じょうがのほうき
　　藤水名子　「小説すばる」　1997年

【嫩】

6 嫩江　のんこう
　　村山美恵子　《歌集》　角川書店　2009刊

【孵】

7 孵卵少女　ふらんしょうじょ

14 画（寧, 窶, 慕, 慵, 截, 敲, 暮, 暦, 榛, 槍, 榠, 槐）

淺永マキ　日本文学館　2008刊

【寧】
　寧々と乃々　ねねとのの
　　小林恭二　「小説すばる」　2002年
4　寧日　ねいじつ
　　兜木總一　《句集》　ふらんす堂
　　2009刊
　寧日　ねいじつ
　　鈴木寿美子　《句集》　東京四季出版
　　1989刊
　寧日　ねいじつ
　　田村文男　《歌集》　日本文学館
　　2003刊
　寧日　ねいじつ
　　二宮博《句集》ふらんす堂　1998刊
　寧日　ねいじつ
　　松下晴耕《句集》角川書店　2001刊
13　寧楽　なら
　　水野好枝　《句集》　本阿弥書店
　　2002刊

【窶】
12　窶寐集　ごびしゅう
　　宮崎四八　《歌集》　東京四季出版
　　2004刊

【慕】
13　慕詩　こいうた
　　平塩清種　《詩集》　ガリバープロダ
　　クツ　1996刊

【慵】
4　慵中　ようちゅう
　　二本柳力彌　《句集》　花神社　2001刊

【截】
8　截金　きりかね
　　田宮尚樹　《句集》　角川書店　2007刊

【敲】
17　敲翼同惜少年春　せんちめんたるれ
　　ゔぉりゅーしょん
　　古野まほろ　「小説現代」　2007年

【暮】
6　暮色　ほしょく
　　橋本治　「小説すばる」　2006年

【暦】
　暦　れき
　　渡辺京子　《歌集》　ながらみ書房
　　2006刊

【榛】
　榛の木　はんのき
　　落合伊津夫　《句集》　東京四季出版
　　1991刊
　榛の花　はんのはな
　　名和未知男　《句集》　文學の森
　　2010刊
8　榛明神社殺人事件　しんめいじんじ
　　ゃさつじんじけん
　　江原垂穂　文芸社　2008刊
17　榛嶺　しんれい
　　木暮つとむ　《句集》　東京四季出版
　　1991刊

【槍】
10　槍烏賊　やりいか
　　藤井青咲　《句集》　朝日新聞社
　　2000刊

【榠】
11　榠樝　まるめろ
　　山田みづえ《句集》牧羊社　1994刊

【槐】
　槐　えんじゅ
　　見延典子　「問題小説」　2000年
　槐の木　えんじゅのき

241

14 画（槐, 歌, 歴, 漁, 漆, 滴, 漂, 漫）

　　福田敏子　《句集》　東京四季出版　1990刊
　槐の木　えんじゅのき
　　村松和夫　《歌集》　六法出版社　2001刊
　槐の樹の下で　えんじゅのきのしたで
　　藤水名子　「小説工房」　1995年
6　槐多よねむれ　かいたよねむれ
　　山田幸平　編集工房ノア　2003刊

【榠】
15　榠樝の実　かりんのみ
　　大崎紀夫　《句集》　ウエップ　2006刊
　榠樝の実　かりんのみ
　　上山如山　《句集》　牧羊社　1989刊
　榠樝の実　かりんのみ
　　大和類子　《歌集》　ながらみ書房　2008刊

【歌】
　歌う果実の女神　うたうぽーもーな
　　七穂美也子　集英社　2003刊
2　歌人　よみびとしらず
　　西嶌姫瑠　《歌集》　文芸社　2009刊
9　歌垣の王女　うたがきのひめみこ
　　豊田有恒　講談社　1996刊
10　歌姫　ろじえる
　　桃井あん　集英社　2005刊
12　歌詞のない瞽女歌　うたのないごぜうた
　　大門泰　鳥影社　1998刊
14　歌鳴理亜望愛想美嬉宝　かなりあのあそびうた
　　歌鳴理亜　《詩集》　日本文学館　2007刊
15　歌舞く　かぶく
　　高井泉　鳥影社　2009刊

【歴】
9　歴草　そふき

　　中原道夫　《句集》　角川書店　2000刊

【漁】
　漁り火　いさりび
　　櫛比野周二　《歌集》　創栄出版　1998刊
　漁り火　いさりび
　　藤原緋沙子　双葉社　2008刊
4　漁火山　いさりびやま
　　梅原稜子　「新潮」　2006年

【漆】
11　漆黒の守護天使　しっこくのがーでぃあん
　　護矢真　富士見書房　1995刊

【滴】
　滴　しずく
　　神崎京介　講談社　2001刊
　滴ひかる　しずくひかる
　　尾崎護　読売新聞社　1999刊
　滴り　したたり
　　勝目梓　講談社　1998刊
　滴り落ちる時計たちの波紋　したたりおちるとけいたちのはもん
　　平野啓一郎　文藝春秋　2004刊
12　滴壺　てきこ
　　米田律子　《歌集》　不識書院　2006刊

【漂】
8　漂泊　さすらい
　　永井鷗　新風舎　2000刊
　漂泊者　ながれもの
　　風間一輝　青樹社　1993刊
　漂泛ありて　ひょうへんありて
　　三ッ谷平治　《歌集》　東京四季出版　1991刊

【漫】
　漫ろに歌　そぞろにうた
　　J.J.　《詩集》　新風舎　2003刊

14 画（滾, 漲, 熊, 爾, 獄, 瑠, 疑, 皸, 碧, 穀）

【滾】
　滾り　たぎり
　　末廣圭　徳間書店　2002刊
　滾る　たぎる
　　町垣鳴海　《句集》　新樹社　1996刊

【漲】
　漲る日　みなぎるひ
　　沢田敏子　《詩集》　土曜美術社
　　1990刊

【熊】
 4 熊犬　べあどっぐ
　　須藤明生　広済堂出版　1994刊
11 熊野　ゆや
　　松本徹　「文學界」　1991年

【爾】
13 爾雅樹　にがき
　　丸山しげる　《句集》　ウエップ
　　2005刊

【獄】
　獄の極　ごくのきわみ
　　矢月秀作　中央公論新社　2002刊

【瑠】
15 瑠璃の方船　るりのはこぶね
　　夢枕獏　文芸春秋　1995刊
　瑠璃の瓶にはきちんと蓋を　がら
　　すのびんにはきちんとふたを
　　大原永終　日本文学館　2006刊

【疑】
12 疑惑の跑馬庁　ぎわくのぱおまーて
　　　いん
　　伴野朗　「小説すばる」　1995年

【皸】
　皸　ひび
　　北方謙三　集英社　1998刊

【碧】
　碧　あお
　　阿川佐和子　「小説新潮」　2006年
　碧　あお
　　漆山隆子　《歌集》　短歌研究社
　　1999刊
　碧　みどり
　　北藤久美子　新風舎　2006刊
　碧い柩　あおいひつぎ
　　辻葉子　《詩集》　筑波書林　1997刊
　碧く尽きせぬ　あおくつきせぬ
　　鈴木洋子　《歌集》　そうぶん社出版
　　2006刊
　碧の十字架　あおのじゅうじか
　　森村誠一　「野性時代」　1992年
　碧の玉　あおのたま
　　岩井志麻子　「小説新潮」　2002年
 4 碧天　へきてん
　　片山恵美子　《歌集》　短歌新聞社
　　2006刊
 5 碧玉紀　えめらるど
　　皆川博子　「文藝ポスト」　1999年
 8 碧空　あおぞら
　　長野まゆみ　集英社　1998刊
11 碧眼視鬼　へきがんしき
　　森福都　「月刊J-novel」　2005年
12 碧落礫刑　へきらくたっけい
　　橘姫氷見　《詩集》　新風舎　2005刊
14 碧緑のほし　へきりょくのほし
　　島崎妙一　《歌集》　日本文学館
　　2006刊
15 碧霄　へきしょう
　　新井佳津子　《句集》　東京四季出版
　　1998刊
19 碧羅　へきら
　　養田多希子　《歌集》　短歌研究社
　　2002刊

【穀】
15 穀潰　ごくつぶし

243

14 画（種, 稗, 端, 管, 算, 箕, 箍, 箜, 精）

 荻史朗　「小説宝石」　1998年

【種】
 種の終焉　しゅのおわり
  北上秋彦　祥伝社　1997刊
3　種子　たね
  青柳友子　「問題小説」　1991年

【稗】
9　稗草　ひえくさ
  大西米子　《歌集》　至芸出版社　2006刊

【端】
 端た金　はたがね
  清水一行　「小説宝石」　1991年
3　端山　はやま
  鎌田利彦　《句集》　本阿弥書店　2000刊
8　端居　はしい
  宗智尾　《句集》　東京四季出版　2001刊
 端居　はしい
  津端きしを　《句集》　ふらんす堂　2010刊

【管】
4　管水母　くだくらげ
  椎名誠　「小説新潮」　1996年
11　管理職と女の涙　おいたりあんとおんなのなみだ
  渡辺利弥　「小説宝石」　1991年

【算】
8　算学武芸帳 鳳積術　さんがくぶげいちょうほうせきじゅつ
  金重明同「小説TRIPPER」　1997年

【箕】
7　箕作り弥平商伝記　みつくりやへいしょうでんき
  熊谷達也　「小説現代」　2005年

【箍】
 箍　たが
  成田豊人　《詩集》　Komayumiの会　2007刊

【箜】
15　箜篌　くご
  湊嘉晴　《歌集》　芸林短歌会　1994刊

【精】
8　精奇の城　さごくのしろ
  さいきなおこ　集英社　2001刊
9　精神感応術　てれぱしー
  泡坂妻夫　「問題小説」　2004年
15　精霊とんぼ　しょうりょうとんぼ
  吉浦玲子　《歌集》　砂子屋書房　2000刊
 精霊の守り人　せいれいのもりびと
  上橋菜穂子　新潮社　2007刊
 精霊の枷鎖　せいれいのかさ
  夏目翠　中央公論新社　2010刊
 精霊火の鬼剣　しょうりょうびのきけん
  翔田寛　小学館　2010刊
 精霊使いの剣舞　せいれいつかいのぶれいどだんす
  志瑞祐　メディアファクトリー　2010刊
 精霊流し　しょうろうながし
  さだまさし　幻冬舎　2001刊
 精霊猟人ハーミス　じんはんたーはーみす
  ぱでしゃ　彩図社　2004刊
 精霊蜻蛉　しょうりょうとんぼ
  大久保白村　《句集》　角川書店　2008刊
 精霊蜻蛉の川殺人事件　しょうりょうとんぼのかわさつじんじけん
  平野肇　祥伝社　1994刊
 精霊翼機　えれめんたるぐらいだー
  和島弓　新風舎　2006刊

14 画（綾,維,総,綴,緋,緑,練,翠）

【綾】
15 綾蝶　あやはべる
　　湊禎佳　《詩集》　七月堂　2003刊

【維】
10 維納の大舞踏会　うぃーんのだいぶとうかい
　　胡桃沢耕史　「小説NON」　1992年
　維納音匣の謎　うぃーんおるごーるのなぞ
　　太田忠司　祥伝社　1994刊

【総】
7 総身　そうしん
　　油井和子　《句集》　東京四季出版　1999刊
12 総統の防具　ふゅーらーすりゅすとうんぐ
　　帚木蓬生　日本経済新聞社　1996刊

【綴】
　綴じ蓋　とじぶた
　　北原亞以子　「小説新潮」　2000年

【緋】
　緋い石　あかいいし
　　連城三紀彦「別冊文藝春秋」1989年
　緋の風　すかーれっとうぃんど
　　祐未みらの　文芸春秋　1993刊
6 緋色　ひいろ
　　松木嘉代子《歌集》　紅書房　2009刊
　緋色の大天使　ひいろのみかえる
　　高瀬美恵　白泉社　1992刊
　緋色の聖戦士　ひいろのしぇるざーと
　　折原みと　講談社　2000刊
12 緋雲さやけく　ひうんさやけく
　　青柳千埜　《歌集》　几帳舎　2002刊
22 緋襷　ひだすき
　　野上照子　《句集》　ふらんす堂　2005刊

【緑】
　緑の守護神　みどりのがーでぃあん
　　折原みと　講談社　2005刊
　緑の森の夜鳴き鳥　みどりのもりのないちんげーる
　　加納朋子　「小説すばる」　2002年
6 緑色研究　りょくしょくけんきゅう
　　野阿梓　中央公論社　1993刊
　緑色電気集　りょくしょくでんきしゅう
　　神谷僚一　舷灯社　1995刊
8 緑青忌　ろくしょうき
　　赤江瀑　「問題小説」　2004年
　緑青屋敷の惨劇　ろくしょうやしきのさんげき
　　辻真先　朝日ソノラマ　1992刊
10 緑剥樹の下で　りょくはくじゅのしたで
　　海堂尊　「小説現代」　2010年
12 緑廊　ぱーごら
　　中原道夫　《句集》　角川學藝出版　2009刊
14 緑翠のロクサーヌ　みどりのろくさーぬ
　　藍田真央　角川書店　2004刊

【練】
11 練習曲　えちゅーど
　　葉澄梢子　桜桃書房　1998刊
12 練塀小路の悪党ども　ねりべいこうじのあくとうども
　　多岐川恭　新潮社　1992刊
　練雲雀　ねりひばり
　　林昌華　《句集》　文學の森　2004刊

【翠】
　翠　みどり
　　戸田みどり　《句集》　近代文芸社　2000刊
　翠の呼び声　みどりのよびごえ

245

14 画（翡, 聞, 聚, 腐）

唯川恵 「小説すばる」 1996年
翠の風と碧い月　みどりのかぜとあおいつき
　江副裕子　《詩集》　新風舎　2004刊
3 翠子　すいこ
　千草子　講談社　1999刊
5 翠玉の恋　えめらるどのこい
　谷人吉　潮出版社　1995刊
15 翠慶庭園　つぃんがーでん
　かわいゆみこ　スコラ　1998刊
22 翠巒　すいらん
　秋葉雅治　《句集》　ふらんす堂　2007刊

【翡】

6 翡色　ひしょく
　泉早苗　《句集》　東京四季出版　1993刊
14 翡翠　ひすい
　川口恵美　《歌集》　美研インターナショナル　2006刊
　翡翠　かわせみ
　川端庸子　《句集》　本阿弥書店　2008刊
　翡翠　ひすい
　川俣雅子,坂井みさを,関根志満子,金杉ふみ子,戸村トヨ子,丸茂ひろ子　《歌集》　美研インターナショナル　2005刊
　翡翠　ひすい
　関野宏子　《詩集》　花神社　1989刊
　翡翠　ひすい
　宗左近　《戯曲》　思潮社　1994刊
　翡翠　ひすい
　中川豪《歌集》　短歌研究社　1994刊
　翡翠　ひすい
　林三枝　《句集》　文學の森　2005刊
　翡翠　かわせみ
　前田倫子　《句集》　文學の森　2008刊
　翡翠の連　ひすいのれん
　蒔田さくら子　《歌集》　角川書店　2009刊
　翡翠の笛　ひすいのふえ
　高崎尚子　《歌集》　本阿弥書店　2002刊
　翡翠の翳光　ひすいのえいこう
　岩崎允胤《戯曲》　本の泉社　1999刊
　翡翠抄　かわせみしょう
　八城水明　《歌集》　短歌研究社　1996刊
　翡翠楼　ひすいろう
　照井翠《句集》　本阿弥書店　2004刊

【聞】

6 聞光　もんこう
　新保ふじ子　《句集》　能登印刷・出版部　1992刊
　聞多　もんた
　麻田公輔　文芸社　2001刊
9 聞香　もんこう
　大石悦子　《句集》　富士見書房　1989刊
　聞香　もんこう
　だいやうとくこ　《句集》　北溟社　2003刊
　聞香　ぶんこう
　羽生田俊子　《歌集》　角川書店　1999刊

【聚】

　聚まるは永遠の大地　あつまるはとわのだいち
　柴田明美　集英社　1997刊
18 聚徹花序　しゅうさんかじょ
　松本ますみ　《歌集》　北國新聞社出版局　2000刊

【腐】

7 腐乱企業態　ふらんちゃいず
　辻捷太郎　キャンパス・シネマ　1995刊

14 画（蔦, 蔓, 蓴, 蜘, 蜜, 蜷, 蜻, 蜥, 蜩）

12 腐葉の柩　ふようのひつぎ
　　加藤幸子　「群像」　2003年

【蔦】
14 蔦蔓の絡まった工場　つたかずらの
　からまったこうじょう
　　藤元智衣　「新日本文學」　2001年
　蔦蔓奇談　つたかずらきだん
　　樋野道流　講談社　2000刊
16 蔦燃　つたもえ
　　高樹のぶ子　講談社　1994刊

【蔓】
2 蔓人参夢譚　つるにんじんむたん
　　高橋和島　「小説新潮」　1995年

【蓴】
6 蓴舟　ぬなわぶね
　　会田三和子　《句集》　文學の森
　　2005刊
11 蓴菜　じゅさい
　　加堂秀三　「小説新潮」　1990年

【蝋】　→蠟（21画）

【蜘】
　蜘と女　くもとおんな
　　森富美佳　新風舎　2004刊
12 蜘蛛の随に　くものまにまに
　　小松風鐸　日本文学館　2004刊

【蜜】
　蜜の陥穽　みつのわな
　　勝目梓　光文社　1998刊
4 蜜月旅行でつかまえて　はねむー
　んでつかまえて
　　秋野ひとみ　講談社　1994刊
12 蜜湯　みっとう
　　大寺千恵子　《句集》　本阿弥書店
　　1998刊
13 蜜楼　みつろう

　　高橋修宏　《句集》　草子舎　2008刊

【蜷】
　蜷の目覚め　になのめざめ
　　遠藤しげる　《句集》　角川書店
　　2006刊
　蜷の道　になのみち
　　上原白水　《句集》　東京四季出版
　　1997刊
　蜷の道　になのみち
　　高橋時枝　《句集》　ふらんす堂
　　2002刊
　蜷の道　になのみち
　　谿昭哉　《句集》　東京四季出版
　　2002刊

【蜻】
11 蜻蛉切り　とんぼきり
　　伊ախ致雄　角川春樹事務所　2008刊
　蜻蛉始末　かげろうしまつ
　　北森鴻　「別冊文藝春秋」　2000年
　蜻蛉剣　かげろうけん
　　上田秀人　徳間書店　2005刊
　蜻蛉座　かげろうざ
　　川上明日夫　《詩集》　土曜美術社出
　　版販売　1998刊

【蜥】
14 蜥蜴　とかげ
　　戸渡阿見　たちばな出版　2007刊
　蜥蜴　とかげ
　　森博嗣, ささきすばる　《詩集》　中央
　　公論新社　2003刊
　蜥蜴市　とかげいち
　　西村望　「小説宝石」　2000年

【蜩】
　蜩　ひぐらし
　　岡本千春　幻冬舎ルネッサンス　2008刊
　蜩　ひぐらし
　　北原亞以子　「小説新潮」　2000年

247

14 画（複, 語, 誓, 誘, 貌, 赫, 踊, 遙）

蜩　ひぐらし
　島修　講談社出版サービスセンター　2006刊
蜩の声　ひぐらしのこえ
　古井由吉　「群像」　2010年
11　蜩郷　ひぐらしごう
　青柳容子　審美社　1994刊

【複】
12　複葉の駅者　ばーんすとーまー
　笹本祐一　朝日新聞社　2007刊

【語】
語られざる譚詩曲　かたられざるばらっど
　榊一郎　富士見書房　2005刊
語り女たち　かたりめたち
　北村薫　新潮社　2004刊
10　語流路　ごーるうぇい
　中川龍紀　未知谷　1999刊

【誓】
9　誓星の恋　せいしょうのこい
　藤原眞莉　集英社　1998刊

【誘】
誘いの刻　いざないのとき
　響野夏菜　集英社　1992刊
誘う森　いざなうもり
　吉永南央　東京創元社　2008刊
8　誘拐狂想曲　きどなっぷらぷそでぃ
　勝目梓　「小説現代」　1991年
12　誘惑の女猫　ゆうわくのめねこ
　藍川京　「小説NON」　2004年

【貌】
5　貌孕み　かおはらみ
　坂東眞砂子　「オール讀物」　2009年

【赫】
赫い沙原　あかいさはら
　朝香祥　角川書店　2002刊
8　赫夜島　かぐやしま
　宇月原清明　「小説新潮」　2010年
9　赫奕たる彼方　かくえきたるかなた
　柘植久慶　中央公論社　1996刊
11　赫眼　あかまなこ
　三津田信三　光文社　2009刊

【踊】
踊る外谷さん　おどるとやさん
　菊地秀行　「小説NON」　1999年
踊る伯爵婦人　だんしんぐこんてっさ
　山崎巌　「別冊小説宝石」　1993年
踊る警官　おどるでか
　いしかわじゅん　「小説宝石」　1994年

【遙】
遙かなる大地の伝説　はるかなるてらのでんせつ
　嵩峰竜二　朝日ソノラマ　1995刊
遙かなる宙の呼び声　はるかなるそらのよびごえ
　東築史樹　新風舎　2006刊
遙かなる波濤の呼び声　はるかなるなみのよびごえ
　五代ゆう　富士見書房　1994刊
遙かなる星の流れに　はるかなるほしのながれに
　茅田砂胡　中央公論社　1998刊
遙かなる銀の聖者　はるかなるしろがねのせいじゃ
　天海沙姫　大陸書房　1992刊
遙かな永遠への標べを　はるかなとわへのしるべを
　天の川星蔵　講談社出版サービスセンター　2008刊
遙という名の青年　やおというなのせいねん
　松永尚三　「三田文學」　2002年

248

14 画（酸, 銀, 銃）

4 遙月　はるか
　　佐藤マカ　《詩集》　新風舎　2005刊

【酸】

8 酸実に囲まる　ずみにかこまる
　　浅岡千枝子　《歌集》　ながらみ書房
　　2005刊

【銀】

銀の一角獣　ぎんのらぷかす
　　片山奈保子　集英社　2003刊

銀の客人　ぎんのまろうど
　　東すみえ　大陸書房　1992刊

銀の星姫　ぎんのめしな
　　折原みと　講談社　1991刊

銀の逢魔ヶ刻探偵団　ぎんのおうま
　　がときたんていだん
　　ゆうきりん　富士見書房　2001刊

3 銀子三枚　ぎんすさんまい
　　山本一力　「オール讀物」　2009年

5 銀左鼠　ぎんざねずみ
　　多田容子　「小説新潮」　2001年

6 銀百足　ぎんむかで
　　出久根達郎　「オール讀物」　2001年

銀色の瞬間　ぎんいろのとき
　　水野麻里　ソニー・マガジンズ　1995刊

銀行通で恋の話　ばんくすとりーと
　　でこいのはなし
　　常盤新平　「小説現代」　1989年

7 銀杏　ぎんなん
　　野中柊　「文藝」　2008年

銀杏　いちょう
　　ほそのまつこ　文芸社　2002刊

銀杏が散る　いちょうがちる
　　内海隆一郎　「問題小説」　1992年

銀杏どおり商店街の人々　いちょう
　　どおりしょうてんがいのひとびと
　　福田眞由美　東京図書出版会　2009刊

銀杏の家　いちょうのいえ
　　岡俊雄　近代文芸社　1995刊

銀杏の葉の下で　いちょうのはのし
　　たで
　　深水わたる《歌集》　新風舎　2004刊

銀杏坂　いちょうざか
　　松尾由美　光文社　2001刊

銀杏泥棒は金色　いちょうどろぼう
　　はきんいろ
　　豊島ミホ　「小説宝石」　2006年

銀杏屋敷　いちょうやしき
　　南原幹雄　「問題小説」　2000年

銀杏黄葉　いちょうもみじ
　　本田保《句集》富士見書房　1992刊

銀杏散りやまず　いちょうちりや
　　まず
　　辻邦生　新潮社　1989刊

銀花　ぎふぁ
　　出水沢藍子　あさんてさーな　2007刊

8 銀河　おぺら
　　花衣沙久羅　集英社　1998刊

銀河電灯譜　ぎんがでんきふ
　　長野まゆみ　「文藝」　1994年

9 銀砂の月 坤の群青　ぎんさのつき
　　こんのあお
　　櫻井牧　エンターブレイン　2001刊

10 銀座警察無頼刑事　ぎんざけいさつ
　　ぶらいでか
　　三好徹　光文社　1993刊

銀珠綺譚　うんじゅきたん
　　金蓮花　集英社　1998刊

12 銀・粧・刀　うんじゃんど
　　亜州奈みづほ　ロード出版　1998刊

13 銀鈴の音　ぎんれいのね
　　東一秀　中央公論事業出版　2003刊

14 銀魂　ぎんたま
　　空知英秋,大崎知仁　集英社　2006刊

18 銀簪の翳り　ぎんかんざしのかげり
　　川田弥一郎　読売新聞社　1997刊

【銃】

銃と山茶花　じゅうとさざんか

249

14 画（銭, 銅, 銘, 閨, 閩, 隠, 雑, 静）

  下村喜良　新生出版　2007刊
10　銃剣作戦　おぺれーしょんばいよねっと
  柘植久慶　KSS出版　1999刊

【銭】

7　銭売り賽蔵　ぜにうりさいぞう
  山本一力　「小説すばる」　2002年
8　銭苔殖ゆ　ぜにごけふゆ
  前川陽子　《歌集》　柊書房　2000刊

【銅】

  銅の矢立　あかがねのやたて
  山本一力　「問題小説」　2003年

【銘】

14　銘「蜻蛉」　めいせいれい
  林望　「文藝春秋」　1999年

【閨】

  閨まくら万華鏡　ねやまくらまんげきょう
  八剣浩太郎　学習研究社　2004刊
8　閨房師瑞庵秘帖　ねやしずいあんひちょう
  立花薫　文芸社　2002刊

【閩】

3　閩山閩水　びんざんびんすい
  水上勉　「小説すばる」　1994年
6　閩江風土記　びんこうふどき
  水上勉　「小説すばる」　1993年

【隠】

  隠された帝　かくされたみかど
  井沢元彦　祥伝社　1990刊
  隠し金　かくしがね
  藤井邦夫　ベストセラーズ　2010刊
  隠の出の笛　おんのでのふえ
  一丸文子　《句集》　牧羊社　1991刊
  隠りく　こもりく
  宗内数雄　《句集》　前田書店　1998刊
  「隠り人」日記抄　こもりびとにっきしょう
  松本清張　「文藝春秋」　1990年
  隠れ刑事　かくれでか
  菊村到　祥伝社　1992刊
  隠れ沼の　こもりぬの
  皆川博子　「オール讀物」　2008年
2　隠人　おに
  ゆいきょうじ　《戯曲》　而立書房　1997刊
7　隠売女　かくしばいた
  稲葉稔　「小説現代」　2007年
8　隠国　こもりく
  小黒世茂　《歌集》　本阿弥書店　1999刊
  「隠国」村の欲望　こもりくむらのよくぼう
  中堂利夫　徳間オリオン　1993刊
11　隠密目付疾る　おんみつめつけはしる
  宮城賢秀　光文社　2002刊
  隠鳥密売背後のどろどろ　いんちょうみつばいはいごのどろどろ
  佐藤雅美　「別冊文藝春秋」　2010年
13　隠猿の剣　おぬざるのけん
  鳥羽亮　講談社　1995刊
15　隠蔽リアルタワー　いんぺいりあるたわー
  桐野夏生　「新潮」　2007年

【雑】

11　雑魚神様　ざこがみさま
  鳥村居子　学研パブリッシング　2010刊

【静】

  静　しず
  川田永二　近代文芸社　2002刊
  静　しずか
  武上純希　角川書店　1992刊

14 画（骰, 髪, 魁, 魂）

　　静かなる刑事　しずかなるでか
　　　笹沢左保　徳間書店　1995刊
 2　静人日記　しずとにっき
　　　天童荒太　「オール讀物」　2009年
11　静寂の森の殺人　しじまのもりのさ
　　つじん
　　　夏緑　富士見書房　2000刊
　　静野さんとこの蒼緋　しずのさんと
　　このふたご
　　　水鏡希人　アスキー・メディアワー
　　クス　2009刊
12　静間　しずま
　　　佐藤洋二郎　「文藝」　1997年

【骰】

　　骰の時　さいのとき
　　　磯貝治良　「新日本文學」　2000年
 3　骰子　しゃいつ
　　　青山彰義　武田出版　2008刊
　　骰子が敵　さいころがかたき
　　　高橋義夫　「小説新潮」　1995年

【髪】

15　髪膚　はっぷ
　　　山下知津子　《句集》　角川書店
　　2002刊

【魁】

 6　魁夷の青　かいいのあお
　　　古川京子　《句集》　角川書店　2005刊

【魂】

　　魂　まぶい
　　　立松和平　「三田文學」　2005年
　　魂の切影　たましいのせつえい
　　　森村誠一　「小説宝石」　2004年
　　魂の虫　がんだるうぁ
　　　小沢章友　「小説現代」　1995年
　　魂の旅　いのちのたび
　　　禿真理子　《詩集》　法蔵館　1990刊

　　魂の細波の中で　たましいのさざな
　　みのなかで
　　　ひすいゆめ　新風舎　2003刊
 3　魂丸　こんまる
　　　阿井渉介　徳間書店　2000刊
 5　魂込め　まぶいぐみ
　　　目取真俊　「小説TRIPPER」　1998年
 6　魂守記　たまもりのき
　　　渡瀬桂子　集英社　2000刊
 7　魂冷え　たまびえ
　　　石坂千絵　《歌集》　角川書店　2010刊
　　魂来る　たましくる
　　　堀川アサコ　「小説新潮」　2008年
 8　魂呼び　たまよび
　　　立松和平　「海燕」　1993年
 9　魂追い　たまおい
　　　田辺青蛙　角川書店　2009刊
10　魂振の円舞曲　たまふりのわるつ
　　　北沢大輔　集英社　2008刊
　　魂振の交響曲　たまふりのしんふぉにー
　　　北沢大輔　集英社　2008刊
　　魂振の協奏曲　たまふりのこんちぇ
　　ると
　　　北沢大輔　集英社　2008刊
　　魂振の前奏曲　たまふりのぷれりゅ
　　ーど
　　　北沢大輔　集英社　2007刊
　　魂振の練習曲　たまふりのえちゅ
　　ーど
　　　北沢大輔　集英社　2007刊
11　魂盗り　たまとり
　　　冴條玲　彩図社　2002刊
　　魂祭り　たままつり
　　　舟木邦子　《詩集》　花神社　1997刊
15　魂賭けて君を　いのちかけてきみを
　　　神崎春子　勁文社　1995刊
18　魂鎮め　たましずめ
　　　田中清光　《詩集》　思潮社　2001刊

【鳳】
18 鳳雛死して　ほうすうしして
　　三好徹　「小説宝石」　2009年

【鳴】
　鳴　めい
　　なみの亜子　《歌集》　砂子屋書房　2006刊
7 鳴沙　めいさ
　　村田英尾　《句集》　中央公論事業出版　2001刊
8 鳴弦の巫女　めいげんのみこ
　　藤原征矢　ホビージャパン　2008刊

【墨】
7 墨攻　ぼくこう
　　酒見賢一　「小説新潮」　1990年
12 墨堤幻花夫婦屏風　ぼくていげんかめおとびょうぶ
　　辻邦生　「文學界」　1991年

15 画

【儀】
6 儀式　ぎしき
　　中上紀　「新潮」　2007年

【僻】
　僻む女　ひがむおんな
　　冨士本由紀　「小説すばる」　1998年

【僵】
9 僵屍　きょうし
　　狩野あざみ　「小説NON」　2001年

【儚】
　儚々　ほうほう
　　飯島晴子《句集》角川書店　1997刊
　儚き運命をひるがえせ　はかなきさだめをひるがえせ
　　結城光流　角川書店　2005刊
4 儚月　はかなづき
　　今井絵美子　徳間書店　2007刊
15 儚儚セレナーデ　ほうほうせれなーで
　　赤江瀑　「問題小説」　1998年

【凜】
8 凜冽の宙　りんれつのそら
　　幸田真音　「文藝ポスト」　2001年

【劇】
8 劇孟　げきうつ
　　塚本青史　「問題小説」　2001年
11 劇情都市　とーきょーらぶあふぇあ
　　横溝美晶　双葉社　1991刊

【勲】
17 勲爵士と拳銃　ないととけんじゅう
　　胡桃沢耕史　「小説現代」　1990年

【嘘】
　嘘から出た殺人　うそからでたころし
　　鳥羽亮　「問題小説」　2009年
　嘘つき紅　うそつきべに
　　西條奈加　「小説新潮」　2007年
6 嘘吐き　うそつき
　　黒井千次　「新潮」　1995年

【噂】
　噂の刑事　うわさのでか
　　三好徹　「小説宝石」　1989年

【嘴】
5 嘴打ち　はしうち
　　加瀬達夫　《句集》　ふらんす堂　2002刊

15 画（墜, 幡, 幣, 影, 慰, 慶, 憧, 憂, 憚, 戯, 撃, 撫, 撲, 摩）

【墜】
　墜　つい
　　高城響　ソニー・マガジンズ　1996刊

【幡】
　幡　はん
　　辻田克巳　《句集》　富士見書房
　　1990刊
19　幡羅　はたら
　　猪俣千代子　《句集》　朝日新聞社
　　1997刊

【幣】
　幣こぶし　しでこぶし
　　柴原恵美　《歌集》　短歌研究社
　　2004刊
15　幣舞村伝説　ぬさまいむらでんせつ
　　橘善男　日本図書刊行会　1996刊

【影】
　影≒光　しゃどうらいと
　　影名浅海　集英社　2005刊
2　影刀　えいとう
　　黒岩重吾　「オール讀物」　1992年
7　影男　どっぺるげんがー
　　新田一実　講談社　2004刊
8　影法師　でるどっぺるげんがー
　　浅黄斑　「小説宝石」　1998年
12　影絵の女殺人事件　かげえのひとさ
　　つじんじけん
　　斎藤栄　天山出版　1991刊
20　影朧の庭　かげろうのにわ
　　響野夏菜　集英社　1995刊

【慰】
　慰み種　なぐさみぐさ
　　塩路リズム　《歌集》　日本文学館
　　2006刊

【慶】
12　慶喜残暦　けいきざんれき
　　八尋舜右　中央公論社　1997刊

【憧】
15　憧憬記　あくがれのき
　　伊達一行　「月刊すばる」　1992年

【憂】
　憂き世店　うきよだな
　　宇江佐真理「小説TRIPPER」2003年

【憚】
　憚りの夜　はばかりのよる
　　澤田ふじ子　「問題小説」　2010年

【戯】
4　戯文　ぎぶん
　　神林長平　「小説中公」　1994年

【撃】
13　撃路崎真咲の密室プレイ　うつろ
　　さきまさきのみっしつぷれい
　　相生生音　アスキー・メディアワー
　　クス　2010刊

【撫】
3　撫子　なでしこ
　　飯島ぎん子　《歌集》　短歌研究社
　　1998刊
　撫子の君　なでしこのきみ
　　沢田洋太郎　日本図書刊行会　1997刊
　撫子遊ぶ　なでしこあそぶ
　　古井由吉　「群像」　2007年
5　撫母集　ぶぼしゅう
　　中川藍子　《歌集》　東京四季出版
　　2000刊

【撲】
　撲たれる女　ぶたれるおんな
　　塩田丸男　「小説NON」　1997年

【摩】
4　摩天楼の影　にゅーよーくのかげ

253

15 画（撓, 敵, 敷, 暴, 横, 樺, 樗, 標, 槿, 樊, 樒, 樝, 歓, 潜）

　　竹河聖　角川書店　1996刊

【撓】
　撓ふガラス　しなうがらす
　　宮添忠三　《歌集》　柊書房　2005刊
5　撓田村事件　しおなだむらじけん
　　小川勝己　新潮社　2002刊

【敵】
4　敵中突破　ぶれいくするー
　　柘植久慶　実業之日本社　2002刊

【敷】
23　敷鑑捜査　しきかんそうさ
　　森詠　「別冊小説宝石」　1997年

【暴】
7　暴走刑事　ほうそうでか
　　真崎建三　徳間書店　1993刊
　暴走刑事vs広島やくざ　ほうそうでかたいひろしまやくざ
　　大下英治　有楽出版社　2005刊
10　暴竜　どらごんまふぃあ
　　阿木慎太郎　祥伝社　1997刊
20　暴露　すくーぷ
　　伴野朗　祥伝社　1991刊

【横】
9　横柄巫女と宰相陛下　おうへいみことさいしょうへいか
　　鮎川はぎの　小学館　2009刊
10　横浜危機的少年　よこはまくらいしすぽーいず
　　小川いら　エンターブレイン　2007刊
　横浜死の広場　よこはましのすくえあ
　　斎藤栄　光文社　2003刊
　横浜狼犬　よこはまはうんどどっぐ
　　森詠　光文社　1999刊

【樺】
11　樺細工の茶筒　かばざいくのちゃづつ
　　桜沢やよひ　文芸社　2008刊

【樗】
19　樗櫟抄　ちょれきしょう
　　千田緑郎　《句集》　沖積舎　2008刊

【標】
　標なき道　しるべなきみち
　　堂場瞬一　中央公論新社　2006刊

【槿】
7　槿花の恋　きんかのこい
　　藤水名子　「小説すばる」　1997年
11　槿域の女　きんいきのおんな
　　田川肇　鶴書院　2007刊

【樊】
22　樊籠　はんろう
　　豊嶋雅明　《歌集》　砂子屋書房　2010刊

【樒】
13　樒/梻　しきみむろ
　　殊能将之　講談社　2002刊

【樓】→楼（13画）

【樝】
　樝の花　さんざしのはな
　　水島冬雲　北海道出版企画センター　2004刊

【歓】
12　歓喜の歌　よろこびのうた
　　末永ゆめ　《戯曲》　文芸社　2001刊

【潜】
2　潜入刑事凶悪同盟　せんにゅうでかきょうあくどうめい

254

15 画（潮, 潰, 熟, 熱, 璃, 瑾, 瘡, 瞑, 磐, 磊, 穂）

　　南英男　祥伝社　2007刊
　潜入刑事暴虐連鎖　せんにゅうでか
　　　ぼうぎゃくれんさ
　　南英男　祥伝社　2007刊
　潜入刑事覆面捜査　せんにゅうでか
　　　ふくめんそうさ
　　南英男　祥伝社　2007刊
13　潜鳰　くぐりにお
　　エリカ・フェイシー　《句集》　ふら
　　んす堂　2005刊

【潮】
　潮だまり　たいどぷーる
　　落合恵子　「オール讀物」　1995年
8　潮沫　しおなわ
　　石崎翠　創風社出版　2004刊
14　潮境　しおざかい
　　小川国夫　「新潮」　2006年

【潰】
5　潰玉　かいぎょく
　　墨谷渉　文藝春秋　2009刊
7　潰走　かいそう
　　西村賢太　「野性時代」　2006年

【熟】
3　熟女の再婚挑戦記　おばさんのさい
　　　こんちょうせんき
　　山口希央　文芸社　2009刊
13　熟寝狩り　うまいがり
　　藤川桂介　「野性時代」　1990年

【熱】
　熱い屍の街　あついしかばねのまち
　　志茂田景樹　「小説city」　1990年
　熱れ　いきれ
　　神崎京介　「小説NON」　2002年
4　熱月　てるみどーる
　　山崎洋子　「小説現代」　1993年
7　熱沙の挿話　すなのそうわ
　　鷲尾滋瑠　二見書房　1999刊

10　熱帯夜の安息　ねったいやのれくい
　　　えむ
　　中島渉　天山出版　1989刊
11　熱域　ひーとぞーん
　　森真沙子　小学館　2005刊

【璃】
14　璃瑠　りる
　　本多忠義　《詩集》　新風舎　1999刊

【瑾】
19　瑾鷗花　きんこんか
　　山藍紫姫子　白夜書房　1992刊

【瘡】
15　瘡瘢旅行　そうはんりょこう
　　西村賢太　「群像」　2009年

【瞑】
　瞑い海　くらいうみ
　　島村洋子　「小説新潮」　2004年
　瞑れQ1　ねむれきゅーわん
　　花田衞　梓書院　2008刊

【磐】
6　磐舟の光芒　いわふねのこうぼう
　　黒岩重吾　「小説現代」　1991年
10　磐座　いわくら
　　米田和代　《句集》　邑書林　2010刊

【磊】
　磊　らい
　　理原侑子　新風舎　2005刊

【穂】
7　穂足のチカラ　ほたるのちから
　　梶尾真治　新潮社　2008刊

【篁】　→篁（18画）

255

15 画（箱, 縁, 緊, 膚, 膠, 舞, 蕎, 蔵, 蕩, 蕨）

【箱】
10 箱根湯けむりの女　はこねゆけむりのひと
　　南里征典　光文社　1998刊

【縁】
　縁　えにし
　　川北実　碧天舎　2004刊
　縁　えにし
　　小池真理子　「小説新潮」　2003年
　縁　えにし
　　後藤英雄　鉱脈社　2002刊
　縁　えにし
　　櫻井雅子　《戯曲》　文芸社　2002刊
　縁　えにし
　　島一春　俊成出版社　1992刊
　縁　えにし
　　中村俊子　《歌集》　至芸出版社　2003刊
　縁　えにし
　　野本福代　《句集》　北溟社　2003刊
　縁　えん
　　宮地れい子　《句集》　牧羊社　1990刊
　縁の人　えにしのひと
　　石橋沙貴　新風舎　1997刊
　縁の五十両　えにしのごじゅうりょう
　　佐江衆一　「小説現代」　1995年
　縁もつもの　えにしもつもの
　　竹田美智子　《歌集》　短歌研究社　2010刊

【緊】
9 緊急呼出し　えまーじぇんしーこーる
　　太田靖之　祥伝社　1993刊
14 緊褌巻　きんこんかん
　　中村淳一　新風舎　1996刊

【膚】
　膚の下　はだえのした
　　神林長平　早川書房　2004刊

【膠】
5 膠牙糖　こうがとう
　　森福都　「小説NON」　2000年

【舞】
　舞々螺　まいまいつぶろ
　　岳真也　「文藝」　1990年
　舞い降りた天皇　まいおりたすめろぎ
　　加治将一　祥伝社　2008刊
　舞一華　ぶーけ
　　高橋詞音　《詩集》　文芸社ビジュアルアート　2007刊
9 舞面真面とお面の女　まいつらまともとおめんのおんな
　　野崎まど　アスキー・メディアワークス　2010刊
10 舞姫打鈴　まいひめたりょん
　　金蓮花　集英社　1994刊

【蕎】
7 蕎麦仲間　そばだち
　　嵐山光三郎　「鳩よ!」　1998年
　蕎麦前　そばまえ
　　橋本紡　「小説新潮」　2010年

【蔵】
3 蔵女　くらおんな
　　渡辺球　「小説すばる」　2007年

【蕩】
10 蕩悦　とうえつ
　　谷恒生　徳間書店　2003刊

【蕨】
　蕨の囁き　わらびのささやき
　　坂東眞砂子　「小説すばる」　2002年

15 画（蕁, 蝦, 蝶, 蝸, 蝌, 蝙, 蟒, 衝, 諸, 請, 誰, 調, 質）

【蕁】
11 蕁麻疹と虎　じんましんととら
　　戸川幸夫　「オール讀物」　1989年

【蟬】　→蟬（18画）

【蝦】
16 蝦蟇の恋　がまのこい
　　岳宏一郎　「小説宝石」　2003年
　蝦蟇の栖　がまのすみか
　　岸隆　近代文芸社　1996刊
　蝦蟇・蜥蜴　がまとかげ
　　栗本薫　光風社出版　1993刊
　蝦蟆蛙　がまがえる
　　小川勝己　「小説すばる」　2004年

【蝶】
　蝶なて戻ら　はべるなてもどら
　　佐々木薫《詩集》あすら舎　2007刊
　蝶の残香　ちょうのざんこう
　　おくの剛　「小説宝石」　1991年
12 蝶番　ちょうつがい
　　中島桃果子　新潮社　2009刊

【蝸】
4 蝸牛の角　かたつむりのつの
　　森見登美彦　「小説新潮」　2007年

【蝌】
10 蝌蚪　かと
　　水島宣昭　《句集》北海道出版企画センター　1993刊
　蝌蚪　かと
　　宗像秀樹　《句集》　近代文芸社　2001刊

【蝙】
15 蝙蝠の飛ぶ町　こうもりのとぶまち
　　由利浩　山脈文庫　1998刊
　蝙蝠の剣　こうもりのけん
　　峰隆一郎　角川書店　1996刊
　蝙蝠の街　こうもりのまち
　　千早耿一郎　木耳社　2000刊

【蟒】
4 蟒之記　うわばみのき
　　小泉武夫　講談社　2001刊

【衝】
6 衝羽根　つくばね
　　大塚洋子《歌集》青磁社　2008刊

【諸】
2 諸力　しょりょく
　　後藤義久《詩集》思潮社　2009刊
15 諸輪人　もろわびと
　　井上初美　《句集》　角川SSコミュニケーションズ　2009刊

【請】
7 請君為人用心聴　めいふらわーずあらいあんす
　　古野まほろ　「小説現代」　2008年

【誰】
　誰そ彼れ心中　たそがれしんじゅう
　　諸田玲子　新潮社　1999刊
8 誰彼　たそがれ
　　法月綸太郎　講談社　1989刊

【調】
8 調所笑左衛門　ずしょしょうざえもん
　　佐藤雅美　学陽書房　2001刊
9 調査員ランラン　おぶざーばーらんらん
　　藤原征矢　朝日ソノラマ　1995刊

【質】
9 質草・象牙の撥　しちぐさぞうげのばち
　　小杉健治　「小説宝石」　1991年

15 画（趣, 輝, 輪, 遺, 遼, 錆, 錺, 震, 霊, 霄, 霆）

【趣】
8 趣味例諸無 通りゃんせ　しゅみれーしょんとおりゃんせ
　　宇江佐真理　「野性時代」　2008年

【輝】
　輝け女船長　かがやけれでぃきゃぷてん
　　胡桃沢耕史　「小説NON」　1989年
7 輝里の純愛・夢物語　きらりのじゅんあいゆめものがたり
　　高橋健一　文芸社ビジュアルアート　2007刊

【輪】
　輪な道　わなち
　　石川和子　《歌集》　鉱脈社　2009刊
9 輪廻　りんかい
　　明野照葉　文藝春秋　2000刊
13 輪違屋糸里　わちがいやいとさと
　　浅田次郎　「オール讀物」　2002年
15 輪舞　ろんど
　　赤川次郎　角川書店　1991刊
　輪舞曲　ろんど
　　林田昌生　《歌集》　近代文芸社　2007刊
　輪舞曲都市　ろんどしてぃ
　　梅村崇　エニックス　2002刊
21 輪魔　りんま
　　森村誠一　「小説すばる」　1989年

【遺】
　遺し文　のこしぶみ
　　皆川博子　「オール讀物」　2005年

【遼】
8 遼東半島　りゃおとんはんとう
　　大南智史　文芸社　2002刊

【錆】
　錆の記憶　さびのきおく
　　福田弘　《詩集》　花神社　2000刊
6 錆朱　さびしゅ
　　上田多津子　《句集》　文學の森　2004刊

【錺】
9 錺屋源太の昔噺し　かざりやげんたのむかしばなし
　　神宮寺淳　日本図書刊行会　2003刊

【震】
9 震度0　しんどぜろ
　　横山秀夫　「小説TRIPPER」　2002年

【霊】
　霊　りょう
　　藤沢周　「小説宝石」　2004年
　霊の柩　たまのひつぎ
　　高橋克彦　「小説NON」　1994年
3 霊山　おやま
　　杉谷昭人　《詩集》　鉱脈社　2007刊
　霊山　れいざん
　　和田章　《句集》　本阿弥書店　2003刊
10 霊降ろし　たまおろし
　　田山朔美　「文學界」　2008年
11 霊視る　みえる
　　東野圭吾　「オール讀物」　1999年
13 霊照　りんしょう
　　真継伸彦　「群像」　1990年
14 霊魂　そうる
　　伊集院てれさ　幻冬舎ルネッサンス　2008刊

【霄】
16 霄壌　しょうじょう
　　佐藤茂正　《歌集》　短歌研究社　1990刊

【霆】
　霆　てい

15画（鞐, 餓, 駒, 馴, 駑, 髱, 魅, 魯, 鴇, 鴉, 黎, 默）

深海俳句会　《句集》　文學の森　2010刊

【鞐】
鞐をとめて　こはぜをとめて
西村節子《詩集》本多企画　2003刊

【餓】
24 餓鷹　がおう
戸部新十郎　「小説宝石」　1996年

【駒】
11 駒鳥　ろびん
江戸雪《歌集》砂子屋書房　2009刊

【馴】
馴し
池田瑛子　《詩集》　能登印刷・出版部　1990刊

【駑】
10 駑馬十駕　どばじゅうが
六道慧　光文社　2010刊

【髱】
14 髱髪松　うないまつ
清水貴久彦　《句集》　ふらんす堂　2010刊

【魅】
10 魅鬼　もこ
高橋克彦　「小説新潮」　1995年
魅鬼が斬る　みきがきる
峰隆一郎　広済堂出版　1995刊
16 魅機ちゃん　みきちゃん
平山瑞穂　小学館　2009刊

【魯】
6 魯西亜よりの使節　ろしあよりのしせつ
佐藤雅美　「別冊文藝春秋」　1995年

【鴇】
鴇ヶ嶺　ときがね
三枝青雲　《句集》　本阿弥書店　1997刊
6 鴇色の仮面　ときいろのかめん
太田忠司　講談社　1998刊
鴇色の喘ぎ　ときいろのあえぎ
藍川京　「問題小説」　2007年
9 鴇草紙　ときそうし
澁谷道《句集》ふらんす堂　2004刊

【鴉】
11 鴉婆　からすばば
澤田ふじ子　「小説宝石」　2002年

【麹】　→麴（19画）

【黎】
8 黎明の欠片　れいめいのかけら
高遠砂夜　集英社　2005刊
黎明の戦女神　れいめいのあてな
中里融司　メディアワークス　2005刊
黎明よ、疾く覚めて闇を打て！　しののめよとくさめてやみをうて
仰木望　文芸社　2007刊

【默】
默の園　しじまのその
前田珠子　小学館　1997刊
默り蜜柑　だんまりみかん
伊集院静　「小説現代」　1989年
5 默示流るる　さとしながるる
藤田喬子　《歌集》　短歌研究社　1990刊
6 默叫　もくきょう
欣一文　《句集》　牧羊社　1990刊
9 默契　もくけい
原子朗　《詩集》　花神社　1998刊
11 默深き河　もだふかきかわ

259

16 画（噤, 嘯, 壊, 壇. 壁, 寰, 憶, 懐, 憑, 操, 撐, 暹, 暾）

大平修身　《歌集》　六法出版社　1995刊
12 黙喋集　もくちょうしゅう
　　久保田雅久　《歌集》　東京四季出版　2000刊

16 画

【噤】
　噤みの午後　つぐみのごご
　　四元康祐　《詩集》　思潮社　2003刊

【嘯】
　嘯く山崎　うそぶくやまざき
　　花村萬月　「小説NON」　1993年
9 嘯風の剣　しょうふうのけん
　　郡順史　「別冊小説宝石」　1990年

【壊】
　壊れた刻　こわれたとき
　　栂嶋甚　鳥影社　2004刊
6 壊死る　くさる
　　東野圭吾　「オール讀物」　1997年
　壊色　えじき
　　町田康　《詩集》　角川春樹事務所　1998刊

【壇】
4 壇之浦源平巴　だんのうらげんえい
　　　　　　　どもえ
　　野口武彦　「小説現代」　2008年

【壁】
15 壁蝨　だに
　　山雨乃兎　鳥影社　2005刊

【寰】
19 寰瀛記　かんえいき

　　山下悦夫　東京新聞出版局(製作)　2005刊

【憶】
8 憶昔帝国全盛日　あいそれいてぃっ
　　　　　　　　どとわいらいと
　　古野まほろ　「小説現代」　2008年

【懐】
　懐く　なつく
　　大道珠貴　「小説現代」　2006年
5 懐古館　あんてぃーくかん
　　壬生宗次郎　《詩集》　日本図書刊行会　1999刊
7 懐身の重量　こころのじゅうりょう
　　小宇沢洞視郎　文芸社　2008刊

【憑】
5 憑代忌　よりしろき
　　北森鴻　「小説新潮」　2003年
9 憑神　つきがみ
　　浅田次郎　「小説新潮」　2004年

【操】
7 操作手　まにぴゅれーたー
　　篠田節子　「小説新潮」　1995年
16 操縦る　あやつる
　　東野圭吾　「別冊文藝春秋」　2008年

【撐】
8 撐拾撐掊　さむはら
　　飯尾憲士　「月刊すばる」　1993年

【暹】
19 暹羅国武士盛衰記　しゃむのくにの
　　　　　　　　　ものふせいすいき
　　岩城雄次郎　光和堂　1996刊

【暾】
　暾に応ふ　ひにこたう
　　関口祥子　《句集》　朝日新聞社　2000刊

260

16 画（機, 橋, 樹, 橄, 橙, 樸, 橅, 濁, 澱, 澪）

【機】
5 機巧少女は傷つかない　ましんどーるはきずつかない
　　海冬レイジ　メディアファクトリー　2009刊
　機巧館のかぞえ唄　からくりやかたのかぞえうた
　　はやみねかおる　講談社　2009刊
　機甲都市伯林　きこうとしべるりん
　　川上稔　メディアワークス　2000刊
11 機密喰い　らぶすきゃんだるぐい
　　水城雄　光文社　1991刊
　機械どもの荒野　めたるだむ
　　森岡浩之　朝日ソノラマ　1997刊
　機械仕掛けの妖精姫　きかいじかけのふぇありーぷりんせす
　　北沢慶　富士見書房　2001刊
　機械眼　れんず
　　岩村史朗　《詩集》　文芸社　2006刊
14 機関童子　からくりどうじ
　　荒俣宏　角川書店　1995刊

【橋】
　橋ヲ墜下セル小サ子　はしをおとせるちいさこ
　　物集高音　「小説NON」　2000年

【樹】
8 樹雨　きさめ
　　日高堯子　《歌集》　北冬舎　2003刊
　樹雨にぬれても　きさめにぬれても
　　由比まき　リーフ出版　1999刊
13 樹夢　きむ
　　友成純一　幻冬舎コミックス　2009刊

【橄】
25 橄欖の梢　かんらんのこずえ
　　岩崎允胤　本の泉社　2001刊

【橙】
　橙　おれんじ
　　橙編集委員会　《歌集》　青磁社　2008刊
　橙　だいだい
　　花井愛子　講談社　1993刊
　橙　おれんじ
　　山崎雪子　《歌集》　短歌研究社　1994刊

【樸】
18 樸簡　ほくかん
　　綾部仁喜　《句集》　ふらんす堂　1995刊

【橅】
8 橅林抄　ぶなりんしょう
　　松木ミエ　《歌集》　短歌研究社　1996刊

【濁】
5 濁世　じょくせ
　　大塚銀悦　「文學界」　1998年
10 濁酒の唄　はくっざけのうた
　　平国昭人　《詩集》　けやき書房　1990刊

【澱】
　澱　おり
　　北原亞以子　「本の窓」　2004年
　澱みに光るもの　よどみにひかるもの
　　朱川湊人　「野性時代」　2006年

【澤】→沢（7画）

【澪】
　澪　みお
　　中村路子　《句集》　東京四季出版　1990刊
　澪　みお

261

16画（燕, 燃, 燐, 熾, 獣, 獅, 瓢）

長谷川せつ子　《句集》　牧羊社　1990刊
澪つくし　みおつくし
　明野照葉　文藝春秋　2006刊
澪つくし　みおつくし
　小山宜子　《歌集》　短歌研究社　2001刊
澪つくし　みおつくし
　湊恵美子　《句集》　本阿弥書店　1998刊
澪の波　みおのなみ
　安住洋子　「小説新潮」　2008年
4　澪引きの海　みおびきのうみ
　三崎亜記　「小説すばる」　2006年
15　澪標　みおつくし
　金田輝子　《句集》　北溟社　2001刊
澪標　みおつくし
　星野有加里　「小説NON」　2006年

【燕】
7　燕尾服の天使たち　ているこーとのてんしたち
　松岡なつき　青磁ビブロス　1993刊
8　燕岳殺人の暦　つばくろだけさつじんのこよみ
　梓林太郎　日本文芸社　1994刊

【燃】
11　燃魚　ばーんふぃっしゅ
　壱岐賢也　鉱脈社(印刷)　2001刊

【燐】
4　燐火鎮魂　りんかたましずめ
　宮乃崎桜子　講談社　1999刊

【熾】
熾り手ねだり　おこりてねだり
　北山悦史　「小説現代」　2007年
4　熾天使たちの5分後　してんしたちのごふんご
　木ノ歌詠　富士見書房　2005刊

熾天使の夏　してんしのなつ
　笠井潔　講談社　1997刊
熾火　おきび
　東直己　角川春樹事務所　2004刊
熾火　おきび
　上田秀人　光文社　2006刊
11　熾盛の舞い　しじょうのまい
　深海綾　文芸社　2003刊

【獣】
獣の奏者　けもののそうじゃ
　上橋菜穂子　講談社　2009刊
獣ハンター"エミ"　びーすとはんたーえみ
　松浦秀昭　朝日ソノラマ　1999刊
2　獣人狩り　びーすとはんてぃんぐ
　横溝美晶　「小説NON」　1990年
8　獣物どもの掟　けだものどものおきて
　鳴海丈　「問題小説」　1996年
9　獣神のバラード　ろんりーすとれんじゃーのばらーど
　真崎建三　徳間書店　1991刊
10　獣夏　じゅうか
　吉田珠姫　白泉社　2002刊
獣娘たちの館　けだものたちのやかた
　安童あづ美　ベストセラーズ　1999刊
獣恋　じゅうれん
　加門七海　「小説NON」　2002年

【獅】
獅　しえ
　浅田次郎　「オール讀物」　1998年

【瓢】
瓢の笛　ひょんのふえ
　小澤香り　《句集》　朝日新聞社　2002刊
瓢の笛　ひょんのふえ

16 画（瘭, 磔, 磧, 積, 篤, 篝, 篩, 縞, 縛, 縫, 膩, 臈, 舘）

山崎安子　《句集》　本阿弥書店
1999刊

【瘭】

瘭　くされ
物集高音　「小説宝石」　2003年

【磔】

磔になる孕んだ女　はりつけになる
　　はらんだおんな
佐藤雅美　「小説現代」　2010年

【磧】

磧　かわら
平田明美　《句集》　ふらんす堂
1994刊

磧の木　かわらのき
矢頭峯子　《句集》　本阿弥書店
1999刊

磧の秋　かわらのあき
高須のぶを　《句集》　東京四季出版
1994刊

【積】

4 積丹　しゃこたん
成田智世子　《句集》　富士見書房
1994刊

積丹半島・沈黙の証言　しゃこたん
　　はんとうちんもくのしょうげん
小林久三　「別冊小説宝石」　1991年

【篤】

篤き志　あつきこころ
高田靖彦　文芸社　2009刊

【篝】

4 篝火　かがりび
菅原淑子　《句集》　ふらんす堂
2009刊

篝火　かがりび
瀧下踏青　《句集》　友月書房　2010刊

篝火草　かがりびばな
海野碧　光文社　2010刊

篝火草　かがりびそう
鈴木悦子　《句集》　ふらんす堂
2009刊

篝火草の窓　しくらめんのまど
田辺聖子　「小説中公」　1993年

【篩】

篩　ふるい
西村望　「小説NON」　1989年

【縞】

12 縞揃女油地獄　しまぞろえおんなあ
　　ぶらじごく
澤田ふじ子　「小説宝石」　2002年

【縛】

12 縛喜悦於艶怪談　しばりのよろこび
　　おつやかいだん
大下英治　「別冊小説宝石」　1996年

【縫】

14 縫箔　ぬいはく
石垣幸子　《句集》　東京四季出版
2010刊

【膩】

18 膩蟬　あぶらぜみ
金子青銅　《句集》　角川書店　2007刊

【臈】

臈たしアナベル・リイ　総毛立ちつ
　　身まかりつ　ろうたしあなべるり
　　いそうけたちつみまかりつ
大江健三郎　「新潮」　2007年

【舘】

3 舘山寺心中殺人事件　かんざんじし
　　んじゅうさつじんじけん
木谷恭介　徳間書店　2004刊

263

16 画（薫, 薄, 薬, 薙, 薊, 蕭, 薔, 薛, 蕺）

【薫】
8 薫夜　かぐや
　　岡野麻里安　講談社　1996刊

【薄】
5 薄氷　うすらひ
　　勝又洋子　《句集》　ふらんす堂　2002刊
　薄氷　うすごおり
　　舘澤紗千恵　健友館　2000刊
　薄氷　うすらい
　　松井恭子　《句集》　美研インターナショナル　2006刊
　薄氷の日　うすらいのひ
　　朱川湊人　「小説すばる」　2005年
　薄氷の花伝　うすらいのかでん
　　金蓮花　集英社　2001刊
6 薄羽蜉蝣　うすばかげろう
　　宮木あや子　「小説新潮」　2006年
　薄衣　うすぎぬ
　　伊原恵美子　《句集》　東京四季出版　1993刊
10 薄桃色の一瞬に　うすももいろのときに
　　あさのあつこ　「野性時代」　2005年
　薄荷草の恋　ぺぱーみんとらぶ
　　田辺聖子　講談社　1995刊
14 薄緑色幻想　はくりょくしょくげんそう
　　高橋優子　《詩集》　思潮社　2003刊

【薬】
10 薬師　くすりし
　　樫野直春　駒草出版　2007刊
　薬師　くすし
　　和田はつ子　角川書店　2000刊
　薬師小路別れの抜き胴　やくしこうじわかれのぬきどう
　　坂岡真　光文社　2009刊

【薙】
20 薙露の歌　かいろのうた
　　金谷政明　《歌集》　叢林社　1998刊

【薊】
　薊と洋灯　あざみとようとう
　　皆川博子　「オール讀物」　2010年

【蕭】
　蕭々館日録　しょうしょうかんにちろく
　　久世光彦　「中央公論」　1999年

【薔】
16 薔薇の十字架　ばらのくろす
　　さいきなおこ　集英社　1999刊
　薔薇守　ばらもり
　　久保啓子　《歌集》　柊書房　2009刊
　薔薇冠　ばらかん
　　藤井清子　《歌集》　短歌研究社　2001刊
　薔薇盗人　ばらぬすびと
　　浅田次郎　「小説新潮」　1999年
　薔薇嵐　ばららん
　　三田薫子　《句集》　菁柿堂　2005刊
　薔薇窓　ばらまど
　　武内撫子　文芸社　2005刊
　薔薇葉　ばらよう
　　中西よ於こ　《歌集》　短歌新聞社　2008刊

【薛】
17 薛濤　せっとう
　　陳舜臣　「小説新潮」　2001年

【蕺】
9 蕺草　どくだみそう
　　麻生幾　「問題小説」　2002年

【螢】　→蛍（11画）

16 画（蟇，親，諦，謎，謀，蹂，還，避，鋸，錦，鋼，錆）

【蟇】
5 蟇目　ひきめ
　えとう乱星　「小説city」　1991年

【親】
4 親分の失脚　ぼすのしっきゃく
　江波戸哲夫　「小説NON」　1994年
　親心因果手鑑　おやごころいんがのてかがみ
　澤田ふじ子　「小説宝石」　2003年

【諦】
3 諦女　ていじょ
　宮崎吐夢　グラフ社　2009刊

【謎】
　謎のお茶会でつかまえて　なぞのてぃーぱーてぃでつかまえて
　秋野ひとみ　講談社　2004刊
　謎の船旅でつかまえて　なぞのうえでぃんぐくるーずでつかまえて
　秋野ひとみ　講談社　2001刊
9 謎亭論処　めいていろんど
　西澤保彦　祥伝社　2001刊
13 謎解キ卍屋　なぞときよろずや
　久遠馨　幻冬舎コミックス　2009刊

【謀】
11 謀略の鉄路　ぼうりゃくのれーる
　金井貴一　廣済堂出版　1998刊

【蹂】
23 蹂躙　じゅうりん
　飯干晃一　「小説NON」　1992年

【還】
　還らざる魂の蜃気楼　かえらざるたましいのみらーじゅ
　星野亮　富士見書房　1999刊

【避】
6 避行　ひこう
　豊島ミホ　「小説新潮」　2008年
18 避難所　しぇるたー
　柏木玲　「中央公論文芸特集」　1991年

【鋸】
7 鋸坂迷路　のこんさかめいろ
　郷正文　「海燕」　1990年
　鋸坂淡月　のこんさかたんげつ
　郷正文　「海燕」　1989年

【錦】
4 錦木童子　にしきぎどうじ
　夢枕獏　「オール讀物」　1995年
18 錦織の筏師　にしこうりのいかだし
　高橋和島　「小説新潮」　1994年

【鋼】
　鋼の風　しゅたーるゔぃんと
　花田一三六　中央公論新社　2007刊
　鋼の綻び　はがねのほころび
　相場英雄　「問題小説」　2010年
10 鋼馬章伝　どるーしょうでん
　安彦良和　徳間書店　2002刊
11 鋼殻のレギオス　こうかくのれぎおす
　雨木シュウスケ　富士見書房　2006刊
13 鋼鉄の白兎騎士団　はがねのしろうさぎ
　舞阪洸　エンターブレイン　2005刊
　鋼鉄の波濤　くろがねのはとう
　秋月達郎,矢矧零士　学習研究社　1999刊
　鋼鉄の暗黒兎騎士　はがねのくろうさぎ
　舞阪洸　エンターブレイン　2010刊

【錆】
　錆びた浮標　さびたぶい
　北方謙三　「小説現代」　1991年

265

16 画（錨, 錬, 錏, 閼, 隣, 霍, 霓, 霙, 頭, 頼, 頸, 頽, 駱, 骸, 髻, 鮒, 鴛）

【錨】
　錨　あんかー
　　村上展代　新風舎　2004刊
　錨を上げよ　いかりをあげよ
　　百田尚樹　講談社　2010刊
8 錨泊　びょうはく
　　工藤義夫　《句集》　梅里書房　1996刊

【錬】
8 錬金の帝王　しのぎのていおう
　　溝口敦　光文社　2000刊

【錏】
10 錏娥哢妊　あがるた
　　花村萬月　「小説すばる」　2005年

【閼】
12 閼、奥三河の花祭　しきみおくみかわのはなまつり
　　紫圭子　《詩集》　思潮社　2010刊

【隣】
　隣りの女　となりのひと
　　宇能鴻一郎　双葉社　1992刊

【霍】
3 霍女変幻　かくじょへんげん
　　陳舜臣　「小説中公」　1993年
5 霍去病　かくきょへい
　　塚本青史　河出書房新社　1996刊

【霓】
16 霓橋の夢　げいきょうのゆめ
　　珠下なぎ　医学同人社　2010刊

【霙】
3 霙小路物語　みぞれこうじものがたり
　　K-RYO　日本文学館　2007刊

【頭】
　頭の鎖　あたまのわっか
　　井坂洋子　「文藝」　1996年

【頼】
9 頼宣の叛骨　よりのぶのはんこつ
　　津本陽　「問題小説」　2009年

【頸】
　頸の言葉　くびのことば
　　佐野洋　「小説宝石」　1995年

【頽】
　頽れた神々　くずおれたかみがみ
　　西村寿行　「問題小説」　1988〜1989年

【餘】　→余（7画）

【駱】
15 駱駝　らくだ
　　山本幸久　「小説すばる」　2009年

【骸】
10 骸骨旗トラベル　じょりーろじゃーとらべる
　　王領寺静　角川書店　1990刊
12 骸無の剣　がいむのつるぎ
　　榎木洋子　集英社　1992刊

【髻】
12 髻塚不首尾一件始末　もとどりづかふしゅびいっけんしまつ
　　佐藤雅美　講談社　2010刊

【鮒】
　鮒のためいき　ふなのためいき
　　戌井昭人　「新潮」　2008年

【鴛】
16 鴛鴦　えんおう

266

16 画（鴨, 黛）17 画（優, 嬰, 嬬, 嬲, 擬, 斂）

川北春汀　《句集》　近代文芸社　1998刊
鴛鴦　おしどり
　清水義範　「小説中公」　1994年
鴛鴦　おしどり
　寺島登,寺島とみ　《句集》　ふらんす堂　2008刊
鴛鴦　おしどり
　萬木信夫　新風舎　2005刊
鴛鴦　おしどり
　渡辺叶夫,渡辺みさ子　《句集》　東京四季出版　1994刊
鴛鴦ならび行く　えんおうならびゆく
　安西篤子　新人物往来社　1992刊
鴛鴦の春　おしどりのはる
　瀬川貴一郎　徳間書店　2010刊

【鴨】
14 鴨緑江挽歌　ありなればんか
　遠藤節子　新風舎　2005刊

【麺】　→麺（20画）

【黛】
　黛と紅　すみとべに
　赤江瀑　「小説宝石」　1998年

【黙】　→黙（15画）

【龍】　→竜（10画）

17 画

【優】
　優しき刻の詩　やさしきときのうた
　永山結衣　文芸社　2005刊
6 優色　ゆうしき

内藤桂子　《句集》　本阿弥書店　1997刊
16 優曇華の花　うどんげのはな
　山本美沙緒　《歌集》　美研インターナショナル　2006刊
優曇華の銭　うどんげのぜに
　泡坂妻夫　「オール讀物」　2001年

【嬰】
7 嬰児　みどりご
　二口明子　《句集》　東京四季出版　1991刊

【嬬】
10 嬬恋　つまごい
　木村草弥　《歌集》　角川書店　2003刊
嬬恋　つまこい
　中杉隆世　《句集》　富士見書房　1994刊
11 嬬問ひ　つまどい
　高島裕　《歌集》　ながらみ書房　2002刊

【嬲】
　嬲りの女戦士　なぶりのうーまんそるじゃー
　志茂田景樹　勁文社　1989刊
　嬲りの復讐　なぶりのふくしゅう
　志茂田景樹　桃園書房　1991刊
　嬲り屋　なぶりや
　南英男　角川書店　1996刊

【嶽】　→岳（8画）

【擬】
12 擬絵双紙 金瓶梅　みだれえぞうしきんぺいばい
　皆川博子　「小説現代」　1993年

【斂】
11 斂堂の陰謀　れんどうのいんぼう
　佐藤雅美　「オール讀物」　2001年

17 画（曖, 檜, 椚, 甑, 瀞, 燦, 燭, 燠, 犠, 環, 癌, 癈, 瞳, 磯, 糞, 繋）

【曖】
9 曖昧私　あいまいみー
　　藤田ひろ子　《詩集》 文芸社　2009刊

【檜】
12 檜葉の木かげ　ひばのこかげ
　　村田あい子　《歌集》 至芸出版社
　　2001刊

【椚】
　　椚の木の下で　くぬぎのきのしたで
　　大嶋富紀子　文芸社　2008刊

【甑】
6 甑瓜　かもうり
　　乙川優三郎　「オール讀物」　2010年

【瀞】
　　瀞　とろ
　　加茂如水　《川柳集》　葉文館出版
　　1999刊

【燦】
　　燦めく闇　きらめくやみ
　　井上雅彦　光文社　2005刊
8 燦雨　さんう
　　中山可穂　「小説新潮」　2001年
12 燦然たる屍衣　さんぜんたるしい
　　勝目梓　「小説NON」　1993年

【燭】
8 燭怪　しょくかい
　　田中芳樹　「オール讀物」　2007年

【燠】
　　燠の火症候群　おきのひしょうこう
　　ぐん
　　萬司曽平　郁朋社　2002刊
　　燠の海　おきのうみ
　　斎藤夏風　《句集》　花神社　1997刊

【犠】
9 犠牲の階段　いけにえのかいだん
　　加藤天真　「問題小説」　1995年

【環】
　　環の姫の物語　りーんのひめのもの
　　がたり
　　高瀬美恵　幻冬舎コミックス　2010刊
11 環蛇銭　かんじゃせん
　　加門七海　講談社　2002刊

【癌】
10 癌病棟の朝　がんびょうとうのあ
　　した
　　鳴海章　「問題小説」　2005年

【癈】
19 癈鶏の　はいけいの
　　花村萬月　「小説すばる」　2000年

【瞳】
　　瞳をそらさないで　めをそらさな
　　いで
　　ゆらひかる　角川書店　1999刊

【磯】
　　磯の鮑　いそのあわび
　　宮部みゆき　「小説現代」　2009年
8 磯長　しなが
　　石垣青葫子　《句集》　東京四季出版
　　1993刊

【糞】
9 糞神　くそがみ
　　喜多ふあり　「文藝」　2009年

【繍】　→繡（19画）

【繋】
10 繋馬筑波噺　つなぎうまつくばのい
　　ななき
　　半村良　「小説NON」　1995年

17 画（縮, 繊, 繆, 縹, 縷, 縲, 縺, 罅, 翼, 聳, 艜, 藍, 蕨）

26 繋驢橛　けろけつ
　　津島彪　朱鳥社　2006刊

【縮】
5 縮尻鏡三郎　しくじりきょうざぶろう
　　佐藤雅美　「別冊文藝春秋」　2003年
15 縮緬絵　ちりめんえ
　　小梁川洋　三月書房　2001刊

【繊】
4 繊月　せんげつ
　　楠田立身　《歌集》　角川書店　2006刊

【繆】
12 繆斌工作　みょうひんこうさく
　　芝木健太郎　新風舎　2006刊

【縹】
6 縹色の空　はなだいろのそら
　　綾部秀人　《歌集》　短歌研究社
　　2002刊
12 縹富士　はなだふじ
　　大西巨人　「群像」　1992年
　縹渺　ひょうびょう
　　香川美智子　《歌集》　ながらみ書房
　　1999刊
　縹渺の原　ひょうびょうのはら
　　鎌倉文子　《歌集》　近代文芸社
　　2000刊

【縷】
9 縷紅新草　るこうしんそう
　　橋本紡　「小説すばる」　2007年
17 縷縷　るる
　　九鬼ゑ女　《詩集》　文芸社　2002刊

【縲】
　縲ねの鉢植　かさねのはちうえ
　　響野夏菜　集英社　1994刊

【縺】
　縺れ　もつれ
　　西城昇　Ａ＋Ａ出版　1993刊

【罅】
　罅　ひび
　　北方謙三　「小説新潮」　1996年
　罅われた湖　ひびわれたうみ
　　遊馬捷　文芸社　2004刊
12 罅・街の詩　ひびまちのうた
　　北方謙三　集英社　2001刊

【翼】
　翼は碧空を翔けて　つばさはあおぞらをかけて
　　三浦真奈美　中央公論新社　2006刊

【聳】
　聳え立つ　そびえたつ
　　鈴木光司　「野性時代」　2006年
　聳ゆるマスト　そびゆるますと
　　小栗勉　かもがわ出版　2010刊

【艜】
11 艜船　ひらたふね
　　熊谷達也　「小説NON」　2000年

【藍】
　藍の刻　あいのとき
　　船田清子　《歌集》　九芸出版　1995刊
8 藍青のそら　らんじょうのそら
　　橋本豊子　《歌集》　溪水社　1999刊
　藍青の天　らんじょうのてん
　　高井時子　《歌集》　短歌研究社
　　1997刊
14 藍滴　あいしずく
　　松倉絹江　《句集》　本阿弥書店
　　2002刊

【蕨】
4 蕨火　わらび

269

17 画（螺, 蟋, 螽, 螻, 謝, 貘, 購, 蹈, 邂, 邀）

下村姿　《句集》本阿弥書店　1999刊
藁火の虜　わらびのとりこ
　小山踏尾　《句集》近代文芸社　1991刊
9 藁科、その他　わらしなそのた
　小長谷清実　《詩集》書肆山田　1997刊
11 藁盒子　わらごうし
　西山満寿　《句集》文學の森　2003刊
12 藁塚　にお
　加藤和十　《句集》東京四季出版　1990刊
藁塚の唄　におのうた
　山たけし　《句集》能登印刷・出版部　1992刊
藁塚時雨　におしぐれ
　広原美智子　《句集》文學の森　2006刊
17 藁嬶　わらかか
　谷口智行　《句集》邑書林　2004刊

【螺】

螺の町　ねじのまち
　泉麻人　「小説TRIPPER」　1996年
3 螺子式少年　れぷりかきっと
　長野まゆみ　河出書房新社　1995刊
螺子者の血統　ねじもんのけっとう
　横溝美晶　双葉社　2002刊
11 螺旋　すぱいらる
　山田正紀　幻冬舎　2000刊
螺旋宮　らせんきゅう
　安東能明　「問題小説」　2003年
13 螺鈿の小箱　らでんのこばこ
　篠田真由美　東京創元社　2005刊
螺鈿の迷宮　らでんのめいきゅう
　白城るた　白夜書房　1993刊
螺鈿の懐剣　らでんのかいけん
　牧瀬五夫　河出書房新社　1990刊
螺鈿迷宮　らでんめいきゅう
　海堂尊　角川書店　2006刊

【蟋】

17 蟋蟀　こおろぎ
　栗田有起　筑摩書房　2008刊
蟋蟀合わせ　こおろぎあわせ
　小林恭二　「小説すばる」　2001年

【螽】

18 螽斯　きりぎりす
　見延典子　「問題小説」　1992年

【螻】

11 螻蛄　けら
　黒川博行　新潮社　2009刊

【謝】

6 謝肉祭　かるにゔぁーれ
　坂東眞砂子　「小説すばる」　2001年
17 謝謝の樹　しぇしぇのき
　望田市郎　成星出版　1995刊

【貘】

8 貘枕　ばくまくら
　小西和子　《句集》角川書店　2003刊
13 貘夢奇談　ばくゆめきだん
　椎野道流　講談社　2002刊

【購】

購う心　あがなうこころ
　福田栄一　「小説宝石」　2007年

【蹈】

4 蹈火　とうか
　鈴木貫介　《歌集》夢工房　2000刊

【邂】

10 邂逅　わくらば
　美研インターナショナル　《句集》美研インターナショナル　2009刊

【邀】

15 邀撃　ようげき

270

17 画（醜, 鍵, 鍔, 闇, 霜, 鞠）

嶋丈太郎　新人物往来社　2005刊
邀撃マリアナ海戦　ようげきまりあなかいせん
　伊吹秀明　中央公論社　1994刊
邀撃捜査　ようげきそうさ
　森詠　「別冊小説宝石」　1995年

【醜】
7　醜男も恋に泣く　ぶおとこもこいになく
　森鶴夫　サクセスウエイ　2009刊
10　醜骨宿　しこほねやど
　高橋克彦　「別冊小説宝石」　1990年
14　醜聞　すきゃんだる
　南英男　徳間書店　1995刊

【鍵】
2　鍵人物語　まりおんすとーりー
　創路朗　日本文学館　2007刊
12　鍵開けキリエと封緘師　かぎあけきりえとしぎるむす
　池田朝佳　富士見書房　2009刊

【鍔】
2　鍔十手秘抄　つばじってひしょう
　春日彦二　勁文社　1999刊

【闇】
闇に淫笑え　やみにわらえ
　菊地秀行　光文社　1992刊
闇の守り人　やみのもりびと
　上橋菜穂子　新潮社　2007刊
闇の松明　やみのたいまつ
　高橋直樹　文芸春秋　1994刊
闇の捜査人　やみのはんたーこっぷ
　広山義慶　光文社　1992刊
闇の連環　やみのりんぐ
　広山義慶　実業之日本社　1996刊
闇の梯子　やみのはしご
　角田光代　「文學界」　2008年

闇の現　やみのうつつ
　蜂谷涼　「小説新潮」　2009年
闇の釣人　やみのつりゅうど
　長辻象平　講談社　2007刊
闇の陽炎衆　やみのかげろうしゅう
　森村誠一　中央公論新社　2009刊
闇の業火　やみのごうか
　横山秀夫　「小説NON」　2001年
闇の鴆毒　やみのちんどく
　庄司圭太　集英社　2001刊
闇の操人形　やみのぎにょーる
　黒崎緑　講談社　1990刊
闇の饗宴　やみのうたげ
　大沼弘幸,わたなべぢゅんいち　勁文社　1991刊
6　闇刑事　やみでか
　広山義慶　「別冊小説宝石」　1994年
闇色の戦天使　だーくねすうぉーえんじぇる
　神野オキナ　アスキー　2000刊
闇衣　やみご
　皆川博子　「小説宝石」　1994年
9　闇神の民　ごせんのたみ
　竹河聖　「野性時代」　1991年
10　闇竜光竜　やみのりゅうひかりのりゅう
　武上純希　角川書店　1993刊

【霜】
4　霜月紅　しもつきこう
　福島次郎　「文學界」　2000年

【鞠】
鞠の泛く　まりのうく
　遠上海子　《句集》　本阿弥書店　2003刊
11　鞠婆　まりばば
　逢坂剛　「オール讀物」　2005年

271

17 画（韓, 餡, 餞, 餛, 馘, 駿, 鮫, 鮮）18 画（擾, 檻, 檸, 檳, 殯）

【韓】
　韓の抱籠　からのだきかご
　　　磐紀一郎　「問題小説」　1997年
10　韓素音の月　はんすーいんのつき
　　　茅野裕城子　「月刊すばる」　1995年

【餡】
3　餡子は甘いか　あんこはあまいか
　　　畠中恵　「小説新潮」　2008年

【餞】
　餞　はなむけ
　　　大村麻梨子　「文學界」　1999年
　餞　はなむけ
　　　横山秀夫　「小説宝石」　2001年

【餛】
13　餛飩商売　こんとんしょうばい
　　　椎名誠　「小説TRIPPER」　1995年

【馘】
9　馘首はならぬ仕事をつくれ　かく
　　しゅはならぬしごとをつくれ
　　　辻本嘉明　叢文社　2002刊

【駿】
3　駿女　しゅんめ
　　　佐々木譲　中央公論新社　2005刊

【鮫】
　鮫ヶ橋心中　さめがはししんじゅう
　　　ヒキタクニオ　「問題小説」　2010年
7　鮫児　こうじ
　　　田辺聖子　「別冊文藝春秋」　1993年
20　鮫鰐裁ち　こうがくだち
　　　千野隆司　双葉社　2009刊

【鮮】
6　鮮血の学園祭　せんけつのかーに
　　ばる
　　　豪屋大介　富士見書房　2005刊

11　鮮魚師　なまし
　　　永井義男　読売新聞社　1997刊

18 画

【擾】
7　擾乱1900　じょうらん1900
　　　芝豪　祥伝社　2003刊
　擾乱の海　じょうらんのうみ
　　　横山信義　学研パブリッシング　2009刊
　擾乱の都の乙女　じょうらんのみや
　　このおとめ
　　　高瀬美恵　講談社　1993刊

【檻】
　檻の中の遊戯　おりのなかのいた
　　ずら
　　　バーバラ片桐　プランタン出版　1998刊

【檸】
17　檸檬プリズム　れもんぷりずむ
　　　野々山三枝　《歌集》　短歌研究社
　　2000刊
　檸檬夫人　れもんふじん
　　　団鬼六　「小説新潮」　1998年
　檸檬草の石鹸　れもんぐらすのせっ
　　けん
　　　小澤婦貴子　《歌集》　角川書店
　　2007刊

【檳】
13　檳榔の封印　びんろーのふういん
　　　唐十郎　《戯曲》　「月刊すばる」
　　1992年

【殯】
　殯の庭　もがりのにわ
　　　永井路子　「別冊文藝春秋」　1989年
11　殯笛　もがりぶえ

18 画（濫, 潟, 瀑, 燼, 癒, 瞬, 瞽, 穢, 簞, 繭, 繙, 翹）

多田尋子　「文學界」　1989年

【濫】
18　濫觴　らんしょう
　　飛鳥游美　《歌集》　紅書房　2006刊
　　濫觴　らんしょう
　　石母田星人　《句集》　ふらんす堂
　　2004刊
　　濫觴　らんしょう
　　山下青坡《句集》文學の森　2009刊

【潟】
11　潟瓶　しゃびょう
　　黒田如泉　新風舎　2007刊

【瀑】
　　瀑　ばく
　　荻田恭三　《句集》　牧羊社　1994刊

【燼】
　　燼　もえぐい
　　藤沢周　「新潮」　2010年

【癒】
　　癒されない女　いやされないひと
　　群ようこ　「小説現代」　2001年

【瞬】
　　瞬　またたき
　　河原れん　幻冬舎　2007刊
　　瞬く　またたく
　　森賀まり　《句集》　ふらんす堂
　　2009刊
　　瞬く人々　またたくひとびと
　　坂元恵子　新風舎　2007刊
　　瞬の幻　ときのまぼろし
　　篠原優子　日本文学館　2005刊
12　瞬間　とき
　　石川敬香　文芸社　2001刊
　　瞬間　とき

保科美也子　《詩集》　近代文芸社
2000刊
　　瞬間の曲がり角　ときのまがりかど
　　盧京子　鳥影社　1998刊
　　瞬間の断片　ときのかけら
　　汐峪ゆう《詩集》文芸社　2005刊

【瞽】
3　瞽女の啼く家　ごぜのなくいえ
　　岩井志麻子　「小説すばる」　2004年
　　瞽女の顔　ごぜのかお
　　諸田玲子　「小説NON」　1999年
　　瞽女んぼが死んだ　ごぜんぼがし
　　んだ
　　金森敦子　角川書店　1990刊

【穢】
3　穢土　えど
　　樹川さとみ　エニックス　2001刊
　　穢土比丘尼　えどびくに
　　松殿理央　小学館　1998刊

【簞】
11　簞笥のなか　たんすのなか
　　長野まゆみ　「群像」　2004年

【繭】
　　繭と稲穂と童たち　まゆといなほと
　　わらしたち
　　斎藤きぬ子　《歌集》　角川書店
　　2010刊

【繙】
　　繙け、闇照らす智の書　ひもとけや
　　みてらすちのしょ
　　本宮ことは　講談社　2006刊

【翹】
12　翹葉の紋　ぎょうようのもん
　　長谷川未広　鳥影社　1998刊

18 画（藤, 藜, 蟬, 襟, 覆, 観, 贅, 鎧, 鎌, 鎖, 鎮）

【藤】

7 藤村母娘　ふじむらおやこ
　　大沼紀子　「小説すばる」　2008年

22 藤籠　ふじかご
　　帚木蓬生　「小説新潮」　2000年

【藜】

藜の杖　あかざのつえ
　　狩俣一雄　《歌集》　短歌研究社　1999刊

【蟬】

蟬の音　せみのね
　　千野隆司　「小説NON」　2003年

7 蟬花　せみばな
　　山上龍彦　「小説すばる」　1994年

9 蟬退　ぜんたい
　　根岸敬矩《歌集》筑波書林　1999刊

【蟲】　→虫（6画）

【襟】

5 襟立衣　えりたてごろも
　　京極夏彦　「小説現代」　1999年

【覆】

9 覆面を取った馬　めんこをとったうま
　　松岡悟　三一書房　1993刊

18 覆験屍　にどめのけんし
　　川田弥一郎　「小説NON」　1998年

【観】

9 観音微笑　かんのんみしょう
　　新井佳津子　《句集》　牧羊社　1989刊

【贅】

贅の夜会　にえのやかい
　　香納諒一　「別冊文藝春秋」　2002年

8 贅門島　にえもんじま
　　内田康夫　文藝春秋　2003年

【鎧】

13 鎧煌記　がいこうき
　　サムライトルーパー愛組　勁文社　1991刊

【鎌】

10 鎌倉〜行楽特急殺人連鎖　かまくらろまんすかーさつじんれんさ
　　峰隆一郎　青樹社　1991刊

13 鎌腹と松風　かまはらとしょうふう
　　東郷隆　「問題小説」　2004年

【鎖】

鎖された海峡　とざされたかいきょう
　　逢坂剛　講談社　2008刊

鎖された旅券　とざされたりょけん
　　本岡類　文芸春秋　1991刊

鎖された街　とざされたまち
　　高森真士　飯倉書房　1996刊

鎖された楽園　とざされたらくえん
　　青木摩周　ホビージャパン　2006刊

鎖ざされた窓　とざされたまど
　　緑川七央　集英社　1996刊

鎖す　とざす
　　志茂田景樹　広済堂出版　1993刊

【鎮】

6 鎮西原　ちんぜいばる
　　山崎強　健友館　2001刊

14 鎮魂　ちんこん
　　上田正昭《歌集》大和書房　2006刊

鎮魂　みたましずめ
　　片田昇　《詩集》　文芸社　2007刊

鎮魂　たましずめ
　　西村和子《句集》角川書店　2010刊

鎮魂曲は誰がために　れくいえむはたがために
　　鴉紋洋　朝日ソノラマ　1991刊

鎮魂花　れくいえむ

18 画（鎗, 闖, 雛, 難, 鞦, 額, 顔, 騎）

　　樫田哲平　文芸社　2003刊
　鎮魂詩四〇四人集　れくいえむよん
　　ひゃくよにんしゅう
　　鈴木比佐雄,菊田守,長津功三良,山本
　　十四尾　《詩集》　コールサック社
　　2010刊
　鎮魂歌　れくいえむ
　　井垣美和《句集》角川書店　2005刊
　鎮魂歌　れくいえむ
　　蒲田美音　《句集》　本阿弥書店
　　2003刊
　鎮魂歌　れくいえむ
　　児玉武人　文芸社　2009刊
　鎮魂歌　れくいえむ
　　馳星周　角川書店　1997刊
　鎮魂歌は永遠に　れくいえむはえい
　　えんに
　　津田内文章　文芸社　2008刊

【鎗】
11　鎗捨　ほうしゃ
　　戸部新十郎　「問題小説」　1999年

【闖】
 2　闖入者　ちんにゅうしゃ
　　来島潤子　「群像」　1994年

【雛】
20　雛罌粟　こくりこ
　　有木幸子　《句集》　北溟社　2007刊
　雛罌粟　ひなげし
　　木村紀美子　《句集》　本阿弥書店
　　2006刊
　雛罌粟のように　ひなげしのように
　　菊地貞三　《詩集》　花神社　1998刊
　雛罌粟の気圏　こくりこのきけん
　　和嶋勝利　《歌集》　ながらみ書房
　　2009刊

【難】
 8　難波が燃える　なにわがもえる
　　ひしぬま良秋　郁朋社　2002刊
　難波・明の景色　なにわみんのけ
　　しき
　　鯨統一郎　「小説NON」　2001年

【鞦】
24　鞦韆　ぶらんこ
　　転寝　《詩集》　文芸社　2000刊
　鞦韆　しゅうせん
　　竹島清歩《句集》友月書房　2001刊
　鞦韆　ぶらんこ
　　皆川博子　「オール讀物」　1999年
　鞦韆　ぶらんこ
　　森脇辰彦　《戯曲》　門土社　1997刊

【額】
 5　額田王の挑戦　ぬかたのおおきみの
　　ちょうせん
　　上宮真人　立風書房　1991刊

【顔】
　顔　かんばせ
　　岩谷昌樹　《詩集》　日本文学館
　　2003刊
　顔のない骸　かおのないむくろ
　　千秋寺京介　徳間書店　2004刊
10　顔師　かおし
　　加堂秀三　「小説宝石」　1999年

【騎】
 3　騎士とサクリファイス　ないととさ
　　くりふぁいす
　　たけうちりうと　小学館　1999刊
　騎士とテロリスト　ないととてろり
　　すと
　　たけうちりうと　小学館　1999刊
　騎士とビショップ　ないととびしょ
　　っぷ
　　たけうちりうと　小学館　1999刊
　騎士とプリンス　ないととぷりんす
　　たけうちりうと　小学館　1999刊

275

18 画（騒, 闘, 魍, 鯉, 鮠, 鯱, 鵙, 鶯）19 画（曝, 櫓）

騎士の歌　じゃんぬのうた
　　菊地秀行　「小説NON」　1996年
騎士達の鎮魂曲　ないつのれくいえむ
　　石井敏弘　徳間書店　1991刊
10 騎豹女侠　きひょうじょきょう
　　田中芳樹　「小説新潮」　1995年

【騒】
15 騒霊ぐ　さわぐ
　　東野圭吾　「オール讀物」　1999年

【闘】
闘う森人"猿"　たたかうもりうどさる
　　平倉英行　文芸社　2003刊
10 闘鬼風雲録　ばとるぼーいだいあり一
　　秋津透　エンターブレイン　2001刊
11 闘魚　らんぶるふぃっしゅ
　　三枝洋　「問題小説」　2004年
17 闘癌抄　とうがんしょう
　　水野哲夫　《句集》　創栄出版　2002刊

【魍】
16 魍獣妖拳伝　もうじゅうようけんでん
　　大迫純一　プラザ　1999刊
18 魍魎の匣　もうりょうのはこ
　　京極夏彦　講談社　1995刊
　魍魎の都　もののけのみやこ
　　本宮ことは　講談社　2007刊
　魍魎大戦　もうりょうたいせん
　　谷恒生　祥伝社　1990刊
　魍魎戦記摩陀羅　もうりょうせんきまだら
　　阿賀伸宏　角川書店　1992刊

【鯉】
2 鯉人　こいひと
　　川田拓矢　近代文芸社　2009刊

10 鯉素　りそ
　　森澄雄　《句集》　ウエップ　2003刊

【鮠】
鮠の海　はぜのうみ
　　和多田林雨　《句集》　友月書房　2001刊
4 鮠日和　はぜびより
　　有馬五浪　《句集》　文學の森　2008刊

【鯱】
23 鯱鯒白浜騒動　かみつきうおしらはまそうどう
　　椎名誠　「小説新潮」　1990年

【鵙】
鵙　もず
　　加堂秀三　「問題小説」　2000年
4 鵙日和　もずびより
　　井上淑子　《句集》　創言社　2005刊

【鶯】
鶯の巣　のすりのす
　　逢坂剛　「小説すばる」　2000年

19 画

【曝】
10 曝書　ばくしょ
　　甘田正翠　《句集》　東京四季出版　2007刊

【櫓】
櫓　やぐら
　　鈴木光司　「小説新潮」　2003年
9 櫓音　ろおと
　　水澤秀子　《句集》　邑書林　2007刊

19 画（瀬, 濾, 爆, 犢, 獺, 篠, 繰, 繡, 羅, 臓, 艶）

【瀬】
4 瀬戸の情人たち　せとのあまんたち
　　板坂康弘　「小説NON」　1991年
16 瀬頭　せがしら
　　佐藤鬼房　《句集》　紅書房　1992刊

【濾】
8 濾沽湖　ろここ
　　福井緑　《歌集》　短歌研究社　2002刊

【爆】
　爆ぜる　はぜる
　　東野圭吾　「オール讀物」　1997年
7 爆走!国後の果て　ばくそうくなしりのはて
　　豊田有恒　有楽出版社　1992刊
　爆走道化師　ばくそうぴえろ
　　吉野敬介　東京書籍　2009刊
9 爆風警察　らんにんぐすくわっど
　　樋口明雄　朝日ソノラマ　1999刊
15 爆撃目標、伯林!　たーげっとべるりん
　　佐藤大輔　徳間書店　2002刊

【犢】
　犢を逐いて青山に入る　こうしをおいてせいざんにいる
　　松本健一　「海燕」　1995年

【獺】
　獺の日　かわうそのひ
　　立花種久　パロル舎　1998刊

【篠】
3 篠川　ひのかわ
　　日高俊平太　《句集》　角川書店　2009刊

【繰】
12 繰越坂　くりこしざか
　　古井由吉　「群像」　2006年

【繡】
11 繡毬花　てまりばな
　　山口椿　葉文館出版　1998刊
15 繡線菊　しもつけ
　　古館曹人　《句集》　角川書店　1994刊

【羅】
13 羅漢台　らかんだい
　　小松重男　「小説宝石」　1994年
　羅聖の空　なそんのそら
　　金真須美　「新潮」　2001年

【臓】
15 臓器　おるがん
　　岡井隆　《歌集》　砂子屋書房　2000刊

【艶】
　艶　えん
　　野田瑠璃子　《句集》　梅里書房　1995刊
　艶あそび　いろあそび
　　豊田行二　光文社　1996刊
　艶かしい坂　なまめかしいさか
　　赤江瀑　「問題小説」　1990年
　艶の通夜　つやのつや
　　井上荒野　「小説新潮」　2008年
3 艶女犬草紙　あでおんないぬぞうし
　　阿部牧郎　講談社　2006刊
　艶女衣装競べ　あでおんないしょうくらべ
　　有明夏夫　小学館　2009刊
7 艶余録　つやよろく
　　八神淳一　「問題小説」　2009年
9 艶姿恋変化　あですがたこいへんげ
　　大槻はぢめ　桜桃書房　1997刊
　艶紅　ひかりべに
　　藤田宜永　「オール讀物」　1999年
13 艶夢　えんむ
　　岳真也　「小説新潮」　2000年

277

19 画（蘇, 蘭, 藹, 蟾, 蟷, 襤, 覇, 警, 譚, 贋）

14 艶隠者　えんのいんじゃ
　　中薗英助　「新潮」　1997年

【蘇】
7 蘇芳　すおう
　　安西篤子　「小説宝石」　1992年
　蘇芳　すおう
　　畠中恵　「野性時代」　2007年
12 蘇堤の犬　そていのいぬ
　　東郷隆　「別冊文藝春秋」　1996年
13 蘇鉄のひと玉蘊　そてつのひとぎょくうん
　　今井絵美子　郁朋社　2002刊
　蘇鉄の女　そてつのひと
　　今井絵美子　角川春樹事務所　2008刊

【蘭】
　蘭ひょう捜査記録　あららぎひょうそうさきろく
　　七位連一　メディアファクトリー　2008刊
9 蘭客　らんかく
　　斎藤緋沙子　《句集》　牧羊社　1992刊
12 蘭奢を斬る　らんじゃをきる
　　山河光子　「小説新潮」　1996年
　蘭奢香　らんじゃこう
　　浅野仁吉　《句集》　能登印刷・出版部　1992刊

【藹】
　藹の葩　あいのはな
　　中村吾郎　《詩集》　詩画工房　2003刊

【蟾】
13 蟾蜍の詩　ひきがえるのうた
　　真島仁　《詩集》　新風舎　2004刊

【蟷】
16 蟷螂の気持ち　かまきりのきもち
　　山田宗樹　「小説NON」　1998年
　蟷螂の歌　かまきりのうた
　　小笠原澄江　《歌集》　近代文芸社　1994刊

【襤】
16 襤褸の涙　らんるのなみだ
　　淺山泰美　《詩集》　思潮社　1998刊

【覇】
　覇す　はす
　　志茂田景樹　広済堂出版　1994刊
8 覇者の三剣　とりすあぎおん
　　十月ユウ　富士見書房　2009刊
10 覇竜の神座　はりゅうのかみくら
　　飯島健男　小学館　1993刊
11 覇商の門　はしょうのもん
　　火坂雅志　「小説NON」　2000年
15 覇権の標的　はけんのたーげっと
　　阿川大樹　ダイヤモンド社　2005刊

【警】
8 警官狩り　さつがり
　　安達瑤　祥伝社　2009刊
11 警視庁捜査一課南平班 刑事魂　けいしちょうそうさいっかなんぺいはんでかだましい
　　鳥羽亮　講談社　1995刊
　警視庁殺人課悪漢　けいしちょうさつじんかわる
　　龍一京　青樹社　1999刊
13 警鈴　けいりん
　　岡本真　「オール讀物」　2001年
14 警察回り記者　さつまわりきしゃ
　　和田好清　イースト・プレス　1994刊

【譚】
13 譚詩曲　ばらーど
　　赤尾恵以　《句集》　文學の森　2010刊

【贋】
2 贋十日物語　にせでかめろん

19 画（蹴, 蹼, 轍, 鏡, 鏖, 離, 霧, 靡, 鞴, 韜, 韻）

　綾部克人　スリーエーネットワーク
　　1994刊
5　贋世捨人　にせよすてびと
　　車谷長吉　「新潮」　2002年
7　贋作天保六花撰　うそばっかりえど
　　のはなし
　　北原亞以子　徳間書店　1997刊
8　贋妻敵　にせめがたき
　　西村望　光文社　1999刊
9　贋屋十四郎　がんやじゅうしろう
　　ヒキタクニオ　「問題小説」　2010年

【蹴】
3　蹴上　けあげ
　　加堂秀三　「小説新潮」　1994年

【蹼】
　蹼　みずかき
　　新延拳　《詩集》　土曜美術社出版販
　　売　1996刊

【轍】
　轍　わだち
　　大関靖博　《句集》　角川書店　2007刊
　轍　わだち
　　林凛　《詩集》　新風舎　2005刊
11　轍魚緑眼　てつぎょりょくがん
　　宮井徹　《詩集》　能登印刷・出版部
　　（発売）　1992刊

【鏡】
9　鏡迷宮　みらーはうす
　　仮衣真　《歌集》　新風舎　2007刊
10　鏡連殺　かがみれんさつ
　　北森鴻　「小説新潮」　2008年
18　鏡騒　かがみざい
　　八田木枯　《句集》　ふらんす堂
　　2010刊

【鏖】
　鏖　みなごろし

　　阿部和重　「群像」　1998年
10　鏖殺　みなごろし
　　宮城賢秀　光文社　2001刊
　鏖殺の凶鳥　おうさつのふっけば
　　いん
　　佐藤大輔　富士見書房　2000刊

【離】
11　離婚師　ばらし
　　藤本義一　双葉社　1991刊
　離脱る　ぬける
　　東野圭吾　「オール讀物」　1998年

【霧】
　霧と霧の別離　きりときりのわかれ
　　笹沢左保　「小説NON」　1989年
　霧の降る郷　きりのふるさと
　　浅倉卓弥　「野性時代」　2007年
　霧の賭博場　きりのかじの
　　板坂康弘　「問題小説」　1989年
12　霧翔花　むしょうばな
　　渡辺祥子　《歌集》　近代文芸社
　　2002刊

【靡】
　靡かぬ鬣　なびかぬたてがみ
　　清水誠　新風舎　2003刊

【鞴】
11　鞴祭　ふいごまつり
　　斉藤一　《歌集》　短歌研究社　1993刊

【韜】
10　韜晦の唇　とうかいのくちびる
　　御池恵津　《歌集》　近代文芸社
　　1992刊
　韜晦集　とうかいしゅう
　　萩谷修平　《詩集》　新風舎　2004刊

【韻】
　韻　ひびき

279

19 画（願, 饂, 騙, 鯔, 鯰, 鶏, 鵲, 鶉, 鴇, 鵺, 鵈）

歌人舎　《歌集》　画文堂　2000刊
韻　ひびき
　　喜多さかえ　《歌集》　本阿弥書店　2003刊

【願】
願　がん
　　安斎あざみ　「文學界」　2007年

【饂】
13 饂飩命　うどんいのち
　　出久根達郎　「小説新潮」　2000年

【騙】
騙し絵日本国憲法　だましえにほんこくけんぽう
　　清水義範　「月刊すばる」　1995年
騙りの末期　かたりのまつご
　　澤田ふじ子　「問題小説」　2008年
騙りの権八　かたりのごんぱち
　　鳥羽亮　「問題小説」　2009年
騙りは牢を破る　かたりはろうをやぶる
　　柳広司　「小説すばる」　2005年
騙り者　かたりもの
　　藤井邦夫　ベストセラーズ　2007刊
騙り屋　かたりや
　　山本甲士　勁文社　1999刊
騙り虚無僧　かたりこむそう
　　古沢英治　学研パブリッシング　2009刊

【鯔】
鯔の踊り　ぼらのおどり
　　高井有一　「文學界」　2007年

【鯰】
12 鯰隈　なまずぐま
　　小林恭二　「小説すばる」　2000年

【鶏】
鶏　とり
　　山上龍彦　河出書房新社　1996刊
16 鶏頭男　ちきんへっどまん
　　大太分三十郎　《詩集》　文芸社　2000刊

【鵲】
鵲の橋　かささぎのはし
　　道尾秀介　「小説宝石」　2008年
鵲の橋　かささぎのはし
　　龍一京　廣済堂出版　1998刊
7 鵲声　じゃくせい
　　吉村青春　《詩集》　新風舎　2006刊

【鶉】
11 鶉野の夕焼け　うずらののゆうやけ
　　赤刎正夫　《歌集》　本阿弥書店　2000刊

【鴇】
鴇の号令　ひよのごうれい
　　松本翠　《句集》　東京四季出版　2002刊
鴇の季節　ひよのきせつ
　　成清正之　《句集》　書心社　2008刊

【鵺】
鵺の森　ぬえのもり
　　千早茜　「小説すばる」　2010年
3 鵺女狩り　ぬえめがり
　　佐伯泰英　光文社　2007刊
9 鵺退治　ぬえたいじ
　　和田武久　海鳥社　2008刊
10 鵺姫真話　ぬえひめしんわ
　　岩本隆雄　朝日ソノラマ　2000刊
鵺姫異聞　ぬえひめいぶん
　　岩本隆雄　朝日ソノラマ　2002刊

【鵈】
鵈たためけり　ぬえたためけり
　　西村望　「小説NON」　1995年

【鶍】
鶍の嘴　いすかのはし
　　海渡英祐　「問題小説」　1996年

【麗】
麗しの愛宕山鉄道鋼索線　うるわしのあたごやまてつどうけーぶる
　　鳥越一朗　ユニプラン　2002刊
3 麗子は微笑う　れいこはわらう
　　久世光彦　「中央公論」　1999年
9 麗春花　れいしゅんか
　　藤水名子　「青春と読書」　1994年

【麹】
7 麹車　きくしゃ
　　濱村弘海　文芸社　2003刊

20 画

【巌】
10 巌通し　いわおどおし
　　火坂雅志　「小説NON」　1996年

【懸】
8 懸垂婦　たれさがったおんな
　　川田弥一郎　「小説NON」　1998年

【櫨】
7 櫨谷の風　はぜたにのかぜ
　　池本俊六　《歌集》　青磁社　2005刊

【礫】
礫　れき
　　田中収　《詩集》　愛知書房　1998刊
礫　れき
　　藤沢周　講談社　1999刊
礫の記憶　つぶてのきおく
　　紺谷猛　近代文芸社　1998刊

【競】
10 競竜選手　どらごんれーさー
　　六道竜也　彩図社　2001刊
競馬殺人事件　うまかけさつじんじけん
　　赤木駿介　「小説宝石」　1995年

【罌】
12 罌粟の精霊　けしのせいれい
　　栗原生至　個人書店銀座店(製作)　2005刊

【耀】
耀　かがやく
　　青山可奈　講談社出版サービスセンター　1999刊
耀う時代　かがようじだい
　　池口秀雄　新風舎　2005刊
耀ふ　かがよう
　　横瀬かつ江　《句集》　碧天舎　2006刊

【朧】
4 朧月夜血塗骨董　おほろづきよちぬりのなまくび
　　佐藤雅美　「IN POCKET」　2002年
8 朧夜ノ桜　ろうやのさくら
　　佐伯泰英　双葉社　2008刊

【臙】
10 臙脂色の闇　えんじいろのやみ
　　中村三千秋　《詩集》　日本図書刊行会　1994刊

【蘖】
蘖　ひこばえ
　　岩田育左右　《句集》　邑書林　2002刊
蘖　ひこばえ
　　上薗猛　《句集》　そうぶん社出版　1998刊
蘖　ひこばえ

281

20 画（鐙, 露, 響, 飄, 饗, 鰍, 鰈, 麺）21 画（囁, 爛, 欅, 燗）

加藤喜代人　《句集》　東京四季出版　1991刊

蘖　ひこばえ
本田憲代　《歌集》　近代文芸社　2003刊

蘖　ひこばえ
森道之輔　《詩集》　詩画工房　1998刊

【鐙】
19 鐙瀬　あぶんぜ
　　木下島太郎　《歌集》　そうぶん社出版　2005刊

【露】
露の枝折戸　つゆのしおりど
　　石川多歌司　《句集》　文學の森　2004刊

6 露西亜双姫怪談　ろしあふたひめかいだん
　　大下英治　「小説宝石」　1998年

11 露探の背景　ろたんのはいけい
　　海渡英祐　「小説宝石」　1993年

15 露緊緊　つゆひしひし
　　西田浩洋　《句集》　東京四季出版　1994刊

【響】
3 響子不生　ひびきこふしょう
　　三枝和子　「新潮」　1993年

響子悪趣　ひびきこあくしゅ
　　三枝和子　「新潮」　1992年

響子愛染　ひびきこあいぜん
　　三枝和子　新潮社　1991刊

【飄】
20 飄飄薄妃　ひょうひょうはくひ
　　仁木英之　「小説新潮」　2008年

【饗】
10 饗宴　しゅんぽしおん
　　柳広司　原書房　2001刊

【鬪】　→闘（18画）

【鰍】
12 鰍筌　かじかうけ
　　勝山美津子　《句集》　花神社　2002刊

【鰈】
鰈　かれい
　　松浦寿輝　「群像」　2003年

【麺】
16 麺麹の韻　ぱんのこえ
　　柚木紀子　《句集》　角川書店　1994刊

21 画

【囁】
囁く仮面　ささやくぺるそな
　　竹河聖　光文社　1997刊

囁け、この現世の秘密　ささやけこのうつしよのひみつ
　　本宮ことは　講談社　2009刊

【爛】
12 爛斑　らんはん
　　花村萬月　「小説新潮」　1996年

【櫻】　→桜（10画）

【欅】
欅　けやき
　　野中柊　「文藝」　2010年

欅の長火鉢　けやきのながひばち
　　山本一力　「問題小説」　2005年

欅の園生　けやきのそのう
　　藤川晴男　近代文芸社　1991刊

【燗】
燗れ火　ただれび

21画（瓔, 纏, 纐, 艦, 艪, 蠟, 蠢, 轟, 霹, 飆, 饑, 髏, 魔）

　　勝目梓　祥伝社　1998刊
14 爛漫の時代　らんまんのとき
　　小笠原京　新人物往来社　2007刊
16 爛壊　らんえ
　　鳴海章　「問題小説」　2005年

【瓔】
10 瓔珞　ぎるらんだ
　　山口椿　「野性時代」　2004年

【纏】
7 纏足の館　てんそくのやかた
　　高尾幸雄　のべる出版企画　2005刊

【纐】
21 纐纈城綺譚　こうけつじょうきたん
　　田中芳樹　朝日ソノラマ　1995刊

【艦】
4 艦方氏のさらなる苦悩　ふなかた
　　しのさらなるくのう
　　長江堤　心交社　1999刊
　　艦方氏の苦悩　ふなかたしのくのう
　　長江堤　心交社　1996刊

【艪】
18 艪櫂　ろかい
　　坊城中子　《句集》　日本伝統俳句協
　　会　1999刊

【蠟】
10 蠟涙　ろうるい
　　原田康子　「群像」　1999年

【蠢】
11 蠢動　しゅんどう
　　山上龍彦　「小説すばる」　1996年

【轟】
13 轟滝　とどろんたき
　　泉田寿山　文芸社　2006刊

【霹】
12 霹陽　へきよう
　　兼松玲守　《詩集》　新風舎　2002刊
24 霹靂神　はたたがみ
　　夢枕獏　「オール讀物」　2008年

【飆】
9 飆風　ひょうふう
　　車谷長吉　「群像」　2004年

【饑】
12 饑童子　ひだるどうじ
　　辻桃子　《句集》　沖積舎　2002刊

【髏】
14 髏漫　ろまん
　　井上雅彦　角川春樹事務所　2004刊

【魔】
　　魔の予告時間　まのたいむりみっと
　　笹沢左保　日本文芸社　1997刊
　　"魔の四面体"の悪霊　てとらへど
　　ろんのあくりょう
　　竹本健治　徳間書店　1990刊
3 魔刃伝説　どすでんせつ
　　広山義慶　祥伝社　1999刊
4 魔犬街道　うぇんせたかいどう
　　朝松健　朝日ソノラマ　1991刊
　　魔王復活の穽　まおうふっかつの
　　わな
　　安田均　富士見書房　2001刊
6 魔光　ふらっしゅらいと
　　森村誠一　「野性時代」　1994年
8 魔性の貌　ましょうのかお
　　篠原真紅　桜桃書房　1997刊
　　魔性熱帯　ましょうぱうだーろーど
　　広山義慶　光文社　1998刊
　　魔法薬売りのマレア　ぽーしょんう
　　りのまれあ
　　ヤマグチノボル　角川書店　2006刊

283

21 画（魖, 鰭, 鰤, 鶺, 麝）22 画（籠）

魔物どもの聖餐　まものどものみさ
　　積木鏡介　講談社　1998刊
9 魔星またたく刻　ませいまたたく
　　とき
　　嬉野秋彦　集英社　1995刊
魔界変化の風　まかいへんげのかぜ
　　安田均　富士見書房　2004刊
魔界都市ガイド鬼録　まかいとしが
　　いどれぽーと
　　菊地秀行　「月刊J-novel」　2005年
魔神　まがみ
　　和田はつ子　角川春樹事務所　1999刊
魔軍　きらーういるす
　　落合信彦　光文社　1998刊
魔香録　まこうろく
　　菊地秀行　「小説NON」　2001年
10 魔夏譜　まかふ
　　菊地秀行　「小説NON」　2004年
魔峰の昏き月　まほうのくらきつき
　　日下部匡俊　朝日ソノラマ　2004刊
魔竜王の挑戦　がーずのちょうせん
　　神坂一　富士見書房　1993刊
魔鬼物小僧　まきものこぞう
　　夢枕獏　「オール讀物」　2006年
11 魔術師たちの宴　はるまげどんばす
　　たーず
　　嬉野秋彦　集英社　1999刊
魔術戦士　まじかるうぉーりあー
　　朝松健　大陸書房　1989刊
魔都崩壊の刻　まとほうかいのとき
　　安田均　富士見書房　1999刊
13 魔鈴　まりん
　　梅田ひさし　文芸社　2009刊
14 魔獄の女戦士　まごくのうーまんそ
　　るじゃー
　　志茂田景樹　勁文社　1989刊
19 魔羅節　まらぶし
　　岩井志麻子　「小説新潮」　2001年
魔鏡の理　まきょうのことわり
　　篠崎砂美　エンターブレイン　2001刊

魔霧　まきり
　　柴田哲孝　「問題小説」　2006年

【魖】

15 魖魅　ちみ
　　倉阪鬼一郎　《句集》邑書林　2003刊

【鰭】

鰭　ひれ
　　品川鈴子　《句集》角川書店　2006刊
10 鰭紙　ひれがみ
　　吉村昭　「波」　1997年

【鰤】

10 鰤起し　ぶりおこし
　　新田祐久　《句集》富士見書房
　　1989刊

【鶺】

16 鶺鴒　せきれい
　　梅本育子　「問題小説」　1991年
鶺鴒の尾　せきれいのお
　　宮本昌孝　「小説NON」　2006年

【麝】

9 麝香草　じゃこうそう
　　中川禮子　《歌集》夢工房　2003刊
麝香猫　じゃこうねこ
　　遠藤徹　「新潮」　2008年

22 画

【籠】

籠　こ
　　吉田穂津　《句集》　花神社　1997刊
4 籠中花　ろうちゅうか
　　津原泰水　「小説すばる」　2006年

22 画（艫, 襲, 躓, 躑, 韃, 驕, 鰻）23 画（攪, 攫, 蠱, 躙, 髑）

【艫】
8 艫取りの呼び音　ともとりのよびね
　　三崎亜記　「小説すばる」　2006年

【襲】
　襲　かさね
　　天野慶子　《句集》みくに書房
　　1992刊
　襲　かさね
　　司修　「本の旅人」　2000年

【躓】
　躓きの石　つまずきのいし
　　諸井薫　「小説中公」　1993年

【躑】
20 躑躅　つつじ
　　多田尋子　「群像」　1997年

【韃】
8 韃陀　だつた
　　栗山渓村　《句集》牧羊社　1990刊

【驕】
12 驕奢の宴　きょうしゃのうたげ
　　井沢元彦　「小説NON」　2006年

【鰻】
7 鰻谷　うなぎだに
　　加堂秀三　「問題小説」　1989年

23 画

【戀】　→恋（10画）

【攪】
7 攪乱す　みだす
　　東野圭吾　「別冊文藝春秋」　2008年

【攫】
　攫いにまいります！　さらいにまいります
　　剛しいら　エンターブレイン　2008刊

【蠱】
　蠱　こ
　　加門七海　「小説すばる」　1995年
11 蠱猫　こねこ
　　化野燐　講談社　2005刊
15 蠱談　こだん
　　未山妙　新風舎　2004刊

【躙】
　躙り口から、どうぞ　にじりぐちからどうぞ
　　高橋真一郎　文芸社　2010刊

【髑】
21 髑髏が往く　されこうべがゆく
　　勝目梓　光文社　1993刊
　髑髏の秘戯　どくろのひぎ
　　飯干晃一　光文社　1991刊
　髑髏の絵　どくろのえ
　　澤田ふじ子　「小説宝石」　2010年
　髑髏は長い河を下る　どくろはながいかわをくだる
　　森山清隆　新潮社　1996刊
　髑髏町綺譚　どくろちょうきたん
　　友成純一　大陸書房　1989刊
　髑髏夜叉　どくろやしゃ
　　早坂倫太郎　双葉社　2003刊
　髑髏城の七人　どくろじょうのしちにん
　　中島かずき　「ウフ．」　2004年
　髑髏皇帝　どくろこうてい
　　田中文雄　講談社　1995刊
　髑髏鬼　どくろき
　　高橋克彦　「小説すばる」　1996年
　髑髏菩薩　どくろぼさつ

23 画（鷲, 鷦, 黐, 鼯）24 画（羇, 靄, 顰, 鱶, 鱧, 鷹, 鶯, 齶）

加納一朗　双葉社　1991刊
髑髏譜　どくろふ
　広瀬大志　《詩集》　思潮社　2003刊

【鷲】
　鷲と蠍　わしとさそり
　　戸井十月　講談社　1991刊
6　鷲合森　わしあいもり
　　千葉英雄　《歌集》　そうぶん社出版
　　1997刊
7　鷲見ヶ原うぐいすの論証　すみがは
　　らうぐいすのろんしょう
　　久住四季　アスキー・メディアワー
　　クス　2009刊

【鷦】
23　鷦鷯　みそさざい
　　藤沢周平　「オール讀物」　1990年

【黐】
　黐の木　もちのき
　　田中冬子　《句集》　牧羊社　1989刊
　黐の木の繁るほとりに　もちのき
　のしげるほとりに
　　水野慧子　《歌集》　砂子屋書房
　　2008刊

【鼯】
13　鼯鼠　うごろもち
　　川上弘美　「文學界」　2001年

24 画

【羇】
13　羇愁　きしゅう
　　藤水名子　「小説新潮」　1997年

【靄】
　靄った記憶　もやったきおく

佐野洋　「小説宝石」　2008年

【顰】
　顰に倣うことなかれ　ひそみになら
　うことなかれ
　　張眞優子　《詩集》　碧天舎　2004刊

【鱶】
　鱶　えん
　　藤沢周　「小説宝石」　2004年
1　鱶・一夜　えんひとよ
　　森内景生　角川書店　1995刊

【鱧】
　鱧の皮　はものかわ
　　田辺レイ　《句集》　ふらんす堂
　　2009刊
12　鱧落とし　はもおとし
　　柴田哲孝　「小説宝石」　2009年

【鷹】
10　鷹朗　たかお
　　有村かおり　「小説現代」　2005年
13　鷹戦士Ｆ　すかいふぁいたーえふ
　　剣鷹　新風舎　2005刊

【鶯】
　鶯　うそ
　　庄司圭太　光文社　2005刊
　鶯と四十雀　うそとしじゅうから
　　佐藤とく子《歌集》　青磁社　2002刊
12　鶯替　うそがえ
　　出久根達郎　「小説現代」　2001年

【齶】
5　齶田　あぎた
　　水谷文子　《歌集》　短歌研究社
　　2004刊

25画（顰, 纔, 顱, 鬣, 鼈） 26画（蠮） 27画（驫, 鑿, 驤） 28画（鸚） 29画（鬱）

25 画

【顰】
　顰　きん
　　藤沢周　「小説宝石」　2006年

【纔】
　纔　あい
　　藤沢周　「小説宝石」　2006年
24　纔䴈　あいたい
　　深澤達也　《句集》　コボリ出版　2003刊

【顱】
11　顱頂　ろちょう
　　中原道夫　《句集》　角川書店　1993刊

【鬣】
　鬣　たてがみ
　　原昌子　《歌集》　ながらみ書房　2009刊

【鼈】
　鼈　べつ
　　藤沢周　「小説宝石」　2004年
　鼈　すっぽん
　　三田完　「小説現代」　2009年
　鼈のスープ　すっぽんのすーぷ
　　室井佑月　「小説現代」　1998年

26 画

【蠮】
　蠮のすえ　はさみむしのすえ
　　佐藤友哉　「群像」　2010年

27 画

【驫】
13　驫楽都市Osaka　そうがくとしおおさか
　　川上稔　メディアワークス　1999刊

【鑿】
　鑿と鎚　のみとつち
　　金子正昭　《句集》　東京四季出版　2010刊
20　鑿響　さっきょう
　　飯尾憲士　「オール讀物」　1991年

【驤】
　驤　じょう
　　別宮善郎　東洋出版　1997刊

28 画

【鸚】
18　鸚鵡　おうむ
　　瀬戸良枝　「月刊すばる」　2007年

29 画

【鬱】
8　鬱金の暁闇　うこんのぎょうあん
　　前田珠子　集英社　2002刊

親字音訓ガイド

親字音訓ガイド

ア	亜	82	あき	秋	141	あたり	辺	66	あらがね	鉱	238
	阿	123	あきぞら	旻	112	アツ	謁	278	あらき	樸	261
	蛙	215	あきなう	商	176	あつい	厚	127	あらず	非	126
	痾	230	あきらか	昭	132		淳	183	あらわす	表	122
	鴉	259		晶	206		熱	255		著	190
	錏	266	あきらめる	諦	265		篤	263	あらわれる	現	185
アイ	哀	127	あきる	厭	240	あつまる	聚	246		露	282
	埃	155	アク	悪	179	あてぎ	楷	228	ある	在	72
	愛	224		軛	192	あと	後	130		有	75
	矮	230		握	205		痕	186		或	110
	曖	268		鶯	286		跡	237	あるいは	或	110
	穢	273	あく	開	218	あな	孔	37	あるく	歩	115
	藹	278	あくた	芥	97		穴	66	あわ	泡	116
	靄	286	あげる	挙	159	あなどる	狎	118		沫	117
	靉	287		揚	205	あに	兄	50	あわい	淡	184
あい	相	139		翹	273	あね	姐	106	あわれ	哀	127
	藍	269	あこがれる	憧	253		姉	106	アン	安	74
あいだ	間	218	あさ	麻	197	あばく	暴	254		晏	161
あう	会	67		朝	207	あばら	肋	80		案	161
	合	71	あざ	痣	212	あばれる	暴	254		庵	178
	逢	173	あさい	浅	137	あぶない	危	69		暗	226
	邂	270	あさひ	暾	260	あぶみ	鐙	282		闇	271
あお	青	124	あざみ	薊	264	あぶら	脂	172		餡	272
	蒼	234	あざやか	鮮	272		膩	263		餡	272
あおい	葵	213	あし	足	100	あぶらあか	膩	263	あん	餡	272
あおぎり	梧	182		葦	213	あぶる	焙	211	あんこ	杏	91
あおぐ	仰	67	あしおと	跫	237	あま	天	33	あんずイ	己	27
あか	朱	75	あしかせ	桎	163	あまい	甘	60		以	49
	赤	99	あした	旦	55	あまる	余	84		伊	67
	緋	245		晨	181	あみ	罔	120		夷	73
あかい	赫	248	あずま	東	113		羅	277		衣	81
あかがね	銅	250	あせる	焦	210	あめ	天	33		医	85
あかぎれ	皸	243	あそぶ	游	209		雨	124		囲	86
あかざ	藜	274		遊	217	あや	綾	245		威	128
あがた	県	139	あだ	仇	30	あやしい	怪	110		為	137
あかつき	暁	206	あたえる	与	18	あやつる	操	260		唯	176
あがなう	購	270	あたたかい	温	208	あやまる	謝	270		尉	178
あがる	上	18		暖	227	あゆむ	歩	115		惟	179
	昂	112		燠	268	あらい	荒	145		掎	180
	驤	287	あたま	頭	266	あらう	酒	137		異	186
あかるい	明	112	あたらしい	新	226	あらかじめ	予	28			

291

親字音訓ガイド

	移 187	いたずらに 徒 157	いれる 入 15	うし 丑 27
	偉 201	いただく 頂 196	いろ 色 80	牛 48
	椅 207	いたち 貂 215	いろどる 彩 178	うしお 潮 255
	葦 213	いたむ 悼 180	いわ 岩 108	うしとら 艮 80
	意 225	惻 205	磐 255	うしなう 失 54
	維 245	いためる 傷 220	イン 引 39	うしろ 後 130
	慰 253	いたる 至 80	印 70	うすい 薄 264
	遺 258	イチ 一 10	院 174	うずたかい 堆 177
い 井 29	壱 87	淫 183	うずら 鶉 280
亥 66	いちじるしい	陰 194	うそ 嘘 252
いう 言 98	著 190	飲 220	鶯 286
いえ 家 156	いちび 枲 188	隕 238	うそぶく 嘯 260
いえる 癒 273	イツ 逸 192	隠 250	うた 歌 242
いおり 庵 178	いつつ 五 29	韻 279	うたう 欧 114
いが 毬 182	いつわる 偽 176	いん 院 174	うたがう 疑 243
いかずち 霆 258	いと 糸 79	ウ 宇 74	うたげ 宴 156
いかり 碇 230	縷 269	有 75	うち 内 32
錨 266	いどむ 挑 131	羽 80	ウツ 鬱 287
いかる 忿 110	いなご 螽 270	芋 81	うつ 打 55
怒 130	いなずま 電 238	盂 118	拍 111
イキ 閾 266	いぬ 犬 48	雨 124	撃 253
いきる 生 60	戌 75	烏 165	撲 253
活 136	狗 117	う 卯 52	うつくしい 美 144
イク 郁 148	いのしし 猪 184	夘 54	うつす 写 50
燠 268	いのち 命 103	茴 146	映 131
いく 行 81	いのる 祈 119	うえ 上 18	うつぼ 靭 279
幾 204	いばら 茨 145	うえる 秧 169	うつる 移 187
いくさ 戦 225	荊 145	植 207	うで 腕 213
いけ 池 77	棘 208	餓 259	うどん 饂 280
いけにえ 犠 268	いま 今 30	饑 283	うない 髷 259
いさお 功 51	いましめ 戒 91	うお 魚 196	うなぎ 鰻 285
勲 252	いましめる 警 278	うかがう 覘 215	うなされる 魘 286
いざなう 誘 248	いまだ 未 56	閾 275	うなじ 項 220
いさましい 勇 127	いまわしい 忌 90	うがつ 穿 170	うば 姥 128
いし 石 65	いも 芋 81	鑿 287	うま 午 33
いしゆみ 弩 109	いやしい 卑 127	うきくさ 萍 190	馬 174
いすか 鷯 281	陋 148	うく 浮 164	うまや 厩 202
いそ 磯 268	いらくさ 蕁 257	うける 請 257	うまれる 生 60
いた 板 114	いらだつ 苛 120	うごめく 蠢 283	うみ 海 135
いたい 痛 212	いる 居 108	うさぎ 兎 102	溟 229
いだく 抱 111	射 156	菟 214	

親字音訓ガイド

うむ	産	186	えだ	枝	113	おいて	於	112	オク	屋	129
うめ	梅	162	えだみち	岐	88	おいる	老	80		奥	203
うめる	埋	154	エツ	悦	157	オウ	王	49		憶	260
うもれる	埋	154		越	216		凹	50	おく	奥	203
うやうやしい			えび	蝦	257		応	90	おこなう	行	81
	恭	157	えびす	夷	73		押	111	おこる	怒	130
うら	裏	235		胡	145		欧	114	おごる	驕	285
うらむ	怨	130	えらい	偉	201		殴	115	おさえる	制	103
	恨	130	えらぶ	択	91		皇	138		押	111
うるし	漆	242		掏	180		桜	162	おさない	幼	55
うるわしい	麗	281		襟	274		秧	169		稚	231
うれえる	憂	253	エン	円	31		黄	197	おさめる	修	152
うれる	熟	255		奄	105		奥	203		納	171
うわさ	噂	252		延	109		媼	223		斂	267
うわばみ	蟒	257		炎	117		横	254	おしい	惜	180
ウン	運	216		怨	130		鴨	267	おしえる	教	181
	雲	219		俺	152		燠	268	おす	牡	93
	榲	241		冤	153		鏖	279		押	111
	饂	280		宴	156		罌	281		推	180
エ	衣	81		偃	176		鷹	286		雄	219
	恵	157		淹	184		鸚	287	おそい	晏	161
	錏	266		媛	203	おう	追	147		遅	217
	穢	273		焔	209	おうな	媼	223	おそう	襲	285
え	江	77		塩	221	おおい	多	73	おそれる	恐	157
	絵	213		煙	229		譪	278		悚	212
エイ	永	57		猿	230	おおう	幕	223		慄	225
	曳	75		筵	231		覆	274	おそわれる	魘	286
	英	120		遠	237	おおかみ	狼	166	オチ	榲	241
	映	131		隕	238	おおきい	大	21	おちいる	陥	174
	栄	133		厭	240		巨	54	おちる	堕	202
	裔	236		縁	256	おおづつ	砲	169		落	214
	影	253		燕	262	おおとり	鳳	252		隕	238
	翳	266		鴛	266	おおはまぐり	蜃	235		墜	253
	要	267		艶	277				オツ	乙	12
	嬰	281		臙	281	おおみず	洪	137		榲	241
	瓔	283		饜	286	おおやけ	公	31	おっと	夫	37
えがく	画	118		魘	286	おか	丘	49	おと	音	148
エキ	役	89	えんじゅ	槐	241	おかす	犯	59	おとうと	弟	89
	益	167	オ	於	112		冒	133	おとがい	頤	266
	腋	213	お	尾	88	おき	沖	92	おとこ	男	93
えぐる	抉	91	おい	老	80	おぎ	荻	172			

293

親字音訓ガイド

おとこだて	侠 126	おんな	女 22		芽 120		碍 230
おどす	威 128	カ	下 17		雅 238		蓋 233
おとり	囮 86		化 30		餓 259		骸 266
おどる	踊 248		火 47	カイ	丐 28		鎧 274
おなじ	同 72		加 50		介 30	かいこ	蚕 173
おに	鬼 175		可 52		会 67	かいな	腕 213
おにび	燐 262		禾 66		回 72	かう	買 216
おのおの	各 70		仮 67		灰 77		飼 239
おののく	慄 225		何 82		快 90	かえす	返 100
おのれ	己 27		伽 83		戒 91		孵 240
おびやかす	劫 85		囮 86		芥 97	かえで	楓 228
おびる	佩 102		花 94		怪 110	かえりみる	眷 187
おぼえる	覚 215		佳 102		海 135	かえる	帰 156
おぼろ	朧 281		河 115		界 138		復 204
おも	主 49		苛 120		疥 138		蛙 215
おもい	重 148		茄 120		皆 138		還 265
おもう	惟 179		迦 122		茴 146	かお	顔 275
	想 225		科 141		晦 160	かおり	香 151
	憶 260		夏 155		傀 201	かおる	薫 264
おもがい	羈 286		家 156		絵 213	かかえる	抱 111
おもて	表 122		華 172		開 218	かがみ	鏡 279
	面 148		蚊 172		階 218	かがやく	煌 229
おもむき	趣 258		剛 176		解 236		輝 258
おや	親 265		掎 180		槐 241		耀 281
およぐ	游 209		袈 191		魁 251	かがり	篝 263
および	泊 137		袷 191		潰 255	かぎ	勾 32
おり	澱 261		過 216		壊 260		鈎 218
	檻 272		瑕 230		懐 260		鍵 271
おりる	下 17		禍 230		獬 262	カク	各 70
	降 174		遐 238		薤 264		角 98
おる	折 91		歌 242		檜 268		画 118
おれ	俺 152		樺 254		邂 270		格 161
おろか	愚 225		蝦 257	かい	貝 99		核 161
おろち	蟒 257		蝸 257		鱠 283		殻 182
おわる	卒 103		蝌 257	ガイ	乂 12		郭 192
	終 188		縛 269		外 54		覚 215
オン	怨 130		蚊 172		艾 66		隔 238
	音 148	ガ	牙 59		亥 66		赫 248
	温 208		我 91		崖 178		霍 266
	隠 250		画 118		涯 183		馘 272
おん	御 204		臥 120		街 215		

294

親字音訓ガイド

		攪	285	かぜ	風	148	かまびすしい		かわらよもぎ		
		攬	285	かぞえる	数	226		喧	202		薛	264
		鶯	286		算	244	かみ	上	18	かわる	代	50
かく	書	161	かた	方	40		神	139		変	128
ガク	学	106		片	48		紙	171	カン	甘	60
	岳	108		橅	261		髪	251		甲	61
	楽	227	かたい	堅	202	かみなり	雷	239		完	88
	鍔	271	かたき	仇	30	かむろ	禿	94		肝	94
	額	275		敵	254	かめ	瓶	186		坩	104
	鶯	286	かたち	形	89	かも	鴨	267		邯	122
	齶	286	かたつむり	蝸	257	かもしか	羚	189		冠	127
かくれる	隠	250	かたどる	象	215	かや	茅	120		巻	129
かげ	陰	194		貌	248		萱	214		看	139
	景	206	かたな	刀	15	かよう	通	173		悍	159
	影	253	かたむく	傾	220	から	唐	154		眈	168
がけ	崖	178	かたる	語	248		殻	182		陥	174
かける	欠	44		騙	280		漢	229		患	180
	翔	213	かたわら	傍	201	からい	辛	100		菅	190
	懸	281	かち	徒	157	からし	芥	97		喚	202
かご	籠	284	カツ	丐	28	からす	烏	165		寒	203
かこむ	囲	86		活	136		鴉	259		棺	207
かさ	疔	94		喝	176	からむ	絡	213		間	218
	疽	167		葛	189	からむし	苧	121		閑	218
	傘	201		割	201	かり	仮	67		寛	223
	瘡	255		滑	229		狩	137		感	225
かささぎ	鵲	280		蠍	263		雁	219		漢	229
かさなる	重	148		勝	207	かりもがり	殯	272		管	244
かさねる	複	248	ガツ	月	42	かりる	借	152		歓	254
	縹	269		担	111	かる	刈	32		寰	260
かざり	錺	258	かつぐ	担	111		猟	185		橄	261
かざる	飾	239	かど	角	98	かるい	軽	216		舘	263
かじか	鮖	282		門	123	かれ	彼	110		還	265
かしよね	淅	184	かなえ	鼎	240	かれい	鰈	282		環	268
かしら	頭	266	かなしい	悲	205	かれる	枯	133		韓	272
	顱	287	かなでる	奏	128	かわ	川	26		餡	272
かしわ	柏	134	かね	金	122		河	115		檻	272
かず	数	226	かのえ	庚	109	かわうそ	獺	277		観	274
かすか	幽	129	かば	樺	254	かわせみ	翠	245		艦	283
	微	223	かぶ	株	161		翡	246	ガン	丸	18
かすめる	掠	180	かべ	壁	260	かわら	磧	263		元	31
かすり	絣	213	かま	鎌	274	かわらげ	駱	266			
			がま	蒲	233						

親字音訓ガイド

	含	85		喜	202		撲	261		屓	202
	岸	108		幾	204	きず	傷	220		鳩	239
	岩	108		稀	212		瑕	230		繆	269
	玩	118		葵	213	きそう	競	281	ギュウ	牛	48
	俲	176		貴	215	きた	北	51	キョ	去	52
	眼	186		棄	227	きたる	来	92		巨	54
	雁	219		毀	229	キチ	吉	70		居	108
	癌	268		箕	244	キツ	吉	70		炬	137
	顔	275		輝	258		吃	70		挙	159
	贋	278		機	261		喫	202		虚	190
	願	280		磯	268		髻	266		許	191
	巌	281		騎	275	きつね	狐	117		嘘	252
がん	癌	268		饑	283	きぬ	衣	81		鋸	265
かんじる	感	225		鰭	284		絹	231		欅	282
かんな	鉋	238		羈	286	きのえ	甲	61	ギョ	魚	196
かんなぎ	巫	88	き	木	43	きのこ	菌	189		御	204
かんばしい	芳	98		黄	197	きば	牙	59		漁	242
かんむり	冠	127		樹	261	きみ	君	85	きよい	浄	137
キ	乞	18	ギ	妓	87	きめる	決	92		清	184
	己	27		其	102	きも	肝	94	キョウ	凶	32
	企	67		宜	107		胆	145		兄	50
	危	69		偽	176	キャク	客	128		兇	68
	気	77		義	231	ギャク	逆	147		共	69
	肌	80		疑	243	キュウ	九	12		劫	85
	岐	88		儀	252		久	18		杏	91
	忌	90		戯	253		弓	27		狂	93
	其	102		擬	267		仇	30		京	101
	奇	106		犠	268		丘	49		供	102
	季	107	きえる	消	164		旧	55		協	103
	祈	119	キク	菊	189		吸	70		侠	126
	奎	128		椈	208		朽	75		姜	128
	泊	137		鞠	271		求	92		峡	129
	紀	142		麹	281		糺	94		香	151
	軌	147	きく	利	85		咎	104		恐	157
	姫	155		聞	246		泣	115		恭	157
	帰	156	きさき	妃	73		枢	134		胸	172
	記	173	きざす	萌	190		宮	156		莢	172
	鬼	175	きざはし	階	218		救	180		強	178
	基	177	きざむ	刻	102		毬	182		教	181
	寄	177	きし	岸	108		球	185		梟	182
	掎	180	きじ	雉	238		蚯	191			

親字音訓ガイド

	蛟 215		緊 256	くちる	朽 75	くろがね	鉄 238
	韮 220		噤 260	クツ	堀 177	くわ	桑 161
	登 237		錦 265	くつがえす	覆 274	くわえる	加 50
	境 240		襟 274	くつろぐ	寛 223	くわだてる	企 67
	僵 252		釁 287	くに	邑 101	クン	君 85
	喬 256	ギン	銀 249		国 104		馴 239
	橋 261	ク	九 12	くぬぎ	橡 268		燻 243
	鏡 279		供 102	くび	首 151		勲 252
	競 281		狗 117		頸 266		薫 264
	響 282		苦 120	くびき	軛 192	グン	軍 147
	饗 282		枸 134	くびきる	馘 272		群 232
	驕 285		紅 142	くぼみ	凹 50	ケ	化 30
ギョウ	仰 67		倶 152	くま	熊 243		仮 67
	刑 69		蚯 191	くみ	組 188		芥 97
	行 81		釦 194	ぐみ	茱 146		家 156
	形 89		筥 244	くみする	与 18		袈 191
	暁 206		駒 259	くむ	組 188		闍 250
	業 227	グ	愚 225	くも	雲 219		罅 269
	魁 273	クウ	空 119		蜘 247		懸 281
ギョク	曲 75	くう	喰 202	くら	蔵 256	け	毛 45
	棘 208	グウ	宮 156	くらい	暗 226	ゲ	父 12
	極 227		偶 176		溟 229		下 17
	闃 266		岫 109		瞑 255		牙 59
ギョク	玉 59	くき	繆 269		曖 268	ケイ	兄 50
きり	霧 279	くさ	草 146	くらべる	比 45		刑 69
きる	切 32	くさり	鎖 274	くらむ	眩 168		形 89
	伐 68	くさる	腐 246	くり	栗 161		径 110
	截 241	くしけずる	梳 163	くる	来 92		奎 128
きわめる	極 227	くず	葛 189		繰 277		荊 145
キン	巾 27	くすのき	楠 228	くるう	狂 93		恵 157
	均 87	くすり	薬 264	くるしい	苦 120		啓 176
	欣 114	くずれる	崩 178	くるま	車 100		渓 183
	金 122		頽 266		俥 126		脛 189
	菌 189	くそ	糞 268	くるわ	郭 192		蛍 191
	菫 190	くだ	管 244	くれない	紅 142		景 206
	勤 201	くだく	拉 111	くれる	暮 241		軽 216
	琴 211	くだる	下 17	くろ	玄 59		傾 220
	禁 231	くだん	件 67		黒 199		継 231
	饉 243	くち	口 20	くろい	茲 166		閨 250
	槿 254	くちなし	梔 182		黎 259		慶 253
	瑾 255	くちばし	嘴 252				

親字音訓ガイド

	薙 264		研 139		湖 208		庚 109
	薊 264		剣 153		琥 211		昂 112
	頸 266		拳 159		鼓 240		狎 118
	髻 266		痃 166		篝 244		厚 127
	繋 268		眩 168		馨 273		哄 127
	警 278		軒 173		蠱 285		後 130
	鶏 280		眷 187	こ	子 24		枸 134
	競 281		喧 202		木 43		洪 137
ゲイ	艾 66		堅 202		児 84		皇 138
	芸 97		萱 214	ゴ	五 29		紅 142
	迎 100		間 218		互 30		荒 145
	猊 185		絹 231		午 33		虹 146
	霓 266		遣 238		吾 85		香 151
けがれ	穢 273		蜷 247		後 130		烘 166
ケキ	鵙 276		鍵 271		梧 182		降 174
ゲキ	劇 252		繭 273		御 204		高 174
	撃 253		懸 281		蜈 235		康 178
	鵙 276	ゲン	元 31		痼 241		皐 186
けずる	鐿 275		幻 38		語 248		釦 194
ケツ	子 24		玄 59	こい	鯉 276		黄 197
	欠 44		言 98	こいし	礫 281		港 209
	穴 66		弦 109	こいしい	恋 157		皓 212
	血 81		拳 159	コウ	口 20		絞 213
	抉 91		眩 168		公 31		蛤 215
	決 92		修 176		勾 32		蛟 215
	結 213		現 185		孔 37		鈎 218
	蕨 256		源 229		功 51		項 220
ゲツ	子 24	コ	己 27		尻 54		溝 229
	月 42		戸 39		広 55		煌 229
	蘖 281		古 52		甲 61		蒿 235
けむり	煙 229		呼 103		交 67		鉱 238
けもの	獣 262		姑 106		光 68		嫦 240
けものへん	犭 27		狐 117		向 70		敲 241
けやき	欅 282		股 120		好 73		箜 244
けら	螻 270		虎 121		江 77		撓 254
ける	蹴 279		孤 128		行 81		膠 256
けわしい	巌 281		故 131		更 82		篝 263
ケン	犬 48		枯 133		匣 85		縞 263
	件 67		炬 137		答 104		鋼 265
	見 98		胡 145		岬 109		藁 269
	県 139		壺 203		幸 109		

親字音訓ガイド

	購	270	こたえる	応	90		紺	187	さか	坂	87
	鮫	272	こだま	谺	191		滾	243	さが	性	110
	攪	285	コツ	乞	18		魂	251	さかい	封	128
こう	乞	18		汨	93		餛	272		界	138
	請	257		骨	174	こん	紺	187		境	240
	縞	283	こと	事	101	ゴン	言	98	さかえる	栄	133
ゴウ	合	71		殊	163		欣	114	さがす	探	180
	劫	85		琴	211	サ	左	54	さかな	魚	196
	匣	85	ごとく	如	73		佐	83	さからう	逆	147
	哈	128	ことなる	異	186		沙	92	さがる	下	17
	業	227	ことぶき	寿	88		砂	139	さかん	壮	73
	嫦	240	ことわり	理	185		茶	146		熾	262
	轟	283	この	此	56		擦	260	さき	先	69
こうし	犧	277	このむ	好	73		鎖	274	さきがけ	魁	251
こうじ	麹	281	こはぜ	鞐	259		鯊	276	サク	作	83
こうむる	被	173	こびる	媚	203	ザ	座	157		柵	133
こえる	越	216		蠱	285	サイ	才	27		柞	135
	超	216	こぶし	拳	159		切	32		鑿	287
こおり	氷	58	こぼれる	零	239		再	69	さく	磔	263
こおる	凍	153	こま	駒	259		西	81	さくら	桜	162
こおろぎ	蟀	235	こまかい	細	187		災	93	さぐる	探	180
こがらし	凩	69	こまる	困	86		妻	106	さけ	酒	163
コク	石	65	こよみ	暦	241		柴	133	さける	裂	215
	告	86	これ	此	56		倅	152		避	265
	谷	99		是	132		晒	160	ささ	笹	187
	刻	102		惟	179		彩	178	ささやく	囁	282
	国	104	ころがす	転	191		採	180	さじ	匕	16
	哭	154	ころす	殺	163		斎	181	さす	刺	102
	黒	199	ころぶ	転	191		済	183		指	130
	梏	208	ころも	衣	81		細	187	さそう	誘	248
	穀	243	こわす	壊	260		菜	189	さだめる	定	108
ゴク	獄	243	コン	今	30		最	207	サツ	刹	103
こげる	焦	210		艮	80		催	220		殺	163
ここ	茲	166		困	86		塞	221	ザツ	雑	250
こごえる	凍	153		昏	112		歳	229	さつき	皐	186
ここのつ	九	12		昆	112		篩	263	さと	里	101
こころ	心	39		恨	130	さい	骰	251	さとす	喩	202
こころざす	志	90		根	162	ザイ	在	72	さなぎ	蛹	235
こころみる	試	236		崑	178		罪	231	さび	銹	258
こころよい	快	90		混	183	さいころ	骰	251		錆	265
こす	越	216		痕	186	さいわい	幸	109			

299

親字音訓ガイド

さまたげる	碍	230		死	76		似	83	しずむ	沈	92
さまよう	彷	89		糸	79		児	84		没	93
さむい	寒	203		至	80		事	101		泪	93
	滄	229		志	90		祀	119	しずめる	鎮	274
さめ	鮫	272		私	94		峙	129	した	下	17
	鯊	276		芝	98		持	130	したう	慕	241
さめる	冷	84		刺	102		時	160	したがう	随	218
	覚	215		姉	106		塒	221	したしい	親	265
	寤	241		枝	113		辞	237	したたる	滴	242
さや	莢	172		祀	119		雉	238	シチ	七	12
さら	更	82		屍	129		爾	243		質	257
さらす	晒	160		指	130		膩	263	シツ	失	54
	曝	276		施	131	じ	路	237		桎	163
さる	去	52		柴	133	しあわせ	幸	109		疾	166
	猿	230		茨	145	しいる	岡	120		蛭	215
さわ	沢	92		晒	160	しお	汐	77		漆	242
さわぐ	騒	276		玆	166		塩	221		質	257
さわら	椹	228		砥	168		潮	255		嘯	260
さわる	触	236		紙	171	しか	鹿	196		蟋	270
サン	三	17		翅	172	しかばね	屍	129	ジツ	日	40
	山	25		脂	172	しかめる	顰	286		実	107
	参	103		梔	182	しがらみ	柵	133	して	梯	208
	蚕	173		紫	187	しかる	喝	176	しな	科	141
	産	186		歯	208	しかれども	然	210	しぬ	死	76
	傘	201		痣	212	シキ	仄	30	しのぐ	凌	153
	散	206		嗤	220		式	75	しのびごと	誄	236
	蒜	234		塒	221		色	80	しのぶ	忍	90
	算	244		獅	230	ジキ	直	118	しば	芝	98
	酸	249		詩	236		食	151		柴	133
	燦	268		試	236	しきい	閾	266	しばる	縛	263
ザン	残	163		飼	239	しきみ	樒	254		縲	269
さんざし	樝	254		嘴	252	しく	敷	254	しぶい	渋	183
シ	子	24		駟	259	ジク	柚	134	しぼる	絞	213
	止	44		熾	262		舳	189	しま	島	156
	仕	49		篩	263	しげる	鬱	287		縞	263
	仔	49		贄	274	しころ	錣	266	しみる	染	133
	史	52		鰤	280	しし	宍	88	しも	下	17
	四	52		鯡	284		獅	230		霜	271
	此	56	ジ	地	72	しずか	閑	218	しもべ	僕	240
	矢	65		耳	80		静	250	シャ	写	50
	弛	75		自	80	しずく	滴	242			

親字音訓ガイド

	沙 92		趣 258	しゅうとめ 姑 106			青 124
	社 94	ジュ	従 30	シュク	夙 73		昭 132
	車 100		寿 88		宿 177		相 139
	柘 133		呪 103		縮 269		荘 146
	洒 137		舳 189	ジュク	熟 255		宵 156
	砂 139		竪 231	シュツ	出 50		将 156
	射 156		聚 246	ジュツ	戌 75		消 164
	鉈 238		樹 261	シュン	春 131		症 167
	謝 270		孺 267		馴 239		笑 170
	瀉 273	シュウ	囚 53		蓴 247		商 176
	鯊 276		舟 80		駿 272		笙 187
	麝 284		宗 107		瞬 273		菖 189
ジャ	邪 122		岫 109		蠢 283		掌 205
	蛇 147		帚 109	ジュン	巡 74		晶 206
	蛇 191		柊 134		純 171		勝 207
	麝 284		秋 141		淳 183		焼 210
シャク	尺 38		修 152		蓴 247		焦 210
	灼 93		終 188		鶉 280		硝 212
	赤 99		週 192	ショ	処 50		竦 212
	借 152		就 203		初 84		粧 213
	鵲 280		揖 205		所 110		翔 213
ジャク	若 121		楢 228		杼 114		象 215
	弱 157		楸 228		俎 126		傷 220
	雀 195		聚 246		書 161		椄 228
	嫋 223		銹 258		疽 167		照 229
	鵲 280		螽 270		諸 257		聖 232
しゃべる	喋 202		醜 271	ジョ	女 22		慵 241
シュ	手 39		鞦 275		如 73		精 244
	主 49		繡 277		汝 77		憧 253
	守 74		蹴 279		助 85		瘡 255
	朱 75		鰍 282	ショウ	小 24		箱 256
	取 103		襲 285		井 29		衝 257
	狩 137		鷲 286		従 30		請 257
	茱 146	ジュウ	十 16		少 38		霄 258
	首 151		従 30		正 56		嘯 260
	殊 163		重 148		生 60		蕭 264
	酒 163		紐 171		肖 94		薔 264
	珠 166		渋 183		性 110		錆 265
	棕 208		銃 249		招 111		聳 269
	種 244		獣 262		松 113		囁 282
	聚 246		蹂 265		沼 116		

301

親字音訓ガイド

	鴬 286	シン	心 39		睡 230	すでに	已 27
ジョウ	上 18		身 100		翠 245	すてる	棄 227
	成 75		辛 100		穂 255	すな	砂 139
	定 108		辰 100		誰 257	すなわち	即 85
	乗 126		信 126	すい	酸 249	すね	脛 189
	城 128		神 139	ズイ	随 218	すのこ	楾 228
	浄 137		振 159	スウ	数 226	すべて	総 245
	娘 156		真 167		雛 275	すべる	統 213
	常 178		秦 169	すう	吸 70		滑 229
	情 180		針 174	すえ	末 56	すみ	角 98
	畳 212		晨 181		季 107		炭 137
	嫋 223		深 183		陶 194		墨 252
	嬲 223		森 207		裔 236	すみれ	菫 190
	静 250		寝 223	すき	縛 269	すむ	済 183
	撓 254		新 226		鬵 287	すめらぎ	皇 138
	嬲 267		蜃 235	すぎ	榲 241	すもも	李 92
	濃 268		榛 241	すぎる	過 216	する	捫 180
	擾 272		請 257	すく	梳 163		摩 253
	驤 287		震 258	すくう	救 180		座 157
しょうぶ	菖 189		親 265	すくない	少 38	すわる	世 49
ショク	仄 30	ジン	人 14	すくむ	悚 212	セ	施 131
	色 80		刃 19	すぐれる	卓 103		背 145
	食 151		仁 30		優 267	せ	瀬 277
	惻 205		神 139	すけ	介 30	ゼ	是 132
	植 207		秦 169		佐 83	セイ	井 29
	触 236		椹 228	すげ	菅 190		世 49
	飾 239		蜃 235	すける	透 173		丼 49
	薔 264		塵 240	すこし	少 38		正 56
	燭 268		幕 257	すさまじい	凛 252		生 60
しらせる	報 203		燼 273	すす	煤 229		成 75
しらべる	調 257	じんこう	椛 254	すず	鈴 238		西 81
しり	尻 54	ス	素 171	すすき	薄 264		制 103
しりがい	鞦 275	ズ	図 86	すすぐ	雪 195		性 110
しりぞく	退 147		杜 91	すすむ	逞 260		青 124
しる	知 118		厨 202	すずめ	雀 195		星 132
しるし	印 70		頭 266	すする	啜 177		洒 137
しるす	記 173	スイ	水 45	すそ	裔 236		倩 152
しろ	白 62		垂 104	すだま	魖 284		逝 173
	城 128		崇 169	すたれる	廃 204		済 183
しろい	皓 212		推 180		癈 268		清 184
しろがね	銀 249		酔 193	すっぽん	鼈 287		晴 184

302

親字音訓ガイド

	晴 206		截 241		梳 163		雑 250
	鼉 208		薛 264		疽 167		蔵 256
	歳 229	ゼツ	絶 213		素 171		臓 277
	聖 232	ぜに	銭 250		組 188	そえる	添 184
	蛻 235	せまい	陋 148		甦 212	ソク	仄 30
	精 244	せみ	蜩 247		想 225		即 85
	蜻 247		蟬 274		鼠 240		足 100
	誓 248	せる	競 281		蘇 278		側 205
	静 250	セン	千 19		双 33		塞 221
	請 257		川 26		壮 73		燭 268
	錆 265		仙 49		早 75	ゾク	俗 126
	瀞 268		先 69		宗 107		属 203
せい	背 145		拈 111		帚 109	そこなう	損 226
ゼイ	鼉 208		染 133		哈 128		蠱 285
	蛻 235		浅 137		奏 128	そしる	毀 229
せがれ	倅 152		洒 137		相 139	そそぐ	瀉 273
セキ	夕 20		倩 152		草 146	そぞろに	漫 242
	尺 38		栴 162		荘 146	ソツ	卒 103
	石 65		穿 170		桑 161		倅 152
	汐 77		旋 181		曹 181	そと	外 54
	赤 99		戦 225		窓 187	そなえる	供 102
	惜 180		跣 237		笙 187	その	其 102
	淅 184		銭 250		喪 202	そばだつ	峙 129
	腋 213		潜 254		椋 208	そばめ	嬬 267
	跡 237		暹 260		棗 208	そびえる	聳 269
	蜥 247		氈 268		葬 214	そむく	叛 127
	磧 263		纖 269		想 225		背 145
	積 263		餞 272		滄 229	そめる	染 133
	鶺 284		鮮 272		蒼 234		涅 165
	鼯 284		蟬 274		槍 241	そら	宙 107
セチ	刹 103		蟾 278		総 245		空 119
	薛 264	ゼン	全 67		瘡 255		霄 258
セツ	切 32		前 127		箱 256	そる	反 33
	折 91		善 202		操 260		剃 127
	刹 103		然 210		薔 264		其 102
	逝 173		嫩 240		霜 271	それ	損 226
	啜 177		蟬 274		騒 276	ソン	噂 252
	接 180	ソ	姐 106		繰 277		太 33
	雪 195		狙 118		蟲 287	タ	他 50
	鼉 208		徂 126		鏨 287		多 73
	節 231		祖 141	ゾウ	象 215		

303

親字音訓ガイド

	佗	84	たが	箍	244		辰	100	たわむれる	戯	253
	陀	124	たかい	高	174		竜	170	たわめる	撓	254
	蛇	147	たがい	互	30		截	241	タン	丹	28
	茶	172	たから	宝	108	ダツ	脱	189		反	33
	鉈	238	たき	瀑	273		獺	277		旦	55
	憚	253	たぎる	滾	243	たづな	轡	286		担	111
	頽	266	タク	托	75	たて	竪	231		炭	137
た	田	61		択	91	たてがみ	鬣	287		胆	145
ダ	打	55		沢	92	たてまつる	奉	106		耽	172
	陀	124		卓	103	たとえる	喩	202		探	180
	蛇	147		啄	154	たなごころ	掌	205		淡	184
	唾	176		磔	263	たに	谷	99		短	212
	梛	182	ダク	濁	261		渓	183		端	244
	蛇	191	だく	抱	111	たぬき	狸	166		憚	253
	堕	202	たけ	竹	79	たね	種	244		蕁	257
タイ	大	21		岳	108	たのしい	愉	205		壇	260
	太	33	たけし	武	114		楽	227		簞	273
	代	50		猛	185	たのむ	托	75		譚	278
	対	88	たす	足	100		憑	260	ダン	団	72
	岱	109	たすける	介	30		頼	266		男	93
	胎	145		佐	83	たのもしい	頼	266		弾	204
	退	147		助	85	たばこ	莨	172		暖	227
	泰	164		幇	203	たび	旅	160		憚	253
	堆	177	ただ	翅	172	たふ	橢	208		壇	260
	蛻	235		唯	176	たぶ	橢	208		譚	278
	諦	265	たたかう	戦	225	たべる	食	151	チ	地	72
	頽	266		闘	276	たま	玉	59		弛	75
	黛	267	たたく	敲	241		珠	166		池	77
ダイ	大	21	ただしい	正	56		球	185		知	118
	内	32	ただす	糺	94		弾	204		智	206
	代	50		董	214		霊	258		遅	217
	弟	89	たたずむ	佇	84	たましい	魂	251		痴	230
	岱	109	ただちに	直	118	たまたま	偶	176		稚	231
	第	187	たたみ	畳	212	だまる	黙	259		雉	238
だいだい	橙	261	ただよう	漂	242	たみ	民	57		蜘	247
たいまつ	炬	137	たたり	崇	169	ため	為	137		魑	284
たいら	平	55	たたる	崇	169	ためす	試	236		躓	285
たえ	妙	87	ただれる	爛	282	たもつ	保	126		黐	286
たえる	絶	213	タツ	獺	277	たよる	頼	266	ち	千	19
たおやか	嫋	223		韃	285	だれ	誰	257		血	81
たか	鷹	286	たつ	立	66	たれる	垂	104			

304

親字音訓ガイド

ちいさい	小	24		頂	196	つかまえる	捕 159	つまずく	躓	285
ちかう	誓	248		鳥	196	つかむ	攫 285	つまだてる	翹	273
ちから	力	15		喋	202	つかわす	遣 238	つまむ	拈	111
チク	竹	79		朝	207	つき	月 42	つみ	罪	231
	舳	189		畳	212	つく	就 203	つむ	積	263
	筑	212		貂	215		衝 257	つむぎ	紬	188
ちち	父	48		超	216		憑 260	つむぐ	紡	171
	乳	101		楪	228	つぐ	接 180	つむじかぜ	飄	282
ちぢむ	縮	269		漲	243		継 231		飆	283
チツ	秩	169		蔦	247		佃 83	つめたい	冷	84
ちぬる	釁	287		蜩	247	つぐむ	噤 260	つや	艶	277
チャ	茶	146		潮	255	つくる	作 83	つゆ	露	282
ちゃ	茶	146		蝶	257	つげ	柘 133	つよい	姜	128
チャク	著	190		調	257	つげる	告 86		強	178
チュウ	丑	27		髻	259	つじ	辻 66	つら	面	148
	中	28		鰈	282	つた	蔦 247	つらい	辛	100
	仲	68	ちょう	蝶	257	つたわる	伝 68	つらなる	連	173
	虫	81	チョク	直	118	つち	土 20	つる	弦	109
	沖	92	ちり	埃	155	つつ	筒 213		釣	194
	狆	93		塵	240		銃 249		蔓	247
	宙	107	ちる	散	206	つつしむ	諫 212	つるぎ	剣	153
	忠	110	チン	沈	92	つづみ	鼓 240	つるす	吊	71
	抽	111		珍	138	つづる	綴 245	て	手	39
	昼	129		陳	194	つと	苞 121	テイ	汀	58
	紐	171		椿	228	つとめる	勤 201		弟	89
	偸	176		椹	228	つなぐ	維 245		定	108
	紬	188		鎮	274		繋 268		帝	126
	厨	202		闖	275	つね	常 178		剃	127
チョ	佇	84	ちん	狆	93	つの	角 98		貞	147
	杼	114	ツ	都	192	つば	唾 176		庭	157
	苧	121	ツイ	対	88		鍔 271		涕	165
	猪	184		追	147	つばき	沫 117		砥	168
	紵	188		堆	177		椿 228		停	176
	著	190		墜	253	つばさ	翅 172		梯	182
	樗	254	ついばむ	啄	154		翼 269		碇	230
チョウ	吊	71	ツウ	通	173	つばめ	燕 262		鼎	240
	疔	94		痛	212	つぶれる	潰 255		霆	258
	長	123	つが	栂	133	つぼ	坩 104		諦	265
	挑	131	つかえ	痞	212		壺 203	デイ	泥	116
	重	148	つかえる	仕	49	つま	妻 106	テイ	イ	27
	釣	194	つかねる	繆	269		褄 236	テキ		

305

親字音訓ガイド

	荻 172		塗 221		韜 279	とじる	封 128
	滴 242	と	戸 39		鐙 282		綴 245
	敵 254	ド	土 20	ドウ	同 72	トツ	凸 50
	躑 285		奴 54		洞 137		吶 86
デキ	嫋 223		弩 109		童 212	ドツ	吶 86
テツ	啜 177		怒 130		道 217	とどまる	留 166
	鉄 238		荼 172		銅 250		停 176
	綴 245		篤 259		憧 253		淹 184
	轍 279	といし	砥 168		撓 254	とどろく	轟 283
デツ	涅 165	トウ	刀 15		瞳 268	となり	隣 266
てらす	照 229		冬 53		蹈 270	との	殿 229
でる	出 50		灯 78		檮 272	どの	殿 229
テン	天 33		投 91	とうとい	貴 215	とのえる	調 257
	展 156		東 113	とお	十 16	とぶ	飛 150
	添 184		逃 148		芋 146	とむ	富 203
	淀 184		凍 153	とおい	遠 237	とめる	止 44
	転 191		唐 154		迢 238		留 166
	覘 215		島 156	とおす	通 173	とも	友 33
	殿 229		桃 162	とが	科 141		共 69
	鎮 274		納 171	とがめる	咎 104		舳 189
	纏 283		透 173	とき	時 160		艫 285
てん	貂 215		偸 176		晨 181	ともえ	巴 38
デン	田 61		悼 180		鴇 259	ともしび	灯 78
	伝 68		掏 180	トク	禿 94		炬 137
	佃 83		盗 186		特 166		燭 268
	拈 111		陶 194		篤 263	ともなう	伴 84
	淀 184		愉 205		犢 277	ともに	倶 152
	殿 229		棟 207		髑 285	どもる	吃 70
	電 238		湯 209	とく	解 236		吶 86
	澱 261		等 213	とぐ	研 139	とら	虎 121
ト	斗 40		筒 213	ドク	毒 115	とらえる	囚 53
	吐 72		統 213		独 137		捕 159
	図 86		董 214		髑 285	とり	鳥 196
	杜 91		毂 251	どくだみ	蕺 264	とりこ	虜 235
	兎 102		蕩 256	とげ	棘 208	とる	取 103
	妬 106		橙 261	とける	溶 229		採 180
	徒 157		頭 266		解 236	とろ	瀞 268
	荼 172		蹈 270	ところ	処 50	どろ	泥 116
	都 192		藤 274		所 110	トン	遁 217
	渡 209		闘 276	とし	年 74		噸 260
	菟 214		蟷 278		歳 229		

306

親字音訓ガイド

ドン	呑	86	なし	梨	182		仁	30	ヌ	奴	54
	鈍	218	なす	為	137		児	84		怒	130
	嫩	240	なぞ	謎	265		膩	263	ぬいとり	繡	277
どんぐり	杼	114	なぞらえる	擬	267	に	丹	28	ぬう	縫	263
どんぶり	丼	49	なた	鉈	238	にえ	贄	274	ぬえ	鵺	280
とんぼ	蜻	247	なだ	洋	137	にお	鳰	239		鵼	280
ナ	那	101	なつ	夏	155	におう	匂	32	ぬく	抜	91
	奈	106	なつかしい	懐	260	にがな	茶	172		抽	111
	梛	182	なつめ	棗	208	にかわ	膠	256	ぬぐ	脱	189
な	名	72	なでる	撫	253	にぎる	握	205	ぬけがら	蛻	235
	菜	189	など	等	213	ニク	肉	80	ぬさ	幣	253
ナイ	内	32	ななつ	七	12	にげる	逃	148	ぬし	主	49
ない	亡	19	なに	何	82	にごる	茲	166	ぬすむ	偸	176
	母	44	なびく	靡	279		濁	261		盗	186
	罔	120	なぶる	嬲	223	にし	西	81	ぬなわ	蓴	247
	無	210		嬲	267	にじ	虹	146	ぬの	布	54
	靡	279	なまず	鯰	280		霓	266	ぬま	沼	116
なえ	秧	169	なまめかしい			にしき	錦	265	ぬる	塗	221
なお	猶	211		艶	277	にせ	偽	176	ぬれぎぬ	冤	153
なおす	直	118	なまめく	妖	87		修	176	ね	根	162
なか	中	28	なみ	波	116		贋	278	ネイ	寧	241
	仲	68		浪	165	ニチ	日	40		檸	272
ながい	永	57	なみだ	泪	117	にな	蜷	247	ねがう	願	280
	長	123		涙	165		螺	270	ねぐら	塒	221
なかば	半	51		涕	165	になう	担	111	ねこ	猫	184
なかれ	勿	32				にぶい	鈍	218	ねじる	捩	159
	母	44	なめらか	滑	229		駑	259	ねずみ	鼠	240
ながれる	流	164	なら	楢	228	ニュウ	入	15	ねたむ	妬	106
なぎ	梛	182	ならう	倣	152		乳	101		悋	159
なぎさ	汀	58	なる	成	75	ニョ	如	73	ネツ	涅	165
なく	泣	115	なれる	狎	118	にら	韮	220		熱	255
	哭	154		馴	239	にる	似	83	ねむる	眠	168
	涕	165	ナン	南	127		煮	94		睡	230
	鳴	252		軟	192	にれ	楡	228	ねや	閨	250
なぐ	凪	69		楠	228	にわ	庭	157	ねらう	狙	118
なぐさめる	慰	253		難	275	にわか	霍	266	ねる	寝	223
なぐる	殴	115	なんじ	汝	77	にわとり	鶏	280		練	245
なげうつ	抛	91		爾	243	ニン	人	14		錬	266
なげる	投	91	なんぞ	瑕	230		仁	30	ネン	年	74
なごむ	和	103		遐	238		妊	87		念	110
なさけ	情	180	ニ	二	13		忍	90			

親字音訓ガイド

		拈	111	は	刃	19		剥	154		櫨	281
		然	210		歯	208		博	202	はた	幡	253
		燃	262		葉	214		雹	239		機	261
		鯰	280	バ	芭	98		樸	261	はだ	肌	80
の	野	193		馬	174		薄	264		膚	256
ノウ	納	171		婆	177	はく	吐	72	はだか	裸	235
のう	喃	202		驀	265		瀉	273	はだし	跣	237
のがれる	遁	217	ハイ	吠	86	はぐ	剥	154	はためく	霹	283
のき	軒	173		佩	102	バク	麦	101	ハチ	八	15
のぎ	禾	66		背	145		陌	148	はち	盂	118
のこぎり	鋸	265		敗	181		博	202	ハツ	発	138
のこす	遺	258		廃	204		幕	223		髪	251
のこる	残	163		焙	211		暴	254	はつ	初	84
のすり	鵟	276		稗	244		縛	263	バツ	伐	68
のぞむ	望	182		癈	268		貘	270		抜	91
のち	後	130	はい	灰	77		瀑	273		茉	121
のど	臙	281	バイ	吠	86		曝	276	はて	涯	183
のばす	延	109		貝	99		爆	277	はと	鳩	239
のびる	延	109		玫	118	ばく	貘	270	はな	花	94
のべる	展	156		昧	133	はぐき	齦	286		華	172
	陳	194		倍	152	はげしい	烈	165	はなし	譚	278
のぼる	上	18		梅	162		劇	252	はなすげ	蕁	257
のみ	已	27		買	216	はげる	禿	94	はないろ	縹	269
	蚤	287		煤	229	ばける	化	30	はなつ	放	111
のむ	呑	86	はいる	入	15	はこ	匣	85	はなぶさ	英	120
	飲	220	はえる	映	131		箱	256	はなむけ	餞	272
のり	紀	142		栄	133	はこぶ	運	216	はなやか	華	172
のる	乗	126	はか	墓	221	はざま	峡	129	はなれる	離	279
	騎	275	はかない	儚	252	はさみむし	蠼	287	はね	羽	80
のろい	鷺	259	はがね	鋼	265	はし	端	244	はねかざり	葆	215
のろう	呪	103	はかりごと	謀	265		橋	261	はは	母	56
のろし	烽	184	はかる	図	86	はしけ	舿	233		媽	223
ノン	嫩	240		量	217	はしご	梯	182	はば	巾	27
ハ	巴	38		謀	265	はしため	婢	177	ばば	婆	177
	芭	98		脛	189	はしばみ	榛	241	はばかる	憚	253
	波	116	はぎ			はじめて	初	84	ははそ	柞	135
	玻	138	ハク	白	62	はしる	奔	106	はま	浜	164
	破	169		伯	83		迸	173	はまぐり	蛤	215
	菠	190		佰	102	はす	蓮	234	はますげ	薛	264
	簸	277		拍	111	はずむ	弾	204	はも	鱧	286
	覇	278		柏	134	はぜ	鯊	276			
					陌	148						

親字音訓ガイド

はやい	夙	73		妃	73	ひき	蟇	265		檜	268
	早	75		彼	110	ひきがえる	蟾	278	ひび	皹	243
	疾	166		枇	114	ひく	引	39		皸	269
はやし	林	114		非	126		曳	75	ひびく	響	282
はら	腹	233		卑	127		抽	111	ひま	暇	287
はらむ	孕	54		毘	135		掎	180	ひめ	姫	155
	妊	87		飛	150		弾	204		媛	203
	胎	145		匪	154	ひくい	矮	230	ひめる	秘	169
はらわた	臓	277		秘	169	ひぐらし	蜩	247	ひも	紐	171
はり	針	174		被	173	ひこばえ	葆	215	ひもとく	繙	273
	梁	182		婢	177		蘖	281	ヒャク	百	78
はりつけ	磔	263		悲	205	ひさぎ	楸	228		霹	283
はる	春	131		痞	212	ひさご	瓢	262	ビャク	佰	102
はるか	杳	114		緋	245	ひさしい	久	18	ビュウ	繆	269
	遙	248		翡	246		淹	184	ひょ	鳧	280
	遼	258		避	265	ひじり	聖	232	ヒョウ	氷	58
はれる	晴	206		靡	279	ひずみ	歪	135		拍	111
ハン	反	33		黐	279	ひぜん	疥	138		苞	121
	半	51		鶸	280	ひそかに	密	177		表	122
	氾	58	ひ	日	40	ひそむ	潜	254		迸	173
	犯	59		火	47	ひそめる	顰	286		漂	242
	伴	84		灯	78	ひたい	額	275		標	254
	坂	87		陽	218	ひたす	淹	184		憑	260
	板	114	ビ	尾	88	ひだり	左	54		瓢	262
	叛	127		弥	109	ヒツ	畢	186		瘭	263
	扁	130		枇	114	ひつぎ	柩	134		縹	269
	斑	206		毘	135		棺	207		飄	282
	飯	220		眉	139	ひつじ	未	56		飆	283
	幡	253		美	144		羊	80	ひょう	雹	239
	樊	254		媚	203	ひと	人	14	ビョウ	屏	129
	繙	273		微	223		仁	30		秒	142
バン	万	18		靡	279	ひとしい	均	87		病	167
	卍	70		黐	279		等	213		猫	184
	伴	84	ひいでる	英	120	ひとつ	一	10		錨	266
	板	114	ひいらぎ	柊	134		壱	87	ひら	平	55
	曼	181	ひえ	稗	244	ひとみ	瞳	268	ひらく	啓	176
	晩	206	ひえる	冷	84	ひとり	孑	24		開	218
	蔓	247	ひがし	東	113		独	137	ひらた	鰈	269
	磐	255	ひがむ	僻	252	ひな	雛	275	ひらたい	扁	130
ヒ	匕	16	ひかる	光	68	ひのえ	丙	49	ひる	昼	129
	比	45		皓	212	ひのき	栴	208			

309

親字音訓ガイド

	蛭 215		武 114	ふたつ	二 13		僻 252
	蒜 234		歩 115		両 66		壁 260
ひれ	鰭 284		無 210	ふち	縁 256		霹 283
ひろい	広 55		葡 214	ブツ	仏 30	ベキ	汨 93
	博 202		撫 253		勿 32	へさき	舳 189
	滂 229		舞 256		物 117		艫 285
ひろがる	氾 58	ふいご	鞴 279		墓 265	へだてる	隔 238
	浜 164	フウ	風 148	ふとい	太 33	ヘツ	鼈 287
ヒン	貧 191		梵 182	ふところ	懐 260	ベツ	別 84
	檳 272		楓 228	ふな	鮒 266		鼈 287
	殯 272	ふえ	笙 187	ぶな	橅 261	べに	紅 142
	顰 286	ふかい	深 183	ふね	舟 80	へび	虺 147
ビン	旻 112	フク	伏 68	ふみ	文 40		蛇 191
	罠 171		袱 191		史 52		縁 256
	瓶 186		復 204	ふむ	踩 265	へり	片 48
	貧 191		福 231		蹈 270	ヘン	辺 66
	閩 250		腹 233		躙 285		返 100
	檳 272		複 248	ふゆ	冬 53		変 128
びんろうじゅ			覆 274	ぶり	鰤 284		扁 130
	檳 272		鞴 279	ふる	振 159		遍 217
フ	不 27	ふくさ	袱 191		降 174		蝙 257
	夫 37	ふくべ	瓢 262	ふるい	古 52		騙 280
	父 48	ふくむ	含 85		旧 55	ホ	歩 115
	布 54	ふくろう	梟 182		篩 263		保 126
	巫 88	ふける	老 80	ふるえる	震 258		捕 159
	芙 98		更 82	ふれる	触 236		葡 214
	歩 115		耽 172	フン	忿 110		葆 215
	浮 164	ふさ	房 111		紛 171		蒲 233
	婦 177		総 245		焚 210		穂 255
	富 203	ふさぐ	塞 221		糞 268	ほ	母 56
	孵 233	ふし	節 231	ブン	文 40	ボ	墓 221
	蜉 235	ふじ	藤 274		聞 246		媽 223
	孵 240	ふす	臥 120	ヘイ	丙 49		慕 241
	腐 246	ふせぐ	防 101		平 55		暮 241
	敷 254	ふせご	簹 263		屏 129		橅 261
	膚 256	ふせる	伏 68		迸 173		焙 211
	鮒 266	ふた	双 33		瓶 186	ホイ	方 40
ブ	不 27		蓋 233		萍 190	ホウ	彷 89
	母 44	ふだ	楪 228		幣 253		抛 91
	巫 88	ふたたび	再 69	ベイ	榠 242		芳 98
	奉 106		複 248	ヘキ	碧 243		

親字音訓ガイド

		咆 104		茫 146	ボツ	勿 32	まこと	真 167
		奉 106		紡 171		没 93	まさに	将 156
		宝 108		望 182		勃 127		鼎 240
		抱 111		萌 190	ほっする	欲 182	まさる	勝 207
		放 111		傍 201	ほとけ	仏 30	まじわる	交 67
		法 116		棒 208	ほどこす	施 131	ます	益 167
		泡 116		貿 216	ほとばしる	迸 173	まず	先 69
		苞 121		滂 229	ほね	骨 174	まずしい	貧 191
		倣 152		貌 248	ほのお	炎 117	まぜる	混 183
		砲 169		儚 252		焰 209	また	又 16
		舫 172		暴 254	ほのか	灰 30		股 120
		逢 173		蟒 257	ほまれ	誉 236		奎 128
		迸 173		謀 265	ほら	洞 137		復 204
		崩 178		魍 276	ぼら	鯔 280	またぎ	狄 59
		烽 184	ほうき	帚 109	ほり	堀 177	またたく	瞬 273
		萌 190	ほうむる	葬 214	ほろ	檻 278	まだら	斑 206
		報 203	ほえる	吠 86	ほろびる	亡 19	まち	亡 19
		幇 203		咆 104		滅 229		陌 148
		焙 211	ほお	朴 76	ホン	本 55		街 215
		絣 213	ほか	他 50		奔 106	マツ	末 56
		褒 215	ホク	北 51		繙 273		沫 117
		滂 229		雹 239	ボン	盆 138		茉 121
		蓬 234		樸 261		梵 182	まつ	松 113
		豊 237		蹼 279	ぼんど	封 128	まったく	全 67
		鉋 238	ボク	木 43	マ	麻 197	まっとうする	
		鳳 252		朴 76		摩 253		全 67
		鎬 259		牧 117		魔 283		完 88
		縫 263		僕 240	ま	間 218	まつる	祀 119
		瀑 273		墨 252	マイ	昧 133	まど	窓 187
		鎊 275		撲 253		埋 154		楪 228
ボウ	亡 19		樸 261	まいない	賄 237	まとう	繆 269
	卯 52		瀑 273	まいる	参 103		纏 283
	夘 54		蹼 279	まう	舞 256	まどう	惑 205
	妄 74	ほくろ	痣 212	まえ	前 127	まどわす	蠱 285
	坊 87	ほこ	鉾 238	まがき	樊 254	まないた	俎 126
	忘 90	ほこり	埃 155	まかなう	賄 237	まなこ	眼 186
	防 101	ほし	星 132	まき	牧 117	まなぶ	学 106
	房 111	ほしい	欲 182	まぎれる	紛 171	まねく	招 111
	冒 120	ほそい	細 187	マク	幕 223	まぼろし	幻 38
	茅 120	ほたる	蛍 191	まく	巻 129	まめまめしい	
	冒 133	ぼたん	釦 194	まげる	曲 75		蘭 278

311

親字音訓ガイド

まもる	守 74	みぞ	溝 229	みやこ	京 101	むなしい	虚 190		
まゆ	眉 139	みそか	晦 160		都 192	むね	宗 107		
	繭 273	みそさざい	鷦 286	みやびやか	雅 238		胸 172		
まゆずみ	黛 267	みぞれ	霙 266	ミョウ	名 72		棟 207		
まよう	迷 148	みだす	撓 254		妙 87	むら	邑 101		
まり	毬 182		攪 285		命 103	むらさき	紫 187		
	鞠 271	みだら	淫 183		明 112	むれ	群 232		
まる	丸 18	みだりに	妄 74		猫 184	め	目 65		
まるい	丸 18		漫 242		椚 242		芽 120		
	円 31	みだれる	乱 82		瞑 255	メイ	名 72		
まれ	稀 212		撓 254	みる	見 98		命 103		
まわる	回 72		擾 272		観 274		明 112		
マン	万 18		濫 273	ミン	民 57		迷 148		
	卍 70	みち	径 110		旻 112		冥 153		
	曼 181		陌 148		眠 168		溟 229		
	満 209		倫 152		罠 171		銘 250		
	漫 242		道 217		瞑 255		鳴 252		
	蔓 247		路 237	ム	母 44		瞑 255		
	鰻 285	みちる	満 209		武 114		謎 265		
まんじ	卍 70	ミツ	密 177		夢 177	めぐむ	恵 157		
ミ	未 56		蜜 247		無 210	めくら	盲 118		
	弥 109		橘 254		夢 221	めぐる	巡 74		
	眉 139	みつ	蜜 247		謀 265		旋 181		
	魅 259	みっつ	三 17		霧 279	めし	飯 220		
	靡 279	みどり	碧 243	むかう	向 70	めしい	瞽 273		
み	身 100		緑 245	むかえる	迎 100	めずらしい	珍 138		
	実 107		翠 245		邀 270	メツ	滅 229		
	箕 244	みどりご	嬰 267	むぎ	麦 101	めまい	眩 168		
みお	澪 261	みな	皆 138	むく	剥 154	メン	面 148		
みかど	帝 126	みなぎる	漲 243	むくいる	報 203		麺 282		
みこ	巫 88	みなごろし	鏖 279	むくげ	槿 208	モ	媽 223		
みさお	操 260	みなしご	孤 128		槿 254		橅 261		
みさき	岬 109	みなと	港 209	むくろ	骸 266	も	喪 202		
みじかい	短 212	みなみ	南 127	むし	虫 81	モウ	亡 19		
みず	水 45	みなもと	源 229	むしろ	筵 231		毛 45		
みずうみ	湖 208	みにくい	醜 271		寧 241		妄 74		
みずかき	蹼 279	みね	岬 109	むずかしい	難 275		盲 118		
みずから	自 80	みのる	実 107	むすぶ	結 213		岡 120		
みずたで	蓼 264	みみ	耳 80	むすめ	娘 156		望 182		
みずち	蛟 215	みや	宮 156	むちうつ	韃 285		猛 185		
みずら	髻 266	ミャク	貘 270	むっつ	六 31				

親字音訓ガイド

	僥	252	もやいぶね	舫	172	やな	梁	182		遊 217
	蟒	257	もよおす	催	220	やなぎ	柳	134		雄 219
	魍	276	もり	杜	91	やに	脂	172		楢 228
もうせん	氈	268		森	207	やぶさか	悋	159		熊 243
もえのこり	燼	273	もろもろ	諸	257	やぶれる	破	169		誘 248
もえる	萌	190	モン	文	40		敗	181		憂 253
	燃	262		門	123	やま	山	25		優 267
モク	木	43		聞	246	やまい	病	167	ゆう	夕 20
	目	65	ヤ	夜	104		痾	230	ゆえ	故 131
	黙	259		邪	122	やまと	倭	152	ゆがむ	歪 135
もぐさ	艾	66		耶	145	やみ	闇	271	ゆき	雪 195
もぐる	潜	254		野	193	やむ	已	27	ゆく	行 81
もじる	捩	159		椰	228	やめる	辞	237		逝 173
もず	鵙	276		鵺	280	やり	槍	241	ゆず	柚 134
もずく	蓴	257		蠱	285	やわらか	軟	192	ゆする	揺 205
もたい	罍	281	や	矢	65	やわらぐ	和	103	ゆたか	豊 237
モチ	勿	32		弥	109	ユ	喻	202	ゆび	指 130
もち	糯	286		屋	129		愉	205	ゆぶくろ	韜 279
モツ	物	117		家	156		榆	228	ゆみ	弓 27
もつ	持	130	やいば	刃	19		癒	273	ゆめ	夢 177
もって	以	49	やかた	舘	263	ゆ	湯	209		夢 221
もっとも	最	207	ヤク	厄	33	ユイ	唯	176	ゆるす	許 191
もつれる	縺	269		役	89		惟	179	ゆるむ	弛 75
もてあそぶ	弄	89		益	167		維	245	ゆれる	揺 205
	玩	118		軛	192		遺	258	ヨ	与 18
もてなす	饗	282		薬	264	ユウ	又	16		予 28
もと	元	31		樸	268		友	33		余 84
	本	55	やく	灼	93		由	62		誉 236
	素	171		炬	137		有	75	よ	世 49
	葆	215		焼	210		囮	86		代 50
もとづく	基	177		焚	210		邑	101		夜 104
もとどり	髻	266	やぐら	櫓	276		岫	109	よい	吉 70
もとめる	求	92	やさしい	優	267		勇	127		好 73
	邀	270	やし	椰	228		幽	129		佳 102
もの	物	117	やしろ	社	94		柚	134		宵 156
ものいみ	斎	181	やすい	安	74		悠	180		善 202
ものうい	慵	241		康	178		郵	193		義 231
ものさし	尺	38	やつ	奴	54		揖	205	ヨウ	孕 54
もも	百	78	やっこ	奴	54		游	209		幼 55
	桃	162	やっつ	八	15		猶	211		羊 80
もや	靄	286	やど	宿	177		裕	215		

親字音訓ガイド

	妖 87		蕭 264		里 101	リョク	蠡 287
	杏 114	よる	夜 104		狸 166		力 15
	洋 137		寄 177		梨 182		緑 245
	淹 184		憑 260		理 185	リン	林 114
	揚 205	よろい	甲 61		裏 235		倫 152
	揺 205		鎧 274		璃 255		悋 159
	葉 214	よろこぶ	欣 114		黎 259		鈴 238
	陽 218		悦 157		鯉 276		凛 252
	楪 228		喜 202		離 279		輪 258
	溶 229		慶 253		麟 286		燐 262
	蛹 235		歓 254	リキ	力 15		隣 266
	慵 241	よろしい	宜 107	リク	六 31		躙 285
	踊 248	よろず	万 18		陸 195	ル	流 164
	遙 248	よわい	弱 157	リツ	立 66		留 166
	霙 266	ラ	裸 235		栗 161		瑠 243
	邀 270		蝸 257		慄 225		縷 269
	耀 281		螺 270	リャク	掠 180		髏 283
	瓔 283		羅 277		歴 242	ルイ	泪 117
	魘 286	ライ	礼 66	リュウ	立 66		涙 165
	鷹 286		来 92		柳 134		誄 236
	鸎 287		雷 239		流 164		縲 269
よう	酔 193		磊 255		琉 166	レイ	礼 66
ヨク	欲 182		頼 266		留 166		冷 84
	翌 189		藜 274		竜 170		泪 117
	閾 266		瀬 277		游 209		玲 138
	翼 269	ラク	洛 137		瑠 243		振 159
よこ	横 254		絡 213	リョ	呂 86		涙 165
よこしま	邪 122		落 214		旅 160		羚 189
よし	由 62		楽 227		虜 235		鈴 238
よそおい	粧 213		駱 266	リョウ	両 66		零 239
よっつ	四 52	ラツ	拉 111		凌 153		霊 258
よどむ	淀 184	らっきょう	薤 264		料 159		黎 259
	澱 261	ラン	乱 82		梁 182		澪 261
よなぐ	淅 184		藍 269		猟 185		藜 274
よぶ	呼 103		濫 273		羚 189		麗 281
よみがえる	甦 212		蘭 278		量 217		鱧 286
	蘇 278		檻 278		漁 242	レキ	暦 241
よもぎ	艾 66		爛 282		綾 245		歴 242
	萍 190		燗 282		遼 258		櫟 268
	蓬 234	リ	利 85		霊 258		礫 281
	蒿 235		李 92		繆 269		

314

親字音訓ガイド

レツ	捩 159		肋 80	
	烈 165		鹿 196	
	裂 215		緑 245	
レン	恋 157	ワ	和 103	
	連 173		倭 152	
	蓮 234	わ	輪 258	
	練 245		環 268	
	錬 266	ワイ	歪 135	
	斂 267		矮 230	
	纏 269		賄 237	
	鎌 274		穢 273	
	爛 282	わかい	若 121	
ロ	呂 86		嫩 240	
	路 237	わかれる	別 84	
	魯 259	わき	腋 213	
	櫓 276	ワク	惑 205	
	濾 277	わざ	業 227	
	櫨 281	わざわい	厄 33	
	露 282		災 93	
	艪 283		禍 230	
	鑪 285	わし	鷲 286	
	顱 287	わずらう	患 180	
ろ	艣 283	わすれる	忘 90	
ロウ	老 80	わたくし	私 94	
	弄 89	わだち	軌 147	
	拉 111		轍 279	
	陋 148	わたる	渡 209	
	浪 165	わな	罠 171	
	狼 166	わら	藁 269	
	莨 172	わらう	笑 170	
	琅 186		嗤 220	
	楼 228	わらび	蕨 256	
	臈 263	わらべ	童 212	
	榔 268	わる	割 201	
	縷 269	わるい	凶 32	
	螻 270		悪 179	
	朧 281	われ	吾 85	
	蠟 283		我 91	
	髏 283	ワン	湾 209	
	籠 284		腕 213	
ロク	六 31			

現代文学難読作品名辞典

2012年7月25日 第1刷発行

発 行 者／大高利夫
編集・発行／日外アソシエーツ株式会社
　　　　　〒143-8550 東京都大田区大森北1-23-8　第3下川ビル
　　　　　電話(03)3763-5241(代表)　FAX(03)3764-0845
　　　　　URL http://www.nichigai.co.jp/
発 売 元／株式会社紀伊國屋書店
　　　　　〒163-8636 東京都新宿区新宿3-17-7
　　　　　電話(03)3354-0131(代表)
　　　　　ホールセール部(営業)　電話(03)6910-0519

電算漢字処理／日外アソシエーツ株式会社
印刷・製本／株式会社平河工業社

不許複製・禁無断転載　　〈中性紙H-三菱書籍用紙イエロー使用〉
〈落丁・乱丁本はお取り替えいたします〉
ISBN978-4-8169-2372-2　　Printed in Japan, 2012

本書はディジタルデータでご利用いただくことができます。詳細はお問い合わせください。

近代文学難読作品名辞典

A5・310頁　定価7,350円（本体7,000円）　1998.11刊

明治元年～昭和63年に発表された近代日本文学の難読作品名の読み方辞典。小説、戯曲、随筆、詩、短歌、俳句など7,600件を収録。作者名、ジャンル、発表年も掲載しているので、同一表記の他作品との識別も容易にできる。

古典文学作品名よみかた辞典

A5・670頁　定価10,290円（本体9,800円）　2004.1刊

日本の古典文学作品名の読み方辞典。物語、日記・紀行、随筆、戯曲、和歌集、俳諧集など近世以前に成立した13,400件を収録。読み方と共に作者名なども記載。「五十音順作品名一覧」付き。

国宝・重要文化財よみかた辞典

A5・630頁　定価12,600円（本体12,000円）　2009.12刊

難読が多い国宝・重要文化財の通称・指定名などの読み方辞典。絵画、工芸、彫刻、書跡、典籍、古文書、考古資料、歴史資料、建造物などあらゆるジャンルの17,700件を収録。作者、制作年代、所蔵・所在なども併記。

最新文学賞事典 2004-2008

A5・490頁　定価14,910円（本体14,200円）　2009.3刊

2004～2008年に実施された国内の文学賞466賞がわかる事典。由来、主催者、選考委員、選考方法、賞金、連絡先などの概要と、受賞者名、受賞作品名を一覧できる。「賞名索引」「主催者名索引」「受賞者名索引」付き。

富士山を知る事典

富士学会　企画　渡邊定元・佐野充　編

A5・620頁　定価8,800円（本体8,381円）　2012.5刊

世界に知られる日本のシンボル・富士山を知る「読む事典」。火山、富士五湖、動植物、富士信仰、絵画、環境保全など100のテーマ別に、自然・文化両面から専門家が広く深く解説。桜の名所、地域グルメ、駅伝、全国の○○富士ほか身近な話題も紹介。

データベースカンパニー
日外アソシエーツ
〒143-8550　東京都大田区大森北1-23-8
TEL.(03)3763-5241　FAX.(03)3764-0845　http://www.nichigai.co.jp/